ANATOMIE D'UN CRIME

DU MÊME AUTEUR
CHEZ LE MÊME ÉDITEUR

Enquête dans le brouillard
Le Lieu du crime
Cérémonies barbares
Une douce vengeance
Pour solde de tout compte
Mal d'enfant
Un goût de cendres
Le Visage de l'ennemi
Le Meurtre de la falaise
Une patience d'ange
Un petit reconstituant (nouvelles)
Mémoire infidèle
Les Reines du crime (anthologie)
Un nid de mensonges
Sans l'ombre d'un témoin
Mes secrets d'écrivain

Elizabeth George

ANATOMIE D'UN CRIME

Roman

Traduit de l'anglais (Etats-Unis)
par Dominique Wattwiller

PRESSES DE LA CITÉ

Titre original : *What Came Before He Shot Her*

ISBN 978-2-258-06331-0

A Grace Tsukiyama
Libérale en politique
Esprit créateur
Maman

Mieux vaut un vrai Mammon qu'un faux dieu.

Louis MACNEICE, *Autumn Journal*

1

C'est un trajet en bus qui marqua l'entrée dans le crime de Joel Campbell, onze ans à l'époque. Un bus londonien plutôt récent. Un bus sans impériale. Le 70, qui progresse lentement le long de Du Cane Road dans East Acton.

Cette portion de la ligne n'a rien de particulièrement remarquable dans sa partie nord. Le tronçon sud, en revanche, qui longe le Victoria & Albert Museum et les imposants édifices blancs de Queen's Gate dans South Kensington, est assez agréable. La partie nord, elle, dessert des endroits qui constituent un répertoire des quartiers à ne pas fréquenter : la laverie Swift Wash de North Pole Road, les pompes funèbres H. J. Bent (crémations ou enterrements) d'Old Oak Common Lane, les sordides agglutinements de magasins à l'intersection grouillante de Western Avenue et de Western Way, où voitures et camions se croisent pour rejoindre le centre-ville. Dominant tout cela de sa masse et comme jailli de l'imagination de Dickens : Wormwood Scrubs. Non pas la parcelle délimitée par les voies ferrées, mais la maison d'arrêt. La prison de Wormwood Scrubs. Une prison aux allures de forteresse mâtinée d'asile d'aliénés, qui abrite la réalité dans ce qu'elle a de plus sinistre.

En ce jour de janvier, Joel Campbell ne prêtait aucune attention au paysage. Il voyageait en compagnie de trois autres personnes, et il attendait sans trop y croire un changement positif dans sa vie. Il venait d'East Acton, où il habitait, dans Henchman Street, une de ces petites maisons alignées en rang d'oignons et dont l'ensemble forme ce qu'on appelle une terrasse. Au rez-de-chaussée, un séjour crasseux et une cuisine encore plus crasseuse, trois chambres à l'étage, un carré de verdure en façade, autour duquel les autres maisonnettes se déployaient en fer à cheval telle une collection de veuves de guerre autour d'une tombe. C'était un endroit qui avait dû être agréable cinquante ans plus tôt. Mais les générations successives y avaient chacune imprimé leur marque. Celle de la génération actuelle se caractérisait essentiellement par des détritus laissés en souffrance sur les perrons, des jouets cassés abandonnés dans l'allée bordant la terrasse, des bonshommes de neige en plastique, des pères Noël rondouillards, des rennes suspendus, de novembre à mai, aux toits en surplomb des fenêtres en saillie, et par une flaque de boue en forme d'entonnoir qui stagnait huit mois de l'année au milieu de la pelouse, et où évoluaient une colonie d'insectes qui auraient fait les délices d'un entomologiste amateur. Joel n'était pas mécontent de quitter cet endroit, même si cela signifiait qu'il allait devoir effectuer un long vol en avion et commencer une nouvelle vie sur une île bien différente de la seule qu'il connût jusqu'alors.

« La Ja-*maï*-que. » Sa grand-mère en avait plein la bouche quand elle prononçait ce mot. Le *maï* sur lequel elle traînait évoquait une brise chaude et réconfortante, riche de promesses. Qu'est-ce que vous dites de ça, les petits ? La Ja-*maï*-que.

« Les petits », c'étaient les trois petits Campbell, victimes d'une tragédie qui s'était déroulée dans Old Oak Common Lane, un samedi après-midi. C'étaient les enfants du fils aîné de Glory, aujourd'hui décédé, tout comme son second fils – encore que dans des circonstances complètement différentes. Ils avaient pour noms Joel, Ness et Toby. Les « trois pauv' petiots », comme Glory les avait surnommés lorsque son homme, George Gilbert, avait reçu son arrêté d'expulsion et qu'elle avait compris dans quel sens le vent de la vie de George allait souffler.

Ce phrasé un peu bousculé était une nouveauté dans la bouche de Glory. Pendant le temps que les enfants Campbell avaient passé chez elle – plus de quatre ans maintenant qu'elle les avait sous son toit, et cet arrangement ne semblait pas près de prendre fin –, elle s'était efforcée d'adopter une prononciation correcte. Elle-même avait appris l'anglais britannique standard – l'« anglais de la reine » – à l'école de filles catholique qu'elle avait fréquentée à Kingston. Si cet anglais un peu collet monté ne lui avait pas été aussi utile qu'elle l'aurait souhaité quand elle avait émigré en Angleterre, elle était encore très capable d'y recourir lorsqu'un vendeur avait besoin d'être mouché, et elle entendait que ses petits-enfants soient en mesure de faire de même, le cas échéant.

Le jour où George avait reçu les papiers lui signifiant son expulsion, elle avait radicalement changé d'épaule son fusil linguistique. Une fois l'enveloppe officielle ouverte, son contenu disséqué, digéré et assimilé, une fois épuisées toutes les démarches juridiques pour faire reculer l'échéance, voire empêcher l'inévitable, Glory fit en un instant table rase de quarante ans de *God Save the Queen*. Si son George devait prendre le chemin de la Ja-*maï*-que, elle le suivrait. Or, là-bas, l'anglais britannique n'était pas nécessaire. Il pouvait même constituer un handicap.

Aussi avait-elle abandonné l'intonation et la syntaxe de la version délicieusement désuète de l'anglais qu'on lui avait enseigné petite fille, au profit des accents pur sucre de l'anglais des Caraïbes. Ce qui avait fait dire à ses voisins qu'elle s'était mise à l'heure du pays qui l'avait vue naître.

George Gilbert avait quitté Londres le premier, escorté à Heathrow par les employés de l'Immigration chargés de veiller, conformément aux promesses du Premier ministre, à ce que « quelque chose » soit fait pour régler le problème des visiteurs dont les visas étaient périmés. Ces messieurs étaient venus le chercher dans une voiture banalisée et ils avaient gardé l'œil collé à leur montre tandis que, copieusement imbibé de Red Stripe en prévision de son retour au pays natal, l'expulsé faisait ses adieux à Glory. « Allons-y, Mr Gilbert », lui avaient-ils finalement dit en le prenant par le bras. L'un d'eux avait esquissé le geste de plonger la main dans sa poche afin d'y prendre des menottes pour le cas où George aurait décidé de ne pas se montrer coopératif.

Mais George était trop heureux de les suivre. Les choses avaient changé du tout au tout chez Glory le jour où les petits-enfants leur étaient tombés dessus tels des météores venus d'une galaxie à laquelle il n'avait jamais rien compris.

« Ils sont franchement *pas nets*, Glor, avait-il risqué un jour où il pensait qu'ils n'écoutaient pas. Surtout les gars. La môme, elle, elle est p't'êt' normale. Encore que...

— Tais-toi », avait cinglé Glory.

Le sang de ses enfants était déjà pas mal mêlé – même s'il l'était moins que celui de ses petits-enfants – et il n'était pas question que quiconque s'appesantisse sur un phénomène qui sautait aux yeux comme un coup de pied au derrière. Le métissage n'était plus l'abomination des siècles précédents. Etre métis ne faisait plus de personne un pestiféré.

Mais George avait eu un claquement de langue dubitatif. L'œil en coin, il avait toisé les petits Campbell. « Ils feront tache dans le paysage en Jamaïque », avait-il conclu.

Ce jugement n'avait pas fait changer Glory d'avis. Du moins est-ce ce que ses petits-enfants crurent constater les jours précédant leur exode d'East Acton. Glory bazarda les meubles. Empaqueta les ustensiles de cuisine. Tria les vêtements. Fit les valises ; et quand elle se rendit compte qu'il n'y en avait pas assez pour contenir tout ce que sa petite-fille Ness souhaitait emporter, elle fourra le reste dans son chariot à provisions et déclara qu'ils achèteraient une valise d'appoint en chemin.

Ils formaient une procession bigarrée qui se dirigeait vers Du Cane Road. Glory ouvrait la marche dans un manteau d'hiver marine qui lui battait les chevilles, un turban vert et orange autour de la tête. Le petit Toby venait en deuxième position, marchant sur la pointe des pieds comme à son habitude, une bouée de sauvetage gonflée autour de la taille. Joel, bon troisième, s'efforçait de ne pas se laisser distancer malgré les deux valises qui ne lui facilitaient pas le travail. Ness fermait la marche, dans un jean si moulant qu'on se demandait comment elle allait réussir à s'asseoir sans en faire craquer les coutures, perchée sur les talons de dix centimètres des bottes noires qui lui enserraient les jambes. Elle avait hérité du chariot et n'avait pas l'air ravie d'être obligée de le traîner. En fait, elle n'était ravie de rien. L'air méprisant, la démarche à l'avenant.

Il faisait froid comme il peut faire froid à Londres en janvier. L'atmosphère était imprégnée d'humidité et de gaz d'échappement. La gelée matinale qui n'avait pas fondu formait des plaques de verglas, lesquelles constituaient autant d'embûches pour les piétons imprudents. Le gris dominait : du ciel aux arbres, aux rues et aux immeubles. L'ambiance était au désespoir. Sous la lumière déclinante du jour, le soleil et le printemps n'étaient qu'une vaine promesse.

Dans le bus, même dans une ville comme Londres où l'on a tout vu, les enfants Campbell réussissaient à attirer l'attention, encore que pour des raisons différentes. Toby, ce qui le faisait remarquer, c'étaient les plaques chauves qui émaillaient son crâne, où les cheveux avaient repoussé épars et beaucoup trop fins pour un garçon de sept ans, ainsi que l'encombrante bouée de sauvetage dont il refusait obstinément de se séparer et qu'il insistait pour garder autour de la taille au lieu de la tenir à la main, « bordel de merde », comme Ness le lui demandait. Ness se distinguait par la couleur exceptionnellement foncée de son teint, manifestement accentuée par du maquillage, comme si elle essayait de se faire plus noire qu'elle ne l'était. Si elle avait retiré sa veste, sa tenue l'aurait également fait remarquer : un petit top à paillettes qui laissait son ventre à nu et mettait en valeur des seins voluptueux. Joel, de son côté, exhibait un visage couvert de taches de la taille d'une dragée qui ne mériteraient jamais le nom de taches de rousseur et qui trahissaient la lutte ethnique et raciale dont son sang avait été le théâtre dès l'instant où il avait été conçu. Comme Toby, il avait des cheveux impossibles qui partaient dans tous les sens et ressemblaient à un tampon à récurer couleur de rouille. Seuls Toby et Joel avaient un vague air de famille, aucun des enfants Campbell ne semblait apparenté à Glory.

Ils ne passaient donc pas inaperçus. Non seulement ils encombraient le couloir avec leurs valises, leur chariot à provisions et les cinq sacs de Sainsbury que Glory avait déposés à ses pieds, mais ils formaient un groupe peu banal.

Des quatre, seuls Joel et Ness étaient conscients des regards appuyés des autres voyageurs et chacun y réagissait à sa manière. Pour Joel, chaque regard semblait signifier : « Sale petit enfoiré de Jaune », et chaque fois qu'on détournait de lui les yeux pour fixer la fenêtre, il avait l'impression qu'on lui refusait le droit d'exister. Pour Ness, ces regards avaient quelque chose de lubrique, et quand elle les sentait peser sur elle, elle avait envie de déboutonner sa veste, de bomber la poitrine et de brailler comme elle le faisait souvent dans la rue : « T'en veux, *man* ? C'est ça que tu veux ? »

Glory et Toby, quant à eux, étaient chacun dans son monde. Chez Toby, c'était naturel, un fait sur lequel on ne s'appesantissait pas dans la famille. Pour Glory, c'était une disposition d'esprit que lui dictaient sa condition actuelle et la façon dont elle comptait y remédier.

Le bus se traînait au milieu des flaques laissées par la dernière averse. Il piquait vers le trottoir et s'en éloignait sans se préoccuper du confort des passagers agrippés aux barres. L'atmosphère devenait de plus en plus étouffante à mesure que le voyage se poursuivait. Comme souvent dans les transports en commun, l'hiver, à Londres, le chauffage marchait à fond, et, comme les vitres – à l'exception de celle du conducteur – ne s'ouvraient pas, l'air était chargé des miasmes expulsés par les voyageurs enrhumés quand ils se mettaient à éternuer et tousser.

Glory trouva là l'excuse qu'elle cherchait. Elle suivait attentivement la progression du véhicule, retournant dans sa tête toutes les raisons qu'elle avait de faire ce qu'elle s'apprêtait à faire, mais l'atmosphère régnant à l'intérieur du bus eut raison d'elle. Lorsque le véhicule s'engagea dans Ladbroke Grove non loin de Chesterton Road, elle tendit le bras vers le bouton rouge et appuya fermement dessus. « Dehors, vous autres », dit-elle aux enfants. Ils se frayèrent un passage dans l'allée avec tout leur matériel et débouchèrent dans l'air divinement froid.

Evidemment, cet endroit n'avait rien à voir avec la Jamaïque. Il n'était pas non plus à portée de voix d'un aéroport quelconque où un avion aurait pu les emmener à son bord vers des rivages lointains. Mais, sans laisser aux enfants le temps de lui en faire la remarque, Glory rajusta son turban malmené par sa progression cahotante dans le couloir et leur dit :

— Vous pouvez pas partir pour la Ja-maï-que sans dire au revoir à votre tata, pas vrai ?

« Tata », c'était la fille de Glory, Kendra Osborne. Elle n'habitait pas très loin d'East Acton, mais les petits Campbell ne l'avaient vue que rarement. A l'occasion des réunions familiales obligatoires de Noël et de Pâques. Cela étant, il aurait été inexact de dire que Glory et elle étaient des étrangères l'une pour l'autre. La vérité, c'est que les deux femmes étaient en désaccord. Un désaccord qui reposait sur un point : les hommes. Passer à Henchman Street plus de deux jours par an aurait obligé Kendra à voir George Gilbert tirer sa flemme de chômeur professionnel dans la maison. Une visite à North Kensington aurait exposé Glory à croiser l'un des nombreux amants de Kendra – que cette dernière jetait aussi vite qu'elle les prenait. Les deux femmes vivaient leur absence de contact physique comme une trêve. Le téléphone leur suffisait amplement.

C'est pourquoi l'idée qu'ils s'étaient trimballés jusque-là pour dire au revoir à leur tante Kendra fut accueillie avec étonnement, suprise et méfiance par les enfants. Chacun réagissant à sa manière devant cette annonce inattendue. Toby se dit qu'ils étaient arrivés en Jamaïque, Joel tenta de s'habituer à l'idée d'un abrupt changement de programme, et Ness bougonna :

— Manquait plus que ça.

Glory ne broncha pas. Elle se contentait d'ouvrir la marche. Telle une cane accompagnée de sa couvée, elle se dit que les petits la suivraient. Que pouvaient-ils faire d'autre dans ce quartier de Londres qu'ils ne connaissaient qu'à peine ?

Heureusement, le trajet n'était pas trop long de Ladbroke Grove à la cité d'Edenham, et c'est seulement dans Golborne Road qu'ils attirèrent l'attention. C'était jour de marché, les étals n'étaient pas aussi nombreux qu'ils l'auraient été dans Church Street ou aux environs de Brick Lane. Chez E. Price & Son, marchands de fruits et légumes, les propriétaires – un père et son fils d'un certain âge qui avaient l'air d'être des frères – se permirent des réflexions sur ce groupe d'étrangers hétéroclite, devant les clientes qu'ils étaient en train de servir. Ces clientes avaient été elles aussi, en leur temps, des étrangères dans le quartier. Des étrangères que les Price avaient appris à accepter. Ils n'avaient pas tellement eu le choix. Depuis soixante ans qu'ils tenaient leur boutique de fruits et légumes, ils avaient vu défiler toutes sortes de gens dans Golborne Ward. Les Anglais, premiers installés, avaient cédé la place aux Portugais et ces derniers aux Marocains. Le tandem père-fils avait vite vu de quel côté son pain était beurré et compris que son intérêt serait de réserver le meilleur accueil aux clients qui payaient rubis sur l'ongle. D'où qu'ils viennent.

Le petit groupe qui se frayait un chemin le long de la rue n'était visiblement pas là pour faire son marché. Il marchait droit vers le pont de Portobello, qu'il eut tôt fait de franchir. A quelque distance d'Elkstone Road et au beau milieu du vacarme incessant du pont routier de Westway, était implantée la cité d'Edenham, près du parc de Meanwhile Gardens. Au cœur de cette cité, la tour Trellick – qui dominait le paysage avec un orgueil difficilement compréhensible – dressait ses trente étages de béton bas de gamme percés de centaines de balcons orientés à l'ouest. Lesquels s'ornaient d'antennes paraboliques et de cordes chargées de linge qui claquait au vent. La cage d'ascenseur – reliée au bâtiment par un système de ponts – constituait la seule marque distinctive de la tour. Pour le reste, elle était semblable à la plupart des logements à forte densité de population de l'après-guerre qui cernaient Londres : énormes cicatrices verticales d'un gris morne, couleur de bonnes intentions qui avaient mal tourné. Au pied de la tour s'étirait le reste de la cité : d'autres immeubles, un foyer pour personnes âgées et deux rangées de maisons en terrasse donnant sur Meanwhile Gardens.

C'était dans l'une de ces maisons que vivait Kendra Osborne, et c'est de ce côté que Glory entraîna ses petits-enfants, laissant tomber ses sacs de Sainsbury sur le perron avec un soupir de soulagement. Joel déposa ses valises et frotta sur son jean la paume de ses mains rougies par l'effort. Toby examina les environs et plissa les yeux tout en tripotant nerveusement sa bouée. Ness immobilisa le chariot à provisions devant la porte du garage, croisa les bras sous ses seins et fixa sa grand-mère, l'air de dire : « Et maintenant, on fait quoi, ma vieille ? »

Trop futée pour son âge, cette gamine, songea Glory en toisant sa petite-fille non sans un certain malaise. Ness avait toujours eu plusieurs longueurs d'avance sur ses frères.

Glory pivota et, d'un index résolu, appuya sur la sonnette. Le jour baissait et Glory avait hâte que commence l'étape suivante de leurs vies. N'obtenant pas de réponse, elle sonna une seconde fois.

— Plutôt mal barré pour les adieux, mamie, commenta Ness, sarcastique. On ferait mieux d'aller à l'aéroport.

Glory fit celle qui n'avait pas entendu.

— Attends que je vérifie, dit-elle en entraînant les enfants dans une allée étroite entre les deux rangées de maisons.

Cette allée permettait d'accéder à l'arrière des pavillons et à leurs microscopiques jardins. Lesquels se déployaient derrière un mur de brique assez haut.

— Joel, fais la courte échelle à ton petit frère, mon chéri. Toby, regarde voir s'il y aurait pas de la lumière. Il se peut qu'elle soit avec un de ses copains. Cette Kendra, elle pense qu'à ça.

Joel obtempéra et s'accroupit de façon que Toby puisse grimper sur ses épaules. Toby s'exécuta docilement, bien que gêné dans la manœuvre par sa bouée de sauvetage. Une fois en haut, le petit se cramponna au mur.

— Y a un barbecue, Joel, lâcha-t-il dans un souffle admiratif.

— De la lumière ? lui demanda Glory. Regarde vers la maison, mon lapin.

Toby fit non de la tête et Glory en déduisit qu'il n'y avait pas de lumière au rez-de-chaussée. Comme il n'y avait pas non plus de lumière venant des étages supérieurs, elle se dit qu'elle était tombée sur un os. Mais Glory était une femme de ressources, capable d'improviser.

— Bon, eh ben... fit-elle en se frottant les mains l'une contre l'autre.

Elle allait poursuivre lorsque Ness intervint d'un ton coupant.

— Va bien falloir qu'on y aille, en Jamaïque, hein, mamie ?

Ness était restée à l'entrée de l'allée, le poids de son corps sur une jambe, son pied botté pointé vers l'avant, les poings sur les hanches. Dans cette attitude, sa veste s'ouvrit, dévoilant son ventre nu, son nombril percé et son abondant décolleté.

Aguicheuse, songea Glory avant de repousser cette idée comme elle s'était efforcée de le faire au cours des années passées en compagnie de sa petite-fille.

— Y a qu'à laisser un mot à tante Ken.

— Venez, les enfants, dit Glory en les ramenant devant la maison, où les valises, le chariot et les sacs de Sainsbury encombraient le passage.

Elle leur demanda de s'asseoir sur le seuil alors qu'il y avait à peine assez de place. Joel et Toby obéirent, se casant au milieu des bagages, mais Ness resta à l'écart, montrant par son attitude qu'elle attendait les inévitables excuses que sa grand-mère allait leur débiter.

— Voilà, dit Glory, je vais vous arranger une maison. Ça prend du temps. Je pars devant, et je vous ferai venir en Ja-*maï*-que quand tout sera prêt.

Ness se fendit d'un sourire ironique. Elle jeta un regard autour d'elle, comme en quête d'un témoin des mensonges de sa grand-mère.

— On va habiter chez tante Kendra, alors ? Elle est au courant, mamie ? Est-ce qu'elle est là, seulement ? Elle serait pas en vacances, des fois ? P't'êt' qu'elle a déménagé, si ça se trouve ? T'es sûre que tu sais où elle est ?

Glory jeta un regard à l'adolescente mais concentra son attention sur les garçons, nettement plus malléables. A quinze ans, Ness était trop délurée. Agés de onze et sept ans, Joel et Toby avaient encore pas mal de choses à apprendre.

— J'ai eu ta tante au bout du fil, hier. Elle est partie faire des courses. Elle vous prépare une surprise pour le dîner.

Nouvelle grimace moqueuse de Ness. Hochement de tête solennel de Joel. Tortillement de Toby, qui passa d'une fesse sur l'autre. Et agrippa le jean de son aîné. Joel lui mit un bras autour des épaules. Ce geste réchauffa le cœur de Glory. Tout irait bien.

— Faut que j'y aille, vous autres. Bougez pas. Attendez votre tata. Elle va pas tarder. Elle est allée faire des courses pour le dîner. Bougez pas de là. Vous connaissez pas le quartier, je veux pas que vous vous perdiez. Ness, tu veilles sur Joel. Joel, tu t'occupes de Toby.

— Non, fit Ness.

Mais Joel se contenta de murmurer d'une voix étranglée :

— OK, d'acc.

La vie lui avait appris qu'il y avait des choses contre lesquelles il était inutile de lutter, mais il ne savait toujours pas comment refouler ses émotions.

— T'es un bon p'tit gars, dit Glory en lui plantant une bise sur la tête.

Elle tapota le bras de Toby, et s'empara de sa valise et de deux des sacs. Recula en prenant une profonde inspiration. Ça ne lui plaisait pas vraiment de les laisser seuls comme ça, mais Kendra ne tarderait pas à rentrer. Glory ne lui avait pas téléphoné pour la prévenir, mais c'était sans importance. Si elle avait un petit problème avec les mecs, Kendra n'en possédait pas moins un sens certain des responsabilités. Nantie d'un boulot, elle suivait parallèlement une formation pour se recycler afin de retomber sur ses pattes après son dernier mariage – un désastre. Elle entendait entamer une vraie carrière. Kendra n'était sûrement pas partie en vadrouille. Elle ne tarderait pas à rentrer. D'ailleurs, c'était l'heure du repas.

— Bougez pas d'ici, les p'tits, dit Glory à ses petits-enfants. Faites un gros bisou de ma part à votre tata.

Puis elle pivota pour s'en aller. Ness lui barrait le passage. Glory essaya de lui adresser un sourire tendre.

— Je t'enverrai chercher, ma poulette. Je vois bien que tu me crois pas. Mais c'est la vérité, Ness. Je te le jure devant Dieu : je te ferai venir. George et moi, on va vous arranger une maison digne de ce nom et, quand tout sera prêt...

Ness se détourna. Elle s'éloigna, mais pas en direction d'Elkstone Road, qu'allait emprunter Glory. Elle se dirigeait vers l'allée séparant les maisons, l'allée menant à Meanwhile Gardens.

Glory la regarda. Démarche martiale. Ses bottes à talons hauts claquaient dans l'air glacial. Glory eut l'impression que des coups de fouet lui cinglaient les joues. Elle n'avait pas l'intention de faire du mal aux enfants. Simplement, les choses étaient ainsi.

— T'as un message pour notre George ? s'écria-t-elle. Il va nous organiser un foyer, Ness.

Ness accéléra l'allure. Elle trébucha sur une dénivellation du trottoir mais ne tomba pas. En l'espace d'un instant, elle avait disparu, tourné au coin du bâtiment, et Glory tendit en vain l'oreille : pas un mot ne lui parvint. Elle aurait voulu entendre quelque chose de rassurant, qui lui aurait fait comprendre qu'elle n'avait pas failli à sa tâche.

— Nessa ? Vanessa ?

Pour toute réponse, elle ne perçut qu'un cri étranglé. Presque un sanglot. Qu'elle reçut comme un coup en pleine poitrine. Elle se tourna vers ses petits-fils, attendant d'eux les paroles que leur sœur n'avait pas voulu prononcer.

— Je vous enverrai chercher. George et moi, quand tout sera bien installé, on demandera à tante Ken de vous envoyer à la Ja-*maï*-que, dit-elle.

Toby se serra contre Joel. Ce dernier acquiesça.

— Vous me croyez, hein, les p'tits ?

Joel hocha de nouveau la tête. Il n'avait pas le choix.

Les lampadaires s'allumèrent le long de l'allée tandis que Ness faisait le tour d'un bâtiment de brique courtaud jouxtant Meanwhile Gardens. C'était une garderie – vide de bambins à cette heure tardive. Lorsque Ness y jeta un coup d'œil, elle aperçut à l'intérieur une Asiatique, qui semblait sur le point de fermer l'établissement. Derrière la garderie se déployaient les jardins ; un sentier tortueux sinuait à travers les collines plantées d'arbres, menant à un escalier. Ce dernier, spirale métallique, permettait d'accéder à un pont à rambarde de fer. Lequel enjambait Grand Union Canal. Le canal marquait la frontière nord de Meanwhile Gardens, entre la cité d'Edenham et un ensemble de constructions où les immeubles modernes au profil net côtoyaient des logements anciens aux allures de taudis, signe qu'habiter au bord de l'eau n'avait pas toujours été une situation enviable.

Ness embrassa du regard une partie du décor, mais une partie seulement. Elle se dirigea vers l'escalier, le pont à rambarde de fer et la route qui passait dessus.

Elle bouillait intérieurement, au point qu'elle aurait voulu jeter sa veste par terre et la piétiner. Mais elle sentait le froid de janvier mordre sa chair là où celle-ci était à nu. Elle était prise de façon inextricable entre sensation de chaleur et froid extérieur.

Elle atteignit l'escalier, sans se préoccuper du regard qui la suivait sous l'un des jeunes chênes émaillant les collines de Meanwhile Gardens, ni de celui qui la couvait sous le pont enjambant Grand Union Canal. Elle ne savait pas encore qu'à mesure que tombait la nuit, et parfois même plus tôt, Meanwhile Gardens était le théâtre de transactions furtives. L'argent passait de main en main, était compté furtivement, et tout aussi furtivement échangé contre des substances illicites. De fait, tandis qu'elle atteignait le haut de l'escalier et le pont, les deux individus qui l'avaient reluquée émergèrent de leurs cachettes respectives et se rejoignirent. Ils menèrent leur affaire de façon si fluide que, si Ness les avait observés, elle aurait compris qu'ils avaient l'habitude de se rencontrer là.

Mais elle n'avait qu'une idée en tête : en finir avec la chaleur qui la dévorait. Elle n'avait pas d'argent et ne connaissait pas la topographie des lieux, mais elle savait ce qu'il lui fallait.

Elle prit pied sur le pont et entreprit de se repérer. De l'autre côté de la route, il y avait un pub et, par-delà le pub, des maisons de chaque côté de la rue. Ness examina le pub, qui ne l'inspira guère. Aussi se dirigea-t-elle vers les maisons. L'expérience lui avait appris qu'il devait y avoir des magasins non loin de là. De fait, elle les découvrit cinquante mètres plus loin. Un Tops Pizza notamment.

Cinq ados étaient rassemblés devant : trois garçons et deux filles. Tous noirs, encore qu'à des degrés différents. Les garçons portaient des jeans baggy, des sweat-shirts à la capuche rabattue sur le front, et d'épais anoraks. L'uniforme dans cette partie de North Kensington. Cette tenue indiquait aux passants à quels jeunes ils avaient affaire. Ness ne l'ignorait pas. Et elle savait que, face à ce genre de types, il n'y avait pas trente-six solutions : il fallait se montrer dure. Pas de problème. Elle connaissait la musique.

Les deux meufs aussi. Adossées à la vitrine du Tops Pizza, paupières baissées, seins pointés, elles secouaient la cendre de leur cigarette sur le trottoir. Lorsqu'elles parlaient, c'était avec des mimiques agressives. Pendant ce temps-là, les mecs les reniflaient, leur tournaient autour, le torse avantageux. De vrais coqs.

— T'es canon, toi. Viens un peu par là, qu'on rigole.

— Qu'est-ce que tu glandes, baby, tu mates le paysage ? Je vais t'en faire voir un, moi, de paysage.

Rires. Ness sentit ses orteils se recroqueviller dans ses bottes. C'était toujours pareil : un rituel dont seule changeait la conclusion.

Les filles connaissaient le truc par cœur. Elles tenaient la dragée haute aux mecs avec une moue méprisante. Le manque d'empressement donnait de l'espoir, le mépris attisait la convoitise. Ce qui vaut vraiment la peine d'être obtenu ne doit pas l'être facilement. Ness s'approcha. Le silence se fit aussitôt. Intimidant. Comportement classique chez les ados quand un étranger au groupe débarque. Ness savait que c'était à elle d'ouvrir le feu. Dans la rue, c'étaient les mots, pas le look, qui comptaient pour la première impression.

Elle leur adressa un coup de menton et fourra ses mains dans les poches de sa veste.

— Vous savez où on peut se ravitailler ?

Elle éclata de rire et jeta un regard par-dessus son épaule.

— Merde, je suis en manque.

— J'ai ce qu'il te faut si t'es en manque.

La réaction était prévisible. Elle émanait du plus grand de la bande. Ness le fixa sans broncher, se payant le luxe de le toiser avant qu'il ne la toise. Elle sentit que les filles se hérissaient devant cette invasion de leur territoire, mais elle savait comment s'y prendre.

Roulant les yeux, elle se tourna vers elles.

— J'suis sûre que c'est pas auprès de ces bouffons qu'on peut se ravitailler.

Celle avec les gros seins s'esclaffa. Comme les mecs, elle reluqua Ness, mais pas pour les mêmes raisons. Elle voulait voir si on pouvait l'intégrer dans la bande. Histoire de faire baisser la pression, Ness dit en désignant la cigarette que tenait la nana :

— Tu me files une taffe ?

— C'est pas un joint.

— Je suis pas miro, qu'est-ce que tu crois ? Mais c'est mieux que rien. Je suis vachement en manque, putain.

— Puisque je te dis que j'ai la came. Va m'attendre au coin, que je te déballe la marchandise.

C'était le baraqué qui remettait ça. Les autres sourirent. Ils se tapèrent dans la main.

Ness les ignora. La meuf lui tendit sa clope. Ness tira une bouffée, sans quitter des yeux les filles qui l'examinaient.

Personne ne s'était encore présenté. Question de rituel, toujours. Un échange de prénoms signifiait qu'une étape avait été franchie et personne ne voulait avoir l'air de faire le premier pas.

Ness rendit la clope à sa propriétaire. La fille tira dessus à son tour. Sa copine apostropha Ness :

— Qu'est-ce que tu veux ?

— M'en fous, rétorqua Ness. De la coke, de l'herbe, de l'ecsta. N'importe quoi. Putain, je tiens plus, ça me démange, je te dis pas.

— J'ai ce qu'il te faut si ça te démange... intervint le grand, qui n'avait toujours pas renoncé.

— La ferme, coupa la fille.

Puis, à Ness :

— T'as de quoi payer ? Je te préviens, c'est pas gratos.

— Je peux payer, dit Ness. Tant que c'est pas de la thune que tu me demandes.

— Hé, mais dis donc, baby...

— La ferme, répéta la fille. Tu fais chier, Greve, merde.

— Hé là, Six, je te conseille pas d'me parler mal.

— C'est ton nom ? glissa Ness. Six ?

— Ouais. Et elle, c'est Natasha. Et toi, c'est comment ?

— Ness.

— Cool.

— Bon, alors, où est la came ?

Six eut un mouvement de tête en direction des garçons.

— Pas chez ces deux-là, c'est sûr.

— Où, alors ?

Six consulta l'un des autres lascars du regard. Il se tenait à l'écart, silencieux, observant.

— Y a une livraison de prévue ce soir ?

Le type haussa les épaules sans se compromettre. Il toisa Ness ; son regard était tout sauf amical. Il finit par grommeler :

— Je sais pas. De toute façon, il refile pas de la came à la première pétasse venue.

— Allez, Dashell, s'énerva Six. Elle est cool. Sois pas dur.

— C'est pas juste pour me dépanner, expliqua Ness à Dashell. J'ai l'intention de faire partie des clients réguliers.

Elle fit passer le poids de son corps d'une jambe sur l'autre, répéta ce geste plusieurs fois pour bien lui montrer qu'elle avait compris à qui elle avait affaire : au mâle dominant du groupe.

Le regard de Dashell naviguait de Ness aux deux autres filles. Les relations qu'il entretenait avec elles emportèrent sa décision. S'adressant à Six :

— Je vais poser la question. Ça sera pas avant onze heures et demie, je te préviens.

— Super, commenta Six. Ça se fera où, la livraison ?

— T'inquiète. Il saura te trouver.

Il adressa un coup de menton aux deux autres mecs. Ils s'éloignèrent en direction de Harrow Road.

Ness les regarda partir.

— Il peut me fournir ?

— Oh, ouais, dit Six. Il sait à qui passer un coup de fil. C'est pas un rigolo, ce mec, hein, Tash ?

Natasha hocha la tête et jeta un coup d'œil dans la direction prise par Dashell et les deux autres.

— Il s'occupe bien de nous, dit-elle. Et vice-versa. Tu me comprends.

C'était un avertissement. Mais Ness considérait qu'elle était de taille à se défendre. Et, dans l'état actuel des choses, peu importait comment elle se procurait la dope. Ce qu'il lui fallait, c'était l'oubli, aussi longtemps que l'oubli pouvait durer.

— T'inquiète, dit-elle à Natasha. Alors, où est-ce qu'on se pose en attendant ? Ça fait un bout de temps à glander jusqu'à onze heures et demie.

Pendant ce temps, Joel et Toby continuaient d'attendre leur tante, assis bien sagement sur la plus haute des quatre marches du perron. De là, ils avaient vue sur deux choses : la tour Trellick, avec ses balcons et ses fenêtres où les lumières brillaient depuis maintenant près d'une heure, et la rangée de maisons de l'autre côté de l'allée. Spectacle qui n'avait rien de bien excitant pour un gamin de onze ans et son frère de sept ans.

Les sens des deux garçons étaient toutefois très sollicités : par le froid, par le bruit incessant de la circulation sur le pont routier de Westway, celui des métros aériens de Hammersmith et de la City qui desservaient le centre de Londres, et, pour Joel, par un besoin de plus en plus pressant d'aller aux toilettes.

Ni l'un ni l'autre ne connaissaient le quartier ; aussi cet endroit, dans la pénombre qui basculait rapidement vers l'obscurité, commençait-il à revêtir un aspect inquiétant. Les voix masculines qui approchaient signifiaient qu'ils pouvaient être abordés par les membres d'un gang de dealers, de cambrioleurs, d'agresseurs ou de voleurs de sacs à l'arraché sévissant dans la cité. Le rap rugueux qui s'échappait d'une voiture roulant dans Elkstone Road annonçait l'arrivée du caïd de ce même gang qui exigerait d'eux une somme qu'ils seraient dans l'impossibilité de payer. Quiconque s'engageait dans Edenham Way – la petite allée où se situait la maison de leur tante – risquait d'être quelqu'un qui les remarquerait, les soumettrait à un interrogatoire serré et téléphonerait à la police faute de réponses satisfaisantes. La police se pointerait. A sa suite, les Services Sociaux. Ces deux mots, auxquels Joel mettait toujours une majuscule, étaient pour lui synonymes de croquemitaine. Si les parents d'autres enfants, excédés ou ne sachant comment se faire obéir d'une progéniture récalcitrante, la menaçaient en disant : « Fais ce que je te dis ou j'appelle les services sociaux », pour les Campbell la menace était réelle. Avec le départ de Glory, cette éventualité s'était rapprochée. Un coup de fil à la police scellerait leur destin. Ce serait plié.

Aussi Joel ne savait-il trop quoi faire alors que Toby et lui entamaient leur deuxième heure d'attente. Il avait une furieuse envie d'aller aux toilettes, mais, s'il interrogeait un passant ou frappait à la porte d'un voisin et demandait l'autorisation de se soulager, il courait le risque d'attirer l'attention. C'est pourquoi il serrait les jambes et s'efforçait de penser à autre chose. Pour se changer les idées, il avait le choix entre les bruits inquiétants qui l'entouraient et son petit frère. Il choisit son frère.

Près de lui, Toby s'était réfugié dans le monde où il passait le plus clair de son temps. Ce monde, il l'avait baptisé Sose. C'était un lieu habité par des gens qui lui parlaient avec douceur, qui étaient connus pour leur gentillesse envers les enfants et les animaux, et pour leurs câlins – qu'ils distribuaient sans compter chaque fois qu'un petit garçon avait peur. Les genoux repliés, sa bouée de sauvetage toujours autour de la taille, Toby avait un point d'appui où reposer son menton, et c'est ainsi qu'il se tenait depuis que Joel et lui s'étaient installés sur la marche du perron. Pendant tout ce temps, il était demeuré les yeux fermés, trouvant refuge dans son univers préféré.

Dans cette attitude, Toby exposait sa tête aux regards de son frère. Ce qui était bien la dernière chose que Joel avait envie de voir. Car la tête de Toby, avec ses plaques chauves, lui rappelait qu'il avait failli à son devoir. C'était la colle qui avait provoqué la chute des cheveux de Toby. Pas exactement une chute, mais plutôt un pénible débroussaillage aux ciseaux, seule façon de débarrasser son cuir chevelu du liquide poisseux qu'un groupe de sales petites brutes lui avait versé sur le crâne. Cette bande de voyous et les tourments qu'ils avaient fait subir à Toby chaque fois que l'occasion se présentait étaient deux des raisons pour lesquelles Joel n'était pas mécontent de quitter East Acton. A cause de ces lascars qui avaient fait de lui leur souffre-douleur, Toby ne pouvait pas se rendre seul chez Ankaran Food & Wine pour y acheter des bonbons. Lorsque par extraordinaire Glory Campbell leur donnait de l'argent pour le déjeuner au lieu de sandwiches au fromage et aux cornichons, si Toby réussissait à ne pas se faire piquer ses sous, c'était uniquement parce que les petits voyous avaient décidé de s'en prendre à quelqu'un d'autre.

Aussi Joel n'avait-il pas envie de regarder la tête de son frère. Cela lui rappelait trop qu'il n'avait pas été présent la dernière fois que Toby s'était fait agresser. Etant donné qu'il s'était institué défenseur de son frère depuis l'enfance, la vue du petit garçon remontant Henchman Street avec la capuche de son anorak relevée et collée à son crâne par un liquide gluant avait tellement retourné Joel qu'il avait failli en perdre le souffle et avait baissé la tête de honte quand Glory, en proie à une fureur bien compréhensible, lui avait demandé comment il avait pu laisser arriver une chose pareille.

Joel secoua doucement Toby, autant pour ne plus avoir sous les yeux le spectacle de son crâne que poussé par le besoin de plus en plus vif de trouver un endroit où vider sa vessie. Il savait que son frère ne dormait pas, mais le ramener dans le présent, c'était comme réveiller un petit enfant. Lorsque Toby s'ébroua, Joel se mit debout et, fanfaronnant avec un courage qu'il était loin d'éprouver, il annonça :

— Viens qu'on examine les lieux, mec.

S'entendre appeler « mec » plaisait toujours au petit garçon, aussi ne chercha-t-il pas à contredire son aîné et ne s'interrogea-t-il pas sur l'opportunité de laisser leurs affaires dans un endroit où elles risquaient d'être volées.

Ils prirent la direction qu'avait empruntée Ness, vers Meanwhile Gardens. Mais, au lieu de passer devant la garderie, ils suivirent l'allée longeant les jardins. Celle-ci donnait sur la partie est de Meanwhile Gardens, qui rétrécissait pour se transformer en un fouillis de buissons près d'un sentier goudronné et aboutir au canal.

A la vue des buissons, Joel ne put résister.

— Attends-moi, Tobe, dit-il à son frère.

Et, tandis que le petit clignait des paupières en signe d'acquiescement, Joel fit ce que font sans vergogne certains Londoniens pris de court : il pissa sur les massifs. Avec un intense soulagement. Malgré les craintes que le grand ensemble lui avait inspirées quelque temps plus tôt, il pencha la tête vers le chemin goudronné de l'autre côté de la verdure et fit signe à Toby de le suivre. Ils s'éloignèrent en trottinant et, trente mètres plus loin, se retrouvèrent devant une mare.

Dans l'obscurité, la nappe liquide luisait de manière menaçante, mais cette menace était atténuée par la présence d'oiseaux aquatiques perchés au bord de l'eau et dans les roseaux. La seule lumière brillait sur un ponton de bois. Un sentier y menait en sinuant, et les deux garçons le descendirent en courant. Ils franchirent bruyamment le ponton et se postèrent à son extrémité. Des canards se jetèrent à l'eau et s'éloignèrent.

— Super, hein, Joel ? fit Toby en regardant autour de lui avec un sourire. Génial pour se faire une cabane dans les buissons, comme ça personne…

— Chuuuuut.

Joel plaqua la main sur la bouche de son frère. Il avait perçu ce qui avait échappé à Toby, trop excité. Un sentier piétonnier longeait Grand Union Canal au-dessus d'eux. Plusieurs personnes arrivaient, des jeunes apparemment.

— File-moi une taffe, *man*. Tu vas pas me refuser ça.

— T'as de la thune ? Je fais pas la charité, mec.

— Allez, quoi, on sait que c'est toi le dealer dans le quartier.

— Fais pas chier.

Les voix s'estompèrent tandis que les ados suivaient le sentier au-dessus d'eux. Joel se mit debout lorsqu'ils furent partis et escalada la berge. Toby chuchota craintivement son prénom mais Joel l'envoya promener d'un geste. Il voulait voir la tête des types afin de savoir ce que cet endroit lui réservait. Arrivé en haut de la rive, toutefois, lorsqu'il regarda dans la direction prise par les voix, il ne distingua que des silhouettes. Ils étaient quatre, tous habillés pareil : jean baggy, sweat-shirt à capuche relevée, anorak. Ils avançaient en traînant les pieds, empêtrés dans l'entrejambe de leurs pantalons surdimensionnés. Leur allure ne semblait pas menaçante, mais leurs propos démentaient cette impression.

Sur la droite de Joel, un appel jaillit, et il aperçut un peu plus loin quelqu'un planté sur le pont enjambant le canal. Sur sa gauche, les ados se retournèrent pour voir qui les avait hélés. C'était un rasta. Il agitait un sachet en papier.

Joel en savait suffisamment. Il se baissa, se laissa glisser le long du talus jusqu'à Toby.

— On se casse, mec, dit-il en aidant son frère à se relever.

— Mais la cabane...

— Pas le moment, décréta Joel.

Ils rebroussèrent chemin pour retrouver la sécurité relative du seuil de la maison de leur tante.

2

Kendra Osborne regagna la cité d'Edenham juste après sept heures ce soir-là, venant d'Elkstone Road. Elle négocia bruyamment le virage dans une vieille Fiat Punto reconnaissable à sa portière côté passager sur laquelle quelqu'un avait bombé *suce-la*, une injonction peinte en rouge agressif que Kendra avait laissée, non parce qu'elle n'avait pas les moyens de faire repeindre sa porte mais parce qu'elle n'avait pas réussi à trouver le temps de s'en occuper. Elle avait un boulot, et, par ailleurs, elle suivait une formation pour en changer. Elle bossait comme vendeuse à Sidashop, un magasin de Harrow Road dont les bénéfices servaient à subventionner la recherche contre le sida. Mais son ambition, c'était de devenir masseuse. Sa carrière n'en était qu'aux balbutiements : après dix-huit mois de cours au Kensington & Chelsea College, elle avait commencé à exercer et essayait depuis six semaines de se constituer une clientèle.

Son objectif professionnel était double. Elle comptait recevoir dans la petite chambre d'amis de son domicile les clients désireux de venir chez elle, et elle se rendrait en voiture avec son matériel – sa table pliante, ses huiles essentielles qu'elle chargerait à l'arrière du véhicule – chez les clients souhaitant qu'elle vienne à leur domicile. Bien entendu, les prestations à domicile seraient plus chères. Elle espérait mettre suffisamment d'argent de côté pour ouvrir ensuite son propre salon de massage.

Le massage et le bronzage – les cabines et les lits –, voilà ce qu'elle visait, preuve qu'elle avait bien saisi les aspirations de ses compatriotes blancs. Vivant dans un pays dont le climat les empêche souvent d'avoir l'éclat resplendissant d'une peau naturellement hâlée, trois générations au moins de Blancs en Angleterre se sont consciencieusement fait rôtir, allant jusqu'à se brûler au premier ou au second degré, les jours où le soleil consentait à faire son apparition. Kendra entendait profiter du désir de ces gens-là de s'exposer aux ultraviolets cancérigènes. Elle les attirerait en leur proposant du bronzage et en profiterait pour leur faire découvrir les massages thérapeutiques. Aux clients réguliers qu'elle avait déjà massés chez elle ou chez eux, elle proposerait les bienfaits douteux du bronzage. Cette stratégie lui semblait promise à un succès certain.

Kendra savait que tout cela demanderait du temps et des efforts, mais le travail ne lui avait jamais fait peur. En cela, elle ne ressemblait guère à sa mère. Ce n'était pas la seule chose qui différenciait les deux femmes. L'autre, c'était leur attitude vis-à-vis des hommes. Glory avait peur et se sentait incomplète sans un homme, quel qu'il fût, et quelle que fût sa façon de la traiter. C'est pourquoi en ce moment précis elle était assise devant une porte d'embarquement d'aéroport, attendant de monter à bord d'un jet qui l'emporterait vers un Jamaïquain alcoolique en bout de course, au passé trouble et à l'absence d'avenir totale. De son côté, Kendra s'assumait. Elle avait été mariée à deux reprises. Veuve une première fois et maintenant divorcée, elle avait – selon son expression – largement « donné ». Elle n'avait rien contre les hommes mais elle en était venue à les considérer comme tout juste bons à satisfaire certains besoins physiques.

Quand elle était en proie à ce genre de démangeaison, Kendra n'avait aucun mal à trouver un homme heureux de lui donner satisfaction. Une petite virée d'un soir dans un bar avec sa meilleure copine, et le tour était joué. A quarante ans, Kendra, au teint couleur de vieux porto, n'hésitait pas à faire usage de ses charmes exotiques pour obtenir ce qu'elle désirait : un petit coup vite fait, et ciao. Centrée sur ses objectifs professionnels, elle n'avait pas de place dans sa vie pour un mâle pâmé d'amour ne pensant qu'au sexe et aux précautions qui allaient avec.

Au moment où Kendra tournait pour atteindre l'étroit garage devant sa maison, Joel et Toby – qui, de retour de leur excursion à la mare aux canards de Meanwhile Gardens, étaient restés assis encore une heure par ce froid glacial – avaient le derrière gelé. Kendra ne vit pas immédiatement ses neveux sur son perron, en grande partie parce que l'ampoule du lampadaire d'Edenham Way avait claqué depuis un bout de temps et que personne n'avait songé à la remplacer. Ce qu'elle aperçut, c'est un chariot bourré à craquer qui barrait l'accès au garage.

Kendra crut tout d'abord qu'il s'agissait d'articles de seconde main destinés à Sidashop. Si elle n'était pas spécialement ravie que ses voisins abandonnent leurs vieilleries devant chez elle au lieu de les apporter à Harrow Road, elle n'était pas non plus du genre à cracher sur des affaires susceptibles de rapporter de l'argent. Aussi, lorsqu'elle descendit de voiture pour pousser le chariot, était-elle de bonne humeur, ravie en outre de sa démonstration de massage dans un gymnase installé sous le pont routier de Westway, dans Portobello Green Arcade.

C'est alors qu'elle vit les gamins, leurs valises et les sacs. La terreur lui noua aussitôt l'estomac, et elle percuta.

Elle ouvrit la porte du garage, la poussa, sans adresser un mot à ses neveux. Réalisant ce qui lui pendait au nez, elle se mit à jurer. Suffisamment bas pour que les enfants ne l'entendent pas. Mais suffisamment haut pour que cela lui procure un certain soulagement. Merde, saloperie de vieille bique. Une fois qu'elle eut proféré ces jurons, elle remonta dans la Fiat et la gara, se demandant fébrilement ce qu'elle allait pouvoir faire pour se débarrasser du fardeau que son chameau de mère venait de lui coller sur le dos.

Le temps qu'elle récupère sa table de massage dans le coffre, Joel et Toby avaient quitté leur perchoir pour la rejoindre. Arrivés au coin de la maison, ils marquèrent un temps d'arrêt, Joel devant, Toby derrière, comme toujours.

Sans autre préambule, Joel s'adressa à Kendra :

— Mamie est partie nous installer une maison en Jamaïque. Elle nous enverra chercher quand ça sera prêt. Elle nous a dit de l'attendre ici.

Comme Kendra ne répondait pas, parce que, malgré sa terreur, les paroles de son neveu et son air plein d'espoir lui mettaient les larmes aux yeux – la cruauté de sa mère lui soulevait le cœur –, Joel poursuivit avec encore plus d'entrain :

— Ça va, tante Ken ? Je peux te donner un coup de main ?

Toby ne souffla mot. Il restait en arrière, sur les pointes, telle une ballerine déjantée dans une chorégraphie évoquant la mer.

— Pourquoi se trimballe-t-il avec ça ? fit Kendra en désignant le petit du doigt.

— La bouée ? C'est son jouet préféré. Mamie lui en a fait cadeau pour Noël, tu te souviens pas ? Elle a dit qu'en Jamaïque il pourrait...

— Je sais ce qu'elle a dit, coupa Kendra, animée d'une colère qui ne visait pas son neveu mais la visait, elle, pauvre idiote, qui n'avait pas saisi ce que Glory Campbell tramait déjà à Noël.

Elle se souvenait du moment où ladite Glory avait annoncé, l'air de rien, comme s'il s'agissait d'une simple promenade de santé, qu'elle allait rejoindre son bon à rien de copain sur la terre où ils étaient nés. Kendra se serait giflée d'avoir porté des œillères ce jour-là.

« Les p'tits, ils vont adorer la Jamaïque, avait poursuivi Glory. Et George sera mieux là-bas qu'ici. Avec eux, je veux dire. Ç'a été dur pour lui, tu sais. Trois gosses et nous dans cette maison minuscule. Tassés les uns sur les autres.

— Tu peux pas les emmener en Jamaïque, avait objecté Kendra. Et leur mère ?

— Carole ? Elle saura même pas qu'ils sont partis », lui avait rétorqué Glory.

A coup sûr, songea Kendra en sortant la table de l'arrière de la voiture, Glory se prévaudrait de cette excuse dans la lettre qu'elle ne manquerait pas de lui écrire lorsqu'elle ne pourrait plus faire autrement. « J'ai mûrement réfléchi à la question, dirait-elle en s'exprimant dans son anglais le plus châtié et non dans le jamaïquain de fantaisie qu'elle avait adopté en prévision de sa nouvelle vie, et je me souviens des paroles que tu as prononcées concernant cette pauvre Carole. Tu as raison, Ken. Je ne peux pas emmener les enfants si loin d'elle. » La question serait réglée. Sa mère n'était pas foncièrement mauvaise, mais elle avait toujours eu un sens aigu des priorités. Glory s'était toujours et avant tout souciée de sa petite personne. Trois petits-enfants à la Jamaïque cohabitant avec un bon à rien au chômage qui passait son temps à taper le carton et mater la télé, un spécimen bouffi et ne sentant pas la rose auquel Glory était décidée à s'accrocher parce qu'elle n'avait jamais réussi à se passer d'un mec, fût-ce une semaine, et qu'à son âge, un mec, ça ne se trouvait pas sous le sabot d'un cheval… C'était du dérangement assuré. Même un imbécile s'en serait rendu compte.

Kendra ferma le coffre. Elle poussa un grognement en soulevant par sa poignée la lourde table pliante. Joel se précipita.

— Laisse-moi porter ça, tante Ken.

Comme s'il était capable de se charger d'un objet aussi lourd et aussi encombrant. Voyant cela, Kendra se radoucit.

— Je m'en charge, dit-elle à Joel. Referme la porte. Et rentre le chariot et le reste de vos affaires.

Tandis que Joel s'exécutait, Kendra considéra Toby. Son bref attendrissement fondit comme neige au soleil. Ce qu'elle avait en face d'elle était un mystère, et une responsabilité que personne ne voulait assumer. Tout ce qu'on avait trouvé pour évoquer ce qui clochait chez Toby se résumait en une formule : manque d'un filtre social approprié. Le chaos qui s'était installé au sein de la famille depuis son quatrième anniversaire était tel que personne n'avait eu le courage de pousser plus loin les investigations. Kendra – qui ne savait de cet enfant que ce qu'elle avait en face d'elle – se voyait dans l'obligation de le prendre en charge, en attendant de trouver un moyen de se débarrasser de cette responsabilité.

A le voir ainsi devant elle – avec sa bouée ridicule, ses cheveux massacrés, son jean trop long, ses baskets pas lacées –, Kendra n'avait qu'une envie : prendre la fuite.

— Alors, qu'est-ce que tu me racontes ? dit-elle assez sèchement à Toby.

Toby cessa de danser et consulta Joel du regard, ne sachant que faire. Comme Joel ne le mettait pas sur la voie, il dit à sa tante :

— Faut que je fasse pipi. On est en Jamaïque ?

— T'sais bien qu'non, Tobe, intervint Joel.

— *Tu* sais, corrigea Kendra. Parle correctement quand tu es avec moi. Tu en es capable.

— On n'est pas en Jamaïque, reprit docilement Joel.

Kendra entra et alluma tandis que Joel arrivait avec les deux valises, les sacs et le chariot. Planté devant la porte, il attendait qu'on lui donne des instructions. Comme il n'était jamais allé chez sa tante auparavant, il étudiait les lieux avec curiosité. Il ne tarda pas à se rendre compte que cette maison était encore plus exiguë que celle de Henchman Street.

Au rez-de-chaussée, deux pièces ainsi qu'un W-C minuscule. Le coin-repas était juste dans le prolongement de l'entrée et, derrière le coin-repas, se trouvait une cuisine avec une fenêtre mangée de nuit où se refléta l'image de Kendra lorsqu'elle alluma le plafonnier. Deux portes à angle droit occupaient le coin gauche de la cuisine. L'une donnait sur le jardin de derrière où trônait le barbecue qui avait impressionné Toby, l'autre sur un escalier. La maison comportait deux étages. Comme Joel le découvrirait plus tard, l'un abritait un salon, et celui du haut, une salle de bains et deux chambres.

Kendra se dirigea vers l'escalier, traînant sa table de massage.

— Tu montes ça là-haut, tante Ken ? Je m'en charge. Je suis plus costaud que tu crois.

— Occupe-toi de Toby, dit Kendra. Emmène-le au petit coin.

Joel parcourut la pièce des yeux à la recherche des toilettes. Ce manège échappa à Kendra, qui avait l'impression que les murs de sa maison allaient se refermer sur elle. Elle commença à grimper les marches, et Joel, qui n'aimait pas poser des questions car il n'avait pas envie qu'on le prenne pour un idiot, attendit que sa tante se soit bien engagée dans l'escalier. Peu après, il perçut des bruits sourds qui lui firent comprendre qu'elle gagnait le dernier étage avec la table. Il en profita pour tirer le verrou de la porte donnant sur le jardin et fit précipitamment sortir son frère. Toby ne moufta pas et urina sur un massif.

Lorsque Kendra redescendit, les gamins étaient de nouveau près de leur barda, sans savoir ce qu'on attendait d'eux. Kendra était restée un moment dans sa chambre pour essayer de se calmer et d'échafauder une stratégie. Mais sans rien trouver qui ne bouleversât pas complètement son existence. Elle en était arrivée au point où elle se sentait obligée de poser une question dont elle n'avait pas spécialement envie de connaître la réponse.

— Où est Vanessa ? Partie avec mamie ?

Signe de dénégation de Joel.

— Elle doit pas être loin. Elle était vénère et...

— Enervée, corrigea Kendra. Pas vénère. Irritée. Agacée. De mauvaise humeur.

— De mauvaise humeur, reprit Joel. Et elle s'est tirée. Mais je suis sûr qu'elle va pas tarder à se repointer.

Il dit cela comme s'il s'attendait à ce que sa tante soit contente d'apprendre la nouvelle. Mais, si s'occuper de Toby était bien la dernière chose que Kendra avait envie de faire, elle avait encore moins envie de se charger de son insupportable sœur.

Une femme à l'instinct maternel plus développé se serait mobilisée, sinon pour mettre à l'aise les deux malheureux qu'on avait abandonnés sur le pas de sa porte, du moins pour leur préparer quelque chose à se mettre sous la dent. Elle aurait gravi l'escalier une deuxième fois et se serait affairée dans les chambres pour leur aménager un coin où dormir. Il n'y avait pas assez de meubles dans la maison – notamment dans la pièce réservée aux massages –, mais elle avait de la literie qu'on pouvait installer par terre et des serviettes de toilette qui, une fois roulées, feraient des oreillers acceptables. Après quoi elle se serait occupée de leur donner à manger. Puis elle aurait pu partir à la recherche de Ness. Mais Kendra n'avait aucune expérience des enfants, alors elle préféra sortir de son sac un paquet de Benson & Hedges. Elle alluma sa cigarette à un brûleur de la cuisinière et se mit à réfléchir à ce qu'il convenait de faire. C'est sur ces entrefaites que le téléphone sonna, lui sauvant la mise.

Elle pensa que Glory – en proie à des remords dont elle n'était pourtant pas coutumière – appelait pour dire qu'elle avait changé d'avis au sujet de George Gilbert, de la Jamaïque et des trois enfants. Mais son interlocutrice était sa meilleure amie, Cordie. Dès que Kendra entendit sa voix, elle se rappela qu'elles étaient convenues d'une sortie entre filles le soir même. Elles avaient projeté de se rendre dans un club, le Sans Souci, pour boire, fumer, discuter, écouter de la musique et danser – chacune de son côté, ensemble ou avec un partenaire. Elles dragueraient afin de se prouver qu'elles étaient encore sexy et, si Kendra décidait de se taper un mec, Cordie – mariée et heureuse en ménage – vivrait la rencontre, le lendemain matin, par procuration sur son portable. C'était toujours comme ça que ça se passait quand elles allaient en boîte toutes les deux.

— T'as mis tes nouvelles pompes pour aller danser, Ken ?

Kendra sentit qu'elle était à un moment-clé de son existence.

Elle prit conscience que non seulement elle avait besoin physiquement d'un homme mais qu'en outre elle était en manque depuis plus d'une semaine – période pendant laquelle elle s'était abîmée dans le travail pour oublier ses pulsions. La mention des chaussures neuves ne fit qu'intensifier sa sensation de manque, au point qu'elle se rendit compte qu'elle ne savait plus à quand remontait la dernière fois où elle avait écarté les jambes pour un homme.

Elle se mit à carburer à toute vitesse. Il fallait qu'elle règle le problème des gamins de façon à pouvoir se pointer au Sans Souci pendant qu'il y avait encore des mecs potables à se fourrer sous la dent. Elle passa en revue le contenu de son frigo et de ses placards : il devait bien y avoir quelque chose qu'elle pourrait leur préparer en vitesse. Vu l'heure, ils devaient être affamés. Ensuite elle devrait débarrasser la chambre d'amis afin de leur aménager un coin où dormir. Elle pourrait leur distribuer des serviettes et des gants de toilette, et leur faire faire connaissance avec la salle de bains. Ensuite viendrait le moment de se mettre au lit. Sûr qu'elle réussirait à boucler ce programme avant neuf heures et demie, et qu'elle pourrait accompagner Cordie au Sans Souci.

Dans le langage qu'elle adoptait pour parler à sa copine, Kendra dit à Cordie :

— Je suis en train de les cirer, mes pompes, chérie. Si elles brillent assez, fais-moi confiance, je mets pas de culotte.

— Oooooh, la vilaine, s'esclaffa Cordie. On se retrouve à quelle heure, ma beauté ?

Kendra regarda Joel. Toby et lui se tenaient près de la porte du jardin. La braguette de Toby était à moitié défaite mais les deux gamins avaient toujours leurs blousons fermés jusqu'au cou.

— Vous vous couchez à quelle heure, normalement ? demanda-t-elle à Joel.

Joel réfléchit. Normalement, ils n'avaient pas d'heure. Leurs vies avaient subi de tels bouleversements au fil des années que jamais personne n'avait songé à leur établir des horaires. Il essaya de deviner la réponse que sa tante attendait de lui. Visiblement, à l'autre bout du fil, quelqu'un espérait une bonne nouvelle et, cette bonne nouvelle, c'était que Toby et Joel soient mis au lit le plus tôt possible. Il glissa un œil vers l'horloge murale au-dessus de l'évier. Sept heures et quart.

Au pif, il dit :

— Huit heures et demie, le plus souvent. Mais on peut y aller tout de suite, hein, Tobe ?

Toby était toujours d'accord sauf quand il était question de télévision. Comme il ne s'agissait pas de télévision, il acquiesça.

Ce fut donc un moment-clé dans la vie de Kendra Osborne. Un moment qui ne lui plut pas du tout. Mais qui s'imposa si fortement à elle qu'elle ne put que le qualifier de décisif. Elle ressentit comme un coup au cœur, suivi de l'étrange impression qu'elle coulait. Pas de doute : il lui faudrait remettre à plus tard les cigarettes, la danse, la drague et la baise. Elle desserra sa prise sur le téléphone, se tourna vers la fenêtre noire de nuit. Elle appuya son front contre la vitre lisse et froide. Et, s'adressant à elle-même plutôt qu'à Cordie ou aux gamins, elle murmura :

— Mon Dieu. Seigneur, mon Dieu.

Ce n'était pas une prière, ça non. Certainement pas.

Les jours qui suivirent furent difficiles, pour des raisons indépendantes de la volonté de Kendra. Le fait que ses jeunes neveux aient envahi son univers ne facilitait pas sa vie, déjà fort compliquée. Elle avait du mal à organiser le quotidien – les repas à préparer, les vêtements à changer, le papier toilette qu'il fallait penser à mettre en quantité suffisante – et en plus elle avait des accrochages avec Ness.

L'expérience de Kendra en matière de gamines de quinze ans se limitait au fait qu'elle-même était passée par ce stade. Autant dire que cela ne la préparait pas particulièrement à s'occuper d'une fille en proie aux affres de l'adolescence. Et l'adolescence de Ness – déjà pleine des problèmes typiques que rencontre une fille quand elle grandit et qui vont de la pression de ses pairs aux vilains boutons sur le menton – avait été plus agitée que Kendra ne le soupçonnait. C'est pourquoi, le premier soir, voyant que Ness n'était, à minuit, toujours pas rentrée à Edenham Way, Kendra était partie à sa recherche.

Cela pour une raison bien simple : les petits Campbell ne connaissaient pas assez le quartier pour y traîner de nuit ni même de jour. Ils risquaient de se perdre dans ce secteur de la ville où abondaient les grands ensembles aux allures de labyrinthes, dont les habitants pas toujours recommandables exerçaient à toute heure des activités encore moins recommandables. Cela dit, une adolescente traînant seule la nuit aurait couru des risques n'importe où. Kendra, elle, ne se sentait jamais en danger, mais c'était grâce à la carapace qu'elle s'était forgée, qui consistait à marcher vite en affichant un air revêche. Carapace dont elle avait tout le loisir de se féliciter quand elle faisait des rencontres nocturnes dans la rue.

Une fois Joel et Toby couchés sur le parquet de la chambre d'amis, Ken prit sa voiture pour aller à la recherche de Ness. Mais sans succès. Elle descendit jusqu'à Notting Hill Gate, remonta jusqu'à Kilburn Lane. L'heure avançant, elle ne croisa sur son chemin que des bandes de jeunes qui, tels des moucherons, émergeaient à la nuit tombée, à la recherche d'un peu d'action.

Kendra finit par passer au commissariat de Harrow Road, impressionnant édifice de brique victorien dont la taille, comparée à celle des bâtiments environnants, indique qu'il est fermement décidé à durer. Elle s'adressa à une auxiliaire de police, une Blanche visiblement pénétrée de sa supériorité qui prit son temps avant de consentir à lever le nez de sa paperasse. Non, lui fut-il répondu. Aucune fille de quinze ans n'avait été amenée au poste sous quelque motif que ce soit... madame. A un autre moment, cette pause avant le « madame » aurait hérissé Kendra. Mais cette fois, elle avait des sujets de préoccupation autrement plus sérieux que l'évident manque de respect témoigné par ce flic ; aussi laissa-t-elle glisser. Elle effectua un dernier tour de quartier. Mais elle ne trouva trace de Ness nulle part.

Ness ne rentra pas ce soir-là. Elle n'apparut que le lendemain matin vers neuf heures.

Elles eurent une brève conversation dont Kendra décida de se satisfaire. Pressée de questions – où donc Vanessa était-elle passée ? elle s'était fait un sang d'encre à son sujet –, Ness répondit qu'elle s'était perdue et qu'après avoir erré ici et là elle avait fini par découvrir à Wornington Estate un foyer socioculturel encore ouvert où elle s'était réfugiée pour la nuit. Elle s'y était endormie. Désolée, dit-elle en s'approchant de la cafetière où reposait encore le café de la veille. Elle s'en versa une tasse et aperçut les Benson & Hedges de sa tante sur la table, où Joel et Toby attaquaient leurs bols de corn-flakes empruntés en hâte à une voisine.

— Je peux avoir une clope, tante Ken ? s'enquit Ness.

Qui ajouta à l'adresse de Joel :

— Qu'est-ce que t'as, à mater comme ça ?

Voyant Joel piquer du nez sur ses céréales, Kendra essaya de prendre la température de la pièce afin de comprendre ce qui se passait réellement. Elle savait qu'il y avait anguille sous roche mais elle ne voyait pas comment aborder le problème.

— Pourquoi t'es-tu sauvée ? demanda Kendra à Ness. Pourquoi ne m'as-tu pas attendue comme tes frères ?

Haussement d'épaules de Ness. Le geste était si fréquent chez elle que Kendra en viendrait à vouloir lui clouer les épaules. L'adolescente rafla le paquet de cigarettes.

— Je ne t'ai pas autorisée à te servir, Vanessa.

Ness retira sa main avec un :

— Bon, comme tu veux.

Avant d'ajouter du bout des dents :

— 'Scuse-moi.

Ce mot d'excuse incita Kendra à lui demander si c'était à cause de sa grand-mère qu'elle s'était sauvée.

— Elle t'a plaquée. La Jamaïque, tout ça. Tu avais bien le droit d'être...

— La Jamaïque ? fit Ness avec un ricanement. Je voulais pas y aller, moi, dans ce putain de pays. Je veux me trouver un job ici, chez moi.

J'en avais ras-le-bol de cette vieille pétasse. Je peux te piquer une clope, oui ou merde ?

Ayant passé son enfance et son adolescence en compagnie de Glory et habituée à son anglais standard, Kendra n'était pas disposée à tolérer cette façon de parler relâchée.

— Ne t'exprime pas comme ça, Vanessa. Tu es capable de parler correctement.

— Comme tu voudras, fit Ness en roulant les yeux. Est-ce. Que. Je. Peux. Avoir. Une. Cigarette. Alors ? dit-elle en articulant avec une précision à faire grincer des dents.

Kendra acquiesça. Elle attendit pour poursuivre l'interrogatoire que l'adolescente ait allumé sa clope comme elle la veille : à un brûleur de la cuisinière. Elle toisa Ness, qui la toisa à son tour. Allaient-elles saisir l'occasion qui se présentait ? Pour Kendra, l'occasion de goûter à une forme de maternité qui lui avait été refusée jusque-là. Pour Ness, celle de s'inspirer d'une femme qui pourrait lui servir de modèle par la suite. Il y eut comme un moment de flottement, chacune d'elles hésitant au seuil d'un monde de possibles. Puis Kendra se souvint de ses projets d'avenir, et Ness de tout ce qu'elle souhaitait tellement oublier. Elles se détournèrent. Kendra dit aux gamins d'activer le mouvement. Ness tira une bouffée de sa cigarette et se dirigea vers la fenêtre pour contempler la grisaille hivernale.

Ce qu'il fallait, avant tout, c'était ôter à Ness l'idée qu'elle se trouverait un job et une piaule. A son âge, personne ne l'embaucherait : la loi exigeait qu'elle aille au collège. Ness prit la nouvelle mieux que Kendra ne s'y attendait, encore qu'avec son haussement d'épaules et son « Y a pas d'problème, Ken » caractéristiques.

— Tante Kendra, Vanessa.

— Comme tu veux.

Ensuite il fallut se mettre en quête d'un établissement scolaire pour les trois enfants. La démarche prit les allures d'une assommante course d'obstacles d'autant plus difficiles à franchir que la boutique où travaillait Kendra ne lui accordait qu'une heure en fin d'après-midi pour s'occuper du problème et de tous ceux qu'entraînait l'arrivée brutale dans sa vie de trois enfants. Elle avait le choix entre démissionner de Sidashop – ce qu'elle ne pouvait pas se permettre – ou s'accommoder du peu de temps qu'on lui octroyait : elle opta pour la deuxième solution. Elle avait également une troisième possibilité et elle la tourna et retourna dans sa tête tout en se débrouillant pour dénicher des meubles abordables mais décents pour la chambre d'amis ou apporter le linge sale de quatre personnes à la laverie.

Les services sociaux. Telle était l'autre option qui s'offrait à elle. Un coup de fil. Elle se déclarerait complètement dépassée. Mais Kendra ne pouvait pas faire ça. Parce qu'il y avait Gavin. Son frère, le père des enfants. Tout ce qu'il avait vécu. Tout ce que la vie lui avait infligé. Jusqu'à sa mort prématurée et inutile.

Il lui fallut dix jours pour installer les enfants chez elle et leur trouver une école. Durant cette période, ils restèrent à la maison pendant qu'elle travaillait, sous la surveillance de Ness et avec la télé pour seule distraction. Ness avait reçu une consigne stricte : elle ne devait pas sortir. Et, pour autant que Kendra le sache, elle respectait cette consigne, car elle était toujours là le matin quand Kendra s'en allait et en fin d'après-midi quand Kendra rentrait. Le fait que Ness s'absentait d'Edenham Way pendant les heures intermédiaires échappa à Kendra, et les deux garçons se gardèrent de la mettre au courant. Joel se tut, sachant ce qui lui pendait au nez s'il vendait la mèche. Toby ne souffla mot parce qu'il ne remarqua rien. Du moment que la télévision marchait, il pouvait se réfugier dans le monde de Sose, l'endroit qu'il préférait.

Ness eut ainsi dix jours pour se fondre dans le quotidien de North Kensington, et elle y parvint sans problème. Six et Natasha, qui séchaient régulièrement les cours, formèrent un trio avec elle et se firent un plaisir de la guider dans le quartier : le chemin le plus court pour atteindre Queensway où elles glandaient chez Whiteleys jusqu'à ce qu'on les fiche dehors, le coin le plus sympa pour tchatcher avec des mecs. Lorsqu'elles n'initiaient pas Ness aux délices locales, les deux filles lui filaient les diverses substances qui lui rendaient la vie plus légère. Mais avec la dope, Ness y allait mollo. Mieux valait être en pleine possession de ses moyens quand sa tante rentrait du boulot.

Joel n'en perdait pas une miette et il aurait bien voulu pouvoir dire quelque chose. Mais il était pris entre deux feux. Sa sœur, d'une part, qu'il ne reconnaissait ni ne comprenait plus. Sa tante, de l'autre, qui les avait recueillis au lieu de se débarrasser d'eux. C'est pourquoi il garda le silence. Il se contentait de regarder Ness aller et venir – Ness qui prenait soin de se laver, de laver ses cheveux et si nécessaire ses vêtements avant l'arrivée de Kendra –, attendant ce qui ne pouvait manquer de se produire.

Pour commencer, ce fut Holland Park School, la troisième des écoles dites « compréhensives » que Kendra avait contactées dans l'espoir d'y faire admettre Joel et Ness. Si elle ne parvenait pas à les inscrire dans une école du quartier, ils seraient obligés de retourner suivre les cours à East Acton. C'était hors de question, aussi bien pour eux que pour elle. Elle avait commencé par s'adresser à une école catholique, se disant qu'un établissement religieux où la discipline était stricte permettrait de remettre Ness sur les rails, ce qui ne serait pas du luxe. Faute de place, elle s'était ensuite adressée à une « compréhensive » anglicane, malheureusement avec un résultat identique. Elle avait tenté le coup à Holland Park School après ça ; et là, elle avait obtenu gain de cause. Cette école disposait de plusieurs places et, mis à part le fait que les enfants devraient passer un examen d'entrée, Kendra n'aurait que les uniformes à acheter.

Joel n'eut aucun mal à s'habituer à l'uniforme gris de l'établissement. Ness se montra moins accommodante. Elle décréta qu'il était hors de question qu'elle porte « ces fringues de merde ». Kendra corrigea son vocabulaire, fixa une amende de cinquante pence pour chaque mot grossier qu'elle utiliserait et lui dit qu'elle allait le porter, mais si.

Elles auraient pu entamer une dispute interminable mais Ness mit les pouces. Kendra, ravie, crut un peu vite qu'elle avait remporté le premier round, ne se doutant pas que Ness avait décidé de ne se rendre à l'école sous aucun prétexte. Raison pour laquelle cette histoire d'uniforme n'avait à ses yeux aucune importance.

Joel et Ness casés, restait Toby. Où qu'il allât, il faudrait que ce soit sur le trajet que Joel et Ness suivraient pour attraper le bus 52, lequel devait les conduire à Holland Park. Bien que personne n'abordât franchement le sujet, tous savaient qu'il était hors de question de laisser Toby se rendre seul à l'école. Et Kendra, si elle voulait voir se concrétiser ses projets professionnels – lesquels étaient demeurés au point mort depuis l'arrivée des gamins –, ne pouvait en même temps conserver son job à la boutique et accompagner Toby en classe.

Pendant dix jours encore, elle chercha une solution. Ç'aurait dû être facile : autour d'Edenham, ce n'étaient pas les écoles primaires qui manquaient et il y en avait d'autres le long du trajet que suivaient le frère et la sœur pour aller prendre leur bus. Mais, soit il n'y avait pas de place du tout, soit il n'y avait pas de place pour quelqu'un comme Toby compte tenu de ses « besoins particuliers », ainsi que le formulaient les directeurs d'établissement après une simple minute de conversation avec le petit garçon. Kendra commençait à se dire qu'elle allait être obligée de le garder auprès d'elle – perspective horrible – lorsque la directrice de Middle Row School l'adressa au Westminster Learning Centre de Harrow Road, centre d'apprentissage à deux pas de Sidashop. Toby, lui dit la directrice, serait autorisé à fréquenter Middle Row School à condition de suivre par ailleurs les cours spéciaux dispensés quotidiennement par le centre.

— Cela l'aidera à surmonter ses difficultés, dit la directrice comme si elle était persuadée qu'un enseignement quelconque avait des chances de le guérir de ses handicaps.

Cela tombait à pic. Il était un peu exagéré de prétendre que Middle Row se situait directement sur le trajet de Ness et Joel, mais il y avait un arrêt de bus à Ladbroke Grove qui était à cinq minutes à pied de l'école de Toby. Les cours terminés, le fait d'avoir Toby non loin d'elle au centre d'apprentissage permettrait à Kendra de tenir à l'œil Joel et Ness par la même occasion car ces derniers devraient l'y conduire à pied. Kendra espérait qu'ils s'en chargeraient à tour de rôle, s'arrêtant au passage à la boutique pour lui faire un petit coucou.

Dans tout ça, elle avait juste oublié quel genre de fille était sa nièce. Ness laissa sa tante penser ce qu'elle voulait, s'organiser comme elle le souhaitait. Comme bon nombre d'adolescentes qui se croient toutes-puissantes parce qu'elles ont réussi à faire leurs quatre volontés pendant un certain temps sans que les adultes se doutent de quoi que ce soit, elle se disait qu'elle allait pouvoir continuer éternellement sur cette lancée.

Naturellement, elle se trompait.

Holland Park School constitue une anomalie. L'école se trouve au cœur d'un des quartiers les plus chics de Londres : un endroit où abondent la verdure, les belles demeures de brique rouge et de stuc blanc, les immeubles élégants et les petites maisons individuelles d'un prix exorbitant. Pourtant, bon nombre des élèves qui la fréquentent viennent de certaines des cités les plus malfamées du nord de la Tamise. La population du voisinage immédiat est résolument blanche tandis que celle de l'école couvre toute la gamme chromatique du marron au noir.

Il aurait fallu que Joel Campbell soit aveugle ou idiot pour penser appartenir aux environs immédiats de Holland Park School. Une fois qu'il eut repéré qu'il y avait deux trajets pour se rendre du bus 52 à l'école, il choisit celui qui lui évitait au maximum de croiser les regards peu amènes des femmes encachemirées promenant leurs yorkshires, et les enfants que les filles au pair amenaient en classe dans la Range Rover familiale. Ce trajet le conduisait au coin de Notting Hill Gate. De là, il gagnait à pied Campden Hill Road.

Dès le premier jour, il effectua seul ce trajet après avoir laissé Toby à Middle Row School. Ness – docilement vêtue de son désolant uniforme gris, et portant un sac sur le dos – les accompagnait jusqu'à Golborne Road. Là, elle laissait ses frères poursuivre leur route tandis que, empochant l'argent du bus, elle poursuivait la sienne.

« Je te conseille pas de cafter. Si tu l'ouvres, je te pète la gueule », disait-elle régulièrement à Joel.

Joel hochait la tête et la regardait s'éloigner. Il aurait voulu lui dire que ce n'était pas la peine qu'elle le menace. Il ne moucharderait pas. Est-ce qu'il l'avait jamais fait ? Pour commencer, c'était sa sœur ; et même si tel n'avait pas été le cas, il connaissait la règle la plus importante pour tout enfant et tout adolescent : ne jamais rapporter. Ness et lui suivaient une politique très simple consistant à ne pas poser de questions et à ne rien dire. Il ne savait absolument pas ce qu'elle fabriquait, en dehors du fait qu'elle faisait l'école buissonnière, et elle ne lui donnait pas de détails.

Il aurait préféré qu'elle reste avec lui, pas seulement pour veiller sur Toby le matin et l'après-midi, mais aussi pour le soutenir dans son rôle de petit nouveau à Holland Park School. Car l'école lui semblait le lieu de tous les dangers. Danger, sur le plan scolaire, de passer pour un idiot plutôt que pour un timide. Danger, sur le plan social, de ne pas avoir d'amis. Danger, sur le plan physique, de posséder une apparence qui, jointe au fait qu'il n'avait pas de copains, pouvait aisément le transformer en souffre-douleur. La présence de Ness lui aurait facilité la vie. Elle aurait eu moins de mal à s'adapter. Il aurait pu se mettre sous sa protection.

Bien sûr Ness – la Ness d'aujourd'hui – ne l'aurait pas laissé lui coller au train. Mais l'idée que Joel entretenait encore de sa sœur lui faisait regretter d'autant plus vivement son absence à l'école. C'est pourquoi il s'efforça de passer inaperçu, de n'attirer l'attention ni des élèves ni des professeurs. A son conseiller qui lui demandait d'un ton vibrant : « Alors, comment ça se passe pour toi, ici, mon garçon ? », il ne manquait jamais de répondre : « Ça baigne. »

« Des problèmes ? Les devoirs, ça va ?

— Ça baigne.

— Tu t'es fait des copains ?

— Je me débrouille.

— On ne te mène pas trop la vie dure ? »

Là, il baissait le nez. Faisait signe que non.

« Parce que si on te bizute, il faut me le dire immédiatement. On ne tolère pas ce genre de pratiques à Holland Park. » Longue pause. Joel relevait la tête, voyait le prof – Mr Eastbourne – le jauger. « Tu ne me mentirais pas, n'est-ce pas, Joel ? Mon boulot, c'est de te faciliter la vie. Tu sais pourquoi tu es à Holland Park ? »

Joel fit un signe de dénégation.

« Pour progresser. Pour recevoir une é-du-ca-tion. C'est bien ce que tu veux, n'est-ce pas ? Une éducation. Il faut le vouloir pour réussir.

— OK. »

Joel ne désirait qu'une chose : qu'on le laisse filer, qu'on cesse de le reluquer comme une bête curieuse. Si étudier dix-huit heures par jour lui avait permis de se rendre invisible aux yeux de Mr Eastbourne et des autres, il l'aurait fait. Il aurait fait n'importe quoi.

Le pire, c'était l'heure du déjeuner. Comme dans toutes les écoles du monde, garçons et filles formaient des groupes portant des surnoms connus de leurs seuls membres. Les ados jugés populaires – ou qui s'autoproclamaient tels sans que quiconque cherche à leur disputer ce titre – restaient à bonne distance des grosses têtes. Ces derniers – qui obtenaient les notes prouvant qu'ils en avaient là-dedans – se tenaient loin de ceux dont l'avenir se résumerait à une vie de dur labeur derrière un comptoir ou un bureau. Ceux qui suivaient les modes restaient en retrait de ceux qui méprisaient ce genre de considérations. Il y avait également bien sûr des poches d'individus qui n'entraient dans aucune de ces cases. C'étaient les parias, qui ne savaient pas comment accueillir leurs semblables dans leurs rangs. Joel passait donc l'heure du déjeuner seul.

Plusieurs semaines s'étaient ainsi écoulées lorsqu'il entendit quelqu'un lui adresser la parole non loin du coin où il mangeait, près de la grille, à côté de la cahute du surveillant. Une voix de fille.

— Pourquoi tu manges là, mec ?

Levant le nez, Joel réalisa que la question lui était adressée et vit une jeune Asiatique à foulard marine, plantée dans l'allée menant à la cour, comme si le surveillant venait de la faire entrer dans l'établissement. Elle portait un uniforme trois fois trop grand pour elle. Lequel dissimulait ses éventuelles courbes féminines.

Ayant toujours réussi à éviter que ses condisciples s'adressent à lui, Joel ne savait que faire.

— Hé, poursuivit la jeune fille. T'as perdu ta langue ou quoi ?

Joel détourna les yeux car il avait le visage en feu et il savait que cela n'arrangeait pas son teint.

— Non.

— Qu'est-ce que tu fabriques, alors ?

— Je mange.

— J'suis pas aveugle. Mais on se met pas là pour manger. C'est interdit. On te l'a pas dit ?

— J'embête personne, fit-il avec un haussement d'épaules.

Elle vint se planter devant lui. Il baissa le nez sur ses pieds pour éviter de la regarder. Ses chaussures noires à bride étaient le genre qu'on trouvait dans les boutiques branchées. Elles étaient complètement déplacées dans ce contexte et il se demanda si elle portait des vêtements à la mode sous son uniforme surdimensionné. Ness en aurait porté, elle ; ce rapprochement avec sa sœur permit à Joel de se sentir un peu plus à l'aise. L'inconnue devenait à ses yeux un spécimen d'une espèce familière.

Se baissant, elle le fixa.

— Je te connais. Tu viens en bus. Le 52, comme moi. Où t'habites ?

Il le lui dit, l'examinant brièvement. D'abord curieux, le visage de la fille exprima l'étonnement.

— Edenham ? Moi aussi, dis donc. En haut de la tour. Je t'ai jamais vu dans le coin. Et tu le prends où, le bus ? Je t'ai vu dedans.

Il lui expliqua qu'il accompagnait son frère à l'école à pied. Ne souffla pas mot de Ness.

— Au fait, mon nom, c'est Hibah. Qui t'as comme conseiller ?

— Mr Eastbourne.

— En instruction religieuse ?

— Mrs Armstrong.

— En maths ?

— Mr Pearce.

— Une peau de vache. T'es top en maths ?

C'était le cas, mais il n'aimait pas en convenir. Il aimait les maths. C'était une matière simple : la réponse était juste ou fausse. On savait à quoi s'attendre avec les maths.

— T'as bien un nom ? poursuivit Hibah.

— Joel. Je suis nouveau.

— C'est pas un scoop.

Il piqua de nouveau un fard car il lui avait semblé percevoir du mépris dans sa voix. Elle s'empressa d'expliquer :

— T'es toujours tout seul. Forcément, je me suis dit que t'étais nouveau. De toute façon, c'est pas la première fois que je te vois là.

Elle inclina la tête en direction de la grille qui séparait l'école du reste du monde.

— Mon copain se pointe souvent là au déjeuner. C'est comme ça que je t'ai repéré.

— Il va pas à l'école ici ?

— Il va en classe nulle part. Il devrait. Mais il veut pas. On se donne rencard ici parce que si mon vieux me voyait avec lui, il me collerait une trempe. C'est un musulman, mon père, ajouta-t-elle, gênée.

Ne sachant pas quoi répondre, Joel préféra se taire.

— On pourrait être potes, toi et moi, dit Hibah. Rien que potes. Vu que j'ai déjà un mec.

C'était une proposition tellement surprenante que Joel en resta ébahi. Jamais personne ne lui avait dit une chose pareille et il n'arrivait pas à imaginer pourquoi Hibah avait pris cette initiative. Lui eût-on demandé des explications, Hibah aurait été incapable d'en fournir. Mais, ayant un copain que son père considérait comme indésirable et une philosophie de la vie qui la plaçait à la jonction de deux mondes antagonistes, elle savait ce que c'était que d'être une étrangère partout et cela la rendait plus capable de compassion que ses condisciples. Les inadaptés ont vite fait de se reconnaître entre eux, même inconsciemment. Ce qui avait été le cas de Hibah.

Comme Joel ne réagissait pas, elle poursuivit :

— Merde, c'est pas comme si j'étais malade. On pourrait au moins se dire bonjour dans le bus. Ça te tuera pas.

Là-dessus, elle s'éloigna. La cloche sonna avant que Joel puisse la rattraper et lui offrir à son tour son amitié.

3

Du côté de l'amitié, il en allait tout différemment pour Ness. En surface, du moins. Le matin, lorsqu'elle quittait ses frères, c'était pour faire ce qu'elle faisait depuis sa première nuit à North Kensington : rejoindre ses copines, Natasha et Six. Dans ce but, elle abandonnait Joel et Toby non loin de Portobello Bridge, où elle s'attardait le temps de s'assurer que les garçons ne regardaient pas la direction qu'elle prenait. Lorsqu'ils étaient hors de vue, elle marchait d'un bon pas dans la direction opposée, suivant un itinéraire qui la faisait passer devant la tour Trellick et l'emmenait vers le nord et West Kilburn.

Elle devait faire très attention car, pour gagner sa destination, il fallait franchir un pont enjambant Grand Union Canal afin d'atteindre Harrow Road, à deux pas du Sidashop où travaillait sa tante. Ness avait beau en général arriver dans les parages bien avant l'heure d'ouverture de la boutique, il n'en restait pas moins qu'elle courait le risque que Kendra décide un jour de se rendre plus tôt à son travail. Or Ness ne voulait surtout pas que Kendra l'aperçoive s'engageant dans Second Avenue.

Ce n'était pas tant un éventuel accrochage avec sa tante qu'elle redoutait. Ness se figurait encore, à tort, qu'elle était de taille à tenir tête à n'importe qui, y compris à Kendra Osborne. Simplement, elle ne voulait pas perdre son temps en palabres. Si elle tombait sur Kendra, il lui faudrait inventer un bobard pour expliquer sa présence au mauvais endroit à une mauvaise heure de la journée. Elle était persuadée de pouvoir s'en sortir avec aplomb – après tout, il y avait des semaines qu'elle avait quitté East Acton pour North Kensington et sa tante ne se doutait toujours pas de ce qu'elle fabriquait –, mais elle ne voulait pas gaspiller son énergie à ça. Car, de l'énergie, il lui en fallait pour se métamorphoser en la Ness Campbell qu'elle avait décidé de devenir.

Une fois de l'autre côté de Harrow Road, Ness filait droit vers le Jubilee Sports Centre, bâtiment court sur pattes de Caird Street qui proposait aux jeunes du quartier diverses activités leur évitant de faire des bêtises dans la rue. Parvenue au centre sportif, Ness se glissait jusqu'à la salle d'où émanaient la plupart du temps le bruit sourd des barres à disque et les grognements des leveurs de fonte, pour rejoindre les toilettes des dames, où elle se changeait, enfilant les vêtements et les chaussures qu'elle avait fourrés dans son sac à dos. Le hideux pantalon gris, elle le remplaçait par un jean hyper moulant. Le pull gris tout aussi hideux, par un petit top en dentelle ou un tee-shirt tout fin. Après avoir enfilé des bottes à talons aiguilles et lâché ses cheveux, elle forçait sur le maquillage – rouge à lèvres plus soutenu, trait d'eyeliner plus épais, ombre à paupières brillante – et elle examinait dans la glace la jeune fille qu'elle avait créée. Quand elle était satisfaite du résultat – ce qui était généralement le cas –, elle quittait le centre sportif et tournait au coin pour s'engager dans Lancefield Street.

C'était là qu'habitait Six, au milieu d'un vaste complexe qui avait pour nom la cité Mozart. Un véritable labyrinthe de brique londonien. Des dizaines de maisons en terrasse et d'immeubles s'étendant jusqu'à Kilburn Lane. Conçue pour abriter les habitants des taudis qu'elle remplaçait, la cité était devenue avec les années aussi peu engageante que les logements qui l'avaient précédée. Le jour, elle avait l'air relativement sûre, car il y avait peu de monde dehors à l'exception des personnes âgées descendues chercher du pain ou un carton de lait. La nuit, c'était différent. Car la faune nocturne du grand ensemble vivait depuis longtemps du mauvais côté de la loi, dealant de la drogue, des armes, réglant leur compte à ceux qui essayaient de les empêcher de faire leur business, y compris à la police, à laquelle les bad boys avaient toujours réussi à échapper depuis la création de la cité.

Six vivait dans l'un des immeubles. Farnaby House. Il comportait trois étages, on y accédait par une porte en bois massive. Il était doté de balcons où paresser l'été, de revêtements de sol en lino dans les couloirs et de murs peints en jaune. De l'extérieur, l'immeuble paraissait agréable. Mais, en y regardant de plus près, on constatait que la porte était esquintée, que les petites fenêtres qui la flanquaient étaient fendillées ou condamnées par des planches. En outre, il flottait dans le hall une âcre odeur d'urine, et les murs étaient truffés de trous laissés par les coups de pied.

L'appartement où logeait la famille de Six empestait, et il y régnait un vacarme infernal. L'odeur était celle de tabac froid et de vêtements sales. Le bruit émanait de la télé et du karaoké d'occasion que la mère de Six lui avait offert pour Noël et qui était censé aider Six à réaliser son rêve : devenir une vedette pop. Il devait également, du moins l'espérait-elle en secret, empêcher sa fille de traîner dans la rue. Il ne remplissait aucun de ces deux offices, mais cela échappait totalement à la mère de l'adolescente. La pauvre femme avait deux boulots pour pouvoir nourrir et vêtir les quatre enfants – sur les sept qu'elle avait mis au monde – qui habitaient encore chez elle. Elle n'avait ni le temps ni la force de se demander ce que sa progéniture fabriquait pendant qu'elle-même faisait le ménage au Hyde Park Hilton ou repassait draps et taies d'oreiller dans la lingerie du Dorchester Hotel. Comme la plupart des femmes dans sa situation, elle voulait un avenir meilleur pour ses enfants. Que trois de ses filles suivent déjà son exemple – mères célibataires pondant à tour de bras des mioches conçus avec des petits minables –, elle attribuait cela à de l'entêtement. Que trois des quatre autres enfants fussent décidés à suivre le même chemin, elle n'arrivait pas à l'avaler. Il n'y en avait qu'un qui fréquentait l'école assidûment. On lui avait en conséquence donné le sobriquet de Professeur.

Lorsque Ness atteignit Farnaby House, qu'elle eut franchi la porte déglinguée et monté un étage, elle trouva Six (en compagnie de Natasha) dans la chambre qu'elle partageait avec ses sœurs. Assise par terre, Natasha passait une épaisse couche de vernis violet sur ses ongles déjà laqués de rouge ; tandis que Six, le micro du karaoké plaqué contre la poitrine, se trémoussait sur un tube de Madonna. Lorsque Ness entra, Six sauta du lit où elle s'exhibait et lui tourna autour au rythme de la musique avant de l'attirer contre elle pour lui rouler un patin.

Ness la repoussa et jura – ce qui lui aurait valu une amende salée si sa tante avait été présente. Elle s'essuya sauvagement la bouche avec un oreiller qu'elle rafla sur l'un des trois lits de la pièce. Deux traces rouge sang zébrèrent l'une le coussin, l'autre sa joue.

Par terre, Natasha se marrait comme une hystérique tandis que Six s'approchait d'elle. Natasha accepta sans broncher son baiser, sa bouche s'ouvrant tel un four pour accueillir la langue de Six. Elles restèrent ainsi si longtemps que l'estomac de Ness se figea et qu'elle détourna les yeux. Ce faisant, son regard accrocha la raison de l'absence d'inhibition de ses copines. Un miroir, posé sur la commode, encore taché de poudre blanche.

— Merde ! s'écria Ness. Vous auriez pu m'attendre ! Il t'en reste, Six ?

Six et Natasha se détachèrent l'une de l'autre.

— Je t'avais dit de venir hier soir.

— Tu sais bien que je peux pas, protesta Ness. Si je suis pas à la maison à... Putain de merde. Comment t'as fait pour te la procurer ?

— C'est Tash, dit Six. C'est une sacrée suceuse.

Les deux filles éclatèrent de rire. Ainsi que Ness l'avait appris, elles avaient un arrangement avec plusieurs des mecs qui livraient la came à ceux des usagers qui préféraient consommer chez eux plutôt que d'aller dans une fumerie de crack. Les livreurs prélevaient un peu de poudre dans six ou sept sachets en échange d'une fellation. Natasha et Six suçaient les mecs à tour de rôle et elles partageaient toujours la came qu'on leur filait en échange.

Ness s'empara du miroir, s'humecta le doigt et rafla le peu de poudre blanche qui restait. Elle s'en frotta les gencives, pour un résultat quasi nul. Elle eut l'impression qu'une pierre grossissait dans sa poitrine. Elle détestait qu'on la laisse en dehors du coup. Et si elle ne rejoignait pas les filles dans leur trip, c'était ce qui risquait de lui arriver.

— T'aurais pas de l'herbe ?

Six fit non de la tête. Elle alla, toujours en dansant, éteindre le karaoké. Natasha la suivait d'un regard brûlant. Ce n'était un secret pour personne : de deux ans sa cadette, Natasha était en adoration devant Six. Ce matin-là, Ness trouva cette idolâtrie particulièrement agaçante. Et plus agaçant encore le rôle que Natasha avait joué la veille pour se procurer la came. Came qui lui était passée sous le nez.

— Tu sais de quoi t'as l'air, Tash ? dit-elle. D'une putain de goudou. Tu comptes p't'êt' te taper Six pour le dîner ?

Six plissa les yeux à ces mots et se laissa tomber sur le lit. Elle fourragea dans la pile de vêtements qui jonchaient le sol, en extirpa un jean, prit un paquet de cigarettes dans l'une des poches. Elle alluma une clope, lâcha :

— Arrête tes conneries, Ness. Tash est cool.

— Quoi ? renvoya Ness. Me dis pas que t'en es, toi aussi ?

Ce genre de remarque aurait, à un autre moment, poussé Six à se friter avec Ness, mais elle se sentait trop bien pour gâcher ça par une empoignade. Elle connaissait la cause de la mauvaise humeur de Ness et elle n'allait pas se laisser entraîner sur un terrain qui n'avait rien à voir sous prétexte que Ness n'arrivait pas à dire les choses carrément. Six n'utilisait pas les faux-fuyants. Elle avait appris dès son plus jeune âge à y aller franco. C'était la seule façon de se faire comprendre dans sa famille.

— Pas besoin de la drogue pour faire équipe avec nous, dit Six. C'est toi qui vois. Tash et moi, on t'aime bien, mais pas question qu'on change nos habitudes pour toi. T'es d'accord, Tash ?

Natasha acquiesça, bien que n'ayant pas la moindre idée de ce dont Six parlait. Elle-même était du genre à suivre, toujours en quête de quelqu'un pour la cornaquer dans la vie, lui évitant ainsi de penser et de prendre des décisions. Elle était d'accord avec tout pourvu que cela émane de l'objet de sa dévotion.

La déclaration de Six mit Ness en mauvaise posture. Elle ne voulait pas être vulnérable mais elle avait besoin de la compagnie et de la distraction que les deux autres filles lui procuraient. Elle chercha un moyen de se rabibocher.

— File-moi une clope, dit-elle en prenant un air ennuyé. De toute façon, il est trop tôt pour moi.

— Mais tu viens de dire...

Six coupa Natasha. Elle n'avait pas envie d'un accrochage.

— Ouais, t'as raison, putain, il est trop tôt.

Elle lança les cigarettes et le briquet en plastique à Ness, qui prit une clope, l'alluma, et passa paquet et briquet à Natasha. Une sorte de paix s'établit ; elles entreprirent de se tracer un programme pour la journée.

Des semaines durant, leurs journées avaient suivi un certain rituel. Le matin, elles se retrouvaient chez Six, dont la mère était partie travailler, le frère à l'école et les deux sœurs au lit quand elles ne traînaient pas chez leurs aînées qui, avec leur progéniture, habitaient dans deux autres cités du coin. Ness, Natasha et Six en profitaient pour se coiffer, se faire les ongles, se maquiller et écouter de la musique à la radio. Elles mettaient le nez dehors après onze heures et demie, explorant les possibilités qu'offrait Kilburn Lane, où elles essayaient de piquer des cigarettes chez le marchand de journaux, du gin à la boutique d'alcools, des vidéos d'occasion chez Apollo Video, et tout ce qui leur tombait sous la main chez Al Morooj Market. Ces tentatives de chapardage n'avaient qu'un succès limité car, dès qu'elles se pointaient, elles éveillaient les soupçons des propriétaires. Ces derniers les menaçaient de les dénoncer pour absentéisme scolaire. Tentative d'intimidation que les filles ne prenaient pas au sérieux.

Quand elles ne se rendaient pas dans Kilburn Lane, elles allaient à Queensway dans Bayswater ; d'un coup de bus, ce n'était pas loin de la cité Mozart. Là, les distractions pullulaient : cybercafés, centre commercial Whiteleys, patinoire, boutiques et – cerise sur le gâteau, objet de toutes leurs convoitises – boutique spécialisée dans les téléphones portables. Car sans portable, à Londres, un adolescent n'est que l'ombre de lui-même. Aussi lorsque les filles effectuaient leur pèlerinage à Queensway, la boutique de téléphones était-elle l'ultime sanctuaire qu'elles visitaient.

On leur enjoignait régulièrement de vider les lieux. Mais cela ne faisait qu'aiguiser leur avidité. Les portables n'étaient pas dans leurs moyens – d'ailleurs, des moyens, elles n'en avaient pas – mais cela ne les empêchait pas de gamberger.

— On pourrait se balancer des textos, fit valoir Six. Il nous manque que le portable, Tash.

— Ouais, soupira Natasha. Les textos, c'est cool.

— Se filer rencard.

— Essayer de se ravitailler en shit auprès des mecs.

— Sûr. Faut qu'on se débrouille pour avoir un portable. Elle en a un, ta tante, Ness ?

— Ouais, elle en a un.

— Qu'est-ce que t'attends pour le piquer ?

— Pas envie de me faire remarquer. Je suis bien comme ça.

C'était parfaitement exact. En limitant – grâce à un peu d'autodiscipline – ses sorties nocturnes aux week-ends, en s'arrangeant pour être à la maison en uniforme quand sa tante rentrait de Sidashop ou d'un de ses cours, en faisant semblant de faire un minimum de devoirs à la table de la cuisine tandis que Joel, lui, bûchait sérieusement, Ness avait réussi à cacher à Kendra la vie qu'elle menait. Elle était d'une prudence de Sioux et, lorsqu'elle avait trop bu et ne pouvait risquer de se pointer à la maison, elle téléphonait religieusement à sa tante pour la prévenir qu'elle passait la nuit à l'appart de sa copine Six.

« Drôle de prénom, avait commenté Kendra. Elle s'appelle Six ? »

Son vrai nom était Chinara Kahina, lui apprit Ness. Mais sa famille et ses amis l'appelaient toujours Six parce qu'elle était le sixième enfant de la tribu Kahina.

Le mot « famille » conféra à Six une légitimité, une respectabilité qui induisirent un sentiment de sécurité chez Kendra. Si elle avait vu ce qu'on entendait par « famille » chez Six, si elle avait vu l'appartement et ce qui s'y passait, Kendra ne se serait pas réjouie si vite que Ness se soit fait une amie dans le voisinage. Mais, Ness ne lui donnant pas de raisons de soupçonner quoi que ce soit d'anormal, Kendra se laissa aller à croire que tout se passait bien. Ce qui lui permit de se recentrer sur sa carrière et de renouer avec Cordie Durelle.

Leur amitié avait souffert depuis que les Campbell avaient débarqué chez Kendra. Les sorties nocturnes entre filles avaient dû être annulées ; les longues conversations téléphoniques, abrégées. « On se rappelle bientôt, ma grande. » Promesses qui ne se concrétisaient jamais. Une fois que le quotidien eut repris un cours relativement stable à Edenham Way, Kendra commença à songer à organiser ses jours et ses nuits pour vivre comme elle en avait l'habitude avant l'arrivée de ses neveux.

Elle commença par le travail. N'ayant plus besoin de l'heure quotidienne – non payée – que la boutique lui avait accordée pour s'occuper de l'installation des enfants, elle reprit son boulot à plein temps. Elle retourna aux cours du Kensington & Chelsea College et recommença à faire des massages aux habitués du centre sportif de Portobello Green Arcade. A peu près rassurée par la façon dont les Campbell s'en sortaient, elle alla masser dans deux autres gymnases du quartier. Et lorsque grâce à cela elle se retrouva avec ses trois premiers clients réguliers, elle se dit que la vie reprenait un cours normal. Aussi, lorsque par un après-midi pluvieux – peu de temps après que

Six eut roulé une pelle à Ness – Cordie débarqua à Sidashop, Kendra fut-elle ravie de la voir.

Elle attendait Joel et Toby, car c'était presque l'heure de leur passage quotidien à la boutique, sur le chemin qui les menait du centre d'apprentissage à la maison. Entendant la sonnette de la porte, elle leva les yeux de son travail – elle essayait de disposer de façon attrayante un lot de bijoux fantaisie ringards des années soixante-dix – et sourit en voyant se profiler Cordie.

— Ces bijoux, c'est l'horreur. Jamais ils vont trouver preneur.

— Dis donc, ma grande, t'as dû te dénicher un sacré bon coup, observa Cordie. Je parie qu'avec lui c'est fête au moins trois fois par jour. Sûrement qu'il te fait gémir comme une malade, qu'il te met la cervelle en compote. Je me trompe, miss Kendra ?

— Tu rigoles ? Y a tellement longtemps que je m'en suis pas tapé un que je sais plus comment ils sont foutus.

— Tu me rassures. Je commençais à me demander si tu baisais pas avec mon Gerald. Et si tu m'évitais pas de peur que je lise la vérité sur ta figure. Quoique, au fond, ça me déplairait pas que tu te le fasses, espèce de salope. Ça m'éviterait de me faire grimper tous les soirs.

Kendra eut un rire compréhensif. L'appétit sexuel de Gerald Durelle était la croix que devait porter sa femme. Ajoutée à sa volonté d'avoir absolument un fils – les Durelle avaient déjà deux filles –, cette fringale exigeait de Cordie une présence régulière dans le lit conjugal. Du moment que Cordie avait l'air chaude au début et sexuellement comblée à la fin, il ne remarquait pas qu'entre les deux elle fixait le plafond tout en se demandant s'il s'apercevrait un jour qu'elle prenait la pilule en secret.

— Il se doute de quelque chose ? s'enquit Kendra.

— Me fais pas rire ! Il se figure que je pense qu'à ça : lui pondre un petit mec.

Elle s'approcha du comptoir. Elle avait gardé le masque chirurgical qui faisait partie de son uniforme de manucure au salon de coiffure Princess European & Afro Unisex Hair Salon à deux pas de là. Il lui faisait autour du cou comme une fraise élizabéthaine, complément obligé de la blouse en polyester violet et des chaussures quasi orthopédiques. Fille d'un Ethiopien et d'une Kényane, Cordie était une femme majestueuse d'un noir d'ébène au cou gracile et au profil de médaille. Malheureusement, malgré son impeccable bagage génétique, son visage parfaitement symétrique, son teint sans défaut et sa plastique de mannequin, elle n'avait aucune chance de passer pour élégante dans l'accoutrement que le salon imposait à ses employées.

Elle alla prendre le sac de Kendra, que cette dernière rangeait dans un placard sous la caisse. Elle l'ouvrit, prit une cigarette.

— Comment ça va, tes filles ? la relança Kendra.

Cordie éteignit son allumette.

— Manda me tanne. Elle veut du maquillage, se faire percer le nez, et un fiancé. Patia, elle, elle me bassine pour avoir un portable.

— Ça leur fait quel âge ?

— Six ans et dix ans.

— Merde. T'es pas sortie de l'auberge.

— Tu peux le dire. Si ça continue, à douze ans, elles seront en cloque.

— Qu'est-ce qu'il en pense, Gerald ?

Elle souffla la fumée par le nez.

— Elles le font tourner en bourrique, ces petites. Manda agite le petit doigt ? Il fond. Patia verse une larme ? Il dégaine le portefeuille avant même de sortir le mouchoir. Suffit que je dise non à quelque chose pour qu'il dise oui. « J'veux qu'elles aient tout ce que j'ai pas eu », il me fait. Je vais te dire un truc, Ken : les gosses d'aujourd'hui, c'est un mal de crâne que même l'aspirine peut pas t'en débarrasser.

— Je veux bien te croire, opina Kendra. Telle que tu me vois, je pensais être tranquille... Total, je me retrouve avec trois spécimens sur le dos.

— Comment tu t'en sors ?

— Plutôt pas mal vu que j'ai pas un poil d'expérience.

— Alors c'est quand que tu me les présentes ? Tu les caches ou quoi ?

— Pourquoi je les cacherais ?

— Je sais pas, moi. P't'êt' qu'y en a un qu'a pas le nez au milieu de la figure.

— En voilà une idée, laissa tomber Kendra.

Mais le fait est qu'elle cachait les Campbell à son amie. Cela lui évitait de fournir des explications les concernant. Car les explications auraient été nécessaires ; ça, c'était clair. Non seulement à cause de leur physique – Ness étant la seule qui semblait être vaguement apparentée à Kendra, et encore grâce au maquillage – mais aussi à cause de la bizarrerie de leur comportement. Celui des garçons, surtout. Si Kendra avait réussi à trouver des excuses à l'extrême discrétion de Joel, elle aurait été bien en peine d'expliquer le comportement de Toby. Pour cela, il aurait fallu qu'elle parle de sa mère. Cordie savait déjà quel avait été le sort du père des enfants, mais elle ignorait tout de l'endroit où se trouvait Carole Campbell. Kendra n'avait jamais abordé le sujet. Et elle n'en avait nullement l'intention.

Les circonstances en décidèrent autrement. A peine une minute après, la porte de la boutique s'ouvrit de nouveau. Joel et Toby entrèrent en hâte pour échapper à la pluie, Joel avec son uniforme trempé,

Toby avec sa bouée autour de la taille comme s'il craignait un déluge biblique.

Pas moyen d'y couper cette fois. Kendra allait devoir les présenter à Cordie :

— Ça tombe pile : en voilà justement deux. Ça, c'est Joel. Et ça, c'est Toby. De la pizza, les gars, ça vous branche ?

Ce langage était presque aussi déconcertant dans la bouche de leur tante que sa proposition. Joel ne savait que dire et, comme Toby calquait toujours son attitude sur celle de son aîné, aucun des deux gamins ne souffla mot. Joel baissa la tête tandis que Toby gagnait sur la pointe des pieds le comptoir, où, ayant raflé une poignée de colliers de perles, il s'en para tel un hippie des années soixante.

— Vous avez perdu votre langue ? dit Cordie. Vous êtes timides ? Dommage que mes filles soient pas comme vous : un peu de silence, ça me ferait des vacances. Où elle est passée, votre sœur ? J'aimerais bien la rencontrer.

Joel releva le nez. Quiconque sachant lire sur les visages aurait compris qu'il cherchait une excuse à Ness. Il était rare qu'on s'inquiète directement d'elle, aussi ne savait-il quoi répondre.

— Avec ses copines, finit-il par dire en s'adressant à sa tante plutôt qu'à Cordie. Elles ont un exposé à faire.

— Elle aime ça, l'école ? dit Cordie. Et vous ? Ça vous plaît, les études ?

C'est le moment que Toby choisit pour ouvrir la bouche :

— Moi, la maîtresse, elle m'a donné un Twix. J'ai pas fait dans ma culotte. J'avais envie mais j'ai pas fait pipi, tante Ken. J'ai pas fait caca. J'ai demandé à aller au petit coin et j'ai eu un Twix, dit-il en terminant cette tirade par une petite pirouette.

Cordie échangea un regard avec Kendra, faillit parler. Kendra la prit de vitesse et s'adressa à Joel avec un enjouement forcé :

— Alors, cette pizza ?

Joel ne se fit pas prier. Il avait autant envie de filer que Kendra de se débarrasser de lui et de son frère. Il empocha vite fait bien fait les trois livres qu'elle lui tendait. Et il fit sortir Toby de la boutique, direction Great Western Road.

A leur départ succéda un moment de flottement. Un de ces moments qu'on met à profit, entre amis, quand il y a un problème, pour l'évoquer, le décortiquer ou tout bonnement l'ignorer. C'était à Cordie de jouer, Kendra décida de la laisser choisir.

La politesse aurait voulu qu'elles changent de sujet. L'amitié, qu'elles attaquent franchement le problème. Mais il y avait un moyen terme entre ces deux extrêmes et Cordie s'y réfugia.

— Je parie qu't'en as bavé, dit-elle en écrasant sa cigarette dans le premier cendrier venu. Etre mère, tu te doutais pas que c'était ça, j'imagine ?

— Je m'attendais surtout pas à ce que la maternité me tombe dessus, rétorqua Kendra. Je m'en sors pas si mal.

Cordie hocha la tête. Elle regarda pensivement en direction de la porte.

— Leur mère, elle va quand même pas te les laisser éternellement sur les bras ?

Kendra eut un signe de dénégation et, pour détourner la conversation, elle ajouta :

— Heureusement que Ness m'aide. Elle m'aide bien. Joel est une crème.

Elle attendit que Cordie aborde le sujet de Toby.

Elle le fit, d'une façon qui la rendit plus chère encore au cœur de Kendra.

— Si t'as besoin d'un coup de main, t'hésites pas, Ken : tu me sonnes. Pareil, le jour où t'as envie d'aller danser.

— Entendu, dit Kendra. Mais pour l'instant, ça baigne.

La responsable des admissions de Holland Park School coupa court aux illusions dont se berçait Kendra. Cette personne – Mrs Harper, ainsi qu'elle se présenta lorsqu'elle finit par téléphoner – mit près de deux mois à passer le coup de fil qui devait bouleverser le train-train du 84, Edenham Way, mais elle avait une bonne raison pour cela. Ness, qui n'avait franchi le seuil de l'école que le jour où elle avait passé l'examen d'entrée, avait réussi jusque-là à passer au travers des mailles du filet administratif. Comme les élèves déménageaient relativement souvent à cause des changements de domicile que le gouvernement imposait périodiquement aux immigrants demandeurs d'asile, le fait qu'une Vanessa Campbell figure sur la feuille d'appel mais ne soit pas présente en classe signifiait pour bon nombre de ses professeurs que sa famille avait déménagé ou qu'on lui avait attribué un autre logement. C'est pourquoi aucun des membres du personnel enseignant ne songea à signaler l'absence de Ness. Et c'est également pour cette raison qu'il s'écoula sept semaines avant que Kendra reçoive le coup de téléphone fatidique.

C'est à la boutique, et non chez elle, qu'elle y eut droit. Comme elle était seule – ce qui arrivait fréquemment –, elle ne put s'absenter. Ce n'était pas l'envie qui lui en manquait. Elle aurait voulu sauter dans la Punto et sillonner les rues à la recherche de sa nièce, comme le soir où les Campbell avaient débarqué à North Kensington. Dans l'incapacité de sortir, elle fit les cent pas dans le magasin. Arpentant la boutique, longeant une rangée de jeans d'occasion puis une série de portants garnis de manteaux de lainage râpés, elle s'efforça de ne pas penser aux mensonges. Ceux que Ness lui racontait depuis des semaines et ceux qu'elle venait de débiter à Mrs Harper.

Le cœur battant à se rompre, au point qu'elle avait du mal à comprendre ce que disait son interlocutrice à l'autre bout de la ligne, elle avait déclaré à la responsable : « Je suis désolée. J'avais à peine inscrit Ness et son frère qu'il a fallu qu'elle aille s'occuper de sa mère à Bradford. » D'où était sorti ce « Bradford » ? Elle aurait été bien incapable de le dire. Elle n'était même pas sûre de pouvoir le situer sur une carte. Tout ce qu'elle savait, c'est que cet endroit comptait un fort pourcentage d'habitants d'origine étrangère. Des émeutes avaient éclaté pendant l'été : Asiatiques, Noirs, skinheads locaux s'étaient sévèrement tabassés.

— Elle va en classe à Bradford, alors ? s'enquit Mrs Harper.

— Elle suit des cours particuliers, dit Kendra. Elle rentre demain.

— Je vois. Mrs Osborne, vous auriez vraiment dû téléphoner...

— Vous avez raison. Seulement... sa mère n'est pas bien. La situation est délicate. Elle vit séparée des enfants...

— Je vois.

Mais, évidemment, elle ne voyait rien, et Kendra n'avait pas l'intention d'éclairer sa lanterne. Elle désirait seulement que Mrs Harper gobe ses mensonges parce qu'elle voulait que Ness ait sa place à Holland Park School.

— Vous dites qu'elle sera là demain ? poursuivit Mrs Harper.

— Je vais la chercher à la gare ce soir.

— Je croyais que vous aviez dit demain ?

— Elle sera en classe demain. Sauf si elle est patraque. Si tel était le cas, je vous appellerais immédiatement...

Kendra laissa sa phrase en suspens et attendit que son interlocutrice réponde. En cet instant, elle bénit le ciel que Glory Campbell ait inculqué à ses enfants un anglais convenable. En la circonstance, le fait de pouvoir s'exprimer dans une langue grammaticalement correcte et avec un accent acceptable était un précieux atout pour Kendra. Cela faisait d'elle une personne nettement plus crédible que si elle avait utilisé le dialecte auquel Mrs Harper avait dû s'attendre.

— Je vais prévenir ses professeurs, dit Mrs Harper. Mais la prochaine fois, je vous en prie, tenez-nous informés, Mrs Osborne.

Kendra refusa de se laisser impressionner par l'impératif de la responsable. Elle était tellement soulagée que cette femme ait avalé son histoire – Ness s'occupant de Carole Campbell – qu'à part une insulte caractérisée, elle aurait trouvé supportables les commentaires de

Mrs Harper. Elle était soulagée d'avoir réussi à concocter un bobard au débotté ; mais, peu de temps après avoir raccroché, en pensant qu'elle y avait été obligée, elle se mit à tourner comme un fauve en cage. Elle tournait encore lorsque Joel et Toby se pointèrent au sortir du centre d'apprentissage.

Toby tenait un livre de classe dont les pages s'ornaient d'autocollants bariolés, preuve qu'il avait effectué avec succès les exercices destinés à l'aider à lire. Il en avait d'autres, des bleus, des rouges, des jaunes, collés sur sa bouée, indiquant : *bravo ! excellent ! félicitations !*. Kendra les remarqua mais ne fit aucun commentaire.

— Où est-elle allée traîner tous les jours ? demanda-t-elle à Joel.

Joel n'était pas idiot, mais il savait qu'il ne devait pas rapporter. Alors il fit l'imbécile :

— Qui ?

— Ne fais pas semblant de ne pas comprendre. Je viens d'avoir un coup de fil de la responsable des admissions. Où Ness était-elle ? Avec cette fille... Quel est son nom déjà ? Six ? Et pourquoi ne me l'a-t-elle pas présentée ?

Joel baissa le nez pour éviter de répondre.

— T'as vu mes autocollants, tante Ken ? dit Toby. J'en ai eu juste assez pour acheter une petite BD. Je me suis pris un Spiderman. Je l'ai mis dans le sac à dos de Joel.

A ces mots, Kendra comprit ce que Ness avait fabriqué et elle se traita d'imbécile. Aussi, lorsqu'elle regagna la cité ce soir-là – gardant les garçons avec elle au magasin jusqu'à la fermeture afin d'empêcher Joel de dire à sa sœur que son manège était découvert –, la première chose qu'elle fit fut de rafler le sac à dos de Ness sur le dossier de la chaise où il était accroché. Kendra l'ouvrit d'un geste brusque et en renversa le contenu sur la table de la cuisine, où Ness discutait au téléphone tout en feuilletant négligemment un dépliant du Kensington & Chelsea College comme si elle comptait vraiment faire quelque chose de sa vie.

Le regard de Ness navigua du prospectus à ses affaires, et de là au visage de sa tante. Elle dit au téléphone : « Faut que j'y aille », et elle raccrocha, fixant Kendra d'un air plus calculateur que méfiant.

Kendra passa en revue le contenu du sac. Ness jeta un regard à Joel, resté sur le pas de la porte. Elle plissa les yeux tout en jaugeant son frère. Avait-il mouchardé ? Non, Joel était un mec bien. L'information devait provenir d'une autre source. Toby ? Putain, ça, c'était pas possible. Toby était généralement dans le potage.

Kendra essayait de déchiffrer le contenu du sac de Ness comme un devin consulte les augures. Elle déplia le jean puis le tee-shirt noir dont l'inscription *Je suis chaude* en lettres dorées lui valut d'atterrir dans la poubelle. Elle fouilla dans le maquillage, le vernis à ongles, la laque, les épingles à cheveux, les allumettes et les cigarettes, et elle plongea les mains dans les bottes à hauts talons afin de voir si rien n'y avait été dissimulé. Pour finir, elle explora les poches du jean, où elle dénicha un paquet de chewing-gums Wrigley à la menthe, et un autre de feuilles à rouler. Elle s'en empara d'un air de triomphe désolé, comme quelqu'un qui voit se concrétiser ses pires craintes.

— Alors ?

Ness ne souffla mot.

— Qu'est-ce que tu as à dire ?

Au-dessus, dans le séjour, la télé marchait, volume à fond, annonçant au voisinage dans un rayon de deux cents mètres qu'au 84, Edenham Way quelqu'un regardait *Toy Story II* pour la énième fois. Kendra jeta un regard explicite à Joel. Lequel se précipita dans l'escalier pour demander à Toby de baisser le son. Il resta en haut, jugeant plus sage de se tenir à l'écart de ce qui ne pouvait être qu'une situation explosive.

Kendra répéta sa question. Ness récupéra son paquet de cigarettes et sa pochette d'allumettes sur la table au milieu de ses affaires.

Kendra les lui arracha des mains et les jeta dans l'évier. Brandissant les feuilles à rouler, elle s'écria :

— Mon Dieu, tu as pensé à ton père ? Il a commencé par l'herbe. Tu le sais. Il n'était pas du genre à fumer en cachette. Il disait : « Ils me verront tel que je suis ou pas du tout. » Tu l'accompagnais à St Aidan. Il te déposait à la garderie pendant les séances. Il me l'a dit, Ness. A quoi crois-tu qu'elles servaient, ces séances ? Réponds-moi. Tu te crois plus forte que lui ?

Pour Ness, il n'y avait pas trente-six façons de survivre à une allusion à son père : il lui fallait s'éloigner en pensée. Ce qu'elle fit en laissant la pierre brûlante qui l'habitait grossir jusqu'à ce qu'elle la sente se frayer un chemin jusqu'à sa langue. Quand la colère s'emparait d'elle, ce qu'elle ressentait, c'était du mépris. Mépris envers son père – seule émotion gérable qu'elle éprouvait pour lui –, mépris encore plus affirmé envers sa tante.

— C'est quoi, ce caca nerveux ? Je me roule des clopes. Merde, t'as l'esprit tordu.

— Parle correctement, Vanessa. Et ne me raconte pas que tu roules tes cigarettes alors que tu en as un paquet dans ton sac. Je ne suis pas idiote. Tu fumes du shit. Tu sèches l'école. Quoi d'autre ?

— Je t'avais dit que j'en voulais pas, de cette saloperie d'uniforme.

— Tu veux me faire croire que tout ça, c'est parce que tu refuses de porter un uniforme qui ne te plaît pas ? Pour quel genre d'imbécile me prends-tu ? Avec qui étais-tu tout ce temps ? Qu'est-ce que tu as fait ?

Ness attrapa le paquet de Wrigley. Et le secoua sous le nez de sa tante comme pour lui demander ironiquement si elle pouvait prendre un chewing-gum vu qu'on allait apparemment lui interdire de fumer.

— Que dalle.

— Rien, corrigea Kendra. Répète : rien.

— Rien, dit Ness.

Elle se fourra une tablette dans la bouche. Se mit à jouer avec l'emballage, l'enroulant autour de son index, louchant dessus.

— Rien avec qui ?

Pas de réponse.

— Je t'ai demandé…

— Six et Tash, coupa Ness. T'es contente ? On glande. On écoute de la zique. C'est tout.

— C'est elle qui te fournit ? Six ?

— Bah ! C'est ma copine.

— Comment se fait-il que tu ne me l'aies pas présentée ? C'est parce qu'elle te refile de la drogue et que si je la vois je vais piger, c'est ça ?

— Putain de merde. Je t'ai dit à quoi elles servent, les feuilles. Crois ce que tu veux. Et pour Six, tu vas pas me dire que t'as envie d'en rencontrer, des gens.

Kendra comprit que Ness essayait de retourner la situation. Pas question de se laisser piéger.

— Ça ne peut pas continuer comme ça, fit-elle en poussant le cri de désespoir parental vieux comme le monde : Que t'est-il arrivé, Vanessa ?

Cri généralement suivi de l'éternelle question silencieuse : Qu'est-ce que j'ai fait de mal ?

Cette seconde question, Kendra ne la formula pas à voix haute. Car au dernier moment elle se dit que ce n'étaient pas ses enfants, et que normalement tout ça ne devrait pas être son problème. Toutefois, comme ils avaient un impact sur son existence, elle essaya un autre angle d'attaque, sans se douter que c'était le moins susceptible de donner un résultat positif.

— Que dirait ta mère, Vanessa, si elle te voyait agir comme ça ?

Ness croisa les bras sous ses seins. Elle ne se laisserait pas atteindre par ces allusions au passé ou à l'avenir.

Bien que ne sachant pas exactement ce que Ness fabriquait, Kendra conclut que cela devait avoir un rapport avec la drogue et les garçons. Ce n'était pas une bonne nouvelle. Kendra n'en savait pas davantage. Ce qu'elle savait, en revanche, c'était ce qui se passait dans les cités autour de North Kensington. Les deals de drogue. L'argent qui changeait de main. Les cambriolages. Les agressions avec violence. Les bandes de garçons cherchant les emmerdes. Les bandes de filles qui en faisaient autant. La meilleure façon de ne pas avoir d'ennuis, c'était de naviguer entre l'école et la maison, point final. Exactement le contraire de ce qu'avait fait Ness.

— Tu ne peux pas te conduire comme ça, Ness. Il va t'arriver malheur.

— J'suis assez grande pour me défendre.

Là était le véritable problème. Car Kendra et Ness n'avaient pas du tout la même conception de ce que signifiait « se défendre ». Les galères, la maladie, les déceptions avaient appris à Kendra qu'elle devait s'en sortir seule. Alors que cela avait appris à Ness à fuir. A courir aussi vite et aussi loin que possible.

C'est pourquoi Kendra lui posa la seule question qui, du moins l'espérait-elle, réussirait à percer la carapace de sa nièce et à l'inciter à changer de comportement :

— Tu veux que ta mère apprenne ce que tu fais, Vanessa ?

Ness releva le nez du papier de chewing-gum qu'elle étudiait. Elle inclina la tête d'un air insolent :

— Ah ouais, tante Ken, parce que tu vas aller tout lui raconter, c'est ça ?

C'était un défi en bonne et due forme. Kendra décida que le moment était venu de le relever.

4

Kendra aurait pu les emmener en voiture mais elle préféra leur faire prendre le bus et le train. Contrairement à Glory, qui, libre de ses mouvements, avait toujours accompagné les petits Campbell quand ils allaient rendre visite à leur mère, Kendra avait un emploi et un plan de carrière. Aussi les enfants devraient-ils effectuer le trajet seuls pour aller voir Carole Campbell. Il faudrait pour cela qu'ils sachent comment aller là-bas et en revenir.

Il était de la première importance que Ness ignore où ils allaient. Si elle était au courant, elle se cabrerait. Or Kendra avait besoin de sa collaboration, même si Ness la lui accordait à son corps défendant. Elle voulait que Ness voie sa mère – pour des raisons que Kendra ne pouvait formuler – et elle voulait également que Carole Campbell voie Ness. Car la mère et la fille avaient – à une certaine époque – réussi à nouer des liens, même pendant les périodes terribles traversées par Carole.

Pour commencer, ils prirent le bus 23 à destination de la gare de Paddington. Comme on était samedi, le bus était bondé car il allait jusqu'à Queensway, où, le week-end, des hordes de jeunes traînaient aux abords des boutiques, des cafés, des restaurants et des cinémas. C'était là que Ness croyait qu'ils se rendaient, et, lorsqu'ils arrivèrent en vue de l'arrêt de Westbourne Grove, le fait qu'elle se lève automatiquement pour se diriger vers l'escalier – ils avaient réussi à s'entasser à l'étage – fit comprendre à Kendra dans quel quartier sa nièce avait glandé au lieu d'aller en classe.

Kendra attrapa Ness par le dos de sa veste alors que cette dernière négociait le couloir central.

— On ne descend pas ici, Vanessa, dit-elle

Et elle la retint jusqu'à ce que le bus se remette en route.

Ness fixa sa tante puis le coin de Queensway qui disparaissait derrière elle. Puis, de nouveau, sa tante. Elle comprit qu'elle s'était fait avoir mais sans savoir comment, étant donné qu'en compagnie de Six et Natasha elle n'était jamais descendue du 23 après l'arrêt de Queensway.

— Qu'est-ce qui se passe ? voulut-elle savoir.

Kendra ne répondit pas. Elle ajusta le col de la veste de Toby et, s'adressant à Joel :

— Ça va, mon grand ?

Joel hocha la tête. On l'avait chargé de veiller sur Toby et il s'acquittait de sa mission de son mieux. Toutefois, cette responsabilité le terrifiait. Car, ce jour-là, Toby était dans un sale état depuis le réveil. A croire qu'il avait deviné où ils allaient et ce qui allait se passer quand ils seraient arrivés. A cause de ça, il avait insisté pour emporter sa bouée, et il n'était pas passé inaperçu, avançant en danseuse sur les pointes, marmonnant et agitant les mains autour de sa tête comme pour chasser un essaim de mouches. Dans le bus, ce fut pire : pas moyen de lui faire retirer sa bouée. Kendra lui ayant suggéré de la dégonfler, il avait répondu par des *non !* de plus en plus hystériques, allant jusqu'à pleurer à gros sanglots, disant qu'il fallait absolument qu'il la garde parce que mamie allait venir les chercher et que Maydarc lui avait déclaré que ça l'aidait à respirer, qu'il suffoquerait si on la lui retirait. Avec un : « Merde, donne-moi ça », Ness avait pris les choses en main. Son intervention n'avait fait qu'aggraver une situation qui faisait d'eux le point de mire de tout le bus. Toby s'était mis à hurler, Ness à grincer :

— J'suis en rogne, c'est pas le moment de me chercher. T'as compris, Toby ?

Quant à Joel, tassé sur lui-même, il aurait donné cher pour être ailleurs.

— Vanessa, dit Kendra d'un ton ferme – pour calmer le jeu et aussi parce qu'il fallait que Ness mémorise le trajet pour la prochaine fois –, ce bus, c'est le 23. Tu as enregistré ?

— Toi aussi, tu commences à me saouler, tante Ken, répondit Ness. Pourquoi faudrait que je m'en rappelle, putain ?

— Parce que je te le demande, riposta Kendra. Le 23. De Westbourne Park à... Nous y voilà. La gare de Paddington.

Ness plissa les yeux. Elle savait ce que descendre à Paddington signifiait. Avec ses frères, elle s'y était souvent rendue au fil des années.

— Hé, j'vais pas...

Kendra l'empoigna par le bras.

— Si. Et je suis sûre que tu n'as pas envie de faire une scène devant des étrangers. Joel, Toby, suivez-nous.

Ness aurait pu se sauver en descendant du bus mais elle avait appris à contrôler ses pulsions.

Elle essaya de se dégager de la prise de sa tante.

— D'accord, d'accord.

Et elle tenta même de s'exprimer dans l'anglais guindé qui lui tapait pourtant si fort sur les nerfs :

— Arrête, lâche-moi. Je vais pas me sauver. Je te suis, je te suis. Mais ça y changera rien. Ça change jamais rien. Elle te l'a pas dit, mamie ? Tu vas vite comprendre.

Kendra ne se donna pas la peine de corriger ses fautes de grammaire ou de prononciation. Elle sortit douze livres de son sac. Donna l'argent à Joel et non à Ness, en qui elle n'avait pas confiance même si cette dernière lui faisait le coup de la coopération.

— Pendant que je m'occupe des billets, allez chez W. H. Smith, vous autres. Achetez-lui son magazine préféré et ses sucreries, et par la même occasion prenez un petit quelque chose pour vous. Joel ?

Il releva la tête. Il avait un air solennel. Il venait d'avoir douze ans et le poids du monde s'abattait sur ses épaules. Kendra s'en rendait compte mais, si elle le déplorait, elle savait par ailleurs qu'il n'y avait rien à y faire.

— Je te fais confiance. Tu gardes cet argent. Pas question de le donner à ta sœur, compris ?

— J'en veux pas, de ta saloperie de thune, Kendra, bougonna Ness. Venez, dit-elle à ses frères en les entraînant vers le stand W. H. Smith.

Elle s'empara de la main de Toby et, lui appuyant sur les épaules, essaya de le forcer à marcher normalement au lieu de faire des pointes. Comme il protestait et se tortillait, elle renonça.

Pendant ce temps, Kendra les suivit du regard afin de s'assurer qu'ils se dirigeaient bien vers W. H. Smith. Elle alla chercher leurs billets. Les distributeurs étaient hors service comme d'habitude, aussi fut-elle obligée de se mettre dans la file d'attente.

Les trois Campbell se frayèrent tant bien que mal un chemin à travers la foule compacte des voyageurs dont la plupart regardaient fixement le tableau des départs. Joel guidait Toby au milieu des usagers dans le sillage de Ness, pointant le doigt, tel un guide en folie, vers les choses inhabituelles qu'ils croisaient afin d'inciter son frère à avancer. « Vise la planche de surf, Tobe. Où tu crois qu'il va, le mec ? », « T'as vu, Tobe ? Des triplés dans la poussette. » De cette manière, il parvint jusque chez W. H. Smith avec son frère ; il aperçut Ness postée devant les magazines. Elle avait choisi *Elle* et *Hello !* et se dirigeait vers les sucreries lorsque Joel la rattrapa.

Chez W. H. Smith, la foule était encore plus dense que dans le hall. La bouée de Toby n'arrangeait pas les choses mais, ce qui rendait la situation encore plus pénible, c'est qu'il restait collé à Joel comme une moule à son rocher.

— J'veux pas de chips au bacon, cette fois. Juste des normaux. Et j'peux avoir un Ribena avec ?

— Tante Ken n'a pas parlé de boissons, répliqua Joel. On verra ce qu'il nous reste comme sous.

Pas grand-chose, certainement, songea Joel quand il rejoignit sa sœur.

— Tante Ken t'a pas dit d'en prendre deux, Ness. Oublie pas qu'il nous faut de quoi acheter du chocolat pour maman. Et de quoi grignoter.

— Elle peut aller se faire foutre, la tante, rétorqua Ness. File-moi de quoi payer ça.

Elle brandit *Hello !*. Sur la couverture, un rocker blanchi sous le harnais exhibait, outre un sourire tout en dents, une épouse de vingt printemps et un bébé qui aurait pu être son arrière-petit-fils.

— J'peux avoir un Milky Way ? demanda Toby. Des chips, un Milky Way et un Ribena, Joel ?

— Je sais pas si on a assez de thune...

— File-moi ce pognon, ordonna Ness à Joel.

— Tante Ken a dit...

— Faut que je paie, merde !

Plusieurs personnes pivotèrent dans leur direction, y compris l'Asiatique qui tenait la caisse. Joel piqua un fard mais ne céda pas. Il savait qu'elle lui en ferait baver mais, pour l'instant, il décida de s'en tenir aux consignes, au diable les conséquences.

— Qu'est-ce tu veux comme chips, Tobe ?

— Putain, fit Ness. T'es vraiment trop con...

— Des Kettle Crisps ? insista Joel. Elles sont nature. Ça te va ?

Toby aurait pu se contenter de répondre par un signe et ils seraient sortis de la boutique. Mais, comme d'habitude, il n'en fit qu'à sa tête. Il décida d'examiner tous les paquets du présentoir et insista pour les tripoter les uns après les autres comme s'ils étaient dotés de pouvoirs magiques. Il finit par choisir celui que Joel lui avait indiqué, se basant non sur sa valeur nutritive – un gamin de sept ans ne se soucie pas de ce genre de considérations – mais sur la couleur du sachet.

— Il est chouette. Le vert, c'est ma couleur préférée. Tu l'savais pas, Joel ?

— Dis-lui d'arrêter de jouer au demeuré et passe-moi le fric, dit Ness.

Joel l'ignora et, ayant fait son choix au milieu des barres de chocolat, il prit un Aero pour leur mère. A la caisse, il tendit l'argent et récupéra soigneusement la monnaie.

Kendra les attendait devant la porte du magasin. Elle prit leurs achats, regroupés dans un sac, et les passa en revue, empochant la monnaie que Joel lui rendit. Elle confia le sac à Ness. Puis elle obligea les enfants à consulter le tableau des départs et dit :

— Comment on fait pour savoir quel train prendre ?

— Tante Ken, arrête, merde, dit Ness en roulant les yeux. Tu nous prends vraiment pour des gogols…

— On regarde la destination ? suggéra Joel. On regarde les arrêts entre ici et là-bas ?

— Tu crois que tu peux y arriver ? sourit Kendra.

— Quai numéro 9, putain de merde, grommela Ness.

— Surveille ton langage, dit Kendra. C'est le quai numéro 9, Joel, c'est bon. Tu nous y conduis ?

Ce qu'il fit.

Une fois en route, Kendra recommença à les questionner afin d'être sûre qu'ils pourraient trouver leur chemin seuls la fois d'après. Elle adressait ses questions aux trois enfants mais seul l'un d'entre eux répondait.

Combien d'arrêts avant leur destination ? Que donne-t-on au contrôleur quand il entre dans le wagon ? Que se passe-t-il quand on oublie d'acheter son billet ? Comment se débrouiller quand on a envie de faire pipi ?

Joel répondait à chacune de ces questions. Ness tirait la tronche et feuilletait *Hello !*. Toby se trémoussait, examinait le paysage. Il demanda à Joel s'il allait vraiment manger sa barre chocolatée. Joel faillit dire que oui, mais devant l'espoir qui illuminait le visage de son frère, il tendit la friandise à Toby tout en continuant de répondre aux questions de sa tante.

Quel était le nom de leur arrêt ? Où iraient-ils quand ils auraient atteint la bonne gare ? Que devraient-ils dire ? A qui ?

Joel connaissait certaines des réponses mais pas toutes. Lorsqu'il hésitait, Kendra s'adressait à Ness, qui répondait systématiquement : « Qu'est-ce tu veux que ça me foute ? » Kendra lui disait alors qu'elle ne l'emporterait pas en paradis.

Maintenant, ils progressaient vers l'ouest à des kilomètres de Londres. Les trois enfants n'étaient pas dépaysés car ils avaient maintes fois effectué le trajet au cours des années. Ils descendaient en pleine campagne puis faisaient à pied les deux kilomètres qui les séparaient des hauts murs de brique et des grilles de fer peintes en vert, en compagnie de leur grand-mère ou, avant cela, de leur père, qui les guidait le long du bas-côté jusqu'à un endroit où on pouvait traverser sans crainte.

— Je vais pas plus loin, décréta Ness tandis que le train s'éloignait.

Ils étaient dans la gare, un petit bâtiment de brique grand comme des toilettes publiques. Il n'y avait pour ainsi dire rien autour d'eux. Pas de station de taxis dans ce trou perdu. Pas davantage de personnel au guichet. La gare était entourée de haies au-delà desquelles s'étendaient des champs en friche pour l'hiver.

Il n'y avait qu'un seul banc devant la gare, d'un vert éteint avec de larges plaques de gris à l'endroit où la peinture s'était écaillée. Ness se laissa tomber dessus.

— Je vous accompagne pas.

— Un instant, dit Kendra. Tu ne vas pas…

— Et tu m'y traîneras pas de force, coupa Ness. Oh, tu peux toujours essayer, mais je me laisserai pas faire. Je suis costaud. Je déconne pas.

— Faut que tu y ailles, dit Joel à sa sœur. Qu'est-ce qu'elle va dire si tu viens pas ? Elle va me demander où tu es. Qu'est-ce que je lui dirai ?

— T'as qu'à lui dire que je suis morte, riposta Ness. Dis-lui que je me suis barrée. Dis-lui ce que tu veux. Je veux pas la voir. Je me suis traînée jusqu'ici, mais ça suffit. Je rentre à Londres, point barre.

— Avec quel billet ? s'enquit Kendra. Avec quel argent, Vanessa ?

— De l'argent, j'en ai quand je veux, rétorqua Ness.

— D'où vient-il, cet argent ?

— Je bosse pour l'avoir.

— Tu veux me faire croire que tu as un boulot ?

— Ça dépend de ce que t'entends par un boulot.

Ness ouvrit son blouson, révélant ses seins dans leur chemisier au décolleté plongeant. Avec un sourire torve, elle dit :

— Quand je me sape, moi, tante Ken, c'est pour me faire de la thune.

Kendra finit par comprendre qu'il était inutile de discuter. Elle arracha une promesse à Ness. Elle lui en fit une à son tour, même si toutes deux savaient que cela ne servait globalement à rien. Kendra avait trop à faire pour se lancer dans une querelle portant sur la question de savoir comment Ness se procurait de l'argent ou si elle allait ou non accompagner sa tante et ses frères. Des promesses, on lui en avait fait tant et plus, et jamais on ne les avait tenues ; c'est pourquoi elle était capable d'en faire et de les rompre en toute impunité et elle se moquait bien que les autres agissent de la même façon.

Les promesses étaient simples. Kendra ne ferait pas le forcing pour que Ness aille voir Carole Campbell. En échange, Ness resterait à la gare à attendre leur retour, deux heures plus tard. Une fois ce marché conclu tant bien que mal, Kendra et les gamins laissèrent Ness sur le vieux banc de bois, entre un panneau d'affichage contenant des informations périmées et une poubelle qui n'avait pas dû être vidée depuis une dizaine d'années.

Ness les regarda s'éloigner. L'espace d'un instant, soulagée d'avoir échappé à une éprouvante visite à sa mère, elle envisagea de tenir sa promesse. Au fond d'elle-même se trouvait toujours tapie l'enfant capable de reconnaître un geste d'amour, et cette enfant comprenait intuitivement que Kendra agissait au mieux de ses intérêts – que ce soit en lui demandant d'aller voir Carole Campbell ou en lui faisant promettre de rester à la gare au lieu d'aller se balader. Mais, concernant son intérêt, le problème de Ness était double. Pour commencer, la part d'elle-même qui n'était plus une fillette était une femme-enfant parvenue au stade de sa vie où les directives parentales ressemblent à de la torture. Ensuite, cette femme-enfant de quinze ans avait depuis longtemps perdu l'habitude de traduire les paroles d'un adulte en une langue compréhensible pour elle et susceptible de lui apporter un quelconque bénéfice. Elle ne voyait que ce que les autres lui demandaient et ce qu'elle pouvait gagner en échange, que ce soit en leur obéissant ou en leur désobéissant.

Dans ce cas précis, obéir équivalait à une longue attente dans le froid, le derrière gelé sur ce vieux banc plein d'échardes, suivie d'un interminable trajet de retour à Londres au cours duquel Toby lui taperait tellement sur les nerfs avec ses manies qu'elle devrait se faire violence pour ne pas le balancer sur la voie. Mais, et c'était pire, obéir revenait à rater le programme que Six et Natasha avaient concocté pour l'après-midi et la soirée. A se retrouver dans l'obligation de faire simplement de la figuration lorsqu'elle rejoindrait ses copines. A se voir reléguée au rang de spectatrice.

C'est pourquoi, tout bien considéré, elle n'avait pas le choix. Il n'y avait qu'une solution : attraper le premier train à destination de l'est. Lorsqu'un train s'arrêta en haletant vingt-huit minutes après le départ de Kendra et de ses frères, Ness y grimpa sans un regard en arrière.

Les trois autres formaient une étrange procession le long du bascôté. Toby avec sa bouée, Joel dans ses vêtements râpés récupérés chez Oxfam, et Kendra vêtue de crème et de marine comme pour aller prendre le thé dans une auberge de campagne. Lorsque le surveillant de garde à la grille l'eut laissée passer, elle guida ses neveux sur une allée longeant une vaste pelouse plantée de chênes sans feuilles et de massifs privés de couleur par l'hiver. Au loin, leur destination : le corps, les ailes, les flèches et les tourelles d'un bâtiment néogothique dont la façade noire de crasse et de moisissure offrait de multiples recoins où nichaient les oiseaux.

Les corbeaux croassaient et filaient haut dans le ciel tandis que Kendra et les garçons atteignaient le vaste perron. Les fenêtres du bâtiment les dévisageaient d'un œil vide, garnies à l'extérieur de barreaux de fer et, à l'intérieur, de stores qui pendaient. Devant la porte d'entrée massive, Toby marqua un temps d'arrêt. Muni de sa bouée, il avait trotté jusque-là sans problème, aussi cette brusque hésitation prit-elle Kendra au dépourvu.

— T'en fais pas, tante Ken, s'empressa Joel. Il sait pas où on est. Mais quand il verra m'man, ça ira.

Kendra se garda de poser la question qui lui venait immédiatement à l'esprit : comment Toby pouvait-il ne pas savoir où ils se trouvaient ? N'était-il pas déjà venu là des dizaines de fois ? Joel s'abstint de lui révéler que Toby s'était réfugié dans son monde à lui. Sose. Au lieu de cela, il poussa la porte et la tint ouverte pour laisser passer sa tante. Puis il fit signe à Toby de la suivre à l'intérieur.

La réception était à gauche de l'entrée ; par terre, des carreaux de lino noir et blanc, et un paillasson usé. Un porte-parapluie et un banc de bois constituaient tout le mobilier du hall. Lequel donnait sur une petite pièce d'où partait un large escalier de bois menant au premier et au second étage.

Joel s'approcha de la réception, tenant Toby par la main, leur tante fermant la marche. La femme à l'accueil ne lui était pas inconnue, il l'avait déjà vue lors de ses précédentes visites. Il ne savait pas son nom. Mais il se souvenait de son visage cireux et ridé. Elle sentait la cigarette.

Elle leur tendit machinalement des badges frappés de la mention *Visiteurs*.

— Epinglez-les à vos vêtements.

— Merci, dit Joel. Elle est dans sa chambre ?

— Faudra demander en haut, dit la réceptionniste en leur désignant l'escalier. Allez-y, montez. Restez pas là, c'est pas bon pour les pensionnaires.

Les gens venaient dans cet établissement – ou y étaient placés par leur famille, les juges ou leur médecin généraliste – pour être mieux. Façon de dire que leur séjour les guérirait, les remettrait d'aplomb, les rendrait capables de se débrouiller seuls dans l'existence.

Au second étage, Joel fit halte devant un autre bureau. Un infirmier leva le nez de son ordinateur.

— La salle de télé, Joel, dit-il en se replongeant dans son travail.

Ils prirent un couloir au sol également recouvert de lino. A gauche, des chambres. A droite, des fenêtres. Comme celles des étages inférieurs, ces fenêtres étaient garnies de barreaux. Et également de stores vénitiens typiques des établissements psychiatriques, qui pendent de travers et sont couverts de poussière.

Kendra enregistra ces détails en suivant son neveu. C'était la première fois qu'elle mettait les pieds à l'intérieur. Les rares fois où elle était venue voir Carole, elle l'avait rencontrée dehors, parce que, ce jour-là, le temps était au beau. Elle regretta que ce ne fût pas le cas aujourd'hui. Cela lui aurait fourni un excellent prétexte pour éviter d'entrer.

La salle de télé était au bout du couloir. Lorsque Joel ouvrit la porte, les odeurs les agressèrent. Quelqu'un avait joué avec les radiateurs et, dans la chaleur suffocante, se mêlaient des relents de corps sales, de couches souillées et d'haleines fétides. Toby se figea sur le seuil, recula et se cogna contre Kendra. L'âpre remugle agissait sur lui comme des sels, l'arrachant à son monde imaginaire pour le ramener brutalement à la réalité. Il jeta un regard par-dessus son épaule comme s'il songeait à prendre la fuite.

Kendra le poussa doucement en avant.

— Ça va aller, lui dit-elle.

Mais elle ne se sentait pas le courage de lui reprocher son hésitation. Elle-même n'était pas très chaude pour avancer.

Personne ne regardait de leur côté. La télé retransmettait un tournoi de golf et plusieurs pensionnaires étaient scotchés devant l'écran, les yeux vissés sur ce sport d'une intensité toute relative. Autour d'une table de bridge, quatre résidents faisaient un puzzle tandis qu'à une autre table deux vieilles dames feuilletaient un album de photos de mariage. Trois autres patients – deux hommes et une femme – longeaient le mur en traînant les pieds tandis que, dans un coin, une personne de sexe indéterminé, en fauteuil roulant, pépiait lamentablement : « Faut que j'aille pisser, nom de Dieu », sans que quiconque réagisse. Sur le mur au-dessus du fauteuil roulant, une affiche indiquait : « Quand la vie vous donne des citrons, faites de la citronnade. » Par terre sous l'affiche était assise une jeune fille aux cheveux longs qui pleurait en silence.

Une seule personne dans la salle s'activait sérieusement : à quatre pattes, elle frottait le sol. Elle était près de la table au puzzle et frottait du coin de la pièce vers le centre. Elle n'avait ni seau, ni balai, ni serpillière pour l'aider dans sa tâche. Rien que ses jointures qu'elle passait et repassait sur le lino, décrivant un arc de cercle.

Joel reconnut leur mère au roux de ses cheveux identique au sien.

— La voilà, dit-il à sa tante.

Et il remorqua Toby dans cette direction.

— Aujourd'hui, elle est dans sa phase ménage, annonça l'une des dames au puzzle tandis qu'ils s'approchaient. Elle va tout nous briquer partout. Caro, t'as de la visite, ma poulette.

— Pas possible, elle va l'user, ce lino, à force de frotter comme ça, bougonna sa voisine. Tu devrais plutôt lui dire de torcher le nez de ton frère, mon grand.

Joel se tourna vers Toby. Bientôt imité par Kendra. La lèvre supérieure du petit garçon était luisante de morve. Kendra fouilla dans son sac mais n'y trouva pas de mouchoir, tandis que Joel inspectait la pièce à la recherche de quelque chose avec quoi essuyer le nez de Toby. Ne voyant rien à portée de main, il utilisa le bas de sa chemise, qu'il rentra ensuite dans son jean.

Kendra s'approcha de la silhouette agenouillée de Carole Campbell, s'efforçant de se rappeler quand elle l'avait vue pour la dernière fois. Cela remontait à des mois et des mois. C'était au printemps précédent : il y avait des fleurs, le temps était clément et elles s'étaient retrouvées dans le jardin. Depuis, trop occupée, Kendra n'avait pas eu le temps de lui rendre visite. Ses projets, ses obligations professionnelles l'en avaient empêchée.

Joel s'accroupit près de sa mère.

— M'man ? On t'a apporté un magazine. J'suis venu avec Toby et tante Ken. M'man ?

Carole Campbell continuait d'astiquer le lino verdâtre. Joel avança, posa le *Elle* par terre.

— On t'a apporté ça. Un magazine tout neuf, m'man.

Neuf mais un peu abîmé quand même parce qu'ils l'avaient roulé pour le transporter. Les bords en étaient légèrement cornés et une grosse empreinte de doigt maculait le visage de la cover-girl. Cela suffit toutefois à décider Carole à interrompre son nettoyage. Elle fixa le journal et porta les doigts à son visage, effleurant les traits qui faisaient d'elle ce qu'elle était : un mélange de Japonaise, d'Irlandaise et d'Egyptienne. Elle se compara – pas soignée, pas lavée – à la créature immaculée qui figurait sur la couverture glacée. Puis elle considéra Joel et Kendra. Toby, serré contre Joel, essayait de se faire tout petit.

— Et mon Aero ? demanda Carole. J'ai droit à un Aero à l'orange, Joel.

Kendra s'empressa de le sortir de son sac.

— Le voilà, Carole. Les petits l'ont pris chez W. H. Smith en même temps que le journal.

Carole l'ignora, le chocolat lui était déjà sorti de l'esprit, elle pensait à autre chose.

— Où est Ness ? fit-elle en parcourant la salle d'un regard circulaire.

Ses yeux gris-vert avaient du mal à accommoder. Elle semblait coincée entre sédation massive et ennui incurable.

— Elle a pas voulu venir, pépia Toby. Elle a acheté un *Hello !* avec les sous de tante Ken. Du coup, j'ai pas pu m'acheter de chocolat. M'man, si t'en veux pas, de l'Aero, j'peux...

— Ils arrêtent pas de me bassiner, coupa Carole. Mais moi, je refuse.

— Tu refuses quoi ? demanda Joel.

— De faire leur saleté de puzzle.

D'un mouvement du menton, elle indiqua la table sur laquelle étaient étalées les pièces. Et, l'air rusé, elle ajouta :

— C'est un test. Ils se figurent que j'ai pas compris mais ils se trompent. Ils veulent savoir ce qui se passe dans mon sub... mon subconscient, et c'est avec ça qu'ils croient y arriver. Mais moi, je refuse d'y toucher, à leurs puzzles. S'ils veulent savoir ce que j'ai dans le crâne, pourquoi ne pas me poser directement la question ? Pourquoi on me fait pas voir un docteur ? Joel, je suis censée en voir un une fois par semaine. Pourquoi est-ce que je le vois pas ?

Elle avait haussé la voix et plaquait le magazine contre sa poitrine. Joel sentit que, près de lui, Toby se mettait à trembler. Du regard, il chercha secours auprès de Kendra. Mais cette dernière fixait Carole comme s'il s'agissait d'un spécimen de laboratoire.

— Je veux voir le docteur ! s'écria Carole. Je dois le voir. Je connais mes droits.

— Tu l'as vu hier, le docteur, Caro, lui rappela l'une des vieilles dames au puzzle. Tu le vois une fois par semaine.

Le visage de Carole s'assombrit. On put y lire une expression qui ressemblait si fort à l'une de celles de Toby lorsqu'il se réfugiait dans son monde imaginaire que Kendra et Joel en eurent presque le souffle coupé.

— Je veux rentrer à la maison, déclara Carole, péremptoire. Joel, tu vas me faire le plaisir de parler à ton père. Il t'écoutera, toi, tu lui diras...

— Gavin est mort, Carole, fit remarquer Kendra à sa belle-sœur. Ça fait même maintenant quatre ans qu'il est mort.

— Demande-lui si je peux rentrer à la maison, Joel. Ça ne se reproduira plus. J'ai compris. Ce que je ne comprenais pas avant. A l'époque, j'avais trop... trop... trop de choses...

Elle prit le journal et se tapa sur le front avec. Une, deux fois. De plus en plus fort.

Joel jeta un coup d'œil désemparé à sa tante, quêtant de l'aide, mais Kendra était totalement dépassée. Elle n'avait qu'une idée : quitter l'établissement le plus vite possible avant que l'irréparable se produise. Non que l'irréparable ne se fût pas déjà produit. Mais là, elle avait sa dose. Elle en avait assez du destin, du karma, de la prédestination, quel que soit le terme.

Bien qu'incapable d'exprimer ce qu'il ressentait, Joel comprit à la mine et au silence de sa tante qu'il allait devoir se débrouiller seul. Il n'y avait pas une seule infirmière, pas un seul aide-soignant dans la pièce pour leur donner un coup de main et, en tout état de cause, Carole n'essayait pas de se blesser. Or il avait été clairement indiqué à son entrée dans l'établissement qu'à moins de tenter de se faire mal, les patients étaient livrés à eux-mêmes.

Il tenta une diversion.

— C'est bientôt l'anniversaire de Toby, m'man. Il va avoir huit ans. Je sais pas encore ce que je vais lui acheter parce que j'ai pas beaucoup de sous. Huit livres, j'ai économisé. Je me disais que mamie nous en enverrait p't'êt' pour que je lui...

— Parle à ton père, siffla Carole en l'empoignant par le bras. Jure-moi de parler à ton père. Faut que je rentre à la maison, tu comprends ?

Elle l'attira contre elle et il reçut son odeur en plein nez. Odeur de femme qui se néglige, de cheveux pas lavés. Il fit un violent effort sur lui-même pour ne pas se dégager.

De son côté, Toby recula et percuta sa tante en disant :

— On peut rentrer, Joel ? On peut rentrer à la maison ?

Carole parut sortir d'un rêve à ces mots. Elle se rendit brusquement compte du mouvement de recul de Toby et du fait que Kendra semblait pétrifiée. D'une voix de plus en plus aiguë, elle s'écria :

— Qui c'est, ça ? Qui sont ces gens, Joel ? Qui as-tu amené avec toi ? Et où est Nessa ? Où est Ness ? Qu'en avez-vous fait ?

— Ness voulait pas... elle a pas pu... M'man, c'est Toby et tante Kendra. Tu les connais. Toby a grandi, bien sûr, il va avoir huit ans. Mais tante Ken...

— Toby ?

Carole Campbell sembla plonger en elle-même, tentant d'extraire d'une mémoire qui s'en allait en lambeaux le souvenir adéquat. Elle examina le petit garçon, puis Kendra, essayant de deviner qui c'était, et surtout de comprendre ce qu'ils lui voulaient.

— Toby, murmura-t-elle. Toby. Toby.

Subitement, son visage s'illumina tandis qu'elle réussissait à associer « Toby » à une image stockée dans son cerveau. Ce fut un soulagement pour Joel, et Kendra se dit qu'ils venaient d'éviter une crise.

Mais alors le masque de compréhension glissa des traits de Carole et son visage se défit. Elle fixa Toby, leva les mains – paumes en l'air – comme pour le repousser. Puis cria sur un ton accusateur :

— Toby !

— C'est ça, m'man, dit Joel. C'est Toby. C'est bien lui.

— J'aurais dû te lâcher ! s'exclama Carole. Quand j'ai entendu le train. J'aurais dû te lâcher mais on m'en a empêchée. Qui ? Qui m'a empêchée de te lâcher ?

— M'man, tu peux pas...

Elle plongea les doigts dans ses cheveux couleur carotte.

— Faut que je rentre à la maison. Sans plus tarder, Joel. Passe un coup de fil à ton père et dis-lui que je dois rentrer. Mon Dieu, mon Dieu, pourquoi est-ce que je ne me souviens plus de rien ?

5

Une partie de son travail consistant à repérer les difficultés rencontrées par les élèves de son groupe dans un domaine ou un autre – ce n'était pas par hasard que le cours s'intitulait Santé, Education, Socialisation –, Mr Eastbourne, dont l'existence était plombée intellectuellement, spirituellement et affectivement par la relation chaotique qu'il essayait de nouer avec une actrice suicidaire au chômage, finit par remarquer que Joel Campbell avait besoin qu'on se penche sur son cas. Cela lui parut encore plus évident lorsqu'un collègue, ayant pour la troisième fois chassé Joel du coin isolé où il se réfugiait pour déjeuner, l'envoya à Mr Eastbourne pour un tête-à-tête censé tirer au clair la nature des problèmes du jeune garçon. La nature de ces problèmes était visible à l'œil nu : Joel s'isolait, il restait dans son coin, il n'avait pas d'amis, il ne parlait que quand on lui adressait la parole, et encore… Il passait son temps à essayer de se fondre dans le paysage. Restait à savoir quelles étaient les causes de ces dysfonctionnements.

Mr Eastbourne possédait une qualité qui faisait de lui un instructeur et un conseiller exceptionnels : il était conscient de ses limites. Il détestait la fausse bonhomie et savait que les tentatives pour copiner avec un adolescent perturbé étaient vouées à l'échec. Aussi se fit-il, lors de l'entretien, assister d'un membre du programme Mentor. Lequel regroupait des adultes prêts à aider les élèves ayant des difficultés d'apprentissage ou à apporter un soulagement à ceux qui étaient angoissés. C'est ainsi que, peu de temps après être allé rendre visite à sa mère, Joel se trouva mis en présence d'un Anglais à l'allure bizarre.

Ivan Weatherall était un quinquagénaire blanc déjà pas mal amorti qui affectionnait les vestes de chasse aux coudes et aux poches renforcés de cuir ainsi que les pantalons de tweed surdimensionnés retenus au-dessus de la taille par des bretelles et une ceinture. Il avait des dents épouvantables mais bonne haleine, des pellicules à foison mais les cheveux toujours fraîchement lavés. Manucuré, rasé de près, astiqué, briqué, Ivan Weatherall savait ce que c'était qu'être un marginal, ayant enduré en pension bizutage, brimades et avanies diverses, et possédant de surcroît une libido au plancher qui avait fait de lui un inadapté depuis son treizième anniversaire.

Il avait une curieuse façon de parler. Tellement différente de ce à quoi Joel était habitué – même de la part de sa tante – qu'il conclut dans un premier temps qu'Ivan Weatherall se payait sa tête dans les grandes largeurs. Il utilisait des expressions comme : « Si j'ose dire », « Si je ne m'abuse », « Très juste », « A merveille », et, derrière ses lunettes à monture métallique, ses yeux bleus fixaient Joel comme dans l'attente d'une réaction. Ce qui forçait Joel à réagir, à croiser son regard ou à détourner les yeux. Le plus souvent, il regardait ailleurs.

Ivan et lui se voyaient deux fois par semaine dans une pièce aménagée en bureau et réservée au programme Mentor. Ivan commença la première séance par un salut plutôt formel qu'il fit suivre d'un :

— Ivan Weatherall, à votre service. Je ne vous ai pas encore croisé dans les parages. Ravi de vous rencontrer, jeune homme. Préférez-vous que nous déambulions ou préférez-vous vous asseoir ?

Persuadé que l'autre le chambrait, Joel resta coi devant cet étonnant préambule.

— Laissez-moi décider pour vous. La pluie menace, nous ferions peut-être bien de nous mettre à l'abri.

Là-dessus, il fit entrer Joel dans le petit local et casa sa carcasse dégingandée dans un siège de plastique rouge, se coinçant les chevilles autour des pieds de la chaise.

— Vous êtes relativement nouveau dans notre petit univers, si je ne m'abuse. Vous résidez… Voyons… Dans une des cités, je présume ? Laquelle ?

Joel le lui dit, sans quitter du regard ses mains qui jouaient avec la boucle de sa ceinture.

— C'est là que se trouve l'impressionnant bâtiment de Mr Goldfinger, remarqua Ivan. Vous habitez dans cette étrange structure ?

Supposant, non sans raison, qu'Ivan faisait référence à la tour Trellick, Joel fit non de la tête.

— Dommage, dit Weatherall. J'habite moi-même dans le quartier et j'ai toujours rêvé de visiter cet immeuble. Je le trouve un peu sinistre – mais que faire avec du béton sinon des constructions qui ressemblent à des prisons de haute sécurité, vous n'êtes pas d'accord ? – et pourtant ces ponts, étage après étage… Ils ne passent pas inaperçus. Cela dit, je trouve regrettable que les problèmes de logement dans le Londres d'après-guerre n'aient pu être réglés de manière plus agréable à la vue.

Joel releva le nez et risqua un œil vers Ivan, se demandant toujours s'il ne le charriait pas. Ivan le regardait, tête inclinée. Il avait changé de position et sa chaise ne reposait plus que sur ses deux pieds arrière. Lorsqu'il croisa le regard de Joel, il lui fit un petit salut amical.

— Entre nous, Joel, dit-il sur le ton de la confidence, je suis ce qu'on appelle généralement un excentrique. Quelqu'un de parfaitement inoffensif qu'on invite volontiers à dîner en présence d'Américains qui meurent d'envie de rencontrer des Anglais pur jus.

Ces derniers étaient une denrée relativement rare dans ce coin de la ville, poursuivit-il à l'adresse de Joel, particulièrement dans son quartier, où les petits pavillons étaient majoritairement occupés par des familles algériennes, asiatiques, portugaises, grecques et chinoises. Lui-même vivait seul – « Pas même une perruche pour me tenir compagnie » – mais cela lui convenait car ça lui laissait le temps et la place de se consacrer à ses loisirs. Chacun avait besoin d'un hobby, expliqua-t-il, d'un passe-temps créatif pour permettre à son âme de s'exprimer.

— Est-ce que tu en as un ? s'enquit-il, passant sans transition au tutoiement.

La question semblait anodine.

— Un quoi ?

— Un hobby, une occupation spirituellement enrichissante.

Joel esquissa un signe de dénégation.

— Je vois. On pourra peut-être t'en trouver un. Pour cela, il faudra que je te pose des questions, j'espère que tu y répondras de ton mieux. Vois-tu, Joel, l'homme est constitué de plusieurs aspects. Physique, mental, spirituel, affectif et psychologique. L'homme ressemble à une machine, en un certain sens, chacun des mécanismes qui la composent doit être huilé, graissé, entretenu si l'on veut que le tout fonctionne efficacement. Toi, par exemple, que comptes-tu faire dans la vie plus tard ?

Jamais on n'avait posé cette question à Joel. Il savait quoi répondre mais il n'osait le dire à cet homme.

— Cela fait partie de ce que nous essaierons de découvrir, dit Ivan. Tes projets d'avenir. Moi, vois-tu, je rêvais d'être producteur de cinéma. Pas acteur, ça non. Parce que je n'ai jamais supporté qu'on me donne des ordres ni qu'on me dise comment jouer. Et pas metteur en scène non plus, parce que donner des ordres n'a jamais été mon truc. Mais produire… Ah, c'était ma passion. Permettre aux autres de réaliser leur rêve.

— Vous y êtes arrivé ?

— A produire des films ? Oh, oui. Une vingtaine, même. Et puis je suis venu ici.

— Pourquoi vous êtes pas allé à Hollywood ?

— Pour me retrouver couvert de starlettes de la tête aux pieds ?

Ivan frissonna, théâtral, puis sourit, exhibant ses dents affreuses :

— Je n'avais plus rien à me prouver. Mais nous poursuivrons plus tard.

Au cours des semaines qui suivirent, ils eurent de nombreuses conversations de ce type, mais Joel gardait pour lui ses secrets les plus lourds. C'est pourquoi, si Ivan savait que Joel et ses frère et soeur vivaient chez leur tante, il en ignorait la raison. Et, s'il savait que Joel était chargé de déposer Toby à Middle Row School de façon que le petit garçon n'ait pas à faire le trajet seul, il ignorait où Joel emmenait Toby et pourquoi, car ils n'avaient jamais abordé le sujet ensemble. Quant à Ness, Ivan savait qu'elle séchait les cours et que son absentéisme n'avait pas été réglé par le coup de fil de la responsable à Kendra Osborne.

Le plus souvent, au cours de ces rencontres, c'était Ivan qui parlait. A force de l'écouter, Joel finit par s'habituer aux excentricités de langage de son aîné. Il finit même par apprécier sa compagnie, attendant leurs rendez-vous avec impatience. Mais le fait qu'il l'aimait bien empêchait Joel de lui parler en toute franchise. Il se disait que, s'il le faisait – ce qui devait être le but de leurs entretiens –, l'école le considérerait comme guéri de ce dont elle le croyait atteint. Guéri, il n'aurait plus de raisons de rencontrer Ivan. Or il ne souhaitait pas en arriver là.

C'est Hibah qui lui montra comment rester en relation avec Ivan, même si l'école décidait que ce n'était plus nécessaire. Quatre semaines après le début de leurs entretiens, elle vit Joel émerger de la bibliothèque avec l'Anglais, et elle s'installa près de lui dans le bus 52 un peu plus tard dans l'après-midi afin de l'affranchir.

— Tu fréquentes ce taré ? Fais gaffe.

Joel, qui planchait sur un devoir de maths, ne prit tout d'abord pas garde à l'avertissement.

— Quoi ?

— Ce mec, Ivan. Il est toujours à rôder autour des gamins.

— C'est son boulot, non ?

— Je te parle pas de l'école. T'es déjà allé à Paddington Arts ?

Joel fit non de la tête. Il ignorait ce qu'était Paddington Arts et a fortiori où cela se trouvait.

Hibah se mit en devoir de l'éclairer. Paddington Arts était un centre consacré aux travaux créatifs, non loin de Grand Union Canal et à deux pas de Great Western Road. Des cours y étaient dispensés – afin d'inciter les jeunes du coin à faire quelque chose de positif au lieu de chercher des ennuis – et Ivan Weatherall figurait au nombre des enseignants.

— C'est ce qu'il raconte, poursuivit Hibah. Mais c'est pas ce que je me suis laissé dire.

— Par qui ?

— Mon copain. D'après lui, Ivan aurait un faible pour les jeunes. Les gamins comme toi, Joel. Les métis. Mon copain est bien placé pour le savoir.

— Pourquoi ?

Elle roula les yeux d'un air entendu.

— Me dis pas que tu captes pas. T'es pas débile, quand même ? Y a pas que mon copain qui le dit. D'autres aussi. Des plus vieux qui ont grandi dans le coin. Ce type, Ivan, ça fait des années qu'il zone dans les parages. Alors, crois-moi, fais gaffe.

— Il me parle, c'est tout.

Nouveau roulement d'yeux.

— Espèce de truffe ! C'est toujours comme ça que ça commence.

C'est parce que Kendra avait menti à la responsable des inscriptions de Holland Park School qu'il fallut plusieurs semaines à l'échelon administratif supérieur pour s'inquiéter de l'absentéisme de Ness. Pendant ce temps-là, celle-ci continuait comme si de rien n'était, à un détail près, sortant de la maison avec ses frères et les quittant près de Portobello Bridge. Pour faire croire à sa tante qu'elle allait en classe, elle n'emportait plus ses vêtements de rechange dans son sac à dos mais y fourrait deux cahiers et un manuel de géographie qu'elle avait piqué au frère de Six, le Professeur. Ses vêtements de rechange, elle les laissait chez Six.

Kendra choisit de se laisser persuader que tout allait bien. Mais cela ne pouvait malheureusement pas durer.

On était fin mars et il tombait des cordes quand les circonstances commencèrent à conspirer contre sa tranquillité d'esprit. La première se présenta sous la forme d'un Noir élégant à la démarche souple qui, après être entré dans la boutique et avoir secoué son parapluie marron, demanda à parler à Mrs Kendra Osborne. Nathan Burke, c'était son nom, était responsable de la scolarité à Holland Park School.

Cordie Durelle se trouvait au magasin avec Kendra, elle prenait sa pause. Comme d'habitude, elle fumait. Comme d'habitude, elle portait sa blouse violette, et son masque chirurgical autour du cou. Kendra et elle venaient de discuter des fouilles récentes entreprises par un Gerald Durelle aviné afin de mettre la main sur ce qu'il supposait – à juste titre – être la pilule contraceptive qui empêchait sa femme de tomber enceinte et de lui donner le rejeton qu'il souhaitait si ardemment. Cordie avait atteint le point culminant de son récit lorsque la porte s'ouvrit et que la sonnette retentit.

Leur conversation cessa brusquement parce que Nathan, beau à tomber, était véritablement homme à vous couper le souffle et qu'il fallait que les deux femmes reprennent, précisément, ce souffle. Il s'exprimait avec politesse et précision. Il s'approcha du comptoir avec l'assurance d'un homme bien élevé qui a fait des études et a passé la plus grande partie de sa vie hors d'Angleterre dans un milieu où il a été habitué à être traité en égal par tout un chacun.

Burke voulut savoir laquelle de ces deux femmes était Mrs Osborne et s'il pouvait l'entretenir d'un problème personnel. Kendra se présenta et lui dit qu'il pouvait parler devant sa meilleure amie, Cordie Durelle. Cordie lui adressa un regard de remerciement car elle appréciait toujours de se trouver en présence de beaux mecs. Elle battit gracieusement des paupières et s'efforça de prendre l'air aussi sexy que possible malgré sa blouse violette et son masque.

Nathan Burke avait autre chose à faire que de s'intéresser à elle. Il rendait visite aux parents des élèves de Holland Park qui séchaient les cours depuis neuf heures ce matin-là, et il en avait encore cinq à voir avant de pouvoir rentrer chez lui se faire dorloter par sa compagne. Il alla donc droit au but. Il sortit les feuilles de présence et annonça la nouvelle à Kendra.

Kendra jeta un coup d'œil aux documents, se sentit saisie de terreur. Cordie l'imita et, résumant la situation, dit :

— Putain de merde, Ken. Elle a jamais foutu les pieds à l'école.

Elle ajouta à l'adresse de Burke :

— C'est quoi, cette école ? Elle se faisait bizuter pour pas vouloir y aller ?

— Si elle n'y a jamais mis les pieds, je vois mal comment elle a pu se faire bizuter, rétorqua Kendra, adoptant le langage châtié de Burke.

Cordie fit grâce à Kendra des habituels commentaires acerbes qu'elle lui décochait quand son amie changeait de registre.

— Elle doit faire des conneries, c'est sûr. Mais lesquelles ? Les mecs, la drogue, l'alcool ?

— Il faut qu'elle aille en classe, résuma Nathan Burke. Quelles que soient les activités auxquelles elle s'est livrée pendant qu'elle séchait. La question, c'est comment la convaincre.

— Tu l'as frappée ? s'enquit Cordie.

— Elle a quinze ans. Elle a passé l'âge. Et de toute façon, il est hors de question que je frappe ces gamins. Ils en ont suffisamment vu comme ça.

Mr Burke parut dresser l'oreille à ces propos mais Kendra n'avait pas envie de lui raconter dans les détails l'histoire de la famille. Elle lui demanda ce qu'il lui conseillait, en dehors des coups, que la jeune fille se serait certainement fait un plaisir de rendre à sa tante.

— Vous pourriez lui indiquer les mesures de rétorsion qu'elle encourt en ne se rendant pas en classe ; en général ça donne de bons résultats.

Et de passer en revue les représailles possibles. Kendra pourrait conduire Ness à l'école en voiture et l'accompagner à son premier cours de la journée devant tous les autres élèves de façon que, ne sachant plus où se mettre, elle n'ait pas envie de recommencer l'expérience. Lui interdire d'utiliser le téléphone ou de regarder la télé. La consigner. La mettre en pension. La faire suivre par un psychologue afin d'aller au fond du problème. La menacer de l'accompagner à tous les cours si elle continuait de sécher...

Kendra n'imaginait pas un seul instant que ces mesures impressionneraient sa nièce. Et à moins de la menotter à son propre poignet, elle ne voyait pas comment empêcher l'adolescente de faire l'école buissonnière. La jeune fille avait été trop longtemps privée d'une existence normale. Il était difficile de lui expliquer que les études étaient importantes quand personne ne lui disait qu'il était aussi important d'avoir une mère équilibrée, un père vivant et une vie de famille stable.

Kendra se rendait compte de tout cela mais elle ne savait comment y remédier. Elle posa les coudes sur le comptoir et se passa les doigts dans les cheveux.

Voyant cela, Burke risqua une dernière suggestion. Le problème de Vanessa nécessitait peut-être qu'elle évolue au sein d'un groupe, dans un contexte où elle serait encadrée. Ces structures existaient, si Mrs Osborne ne se sentait pas de taille à s'occuper de l'adolescente. Les familles d'accueil...

— Pas question que ces enfants aillent dans une famille d'accueil, trancha Kendra.

— Dois-je comprendre que nous allons bientôt voir Vanessa en classe ?

— Je n'en sais rien, dit Kendra, décidant d'être franche.

— Il faudra que je signale son cas, alors. Les services sociaux vont devoir être informés. Si vous n'arrivez pas à la forcer à aller en classe, c'est la prochaine étape. Expliquez-le-lui. Cela pourrait faire avancer les choses.

Il avait un ton compatissant mais la compassion était bien la dernière chose que Kendra désirait obtenir de lui. Pour s'en débarrasser – c'était ça qu'elle souhaitait vraiment, en fait, qu'il vide les lieux au plus vite –, elle acquiesça. Il prit congé peu de temps après, non sans avoir fait l'acquisition d'un bijou en bakélite pour sa compagne.

Cordie puisa dans les cigarettes de Kendra car elle avait depuis longtemps fini les siennes. Elle en alluma deux, en tendit une à son amie.

— Je vais te dire un truc, Ken.

Elle inhala comme pour se donner du courage et finalement lâcha :

— P't'êt' que t'es pas franchement au top, sur ce coup-là.

— Comment ça ?
— Mère de famille, c'est pas vraiment dans tes cordes, ma grande. C'est vrai, quoi, tu t'es jamais occupée de mômes avant. C'est normal que tu rames. P't'êt' que si tu les plaçais... Je sais bien que ça te branche pas trop, cette idée, mais il doit bien exister des familles sympas qui...

Kendra la fusilla du regard. Elle n'en revenait pas que son amie la connaisse si mal. En même temps, elle avait conscience qu'elle était entièrement responsable de l'ignorance de Cordie à son sujet. Qu'est-ce que Cordie pouvait penser d'autre alors qu'elle ne lui avait jamais dit la vérité ? Elle ne savait pas pourquoi elle ne la lui avait jamais dite, si ce n'est que laisser croire à son amie qu'elle avait eu le choix faisait d'elle une femme moderne et libérée.

— Ces enfants, je les garde, Cordie. Du moins en attendant que Glory les reprenne.

Mais Kendra soupçonnait Glory de n'avoir jamais eu l'intention de faire une chose pareille. Elle vit ce soupçon devenir réalité quelques jours plus tard lorsqu'en relevant son courrier elle y trouva la première lettre de Glory depuis son départ, des mois plus tôt, pour la Jamaïque. Le contenu de la missive était tout sauf surprenant. Glory avait mûrement réfléchi, elle avait fini par se rendre compte qu'elle ne pouvait pas faire venir ses petits-enfants d'Angleterre. Les arracher à cette pauvre Carole équivaudrait à donner le coup de grâce à la santé mentale précaire de la malheureuse ou du moins à ce qu'il en restait. Glory refusait d'assumer cette responsabilité. Toutefois, elle ferait venir Joel et Nessa le temps d'un bref séjour dès qu'elle aurait mis de côté l'argent de leurs billets.

Comme de bien entendu, il n'était aucunement fait mention de Toby.

Voilà, c'était clair. Kendra avait toujours su que cela lui pendait au nez. Mais elle n'avait pas le temps de s'appesantir. Il lui fallait trouver une solution pour faire comprendre à Ness qu'elle devait prendre le chemin de l'école.

Quant aux mesures de rétorsion, elles étaient inefficaces car Ness était persuadée qu'elle n'avait rien à perdre. Ce qu'elle cherchait, elle ne pouvait le trouver. Ni à l'école, ni dans la minuscule maison de sa tante à Edenham. Kendra essaya quand même de sermonner Ness. Elle lui cria dessus. Elle l'accompagna pour lui faire honte devant les autres ainsi que l'avait suggéré Burke. Elle essaya de lui interdire de sortir, ce qui était évidemment impossible sans l'accord de l'intéressée. Rien ne marchait. La réaction de Ness ne variait pas d'un iota. Pas question qu'elle mette ces « fringues de merde ». Pas question qu'elle reste « le cul sur un banc dégueu dans cette classe pourrie ». Pas question qu'elle se ruine la vie à faire des « putains de maths, » alors qu'elle pouvait être dehors à glander avec les copines.

— T'as besoin d'un p'tit break, ma jolie, décréta Cordie le jour où Nathan Burke téléphona à Sidashop pour prévenir Kendra qu'on avait, en dernier ressort, décidé d'affecter une assistante sociale à Ness avant de l'adresser à un magistrat. Ça fait un bout de temps qu'on s'est pas offert une petite virée entre filles. On va s'en faire une. T'en as besoin. Et moi aussi.

C'est ainsi qu'un vendredi soir Kendra se retrouva au Sans Souci.

Avant de sortir, Kendra fit savoir à Ness qu'elle la chargeait de veiller sur Toby et Joel en son absence. Lui signifiant ainsi qu'il lui fallait rester à la maison et faire une croix sur ses éventuels projets pour la soirée. Elle devrait faire en sorte que les garçons passent agréablement le temps ; en d'autres termes, jouer avec eux, les occuper de façon qu'ils ne fassent pas de bêtises. Comme il était peu probable que Ness se conforme à ce programme, Kendra lui promit qu'il y aurait de l'argent à la clé si elle coopérait.

Joel protesta, disant qu'il n'avait pas besoin qu'on le surveille. Il n'était plus un bébé. Il pouvait se débrouiller seul.

Mais Kendra ne voulut pas en démordre. Dieu seul savait ce qui risquait de se passer s'il n'y avait pas quelqu'un de dégourdi et d'assez futé pour refuser d'ouvrir à un coup frappé à sa porte après la tombée de la nuit. Et, dégourdie, Ness l'était.

— Je te donnerai des sous, Nessa, répéta-t-elle à sa nièce. Que décides-tu ? Tu resteras à la maison pour t'occuper des garçons ?

Ness effectua un rapide calcul, où l'argent et ce qu'elle pourrait en faire n'entraient pas seuls en ligne de compte. Elle se dit que, n'ayant rien prévu de spécial pour la soirée si ce n'est la routine consistant à glander avec Six et Natasha dans la cité Mozart, elle allait accepter l'argent qu'on lui proposait.

— Comme tu veux, dit-elle évasivement à sa tante.

Kendra prit cette réponse – à tort – pour un assentiment, une manière de dire qu'elle obéirait quoi qu'il arrive.

Ç'avait été au tour de Cordie de choisir le programme de leur sortie et elle avait opté pour une tournée des clubs. Elles avaient commencé par dîner après avoir pris quelques apéritifs. Elles allèrent dans un restaurant portugais où elles firent couler leur entrée avec un cocktail au Bombay Sapphire[1] et leur plat de résistance avec plusieurs verres de

1. Marque de gin haut de gamme.

vin. Ni l'une ni l'autre ne buvant beaucoup en règle générale, elles étaient un peu pompettes et titubaient légèrement lorsqu'elles sortirent du restaurant pour traverser Portobello Bridge, où, derrière la tour Trellick, le Sans Souci commençait à trouver sa vitesse de croisière pour la soirée.

Elles dragueraient deux mecs, dit Cordie. Elle avait besoin d'une bonne dose de baisers extraconjugaux. Quant à Kendra, il était grand temps qu'elle s'envoie en l'air un bon coup.

Le Sans Souci s'annonçait aux chalands par des lettres au néon sur fond de vitre transparente. Deux mots en vert dans un style Art déco assez classe. Le club constituait une anomalie dans le secteur, ses propriétaires ayant eu le nez creux et misé sur la yuppification progressive de ce faubourg de North Kensington. Cinq ans plus tôt, personne n'aurait investi ne fût-ce que dix livres dans un emplacement pareil. Mais ainsi allait l'immobilier à Londres : fût-il grandement désavantagé au départ, il ne fallait jamais rayer un quartier de la liste des endroits qui pouvaient devenir fréquentables, voire branchés.

Le club était tout au bout d'une rangée de commerces minables : laverie, librairie, serrurier. Sa porte tournait le dos à ces établissements, comme dans l'incapacité de frayer avec eux. Le Sans Souci occupait deux étages. Le rez-de-chaussée comportait un bar en forme de croissant, des tables, un éclairage tamisé, des murs et un plafond crasseux à cause de la fumée de cigarette qui emplissait perpétuellement l'atmosphère. Le premier étage offrait des boissons, un DJ qui passait de la musique plein pot et des lumières stroboscopiques qui donnaient au club l'air de sortir d'un mauvais trip à l'acide.

Kendra et Cordie commencèrent par explorer le rez-de-chaussée. Reconnaissance des lieux. Après s'être procuré à boire, elles prirent quelques minutes pour jauger la « viande sur pied », selon l'expression de Cordie.

Kendra ne trouva pas l'examen très prometteur : au rez-de-chaussée, les hommes – pour la plupart des quinquas – étaient nettement plus nombreux que les femmes. Lorsqu'elle les eut passés en revue, elle conclut qu'il n'y en avait aucun qui l'intéressait. Cela tombait bien car il était évident que, de son côté, elle n'intéressait personne. Les rares jeunettes déjà dans la place monopolisaient l'attention masculine. Kendra eut l'impression navrante que ses quarante ans lui tombaient dessus comme une masse.

Elle aurait insisté pour lever l'ancre si Cordie n'avait décidé que son amie avait besoin de se distraire. Lorsqu'elle lui fit comprendre qu'elle préférerait rentrer, Cordie répondit :

— Une petite minute. Allons d'abord jeter un œil au premier.

Et elle s'éloigna en direction de l'escalier. S'il n'y avait pas d'hommes à l'étage, Kendra et elle pourraient toujours danser, ensemble ou séparément.

Au premier, le bruit était assourdissant. Quant à la lumière, elle provenait de trois sources : une lampe d'architecte placée à côté du DJ, deux ampoules blafardes au-dessus du bar et le stroboscope. L'éclairage étant ce qu'il était, Kendra et Cordie firent halte en haut de l'escalier le temps de s'accoutumer à la pénombre. Il leur fallait également s'accoutumer à la température, presque tropicale. A Londres, au début du printemps, personne n'aurait osé ouvrir une fenêtre. Fût-ce pour chasser un peu de la fumée qui – à la lumière du stroboscope – donnait à la salle l'aspect d'un spot illustrant les dangers du fog.

Il n'y avait pas de tables, seulement un comptoir à hauteur de poitrine tout autour de la pièce, sur lequel les danseurs pouvaient poser leur verre tout en goûtant aux joies de la musique. En l'occurrence, du rap : des paroles, du rythme, mais pas de mélodie – ce dont nul n'avait l'air de se soucier. Deux cents personnes paraissaient se disputer âprement la piste de danse. Une centaine d'autres tâchaient d'attirer l'attention des trois barmen qui préparaient les cocktails et servaient des pintes de bière à toute vitesse.

Avec un cri de joie, Cordie plongea dans la mêlée, confiant son verre à Kendra et ondulant entre deux jeunes gens qui semblèrent ravis de sa compagnie. En les observant, Kendra se sentit encore plus mal dans sa peau qu'en bas : elle eut l'impression d'être vieille. Preuve que sa vie avait bien changé ces temps derniers. Avant l'arrivée des Campbell, elle vivait fermement persuadée que la vie était courte. Sans doute à cause du décès de ses deux frères. Elle vivait les choses au lieu d'y réagir. Elle faisait des choses ; elle ne se laissait pas faire par elles. Mais, au cours des derniers mois, forcée de jouer le rôle de mère de substitution, elle n'avait pratiquement pas réussi à vivre comme avant. Il lui semblait qu'elle avait cessé d'être qui elle était ; et, ce qui était pire, qu'elle avait cessé d'être celle qu'elle avait toujours voulu être.

Le temps et l'expérience – et notamment ses deux mariages – avaient appris à Kendra qu'elle ne devait s'en prendre qu'à elle-même si elle n'était pas satisfaite de ses conditions d'existence. Si elle se sentait vieille et accablée de responsabilités non sollicitées, c'était à elle de faire quelque chose. C'est pour cette raison, et parce que à ce moment précis ce « quelque chose » lui parut être de danser au milieu de la foule des jeunes en transpiration, que Kendra décida de les rejoindre. Toutefois, l'alcool ingurgité depuis le début de la soirée ayant sur elle un effet déprimant, elle constata que se secouer ne lui redonnait pas la pêche. Cela ne lui donna pas non plus envie de trouver quelqu'un avec qui baiser à la fin de la soirée.

Cordie se répandit en excuses tandis qu'elles rentraient à pied un peu plus tard. Elle-même avait passé quinze minutes très goûteuses à rouler des pelles à un gamin de dix-neuf ans dans le couloir des toilettes et elle n'arrivait pas à croire que Kendra – « belle à tomber » – n'ait pas réussi à en faire autant.

Kendra essaya de se montrer philosophe. Sa vie, dit-elle, était trop compliquée, il n'y avait pas de place pour un homme, même temporairement.

— Commence pas à te dire que t'as perdu ton sex-appeal, Ken, fit Cordie. Dis-toi que les mecs, y a toujours moyen de s'en dégoter un. Suffit de se montrer moins exigeante.

Kendra pouffa. Aucune importance, dit-elle à son amie. Mettre le nez dehors lui avait suffi. En fait, elles devraient sortir plus souvent, si Cordie était d'accord.

— J'suis partante, dit Cordie. C'est où tu veux, quand tu veux. T'as qu'à me sonner.

Kendra allait répondre lorsqu'elles émergèrent du chemin obscur qui longeait la tour Trellick pour aboutir à Edenham Way. De là, elle aperçut sa maison. Une voiture était garée devant la porte du garage, la bloquant. Une voiture inconnue.

— Merde, souffla-t-elle en hâtant le pas, décidée à voir ce que Ness avait fabriqué en son absence.

Elle eut la réponse avant d'avoir atteint la voiture ou sa porte d'entrée. Il apparut bientôt que le véhicule était occupé, et qu'une des personnes qui se trouvaient dedans était, à n'en pas douter, sa nièce. Kendra la reconnut à la forme de sa tête et à ses cheveux, ainsi qu'à la courbe de son cou lorsque l'homme en compagnie de qui elle se trouvait releva la tête de son buste.

Il se pencha pour ouvrir sa portière tel un micheton qui, son affaire faite, renvoie une pute de bas étage à son trottoir. Comme Ness ne bougeait pas, il la poussa doucement et, n'obtenant toujours pas de résultat, sortit du véhicule et se dirigea vers la portière du passager. Il la tira dehors. La tête de Ness ballotta, retomba. Elle était soit droguée, soit ivre morte.

Kendra n'attendit pas davantage.

— Vous là-bas ! cria-t-elle en se précipitant vers l'inconnu. Lâchez cette petite !

Il cligna des paupières. Il était plus jeune qu'elle ne l'avait cru malgré son crâne entièrement chauve. C'était un Noir athlétique, aux traits agréables. Il portait un drôle de pantalon bouffant de danseur exotique, des baskets blanches, et un blouson de cuir noir fermé jusqu'au cou. Il tenait Ness par un bras, et le sac de cette dernière pendait à son épaule.

— Vous entendez ? Lâchez-la.

— Pour qu'elle se fende le crâne sur les marches ? Elle est complètement pétée. Je l'ai trouvée dans...

— « Trouvée », ironisa Kendra. Je me fous de savoir où vous l'avez trouvée. Retirez vos sales pattes de cette gamine. Vous savez quel âge elle a ? Quinze ans.

— Eh ben, elle se conduit pas...

— Donnez-la-moi.

Kendra attrapa Ness par le bras. L'adolescente trébucha, se cogna contre elle et releva la tête. Elle était à faire peur et empestait autant qu'une distillerie clandestine.

— Tu veux m'la mettre, mec ? J'te préviens, les parties gratuites, c'est pas l'genre de la maison. Faudra casquer.

Kendra fusilla l'inconnu du regard.

— Passez-moi son sac et foutez le camp. Je prends votre numéro d'immatriculation. Pour téléphoner à la police. Note son numéro, Cordie.

— Hé, protesta-t-il. J'ai fait que la reconduire chez elle. Elle était au pub. Elle allait s'attirer des emmerdes. Je l'ai sortie du pub.

— Un vrai chevalier, hein ? Note son numéro de plaque, Cordie.

Tandis que Cordie fouillait dans son sac à bandoulière pour y prendre de quoi écrire, le jeune homme s'exclama :

— Et puis merde !

Il fit tomber le sac de Ness qu'il avait passé à son épaule. Puis il se pencha sur la jeune fille et lui demanda de dire ce qui s'était réellement produit.

— Tu voulais te faire sucer, c'est ça la vérité. Tu voulais que je te suce, dit Ness sans se faire prier.

— Merde, répéta-t-il en claquant la portière côté passager.

Il contourna le véhicule et par-dessus le toit dit à Kendra :

— Feriez mieux de vous occuper d'elle avant que quelqu'un d'autre s'en charge.

A ces mots, Kendra constata la justesse de l'expression « voir rouge ». Il s'éloigna avant qu'elle puisse répondre : un étranger se permettait de juger la façon dont elle s'occupait de sa nièce...

Elle se sentait tellement vulnérable, tellement furieuse. Elle se sentait vieille, bête. Aussi, lorsqu'en gloussant Ness lui dit : « T'aurais vu sa bite, à ce mec, Ken. Putain, il bandait comme un âne », Kendra la gifla si fort qu'elle en eut mal dans le bras.

Ness chancela. Alla heurter la façade. Tomba à genoux. Kendra fonça pour la frapper de nouveau. Cordie la retint.

— Non, Ken.

Ce fut tout.

Cela suffit à dégriser partiellement Ness. C'est pourquoi, lorsque Kendra finit par lui adresser la parole, elle était prête à riposter.

— Tu veux qu'on te prenne pour une pute ? s'écria Kendra, ulcérée. C'est ça que tu veux, Vanessa ?

Ness se remit debout et recula.

— Qu'est-ce que j'en ai à foutre, merde...

Elle se dirigea en trébuchant vers l'allée séparant les rangées de pavillons et, de là, gagna Meanwhile Gardens. Dans son dos, elle entendit Kendra l'appeler, elle l'entendit crier : « Rentre à la maison. » Et elle sentit un rire rauque naître dans sa gorge. Pour Ness, la maison, cela n'existait plus depuis longtemps. Elle n'avait plus, en guise de foyer, qu'un endroit où elle partageait un lit avec sa tante tandis que ses petits frères dormaient dans la pièce voisine sur des lits de camp achetés à la va-vite. Sous ces lits, Joel et Toby avaient insisté pour laisser leurs valises non défaites pendant plus de deux mois. Peu importait le temps qui s'était écoulé depuis son départ, les garçons croyaient leur grand-mère et ses promesses d'une vie au soleil sur la terre où elle était née.

Ness n'avait pas une seule fois essayé de leur démontrer qu'ils se trompaient. Elle n'avait pas une seule fois fait remarquer à ses frères qu'ils n'avaient pas eu de nouvelles de Glory Campbell depuis qu'elle les avait abandonnés devant chez Kendra. En ce qui la concernait, Ness trouvait que la disparition de Glory était une bonne chose. Si Glory n'avait pas besoin de ses petits-enfants, ces derniers n'avaient pas non plus besoin d'elle. Ness avait eu beau se répéter ça semaine après semaine, cela ne l'avait pas vraiment réconfortée.

Après avoir laissé sa tante devant le 84, Edenham Way, Ness ne se posa pas la question de savoir où elle allait. Elle savait simplement qu'elle ne voulait plus être en présence de Kendra. Elle dessoûlait plus vite qu'elle ne l'aurait cru et sa sobriété retrouvée s'accompagnait d'une nausée qu'elle n'aurait dû éprouver que le lendemain matin. Elle décida de s'approcher de l'eau afin d'y rafraîchir son visage en sueur, et se retrouva sur le sentier piétonnier qui longeait le canal en haut du jardin.

Malgré son état, elle avait conscience qu'elle risquait de tomber dans le canal, aussi fit-elle attention. Elle se baissa et se coucha sur le ventre. Elle baigna son visage dans l'eau grasse dont l'huile lui colla aux joues. Incommodée par l'odeur qui évoquait celle d'un marécage, elle se mit tout à coup à vomir. Après quoi elle resta allongée là, toute molle, guettant la voix de sa tante partie à sa recherche dans Meanwhile Gardens. Les appels de Kendra lui indiquèrent bientôt que sa tante longeait la garderie et s'engageait au cœur du parc, direction qui l'entraînerait vers l'escalier en spirale. Elle se remit debout avec difficulté, et comprit où il lui fallait aller : elle prit la direction de la mare aux canards, à l'est des jardins, et, après la mare, elle traversa des espaces verts où le chemin s'enfonçait dans une obscurité aussi sinistre qu'accueillante. Dans l'état où elle était, elle se moquait du danger. Aussi ne tressaillit-elle pas au soudain passage d'un chat devant elle et ne s'émut-elle pas davantage des craquements de branches et de brindilles indiquant qu'elle était suivie. Elle continua d'avancer, plongeant dans l'ombre jusqu'à ce qu'elle atteigne le dernier des jardins de Meanwhile, le jardin des senteurs, et repère l'abri de jardinage à l'extrémité du sentier qu'elle avait emprunté.

C'est là qu'elle retrouva ses esprits et constata qu'elle avait contourné la tour Trellick, qui se dressait sur sa gauche telle une sentinelle et lui indiquait qu'elle était près de Golborne Road. Sans en prendre à proprement parler la décision, elle suivit la logique, qui la mena à la cité Mozart.

Elle savait que Six était chez elle ce soir-là car elle lui avait téléphoné avant le départ de Kendra. Elle savait que son amie recevait Natasha et deux types. Cela signifiait qu'elle serait la cinquième roue d'un carrosse se dirigeant vers nulle part. Mais elle avait besoin de Six.

Ness trouva le quatuor – Six, Natasha et les deux mecs – dans le séjour de l'appartement familial. Les lascars – Greve, un Noir, et Dashell, un Asiatique – étaient bourrés comme des supporters de football venant de remporter un match. Les filles étaient à peu près dans le même état. Et tous étaient à moitié déshabillés. Six et Natasha portaient des culottes et des soutiens-gorge grands comme des confettis tandis que les garçons étaient drapés dans des serviettes de bain nouées autour de la taille. Aucune trace des sœurs ni du frère de Six.

Des haut-parleurs grands comme des réfrigérateurs posés de part et d'autre d'un canapé avachi dégorgeaient de la musique avec une violence ahurissante. Dashell était vautré sur le canapé et il venait apparemment de recevoir les soins délicats de Natasha – laquelle vomissait dans un torchon lorsque Ness fit son entrée dans la pièce. Un carton de pizza de chez Ali Baba gisait à une extrémité du canapé ainsi qu'une bouteille de Jack Daniel's.

Ce n'est pas le côté sexuel de la scène qui dérangea Ness. Mais la présence de la bouteille de Jack Daniel's. Elle n'était pas venue là pour boire. Le fait que les ados aient eu recours au bourbon alors qu'ils auraient pu choisir autre chose indiquait que ce qu'elle désirait ne se trouvait pas dans l'appartement ce soir-là.

Elle se tourna néanmoins vers Six :

— T'as de la dope ?

Six avait les yeux injectés, la langue pâteuse, mais son cerveau carburait quand même encore assez bien.

— J'ai une tête à en avoir, ma poule ? Merde, Ness, qu'est-ce que tu fous à te pointer ici sans prévenir ? Tu vois pas que je suis occupée avec le frangin qu'a promis de m'en refiler ?

Ness ne comprenait que trop bien. Il aurait fallu débarquer d'une autre planète pour ne pas piger.

— Ecoute, Six, il me faut absolument quelque chose. Tu me le files et je me casse. Une clope, ça m'irait.

— J'en connais un qui te filerait bien quelque chose, tiens. Même que t'en aurais plein la bouche, dit Natasha.

Dashell eut un rire paresseux tandis que Greve se laissait tomber sur une chaise.

— Tu crois qu'on se bourrerait la gueule avec du Jack Daniel's si on avait autre chose ? dit Six. Le bourbon, ça me dégoûte, Nessa, tu le sais.

— Bon. Viens, on va se trouver quelque chose de mieux, d'accord ?

— Elle a quelque chose de mieux ici même, dit Greve, indiquant le cadeau qu'il destinait à Six sous sa serviette de bain.

Tous quatre éclatèrent de rire. Ness avait envie de les gifler. Elle pivota vers la porte et fit signe à Six de la suivre. Six la rejoignit en chancelant. Derrière elles, Natasha s'écroula sur le sol et Dashell lui passa son pied gauche dans les cheveux. Greve était affalé la tête en avant comme s'il n'arrivait pas à faire l'effort de la tenir droite.

— Six, dit Ness. Passe le coup de fil. Je me charge du reste.

Elle était agitée. Depuis son arrivée à North Kensington, elle comptait sur Six pour lui fournir de la dope, mais elle comprenait qu'elle allait devoir trouver une façon plus directe de se ravitailler.

Six hésita. Jeta un regard par-dessus son épaule. Dit d'un ton cassant à Greve :

— Hé, mec, tombe pas dans les pommes.

Greve ne répondant pas, Six dit :

— Merde.

Et à Ness :

— Allez, viens.

Le téléphone était dans la chambre des filles. Là, près d'un des trois lits défaits, une lampe privée d'abat-jour répandait une maigre lumière sur une assiette sale où gisait un sandwich racorni. L'appareil était près de l'assiette. Six s'en empara et composa un numéro. A l'autre bout de la ligne, on répondit immédiatement.

— Où t'es ? dit Six. Qui tu crois que c'est, mec ? Ouais. Exact. Où ça ? Merde, combien tu dois en faire encore ? Putain, c'est pas possible.

S'il faut qu'on attende tout ce temps, on sera mortes... Non. Je vais passer un coup de fil à Cal. Rien à foutre.

Elle raccrocha et dit à Ness :

— Ça va être duraille.

— C'est qui, ce Cal ? s'enquit Ness. Et qui t'as appelé, là ?

— T'occupe.

Elle composa un autre numéro. Cette fois, quelques secondes s'écoulèrent puis elle dit :

— C'est toi, Cal ? Où il est ? J'ai une pote qui cherche... (Regard interrogateur à Ness :) Qu'est-ce que tu veux ? Des amphets ? Des calmants ? De l'héro ? Quoi ?

Ness ne parvint pas à répondre aussi vite que Six ou son correspondant l'aurait souhaité. De l'herbe lui aurait parfaitement convenu. Poussée par le manque, elle se serait même contentée du Jack Daniel's, seulement la bouteille était vide. A cet instant, elle n'avait qu'une envie : être ailleurs. N'importe où, mais pas dans son corps.

Au téléphone, Six dit :

— Du shit ? Ouais, mais dans quel coin il deale ? Non. Ils vont pas... Oh, ouais, j'suis sûre qu'il est pas à une embrouille près, ce mec.

Et elle mit fin à la conversation sur un :

— Y a pas qu'ta mère qui t'aime, mon grand.

Puis, se tournant vers Ness :

— J'ai fait fort, ma poule. J'suis remontée à la source.

— Où ?

— Le commissariat de Harrow Road.

Six voulait bien être gentille, mais elle n'irait pas plus loin. Greve l'attendait dans le séjour. Il était donc hors de question qu'elle accompagne Ness au poste. Elle dit à son amie que, si elle ne pouvait pas attendre, elle allait devoir s'adresser à celui qu'on appelait la Lame. Et la Lame – s'il fallait en croire Cal, son bras droit – était en ce moment interrogé par la police du commissariat de Harrow Road à propos d'un cambriolage dans Kilburn Lane.

— Comment je saurai que c'est lui que je cherche ? demanda Ness.

— Crois-moi, ma poule, tu le reconnaîtras quand tu le verras.

— Qui me dit qu'il va être relâché ?

Six éclata de rire devant la naïveté de la question.

— Voyons, Choupinette, pas question que les keufs lui cherchent des emmerdes.

Elle rejoignit Greve. S'assit à califourchon sur lui, lui releva la tête et défit les confettis qui lui tenaient lieu de soutien-gorge.

— Allez, au boulot, *man.*

Ness frissonna et quitta l'appartement.

Elle aurait pu rentrer chez sa tante mais elle avait une mission à accomplir. Elle sortit de la cité et gagna à pied Bravington Road. Celle-ci aboutissait à Harrow Road, qui, à cette heure de la nuit, était peuplée de toutes sortes d'indésirables : ivrognes devant les portes, bandes de jeunes en cagoule et baggy, adultes aux intentions louches. Elle marchait vite, l'air maussade. Elle aperçut bientôt le poste de police du côté sud de la rue : sa lampe bleue éclairait les marches conduisant à l'impressionnante porte.

Ness ne s'attendait pas à reconnaître l'homme à qui Six l'avait adressée. A cette heure tardive, ce n'étaient pas les allées et venues qui manquaient dans le commissariat, et repérer la Lame s'avérait difficile : ç'aurait pu être n'importe lequel des individus qu'elle voyait défiler. Elle essaya d'imaginer à quoi un cambrioleur pouvait bien ressembler, mis à part le fait qu'il était vêtu de noir. Du coup, elle faillit manquer la Lame quand il émergea enfin du poste, prit un béret dans sa poche et le vissa sur son crâne chauve. Il était mince et petit – guère plus grand que Ness – et, s'il ne s'était pas arrêté sous la lampe pour allumer sa cigarette, Ness l'aurait pris pour un quelconque métis du voisinage.

Malgré la lueur bleue, elle vit le tatouage qui dépassait du béret et lui envahissait la joue : un cobra, crochets dehors. Elle vit également ses anneaux d'or aux oreilles, et sa façon désinvolte de froisser son paquet de cigarettes vide et de le balancer sur les marches. Elle l'entendit se racler la gorge, cracher. Il sortit un portable, le déplia.

C'était le moment ou jamais. Ness n'allait pas laisser passer sa chance. Elle traversa la rue et s'approcha de l'homme, qui semblait avoir une vingtaine d'années.

Il parlait dans son portable :

— Où t'es, putain de merde, mec ?

Ness lui toucha le bras. Il se tourna vers elle d'un air méfiant.

— C'est toi, la Lame ? J'ai besoin de me ravitailler, *man.* Dis-moi juste oui ou non.

Il ne réagit pas et, l'espace d'un moment, Ness pensa qu'elle s'était trompée de personne ou qu'elle avait choisi la mauvaise entrée en matière. Puis, d'un ton impatient, il poursuivit dans le téléphone :

— Ramène ton cul ici, Cal.

Après quoi il ferma sèchement le portable et considéra Ness.

— On peut savoir qui t'es ?

— Quelqu'un qu'est en manque. T'as pas besoin d'en savoir plus.

— Ah ouais ? Qu'est-ce que tu cherches ?

— De l'herbe, ça m'irait.

— Quel âge t'as, dis donc ? Douze ? Treize ans ?

— Hé, j'ai l'âge, et je peux payer.

— Ben voyons, ma p'tite caille. Et avec quoi ? T'aurais vingt livres sur toi, là ?

Evidemment, elle ne les avait pas. Elle en avait moins de cinq. Mais le fait qu'il lui ait donné douze, treize ans, et qu'il semblât prêt à l'envoyer paître lui donna plus que jamais envie de ce qu'il pouvait lui fournir. Elle fit passer le poids de son corps d'une jambe sur l'autre, inclina la tête et le toisa.

— Je peux payer, je te dis. En nature, *man*.

Il fit claquer sa langue. Ness se raidit. Toutefois elle comprit qu'elle avait atteint son but lorsqu'il lança :

— Putain ! En voilà, une nouvelle intéressante.

6

Quelques semaines avant son huitième anniversaire, Toby montra à Joel la lampe de ses rêves. La lampe lava[1] trônait dans la vitrine d'un magasin situé tout en haut de Portobello Road, au nord d'un quartier connu pour ses boutiques de brocanteurs, lesquelles poussent comme de la mauvaise herbe non loin de Notting Hill Gate.

La boutique où on pouvait admirer l'objet était coincée entre une boucherie halal et un café-restaurant – le Cockney's Traditional Pie Mash and Eels. Toby l'avait repérée un jour où, en rangs par deux, les petites classes de Middle Row School étaient parties en expédition à la poste de Portobello Road pour s'entraîner à acheter des timbres avec toute la politesse voulue, de façon à s'en souvenir – ainsi l'espérait leur institutrice – le restant de leurs jours. Exercice enrichissant faisant appel au calcul de base et au sens du contact. Domaines où Toby n'excellait guère.

Mais la lampe avait accroché son regard. Le ballet fascinant des bulles dans le cylindre l'avait amené à déserter le rang et à s'approcher de la vitrine, devant laquelle il s'était immédiatement réfugié dans le monde de Sose. Son camarade l'avait secoué en criant, attirant l'attention de l'institutrice, qui était en tête de la file. La maman accompagnatrice qui fermait la marche ne fit ni une ni deux. Elle arracha Toby à sa contemplation et l'obligea à reprendre sa place dans le rang. Mais le souvenir de la lampe ne s'éteignit pas dans l'esprit de Toby. Il commença à en parler le soir même devant ses calamars accompagnés de frites et de petits pois. Arrosant sa nourriture de sauce, il décréta que la lampe était « géniale », et il continua de remettre ça sur le tapis jusqu'à ce que Joel consente à prêter l'oreille.

Le liquide contenu dans le cylindre était violet. La « lave », ou plutôt les bulles, orange. Toby colla le nez à la vitrine, poussa un soupir qui embua la vitre.

1. Objet culte des années soixante, cette lampe comporte un cylindre plein d'un liquide où s'ébattent des bulles de couleur.

— Elle est géniale, hein ? dit-il à son frère en plaquant sa paume sur la vitre comme pour toucher l'objet de sa fascination. Je peux l'avoir ?

Joel chercha le prix, inscrit en rouge sur une étiquette collée sur la base noire de la lampe. 15,99 livres. Soit huit livres de plus que ce qu'il possédait.

— Pas question, Tobe. Où tu crois que je vais trouver l'argent ?

Le regard de Toby passa de la lampe à son frère. On avait réussi à le persuader de ne pas gonfler sa bouée ce jour-là ; il la portait dégonflée sous ses vêtements et il la tripotait machinalement. L'air déconfit, il marmonna :

— Pour mon anniv', je peux pas l'avoir ?

— J'en parlerai à tante Ken. P't'êt' aussi à Ness.

Les épaules de Toby s'affaissèrent. Pas complètement inconscient de ce qui se passait au 84, Edenham Way, il se dit que la promesse de Joel ne pouvait déboucher que sur une déception.

Joel avait horreur de voir Toby déçu. Il dit à son frère de ne pas s'inquiéter. S'il voulait la lampe pour son anniversaire, d'une façon ou d'une autre, il l'aurait.

Joel savait pertinemment qu'il ne pouvait compter sur sa sœur pour l'aider à financer cet achat. Impossible de parler à Ness ces temps-ci. Depuis leur départ de Henchman Street, elle était de plus en plus inabordable. La jeune fille qu'elle avait été n'était plus qu'une photo jaunie. Dans son souvenir, il la voyait encore, frêle fillette d'East Acton, déguisée en archange Gabriel pour le spectacle de Noël avec des ailes vaporeuses et un halo doré au-dessus de la tête, en chaussons de ballerine et tutu rose, penchée à la fenêtre de Weedon House et crachant sur le trottoir. Maintenant, elle ne se donnait même plus la peine de faire semblant d'aller en classe. Personne ne savait à quoi elle occupait ses journées.

Que quelque chose de profondément marquant soit arrivé à Ness, Joel le comprenait. Simplement, il ignorait de quoi il s'agissait ; et dans son innocence et son ignorance, il conclut que cela avait un rapport avec la nuit où elle les avait laissés seuls à la maison pendant que Kendra sortait avec Cordie. Il savait que Ness n'était pas rentrée cette nuit-là, et il savait aussi qu'il y avait eu une violente altercation entre sa tante et sa sœur. Mais ce qui avait précédé la dispute, il n'en avait pas la moindre idée.

Tout ce qu'il savait, c'est que sa tante avait fini par se désintéresser de Ness, et que cette dernière ne semblait guère s'en plaindre. Au contraire. Elle allait et venait à toute heure du jour et de la nuit, quel que soit son état. Kendra la considérait avec une expression de dégoût, elle semblait attendre. Mais quoi ? Ce n'était pas clair. Ness poussait le bouchon de plus en plus loin, comme pour mettre Kendra au défi de prendre position. La tension était palpable quand elles se trouvaient à la maison en même temps. Visiblement, il allait se passer quelque chose qui entraînerait un glissement de terrain.

Ce que Kendra attendait, c'était l'inévitable : les conséquences inéluctables de la conduite inqualifiable de sa nièce. Elle savait que les professionnels de la délinquance juvénile, les magistrats et peut-être même la police seraient à terme amenés à intervenir, qu'il faudrait trouver un autre cadre de vie à la jeune fille. Et, franchement, au stade où elle en était arrivée, elle en venait à souhaiter que cela se produise. Certes, elle admettait que la vie de Ness avait été difficile après le décès prématuré de son père. Mais des milliers d'enfants avaient une vie difficile sans pour autant foutre en l'air ce qui restait des vies en question. Aussi, lorsque Ness rentrait en titubant sous l'effet de l'alcool ou de la drogue, lui disait-elle de prendre un bain, de dormir sur le canapé et de se faire oublier. Quand l'adolescente empestait le sexe, Kendra lui déclarait qu'elle devrait se débrouiller seule si jamais elle tombait enceinte ou attrapait une sale maladie.

« Qu'est-ce que tu veux que ça me foute ? », répondait invariablement Ness. Et Kendra, bien sûr, se faisait encore plus de mauvais sang.

« Tu veux être adulte, comporte-toi en adulte », disait-elle à Ness. Mais la plupart du temps, elle gardait le silence.

C'est pourquoi Joel n'était pas très chaud pour demander à Kendra de l'aider à acheter une lampe pour Toby. Il était même réticent à lui rappeler que c'était bientôt l'anniversaire de ce dernier. Il pensait fugacement au passé, qui se faisait de plus en plus lointain dans sa mémoire. Dîners d'anniversaire pour lesquels on sortait une vaisselle spéciale, banderole *Joyeux Anniversaire* accrochée de travers à la fenêtre de la cuisine, manège en fer-blanc d'occasion et qui ne marchait plus pour décorer le centre de la table, son père sortant un gâteau de sa manche comme par miracle avec le nombre exact de bougies, chantant une chanson de son cru. Car ses enfants, disait-il, méritaient mieux qu'un banal *Happy Birthday*.

Quand Joel repensait à tout ça, il avait envie de faire quelque chose pour changer la vie qu'on leur avait imposée, à ses frère et sœur et à lui. Mais, à son âge, il voyait mal comment remédier au climat d'incertitude dans lequel ils évoluaient ; aussi ne lui restait-il qu'à essayer de tout faire pour que leur vie actuelle ressemble autant que possible à celle d'avant. L'anniversaire de Toby lui en donnait justement l'occasion.

C'est pourquoi il finit par se décider à demander de l'aide à sa tante. Il choisit un jour où Toby avait un cours supplémentaire au centre d'apprentissage après l'école. Au lieu de traîner dans un couloir à l'attendre, il fila à Sidashop, où Kendra repassait des chemisiers au fond du magasin.

— 'Soir, tante Ken, dit-il sans se laisser décourager par le bref mouvement de tête par lequel elle l'accueillit.

— Où est passé Toby ?

Il lui rappela qu'il avait un cours de rattrapage. Il lui en avait déjà parlé, mais elle avait oublié. Il se dit qu'elle avait dû oublier par la même occasion l'anniversaire de Toby, étant donné qu'elle n'y avait pas fait allusion. Très vite, de peur de perdre courage, il lâcha :

— Toby va bientôt avoir huit ans, tante Ken. Je voudrais lui acheter une lampe qu'il a vue à Portobello. Mais j'ai pas assez de sous. Je pourrais pas faire un petit boulot pour toi ?

L'intonation de Joel – pleine d'espoir malgré sa mine impassible – amena Kendra à penser au mal qu'elle se donnait pour garder les enfants hors de vue. Elle n'était pas idiote. Elle savait qu'elle ne s'était pas montrée particulièrement chaleureuse depuis qu'ils avaient atterri chez elle.

— De combien tu as besoin ?

Lorsqu'il le lui eut dit, elle demeura pensive un moment, une ride barrant son front. Finalement elle se dirigea vers la caisse. De sous le comptoir elle sortit une pile de prospectus aux couleurs de l'arc-en-ciel, puis elle lui fit signe d'approcher.

Massages professionnels, pouvait-on lire sur chacun des prospectus. Et, sous ces mots, une silhouette allongée sur le ventre, sur une table, et une autre lui pétrissant le dos. Sous ce dessin figuraient une liste des massages proposés et les tarifs. Ainsi que le numéro de téléphone du domicile de Kendra et celui de son portable.

— Je voudrais que tu distribues ça, dit-elle à Joel. Arrange-toi pour persuader les commerçants de les afficher. Fais aussi le tour des gymnases. Et des pubs. N'oublie pas les cabines téléphoniques. Va partout où tu peux. Si tu fais ça, je te donne de quoi acheter cette lampe à Toby.

Joel se sentit soulagé. Ce job était dans ses cordes. Ce serait un jeu d'enfant. Du tout cuit. Il pensait que cela lui permettrait de gagner l'argent nécessaire à l'achat de la lampe qui ferait plaisir à son petit frère. Il se trompait.

Les jours où Joel distribuait les prospectus de Kendra, Toby le suivait comme un toutou. Impossible de le laisser seul à la maison. Impossible de le laisser attendre au centre. Impossible de l'emmener à Sidashop, où il n'aurait fait que gêner Kendra. Hors de question que Ness le garde. Aussi errait-il dans le sillage de Joel et l'attendait-il devant les vitrines où étaient apposées les publicités.

S'il restait à la porte des boutiques, Toby entrait à la suite de Joel dans les salles de sport parce qu'il ne risquait pas de faire des bêtises dans les halls. Même chose dans le commissariat de police et les bibliothèques ou sous le porche des églises. Il avait compris que ces allées et venues avaient un rapport avec sa lampe et, comme celle-ci occupait toutes ses pensées, il était content d'y participer.

Kendra avait confié à Joel plusieurs centaines de tracts. Joel aurait facilement pu les jeter dans le canal sans que sa tante le sache. Mais il n'était pas d'un naturel malhonnête ; aussi, jour après jour, cheminait-il de Ladbroke Grove à Kilburn Lane, le long de Portobello Road et de Golborne Road, s'arrêtant partout où il était possible de placer des dépliants. Une fois qu'il eut épuisé les magasins, les restos et les pubs, il comprit qu'il devrait faire preuve d'imagination.

Il allait lui falloir deviner qui pourrait avoir besoin de se faire masser. Mis à part les gens qui faisaient trop de gym et avaient les muscles endoloris, il pensa aux conducteurs de bus forcés de rester à leur volant toute la journée ou toute la nuit. Cela le conduisit au dépôt de Westbourne Park, une énorme structure de brique coincée sous l'A40, où les bus étaient garés et d'où ils partaient faire leurs tournées. Tandis que Toby restait accroupi sur les marches, Joel parlementa avec un dispatcher qui finit par lui dire d'un air distrait qu'il pouvait déposer une pile de prospectus sur le comptoir. Joel s'exécuta. Alors qu'il pivotait pour repartir, il vit Hibah, qui franchissait la porte.

Elle portait une boîte en plastique et était vêtue à la manière traditionnelle d'un foulard et d'un long manteau qui lui arrivait à la cheville. Elle baissait la tête d'une façon qui ne lui était pas habituelle et, quand elle la releva et aperçut Joel, elle sourit malgré le mal qu'elle s'était donné pour avoir l'air modeste et effacé.

— Qu'est-ce que tu fais là, Joel ?

Il lui montra ses prospectus et lui posa la même question. Elle brandit la boîte en plastique.

— Le déjeuner de mon père. Il conduit le 23.

— Hé, je l'ai pris, le 23, dit Joel avec un sourire.

— Ouais ?

— Pour aller à la gare de Paddington.

— Cool.

Elle tendit la boîte au dispatcher. Il la prit et se replongea dans son travail. Hibah expliqua à Joel qu'elle faisait ça régulièrement.

— C'est un truc à mon père, le déjeuner, pour me surveiller, confia-t-elle. Il se figure qu'en m'obligeant à lui apporter à manger, je suis obligée de m'habiller comme il faut et que ça m'empêche de traîner avec des gens qui lui plaisent pas. J'ai une nièce, elle a mon âge, tu vois, parce que mon frangin – son père – a seize ans de plus que moi. Bref. Elle sort avec un Anglais. On croirait que c'est la fin du monde. Mon père a juré que je sortirais jamais avec un Anglais. Même s'il doit me renvoyer au Pakistan. Je vais te dire une chose, Joel, j'ai hâte d'être plus vieille pour pouvoir faire ce que je veux. Qui c'est celui-là ?

Elle faisait référence à Toby, qu'on n'avait pas, ce jour-là, réussi à convaincre de sortir sans sa bouée. Il était assis sur les marches où Joel l'avait laissé et s'était levé pour les rejoindre dès qu'ils étaient sortis du dépôt. Joel lui dit qui était Toby sans s'étendre davantage.

— Je savais pas que t'avais un frère, observa Hibah.

— Il est à Middle Row School.

— Il distribue les prospectus avec toi ?

— Non. Il me suit. Faut pas qu'il reste seul.

— Tu en as encore beaucoup ?

L'espace d'un instant, Joel se demanda ce qu'elle voulait dire. Elle désigna du doigt les publicités et lui dit qu'il pourrait aisément s'en débarrasser en les glissant sous les portes des appartements de la tour Trellick. Elle lui donnerait un coup de main.

— Viens, c'est là que j'habite. Je te ferai entrer.

Le trajet à pied était court. Ils traversèrent Great Western Road et plongèrent dans Meanwhile Gardens, suivis de Toby. Hibah bavardait comme à son habitude tandis qu'ils empruntaient l'un des sentiers sinueux. C'était un beau samedi de printemps – frais mais ensoleillé –, aussi les jardins étaient-ils pleins de familles et d'enfants. Les petits couraient sur l'aire de jeux derrière la grille de la garderie, les grands s'activaient sur une piste de skate décorée de graffitis. Ils étaient équipés de planches, de rollers et de bicyclettes, et ils attirèrent aussitôt l'attention de Toby. Bouche bée, le gamin s'arrêta pour regarder, sans se rendre compte de son allure bizarre, petit garçon vêtu d'un jean trop large, une bouée de sauvetage autour de la taille et des baskets fermées par de l'adhésif.

La piste de skate aménagée sur une butte comportait trois niveaux de difficulté, le plus facile se trouvant en haut, le plus difficile en bas. On y accédait par des marches en béton. Une allée en bordait le pourtour, où pouvaient s'installer les curieux. Toby s'empressa de filer dans cette direction. De là, il héla Joel :

— Regarde ! J'suis sûr que j'peux y arriver.

Patineurs et spectateurs saluèrent la présence de Toby à grand renfort de : « Barre-toi, pauv' con ! »

Joel, rouge comme une tomate, franchit les marches pour attraper son frère par la main. Il l'emmena, réussit à éviter le regard des ados mais eut moins de chance avec Hibah.

Elle les attendait au pied des marches. Lorsqu'il tira Toby, qui se répandait en protestations, vers le sentier, elle demanda :

— C'est un gogol ou quoi ? Pourquoi il ferme ses chaussures avec de l'adhésif ?

Elle ne fit pas allusion à la bouée.

— Il est juste différent, dit Joel.

— Tu parles d'un scoop ! répondit-elle.

Elle regarda bizarrement Toby puis Joel.

— On l'embête, à l'école ?

— Ça arrive.

— Ça fait mal au cœur.

Joel détourna les yeux, les plissa et haussa les épaules.

— Allez, viens, dit Hibah. Toi aussi, Toby. T'es déjà monté en haut de la tour ? Je vais te montrer la vue. On voit jusqu'au fleuve, *man*. Et le London Eye. C'est génial.

A l'intérieur de la tour Trellick, un vigile montait la garde dans un bureau vitré. Il adressa un signe à Hibah tandis qu'elle se dirigeait vers l'ascenseur. Elle appuya sur le bouton du trentième étage. La vue qu'il offrait, malgré la crasse des fenêtres, était aussi « géniale » qu'elle l'avait promis. De là-haut, voitures et camions semblaient minuscules, les lotissements et les cités ressemblaient à des jouets.

— Regarde ! Regarde ! criait Toby surexcité, allant d'une fenêtre à une autre.

Hibah l'observait en souriant. Elle rit même. Mais d'un rire totalement dénué de méchanceté. Joel se dit qu'elle n'était pas comme les autres. Peut-être pourrait-il s'en faire une amie...

Joel et Hibah se partagèrent les publicités qui restaient. A l'un, les étages impairs. A l'autre, les étages pairs. Ils eurent bientôt fini la distribution et se retrouvèrent aux ascenseurs du rez-de-chaussée. Une fois qu'ils furent sortis, Joel se demanda comment remercier Hibah de son aide.

Tandis que Toby allait mettre le nez à la vitrine d'un marchand de journaux – l'une des boutiques installées au rez-de-chaussée de la tour –, Joel se mit à danser d'un pied sur l'autre. Il avait chaud, il était en nage malgré la brise qui soufflait de Golborne Road. Il essayait de trouver un moyen de dire à Hibah qu'il n'avait pas un sou en poche pour lui offrir un Coca, une tablette de chocolat ou une glace en signe de gratitude lorsqu'il entendit quelqu'un appeler l'adolescente. Il se retourna et vit un type qui approchait sur une bicyclette.

Il arrivait en hâte de Grand Union Canal. Il était affublé de la tenue de rigueur – jean baggy, baskets dépenaillées, cagoule sur une casquette de base-ball. C'était un métis comme Joel, avec un teint d'Asiatique mais les traits d'un Noir. Le côté droit de son visage pendait, comme entraîné par une force invisible, ce qui lui donnait un air sinistre.

Il freina, mit pied à terre, jeta sa bicyclette sur le sol. Il se précipita vers eux et Joel sentit ses intestins se crisper. La loi de la rue voulait qu'on affronte sans trembler celui qui vous tombait dessus. Faute de quoi on passait pour une lavette.

— Neal ! s'exclama Hibah. Qu'est-ce que tu fous ici ? Je croyais que tu devais aller…

— Qui c'est, ce bouffon ? J'te cherchais. Tu devais pas aller au dépôt ? C'est quoi, cette embrouille ?

Il avait un ton menaçant, mais Hibah ne se laissait pas impressionner.

— Tu m'espionnes ? C'est pas cool.

— Quoi ? Tu balises ?

Joel comprit alors, non sans un certain étonnement, qu'il était en présence du petit ami de Hibah. C'était à lui qu'elle parlait à travers la grille à la pause déjeuner. Celui qui séchait les cours et passait ses journées… Joel ne savait pas trop à quoi, et d'ailleurs il n'avait pas envie de le savoir. Il voulait seulement faire comprendre à ce type que sa copine ne l'intéressait pas.

— Merci de ton aide, dit-il à Hibah en esquissant un mouvement vers Toby, qui s'élançait contre la vitrine du marchand de journaux et rebondissait avec sa bouée.

— Attends, dit Hibah.

Et, à Neal :

— C'est Joel. On va à la même école à Holland Park.

Au son de sa voix, il était clair qu'elle ne faisait pas les présentations de gaieté de cœur. Elle ajouta à l'adresse de Joel :

— Et lui, c'est Neal.

Neal toisa Joel, pinça les lèvres de dégoût, les narines frémissantes. S'adressant à Hibah, il lâcha :

— Qu'est-ce que tu foutais avec lui dans la tour ? Me raconte pas de conneries, j't'ai vue sortir.

— On faisait des bébés, rétorqua Hibah. Qu'est-ce que tu veux qu'on fasse d'autre dans une tour en pleine journée ?

Joel se dit qu'elle était dingue de parler comme ça. Neal fit un pas en avant et Joel conclut qu'il allait être dans l'obligation de se friter avec Neal afin de l'empêcher de taper sur Hibah. Cela ne faisait pas spécialement partie de ses priorités. Aussi fut-il soulagé lorsque Hibah éclata de rire, car cela eut pour effet de détendre l'atmosphère.

— Attends, Neal, il a *douze* ans ! Je leur ai montré la vue. C'est tout. C'est son frère, là.

Neal chercha Toby des yeux :

— *Ça* ?

Puis, s'adressant à Joel :

— C'est un débile ou quoi ?

Joel ne souffla mot.

— La ferme, intervint Hibah. T'es vraiment lourd quand tu t'y mets, Neal. C'est juste un môme.

Le teint de Neal vira au cramoisi tandis qu'il se tournait vers elle. Il allait exploser. Joel se raidit, se disant qu'il allait écoper.

Heureusement, Toby fit diversion :

— Joel, faut que je fasse caca. On rentre ?

— Putain de merde, marmonna Neal.

— Tu l'as dit, *man*, fit Hibah en éclatant de rire – ce qui fit sourire Joel.

— Qu'est-ce que t'as à te marrer, toi, p'tit enfoiré de Jaune ? lança Neal à Joel.

— Rien, fit Joel.

Et à Toby :

— Viens, Tobe. On se casse.

— Je t'ai pas dit de te casser, ajouta Neal tandis que Toby s'approchait.

— C'est toi qui vois. Seulement faudra pas te plaindre de l'odeur, rétorqua Joel.

Hibah partit d'un nouvel éclat de rire. Elle secoua Neal par le bras.

— Viens. Ma mère va se demander où je suis passée. On n'a pas beaucoup de temps. On a des choses plus intéressantes à faire.

Neal se calma à ce rappel. Il se laissa entraîner en direction du jardin des senteurs et de son sentier abrité. Mais il jeta un regard par-dessus son épaule en s'éloignant. Il jaugeait Joel, vraisemblablement en vue d'une future rencontre.

La ténacité de Kendra finit par payer, et plus vite qu'elle ne l'avait espéré. Le lendemain du jour où Joel avait distribué les prospectus, elle reçut son premier coup de fil. Un homme qui avait besoin d'un massage dès que possible. Il habitait au-dessus d'un pub – le Falcon –, à l'endroit où Kilburn Lane devenait Carlton Vale. Elle faisait des massages à domicile, n'est-ce pas ? C'était de cela qu'il avait besoin.

Il avait l'air poli. Une voix douce. Le fait qu'il vive au-dessus d'un pub était rassurant. Elle ne courrait aucun risque. Kendra chargea son matériel dans la Punto. Elle mit une tourte au four pour Joel et Toby, et leur sortit des fruits au sirop et des biscuits à la figue pour le dessert. Elle gratifia Joel d'une livre supplémentaire pour le féliciter d'avoir distribué les dépliants aussi judicieusement et s'en alla à la recherche du Falcon, qui était situé près d'un rond-point en face d'une église moderne.

Pas facile de trouver une place de parking. Kendra dut traîner sa table sur cent mètres. Il lui fallut aussi traverser Kilburn Lane. Le temps qu'elle arrive au pub pour se faire expliquer comment accéder aux appartements situés en étage, elle était essoufflée et en sueur.

Ignorant les regards curieux des habitués qui engloutissaient des pintes au bar et en salle, elle suivit les indications fournies, rebroussa chemin jusqu'au trottoir, contourna le bâtiment et trouva une porte munie d'un interphone. Elle sonna, monta tant bien que mal l'escalier avec son matériel et, une fois en haut, s'arrêta pour reprendre son souffle.

L'une des portes s'ouvrit brusquement, laissant apparaître la silhouette d'un homme bien bâti. C'était manifestement celui qui l'avait appelée, car il se précipita dans l'ombre du couloir en disant :

— Laissez-moi vous filer un coup de main.

Il prit la table et l'emporta telle une plume dans l'appartement. Ce dernier, guère plus grand qu'un studio, contenait plusieurs lits, un lavabo, un radiateur électrique et une plaque de cuisson.

Kendra examina les lieux tandis que l'homme posait la table. Elle ne fit pas attention à lui tout en déballant son matériel de massage, ni lui à elle avant d'avoir déplié la table.

Ayant terminé, il pivota vers elle. Elle déplia la couverture, se tourna de son côté. Un « Bon sang » leur échappa au même moment.

C'était l'homme qui, lors de la sortie nocturne de Kendra avec Cordie, avait ramené Ness ivre à la maison.

Kendra resta un moment stupéfaite. Elle tenait la couverture les bras tendus, elle les baissa aussitôt.

— Plutôt embarrassant comme situation, dit-il.

Kendra ne perdit pas de temps en atermoiements. Les affaires étaient les affaires.

— Vous aviez demandé un massage complet, non ? fit-elle en prenant son accent bourgeois.

— Ouais, c'est exact. Dix.

— Quoi ?

— Je m'appelle Dix.

Il attendit que Kendra ait étalé la couverture et placé le coussin en éponge pour sa tête. Puis il ajouta :

— Elle vous a jamais dit ce qui s'était passé cette nuit-là ? Je vous ai pas menti, vous savez.

Kendra lissa la couverture du plat de la main. Elle ouvrit son sac, sortit ses flacons d'huile.

— Nous n'en avons pas parlé, Mr Dix. Quel parfum désirez-vous ? Je vous recommande la lavande. C'est très relaxant.

Un sourire passa sur ses lèvres.

— Pas Mr Dix. Dix D'Court. Et vous, c'est Kendra quoi ?

— Osborne. Mrs Osborne.

Il fixa son visage, puis ses mains.

— Vous ne portez pas d'alliance, Mrs Osborne. Vous êtes divorcée ? Veuve ?

Elle aurait pu lui répondre que ce n'étaient pas ses oignons. Au lieu de quoi elle dit simplement :

— Oui. Vous voulez un massage complet, c'est ça ?

— Je fais quoi ?

— Déshabillez-vous.

Elle lui tendit un drap et se détourna.

— Gardez votre caleçon. C'est un massage tout ce qu'il y a de plus orthodoxe et médical que je vais vous faire. J'espère que c'est bien ce que vous vouliez quand vous m'avez appelée, Mr D'Court. Je suis masseuse professionnelle.

— Qu'aurais-je pu vouloir d'autre, Mrs Osborne ? fit-il avec un rire dans la voix. Je suis prêt.

Elle se retourna et le vit allongé sur le dos, le drap autour de la taille.

Il avait un corps de rêve. Des muscles de culturiste, au dessin net. Une peau lisse de bébé. Pas de poils, hormis ceux des sourcils et des cils. Pas une seule marque. A le voir, elle se souvint au plus mauvais moment qu'il y avait des lustres qu'elle n'avait pas eu de mec. Ça, ce n'était pas une pensée professionnelle. Un corps était un corps. Et ses mains sur ce corps, les outils de sa profession.

Il l'observait. Il répéta sa question.

— Elle vous a raconté ?

Kendra fronça les sourcils :

— Quoi ?

— Votre fille. Elle vous a raconté ce qui s'est passé cette nuit-là ?

— J'ai pas... Je n'ai pas de fille.

— Alors c'est qui ?

L'espace d'un instant il parut se dire qu'il s'était trompé.

— A Edenham.

— C'est ma nièce, précisa Kendra. Elle habite avec moi. Tournez-vous. Je vais commencer par le dos et les épaules.

Il attendit un instant, la regardant.

— Vous avez pas une tête à avoir une fille ou une nièce de cet âge-là.

— Je suis vieille, dit Kendra. Mais bien conservée.

Il pouffa et se mit sur le ventre. Il fit comme tous les gens qui se font masser pour la première fois : il posa la tête sur ses bras repliés. Elle lui ramena les bras le long du corps et lui tourna la tête de façon qu'il soit allongé bien dans l'axe. Elle versa de l'huile dans ses paumes et la réchauffa, se rendant soudain compte qu'elle avait laissé sa musique d'ambiance dans la voiture. Résultat, le massage devrait s'effectuer avec, pour tout fond sonore, le vacarme du pub qui pulsait par le sol. Un vacarme impossible à ignorer. Elle chercha des yeux une radio, une chaîne, un lecteur de CD, quelque chose pour modifier l'atmosphère. Mais il n'y avait pratiquement rien dans le studio à l'exception des lits, difficiles eux aussi à ignorer. Elle se demanda pourquoi il y en avait trois.

Elle commença le massage. Il avait une peau extraordinaire : aussi sombre que du café noir et aussi douce qu'une joue de nouveau-né. Et sous cette peau, des muscles dessinés à la perfection. C'était un corps de travailleur manuel mais l'état de son épiderme indiquait qu'il n'avait jamais manié d'outils. Elle aurait voulu lui demander ce qu'il faisait pour être aussi superbement bâti. Mais c'eût été manifester un intérêt qu'elle n'était pas censée ressentir envers un client, aussi préféra-t-elle s'abstenir.

Elle se souvint de son prof leur expliquant une chose qui, sur le moment, lui avait paru incroyable. « Vous devez vous pénétrer de l'esprit zen du massage. La chaleur de vos intentions, le souci du confort de votre client doivent se transmettre à vos mains jusqu'à ce que vous vous oubliiez vous-mêmes et qu'il n'y ait plus que des muscles et des mouvements. »

Sur le coup, elle avait pensé : Quelles conneries. Mais cette fois, elle essaya de parvenir à ce résultat. Elle ferma les yeux et s'efforça de masser zen.

— Ça fait du bien, murmura Dix D'Court.

En silence, elle lui pétrit le cou, les épaules, le dos, les bras, les mains, les cuisses, les jambes, les pieds. Elle connut bientôt chaque parcelle de son anatomie, il n'y avait pas un centimètre carré de son corps qui ne fût parfait. Même ses pieds étaient lisses, sans le moindre durillon. Lorsqu'elle eut fini cette première partie du travail, elle se dit qu'il avait dû passer sa vie à flotter dans une cuve remplie d'huile pour bébé.

Elle lui demanda de se retourner. Pour qu'il soit plus à l'aise, elle roula une serviette, qu'elle lui glissa sous la nuque. Elle prit le flacon d'huile pour continuer, mais il lui emprisonna le poignet en disant :

— Où est-ce que vous avez appris à faire ça ?

— A l'école, *man.*

Puis elle s'empressa de rectifier parce qu'elle avait parlé comme en rêve, sous l'influence de l'état second qu'il lui semblait avoir atteint.

— J'ai suivi des cours à la fac de médecine.

— Félicitations.

Il sourit, dévoilant des dents régulières d'un blanc éblouissant, aussi parfaites que le reste de sa personne. Il ferma les yeux et s'abandonna à la seconde moitié du massage.

Kendra, qui, par inadvertance, avait l'espace d'un instant laissé tomber son anglais châtié eut l'impression d'avoir été prise en défaut. Le reste de la séance se déroula pour elle en état de malaise. Elle ne voulait qu'une chose : en finir et s'en aller. Lorsqu'elle eut terminé son travail, elle s'écarta et s'essuya les mains avec une serviette. On devait laisser au client allongé sur la table le temps de savourer l'expérience. Mais, dans le cas présent, Kendra désirait prendre congé le plus vite possible. Tournant le dos à la table, elle commença à remballer ses affaires.

Elle l'entendit bouger et, lorsqu'elle se retourna, elle le découvrit assis sur la table, jambes pendantes, l'observant, le corps encore légèrement luisant.

— La petite vous a dit la vérité, Mrs Osborne ? Vous m'avez pas répondu et je peux pas vous laisser partir sans connaître la réponse. Quel genre de mec croyez-vous que je suis ? Elle était au pub, en bas. Je suis entré boire un jus de tomate. Elle était complètement pétée. Y avait deux mecs qui dansaient avec elle dans un coin et qui la pelotaient. Son chemisier était ouvert. Elle avait la jupe remontée comme si…

— Ça va, coupa Kendra.

Elle pensait : *quinze ans, quinze ans.*

— Non, attendez la suite…

— Je vous crois.

— Trop tard, Mrs Osborne. Je la sors du pub mais elle, elle se méprend sur mes intentions. Elle me propose de me faire tout ce que je veux. Je lui dis d'accord, qu'elle peut me sucer…

Kendra lui jeta un regard meurtrier. Il leva la main, poursuivit :

— … mais chez elle. Seule façon de savoir où elle crèche. Je l'emmène là-bas. Et c'est là que vous êtes arrivée.

— Vous étiez en train de lui… dit Kendra.

Du geste, elle désigna ses seins :

— Je vous ai vu. Vous vous redressiez.

Il détourna la tête, mais elle comprit que c'était pour se repasser le film de cette nuit.

— Son sac était par terre. Je me suis baissé pour le ramasser. Pas plus compliqué. Je suis pas du genre à me taper des mômes. Et j'ai bien vu que c'était qu'une môme. Pas comme vous. Mrs Osborne. Kendra. Vous voulez bien approcher ?

Il désigna la table où il était assis.

— Pourquoi ?

— Parce que je vous trouve belle et que j'ai envie de vous embrasser, dit-il en souriant. Je mens pas. Pas plus à propos de votre nièce qu'à votre sujet.

— Je vous le répète. Je suis masseuse. Si vous vous figurez que…

— Je sais. Je vous ai appelée parce que j'ai vu votre pub au gymnase, c'est tout. Je savais pas qui allait se pointer. Je dois me préparer pour une compète, j'ai besoin qu'on me masse.

— Quelle sorte de compétition ?

— Culturisme.

Il marqua une pause, lui laissant le temps de formuler un commentaire. Comme elle ne disait rien, il poursuivit :

— Je vise le titre de Mr Univers. Je fais de l'haltérophilie depuis l'âge de treize ans.

— Ça fait longtemps ?

— Dix ans.

— Vous avez vingt-trois ans.

— Où est le problème ?

— Moi, quarante.

— Et alors ?

— Vous ne savez pas compter ?

— Si. Mais ça m'empêche pas d'avoir envie de vous embrasser.

Kendra insistait sans réellement savoir pourquoi. Elle voulait qu'il l'embrasse, pas de doute. Pas seulement qu'il l'embrasse, d'ailleurs. Les dix-sept ans d'écart signifiaient que cette aventure serait sans lendemain. Rien de sérieux. Ça lui convenait. Mais quelque chose en lui la faisait hésiter : son comportement n'était pas celui d'un garçon de vingt-trois ans mais de quelqu'un de plus âgé. Et ça, c'était dangereux.

Il se laissa glisser de la table. Le drap qu'il portait tomba par terre. Il s'approcha d'elle et lui posa la main sur le bras. Puis sur le poignet.

— Je vous ai dit la vérité, Mrs Osborne. Je voulais un massage, c'est pour ça que j'ai appelé. L'argent est sur la table. Avec un pourboire. Je demandais rien d'autre. Mais j'en ai quand même envie. Et vous, ça vous dirait que je vous embrasse ?

Kendra aurait voulu dire non. Dire oui, c'était se risquer en terrain glissant. Mais elle garda le silence. Sans pour autant s'éloigner.

— Je vous embrasserai pas de force, Mrs Osborne. C'est oui ou c'est non ?

Ce fut plus fort qu'elle :

— Oui, dit-elle.

Il l'embrassa. Une main sur sa nuque, il l'obligea à ouvrir la bouche. Elle posa sa main sur sa taille, puis sur ses fesses qui étaient aussi fermes que le reste de son anatomie. Et l'emplirent de désir.

— Je ne fais pas ce genre de choses, dit-elle en se dégageant.

Il comprit ce qu'elle voulait dire.

— Je m'en doute, murmura-t-il.

Il se dégagea et la regarda.

— J'attends rien d'autre. Vous pouvez partir, si vous voulez.

Des doigts, il lui effleura la joue. De l'autre main, il lui caressa les seins.

Cette caresse eut raison des réticences de Kendra. Elle se rapprocha de nouveau et tendit sa bouche vers la sienne tandis que ses mains glissaient vers sa taille pour lui retirer le seul vêtement qu'il portât encore.

— Mmmmmmm, fit-il. C'est mon lit. Viens.

Il l'entraîna vers le lit qui jouxtait la fenêtre et la coucha doucement dessus.

— Tu es une vraie déesse.

Il déboutonna son chemisier. Dégagea ses seins. Les contempla. Contempla son visage puis se baissa et approcha ses lèvres des pointes de ses seins.

Elle eut un petit hoquet. Cela faisait si longtemps... Et, feinte ou non, l'admiration de cet homme lui mettait le feu au corps. Elle le désirait, et en cet instant, ce désir était la seule chose qui...

— Putain de merde, Dix. Qu'est-ce que tu fous ? On avait fait un deal, bordel !

Ils se séparèrent en hâte, essayant d'attraper, elle un drap, lui un vêtement quelconque, n'importe quoi pour couvrir leur nudité. C'est alors que Kendra comprit la raison pour laquelle il y avait trois lits dans le studio : Dix D'Court partageait le logement avec des colocataires et l'un d'eux venait de débarquer dans la pièce.

7

Le soir où Ness vit la Lame sortir du commissariat de police de Harrow Road, elle prit une décision. Une décision qui lui parut simple mais qui pourtant l'entraîna dans une direction qui devait changer radicalement l'existence de gens qu'elle ne rencontrerait jamais.

La Lame n'était pas quelqu'un d'agréable à regarder. Il se dégageait de lui un sentiment de danger tellement évident qu'il aurait aussi bien pu porter des gyrophares autour du cou au lieu de l'amulette italienne en or censée éloigner le mauvais œil. Il émanait également de lui une sensation de puissance. La puissance attirait les gens. Le danger les maintenait là où il le souhaitait : à sa merci, soumis et prompts à obéir. Il avait appris à adopter un comportement intimidant, et cela pour deux raisons : sa taille et ses caractéristiques physiques. Avec son mètre soixante-cinq, il aurait pu passer pour une proie toute désignée, facile à agresser. Avec sa calvitie et la partie antérieure de son front qui évoquait curieusement un bec, il avait également appris très tôt qu'il n'y avait que deux façons de survivre dans le milieu où il était né. Il avait choisi de dominer, pas d'être dominé. D'agir au lieu de fuir. C'était plus facile et il aimait la facilité.

Ness avait senti cette puissance et ce danger, mais cela ne l'avait pas affectée. Sa prise de bec avec sa tante, suivie de sa visite chez Six à la cité Mozart, l'avait mise d'humeur à faire fi de l'instinct de conservation. Aussi, lorsqu'elle eut pris bonne note des signes particuliers caractérisant la Lame – des bottes de cow-boy qui le grandissaient jusqu'au cobra tatoué qui, en lui encadrant le visage du front à la joue, faisait passer un message inquiétant –, vit-elle là ce qu'elle cherchait : quelqu'un qui serait capable d'agir sur son état d'esprit.

De son côté, la Lame vit en elle ce qu'elle offrait extérieurement, et il n'allait pas cracher là-dessus. Il avait passé quatre heures au poste – deux de plus que jamais auparavant – et, même s'il allait de soi qu'on le remettrait en liberté dès qu'il aurait joué la comédie qu'on attendait de lui, sa prestation n'avait pas vraiment plu aux policiers, et il s'était trouvé à leur merci, situation qu'il détestait. Or, quand il n'aimait pas quelque chose, cela lui mettait les nerfs à vif. Il avait donc besoin d'un dérivatif pour se calmer. Il y en avait plusieurs. Dont Ness.

C'est pourquoi, quand sa voiture arriva, il ne s'installa pas dans le siège du passager et n'ordonna pas au chauffeur – un certain Calvin Hancock, dont les abondantes dreadlocks étaient soigneusement dissimulées sous un bonnet pour éviter que leur vue ne provoque l'irritation du boss chauve comme un œuf – de le conduire à Portnall Road, où une adolescente de dix-sept ans prénommée Arissa l'attendait pour lui prodiguer ses soins attentifs. Au lieu de cela, il désigna d'un geste le siège arrière à Ness pour qu'elle s'y installe et monta après elle, laissant Hancock au volant.

— Willesden Lane, dit-il à ce dernier.

Cal – tel était son diminutif – coula un coup d'œil vers le rétroviseur. Il n'aimait pas les changements de programme. Chargé d'assurer la protection de la Lame, tâche qu'il remplissait avec succès depuis maintenant cinq ans, et qui lui valait la compagnie de la Lame et un toit où passer la nuit, Cal savait que les décisions prises de façon impulsive étaient dangereuses, et il n'ignorait pas quelles seraient les répercussions pour lui s'il arrivait quelque chose à son patron.

— Je croyais que tu voulais aller voir Rissa, *man*. Portnall est clean. Pour ça, tu peux lui faire confiance. Tandis qu'à Willesden, pas moyen de savoir sur qui on va tomber.

— Merde, dit la Lame. Tu discutes mes ordres ?

Cal passa en première en guise de réponse.

Ness écoutait, remplie d'admiration. Quand la Lame dit à Cal : « File-moi un pétard », elle éprouva un frisson d'excitation en constatant que le chauffeur s'arrêtait au bord du trottoir pour ouvrir la boîte à gants et rouler un joint. Il l'alluma, en tira une bouffée, le tendit à la Lame. Son regard croisa celui de Ness dans le rétroviseur lorsqu'il se glissa dans la circulation nocturne.

Près d'elle, la Lame était bien calé contre le dossier. Il ne lui prêtait pas la moindre attention, ce qui le rendait encore plus attirant. Il fumait son pétard sans l'offrir à Ness. Le manque se faisant sentir, elle lui posa la main sur la cuisse. Remonta vers son entrejambe. Il la repoussa sans même la regarder. Elle aurait voulu être son esclave. Dans un murmure, imité des innombrables films qu'elle avait eu l'occasion de voir, elle glissa :

— J'vais te baiser, baby. A t'en faire péter la cervelle. C'est ça qu'tu veux ?

La Lame la gratifia d'un coup d'œil indifférent.

— C'est moi qui vais te baiser, petite pute. Quand et comme ça me plaira. Pas le contraire. Autant que ça soit clair dès le départ.

Ness n'entendit que ces trois mots « dès le départ ». Des mots prometteurs. Un frisson d'excitation moite la parcourut.

Calvin mit le cap sur le nord, tournant le dos à Harrow Road et Kilburn Lane. Focalisée sur la Lame, Ness ne remarqua pas la direction qu'ils prenaient. Lorsqu'ils arrivèrent enfin devant un lotissement de pavillons bas se déployant à travers un réseau de rues étroites où les ampoules des lampadaires étaient depuis longtemps cassées, ils auraient aussi bien pu être au diable. Ness n'avait pas la moindre idée de l'endroit où ils se trouvaient.

Cal se gara et ouvrit la portière à Ness. Elle se glissa dehors. Suivie de la Lame. Il tendit son joint à Cal en disant : « Va voir si la voie est libre », et s'appuya contre la carrosserie tandis que Cal s'engageait dans un sentier séparant deux immeubles.

Ness frissonna, non de froid mais sous l'effet d'une exaltation telle qu'elle n'en avait jamais connu auparavant. Elle s'efforça de jouer les blasées. Mais elle ne pouvait quitter la Lame des yeux. Il représentait tout ce qu'elle voulait. Cette soirée qui avait commencé de façon désastreuse se terminait par un miracle.

— C'est clean, résuma Cal en revenant au bout de quelques minutes.

— T'es armé ? questionna la Lame.

— Qu'est-ce que tu crois, *man* ? fit Cal en tapotant la poche de son blouson de cuir. Je t'aime encore plus que ta mamie, baby, tu le sais, ça. Tu risques rien tant que Cal Hancock est là.

La Lame ne répondit pas. Il se borna à un mouvement de tête en direction du sentier séparant les immeubles. Cal ouvrit la marche.

Ness venait en troisième position. Elle s'efforçait de coller la Lame, bien décidée à donner l'impression qu'ils arrivaient ensemble.

La cité où ils avaient atterri était bruyante, remplie d'odeurs âcres : détritus en décomposition, relents de cuisine, caoutchouc brûlé. Ils passèrent devant deux filles complètement pétées qui vomissaient dans un buisson moribond, devant une bande de petits loubards qui harponnaient un retraité, lequel avait, dans un élan d'inconscience, décidé de sortir ses ordures ménagères à la nuit tombée. Ils croisèrent des chats qui se battaient avec des cris perçants, et une junkie hâve et émaciée qui se plongeait une aiguille dans le bras à l'abri d'un matelas pisseux appuyé contre un arbre nu.

Leur destination s'avéra être une des maisons de la rangée. Ness lui trouva l'air inhabité. Peut-être que ses occupants dormaient. Mais, lorsque Cal frappa, un judas s'ouvrit. On les examina, ils furent jugés OK, on leur ouvrit. La Lame dépassa Cal et entra, suivi de Ness. Cal demeura dehors.

A l'intérieur, pas de meubles à proprement parler. Des matelas sales empilés les uns sur les autres et de grands cartons en guise de tables.

La lumière émanait de deux lampadaires qui projetaient leur lueur sourde sur les murs et le plafond, de sorte que le sol, avec ses carrés de moquette lie-de-vin, était presque entièrement dans l'ombre. Hormis les graffitis représentant un homme aux cheveux fous et une femme en tenue d'Eve chevauchant une seringue hypodermique en partance pour la stratosphère, les murs étaient nus. La maison ne semblait pas habitée.

Pourtant, elle l'était. On aurait même dit qu'une fête s'y déroulait, car il y avait de la musique crachouillée en sourdine par une radio qui aurait eu besoin d'être réglée. Il n'y avait malgré cela aucune trace de ce que l'on s'attend à voir dans une soirée : pas d'invités discutant ici et là. Seulement des gens qui fumaient. Et quand par hasard on surprenait des bribes de conversation, c'étaient essentiellement des commentaires sur la qualité du crack, et ses effets sur le mental et le physique des fumeurs.

On fumait également du cannabis, du tabac. Des substances récréatives diverses étaient échangées moyennant finance, les transactions étaient effectuées par une Noire entre deux âges dont le déshabillé violet laissait apparaître des seins aussi plantureux que pendouillants. Elle semblait être la maîtresse des lieux, aidée du portier qui, grâce au judas, passait en revue les gens qui désiraient entrer.

Aucun doute, on se trouvait dans une fumerie de crack. Dans le voisinage, ces repaires poussaient comme des champignons dans un sous-bois après la pluie. La police ne savait jamais combien il en existait et, à supposer qu'un voisin ait eu le courage de rapporter aux flics l'existence de la fumerie et de demander l'arrestation du propriétaire, les policiers avaient beaucoup trop de fers au feu pour traiter le problème.

Déshabillé Violet fournit à la Lame ce qu'il était venu chercher, sans qu'il ait à préciser le nom de son poison préféré. Elle dépendait de lui pour exister et se mettait en quatre pour lui faire plaisir. C'était la première incursion de la Lame sur ce territoire contrôlé par un gang d'Albanais, et elle lui devait non seulement le toit au-dessus de sa tête mais aussi sa subsistance.

— Comment qu'elle va, ta mamie, mon grand ? dit-elle tandis qu'il allumait la pipe qu'elle lui avait apportée. (La pipe était petite et disparaissait dans le creux de sa main, un filet de fumée s'en échappait.) Toujours à l'hosto ? La pauvre, c'est moche. Ta maman t'empêche toujours d'aller faire un coucou à tes frères et à ta sœur ? La garce. Qu'est-ce que je peux t'apporter d'autre, mon chou ? Et c'est qui, ça ? Elle est avec toi ?

« Elle », c'était Ness, l'ombre de la Lame, qui s'était plantée un pas derrière lui à la manière d'un prince consort. Elle attendait qu'il lui fasse comprendre ce qu'elle devait faire, déguisant son incertitude sous un masque d'indifférence. La Lame tendit le bras et lui posa une main sur la nuque. La tenant par le lobe de l'oreille, il la fit avancer. Il lui fourra la pipe dans la bouche et la regarda téter l'embout. Il sourit et dit à Déshabillé Violet :

— Avec qui d'autre veux-tu qu'elle soit ?

— M'a l'air bien jeune. C'est pas ton style.

— Tu dis ça parce que tu me veux pour toi toute seule.

— Ooooh, t'es un bien trop gros morceau pour moi, baby, fit-elle en lui tapotant la joue. Si t'as besoin de quelque chose, t'as qu'à sonner Melia.

Elle s'éloigna dans le couloir sombre, où le seul couple qui s'intéressait à autre chose qu'à la fumette faisait péniblement l'amour debout contre le mur.

Ness ressentit rapidement l'effet de la drogue. Tout ce qui constituait sa vie disparut à l'arrière-plan, la laissant disponible pour l'instant présent. Il ne lui vint pas à l'idée qu'elle était en danger. Son moi rationnel s'était envolé, pour laisser place à ce qui non seulement semblait rationnel mais dépassait tout ce qu'elle avait connu jusque-là. Elle ne pensait qu'à se procurer un peu plus de la substance qui l'avait mise dans cet état.

— T'as l'air de kiffer, dit la Lame avec un sourire.

— C'est toi que je kiffe, dit-elle car il était la source des sensations qu'elle éprouvait. Laisse-moi te sucer, *man*. Tu le croiras pas, l'effet que ça va te faire.

— T'es une experte ?

— T'as qu'un moyen de le savoir.

— Ta mère, elle sait, que tu leur parles comme ça, aux mecs ?

Cela jeta un froid. Elle pivota, gagna le fond de la pièce et se laissa tomber sur l'une des piles de matelas, occupée par deux jeunes types, Ness s'adressa à l'un d'eux :

— Qu'est-ce que je dois faire pour tirer une taffe de ce truc ?

Elle désignait la pipe qu'il tenait entre ses doigts et posait la main sur la cuisse de l'autre, remontant vers son entrejambe, répétant la manœuvre qu'elle avait tentée avec la Lame dans la voiture.

La Lame, de loin, vit ce qu'elle fabriquait. Il savait pourquoi elle agissait ainsi, mais il n'était pas homme à se laisser manœuvrer. La petite pute pouvait faire ce que bon lui semblait. Il partit en quête de Melia, laissant Ness dans le séjour. Elle apprendrait bientôt ce qu'il en coûtait de traiter les hommes comme des pantins dans un endroit pareil.

Il ne lui fallut pas longtemps pour apprendre. Ness eut le droit de tirer une bouffée de la pipe, mais cette bouffée n'était pas gratuite. Elle ne tarda pas à se rendre compte qu'elle n'attirait pas seulement l'attention des deux types près desquels elle s'était laissée tomber. Plusieurs autres lascars l'avaient remarquée et, lorsque sa main se posa sur le bas-ventre de son compagnon de matelas, il ne fut pas le seul à s'en émouvoir.

Il y avait d'autres femmes dans la pièce, mais, plus expérimentées, elles savaient qu'il était plus sage de se tenir tranquille dans son coin et de savourer ce qu'elles étaient venues chercher. Comme aucun des hommes présents ne semblait disposé à se fatiguer en travaux d'approche alors que les plaisirs étaient à portée de main, ils se rapprochèrent de Ness.

Ils voyaient bien qu'elle était jeune, mais cela ne leur importait guère. Ils s'étaient tapé des gamines de onze ans consentantes quand ils étaient eux-mêmes âgés de treize ans, voire moins. Dans un monde où il existait peu de raisons de vivre et moins encore d'espérer, ils n'étaient même pas obligés de mettre en œuvre leurs maigres talents de séducteurs.

Ness se trouva cernée sans avoir le temps de dire ouf. La présence de tous ces mâles commença à lui désembrumer l'esprit. On lui tendit une pipe, qu'elle refusa.

— Allongez-la, dit quelqu'un.

On l'allongea de force sur le matelas. Un souffle chaud lui balaya les joues. Deux paires de mains lui retiraient son collant, une autre lui écartait les jambes. Une quatrième lui emprisonnait les bras. Elle poussa un cri qu'on prit pour un cri de délice.

Elle commença à se débattre. Sa tentative passa pour de l'excitation sexuelle. Elle poussa un nouveau cri tandis que des mecs se débraguettaient, et elle ferma les yeux plutôt que de voir ce qui se passait. Un corps s'abattit sur elle, dont elle sentit la chaleur, et le sexe gonflé qui palpitait. C'est alors qu'elle hurla.

Ce fut l'affaire d'un instant. Cela se termina non comme elle le craignait mais comme elle le rêvait. Elle perçut un juron, et le corps qui l'étouffait fut enlevé comme par une force de la nature. *Il* la souleva du matelas : non pour l'enlever dans ses bras à la manière d'un héros de chanson de geste mais pour la remettre brutalement sur ses pieds et la traiter de sale conne qui, si elle avait besoin d'une leçon, allait en recevoir une. De sa main, et pas des mains de ces branleurs.

Ness eut l'impression d'être courtisée. Elle savait que la Lame ne serait pas venu à son secours si elle l'avait laissé indifférent. Seul face à tous les autres hommes présents qui étaient plus costauds, et nettement plus menaçants, il s'était précipité pour la soustraire au danger. Aussi, lorsqu'il la poussa rudement devant lui en direction de la porte, elle eut l'impression de recevoir une caresse et elle sortit sans protester dans la nuit où Cal Hancock attendait.

— Melia a la situation en main, lui dit la Lame. On va à Lancefield, mec.

— Et elle ? s'enquit Cal.

— Elle vient avec nous, dit la Lame. Je peux pas la laisser là, cette petite pute.

C'est ainsi que, trente minutes plus tard, Ness se retrouva non pas dans l'appartement décemment meublé qu'elle avait imaginé mais dans un squat situé à deux pas de Kilburn Lane, où des immeubles promis à la destruction avaient été occupés par des SDF ayant assez de culot pour s'installer non loin de la Lame. Là, sur une couverture rugueuse recouvrant un futon posé à même le sol, la Lame fit à Ness ce que les tarés de la fumerie avaient tenté de faire. A ceci près que, cette fois, Ness se laissa tripoter sans broncher.

Elle avait un plan en tête, et elle décida tout en écartant les jambes que la Lame serait le seul qui l'aiderait à le réaliser.

Lorsque Kendra apprit de Dix comment il avait fait sortir Ness du Falcon et l'avait reconduite chez elle, elle décida de le croire. La voix douce, il semblait avoir bon cœur et être sincère. Aussi, bien qu'ayant fait une croix sur Ness le soir où la jeune fille avait rencontré la Lame et les semaines suivantes, Kendra en vint-elle à comprendre qu'il lui fallait se réconcilier avec sa nièce. Comment ? C'était là toute la question. Car Ness était rarement à la maison.

Son absence présentait un avantage : elle permettait à Kendra de travailler sans qu'il y ait d'autres accrochages entre l'adolescente et elle. C'était une bonne chose, car cela l'empêchait de penser à ce qui avait failli se passer entre Dix D'Court et elle après le massage dans le studio au-dessus du Falcon. Or Kendra avait besoin de détourner son attention de cette scène. Elle se voulait professionnelle avant tout.

L'absence de Ness avait par ailleurs un inconvénient : si la conscience de Kendra la tarabustait sur le plan professionnel, elle la tarabustait également sur le plan personnel, lui soufflant qu'elle ferait bien de tendre la main à la gamine. Non parce que Kendra espérait que des relations tante-nièce correctes pourraient s'établir, mais parce qu'elle avait interprété de travers les événements qui s'étaient produits entre Dix et Ness, et qu'elle éprouvait le besoin de se faire pardonner. Kendra se disait qu'elle devait bien ça à son frère Gavin, possédé par la drogue jusqu'à la naissance et à la quasi-mort de Toby.

« Ça a été un électrochoc, lui avait dit Gavin. J'ai compris que je pouvais pas laisser Carole s'occuper des gosses. »

Ce qui était également vrai, c'est qu'aucun adulte n'avait jamais levé la main sur l'un des petits Campbell. Aussi la dispute entre Kendra et Ness cette nuit-là – qui s'était soldée par une gifle retentissante – constituait-elle un événement pour lequel il convenait de faire des excuses s'il fallait en arriver là pour ramener Ness à la maison, là où était sa place et où son père aurait souhaité qu'elle soit.

Le besoin de Kendra de formuler des excuses fut renforcé par un coup de fil qu'elle reçut des services sociaux peu de temps après le massage au Falcon. Une certaine Fabia Bender, chargée des adolescents délinquants, essayait de prendre rendez-vous avec Vanessa Campbell et l'adulte qui lui tenait lieu de parents. Le fait que ces services s'intéressaient activement à l'affaire fournissait à Kendra une carte dont elle pourrait faire usage dans son dialogue avec Ness. A condition de pouvoir la trouver.

Questionner Joel ne l'avança guère. Il voyait sa sœur à l'occasion mais pas de façon régulière. Il n'avoua pas à Kendra que Ness était devenue une étrangère pour lui. Il lui dit simplement qu'elle passait à la maison de temps en temps pour changer de vêtements, prendre un bain, piquer des paquets de cigarettes dans la réserve de Kendra, manger des restes de curry, tremper des chips dans de la sauce mexicaine tout en regardant un talk-show. Lorsqu'il lui parlait, elle faisait la sourde oreille. Elle n'avait pas l'intention de s'incruster, c'était évident. Voilà tout ce qu'il pouvait dire.

Kendra savait que Ness s'était fait des copines parmi les jeunes du quartier. Elle savait que deux d'entre elles s'appelaient Six et Natasha. Mais cela n'allait pas plus loin. Le reste, elle le devinait. L'alcool, la drogue, le sexe faisaient partie du tableau. Sans doute que le vol, la prostitution, les maladies sexuellement transmissibles et les activités délictueuses découlant de l'appartenance à une bande devaient suivre.

Des semaines durant, malgré ses efforts, elle ne parvint pas à avoir avec Ness la conversation qu'elle souhaitait. Elle chercha la gamine, mais en vain. C'est seulement lorsqu'elle se résigna à abandonner les recherches qu'elle tomba sur sa nièce par le plus grand des hasards. A Queensway. Alors qu'elle entrait chez Whiteleys. Elle était en compagnie de deux filles. Une boulotte et l'autre maigre à faire peur mais toutes deux arborant l'uniforme de la rue. Jean serré qui leur moulait les fesses et le pubis, talons aiguilles, haut noué à la taille sur un tee-shirt coloré minuscule. Ness était habillée pareil. Kendra reconnut un de ses propres foulards dans l'épaisse tignasse de l'adolescente.

Elle les suivit chez Whiteleys et les vit qui tripotaient des bijoux fantaisie au stand Accessorize. Elle héla sa nièce, qui se retourna, sa main se portant aussitôt à son foulard, comme si elle s'imaginait que Kendra allait le lui arracher.

— Il faut que je te parle, dit Kendra. Ça fait des semaines que j'essaie de te trouver.

— Je me cache pas, rétorqua Ness.

La rondouillarde ricana comme si Kendra avait été mouchée sinon par les paroles de Ness, du moins par son air maussade.

Kendra regarda la ricaneuse.

– Qui êtes-vous ?

La fille ne répondit pas. Elle eut une moue boudeuse destinée à déstabiliser Kendra, qui ne se laissa pas impressionner. La maigrichonne dit alors :

– J'm'appelle Tash.

L'autre la rembarra du regard, n'appréciant pas cette manifestation d'amabilité.

— Eh bien, Tash, enchaîna Kendra, il faut que je dise un mot à Vanessa. Pourriez-vous nous laisser seules un instant ? Votre amie, c'est bien Six, n'est-ce pas ?

Natasha n'avait jamais entendu une Noire s'exprimer dans un anglais aussi BC-BG ailleurs qu'à la télévision. Elle en resta bouche bée. Six fit passer son poids d'une jambe sur l'autre, croisa les bras sous ses seins et toisa Kendra comme si elle comptait lui sauter à la gorge.

— Alors ? fit Kendra comme les filles ne bougeaient pas.

— Elles restent là, laissa tomber Ness. Et pas question que je te parle : j'ai rien à te dire.

— Moi, si, dit Kendra. J'ai fait une erreur et je veux t'en toucher un mot.

Les yeux de Ness se plissèrent. L'incident qui avait eu lieu devant la maison de sa tante remontait à quelque temps et elle se demandait à quoi cette dernière faisait allusion en parlant d'erreur. Jamais elle n'avait été en présence d'un adulte qui reconnaissait s'être mal comporté – mis à part son père –, aussi éprouva-t-elle une sensation de gêne qui la fit hésiter et l'empêcha de trouver une réplique adéquate.

Kendra en profita :

— Je t'emmène prendre un café. Tu pourras toujours retrouver tes amies après.

Elle ébaucha deux pas vers la porte du magasin.

Ness hésita avant de dire aux autres :

— Je vais voir ce qu'elle me veut, c't' enflée. On se retrouve devant le cinéma.

Elles acquiescèrent. Kendra entraîna Ness dans un café non loin de Whiteleys. Elle voulait la faire sortir du centre commercial, où le bruit était insupportable et où les bandes d'adolescents qui traînaient constituaient une source mal venue de distractions. Le café était bondé mais peuplé de gens qui s'accordaient une pause entre deux courses et non de jeunes en quête d'un mauvais coup. Kendra alla acheter à boire au comptoir et, tandis qu'elle attendait son tour, elle prit le temps de répéter ce qu'elle comptait dire.

Elle ne tourna pas autour du pot.

— J'ai eu tort de te frapper, Nessa, dit-elle d'emblée. J'étais furieuse que tu ne sois pas restée garder Joel et Toby comme tu l'avais promis. En plus, j'ai cru qu'il s'était passé une chose qui ne s'était en fait pas passée et je... j'ai craqué.

Elle s'en tint là pour les explications, mais ce n'était pas tout. Elle aurait pu ajouter, pour que son récit soit complet, que ce soir-là, faute d'avoir réussi à draguer au Sans Souci, son moral de quadragénaire célibataire en avait pris un sérieux coup. Et dire également à Ness que Dix D'Court lui avait expliqué depuis ce qui s'était passé entre sa nièce et lui. Ces deux aspects des choses en révélaient davantage sur Kendra qu'elle n'y était disposée, c'est pourquoi elle les avait tus. Tout ce que Ness avait besoin de savoir, c'est que sa tante s'était trompée, qu'elle en était consciente, et qu'elle était venue mettre les choses au point.

— Je veux que tu rentres à la maison, Nessa. Je veux que nous repartions à zéro.

Ness détourna les yeux. Elle piocha ses cigarettes – les Benson piquées à sa tante – dans son sac à bandoulière et en alluma une. Sa tante et elle étaient assises sur des tabourets devant la vitrine du café. Sur le trottoir, un groupe de jeunes passait. Ils ralentirent lorsqu'ils virent Ness à travers la vitre et se mirent à tchatcher entre eux. Ness leur adressa de son perchoir un signe de la main. Presque royal. Ils lui répondirent par des hochements de tête pleins de respect et continuèrent leur chemin.

L'échange ne put échapper à Kendra. Ce bref contact entre Ness et les garçons lui fit passer un frisson le long de la colonne vertébrale. Elle aurait été incapable de dire ce que tout cela signifiait au juste – le salut de Ness, les petits mecs, son propre frisson –, mais cela ne lui semblait pas bon signe.

— Toby et Joel, Ness. Ils veulent que tu rentres à la maison. C'est bientôt l'anniversaire de Toby. Compte tenu des changements intervenus dans votre vie ces derniers mois, si tu pouvais...

— T'as besoin que je m'occupe d'eux, c'est ça ? conclut Ness. C'est pour ça que t'es venue ? Toby et Joel, ils te gênent, hein ?

— Si je suis là, c'est parce que je me suis mal conduite envers toi. Je suis désolée. Je veux qu'on forme de nouveau une famille.

— J'ai pas de famille.

— C'est faux. Tu as Toby et Joel. Tu m'as, moi. Tu as ta maman.

Rire de dérision de Ness.

— C'est ça, ma *maman*...

Elle tira rageusement sur sa cigarette. Elle n'avait pas touché à son café. Kendra non plus.

— Les choses ne sont pas obligées de rester comme ça. Elles peuvent changer. Toi et moi on pourrait repartir sur un bon pied.

— Les choses, elles s'arrangent pas, énonça Ness. Chacun veut quelque chose. T'es pas différente.

Elle rassembla ses affaires. Kendra comprit qu'elle s'apprêtait à lever le camp. Elle décida d'abattre sa dernière carte.

— Les services sociaux m'ont téléphoné. Une certaine Fabia Bender veut te rencontrer. Avec moi. On est obligées de la voir, Ness, parce que si on refuse...

— Quoi ? Elle va m'envoyer dans un centre de rééducation ? Tu parles si je m'en fous.

Ness prit son sac, qu'elle mit à l'épaule, et rajusta le foulard noué dans ses cheveux.

— On veille sur moi maintenant. J'en ai rien à foutre des services sociaux. Rien à cirer de toi. Faut te faire une raison.

Sur ces mots, elle sortit du café, se dirigea vers Whiteleys. Sous le soleil de cette fin de printemps, elle s'éloigna d'une démarche incertaine sur ses talons aiguilles, laissant sa tante se demander jusqu'à quel point leurs relations allaient encore se détériorer.

Lorsque le moment vint pour Joel d'acheter la lampe que convoitait Toby, le premier problème qu'il dut régler fut celui de savoir quoi faire de son frère pendant qu'il effectuait cette course. Kendra étant à Sidashop, il ne pouvait pas compter sur elle pour le garder. Si Ness avait été à la maison, il lui aurait demandé de le surveiller. Cette course ne prendrait pas longtemps, c'était juste un saut à Portobello Road et retour à Edenham Way. Malgré l'état d'esprit dans lequel elle se trouvait, Ness aurait pu se laisser convaincre de rester avec Toby afin de l'empêcher d'ouvrir la porte à un inconnu. Mais, comme elle n'était pas là, Joel se trouvait devant plusieurs possibilités. Il pouvait emmener Toby, et la surprise serait gâchée ; il pouvait le laisser seul à la maison et croiser les doigts pour conjurer le sort ; il pouvait le déposer dans un endroit où il trouverait à s'occuper.

Il songea à la mare aux canards de Meanwhile Gardens et au toast qui restait du petit déjeuner. S'il aménageait une cachette dans les roseaux – une cabane comme celle que Toby voulait construire à cet endroit des mois plus tôt – et s'il donnait le pain à son frère, ce dernier serait en sécurité le temps qu'il effectue l'aller-retour à Portobello.

Il prit le toast, ajouta du pain pour faire bonne mesure et attendit que son frère gonfle sa bouée. Il fit enfiler à Toby un coupe-vent au cas où le temps fraîchirait, puis ils rallièrent le sentier qui bordait les jardins de derrière. Le soleil brillait, et la température avait attiré des gens désireux de profiter du beau temps. Joel les entendait par-delà la garderie. Il percevait les raclements des planches sur la piste de skate, les babillements des enfants dans l'aire de jeux. Il se demanda si ce temps clément n'allait pas attirer du monde près de la mare, mais lorsque Toby et lui se frayèrent un passage au milieu des buissons et qu'ils débouchèrent sur le sentier menant au bord de l'eau, il constata avec soulagement qu'il n'y avait personne sur le ponton. Les canards, en revanche, ne manquaient pas. Ils glissaient, impassibles, sur l'eau immobile. Certains, le derrière en l'air, plongeaient à la recherche de nourriture.

Sur les berges, les roseaux poussaient dru. Alors que Toby protestait, disant qu'il voulait se poster sur le ponton pour avoir une vue plongeante sur les volatiles, Joel lui expliqua qu'il avait intérêt à se dissimuler au milieu des roseaux. C'était là que nichaient les canards. S'il restait tranquille dans les roseaux, il y avait de grandes chances pour que les animaux s'approchent et lui mangent le pain dans la main. Est-ce que ce ne serait pas plus amusant que de le leur jeter du haut du ponton ?

Toby avait peu d'expérience en matière de canards et il ne savait donc pas que tout canard digne de ce nom se serait de toute façon précipité sur un morceau de toast lancé dans l'eau. Fût-il à cinquante mètres du pain. Aussi l'idée de Joel lui parut-elle raisonnable. Il fut en conséquence ravi de se dissimuler dans une cachette aménagée par Joel dans les roseaux, d'où il pourrait observer les animaux.

— Tu bouges surtout pas de là, Tobe, lui recommanda Joel lorsque Toby fut installé. Compris ? Je fais un saut à Portobello et je reviens. Tu m'attends. D'accord ?

Toby était couché sur le ventre, le menton reposant sur sa bouée, qu'il avait remontée sous ses aisselles. Il fit oui de la tête et dirigea son regard vers l'étendue liquide à travers les roseaux.

— Passe-moi le toast. Ils doivent avoir faim.

Joel plaça toast et pain à portée de la main de son frère. Il sortit de la cachette à reculons et rejoignit le sentier. Soulagé, il constata que, d'en haut, Toby était invisible. Il espérait que le gamin resterait à couvert. Il ne comptait pas s'absenter plus de vingt minutes.

Afin de gagner la boutique où Toby lui avait montré la lampe, il gagna Portobello Bridge, le viaduc qui enjambe la voie ferrée pour déboucher dans ce qui restait du marché en plein air de Golborne Road. Il effectua au trot toute la première partie du trajet et, tout en courant, se demanda si son petit frère se souvenait des anniversaires passés. Quand leur mère était dans un de ses bons jours, ils se serraient tous les cinq autour de la petite table de la cuisine. Quand tel n'était pas le cas, ils n'étaient que quatre à table ; mais, pour compenser l'absence maternelle, leur père entonnait à pleins poumons une chanson spécialement composée pour la circonstance avant de leur offrir leur cadeau.

Un couteau de poche, un tube de rouge à lèvres, des rollers d'occasion mais superbement briqués ou des baskets dont l'un des enfants avait rêvé sans jamais oser en parler.

Mais ça, c'était avant que les Campbell se retrouvent à Henchman Street, où Glory faisait de son mieux pour organiser une petite fête – pourvu qu'on lui rappelle la date des anniversaires – et où George Gilbert gâchait tout en rentrant bourré à la maison, ou en s'enivrant sous prétexte d'arroser l'anniversaire, bref en prenant une part intempestive aux festivités. Joel ignorait à quoi ressemblerait un anniversaire chez Kendra Osborne mais il avait l'intention d'en faire un jour aussi festif que possible.

La vaste cité de Wornington Green marquait l'un des virages que Joel devait prendre, mais dans Wornington Road un terrain de football en contrebas attira son attention.

Une volée de marches à l'ouest donnait accès à ce qui, au départ, devait servir d'aire de jeux aux gamins de Wornington Green. Jetant un coup d'œil en bas, Joel vit que l'un des nombreux tagueurs du quartier était en pleine fièvre créatrice, faisant naître une débauche de couleurs sur fond de brique crasseuse.

C'était un rasta aux dreadlocks dissimulées sous un gros bonnet de tricot. Lequel pendait sous le poids des nattes qui le gonflaient. Il émanait de lui une forte odeur de haschisch. Joel vit qu'il avait un pétard au bec. Il mettait la touche finale à son chef-d'œuvre : quelques mots et une silhouette de bande dessinée. Les mots *Pas de quartier* étaient écrits en rouge et surlignés de blanc et d'orange. La silhouette s'en échappait tel un phénix renaissant de ses cendres : un Noir brandissant un couteau dans chaque main, le visage tatoué crispé en une grimace menaçante. Cette scène n'était qu'une parmi toutes celles qui décoraient le terrain de foot : femmes d'une opulence caricaturale ; hommes fumant des cigarettes ou des joints dans différentes positions ; flics inquiétants, revolver au poing ; guitaristes en transe lançant leurs accords vers le ciel. Là où il n'y avait pas de graffitis, il y avait des tags. Initiales, surnoms... Difficile d'imaginer des gosses jouant au foot avec tous ces sujets de distraction.

— Qu'est-ce que tu mates, *man* ? Jamais vu un artiste au travail ?

La question émanait du rasta, qui avait remarqué que Joel l'observait à travers le grillage. Joel prit la question au pied de la lettre et non comme la provocation qu'elle aurait pu être si elle lui avait été adressée par quelqu'un d'autre. Ce type avait l'air inoffensif. Du moins est-ce ce que pensa Joel en voyant l'expression somnolente de son visage, à croire que l'herbe l'avait expédié au pays des rêves.

— C'est pas de l'art, ton truc, dit Joel. L'art, c'est dans les musées.

— Ouais ? Tu te crois capable d'en faire autant ? Tu veux que je te passe la peinture, pour voir ?

Il ponctua la question d'un geste de son joint, désignant la scène qu'il venait de terminer.

— Qui c'est ? questionna Joel.

Le rasta, abandonnant sa bombe de peinture, s'approcha du bord du terrain et releva la tête :

— Tu me fais marcher ? Tu prends Cal Hancock pour un gland, c'est ça ?

— Qu'est-ce que tu veux dire ?

— Tu veux me faire croire que tu sais pas qui c'est ? Ça fait combien de temps que t'es dans l'secteur, mec ?

— Janvier.

— Et tu sais toujours pas ? fit Cal, scié.

Il retira le pétard de sa bouche et le tendit généreusement à Joel. Joel se mit les mains derrière le dos. Non, merci.

— T'es clean ? Tant mieux, *man*. Tu vivras plus longtemps. C'est comment, au fait, ton nom ? Campbell ? reprit Cal, faisant écho à la réponse de Joel. T'as pas une sœur ?

— Ouais, Ness.

Cal siffla et tira une longue bouffée de son joint.

— Je vois, ajouta-t-il, pensif.

— Tu la connais ?

— Moi, mec ? Non. Je fréquente pas les meufs qui tournent pas rond du mental.

— Ma sœur, elle est pas maboul…

Ce que la phrase de Cal impliquait, le lien inévitable avec Carole Campbell, l'avenir qu'elle laissait présager étaient autant de sujets que Joel n'osait aborder. Il donna un coup de pied dans le mur du terrain de foot.

— P't'êt' qu'elle est pas chtarbée, concéda Cal, bon prince. En tout cas, elle est top avec les mecs. Sérieux, elle les suce comme un chien son os. A fond, putain. Le keum, il est tellement secoué, il se demande si ses couilles vont pas tomber.

— Ça serait pas toi, son homme ?

Cal éclata de rire.

— Sûr que non. Dernière fois que j'ai vérifié, les miennes elles étaient bien au chaud dans mon caleçon.

Il cligna de l'œil et retourna à son œuvre d'art.

— C'est qui, ce mec que tu dessines ? lança Joel dans son dos en désignant la silhouette.

— Tu le sauras le moment venu, dit Cal avec un signe paresseux de la main.

Joel l'observa un moment, le vit tracer d'une main experte une ombre autour du Q de *Quartier*. Puis il s'éloigna.

Un certain temps s'était écoulé depuis que Toby avait montré la lampe de ses rêves à Joel. Mais lorsque ce dernier atteignit la boutique de Portobello Road, il constata qu'elle était toujours en vitrine.

Joel entra. Une sonnerie retentit et, quelques secondes plus tard, un Asiatique jaillit d'une porte au fond du magasin. Il jeta un coup d'œil à Joel, et ses yeux se plissèrent d'inquiétude.

— Où est ta mère, mon garçon ? Qu'est-ce que tu veux ? Tu es tout seul ?

L'homme balayait les environs du regard en parlant. Joel comprit qu'il ne cherchait pas sa mère mais les lascars qu'il soupçonnait de rôder dans les parages, prêts à l'agresser. C'était un réflexe dans ce quartier où régnait une paranoïa née de l'expérience.

— Je voudrais une lampe, dit Joel dans un anglais aussi correct que possible.

— Peut-être, mon garçon, mais il va falloir payer.

— Evidemment. J'ai de l'argent.

— Quinze livres et quatre-vingt-dix-neuf pence ? Montre-moi ça.

Joel s'approcha du comptoir. L'homme s'empressa de glisser ses mains dessous. Son regard ne quittait pas Joel et, lorsque ce dernier plongea les doigts dans ses poches et en ramena billets et pièces, le boutiquier les compta avec les yeux, laissant ses mains sous le comptoir, sur l'objet invisible qui semblait tellement le rassurer. Joel se représenta un grand couteau à lame incurvée capable de trancher une tête.

— Voilà, dit-il, faisant référence à l'argent. Je peux en avoir une ?

— Une ?

— Une lampe. C'est pour ça que je suis venu.

L'Asiatique désigna de la tête la vitrine.

— Choisis.

Et tandis que Joel s'éloignait pour prendre la lampe de son choix, l'homme fit disparaître l'argent dans la caisse, refermant bruyamment le tiroir.

Joel prit la lampe orange et violet qui plaisait tant à Toby. Il la débrancha et la rapporta au comptoir. La lampe était recouverte d'une couche de poussière car elle avait séjourné un certain temps dans la vitrine, mais c'était sans importance. La poussière, on s'en débarrassait facilement.

Joel posa avec soin l'objet sur le comptoir. Il attendit poliment que l'homme l'emballe. Mais ce dernier se bornait à le dévisager.

— Vous pouvez pas la mettre dans un carton ou quelque chose ? Y a bien un carton ou une boîte qui va avec ? finit par dire Joel.

— Non, pas de carton, rétorqua l'Asiatique d'une voix belliqueuse comme si on l'accusait. Si tu la veux, prends-la et tire-toi. Sinon, sors de la boutique. J'ai pas de carton à te donner.

— Un sac plastique, alors. Un bout de journal pour l'envelopper ?

La voix du commerçant s'égara dans les aigus car il lui semblait qu'un complot se préparait : ce drôle de gamin était peut-être venu en éclaireur, précédant une bande qui allait mettre son magasin à sac.

— Tu me cherches des poux dans la tête ? Les types comme toi, faut toujours qu'ils vous embêtent. Je vais te dire un truc : tu la veux ou pas, la lampe ? Si t'en veux pas, sors de chez moi ou j'appelle la police.

Malgré son jeune âge, Joel savait reconnaître la peur, et il savait ce que la peur pouvait vous pousser à faire.

— Je suis pas là pour vous faire chier. Je veux juste un plastique pour rapporter ce truc à la maison.

Il aperçut une pile de sacs plastique près de la caisse et les désigna d'un mouvement de menton.

— Un de ces sacs, ça serait super.

Sans quitter Joel des yeux, l'homme tendit le bras vers les sacs et en prit un. Il le fit glisser sur le comptoir et regarda, tel un chat prêt à bondir, Joel le secouer pour l'ouvrir et y fourrer la lampe.

— Merci, dit Joel en s'éloignant du comptoir.

Il n'était pas très chaud pour tourner le dos à l'Asiatique. C'est avec soulagement qu'il se retrouva dehors.

En reprenant la direction de Meanwhile Gardens et de la mare aux canards, Joel constata que Cal Hancock avait mis la dernière main à son œuvre. Un autre rasta avait pris la relève. Les épaules drapées dans une couverture, il était accroupi dans un angle du terrain, où il allumait une clope. Dans un autre coin étaient rassemblés trois types en sweat qui semblaient avoir une vingtaine d'années. L'un d'eux retirait de la poche de son vêtement une poignée de sachets en plastique.

Joel leur jeta un bref coup d'œil et s'éloigna en hâte. Il y a des choses qu'il vaut mieux ne pas voir.

Il regagna la mare aux canards en contournant la tour Trellick et en traversant le jardin des senteurs au lieu de passer par Edenham pour l'atteindre par le sentier que Toby et lui avaient emprunté précédemment. Sa vision de la mare en fut modifiée, mais l'endroit où il avait installé le poste d'observation de Toby était aussi invisible de là que de l'autre côté. Tant mieux. Il s'en resservirait la prochaine fois qu'il devrait mettre Toby à l'abri.

Il se hâta vers le ponton et se fraya un chemin jusqu'à la cachette, appelant doucement son petit frère. Pas de réponse. Il s'immobilisa pour s'assurer qu'il était bien au bon endroit. Les roseaux écrasés lui indiquèrent qu'en effet Toby s'était allongé à cet endroit. Le pain avait disparu. Toby également.

— Merde, souffla Joel.

Il balaya les environs du regard, appela son frère. Il essaya de penser aux endroits où Toby aurait pu se réfugier, sortit des roseaux et remonta jusqu'au sentier principal. C'est alors que le bruit venant de la piste de skate attira son attention : pas seulement le raclement des planches sur le béton mais les cris de Sioux des amateurs de skateboard en pleine action.

Il accéléra l'allure et prit la direction de la piste. Le temps étant clément, elle était bondée. Il y avait également des spectateurs qui s'étaient arrêtés sur le sentier au bord du canal pour observer ce qui se passait et d'autres qui faisaient une pause sur les bancs émaillant les collines du jardin.

Toby n'en faisait pas partie. Il était assis au bord de la piste du milieu, jean remonté de sorte qu'on distinguait nettement l'adhésif qui fermait ses baskets. Il tapait des mains sur sa bouée, s'extasiant devant les évolutions de quatre garçons sur leurs planches décorées d'autocollants bariolés. Ils portaient des jeans baggy coupés au mollet. Avec des tee-shirts crasseux couverts de logos délavés de groupes de rock, et des bonnets de laine.

Toby se tortillait en observant les garçons qui traversaient la piste tel l'éclair, filant le long des parois de béton, exécutant avec maestria un demi-tour en l'air avec leur planche avant de redescendre, et répétant la manœuvre à l'envi. Jusqu'à présent, ils semblaient mettre un point d'honneur à ignorer Toby, mais ce dernier ne leur facilitait pas la tâche, car il criait : « J'peux essayer ? J'peux essayer ? », tout en tapant des pieds.

Joel s'approcha. Mais, ce faisant, il aperçut un second groupe sur le pont qui enjambait Grand Union Canal. Ils s'étaient immobilisés et observaient les jardins. Après avoir échangé quelques mots, ils se dirigèrent vers l'escalier en spirale. Joel entendait leurs pas résonner lourdement sur les marches métalliques. Il ne pouvait encore dire de qui il s'agissait. Pourtant, leur taille, leur nombre et leur tenue... Tout cela sentait la bande organisée. Il n'avait pas envie de se trouver là quand ils arriveraient près de la piste, si telle était leur destination.

Il se dépêcha d'atteindre la piste au bord de laquelle se trouvait Toby.

— Tobe, pourquoi t'es pas resté près des canards ? T'aurais dû attendre près de la mare. Je t'avais pas dit d'attendre là-bas ?

Pour toute réponse, Toby se contenta d'un :
— Regarde-les, Joel. Sûr que j'y arrive. Tu crois pas ?
Joel jeta un coup d'œil en direction des marches. Il vit que la petite bande était arrivée au bas de l'escalier. Il se prit à souhaiter qu'ils décident d'aller ailleurs, quelque part en bordure du canal. Une péniche abandonnée était amarrée sous le pont ; il espéra avec ferveur que c'était leur repaire. Elle était là depuis des semaines, attendant que quelqu'un l'investisse. Mais au lieu de se diriger vers l'embarcation, ils marchèrent droit vers la piste, capuches de sweat remontées sur leurs casquettes de base-ball, anoraks dézippés, jeans baggy dégoulinant sur les hanches.
— Viens, Tobe, dit Joel. Faut qu'on range notre chambre, c'est le bordel. Tante Ken, elle veut que ça soit nickel.
— Regarde ! s'écria Toby en désignant du doigt les ados qui évoluaient sur la piste. Hé, les mecs, j'peux essayer ?
Joel se pencha et prit son frère par le bras.
— Faut qu'on y aille. Allez, viens, on se tire.
Toby refusait de se mettre debout.
— Non. Je peux le faire. Pas vrai, les mecs, que je peux faire de la planche ? Laissez-moi essayer juste un coup.
— « Laissez-moi essayer. Laissez-moi essayer », reprit une voix en écho.
Joel n'eut pas besoin de se retourner pour comprendre que son frère et lui étaient devenus le point de mire des lascars descendus du pont.
— « Laisse-moi essayer, Joelly Joel. Seulement d'abord faut que je me torche le cul. J'ai oublié ce matin, quand j'ai chié dans mon froc. »
Joel fronça les sourcils quand il entendit prononcer son nom mais il ne se retourna pas davantage.
— Faut qu'on y aille, Tobe, chuchota-t-il fiévreusement.
Mais on surprit ses paroles.
— Sûr que tu dois y aller, enfoiré de Jaune. Cours, dépêche. Et oublie pas d'embarquer ce petit branleur avec toi. Putain, qu'est-ce qu'il fout avec cette bouée autour de la taille, ce taré ?
Toby finit par remarquer les nouveaux venus ; l'intonation venimeuse de celui qui parlait détourna son attention. Il consulta Joel du regard pour savoir s'il était censé répondre tandis que, sur la piste, les amateurs de planche ralentissaient comme dans l'attente de quelque chose de plus intéressant.
— Je sais pourquoi il se trimballe avec cette putain de bouée, poursuivit la voix moqueuse. Il a envie de faire trempette, le môme. Greve, pourquoi t'y files pas un coup de main ?
Joel avait compris. En dehors de la mare aux canards, il n'y avait qu'un endroit où il y avait de l'eau à proximité. Il sentit les doigts de Toby se refermer sur le bas effiloché de son jean. Le petit garçon était

toujours assis au bord de la piste, mais l'expression de son visage avait changé. La joie d'observer les évolutions des adolescents avait cédé le pas à la peur à la vue des types qui se trouvaient derrière Joel. Il ne les connaissait pas mais il percevait de la menace dans leurs voix, même s'il ne comprenait pas pourquoi il en faisait l'objet.

— Qui c'est, Joel ? murmura-t-il.

Il était temps que Joel le découvre. Il se retourna. Les types s'étaient déployés en croissant. Au centre duquel se trouvait le métis à la joue tombante qui n'était autre que le petit copain de Hibah : Neal. Ce dont il se souvenait, c'était de son unique rencontre avec ledit Neal et de la petite pique qu'il s'était permis de lui balancer, pique qu'un garçon comme lui n'était pas près d'oublier. En présence de sa bande, devant laquelle il devait toujours se montrer au top, Joel savait que Neal risquait d'en profiter pour se venger. Pas d'un môme sans défense comme Toby, mais de son aîné, dont la défaite lui vaudrait l'admiration de ses copains.

Joel s'adressa à celui qui s'appelait Greve, lequel s'était approché pour harponner Toby.

— Fiche-lui la paix. Il t'a rien fait. Viens, Tobe. Faut qu'on rentre à la maison.

— « A la maison », ricana Neal. C'est là qu'ils vont nager. T'as une chouette piscine dans ton jardin, *Tobe* ? C'est quoi, ce nom à la con, bordel ?

— Toby, marmonna celui-ci, tête baissée.

— To-by. Mais c'est super mignon, ça. Eh bien, Toby, je vais te laisser passer pour que tu puisses rentrer chez toi vite fait.

Toby allait se lever mais Joel n'était pas tombé de la dernière pluie. S'ils faisaient un pas dans leur direction, Neal et sa bande leur tomberaient sur le poil rien que pour se marrer. Joel se dit qu'il pourrait survivre à une rencontre avec ces brutes parce que Meanwhile Gardens était loin d'être désert à cette heure-ci. Sûrement que quelqu'un viendrait à son secours ou dégainerait son portable pour composer le 999. Mais il ne voulait pas que Toby tombe aux mains de ces lascars. Aux yeux desquels son frère n'était qu'un phénomène, un chien à trois pattes, quelqu'un à asticoter, à humilier. Un être diminué à qui faire du mal.

Aussi dit-il d'un ton amical à Neal :

— Pas la peine de te bouger, mec. De toute façon, c'est pas par là qu'on passe.

L'un des gars de la bande s'esclaffa car Joel avait réussi, avec cette réponse, à leur montrer – chose incroyable – qu'il n'avait pas peur de Neal. Ce dernier jeta un regard furieux à ses troupes, cherchant l'origine de ce manque de respect. Ne la trouvant pas, il se retourna vers Joel.

— T'es vraiment un enfoiré de Jaune, Joe-ell. Barre-toi d'là. Que j'te revoie plus...

— Pas plus jaune que toi, repartit Joel, dont les origines ethniques étaient pourtant deux fois plus compliquées que celles de Neal. A ta place, j'éviterais de parler de couleur de peau, mon frère.

— Je t'interdis de m'appeler comme ça. T'es pas mon frère. Les clowns dans ton genre, je me les tape au p'tit déj.

Gloussements des voyous. Encouragé par leur réaction, Neal fit un pas en avant. Il adressa un signe de tête à Greve pour lui demander d'emmener Toby et remarqua ensuite le sac que Joel transportait.

— Passe-moi ça, dit-il à Greve, qui s'approchait de Toby. Voyons voir ce que t'as là-dedans.

Joel comprit qu'il était fait comme un rat. Il n'y avait qu'un moyen de s'en sortir. Mais qui avait peu de chances de réussir. Il voyait trop bien ce qui se passerait s'il restait inerte, aussi se dépêcha-t-il d'agir. Il attrapa Toby par le bras, le remit sur pied, lui fourra la lampe dans les bras en disant :

— Cours ! Tobe, cours, grouille !

Pour une fois, Toby ne chercha pas à discuter. Il se laissa glisser sur la piste et la traversa au galop. Quelqu'un s'écria : « Rattrapez-moi ce morveux ! », et la bande se mit en branle comme un seul homme. Mais Joel se jeta en travers de leur chemin.

— Grosse merde, dit-il à Neal. Tu te prends pour un dur mais t'es qu'un porc. Un porc bon qu'à niquer des porcs.

Inutile de le dire, ce discours était suicidaire. Mais il atteignit son but, qui était d'attirer l'attention de Neal sur lui. Celle de sa bande également. Laquelle était composée de garçons qui singeaient Neal en tout car, question cellules grises, ils étaient plutôt sous-équipés. Le visage de Neal vira au brique ; ses boutons, au violacé. Il serra les poings. Esquissa un brusque mouvement en avant. Sa bande avança, prête à régler son compte à Joel. Mais il s'écria : « Laissez-le-moi ! », et il se jeta sur Joel tel un chien enragé.

Joel reçut le corps de Neal en pleine poitrine. Les deux adolescents dégringolèrent en agitant les bras. Un cri de plaisir jaillit de la bande, qui s'avança pour contempler le spectacle. Les utilisateurs de la piste de skate les imitèrent et, bientôt, Joel ne vit plus par-delà le visage écarlate de rage de Neal qu'une forêt de jambes et de pieds.

Joel n'avait pas l'étoffe d'un boxeur. Il n'avait pas assez de coffre. La seule fois où il avait participé à une bagarre, il n'avait pas réussi à reprendre son souffle et il s'était retrouvé aux urgences avec un masque à oxygène sur le nez et la bouche. Le peu qu'il savait de la boxe, il l'avait appris en regardant la télévision ; cela consistait à distribuer des coups de poing au hasard dans l'espoir de toucher son adversaire d'une manière ou d'une autre. Il réussit à placer un coup sur la clavicule de Neal mais ce dernier lui en asséna un qui le toucha en pleine tempe et lui fit voir trente-six chandelles.

Joel, sonné, secoua la tête, le temps de reprendre ses esprits. Neal changea de position et s'assit sur la poitrine de Joel. Il pesait sur lui de tout son poids et, avec ses genoux, il lui clouait les bras au sol. Il commença à le bourrer de coups de poing. Joel se mit à se tordre comme un ver pour tâcher de s'en débarrasser. Il se tortillait de droite et de gauche mais n'arrivait pas à déloger Neal.

— Enfoiré de métis, grinça celui-ci entre ses dents. Je vais t'apprendre le respect...

Il empoigna Joel par le cou et serra. Autour de lui, Joel perçut des grognements, des halètements : pas seulement ceux de Neal et les siens, mais ceux des autres garçons, qui étaient surexcités. Cette fois, il ne s'agissait ni d'un film ni d'une série télé. C'était de la vraie baston. Neal était leur champion.

— Pète-lui la tronche ! éructa une voix sauvage.

— Ouais, vas-y, *man*, ajouta une autre. Dérouille-le.

— Ouais, renchérit un troisième larron. Il est à toi, mec. Finis-le. Prends ça. Prends.

Joel réalisa qu'un des types au premier rang tendait quelque chose à Neal.

Il distingua le reflet luisant contre la paume de Neal d'un couteau de poche bien aiguisé. Contrairement à ce qu'il avait espéré, personne ne venait à son secours ; il se dit qu'il était fini. Au lieu de lui plomber le moral, cette certitude lui donna de la force, une force née de l'instinct de survie. Neal s'était penché pour prendre le couteau des mains de son ami, il se trouvait ainsi déséquilibré, ce qui donna sa chance à Joel.

Il se jeta sur Neal et le renversa, lui décochant une rafale de coups en y mettant toutes ses forces. Il se battait comme une fille : empoignant les cheveux de Neal, lui griffant le visage, faisant le maximum pour que l'autre ne l'achève pas. Il se battait non pas pour punir Neal, se prouver quelque chose à lui-même ou montrer qu'il était le plus fort. Il se battait pour sauver sa vie, ayant compris, avec une lucidité qui prenait sa source dans la terreur, que l'autre avait l'intention de lui faire la peau.

Il ne savait plus où se trouvait le couteau. Impossible de dire si Neal l'avait en main ou s'il lui avait glissé des doigts. Tout ce qu'il savait, c'était qu'il s'agissait d'une lutte à mort. Les autres le savaient aussi : ils étaient tous silencieux maintenant, tout en n'ayant pas reculé d'un pouce.

C'est au milieu de ce silence que Joel perçut une voix masculine qui criait :

— Que se passe-t-il ?

Puis :

— Reculez. Ecartez-vous de mon chemin. Tu entends, Greve Johnson ? Et toi aussi, Dashell Patricks ! Qu'est-ce que vous fabriquez ?

Et, aussitôt après :

— Pour l'amour du ciel !

Là-dessus, Joel fut arraché à Neal, remis sur pied et poussé de côté.

Il vit alors que c'était Ivan Weatherall, son interlocuteur privilégié de Holland Park.

— C'est un couteau que je vois là ? dit Ivan. Vous avez perdu la tête ? C'est à toi, Joel Campbell ?

Et, sans attendre de réponse, il leur cria de vider les lieux.

Ivan était seul face à tous ces adolescents, mais une telle assurance se dégageait de lui que les voyous obéirent, surpris, peu habitués à être interrompus quand ils étaient ainsi occupés. Y compris Neal, qui avait une lèvre fendue. Comme ses copains l'entraînaient loin du lieu de la bagarre, il hurla :

— T'as pas intérêt à me faire chier ! Je t'aurai, gueule de rat. Espèce de p'tit foireux. Toi et ton frangin. Va niquer ta mère.

A ces mots, Joel fit mine de le poursuivre, mais Ivan l'empoigna par le bras. Au grand étonnement de Joel, il lui dit dans un souffle :

— Débats-toi, mon garçon. Fais celui qui veut se sauver. Allez, pour l'amour du ciel. Et fais pas semblant. Voilà, c'est bien. Flanque-moi des coups de pied, maintenant... Oui, c'est ça, vas-y à fond. En plein dans le mille. Je vais te faire une prise de judo, et on va s'approcher de ce banc. Continue à te débattre, Joel... Je vais te pousser dessus... essayer de ne pas te faire mal... Prêt ? On y va.

Joel se retrouva sur le banc comme promis et, lorsqu'il regarda autour de lui, Neal et sa bande avaient battu en retraite jusqu'à l'escalier et se dirigeaient vers Great Western Road. Les amateurs de skate s'étaient eux aussi dispersés, et il ne restait plus qu'Ivan et lui. Il n'arrivait pas à s'expliquer comment ce miracle avait pu se produire.

— Ils croient que je t'ai donné une leçon, ça suffit pour le moment, haleta Ivan. Je suis arrivé juste à temps. Qu'est-ce qui t'a pris de t'attaquer à Neal Wyatt ?

Joel ne répondit pas. Il était hors d'haleine. Il n'avait pas envie de retourner aux urgences, aussi économisait-il son souffle. En outre, il voulait s'éloigner d'Ivan. Il lui fallait retrouver Toby et le ramener à la maison.

— C'est arrivé comme ça tout d'un coup, je parie, poursuivit Ivan. Cela ne me surprend pas. Neal Wyatt en veut à la terre entière. Ce n'est pas étonnant. Un père en prison et une mère accro au crack. Il y aurait bien un moyen de le guérir de ce qui le ronge. Mais il refuse d'en entendre parler. C'est dommage, car il est doué pour le piano.

Joel sursauta, sidéré d'être obligé de voir Neal Wyatt sous ce jour.

Ivan eut un hochement de tête.

— C'est une honte, n'est-ce pas ?

Il jeta un regard par-dessus son épaule, vers le pont que la bande avait traversé pour aller commettre ailleurs d'autres méfaits.

— Tu as retrouvé ton souffle ? Tu es prêt à y aller ?

— Ça va.

— Vraiment ? Ça n'en a pas l'air, mais je veux bien te prendre au mot. Je crois me souvenir que tu n'habites pas loin de la tour Trellick. Je vais te raccompagner.

— Pas besoin...

— Ne fais pas l'enfant. On a tous besoin de quelque chose, et le premier pas sur le chemin de la maturité – et de la paix de l'esprit – est de l'admettre. Viens. Je ne te demande pas de me donner la main, ajouta-t-il en souriant.

Il sortit un paquet qu'il avait posé sous le banc où ils étaient assis. Il le glissa sous son bras et expliqua que c'étaient des pièces pour une horloge qu'il réparait. Il fit un signe de tête vers Elkstone Road et entraîna Joel dans cette direction tandis qu'autour d'eux Meanwhile Gardens retrouvait son aspect habituel.

Ivan bavardait sur le sujet des horloges. Il se passionnait pour leur assemblage, c'était son hobby. Joel se souvenait-il de la conversation qu'ils avaient eue sur les passe-temps créatifs ? Non ? Oui ? Avait-il réfléchi à ce qu'il voulait faire pour permettre à son âme de s'exprimer ?

— Souviens-toi, nous sommes semblables à des machines dont les pièces ont besoin d'être huilées si nous voulons fonctionner au maximum de nos capacités. Où en es-tu de tes réflexions ? Qu'est-ce que tu comptes faire dans la vie ? A part te bagarrer avec les Neal Wyatt de ce monde ?

Joel n'était pas sûr qu'Ivan parlait sérieusement. Au lieu de répondre, il balaya les environs du regard, cherchant Toby.

— Faut que je trouve mon frangin. Il s'est sauvé quand Neal est arrivé.

— Ah, oui, bien sûr. Ton petit frère. Voilà qui explique en partie... Bon. Où a-t-il bien pu aller se fourrer ? Je vais t'aider à mettre la main dessus et vous raccompagner.

Joel n'y tenait pas, mais à moins d'être impoli, il ne pouvait pas dire à Ivan qu'il préférait qu'on le laisse seul. Il s'engagea dans Elkstone Road, Ivan sur ses talons, et il alla voir si Toby n'était pas chez leur tante. Ne l'y trouvant pas, il se dirigea vers la mare aux canards. C'est là qu'il le découvrit, dans la cachette, les mains sur la tête.

Il avait esquinté sa bouée. Elle lui pendait autour de la taille, partiellement dégonflée. Le sac plastique était à côté de lui et, lorsque Joel le rejoignit dans les roseaux, il vit que la lampe n'avait pas souffert. Il en fut soulagé. L'anniversaire de Toby ne serait pas gâché.

— Hé, Tobe. Tout va bien. On rentre. Ce monsieur, là, c'est Ivan. Il veut faire ta connaissance.

Toby leva les yeux. Il avait pleuré et il avait le nez qui coulait.

— J'ai pas fait pipi dans mon pantalon. J'avais envie mais j'ai pas fait pipi dans mon pantalon, Joel.

— C'est cool, dit Joel en l'aidant à se relever. Voilà Toby, dit-il à Ivan, resté sur le sentier menant à la mare.

— Enchanté, déclara Ivan. Ta mise me semble fort judicieuse, mon garçon. Toby, serait-ce le diminutif de Tobias, par hasard ?

Joel considéra Toby d'un air perplexe, le terme « mise » ne faisant pas partie de son vocabulaire. Puis il comprit qu'Ivan faisait allusion à la bouée, et à l'eau toute proche. Ivan pensait qu'ils s'étaient équipés d'une bouée sachant qu'ils se trouveraient au voisinage d'une étendue d'eau.

— Non, c'est juste Toby, dit Joel. Papa et maman devaient pas savoir que c'était un diminutif.

Ils escaladèrent la rive pour rejoindre Ivan, qui, après avoir examiné Toby, sortit un mouchoir blanc de sa poche. Au lieu de nettoyer lui-même le visage de Toby, il tendit le mouchoir à Joel. Joel le remercia et essuya le nez de son frère. Toby fixait Ivan comme s'il s'agissait d'une créature venue d'une autre planète.

Une fois Toby nettoyé, Ivan sourit.

— On y va ? J'ai cru comprendre que vous habitiez chez votre tante. Le jour serait-il bien choisi pour faire sa connaissance ?

— Elle est à Sidashop, dit Joel. Dans Harrow Road. C'est là qu'elle travaille.

— Sidashop ? reprit Ivan. Je connais. C'est du travail utile qu'elle fait là. Quelle épouvantable maladie…

— Mon oncle est mort du sida, dit Joel. Le frère de tante Ken. Mon père, c'était son frère aîné. Gavin. Son petit frère, il s'appelait Cary.

— Une perte cruelle.

— Elle a perdu son mari aussi. Son premier mari. Le second…

Joel s'aperçut qu'il parlait trop. Mais il s'était senti obligé de partager quelque chose avec Ivan, dont l'arrivée opportune lui avait sauvé la vie et qui n'avait pas fait de commentaires à propos de l'allure bizarre de Toby.

Le fait qu'ils aient atteint la maison de sa tante lui permit de ne pas poursuivre ses révélations, et Ivan n'essaya pas de le relancer. Il se borna à dire :

— J'aimerais rencontrer votre tante plus tard. Je passerai peut-être à la boutique me présenter, si vous êtes d'accord, bien entendu.

Joel songea en passant à la mise en garde de Hibah. Mais rien d'incongru ne s'était passé entre Ivan et lui lors de leurs entretiens. Ivan ne semblait pas dangereux et Joel avait envie de lui faire confiance.

— D'accord, dit-il.

— Parfait, fit Ivan en lui tendant la main.

Joel la lui serra et incita Toby à l'imiter.

Ivan plongea dans sa poche et en sortit une carte qu'il remit à Joel.

— C'est là que tu pourras me trouver en dehors des heures scolaires. C'est mon adresse. Mon numéro de téléphone. Je n'ai pas de portable mais, si tu me téléphones et que je suis sorti, le répondeur prendra le message.

Joel tourna la carte entre ses doigts. Il se demandait à quoi elle pourrait lui être utile. Il garda cette pensée pour lui mais Ivan parut la deviner.

— C'est au cas où tu voudrais me parler de tes projets d'avenir.

Il s'éloigna, adressant un petit signe aux garçons.

Joel l'observa un moment avant d'ouvrir la porte. Ivan Weatherall était décidément le plus insolite des hommes qu'il eût jamais rencontrés. Il paraissait prendre les gens comme ils étaient. En sa présence, Joel n'avait jamais l'impression d'être un inadapté parce que Ivan faisait comme s'il n'y avait rien d'extraordinaire dans sa physionomie de métis. Ivan se comportait comme si le monde entier était composé de gens issus d'un joyeux mélange d'ethnies et de religions. Autant dire qu'il faisait figure d'excentrique dans le monde de Joel.

Le garçon effleura des doigts la carte gravée. 32, Sixth Avenue. Sous le nom d'Ivan était dessinée une horloge. Tout bas, il annonça ce qu'il avait gardé pour lui jusqu'ici :

— Psy, c'est ça que je veux faire plus tard, Ivan. Oui, psychiatre.

8

— Je reviens du boulot, dit Kendra, et aussitôt rentrée, je m'aperçois que le gamin vient de se friter. Mais il dit pas un mot. Toby non plus. Note bien que Toby, cafter, c'est pas son genre. Lui, balancer Joel ? Surtout pas.

Elle détourna les yeux de la plante des pieds de Cordie pour étudier la planche de réflexologie posée sur la table de la cuisine où son amie et elle étaient assises. Elle passa doucement les pouces sur la partie gauche du pied droit de Cordie.

— Et là, ça t'évoque quoi, ma grande ?

Cordie jouait les cobayes sans se faire prier. Après avoir retiré ses chaussures à semelle compensée, elle s'était laissé laver, sécher et frictionner les pieds avec de la lotion sans cesser de faire part à Kendra des multiples effets du pétrissage sur le reste de son anatomie.

— Un bon gros gâteau au chocolat, Ken.

Elle leva un doigt, fronça les sourcils, corrigea :

— Non, c'est pas ça... Continue... Encore un chouïa. Ouais. Un beau mec qui me ferait un poutou dans le cou.

Kendra lui décocha une tape sur le mollet.

— Un peu de sérieux, Cordie.

— Merde, un beau gosse qui me fait un bisou dans le cou, tu trouves pas ça sérieux ? A propos, quand est-ce qu'on se refait une petite virée entre filles ? Que je me drague un petit étudiant. Vingt ans, des cuisses en béton, si tu vois ce que je veux dire.

— Tu lis trop de magazines féminins. C'est pour ça que tu fais une fixette sur les cuisses en béton ?

— Faut qu'il ait assez de force pour me soulever. Debout contre le mur, mes jambes autour de sa taille. Hmmm. C'est ça que je vais m'offrir la prochaine fois.

— Je te crois pas, Cordie, rétorqua Kendra. Si c'est ça que tu veux, tu sais où t'adresser, et j'en connais un qui demande qu'à te satisfaire. Si j'appuie là, maintenant, tu sens quoi ?

— T'es trop douée, Ken, soupira Cordie.

Elle se laissa aller en arrière autant que possible sur sa chaise de cuisine. Renversa la tête et s'adressa au plafond :

— Comment t'as su, finalement, pour la baston ?

— Les bleus sur sa figure, pardi. Je rentre du boulot et je le chope dans la salle de bains, à camoufler les dégâts. Je lui demande ce qui s'est passé, et il me sort qu'il est tombé sur les marches de la piste de skate.

— Pourquoi ça serait pas vrai ?

— Non. Il lui est arrivé quelque chose, Cordie, sérieux. Je capte pas pourquoi il veut pas me le dire.

— Il a p't'êt' peur de toi et de ton accent. Quand tu causes correct, Ken, ça impressionne.

— Je dirais plutôt qu'il a peur de me causer des emmerdes. Avec Ness, j'ai déjà ma dose.

— Tiens, au fait, où elle est passée, notre petite Miss Vanessa ? s'enquit Cordie, sarcastique.

— Elle entre, elle sort.

Et Kendra d'expliquer qu'elle avait tenté de présenter des excuses à Ness à propos de ce qui s'était passé entre elles. Elle n'en avait pas encore touché un mot à Cordie car elle savait que son amie lui poserait la question logique concernant ces excuses. Question à laquelle elle n'avait pas envie de répondre. Mais, après la bagarre de Joel, elle éprouvait le besoin de demander conseil à une amie. Aussi, lorsque Cordie lui demanda pourquoi elle s'était sentie obligée de faire des excuses à une gamine qui avait bouleversé la vie du 84, Edenham Way depuis qu'elle y avait mis les pieds, Kendra lui avoua la vérité : elle était tombée sur l'homme qui était avec Ness cette nuit-là quand Kendra avait engueulé la petite. Il lui avait fait un récit totalement différent de celui auquel elle s'attendait. Il était... Kendra essaya de trouver une explication qui n'inciterait pas Cordie à la questionner plus avant. Elle finit par lui dire que cet homme y était allé tellement franco dans sa façon de présenter les faits qu'elle avait senti au fond de ses tripes qu'il disait vrai. Ness était bourrée, il l'avait sortie du Falcon et ramenée avant qu'elle ne s'attire de gros ennuis.

Cordie fonça droit sur le détail qui lui parut le plus juteux. Kendra était « tombée » sur lui ? Comment ça, « tombée » ? Et d'abord, c'était qui, ce mec ? Pourquoi s'était-il senti obligé d'expliquer ce qui s'était passé entre Vanessa et lui cette fameuse nuit ?

Gêne de Kendra. Cordie reniflait les bobards comme un chien de chasse renifle un renard. Pourquoi se donner la peine de mentir ? Elle fit part à son amie du coup de fil demandant un massage complet, lui raconta comment elle avait atterri dans le studio et s'était trouvée nez à nez avec l'homme qui avait raccompagné Ness cette nuit-là.

— Son nom, c'est Dix D'Court, ajouta Kendra. Je ne l'ai vu que cette fois-là.

— Et ça t'a suffi pour le croire ? questionna finement Cordie. Oh, tu me dis pas tout, Ken. T'amuse pas à me raconter des craques, je lis en toi comme dans un livre. Il s'est passé quelque chose. Tu te serais pas fait sauter, des fois ?

— Cordie !

— Eh ben quoi, Cordie ? S'il voulait un massage complet pour sportif, c'est qu'il a un corps de sportif. Je suis sûre qu'il a des cuisses en béton.

— Je les ai pas testées, rétorqua Kendra en riant.

— Il a pourtant bien dû te faire des appels du pied, non ?

— Cordie, il a vingt-trois ans.

— Alors il a une putain de pêche.

— Je sais pas. On a juste taillé une bavette après le massage.

— J'en crois pas un mot. Mais si c'est vrai, t'es vraiment nunuche. Je me retrouverais seule avec un mec à cuisses musclées, c'est pas une bavette qu'on se taillerait une fois le massage terminé.

Cordie ôta ses pieds des genoux de Kendra, de peur de se laisser distraire.

— Résumons. Tu retrouves Ness, tu t'excuses. Et après ?

Rien, dit Kendra. Ness n'avait rien voulu entendre.

Elle se contenta de parler de sa nièce. Si elle déviait sur Dix D'Court, Cordie devinerait qu'il n'avait pas arrêté de l'appeler après le massage. Pas pour un autre massage, non. Il voulait la voir. Elle n'avait pas été insensible à son charme ce soir-là, lui dit-il. Lui n'était pas resté indifférent de son côté. Il ne voulait pas laisser passer une occasion pareille. Et elle ?

Au bout de trois appels, Kendra avait laissé son portable prendre ses messages. Et laissé son répondeur à la maison en faire autant. Elle ne l'avait pas rappelé, se disant qu'il finirait par se lasser. Mais il avait persévéré.

C'est peu de temps après cette conversation avec Cordie que Dix D'Court vint la voir à Sidashop. Ses parents, lui apprit-il, tenaient le Rainbow Café. Savait-elle où ça se trouvait ? Au bout de la rue. Il s'y rendait lorsqu'un vêtement dans la vitrine avait attiré son attention. (« Un manteau de femme avec des gros boutons. » Et c'était bientôt l'anniversaire de sa mère.) Il avait ralenti pour jeter un coup d'œil et il l'avait vue dans la boutique. Il était entré. Voilà.

— Pourquoi vous me rappelez pas ? Vous avez pas eu mes messages ?

— Si, dit Kendra. Mais je n'ai pas jugé utile de vous contacter.

Elle surveillait son langage. Elle éprouvait le besoin d'être extrêmement correcte dans sa manière de s'exprimer. Elle se cramponnait à cette correction.

— C'est que vous m'évitez, alors, dit-il sur le ton de la constatation.

— Je suppose que c'est cela.

— Pourquoi ?

— Mon métier, c'est de masser, Mr D'Court. Or ce n'est pas pour prendre un rendez-vous que vous téléphoniez. Ou alors, vous ne me l'avez pas précisé. « Je veux vous voir », avez-vous dit. Il n'était pas question de massage.

— On a dépassé le stade des rendez-vous professionnels. Et vous le savez. Je suis sûr que vous étiez prête à passer à autre chose.

Il leva une main pour l'empêcher de répliquer :

— Je devrais pas dire ça, c'est pas digne d'un gentleman. Et d'habitude je me conduis en gentleman. Mais j'aime qu'on raconte les choses comme elles se sont passées. Pas qu'on les récrive.

Elle était en train de compter la recette de la journée lorsqu'il était entré ; dix minutes plus tard, il l'aurait ratée. Elle retira le tiroir-caisse et l'emporta dans la pièce du fond, où elle le rangea dans un coffre qu'elle ferma à clé. Il était censé comprendre qu'il n'était pas le bienvenu, mais il n'interpréta pas la manœuvre ainsi.

Il la suivit et resta sur le pas de la porte. Le corps que Kendra avait vu au-dessus du Falcon était dans l'encadrement de la porte. Eclairé par les lumières de la boutique. Tentant.

Mais Kendra avait autre chose en tête qu'une aventure avec un gamin de vingt-trois ans. Un gamin, se rappela-t-elle. Pas un homme. De presque vingt ans son cadet.

Et c'était tant mieux, n'est-ce pas ? Avec dix-sept ans d'écart, une liaison entre eux était impossible.

— Voilà ce que je pense, dit-il. Vous êtes comme toutes les femmes, vous vous figurez que je suis du genre « une petite crampette et adieu Berthe ». Si je vous relance au téléphone, c'est parce que je suis pas du genre à abandonner en cours de route. Que j'ai envie de mettre une autre conquête à mon tableau de chasse.

Kendra s'esclaffa.

— Absolument pas, Mr D'Court. Si je me figurais que vous n'étiez intéressé que par un petit coup vite fait, je vous aurais rappelé et nous aurions fait affaire. Je ne vais pas vous mentir. Nous étions tous les deux dans cette pièce, nous savons ce qui s'est passé. Je ne vous ai pas vraiment dit : « Bas les pattes ! » Mais j'ai le sentiment que vous n'êtes pas comme ça. Et, voyez-vous, ce que vous recherchez ne correspond pas à ce que je recherche. Pour moi, il faut que les deux partenaires, quand ils s'engagent dans ce genre d'aventure, aspirent à la même chose. Faute de quoi, c'est la catastrophe assurée : l'un d'eux s'expose à avoir le cœur brisé.

Il la fixa et elle lut l'admiration sur son visage. Une admiration mêlée de sympathie et d'amusement.

— Dix, se borna-t-il à répondre.

— Quoi ?

— Dix. Pas Mr D'Court. Et vous avez raison, ce qui ne facilite pas les choses. Ça me donne encore plus envie de vous parce que Dieu sait que vous êtes pas comme les autres femmes que je rencontre.

— C'est parce que je suis plus vieille. J'ai dix-sept ans de plus que vous. J'ai eu deux maris.

— Deux imbéciles, s'ils vous ont laissée leur filer entre les doigts.

— Pas intentionnellement.

— Que s'est-il passé ?

— L'un est mort, l'autre volait des voitures. Il est à Wandsworth. Il m'avait dit qu'il était dans les pièces détachées. En oubliant de me préciser comment il se les procurait.

— Aïe. Et l'autre, comment est-il... ?

Elle leva une main.

— Je préfère ne pas en parler.

Il n'insista pas, se contentant de remarquer :

— C'est dur. Vous avez vécu de sales moments avec les hommes. Je suis pas ce genre de type.

— Tant mieux pour vous. Cela ne change rien à ce que je pense.

— C'est-à-dire ?

— J'ai une vie bien remplie. Trois gosses à charge. Une carrière à construire. Je n'ai pas de temps pour quoi que ce soit d'autre.

— Et quand vous avez besoin d'un homme ?

— Je me débrouille.

Il croisa les bras, garda le silence. Finalement il dit :

— La satisfaction, ouais. Mais ça dure combien de temps ?

Sans lui laisser le temps de répondre, il enchaîna :

— Enfin, si c'est comme ça que vous voyez le truc, il faut bien que je m'incline et passe à autre chose.

Il jeta un coup d'œil autour de lui.

— Vous alliez fermer. Venez donc faire la connaissance de ma mère et de mon père. Ils tiennent le Rainbow Café, je vous l'ai dit. M'man a dû me préparer ma boisson hyperprotéinée, elle vous fera bien une tasse de thé.

— Pas plus compliqué que ça ?

— Absolument, confirma Dix. Prenez votre sac et allons-y.

Il sourit.

— M'man n'a que trois ans de plus que vous. Je suis sûr que vous l'apprécierez. Vous devez avoir des choses en commun.

La remarque fit mouche mais Kendra n'avait pas l'intention de répliquer. Elle alla prendre son sac resté sous le comptoir. Dix ne bougea pas. Ils étaient face à face.

— Vous êtes une sacrée belle femme, Kendra.

Il posa sa main sur sa nuque. Appuya doucement. Elle était censée lui tomber dans les bras, elle le savait.

— Vous venez de me dire... commença-t-elle.

— J'ai menti. Pas au sujet de ma mère. Quand je disais que je vous laisserais passer votre chemin. Je n'ai aucune intention de vous lâcher.

Il l'embrassa. Elle n'opposa pas la moindre résistance. Lorsqu'il la poussa en douceur vers le fond de l'arrière-boutique, elle ne résista pas non plus. Elle aurait voulu, pourtant. Mais ce désir de fuir, les conseils de prudence qui l'accompagnaient et que lui soufflait son cerveau étaient inutiles. Son corps lui tenait un autre langage, lui susurrant que cela faisait longtemps, lui rappelant combien c'était bon, que ça ne tirait pas à conséquence – un petit coup qui n'engage à rien. Son corps lui disait que ce que cet homme lui avait confié de ses intentions la concernant n'était que mensonge. Il avait vingt-trois ans et, à cet âge, les mecs ne s'intéressent qu'au sexe – pénétration rapide, orgasme –, ils sont prêts à faire et dire n'importe quoi pour atteindre leur objectif. Ses paroles ne comptaient pas ; ce qu'il voulait, c'était tout bonnement une autre conquête. Tous les hommes étaient comme ça, et c'était un homme.

Alors elle n'écouta que le moment présent. Au diable le passé et l'avenir. Elle accueillit l'instant.

— Oh, doux Jésus, murmura-t-elle lorsqu'ils s'étreignirent enfin.

Cuisses musclées – sans parler du reste –, elle constata qu'il était tout ce que son corps avait promis.

Le fait que Six et Natasha n'aient toujours pas réalisé leur rêve – posséder un portable – causa la première fissure dans les relations entre les trois filles. Cette fissure s'agrandit encore quand la Lame offrit à Ness le gadget électronique le plus irritant de la fin du XXe siècle. Portable, lui dit-il, qu'elle ne devait pas hésiter à utiliser pour l'appeler quand on l'embêtait. Hors de question que quiconque cherche des poux à sa copine. Si quelqu'un s'amusait à ce petit jeu, la Lame se chargerait de le remettre à sa place. Lui pouvait la joindre à tout moment où qu'elle se trouvât ; de son côté, elle ne devait pas craindre de lui passer un coup de fil si nécessaire.

Aux oreilles d'une adolescente de quinze ans comme Ness, ces phrases – bien que proférées sur un futon plein de taches dans un squat sordide sans eau ni électricité – sonnaient comme une preuve d'attachement et non comme ce qu'elles étaient réellement : la volonté d'un jeune macho de surveiller étroitement sa petite amie et de la sonner quand l'envie le prenait. Plus expérimentée en matière de relations dysfonctionnelles et plus instruite des façons de faire de la Lame pour avoir grandi dans le même coin de North Kensington que lui, Six accueillit tout ce que Ness lui dit à propos de ce type avec scepticisme, voire avec dédain. Ces réactions ne firent que croître quand le téléphone portable entra dans la vie de Ness.

Les filles s'étaient aventurées au-delà de Whiteleys ce jour-là. Elles avaient poussé jusqu'à Kensington High Street, où elles s'étaient amusées à essayer des fringues chez Top Shop, à fouiller dans des bacs de pulls soldés chez H & M, et ensuite elles s'étaient rendues chez Accessorize, où elles avaient mis à leur programme de piquer des boucles d'oreilles.

Six excellait dans ce sport, et Ness ne se débrouillait pas mal non plus. Natasha, quant à elle, n'était guère douée pour ces tours de passe-passe : elle était aussi maladroite qu'elle était dégingandée. Normalement, Natasha était chargée d'occuper les vendeuses pendant que ses copines opéraient, mais ce jour-là elle décida de participer activement. Six eut beau répéter : « Contente-toi de faire le guet, Natasha ! Me contrarie pas, pauvre tache », ce fut peine perdue. Natasha ne voulut pas en démordre. Elle s'approcha du présentoir où se trouvaient les boucles et le renversa au moment précis où Six allait empocher trois paires de dormeuses plutôt voyantes.

Résultat, les trois filles furent escortées manu militari jusqu'à la sortie. A l'extérieur du magasin, devant tous les passants, deux vigiles en nette surcharge pondérale, qui s'étaient matérialisés sur le trottoir comme par enchantement, les collèrent contre le mur et les photographièrent avec un vieux Polaroid. Les photos, dirent-ils aux filles, seraient placées près de la caisse. Si jamais elles remettaient les pieds dans le magasin… Inutile de leur faire un dessin.

L'incident avait mis les nerfs de Six à vif. Elle n'était pas habituée à être traitée de façon si humiliante car elle ne s'était jamais fait pincer. Et elle ne se serait pas fait pincer si cette idiote de Natasha ne s'était pas fourré dans l'idée de piquer des trucs.

— Putain, Tash, t'es vraiment trop conne.

Mais cette manifestation de mauvaise humeur ne suffit pas à calmer Six. Il lui fallait quelqu'un d'autre sur qui se défouler. Ness lui parut constituer une cible toute désignée.

Six l'attaqua par la bande. Comme la plupart des gens qui sont incapables d'analyser leurs émotions, elle déplaça son problème en choisissant un terrain moins angoissant. Le manque d'argent constituait un substitut acceptable au manque de but dans la vie.

— Faut qu'on se procure du blé. On peut pas éternellement piquer du shit et le fourguer à droite et à gauche.

— Ouais, opina Tash, fidèle à son personnage de béni-oui-oui.

Elle n'essaya pas de savoir pourquoi elles avaient besoin de cet argent. Six avait ses raisons. L'argent était toujours le bienvenu, notamment quand les livreurs à bicyclette n'étaient pas d'humeur à prélever sur les doses destinées à leurs clients une pincée de substance illicite contre une petite gâterie.

— Où c'est qu'on va en trouver ?

Six fouilla dans son sac à bandoulière et en extirpa un paquet de Dunhill qu'elle avait fauché à un buraliste de Harrow Road. Elle sortit une cigarette du paquet sans en offrir aux deux autres. Elle n'avait ni allumettes ni briquet, alors elle arrêta une Blanche qui poussait un enfant dans sa poussette et lui demanda de quoi allumer sa clope. La femme hésita, bouche grande ouverte, incapable d'articuler un mot.

— T'entends, connasse ? s'énerva Six. J'suis sûre que t'as de quoi m'allumer ma clope dans ton sac.

La femme jeta les yeux autour d'elle comme pour chercher du secours mais la vie à Londres – avec sa philosophie du chacun pour soi – est telle que personne ne risquait de venir à la rescousse. Eût-elle répliqué : « Ote-toi de mon chemin, sale petite pute, ou je hurle à t'en faire crever les tympans », Six aurait été tellement sciée par cette réaction qu'elle aurait probablement obtempéré. Mais, au lieu de cela, lorsque la jeune femme farfouilla dans son sac, Six aperçut son portefeuille bien gonflé et lui demanda de lui refiler un peu de liquide par la même occasion.

— T'as qu'à considérer que c'est un prêt, dit-elle à sa victime avec un sourire goguenard. A moins que t'insistes pour m'en faire cadeau.

Voyant cela, Ness intervint :

— Hé, Six, dit-elle en guise de mise en garde.

Piquer des trucs dans les magasins, c'était une chose ; dépouiller les passants, une autre.

Six n'en tint aucun compte.

— File-moi vingt livres, dit-elle. Et ton Bic. Des fois que je voudrais cloper plus tard.

Cela ne ressemblait pas à une agression caractérisée, aussi la transaction se conclut-elle sans heurt. La femme – qui avait un bébé à charge et nettement plus de vingt livres en poche – fut soulagée de s'en tirer à si bon compte. Elle tendit son briquet, sortit un billet de vingt de son portefeuille sans laisser à Six l'occasion de voir combien d'autres billets il contenait et s'éclipsa sans demander son reste lorsque Six s'écarta pour la laisser passer.

— Waouh ! s'écria Six, ravie.

Puis elle remarqua la tête que faisait Ness et sa moue – qui était loin d'être approbatrice.

— Eh ben quoi ? On se croit trop bien pour faire un coup pareil ?

La sagesse commandait à Ness de se taire.

— File-nous une clope, dit-elle simplement.

La réponse de Ness ne satisfit pas Six. Habituée à vivre grâce à son esprit d'entreprise et à sa faculté de comprendre ses associées, elle sentait bien qu'il y avait de la réprobation dans l'air.

— Pourquoi t'en piques pas, des clopes, ma poule ? Je prends tous les risques. Tu te contentes de me taxer.

Ness écarquilla les yeux.

— C'est pas vrai.

— Tash ? dit Six. C'est vrai ou c'est pas vrai, ce que je dis ?

Natasha se mit à carburer en quête d'une réponse qui n'offenserait personne. Elle ne put en trouver une assez vite pour plaire à Six.

— De toute façon, poursuivit Six en s'adressant à Ness, t'as pas besoin de prendre de risques, cocotte. T'as un mec pour t'entretenir. Et tu partages même pas avec les copines. L'argent, la dope, tu te les gardes. Parce que pour le reste… Mais bon, je préfère la boucler.

Elle éclata de rire et essaya d'allumer sa cigarette. Le Bic ne fonctionnait pas.

— Qu'elle aille se faire foutre, cette pétasse ! s'écria-t-elle en jetant le briquet dans le caniveau.

Ce que Six avait dit concernant la Lame avait touché un point sensible chez Ness.

— De quoi tu parles, Six ?

— Je préfère fermer ma gueule, ma poule.

— Tu ferais mieux de parler, espèce de conne, insista Ness, poussée par une peur aussi profonde que celle de Six – encore qu'émanant d'une source différente. Si t'as quelque chose à dire, c'est le moment.

Elle possédait un portable. Elle avait de l'argent à sa disposition en permanence. Elle était la chérie d'un mec important. Voilà ce qui poussa Six à poursuivre :

— Tu crois que t'es la seule, pauvre nouille ? Il baise pas qu'avec toi. Il baise une autre nana. Arissa. Il était déjà avec elle avant de te connaître. Et il continue. Avant ça, il a mis en cloque une fille de la cité Dickens. Et il a fait un gosse à une autre nénette dans Adair Street. Une voisine de sa mère. Même que c'est pour ça que sa vieille l'a foutu dehors. Tout le monde est au courant dans le secteur. J'espère que tu prends tes précautions. Parce que quand il leur a collé un môme dans le bide, à ses copines, il les vire. Demande autour de toi, tu verras si c'est pas vrai, ce que je dis.

Ness sentit comme un grand froid l'envahir mais elle savait qu'il lui fallait absolument n'en rien montrer.

— Qu'est-ce que tu veux que ça me fasse ? S'il me fait un môme, tant mieux. Je me trouverai une piaule à moi. C'est ça que je veux.

— Parce que tu crois que tu le reverras quand tu lui auras annoncé la nouvelle ? Tu te figures qu'il te filera du pognon ? Qu'il te laissera le portable ? Si t'as le malheur de chier un môme, t'es finie, cocotte : il te jette. C'est comme ça que ça se passe avec lui. T'es tellement gourde que t'as pas encore pigé le truc.

Elle s'adressa à Natasha, faisant comme si Ness avait disparu.

— Merde, Tash, je sais pas ce que t'en penses, mais il doit l'avoir en béton, ce mec. Ou les nanas sont encore plus connes que je pensais, ou il a le chic pour les envoyer au septième ciel. A ton avis ?

Cela passait complètement au-dessus de Natasha. Les propos de Six, elle les comprenait. Ce qui lui échappait, c'étaient les sous-entendus. Trop subtils pour elle. Elle ne savait de quel côté se ranger ni pourquoi elle était censée prendre parti. Elle se mordit la langue.

— Je me tire, dit Six.

— C'est ça, commenta Ness. Casse-toi, connasse.

Tash émit une sorte de gémissement et son regard voyagea de Six à Ness. Elle attendait que la bagarre commence. Elle détestait ça : les grincements de dents, les coups de pied, les empoignades de cheveux, les coups de griffe. Quand les femmes se battaient, c'était pire qu'une bagarre entre chats. Les bastons entre femmes, contrairement à celles qui opposaient les hommes, ne mettaient jamais un point final aux disputes. C'était tout le contraire. Les hostilités, une fois déclenchées, n'en finissaient jamais.

Tash ne songeait pas à la Lame et à ce qu'il représentait en cet instant. Mais Six savait qu'une altercation avec la copine du caïd ne s'arrêterait pas là. Elle était furieuse de ne pouvoir relever le défi lancé par Ness ; mais, d'un autre côté, elle n'était pas complètement idiote.

— Viens, Tash, on se taille, trancha-t-elle. Faut que Ness s'occupe de son homme. C'est qu'il en a, des besoins ! Et puis elle a hâte de se faire fabriquer un gosse. Elle a pas de temps à perdre avec des pétasses comme nous. Amuse-toi bien, ma salope. Tu le regretteras, pauvre conne.

Elle pivota sur ses talons aiguilles et prit la direction de Kensington Church Street, et de l'arrêt du 52 qui les ramènerait, Natasha et elle, chez elles. Ness n'avait qu'à utiliser son putain de portable pour appeler la Lame et lui demander de la raccompagner. Elle ne tarderait pas à se rendre compte qu'il n'était pas disposé à faire ses quatre volontés.

Kendra se retrouva bientôt là où elle n'avait pas voulu aller. Elle avait longtemps méprisé les femmes qui se liquéfiaient à la pensée d'un homme, mais c'était pourtant sur cette pente savonneuse qu'elle s'était engagée. Elle s'en voulait terriblement de ses sentiments pour Dix D'Court, elle n'avait pas de mots assez durs pour se moquer d'elle-même, mais elle était tellement obsédée par lui que la seule façon de trouver un semblant de paix était de prier pour que sa libido la laisse en paix. Chose qui ne se produisait pas.

Elle n'était pas stupide au point de mettre le mot amour sur ce qu'elle ressentait, même si une autre à sa place eût peut-être commis cette erreur. Elle avait conscience que c'était l'instinct animal qui s'exprimait : l'ultime tour qu'une espèce joue à ses membres pour se reproduire. Mais cela ne diminuait en rien l'intensité de ses sensations. Le désir semait en elle ses graines insidieuses, asséchant la plaine jadis fertile de son ambition. Elle continuait de se décarcasser pour réussir – effectuant des massages ici et là, assistant aux cours du soir à l'hôpital – mais le désir de réussite s'estompait de plus en plus pour céder la place à celui de mieux connaître Dix D'Court. Ce dernier, avec la vigueur de la jeunesse, était heureux de lui donner satisfaction, car lui-même y prenait beaucoup de plaisir.

Il ne fallut cependant pas longtemps à Kendra pour s'apercevoir que Dix n'était pas un jeune homme de vingt-trois ans aussi banal qu'elle l'avait cru le premier jour où ils avaient fait l'amour dans l'arrière-boutique. S'il s'adonnait sans retenue aux joies du sexe, avoir pour parents des gens qui s'aimaient comme au premier jour lui donnait envie de se trouver une partenaire avec qui reproduire ce schéma. Ce désir devait s'exprimer tôt ou tard car, compte tenu de son jeune âge, Dix – contrairement à Kendra – avait une vision de l'amour très romantique. Laquelle est d'ailleurs omniprésente dans la civilisation occidentale.

C'est ainsi qu'un jour Kendra l'entendit lui dire :

— Où on va comme ça, Ken ?

Ils étaient nus tous les deux dans le lit de Kendra tandis qu'au-dessous, dans le séjour, le magnétoscope passait le film préféré de Dix pour empêcher Toby et Joel d'interrompre leur tante et son copain. Il s'agissait d'une version pirate de *Pumping Iron* avec, dans le rôle principal, le dieu de Dix, dont le corps sculpté et l'esprit rusé constituaient autant de métaphores de ce qu'un homme déterminé pouvait accomplir.

Dix avait choisi de lancer le débat avant qu'ils ne passent à l'acte, ce qui permit à Kendra d'éviter de répondre immédiatement. Il lui avait en effet posé la question alors qu'ils étaient tous deux très excités, aussi se laissa-t-elle glisser sur lui tel un serpent, la pointe de ses seins lui chatouillant le torse et le ventre au passage. Il gémit, dit : « Hé, baby. Oh, putain, Ken », et s'abandonna au plaisir, de sorte qu'elle crut que sa diversion avait réussi.

Mais, quelques instants plus tard, il la repoussa doucement.

— T'aimes pas ? dit Kendra.

— C'est pas ça, et tu le sais. Viens ici. Faut qu'on se parle.

— Plus tard, dit-elle en se penchant sur lui.

— Non, tout de suite, insista-t-il en s'écartant.

Il s'entortilla dans le drap pour plus de sûreté. Elle était allongée, nue, pour mieux le distraire.

La manœuvre s'avéra inefficace. Il détourna les yeux de ses seins, bien décidé à avoir une conversation sérieuse.

— Où est-ce qu'on va comme ça, Ken ? Faut que je sache. J'apprécie ce qu'on fait, mais c'est pas suffisant.

Elle fit semblant de ne pas comprendre et, avec un sourire, reprit :

— Pas suffisant ? On le fait tellement souvent que c'est à peine si j'arrive à mettre un pied devant l'autre.

Il ne lui rendit pas son sourire.

— Tu sais ce que je veux dire, Kendra.

Elle s'allongea sur le dos et contempla le plafond : une fissure évoquait la Tamise aux abords de l'Isle of Dogs. Elle attrapa un paquet de Benson & Hedges. Il détestait qu'elle fume – son corps d'athlète était un temple que ni le tabac, ni l'alcool, ni la drogue, ni les nourritures douteuses n'avaient souillé. Cependant, lorsqu'il l'apostropha d'un ton impatient, voire comminatoire, elle alluma néanmoins sa cigarette. Il s'écarta. Tant pis, songea-t-elle.

— Tu veux dire le mariage, les enfants ? T'as pas besoin de moi pour ça, *man*.

— C'est pas à toi de me dire de quoi j'ai besoin. Je suis assez grand pour le savoir.

Elle tira sur sa cigarette. Toussa. Elle lui jeta un regard noir, le mettant au défi de lui faire des remarques – ce dont il s'abstint. Recourant à son intonation la plus huppée, elle dit :

— Le mariage, Dix, j'ai déjà donné deux fois. Pas question que je...

— La troisième sera la bonne.

— Et je ne peux pas te donner d'enfants. Alors que, forcément, tu en voudras. Peut-être pas tout de suite parce que tu es encore un gamin. Mais un jour viendra où tu en voudras. Que se passera-t-il, alors ?

— On verra ça le moment venu. Qui sait ce que la science sera capable de...

— J'ai eu un cancer ! s'écria-t-elle avec colère.

Un coup du sort à dix-huit ans qui ne l'avait vraiment affectée qu'à l'âge de trente ans.

— Je n'ai pas la plomberie nécessaire, Dix. On ne peut *rien* y faire, tu comprends ?

Bizarrement, cet aveu ne le refroidit pas. Il tendit le bras, lui retira sa cigarette des doigts, l'écrasa, et il l'embrassa. Il n'allait pas apprécier le goût du tabac dans sa bouche mais cela ne le dissuada pas pour autant. Le baiser se prolongea, se précisa. Il les emmena là où elle avait cherché à l'entraîner quelques instants plus tôt ; elle crut alors qu'elle avait gagné. Mais, lorsqu'ils eurent fini, il resta contre elle. Il contempla son visage et dit :

— Tu m'en avais jamais parlé, de ce cancer. Pourquoi, Ken ? Qu'est-ce que tu caches d'autre ?

Elle secoua la tête. Elle souffrait de son incapacité à procréer, pour une fois ; et cela l'agaçait. Elle savait que c'était un tour que lui jouait la biologie, et que la douleur du manque s'estomperait dès que son intellect aurait repris le dessus.

— L'important, pour moi, de toute façon, c'est toi, dit-il. En plus, question enfants, avec Joel et Toby, on est parés. Et puis on a Ness, aussi.

Petit rire de Kendra.

— Parce que tu veux te coller ce genre de responsabilités sur le dos ?

— Arrête de me dire ce que je veux.

— Il faut bien que quelqu'un s'en charge. Toi, tu ne le sais pas.

Il s'écarta, dépité. Il se tourna, s'assit, fit passer ses jambes par-dessus le bord du lit. Son pantalon – un pantalon bouffant comme celui qu'il portait quand il avait ramené Ness – gisait par terre, il le ramassa. Il se leva, lui tournant le dos, enfila le vêtement, la privant du spectacle de ses superbes fesses.

— Dix, soupira-t-elle, j'ai donné. C'est loin d'être le paradis que tu imagines. Si seulement tu me croyais, on n'aurait pas besoin d'avoir cette conversation, baby.

Il pivota vers elle :

— M'appelle pas baby. Ça me saoule, tes airs condescendants.

— Mais je ne...

— Si, Ken. Je vois bien ce que tu penses. C'est un môme, ce mec. Il sait pas ce qu'il veut. Il croit que c'est de l'amour mais c'est juste une histoire de cul. Il tardera pas à retomber sur terre.

Elle se redressa, s'appuya contre la tête de lit en osier.

— Eh bien... ? dit-elle en le fixant d'un air entendu.

L'air d'une maîtresse d'école. L'air d'une femme qui le connaissait mieux qu'il ne se connaissait lui-même parce qu'elle avait plus d'expérience. Un air irritant au possible, destiné à mettre en rage un homme qui avait devant lui ce qu'il souhaitait – sans espoir de l'obtenir.

— J'y peux rien, moi, si t'as pas eu de pot avec les deux autres, Ken. Tout ce que je peux faire, c'est être moi-même. Je suis sûr que toi et moi, ça collerait.

Elle cligna des yeux pour chasser le chagrin qui soudain les embuait.

— On ne contrôle pas tout dans la vie. Tu crois que si, mais tu te trompes, Dix.

— Ma vie, je la mène...

— Lui aussi, coupa-t-elle. Mais il a été assassiné dans la rue. A coups de couteau. Il rentrait du boulot. Tout ça parce que deux lascars ont cru qu'il leur avait manqué de respect. Evidemment, ils étaient défoncés. Ça les a pas empêchés de le coincer dans un coin et de le planter. Les keufs... ? Bof, c'était rien qu'un cadavre noir de plus. Un règlement de comptes entre Blacks. Et lui, mon mari, Sean, il avait des projets, comme toi. Il voulait faire de la gestion de biens.

Elle eut un rire amer. *Des rêves, un homme comme lui, quel culot.*

— Il voulait s'offrir les choses de la vie. Adopter les enfants qu'on ne pouvait pas avoir. S'installer chez lui. Acheter des meubles, un grille-pain, un paillasson. Des choses simples. Et il meurt parce que le couteau lui entre dans la rate. Jusqu'à l'estomac. Il se met à saigner, à saigner. C'est comme ça qu'il est mort : vidé de son sang.

Il s'assit au bord du lit, près d'elle mais sans la toucher. Il tendit la main dans l'intention de la caresser. Elle détourna la tête. Il laissa retomber son bras.

— Et le numéro deux, Dix, il avait réalisé son rêve. Oh, modeste, remarque. Une affaire de pièces détachées ; je m'occupais de la compta. On tenait la boîte tous les deux. Comme ton père et ta mère, le café. Seulement j'avais pas capté un truc : il volait des bagnoles. Elles arrivaient, elles repartaient. Un vrai ballet. Jusqu'au jour où il s'est retrouvé au placard. J'ai bien failli finir pareil. Il s'en est fallu d'un cheveu. Alors, tu vois, j'ai pas besoin de te...

Elle s'aperçut de la détérioration de son anglais au moment où elle constata qu'elle pleurait ; la combinaison de ces deux facteurs creusa en elle un puits d'humiliation si profond qu'elle crut qu'elle allait s'y noyer. Elle baissa la tête et l'appuya sur ses genoux repliés.

Il ne dit rien. Qu'est-ce qu'un garçon de vingt-trois ans peut dire pour apaiser un chagrin pareil ? Dix possédait la vigueur de la jeunesse, persuadé que dans la vie tout est possible. Ayant échappé à la tragédie, il pouvait percevoir mais non pas appréhender en profondeur sa tendance à donner à l'avenir la couleur de la peur.

Il se disait que son amour aiderait Kendra à se remettre sur pied. Ce qu'ils vivaient ensemble était bien, et cette relation était capable d'effacer tout ce qui avait précédé. Il le savait, il le sentait dans ses tripes mais n'avait pas de mots pour l'exprimer. Il avait l'impression de n'être que terminaisons nerveuses et désir, dominé par la volonté de lui prouver que les choses étaient différentes en ce qui le concernait. Il était limité par son manque d'expérience. Le sexe était la seule métaphore qu'il pût atteindre.

Il tendit les bras vers elle en disant :

— Ken, ma chérie, Ken.

Elle s'écarta brusquement, se coucha sur le côté. Tout ce qu'elle était, tout ce qu'elle avait essayé de devenir s'écroulait, tandis que la Kendra qu'elle offrait aux yeux du monde était écrasée sous le poids du passé, qu'elle réussissait en temps normal à tenir à l'écart. Reconnaître, admettre, parler de... Elle n'avait aucune raison de faire cela alors qu'elle vivait sa vie de tous les jours et cherchait simplement à réaliser ses ambitions. L'avoir fait en présence d'un homme avec lequel elle ne cherchait qu'à connaître le plaisir le plus primitif ajoutait à sa honte.

Elle voulait qu'il parte. Elle lui fit signe de s'en aller.

— Ouais, mais tu viens avec moi.

Il se dirigea vers la porte de la chambre, l'ouvrit et s'écria :

— Joel, tu m'entends, mec ?

Le son du magnétoscope fut baissé, coupant court aux explications d'Arnold dans *Pumping Iron*.

— Ouais ? cria Joel en retour.

— Combien de temps il te faut pour être prêt ? Et Toby ?

— Pourquoi ?

— On sort.

— Où ça ?

Changement d'intonation. Dix prit cela pour de l'enthousiasme et de la joie : un père annonçant une bonne nouvelle à ses gamins.

— Il est temps que vous fassiez la connaissance de mes vieux. T'es partant ? Ils tiennent un café dans Harrow Road. Et m'man, elle fait une tarte aux pommes que tu m'en diras des nouvelles. Avec de la crème anglaise. Ça vous dit, les garçons ?

— Waouh ! Hé, Tobe... !

Dix n'entendit pas le reste car il avait refermé la porte et s'était tourné vers Kendra. Il commença à farfouiller dans les vêtements qu'elle avait semés par terre, petits morceaux de dentelle aérienne qui lui tenaient lieu de slip et de soutien-gorge, jupe moulante, chemisier décolleté en V qui, sur sa peau, ressemblait à de la crème. Il prit un tee-shirt dans un tiroir et s'en servit pour lui essuyer le visage.

— Oh, Seigneur, dit Kendra. Qu'est-ce que tu me veux, à la fin ?

— Allez, Ken. Habille-toi. Il est temps que mes parents rencontrent la femme que j'aime.

9

A condition d'être dotée d'un minimum de jugeote, toute personne ayant examiné la Lame ou passé une ou deux heures en sa compagnie aurait été capable de tirer un certain nombre de conclusions quant aux relations qu'il était possible de nouer à long terme avec cet individu. Pour commencer, il y avait son tatouage et ce que révélait de ses problèmes personnels et de ses capacités à se procurer un emploi lucratif le fait de s'orner la figure d'un cobra cracheur. En second lieu, il y avait sa taille, celle d'un Napoléon en gestation mais sans le titre d'empereur pour justifier les aspects les plus malsains de sa personnalité. Il fallait également ajouter à cela le domicile qu'il s'était choisi et tous les désagréments qui caractérisent un squat promis au marteau des démolisseurs. Enfin il y avait son business et le caractère éphémère de ce dernier. Toutefois, pour prendre le temps d'examiner la Lame et de mettre à plat toutes ces données, il aurait fallu que ladite personne soit également capable de considérer rationnellement les choses. Or, la nuit où Ness avait rencontré la Lame, elle n'était pas en état de réfléchir. Et plus tard, devenue plus lucide, elle était déjà trop impliquée pour faire marcher ses cellules grises.

Aussi se dit-elle que certains aspects de sa relation avec la Lame indiquaient qu'elle avait été choisie par lui. Même si elle était incapable de dire pourquoi il avait jeté son dévolu sur elle. A ce stade de son existence, elle ne pouvait se permettre de réfléchir en profondeur aux rapports homme-femme ; elle se borna à tirer des conclusions hâtives sur la foi d'informations superficielles. Informations relatives à trois éléments de sa vie : sexe, commerce, drogue.

La Lame et elle étaient amants, si on peut appliquer ce mot à la manière néandertalienne dont le jeune homme concevait l'acte sexuel. Ness n'en tirait aucun plaisir, mais elle n'en attendait ni n'en souhaitait guère. Tant que ça durait, elle se rapprochait de son objectif : le bébé qu'elle prétendait désirer. Et dans le même temps elle se disait que la place qu'elle occupait dans la vie de la Lame était aussi stable qu'elle le désirait. C'est pourquoi les exigences de la Lame à son égard – que d'autres femmes plus sûres d'elles auraient pu trouver dégradantes –, elle les considérait comme les attentes raisonnables d'un « mec qui a des besoins ». C'est ainsi qu'elle aurait formulé la chose si on lui avait demandé de qualifier le pilonnage brut de décoffrage auquel elle se soumettait régulièrement sans être passée par la case « préliminaires » ou « manœuvres de séduction ». Etant donné qu'ils étaient amants et qu'il continuait de lui témoigner un certain attachement, elle était sinon satisfaite, du moins occupée. Et une femme occupée n'a pas le temps de se poser de questions.

Lorsqu'il lui fit cadeau du portable, qu'elle se trouva munie de l'objet que ses copines convoitaient si ardemment, cet aspect commercial de sa relation avec la Lame l'amena à croire qu'il avait des intentions « romantiques » à son égard. Un peu comme s'il lui avait offert un diamant. Ce cadeau lui conférait également une supériorité qui flattait son ego et n'était pas pour lui déplaire, rehaussant son prestige aux yeux de ses camarades.

C'était encore grâce à la Lame qu'elle conservait cette position de supériorité par rapport à Six et à Tash. Car c'était lui qui lui fournissait l'herbe qu'elle fumait et la coke qu'elle reniflait, la rendant indépendante des largesses des livreurs dont dépendaient Six et Tash. Pour Ness, le fait que la Lame lui filait de la dope à satiété était la preuve qu'ils formaient un vrai couple.

En possession de ces éléments d'appréciation et s'y cramponnant car elle n'avait rien d'autre à quoi s'accrocher, Ness essaya d'oublier ce que Six avait dit de la Lame. Elle pouvait faire avec son passé. C'était un « mec qui avait des besoins », et elle ne pouvait s'attendre à ce qu'il ait mené une vie de moine avant de la rencontrer. Cependant, de toutes les informations que Six lui avait distillées avec tant de méchanceté dans Kensington High Street, il y en avait deux qui lui restaient en travers de la gorge. Primo, le fait que la Lame avait engendré deux enfants : un dans la cité Dickens et un autre dans Adair Street. Secundo, la présence d'Arissa.

L'existence des bébés troublait Ness au point qu'elle ne pouvait se résoudre à y réfléchir et moins encore à questionner la Lame. Arissa, d'un autre côté, était un sujet de réflexion facile. Le cauchemar de toute jeune femme amoureuse : la trahison d'un homme dont elle se figure qu'il lui appartient.

Ness fut incapable de se sortir Arissa de la tête une fois que Six eut semé la graine. Il lui fallait connaître la vérité afin de savoir s'il y avait quelque chose à faire. Elle décida sagement de ne pas questionner directement la Lame : c'était un mauvais plan. Elle alla à la pêche aux renseignements auprès de Cal Hancock.

Ness ne possédant de loyal dans son entourage que son frère Joel, il ne lui vint pas un instant à l'idée que Cal pourrait refuser de trahir l'homme à qui il devait tout pour sa subsistance. Les parents de Cal ayant quitté la Grande-Bretagne quand il avait seize ans – emmenant avec eux ses frères et sœurs mais le laissant se débrouiller seul –, il s'était mis au service de la Lame alors qu'il n'était encore qu'un adolescent. Il avait commencé par le job de livreur à bicyclette, où sa fiabilité avait fait merveille. Puis, gravissant rapidement les échelons, il était devenu homme de confiance et garde du corps, poste qu'il occupait depuis maintenant quatre ans. Mais Ness n'était pas au courant de ces détails. Pour elle, Cal Hancock était un tagueur à dreadlocks, fréquemment défoncé mais presque toujours à portée de main, sauf quand on le priait de disparaître pendant les quelques minutes d'intimité nécessaires à la Lame pour tirer son coup. Ness pensait que si quelqu'un savait la vérité sur Arissa, ce devait être Cal.

Elle attendit un jour où la Lame « s'occupait du business », comme il disait. Le business, sporadique, consistait entre autres à réceptionner les différentes marchandises tombées du camion qui arrivaient en un lieu donné, mais jamais au squat. En règle générale, Cal accompagnait la Lame dans cette expédition. Cependant, un jour, ayant l'intention de sauter Ness une fois le business terminé, le caïd avait demandé à l'adolescente de l'attendre au squat. Pour qu'il ne lui arrive rien de fâcheux dans cet endroit malfamé, il avait demandé à Cal d'attendre avec elle. Ness vit là l'occasion rêvée de le cuisiner.

Cal alluma un joint et le lui proposa. Ness refusa et lui laissa le temps de tirer une taffe. Quand il planait, il avait tendance à moins surveiller sa langue et elle voulait qu'il se lâche le plus possible.

Fine mouche, elle fit celle qui était au courant de l'existence d'Arissa :

— Où est-ce qu'elle crèche, Arissa, Cal ?

Tout à sa torpeur naissante, il dodelina de la tête, ses paupières se fermant. Garde du corps de la Lame, il n'avait pas la possibilité de beaucoup dormir. Aussi, chaque fois qu'il en avait l'occasion, il en profitait pour piquer un petit roupillon. Il se laissa glisser contre le mur, s'assit sur le futon. Sur le mur, un graffiti représentait une jeune Noire à forte poitrine vêtue d'une minijupe, qui dégainait des pistolets de tireur d'élite. Ce dessin n'était pas une caricature de Ness. Il se trouvait déjà là quand elle avait découvert le squat. Aussi n'y avait-elle pas vraiment prêté attention. Mais, cette fois, Ness l'examina et constata que son haut minuscule révélait un tatouage identique à celui que portait la Lame. Mais en miniature.

— C'est elle, là, Cal ? C'est Arissa sur le mur ?

Cal releva la tête.

— Non, dit-il. C'est pas Rissa. C'est Thena.

— Oh ? Et Arissa, tu vas la peindre quand ?

— J'ai pas l'intention de...

Il lui jeta un regard de biais, tirant une nouvelle taffe. Il venait de se rendre compte qu'elle l'avait piégé, et il se demandait ce que son indiscrétion allait lui coûter.

— Où est-ce qu'elle habite, mec ?

Silence de Cal. Il retira le joint de ses lèvres et contempla le petit panache de fumée qui s'en élevait. Il le lui proposa de nouveau :

— Allez, quoi. Elle est top, cette dope, *man*.

— M'appelle pas comme ça. Je suis pas un homme. Et je t'ai déjà dit que j'en voulais pas.

Cal tira une autre bouffée, inhalant profondément la fumée. Il ôta son bonnet, qu'il lança sur le futon. Secoua la tête pour libérer ses nattes.

— Ça fait combien de temps que la Lame couche avec elle ? C'est vrai qu'il la baisait déjà avant moi ?

Cal tourna la tête vers elle, loucha.

— Y a des trucs, c'est mieux si t'es pas au courant. Et ça, ça en fait partie.

— Dis-moi, Cal.

— J'ai rien à dire. P't'êt' ben que oui, p't'êt' ben que non. Etre au courant, ça change rien.

— Qu'est-ce que t'insinues ?

— Réfléchis. Mais me pose plus de questions.

— C'est tout ce que t'as décidé de dire, Cal ? Je pourrais t'obliger à parler si je voulais.

Il sourit. Il avait l'air aussi effrayé que s'il se trouvait devant un caneton.

— Sérieux ?

— Si tu refuses de parler, je lui dis que t'as essayé de me sauter, Cal. Alors tant pis pour toi.

Cal éclata carrément de rire avant de tirer une autre taffe de son pétard.

— C'est ça, ton plan ? Tu crois qu'il tient à toi au point de buter un mec qui t'aurait touchée ? Ma pauvre louloute, retombe un peu sur terre. Si je te baise, pour toi, c'est direction poubelle. T'es plus facilement remplaçable que moi. T'as de la chance que je te trouve pas bandante. Si c'était le cas, je le dirais à la Lame et il te refilerait à moi quand il en aurait sa claque de toi.

Ness en avait assez entendu.

— OK, dit-elle en se dirigeant vers la porte, je me casse.

Elle se promit que, le moment venu, il le sentirait méchamment passer.

Elle tint parole. Lors de son tête-à-tête suivant avec la Lame, elle lui répéta les propos que son garde du corps avait tenus la concernant. Alors qu'elle s'attendait à ce que la Lame flanque une raclée bien méritée à Cal Hancock, il hurla littéralement de rire.

— Quand il est raide def, il dit n'importe quoi, commenta-t-il sans manifester un seul instant l'intention de corriger son garde du corps.

Mais la question d'Arissa restait posée, et la seule façon d'obtenir une réponse était de voir si le comportement de la Lame ne lui en fournirait pas. Toutefois Ness ne pouvait le suivre partout. Cal prenait son boulot de protecteur très au sérieux ; où qu'elle aille, il ne la perdait pas de vue. Elle pouvait difficilement échapper à sa surveillance. La seule autre possibilité était d'interroger Six. Cela ne l'enchantait guère de se mettre ainsi à sa merci, mais il n'y avait pas d'autre solution.

Six n'étant pas du genre rancunier dès lors qu'il y avait de la dope gratos à récolter, elle fit comme s'il ne s'était rien passé entre Ness et elle dans Kensington High Street. Elle lui ouvrit même avec empressement l'appartement douteux de la cité Mozart. Après avoir insisté pour que Ness l'accompagne au karaoké dans une interprétation de *These boots are made for walking* – d'autant plus mélodieuse qu'elle s'était enfilé, histoire de se mettre en train, un plein flacon du liquide dont sa mère se servait pour se rincer la bouche –, elle ne se fit pas prier pour communiquer à Ness les renseignements qui intéressaient cette dernière. Arissa, lui dit-elle, habitait dans Portnall Road. Six ignorait l'adresse exacte mais il n'y avait qu'un immeuble dans la rue, occupé essentiellement par des retraités. Arissa y vivait avec sa grand-mère.

Ness se rendit à Portnall Road et là, elle attendit. Elle trouva le bâtiment sans problème mais eut un peu plus de mal à dénicher un endroit où se poster pour observer discrètement les allées et venues. Elle n'eut pas longtemps à attendre. Alors qu'elle en était à sa seconde tentative pour pincer la Lame en flagrant délit de ce qu'elle considérait comme une trahison, le caïd se pointa dans la voiture, conduite comme d'habitude par Cal, et pénétra dans le bâtiment. De son côté, Cal se posta dans l'entrée. Il sortit un bloc à croquis et se mit à dessiner. Appuyé le dos contre le mur, il levait de temps en temps le nez pour s'assurer que rien ne menaçait la Lame pendant que ce dernier vaquait à ses occupations.

Des occupations sur la nature desquelles Ness ne se faisait pas d'illusions. Aussi ne fut-elle nullement étonnée lorsque la Lame refit son apparition une demi-heure plus tard, remettant de l'ordre dans ses vêtements. Cal et lui s'engageaient dans l'allée débouchant dans la rue lorsqu'une fenêtre s'ouvrit au-dessus d'eux. Cal s'interposa aussitôt entre l'immeuble et la Lame, lui faisant un bouclier de son corps. Une fille éclata d'un rire juvénile :

— Tu me crois assez bête pour faire du mal à ce mec, Cal Hancock ? T'as oublié ça, baby.

Levant les yeux, Ness aperçut sa rivale : teint délicieusement chocolaté, cheveux soyeux, bouche charnue, paupières sensuelles. Elle lança un trousseau de clés en direction des deux hommes.

— Au revoir, dit-elle avec un rire torride.

Après quoi elle referma la fenêtre.

Ce qui poussa Ness à sortir de sa cachette, ce ne fut pas tant la découverte de la fille que l'expression du visage de la Lame levé vers la fenêtre. Ness vit qu'il était travaillé par l'envie de remonter afin de remettre ça.

Ness se retrouva au milieu de l'allée avant d'avoir eu le temps de réfléchir aux conséquences d'une scène publique avec la Lame. Elle se dirigea droit vers lui et dit d'une voix forte :

— Je veux voir la pouffe qui baise mon mec.

Elle faisait porter la responsabilité sur la fille et non pas sur la Lame. Seule façon pour elle de survivre à cet instant.

— Cette pute, Arissa, montre-la-moi, poursuivit Ness. Je vais lui faire voir ce qui se passe quand on touche à mon homme. Emmène-moi la voir, mec. Sinon, je te jure, je l'attends là, et je lui explose la tronche à l'instant où elle sort.

Un autre homme aurait sans doute cherché à calmer le jeu. Mais pour la Lame les femmes n'étaient pas tant des êtres humains à part entière qu'une source de distraction. Il se dit qu'un crêpage de chignon entre Ness et Arissa vaudrait sûrement son pesant de cacahouètes. Amusé, il saisit Ness par le bras. La poussa rudement vers la porte de l'immeuble.

Derrière elle, Ness entendit Cal qui disait :

— Hé, *man*, j'crois pas que...

Mais le reste de sa phrase fut perdu pour elle lorsque la porte se referma derrière eux.

La Lame ne dit pas un mot à Ness. Ecumant de rage et pas décidée à se calmer, elle les imagina – la Lame et Arissa – faisant ce qu'elle et la Lame auraient dû être en train de faire. L'image était si nette dans son esprit que lorsque la porte de l'appartement s'ouvrit, elle fonça à l'intérieur, droit sur les cheveux longs de sa rivale. Elle les prit à pleine poignée et glapit :

— Touche pas à ce mec, putain de merde, t'as compris ? Si je te revois près de lui, je te fais la peau, pauvre conne.

Et, tirant sur les cheveux d'Arissa, elle lui balança un bon coup de poing dans la figure.

Elle s'attendait à un crêpage de chignon en règle, mais elle en fut pour ses frais. La fille ne se défendait pas. Elle se laissa au contraire tomber par terre en position fœtale. Ness lui administra des coups de pied dans le dos, les reins, tenta de l'atteindre au ventre. Réussit son coup. Arissa poussa un hurlement. Sans commune mesure avec la force du coup reçu.

— Le bébé, arrête !

Sans laisser à la Lame le temps de réagir, Ness lui décocha de nouveaux coups de pied. Puis elle se jeta sur elle quand elle comprit qu'Arissa disait la vérité. Non pas tant à cause de la bosse révélatrice de son ventre mais parce que Arissa ne lui avait pas rendu ses coups. Signe qu'elle ne se souciait pas de préserver sa réputation de dure car elle avait d'autres préoccupations, plus pressantes.

Ness la frappa au visage et aux épaules mais ce n'était pas sa rivale qu'elle battait. Plutôt un fait. Un fait qu'elle ne pouvait se résoudre à regarder en face car pour cela il aurait fallu qu'elle se regarde elle-même et tire certaines conclusions. Ness hurla de toutes ses forces :

— Salope ! Je vais te tuer, garce, si tu lui fous pas la paix.

— La Lame ! s'écria Arissa.

Cela mit un terme au spectacle. Celui-ci n'avait pas duré longtemps mais assez pour rassurer la Lame et lui permettre de constater qu'on se disputait sa personne. Il empoigna Ness par la taille, la sépara d'Arissa, mais elle continuait de pousser des hurlements et se débattait comme un chat sauvage. La Lame la propulsa vers la porte, et en un clin d'œil l'ouvrit et la poussa dans le couloir.

Il ne la suivit pas immédiatement, restant en arrière pour vérifier le bien-fondé des propos d'Arissa. A ses yeux, elle était exactement la même que lorsqu'il l'avait prise debout dans la cuisine quelques instants plus tôt, la pilonnant avec force grognements contre la cuisinière, se hâtant comme à son habitude lorsqu'il avait du business qui attendait.

Elle était toujours allongée par terre, toujours en position fœtale, mais il ne l'aida pas à se relever. Il lui jeta un coup d'œil, effectua un rapide calcul. Elle était peut-être enceinte. D'un autre côté, peut-être que cette petite pute mentait. Le môme était peut-être de lui, ou de quelqu'un d'autre. Dans tous les cas, une seule réponse s'imposait :

— Fais-le passer, Riss. J'en ai déjà deux et un troisième en route. J'suis bordé, côté mômes.

Sur ces mots, il alla rejoindre Ness dans le couloir. Il était décidé à la corriger de façon qu'elle s'en souvienne, car, s'il y avait une chose qu'un type comme lui ne pouvait se permettre, c'était d'avoir une nana qui lui collait au train dans tout North Kensington pour lui faire des scènes. Mais Ness n'était pas dans le couloir.

La Lame se demanda si c'était bon ou mauvais signe.

Après cela, Ness décida que c'était fini avec la Lame. Ce sale type au visage en lame de couteau l'avait bien menée en bateau, se tapant Arissa alors qu'il était maqué avec elle. Ce n'était pas la seule raison qui la poussait à rompre. Mais elle était suffisante. Il l'avait baisée dans les grandes largeurs. Pas question de supporter ça. Peu importait qu'il fût ce qu'il était.

Elle choisit soigneusement son moment. La Lame avait un passé, ainsi qu'elle l'avait découvert, et en cuisinant Six elle avait également appris qu'il s'était débarrassé sans sourciller des filles qui avaient croisé sa route au fil des années. Au nombre de ces filles se trouvaient les deux malheureuses qui lui avaient donné des enfants. Quelles qu'aient pu être leurs attentes, il s'était empressé de leur ôter leurs illusions. Même si à l'occasion il passait dans le quartier de l'une ou de l'autre quand il éprouvait le besoin de montrer à Cal – ou à toute autre personne qu'il désirait impressionner – le fruit de ses reins, toutes couches-culottes à l'air, en train de jouer au milieu des chariots de supermarché mangés de rouille.

Ness se promit qu'elle ne se conduirait pas comme une de ces filles. Elle ne se retirerait pas humblement de la vie de la Lame quand il serait fatigué d'elle. Elle en avait assez, elle en avait par-dessus la tête de lui et de ses lamentables performances sexuelles.

Elle attendit que l'occasion se présente. Ce qui ne prit que trois jours. Six – qui savait tout ce qui se passait de pas catholique à North Kensington – lui indiqua l'emplacement de l'entrepôt où la Lame réceptionnait les marchandises de provenance douteuse dont la vente lui permettait d'occuper la position de caïd qui était la sienne dans le quartier. Cet endroit se trouvait dans Bravington Road, au croisement de Kilburn Lane. Il y avait un mur de brique le long d'une cour de boutique qui donnait sur une ruelle. Le mur était muni d'un portail toujours fermé. Ness ne devait surtout pas se risquer à l'intérieur, même si le portail était ouvert. Personne ne pénétrait dans la cour à l'exception de la Lame et de Cal. Les autres faisaient leurs affaires dans la ruelle. Cette ruelle était visible non seulement de la rue, mais aussi des maisons qui se dressaient là, toutes proches. Aucun de leurs occupants ne se serait amusé toutefois à donner un coup de fil à la police pour lui faire part des transactions furtives qui se déroulaient au-dehors. Et cela pour une bonne raison : tout le monde dans le voisinage savait qui orchestrait ces trafics.

Ness s'y rendit un jour qu'elle savait la Lame sur place avec ses sous-fifres. Elle le trouva, comme elle l'espérait, surveillant les marchandises que lui livraient deux loubards et trois ados à bicyclette.

Elle se fraya un passage au milieu d'eux. Le portail était ouvert sur l'arrière d'un bâtiment à l'abandon pourvu sur toute sa longueur d'un quai de chargement ; sur ce quai se trouvaient des caisses ouvertes et d'autres qui ne l'étaient pas. Cal farfouillait dans l'une des caisses, ce qui voulait dire qu'il avait laissé la Lame sans protection. La Lame étudiait un pistolet à air comprimé pour voir s'il serait possible d'en faire une arme digne de ce nom.

— Hé, pauvre con ! Je viens te dire que c'est fini, nous deux, s'écria Ness.

La Lame leva le nez. Les membres du petit groupe qui l'entourait émirent une sorte de hoquet. De l'autre côté de la cour, Cal laissa retomber le couvercle de la caisse. Il sauta à bas du quai. Ness comprit ses intentions. Il lui fallait faire vite, elle poursuivit en hâte :

— T'es qu'un branleur, t'entends ? dit-elle à la Lame. Tu te la pètes, mais au fond, t'es rien d'autre qu'un coup pourri. Tu l'as pas plus grosse qu'un asticot.

Elle éclata de rire, les poings sur les hanches, et continua :

— Putain, avec ce tatouage à la con, ta tronche, comment qu'elle m'a vite écœurée. Et ta boule à zéro quand par hasard tu me suces, ça me donne encore plus envie de dégueuler. Tu veux que je te dise ? Pour la défonce, t'assures. Mais au plumard, putain, tu vaux rien. Alors...

Cal l'empoigna. Le visage de la Lame s'était figé tel un masque. Son œil était vitreux. Personne ne bronchait.

Cal l'éloigna de force du mur et la fit sortir de la ruelle au milieu d'un silence opaque dont Ness profita pour lancer aux loubards et aux ados à bicyclette :

— Vous croyez que c'est un caïd ? C'est rien qu'un branleur. Un minable. Un asticot. Il vous fait peur ? Vous avez peur d'un asticot ?

Puis elle se retrouva dans Bravington Road et Cal grinça :

— Pauvre tarée. Pauvre conne. Tu sais pas à qui tu t'attaques. Tu sais pas ce qu'il peut te faire si il veut. Casse-toi, morue, casse-toi, je te dis. Et t'approche plus de lui.

Il la poussa pour l'éloigner de l'entrepôt. Ayant atteint son but, Ness ne protesta ni ne se débattit.

Au lieu de cela, elle éclata de rire. Elle en avait fini avec la Lame. Elle se sentait légère comme l'air. Il pouvait bien se taper Arissa et les autres. Pas question qu'il se retape Vanessa Campbell.

Pour atteindre la perfection physique et décrocher le titre de Mr Univers, Dix D'Court avait besoin d'appuis financiers ; il s'était donc débrouillé pour dénicher des sponsors. Sans leur aide, il en aurait été réduit à s'entraîner tôt le matin ou tard le soir, et le week-end, c'est-à-dire aux heures où le gymnase était bondé. Dans ces conditions, il aurait eu peu de chances de réaliser son rêve : se doter du corps le plus magnifiquement sculpté du monde. Sachant cela, il avait rassemblé autour de lui des gens disposés à financer sa tentative. Il lui fallait les rencontrer de temps en temps pour faire le point et les mettre au courant des concours auxquels il avait participé et qu'il avait gagnés. Par inadvertance, il se trouva qu'il avait programmé une de ces réunions pour le soir de l'anniversaire de Toby. Quand il s'en aperçut, Dix voulut annuler. Mais le laisser annuler ce rendez-vous, c'était le laisser s'engager plus avant vis-à-vis d'elle, ce dont Kendra ne voulait pas entendre parler. Aussi lui dit-elle que l'anniversaire était une affaire strictement familiale. Le message était clair : Dix ne faisait pas partie de la famille. Il lui jeta un curieux regard, genre : Fais comme tu l'entends. Ce qui ne l'empêcha pas de confier en aparté à Joel qu'il les rejoindrait dès que sa réunion avec les sponsors serait terminée.

Joel comprit qu'il devait garder pour lui le fait que Dix viendrait chez eux. Il y avait des choses entre sa tante et Dix qui lui échappaient complètement, et de toute façon il avait d'autres préoccupations en tête. Pour commencer, il n'avait pas réussi à mettre la main sur une banderole *Joyeux Anniversaire* pour l'accrocher à la fenêtre de la cuisine. C'était déjà suffisamment moche de ne pas avoir sous la main le manège en fer-blanc qui décorait le centre de la table ; mais ce qui le chagrinait encore plus, c'était de ne pas pouvoir souhaiter son anniversaire à son frère avec toute la pompe habituelle. Même Glory Campbell avait réussi à respecter la tradition qui voulait qu'on accroche une banderole dans la maison le jour J, la ressortant – un peu plus abîmée chaque année – de l'endroit où elle la rangeait quand elle ne s'en servait pas. Ladite banderole avait subi le même sort que tous les objets de Glory avant son départ pour la Jamaïque : elle les avait jetés à la poubelle à l'insu de Joel et il ne s'était aperçu de sa disparition que le jour où il avait passé en revue ses propres affaires.

N'ayant pas d'argent pour s'en procurer une dans le commerce, il avait dû se décider à la fabriquer. Avec du papier arraché à un bloc. Il arracha du bloc autant de feuilles qu'il y avait de lettres et les coloria avec un crayon rouge emprunté à Mr Eastbourne. Le jour de l'anniversaire, les lettres étaient prêtes ; il ne restait plus qu'à les fixer sur la vitre. Seulement, en guise de colle, il n'avait qu'un carnet de timbres.

Il aurait préféré du Sellotape ou du Blu Tac. Mais son porte-monnaie n'était pas suffisamment garni pour lui permettre d'en acheter. Alors il utilisa les timbres, se disant qu'ensuite on pourrait toujours les coller sur les enveloppes au fur et à mesure des besoins s'il les appliquait délicatement sur la vitre. C'est ce qu'il commença à expliquer à sa tante lorsqu'elle rentra du travail ce fameux jour et s'exclama : « Ah, ça va pas, la tête ! », en découvrant la banderole maison et surtout la façon dont on l'avait fixée. Elle laissa tomber ses sacs de courses sur le plan de travail et se tourna vers Joel, qui l'avait suivie dans la cuisine, son explication toute prête. Mais elle l'interrompit, lui passant un bras autour des épaules :

— Tu as bien fait, mon grand.

Sa voix était voilée et Joel se dit qu'elle s'était nettement adoucie depuis que Dix avait fait son apparition au 84, Edenham Way, surtout depuis le jour où ils étaient allés tous ensemble au Rainbow Café faire la connaissance des parents du jeune homme. La mère de ce dernier ne lésinait pas sur la crème anglaise chaude quand elle servait de la tarte aux pommes.

Kendra déballa ses courses – du curry acheté chez un Indien.

— Où est Ness ? demanda-t-elle en criant dans l'escalier d'où s'échappait le bruit de la télévision, qui diffusait des dessins animés. Toby ? A la cuisine, tout de suite, tu m'entends ?

Joel fit signe qu'il ignorait où se trouvait Ness. Elle avait passé davantage de temps à la maison ces jours-ci, à panser ses blessures quand elle ne traînait pas avec ses copines. Joel ne savait pas où elle était. Il ne l'avait pas vue depuis la veille au soir.

— Elle sait quel jour on est, non ? fit Kendra.

— Je suppose, ouais, dit Joel. J'ai pas pu lui rappeler, je l'ai pas vue.

— Je *ne* l'ai pas vue, corrigea Kendra.

— Je *ne* l'ai pas vue. Et toi ? fit-il machinalement.

L'enfant qu'il était encore semblait persuadé que Kendra, l'adulte, aurait dû faire quelque chose pour régler le problème de Ness.

Kendra comprit à demi-mot.

— Quoi ? Tu veux que je l'enferme ?

Elle sortit des assiettes du placard et les lui tendit, avec les couverts. Il entreprit de mettre la table.

— Dans la vie, Joel, il y a toujours un moment où on décide de la voie qu'on va suivre. Ness a décidé.

Joel ne répondit pas, car il ne pouvait formuler son avis – ce dernier ayant sa source dans le passé de sa sœur comme dans le sien. Ainsi que dans les sentiments qu'il éprouvait à son égard. Or, ce qu'il éprouvait, c'était du regret. Il regrettait la Ness qu'elle avait été. Il était convaincu qu'elle aussi regrettait cette Ness-là ; mais il n'y pouvait rien.

Toby dévala bruyamment l'escalier, sa lampe sous le bras. Il la déposa au centre de la table et la brancha à la prise la plus proche. Il grimpa sur une chaise et, le menton appuyé sur les mains, contempla les bulles orange qui entamaient leur ballet rythmique, montant et descendant dans le cylindre de verre.

— J'ai du *naan* pour toi, Toby, dit Kendra. Ton pain préféré. Aux raisins avec des amandes et du miel.

Toby lui jeta un regard brillant. Kendra sourit et sortit de son sac une enveloppe avec des timbres de l'étranger. Elle la tendit à Toby :

— Ta grand-mère n'a pas oublié ton anniversaire. Ça vient de la Jamaïque.

Elle omit de préciser qu'elle avait appelé sa mère au téléphone à trois reprises pour la décider à se fendre d'un mot à son petit-fils, et que c'était elle qui avait glissé un billet de cinq livres dans l'enveloppe.

— Ouvre-la, voyons ce qu'elle raconte.

Joel aida Toby à sortir la grande carte de son enveloppe. Il ramassa le billet de cinq livres qui était tombé par terre.

— Regarde, Tobe ! T'es riche !

Mais Toby examinait une photo Polaroid que Glory avait jointe à son mot. Glory et George y posaient avec une ribambelle d'inconnus qui brandissaient des bouteilles de Red Stripe. Glory portait - choix peu judicieux pour une femme de son âge aux bras flapis - une robe bain-de-soleil, une casquette de base-ball des Cardinals, et elle était pieds nus.

— On dirait qu'elle s'est trouvé un coin sympa, remarqua Kendra en prenant le cliché des mains de Toby. Qui sont tous ces gens ? Des parents de George ? Et elle t'a envoyé cinq livres. C'est gentil. Que vas-tu faire de cet argent ?

Toby sourit, tout content, et tripota le billet que Joel lui tendait. Il n'avait jamais eu autant d'argent entre les mains.

Ness se joignit à eux peu de temps après, au moment où Joel choisissait une assiette spéciale pour le gâteau de Toby. Il avait opté pour un plateau en fer-blanc avec une tête de père Noël déniché sous des moules et un plat à tarte. Les bords en étaient poussiéreux mais il le passerait sous l'eau et le tour serait joué. Ness n'avait pas oublié l'anniversaire de Toby, elle non plus. Elle lui offrit une baguette qu'elle qualifia de magique. En plastique translucide pleine de paillettes, qui brillait quand on la brandissait. Elle se garda bien de dire où elle se l'était procurée. Ce qui n'était pas plus mal, car elle l'avait piquée dans le magasin où Joel avait acheté la lampe.

Toby sourit quand sa sœur lui montra le fonctionnement de la baguette.

— Génial, s'écria-t-il en l'agitant frénétiquement. Je peux faire un vœu ?

— Tu fais ce que tu veux, lui dit Ness. C'est ton anniv'.

— Et vu que c'est son anniversaire, ajouta Kendra, j'ai moi aussi...

Elle disparut à l'étage, revint avec un paquet en longueur qu'elle tendit à Toby. Il l'ouvrit et découvrit un tuba et un masque. Cadeau un peu bizarre pour un enfant de la part d'un parent bien intentionné.

— C'est pour aller avec ta bouée, Toby. Au fait, où est-elle passée ? Comment se fait-il que tu ne la portes pas ?

Joel et Toby ne lui avaient évidemment pas parlé de leur rencontre avec Neal Wyatt, le jour où ladite bouée avait reçu un coup quasi fatal. Joel avait essayé de la réparer avec du sparadrap mais cela n'avait pas tenu longtemps. La bouée était fichue.

Les choses n'étaient pas parfaites, mais personne ne protesta, car tous – y compris Ness – voulaient que règne la bonne humeur. Toby ne parut pas remarquer ce qui manquait à la fête pour qu'elle soit complète : la banderole, le manège en fer-blanc, et surtout sa mère.

Ils attaquèrent le curry, se régalant avec les légumes *jalfrezi* et les oignons *bhaji*. Ils burent de la limonade tout en s'interrogeant sur la façon dont Toby pourrait dépenser son argent. Au milieu de la table, la lampe diffusait une lumière d'un autre monde.

Ils en étaient au *naan* lorsqu'on frappa à la porte. Trois coups suivis d'un silence. Deux autres coups et quelqu'un cria : « Ouvre, sale garce, t'entends ? » Une voix d'homme, une grosse voix menaçante. Kendra releva la tête. Joel tourna ses regards vers la porte. Toby contemplait sa lampe. Et Ness, son assiette.

Les coups reprirent, plus violents. Accompagnés d'un nouveau hurlement :

— Ness, t'entends ? Ouvre ou je défonce cette saloperie de porte.

Nouvelle grêle de coups sur le battant.

— Me fous pas en rogne, Ness. Je t'explose ta putain de tronche si t'ouvres pas.

Ce n'était pas le genre de langage qui pouvait effrayer Kendra Osborne. Mais il provoqua instantanément sa colère. Elle se leva d'un bond :

— Qui est là ? Je ne tolérerai pas...

— Je vais ouvrir, coupa Ness.

— Pas question que tu y ailles seule.

Kendra se dirigea rapidement vers la porte, suivie de Ness. Toby et Joel leur emboîtèrent le pas. Toby mastiquait un morceau de *naan*, les yeux écarquillés de curiosité, semblant croire qu'on lui avait préparé une surprise.

— Qu'est-ce qui vous prend ? lança Kendra en ouvrant violemment. A quoi ça rime de taper sur les portes comme un vulgaire... ?

Quand elle vit qui frappait, elle s'interrompit, soufflée. Son regard navigua de la Lame à Ness et de nouveau à la Lame, vêtu comme un banquier de la City, mais qui, avec le béret rouge qui dissimulait son crâne chauve et le cobra cracheur tatoué sur sa joue, n'aurait jamais pu passer pour tel.

Kendra savait qui c'était. Elle vivait à North Kensington depuis assez longtemps pour avoir entendu parler de lui. Et même si tel n'avait pas été le cas, la distance n'était pas si grande entre Edenham Way et Adair Street. Or c'était dans Adair Street que vivait la mère de la Lame, dans une maison d'où elle avait chassé son fils aîné quand elle avait compris que ses frères et sœurs risquaient de suivre son exemple et de se retrouver au placard. A Pentonville ou à Dartmoor.

Kendra eut tôt fait de comprendre.

— J'attends tes explications, dit-elle à Ness.

Pendant ce temps, la Lame la dépassait et entrait sans y avoir été invité. Il était accompagné d'Arissa, en minijupe noire, haut à décolleté plongeant et bottes noires au genou dont les talons effilés constituaient des armes mortelles. C'était la compagne parfaite pour une expédition de ce genre, et sa présence au côté de la Lame eut le résultat qu'il escomptait quand il lui avait demandé de le suivre.

— Qu'est-ce que tu veux, mec ? dit Ness en s'avançant. Je te l'ai dit. Tu m'intéresses plus. J'ai pas envie de finir comme cette pouffiasse.

— Ça t'avait pas déplu pourtant, l'autre jour. Pas vrai, salope ?

— Comme si t'avais eu le temps de remarquer quelque chose !

A ces mots, Arissa émit un petit bruit qui ressemblait à un rire rentré. La Lame la fusilla du regard et elle retrouva un masque d'impassibilité.

— Viens, chéri, dit-elle à la Lame. On a rien à faire ici.

Elle lui passa une main sur le bras, tâchant de lui prendre les doigts. Il se dégagea.

— Putain de merde, Arissa. J'ai un truc à régler ici.

— C'est tout réglé, rectifia Ness. Toi et moi, c'est fini.

— Pas à toi de me dire si c'est fini ou pas, t'entends, pétasse ?

— Parce que c'est la première fois qu'on te jette ? Personne a jamais eu les couilles de te plaquer ?

— Y a personne d'assez stupide pour ça. C'est moi qui dis...

— Je me chie dessus, mec, je pète de trouille. T'as pas à ramener cette pouffiasse chez moi. Tu veux p't'êt' que je lui montre comment t'aimes prendre ton pied ?

— T'y connais rien.

Kendra s'interposa entre eux. La porte était restée ouverte, Arissa était demeurée sur le seuil.

— J'ignore ce qui s'est passé entre vous deux, dit Kendra. Et je ne veux pas le savoir. Mais vous êtes chez moi, continua-t-elle en s'adressant à la Lame et à Arissa, et je vous ordonne de partir. Je ne vous le demande pas. Je vous l'ordonne. Partez. Retournez dans votre...

Elle hésita, préféra ne pas finir sa phrase car elle avait eu l'intention d'employer une expression bien sentie. Seulement elle ne voulait pas envenimer la situation.

— Retournez d'où vous venez.

— Bonne idée, approuva Ness.

Elle s'en serait peut-être tenue là si la Lame ne s'était pas fait accompagner d'Arissa. Mais elle ne pouvait pas le laisser partir sans avoir le dernier mot. Avec un sourire venimeux, elle ajouta :

— Et va tirer un coup avec Craquette. Dans ton baisodrome de Kilburn Lane où ça grouille de cafards. Les cafards, je suis sûre que ça l'amusera. Parce que avec toi, les nanas, c'est pas tous les jours qu'elles rigolent. T'as à peine trempé ton biscuit que tu lâches déjà la purée.

La Lame bondit. Il attrapa Ness par la mâchoire. Serra. De l'autre main, il lui flanqua un coup sur la tempe qui envoya l'adolescente au tapis. La chute lui coupa le souffle.

Toby poussa un cri. Joel l'éloigna. Arissa poussa un soupir de plaisir.

Kendra bouscula Joel et Toby pour s'élancer dans la cuisine jusqu'à la cuisinière. Elle rangeait ses casseroles et autres ustensiles dans le four. Elle se saisit d'une poêle à frire. Fonça vers la Lame.

— Sors d'ici, espèce de lapin foireux, dit-elle. Si t'es pas dehors dans les cinq secondes, ton crâne va faire connaissance avec ma poêle. Et toi, dit-elle à Arissa qui souriait bêtement, arrête de te marrer. Si c'est tout ce que tu es capable de faire pour un homme, tu es mal barrée.

— Ferme ta putain de gueule, dit la Lame à Kendra.

Il donna un coup de pied dans les côtes à Ness.

— Tu veux me virer de chez toi, pétasse ? Essaie un peu. Allez, viens. Je bouge pas. Approche.

— Je chie dans mon froc, répliqua Kendra. T'es pas le premier rigolo que je dresserais. Sors d'ici, et fissa. Sinon ta petite bite, je te la coupe. Et je te la sers grillée sur un toast. On se comprend, mec ?

La Lame avait tellement bien compris qu'il tira de sa poche un cran d'arrêt. Lequel, voilà bien longtemps, lui avait valu son nom de guerre. La lame scintilla à la lumière du plafonnier lorsqu'il l'ouvrit.

— Tu vas d'abord dire adieu à ta langue, vipère, fit-il en s'élançant vers elle.

Elle lui jeta la poêle à la tête. La poêle fendit la peau, juste au-dessus de l'œil. Arissa poussa un hurlement. Toby se mit à gémir. La Lame se jeta sur Kendra, désarmée.

Ness empoigna la jambe du caïd tandis que Joel jaillissait de la cuisine où il s'était réfugié avec Toby. Ness lui cria : « Attrape quelque chose, Joel ! », et elle planta les dents dans le gras du mollet de la Lame. Il lui décocha un coup de couteau. La lame entailla la tignasse crépue de Ness, qui hurla. Kendra se jeta sur le dos de la Lame.

Joel s'affairait au milieu de la mêlée, essayant désespérément de mettre la main sur la seule arme en vue : la poêle, laquelle avait atterri sous une chaise. Pendant ce temps, Kendra immobilisa le bras de la Lame pour l'empêcher de frapper Ness de nouveau. Joel tendit la main vers la poêle mais Arissa le stoppa. Il glissa. Se retrouva à quelques centimètres de la jambe gauche de la Lame et, imitant sa sœur, il le mordit au mollet. Ness hurlait de douleur et de peur : son cuir chevelu pissait le sang, qui lui dégoulinait sur la figure. Arissa hurlait. Toby pleurait. La Lame grognait tout en essayant de se dégager de l'emprise de Kendra.

Soudain une voix forte se fit entendre, venant de la porte d'entrée restée ouverte. Quelqu'un cria :

— C'est quoi, ce carnage ?

Et Dix les rejoignit en deux enjambées. Dix, nettement plus costaud que la Lame et nettement plus grand, vit que Kendra était en fâcheuse posture, que Ness saignait et que Toby pleurait pendant que Joel faisait de son mieux pour les protéger.

Dix jeta son sac de sport par terre. Il écarta Arissa d'une poussée et décocha un coup de poing à la Lame, dont la tête fut renvoyée sèchement en arrière. Cela mit un terme à la mêlée. La Lame tomba à la renverse, Kendra suivit le même chemin ; ils rejoignirent tous deux sur le sol Ness et Joel. Le cran d'arrêt de la Lame vola à travers la pièce jusque dans la cuisine. S'immobilisa sous la cuisinière.

Dix remit la Lame sur ses pieds en hurlant :

— Ken, ça va ? Ken ?

Kendra lui fit signe que oui et rampa jusqu'à Ness en toussant et en pestant :

— J'fume trop.

Et, à Ness :

— Ça va, Ness ? Pas trop moche, la coupure ?

— Tu veux que j'appelle les flics ? lui demanda Dix en maintenant fermement la Lame, qui saignait lui aussi copieusement.

— Ça vaut pas le coup, répondit Ness.

Elle était recroquevillée, Kendra penchée sur elle.

— Il en vaut pas la peine.

La Lame fit alors une nouvelle tentative pour atteindre Ness, mais Dix le tenait d'une poigne si forte qu'il ne parvint à rien. Il se débattait tellement que Dix lui souffla à l'oreille :

— Je mets ta veste en charpie, mon salaud, si tu te calmes pas.

Il le traîna vers la porte et le jeta sur les marches. La Lame perdit l'équilibre, trébucha, atterrit sur un genou au milieu du sentier de béton. Arissa se précipita pour l'aider à se relever. Il la repoussa. Pendant la bagarre, il avait perdu son béret rouge, et la lumière émanant de chez Kendra faisait miroiter son crâne nu. Une poignée de voisins étaient accourus au bruit de la rixe. Ils se fondirent rapidement dans l'ombre lorsqu'ils virent qui était au centre de l'altercation.

— Je partirai pas sans reprendre ce qui m'appartient, dit la Lame d'une voix rauque.

Et, un ton au-dessus :

— T'as compris, Ness ? Je veux ce putain de portable.

Ness se remit debout en chancelant. Elle se rendit dans la cuisine, où elle avait laissé son sac accroché au dossier d'une chaise. Elle en sortit le téléphone et, fonçant vers la porte, le jeta de toutes ses forces au visage de la Lame.

— File-le-lui, glapit-elle. P't'êt' qu'elle te pondra un autre lardon. Comme ça tu pourrras la larguer et en prendre une nouvelle. Puisque c'est comme ça que tu fonctionnes avec les meufs. Elle sait que tu les jettes une fois qu'elles sont en cloque ? Tu te crois fort, gueule de blatte. Mais dans le fond t'es qu'un minable. Un bouffon.

Sur ces mots, elle claqua la porte et s'appuya du dos contre le battant, sanglotant, martelant son visage avec ses poings. Toby s'enfuit dans la cuisine, où il se cacha sous la table. Joel se releva et resta là sans proférer un son, désemparé. Dix alla auprès de Kendra. Laquelle s'approcha de Ness.

Elle lui posa la question qui la tarabustait :

— Que t'est-il arrivé, ma grande ?

— J'ai pas pu le supporter, dit Ness, continuant de pleurer et de se frapper le visage. Ce qu'il m'a fait, ce salaud, j'ai pas pu le digérer.

10

Bien que Joel n'ait eu aucune part dans les événements qui avaient perturbé le bon déroulement de l'anniversaire de Toby, il se sentait responsable. La petite fête avait été gâchée. Conscient de la modestie des exigences de son frère dans l'existence, Joel décida de tout faire pour que les prochains anniversaires ne finissent pas de cette manière.

Celui-ci s'était terminé dans le chaos le plus total. Une fois que Dix eut flanqué la Lame dehors, il fallut s'occuper de Ness. L'entaille causée par le cran d'arrêt n'était pas de celles qui nécessitent un simple sparadrap. Kendra et Dix se virent donc obligés de l'emmener au service des urgences le plus proche, non sans lui avoir posé sur la tête, pour éponger le sang, un vieux torchon à l'effigie de la princesse de Galles. Joel se retrouva seul en présence des reliefs du repas et des vestiges du passage de la Lame. Libre à lui de les ignorer ou de les faire disparaître. Il choisit la seconde solution. Il fit la vaisselle, remit de l'ordre dans la cuisine et le coin-repas, décolla la banderole *Joyeux Anniversaire* de la fenêtre, rangea les timbres dans la petite boîte près du grille-pain où était leur place. Il voulait effacer le plus vite possible les traces des visiteurs indésirables. Pendant ce temps, Toby était assis à table, le menton sur les poings, contemplant sa lampe et soufflant dans son tuba tout neuf. Déconnecté de la réalité, il ne fit pas la moindre allusion à ce qui s'était produit. Il s'était réfugié dans son monde.

Une fois le rez-de-chaussée remis d'aplomb, Joel emmena Toby en haut. Il surveilla son bain – lequel donna à Toby l'occasion d'étrenner son masque et son tuba – et installa ensuite son petit frère devant la télévision. Les deux gamins finirent par s'endormir sur le canapé et ne se réveillèrent que lorsque leur tante revint avec Ness. Une légère tape sur l'épaule les arracha au sommeil. Ness, leur dit Kendra, était au lit. On lui avait pansé la tête après lui avoir fait dix points de suture mais ils pouvaient s'ils le souhaitaient aller lui faire un petit coucou, histoire de s'assurer qu'elle allait bien.

Ness était dans la chambre de Kendra, la tête enveloppée de blanc, tel un Sikh. Elle avait tellement de pansements qu'elle semblait avoir subi une opération du cerveau, mais Kendra leur expliqua que le turban était plus une coquetterie de la blessée qu'une franche obligation. On lui avait rasé une partie du crâne pour pouvoir atteindre la blessure et Ness les avait suppliés de camoufler la zone mise à nu.

Elle ne dormait pas, mais elle ne parlait pas non plus. Joel comprit qu'il valait mieux la laisser tranquille, il se contenta de lui dire qu'il était content de voir qu'elle allait bien. Il s'approcha et lui tapota maladroitement l'épaule. Elle le fixa, mais sans le voir, lui sembla-t-il. Elle ne jeta pas un regard à Toby.

Cette réaction rappela à Joel leur mère et lui fit éprouver d'autant plus vivement l'urgence d'un changement de vie. Changement pour lui synonyme de retour à l'ordre ancien. Le fait que ce retour fût rendu impossible par la disparition de leur père et l'état de leur mère rendait la nécessité d'agir d'autant plus impérieuse. Joel se creusa la cervelle, essayant de trouver un baume approprié. Compte tenu de son jeune âge, de son manque de moyens et de sa compréhension imparfaite de ce que vivait sa famille, il décida de chercher une remplaçante à la vieille banderole *Joyeux Anniversaire* disparue dans la tourmente du déménagement, pensant faire plaisir à Toby.

Il n'avait pas d'argent, mais il imagina très vite une façon de se procurer les fonds nécessaires. Une semaine durant, il effectua à pied le trajet de chez lui à l'école, économisant ainsi le prix des tickets de bus. Cela l'obligeait à laisser Toby l'attendre seul à Middle Row School plus longtemps que d'habitude. Et également à le conduire plus tard au centre d'apprentissage. Mais, pour Joel, c'était peu cher payer l'achat d'une banderole neuve.

Joel partit à la recherche de la banderole dans trois endroits distincts. Il commença par Portobello Road. Ayant fait chou blanc, il tenta le coup à Golborne Road. Sans succès. Il se retrouva finalement à Harrow Road dans un petit Ryman's. Il n'eut pas davantage de chance. C'est seulement alors qu'il se dirigeait vers Kensal Town qu'il arriva en vue d'une de ces boutiques où l'on vend de tout, des cartes de téléphone aux fers à vapeur.

Il y dénicha une banderole en plastique sur laquelle on pouvait lire : *C'est un garçon !* Une cigogne casquée à moto tenait dans son bec un petit paquet enveloppé de langes. Découragé par ses trois premières tentatives infructueuses qui l'avaient obligé à arpenter trois avenues, Joel décida d'acheter la banderole. Il l'emporta à la caisse, paya. Mais cette expédition lui avait mis le moral à plat.

En sortant de la boutique, il remarqua une affichette d'un orange claquant. Une pub comme celles qu'il avait distribuées dans North Kensington pour sa tante. Une couleur pareille, difficile de passer à côté. Joel s'arrêta pour lire.

C'était une pub pour un atelier d'écriture de scénario au Paddington Arts. Cela n'avait rien d'extraordinaire puisque le Paddington Arts – financé en partie par l'argent de la loterie – était censé stimuler les entreprises créatives dans North Kensington. Ce qui était un peu spécial, en revanche, c'était le nom de l'animateur. I. Weatherall.

Il ne semblait guère possible qu'il y eût plusieurs Ivan Weatherall dans le quartier. Histoire d'en avoir le cœur net, Joel fouilla dans son sac à dos à la recherche de la carte que lui avait donnée Weatherall le jour où ce dernier avait mis un terme à son échauffourée avec Neal. Le numéro de téléphone inscrit au bas de la carte était identique à celui qui suivait les mots « Si vous avez des questions, si vous souhaitez de plus amples informations, appelez… » sur l'affichette orange.

La carte remit en mémoire à Joel l'adresse de Weatherall. Sixth Avenue. Or Joel se trouvait présentement au coin de Third Avenue. Coïncidence ? Il n'hésita pas.

En bonne logique, Third Avenue aurait dû se trouver à proximité de Sixth. Mais, lorsqu'il s'engagea dans cette direction, Joel s'aperçut qu'il n'en était rien. Cinq rues séparaient Third de Sixth. Lorsque Joel arriva sur les lieux, il découvrit un quartier de maisonnettes bien différentes de celles qu'il avait vues depuis qu'il habitait chez sa tante. Contrairement aux vastes cités de North Kensington, ces maisons – étranges vestiges du XIXe siècle – étaient de petits bâtiments coquets à un étage. La plupart portaient la date 1880 gravée sur le linteau de leur minuscule porche. Les constructions étaient identiques. Ne se différenciant que par leur numéro, l'aspect de leurs fenêtres, leur porte d'entrée et leurs jardins miniatures. Le numéro 32 se distinguait par la présence d'un treillage fixé au mur entre la porte d'entrée et ce qui devait être la fenêtre du séjour. Ce treillage, quatre des sept nains l'escaladaient pour atteindre Blanche-Neige juchée au sommet. Il n'y avait pour ainsi dire pas de jardin de devant. Sur un rectangle de dalles, une bicyclette était attachée par une chaîne à une grille de fer qui surmontait un mur de brique bas. Ce mur courait le long du trottoir, délimitant la petite propriété.

Joel hésita. Sa démarche lui parut soudain absurde. Il n'avait pas la moindre idée de ce qu'il dirait s'il frappait et trouvait Weatherall chez lui. Certes, il continuait de rencontrer son mentor à l'école mais leurs entretiens étaient d'ordre scolaire : ils parlaient des cours et des devoirs. Weatherall ne se risquait qu'occasionnellement sur le terrain privé et Joel parait de son mieux les questions touchant à l'intime. Sortis de : « Pas de nouveau problème avec Neal, mon garçon ? » – auquel Joel répondait par un « Non » reflétant la stricte vérité –, ils n'abordaient jamais de sujets personnels.

Après être resté un moment à fixer la porte d'entrée sans savoir quoi faire, Joel se décida. Il devait retourner auprès de Toby ; c'était ça, l'important, tout bien réfléchi. Joel l'avait laissé au centre d'apprentissage, et il lui faudrait bientôt passer le prendre là-bas pour le ramener à la maison.

Il allait tourner les talons lorsque la porte s'ouvrit soudain sur Ivan Weatherall. Sans autre préambule, ce dernier s'écria :

— C'est le Seigneur qui t'envoie ! Si je l'avais prié à genoux, il n'aurait pas mieux exaucé mes prières. Entre, entre. Nous ne serons pas trop de deux.

Après quoi il réintégra son logis, laissant la porte grande ouverte, sûr d'être suivi.

Sur le seuil, Joel dansait d'un pied sur l'autre, essayant de prendre une décision. Lui eût-on posé la question, il n'aurait pas été capable de dire pourquoi il avait fait le chemin jusque-là. Mais puisqu'il était venu et qu'il connaissait Ivan, puisqu'il n'avait récolté pour prix de ses efforts qu'une malheureuse banderole annonçant la naissance d'un garçon... Bref, il entra.

La porte franchie, il se retrouva dans une entrée microscopique où un seau rouge portant le mot *Sable* contenait quatre parapluies et une canne. Au-dessus du seau, une petite tête d'éléphant en bois dont la trompe servait de portemanteau, et une unique défense, de porte-clés.

Joel referma la porte derrière lui. Deux sensations l'envahirent aussitôt : l'odeur de la menthe fraîche et un agréable tic-tac d'horloges. Il se trouvait dans un désordre méticuleusement organisé. L'éléphant n'était pas seul dans l'entrée : les murs du vestibule disparaissaient sous une collection de photographies encadrées en noir et blanc, dont aucune n'était de travers comme cela arrive fréquemment quand les habitants de la maison les bousculent au passage. Sous les photos, occupant tout un côté de l'entrée et continuant dans le séjour attenant, grand comme un mouchoir de poche, des étagères bourrées à craquer de volumes divers faisaient office de lambris. Les livres étaient disposés avec soin, le dos vers l'extérieur. Au-dessus des étagères étaient accrochées plus d'une dizaine d'horloges, source du tic-tac que Joel trouvait apaisant.

— Suis-moi, entre, dit Weatherall depuis la table casée tant bien que mal dans le bow-window du séjour.

Joel comprit comment Ivan l'avait aperçu hésitant devant la maison. Il le rejoignit et constata que, dans cet espace restreint, ce dernier avait réussi à aménager un bureau, un atelier et un salon de musique. Pour l'instant, la pièce lui servait d'atelier. Il tentait de vider un grand carton à l'intérieur duquel se trouvait un paquet emballé dans du polystyrène.

— Tu ne pouvais pas mieux tomber, poursuivit Ivan. Tu vas me donner un coup de main. J'ai un mal de chien à sortir ce paquet de là-dedans. A croire que ce sont des sadiques qui l'ont emballé. Des sales types qui en ce moment même doivent se payer ma tête dans les grandes largeurs en songeant aux efforts que je déploie. Mais rira bien qui rira le dernier. Viens ici, Joel. Je ne mords pas, je t'assure.

Joel s'approcha. L'odeur de la menthe s'intensifia et il constata qu'Ivan en mastiquait. Pas du chewing-gum, mais de la menthe fraîche. Il y avait un petit bol rempli de feuilles sur un coin de la table et Ivan en prit une, qu'il se fourra entre les lèvres comme il l'eût fait d'une cigarette.

— Il va falloir faire tomber ma commande de l'emballage. Si tu veux bien tenir le carton, je crois pouvoir y arriver.

Joel posa par terre sa banderole et se porta au secours d'Ivan. Tandis qu'Ivan secouait le carton en tous sens, Joel dit :

— Y a quoi, dans ce carton ?

— Une horloge.

Joel considéra toutes les autres horloges, qui indiquaient l'heure et parfois la date en chiffres de toutes les tailles.

— Vous en avez pas assez comme ça ?

Ivan suivit son regard.

— Ah, oui. Mais elles ne sont pas là pour donner l'heure. Les horloges, pour moi, c'est l'aventure. La patience que demande leur assemblage. La minutie. Ça me détend. Ça m'aide à penser à... autre chose. Et puis, à mes yeux, c'est un raccourci de la condition humaine.

Joel fronça les sourcils. Il n'avait jamais entendu quiconque parler comme Ivan. Pas même Kendra quand elle prenait son accent bourgeois.

— Je capte rien à ce que vous dites.

Ivan ne répondit que lorsque le bloc de polystyrène fut sorti de l'emballage. Il souleva la partie supérieure du paquet et la posa sur la table avec précaution.

— Je te parle de patience, de minutie. De la communion avec les autres, des devoirs qu'on a envers soi, du sérieux nécessaire pour atteindre ses objectifs.

Il jeta un coup d'œil dans l'emballage de polystyrène qui, comme Joel put le voir, contenait des paquets emballés dans du plastique portant des lettres en majuscules, ainsi que des petits cartons avec des étiquettes. Ivan les sortit et les étala amoureusement sur la table avec une brochure qui était apparemment un mode d'emploi. En dernier ressort, il extirpa un autre paquet, d'où il sortit une paire de gants blancs. Il les déposa sur ses genoux et se tourna sur sa chaise pour atteindre une boîte en bois posée au bord de la table. Boîte d'où il sortit une seconde paire de gants, qu'il tendit à Joel.

— Tu vas en avoir besoin. On ne manipule pas le cuivre impunément : sans gants, on laisse des traces partout.

Joel enfila docilement les gants tandis qu'Ivan ouvrait le mode d'emploi, l'étalait sur la table et tirait une vieille paire de lunettes métalliques de la poche poitrine de sa chemise. Il enroula les branches souples autour de ses oreilles et fit courir son doigt le long de la première page de la brochure jusqu'à ce qu'il trouve le paragraphe qu'il cherchait. Il enfila ses propres gants blancs et dit :

— D'abord, l'inventaire. C'est primordial. D'autres se lanceraient sans attendre, les imprudents, sans s'être assurés qu'ils ont tout le nécessaire. Pas question de les imiter. Nous allons vérifier que nous avons bien toutes les pièces indispensables au bon déroulement de l'entreprise. Prenons le sachet marqué A. Ne l'ouvre pas. On remettra tout à l'intérieur quand on aura vérifié que tout y est.

Ils se mirent au travail, comparant ce qui avait été envoyé et ce qui figurait sur le bordereau de commande. Ils cochèrent les moindres pièces, les moindres morceaux de cuivre. Ivan bavardait, expliquant l'origine de sa passion pour les horloges. En concluant son exposé, il dit soudain à Joel :

— Qu'est-ce qui t'amène dans Sixth Avenue ?

— La pub, répliqua Joel, allant au plus facile.

Ivan haussa un sourcil qui aurait eu grand besoin d'un coup de ciseau.

— C'est-à-dire ?

— La pub pour les scénarios. Au Paddington Arts. C'est bien vous qui donnez les cours ?

— Effectivement, dit Ivan. Tu envisages de t'inscrire ? C'est de ça que tu es venu me parler ? L'âge est sans importance. Il s'agit d'un travail collectif. Toutes les bonnes volontés sont les bienvenues pour réaliser notre film.

— Vous faites un vrai film ?

— Bien sûr. Je t'ai dit que je produisais des films, n'est-ce pas ? Eh bien, c'est par là que commence un film : par le scénario. Plus on est à plancher sur le projet, mieux c'est. Au début. Plus tard, quand on commence le montage, l'une ou l'autre personnalité s'impose. Ça t'intéresse ?

— Je cherchais juste une banderole d'anniversaire, dit Joel. Dans Harrow Road.

— Tu n'es pas chaud pour faire carrière dans le cinéma, c'est ça ? Je ne peux pas t'en vouloir. Les films modernes, c'est surtout des poursuites en voiture, des explosions. Hitchcock doit se retourner dans sa tombe. Sans parler de Cecil B. DeMille. Comment vois-tu ton avenir, alors, si le cinéma ne te tente pas ? Rocker ? Footballeur ? Président de la Haute Cour de justice ? Chercheur ? Banquier ?

Joel se leva d'un bond. Certains aspects de la conversation ne lui étaient peut-être pas accessibles, mais il savait quand quelqu'un se payait sa tête, même si la personne ne riait pas.

— Je me casse, *man*, dit-il en ôtant les gants et en ramassant sa banderole.

Ivan se mit sur ses pieds.

— Juste ciel ! Qu'y a-t-il ? Est-ce que j'aurais dit... ? Ecoute, je vois bien que je t'ai froissé. Mais je t'assure que je n'avais aucunement l'intention de... Oh, je crois que je comprends. Tu t'es dit... que je te chambrais ? Mais pourquoi ne serais-tu pas magistrat ou Premier ministre ? Pourquoi ne serais-tu pas astronaute ou neurochirurgien si telle est ton envie ?

Joel hésitait, pesant les mots d'Ivan, décryptant son intonation, son expression. Ivan était devant lui, main tendue, un vrai Mickey avec ses gants blancs.

— Tu devrais peut-être te confier à moi. Me dire...

— Quoi ? fit Joel, tremblant.

— La plupart des gens me trouvent aussi inoffensif que de la ouate. Il m'arrive de parler sans réfléchir à l'effet que je produis. Mais tu me connais, depuis le temps qu'on se fréquente. Si nous voulons devenir amis au lieu de n'avoir que des relations de professeur à élève...

— Amis ? dit Joel, pensant que l'autre se remettait à le vanner.

Il aurait dû se méfier, un adulte parlant d'amitié à un adolescent, ça pouvait être louche. Mais il n'était pas méfiant, seulement gêné, désemparé. Et cette gêne venait de la nouveauté de la situation. Aucun adulte ne lui avait demandé d'être son ami jusqu'alors, si c'était bien ce qu'Ivan était en train de faire.

— Pourquoi ne le serions-nous pas ? reprit Ivan. Si c'est ce que nous voulons. Des amis, on n'en a jamais assez. En ce qui me concerne, si je partage avec quelqu'un un intérêt, un enthousiasme, une conception de la vie, cela fait de cette personne une âme sœur. Quelle que soit la personne en question. Ou quoi qu'elle soit. Parce que, très franchement, il y a des insectes, des oiseaux, des animaux avec lesquels j'ai plus de choses en commun qu'avec certains bipèdes.

Joel ne put s'empêcher de sourire, séduit par la vision d'un Ivan Weatherall communiant avec un vol d'oiseaux. Il laissa retomber sa banderole. Et s'entendit dire ce qu'il n'avait jamais pensé confier à quiconque :

— Psychiatre.

Ivan opina.

— Noble tâche. L'analyse et la reconstitution d'un esprit tourmenté. Je suis très impressionné. Comment t'est venue cette idée ?

Il regagna son siège et fit signe à Joel de revenir près de lui continuer l'inventaire.

Joel resta là où il était. Il y avait des choses dont on ne pouvait parler, même maintenant. Mais il décida d'essayer, du moins partiellement.

— La semaine dernière, c'était l'anniversaire de Toby. Avant, quand il y avait un anniv' chez nous, on…

Ses yeux le piquèrent comme l'aurait piqué la fumée de la cigarette d'un voisin. Seulement il n'y avait pas de cigarette abandonnée dans un cendrier. Il n'y avait qu'Ivan, lequel prit une autre feuille de menthe, qu'il roula entre ses doigts et se colla dans la bouche. Il continuait à fixer Joel, et Joel poursuivit car il avait l'impression qu'on lui arrachait les mots un à un.

— P'pa chantait, ces jours-là. Mais faux comme c'est pas possible. Et nous, ça nous faisait marrer. Il avait une guitare hawaïenne en plastique jaune et il faisait semblant de jouer. Il nous demandait ce qu'on voulait comme chanson. M'man, quand elle était là, réclamait toujours un tube d'Elvis. Et p'pa la charriait : « Ce vieux débris, Caro ? Faut vivre avec ton temps, ma poulette. » Mais il lui chantait quand même. Tellement mal qu'il nous cassait les oreilles et qu'on lui criait d'arrêter.

Ivan ne bougeait pas, une main sur la brochure et l'autre sur sa cuisse.

— Et ensuite ?

— Il nous donnait nos cadeaux. J'ai eu droit à un ballon de foot, un jour. Et Ness, à une poupée Barbie.

— Non, je veux dire après ça, dit Ivan avec douceur. Plus tard. Je sais que tu n'habites plus avec tes parents. L'école m'a mis au courant. Que leur est-il arrivé ?

On était en terrain dangereux. Joel se ferma comme une huître. Mais, pour la première fois, il aurait bien aimé pouvoir parler. Seulement, parler, c'était violer un tabou familial : personne ne parlait de ça, personne ne pouvait se résoudre à prononcer les mots pour le dire.

Il fit néanmoins une tentative.

— Les flics, ils nous ont dit qu'il était allé au pub. M'man leur a dit que non, qu'il était guéri. Il buvait plus. Il se droguait plus. Il était juste allé chercher Ness à sa leçon de danse, comme d'hab. Il nous avait emmenés avec lui, Toby et moi. Comment il aurait pu boire avec nous deux aux fesses ?

Mais il ne put aller plus loin. Le reste... C'était trop douloureux. Y penser lui brisait le cœur.

Ivan l'observait. Seulement Joel n'avait pas envie qu'on l'observe. Une seule solution s'offrait à lui : emportant sa banderole, il se hâta de quitter la maison.

Après la descente de la Lame sur Edenham Way, Dix prit une décision. Il la formula de telle sorte que Kendra ne put ni refuser ni argumenter. Il allait s'installer chez elle. Pas question qu'elle continue de vivre seule – en compagnie de trois enfants, à cause peut-être de la compagnie de ces trois enfants-là – alors qu'un type comme la Lame paraissait décidé à leur chercher querelle. En outre, quelles qu'aient été les intentions du voyou à l'égard de Kendra et des Campbell, ces intentions devaient être maintenant aggravées par le traitement que Dix lui avait infligé. « Dis-toi bien une chose, Ken, ajouta Dix lorsqu'elle protesta, ce n'est pas à moi qu'il va essayer de s'en prendre. » Ce n'était pas le genre de ces gars-là de se venger ainsi. Il allait s'attaquer à l'un des membres de la famille. Et Dix avait bien l'intention d'être là pour l'en empêcher.

Il ne fit pas allusion au fait qu'en s'installant chez Kendra il se rapprochait de son objectif : nouer avec elle une relation stable. Il dit qu'il avait besoin de s'éloigner du Falcon, où la vie avec deux autres culturistes équivalait à évoluer dans un trop-plein de testostérone. A ses parents, il dit simplement que c'était pour lui la chose à faire. Ils n'avaient d'autre solution que d'accepter sa décision. Kendra n'était pas une femme ordinaire – ce qui était tout à son honneur –, cependant ils avaient toujours fait des projets pour leur fils, et ces projets n'incluaient pas la présence dans son existence d'une femme de quarante ans, lestée qui plus est de trois enfants. Ils mirent Dix en garde, lui recommandèrent la prudence mais s'en tinrent là, gardant pour eux leurs craintes.

Joel et Toby étaient ravis que Dix vienne s'installer chez eux, car ils le considéraient presque comme un dieu. Non seulement il avait jailli de nulle part pour leur sauver la vie à la manière d'un héros de film d'action, mais à leurs yeux il était parfait. Il s'adressait à eux comme à des égaux, il adorait visiblement leur tante – un bon point, car eux-mêmes commençaient à l'apprécier de leur côté –, et s'il était peut-être un peu obsédé par les questions de perfection physique en général et par la sienne en particulier, cela ne les embêtait pas trop tant le sentiment de sécurité que sa présence leur donnait l'emportait sur le reste.

Le seul problème, c'était Ness. Il devint bientôt évident que pour elle, ivre morte ce soir-là, Dix n'était pas l'homme qui l'avait sauvée d'un sort funeste au Falcon. Malgré son intervention opportune lorsque la Lame l'avait agressée, elle ne pouvait tout simplement pas le sentir. Il y avait à cela plusieurs raisons, qu'elle refusait d'admettre.

La plus évidente tenait au changement de domicile. Depuis qu'elle avait quitté East Acton pour North Kensington, elle partageait le lit de Kendra les nuits où elle dormait à la maison. A l'arrivée de Dix, elle se trouva virée de la chambre de sa tante et reléguée sur le canapé. Dix avait fabriqué un paravent pour qu'elle ait un peu d'intimité, mais cela n'avait pas amélioré ses sentiments à son égard. Ces sentiments étaient exacerbés par le fait que Dix – de huit ans seulement son aîné et constituant par ailleurs un spécimen époustouflant de virilité – restait de marbre quand elle était dans les parages alors qu'il était raide dingue de sa tante. En sa présence, elle avait l'impression d'être aussi sexy qu'un toast rassis. Sa mauvaise humeur s'accentuant, elle se réconcilia avec Six et Natasha.

Kendra ne comprenait pas. Elle avait supposé, à tort, que Ness changerait après l'agression de la Lame, qu'elle se rendrait compte de ses erreurs et serait reconnaissante à Dix de les protéger. Exaspérée par l'attitude grincheuse de Ness, elle lui fit vertement remarquer que c'était à cause d'elle que Dix avait emménagé à Edenham Way. Si elle ne s'était pas acoquinée avec la Lame, elle ne se serait pas retrouvée là où elle était aujourd'hui : sur le canapé, dans le séjour, derrière un paravent de fortune.

Cette façon d'aborder le problème avec Ness – stérile, même si elle était compréhensible – contenait en germe de quoi envenimer la situation. Dix en fit la remarque à Kendra alors qu'ils étaient seuls, lui conseillant d'être plus cool avec la petite. Ness refusait de lui parler ? Très bien. Elle sortait en trombe de la pièce quand il y entrait ? Très bien. Elle utilisait son rasoir, jetait sa lotion pour le corps dans les toilettes et ses jus de fruit bio dans l'évier ? Kendra n'avait qu'à laisser faire. Viendrait un moment où Ness se rendrait compte que ses réactions restaient sans effet. Il lui faudrait alors choisir une autre attitude. Ils devraient l'aider à en trouver une qui ne l'entraîne pas plus loin dans les ennuis.

Kendra trouvait que c'était une façon exagérément optimiste de considérer la situation. Depuis son arrivée chez elle, la gamine ne lui avait attiré que des problèmes : il fallait faire quelque chose. Kendra ne savait toutefois pas quoi, si ce n'est lui donner des ordres et proférer des menaces qu'elle n'avait pas – parce qu'elle pensait à son frère, le père de Ness – le courage de mettre à exécution.

— Tu passes ton temps à vouloir qu'elle te ressemble, résuma Dix avec bon sens. Ote-toi cette idée de la tête. Peut-être qu'alors tu arriveras à l'accepter comme elle est.

— C'est une petite pute, cingla Kendra. Une feignasse, une garce.

— T'en penses pas un mot, objecta Dix, lui posant un doigt sur les lèvres. (Ils étaient tout engourdis d'avoir fait l'amour et s'apprêtaient à dormir.) Tu dis ça parce que tu es énervée. Elle aussi, elle a les nerfs à fleur de peau. Au lieu de la laisser t'énerver, tu ferais mieux d'essayer de savoir pourquoi elle te cherche.

La plupart du temps, elles se tournaient autour comme des chats qui se reniflent avant de se sauter dessus. Kendra entrait dans une pièce ? Ness s'empressait de sortir. Kendra confiait une tâche ménagère à la jeune fille ? Ness ne s'en acquittait que quand sa tante réitérait sa demande ou qu'elle la menaçait, et toujours le plus mal possible. Elle était taciturne, de mauvaise humeur, sarcastique, alors que Kendra attendait d'elle de la gratitude. Non pour le toit qu'elle avait au-dessus de la tête – ça, c'était trop demander, étant donné la façon dont Ness et ses frères avaient atterri à Edenham Way. Mais de la gratitude au moins envers Dix, qui l'avait débarrassée de la Lame. C'était d'ailleurs, lui fit remarquer Kendra, la seconde fois que Dix la sortait du pétrin.

— Parce que c'est ce mec-là ? fit Ness. C'est lui qui m'a sortie du Falcon ? Tu rigoles.

Ness le regarda quand même d'un œil différent après ce rappel des faits, et d'une façon qui aurait inquiété une femme moins sûre d'elle que Kendra.

— Pas du tout, riposta Kendra. Tu étais à ce point ivre que tu l'as oublié ?

— Trop bourrée pour regarder sa tronche, dit Ness. Par contre, je me rappelle...

Elle sourit, roula des yeux expressifs.

— Eh ben dis donc, Kendra... T'es une sacrée veinarde, toi.

La remarque, semblable à un caillou jeté dans un étang, fit des rides dans l'eau qui poursuivirent leur petit bonhomme de chemin dans la tête de Kendra. Kendra essaya de les chasser. Elle se dit que Ness, dans l'état d'esprit où elle se trouvait, prenait plaisir à asticoter le monde, que tous les moyens étaient bons.

Toutefois, au fond d'elle-même, elle ne put s'empêcher de réagir. Et cette réaction la poussa à aborder avec Dix le sujet qui la démangeait, mais de manière détournée.

— Qu'est-ce que tu fabriques avec une bonne femme de mon âge, chéri ? T'aimes pas la chair fraîche ? A ton âge, c'est une jeunette qu'il te faut.

— Mais tu *es* jeune, rétorqua-t-il avant d'ajouter non sans finesse : Ça signifie quoi, Kendra, cette tirade ?

Agacée qu'il l'ait percée à jour, Kendra y alla d'un laconique :

— Rien.

— Je te crois pas.

— Très bien. Tu veux me faire croire que tu mates pas les minettes ? Au pub, au gymnase, dans le parc quand elles se font bronzer ?

— Sûr que je mate. Je suis pas un robot.

— Et quand Ness se balade à moitié à poil, tu la mates pas, peut-être ?

— Je te repose la question, Ken : ça rime à quoi, cet interrogatoire ?

Sommée de s'expliquer, Kendra ne put se résoudre à en dire davantage. C'eût été un manque de confiance. Un manque d'estime. Pas pour elle. Pour lui. Afin d'éviter de se focaliser sur ce que Ness voulait qu'elle rumine, Kendra redoubla d'efforts pour développer sa clientèle, se disant que tout ce qui ne concernait pas l'avenir qu'elle essayait de se construire était secondaire.

Cet avenir, elle n'avait jamais imaginé qu'il inclurait les Campbell. Comme Ness continuait de jouer les ados imbuvables, Ken commença à envisager les moyens de mettre un terme à leur cohabitation. Elle se demanda s'il n'était pas possible que leur mère reprenne sa place dans leur univers et la débarrasse du fardeau. Elle alla jusqu'à se rendre – seule – auprès de Carole Campbell pour tâcher de voir si le peu d'instinct maternel de cette dernière ne pouvait pas être réactivé. Seulement Carole se trouvant ce jour-là « dans le potage » – expression consacrée pour désigner ses états de fugue mentale –, elle ne put lui tirer un mot à propos de Ness et de Joel. Toby faisant partie des sujets qui fâchent, Kendra s'était bien gardée de prononcer son prénom.

Constater que la présence des Campbell – et notamment celle de Ness – ne gênait pas Dix ne fit qu'exacerber le sentiment de culpabilité de Kendra. Bon sang, elle était leur tante, quand même. Et elle essaya de se débarrasser de l'impression de malaise qui lui faisait craindre le pire.

De son côté, Ness sentait que sa tante était sur le qui-vive. Tenue longtemps pour quantité négligeable, la jeune fille se réjouissait du fugace sentiment de supériorité que lui procurait sa présence dans la même pièce que sa tante et Dix. Kendra avait en effet commencé à l'étudier comme un spécimen de laboratoire. Prenant les craintes de sa tante pour de la jalousie, Ness ne pouvait s'empêcher de vouloir lui donner des raisons de l'envier.

Pour cela, il lui fallait bien sûr la collaboration de Dix. Etant donné qu'aux yeux de Ness c'était un homme comme les autres, un mâle animé par des désirs grossiers, elle se mit en tête de le séduire. Et elle ne tourna pas longtemps autour du pot.

Il était planté devant l'évier lorsqu'elle entama les travaux d'approche. Il s'était préparé une de ses boissons protéinées, et il la rallongeait avec un peu d'eau. Il lui tournait le dos. Ils étaient seuls dans la maison.

— Quelle chance elle a, Ken, murmura-t-elle. T'es vraiment beau mec.

Il se retourna, surpris, car il la croyait sortie. Il avait des choses à faire – aller à l'entraînement, notamment – et un tête-à-tête avec Ness n'en faisait pas partie. De plus, il avait bien vu comment elle le reluquait, et il avait sa petite idée quant aux conséquences possibles d'un entretien seul avec elle. Il finit le reste de son jus de fruit et pivota vers l'évier pour rincer son verre.

Ness le rejoignit. Elle posa la main sur son épaule et la fit courir le long de son bras. Un bras nu. Comme son torse. Ness effleura du doigt la grosse veine de son poignet. Caresse légère, mains douces : intentions limpides.

Il était humain, et s'il songea fugacement à lui rendre sa caresse, si ses yeux se portèrent encore plus fugacement sur les mamelons fermes qui, libres de tout soutien-gorge, tendaient le fin tee-shirt blanc, c'est précisément parce qu'il était humain. C'était la biologie et rien d'autre qui parlait. Il lui imposa silence.

Et retira la main de Ness de son bras.

— Tu cherches les emmerdes ?

Elle lui prit la main, se la plaqua sur la taille, l'y maintint. Puis, le fixant, elle souleva lentement cette main et la referma sur le renflement de son sein.

— Pourquoi c'est Kendra que tu baises, la veinarde ? C'est moi qui t'ai repéré la première. Allez, *man*. Je sais que t'en meurs d'envie. Je sais comment t'aimes prendre ton pied. Et je sais que tu demandes que ça.

La biologie parla de nouveau, il se mit à transpirer malgré lui. Mais il se dégagea brutalement.

— Tu te trompes, Ness. Tu te fais du cinéma.

— Sans blague ? Tu veux me faire croire que t'as joué le noble chevalier ce soir-là au Falcon ? Tu veux me faire croire que tu te souviens plus de ce qui s'est passé avant que tu me ramènes à la maison ? On est allés à ta voiture. Tu m'as fait monter. Tu m'as mis ma ceinture. « Laisse-moi t'aider, ma jolie. Laisse-moi attacher ta ceinture, t'installer confortablement. »

Dix leva la main pour l'interrompre.

— Ça suffit.

— Quoi ? C'est pas vrai que tu m'as pelotée comme t'en meurs d'envie maintenant ? C'est pas vrai que tu as glissé ta main le long de ma jambe jusqu'à ce que tu trouves...

Les yeux de Dix se plissèrent. Ses narines frémissantes captèrent l'odeur de l'adolescente. Kendra était sexy, mais Ness, c'était le sexe à l'état pur. Elle lui flanquait une frousse dingue.

— T'es pas qu'une petite pute, Ness, t'es une mytho. Je te défends de m'approcher. Sérieux.

Il la bouscula et quitta la cuisine. Elle éclata de rire. Un rire aigu. Un rire à donner froid dans le dos. Il eut l'impression qu'un scalpel lui entaillait la chair.

Ness n'était pas en âge de comprendre ce qu'elle ressentait. La seule chose qu'elle savait, c'est qu'elle fulminait. Et la colère la poussait à agir. Car l'action est toujours plus facile que la réflexion.

Elle eut bientôt l'occasion d'agir. Elle avait imaginé un scénario basé sur le sexe : Dix et elle étroitement enlacés dans un endroit où Kendra n'aurait pas manqué de les surprendre. Mais les choses ne se déroulèrent pas ainsi. Ce furent Six et Natasha qui lui fournirent l'occasion. Laquelle se présenta à la suite d'un concours de circonstances, le manque d'argent coïncidant avec le manque tout court, un soir que les filles étaient désœuvrées.

Cela n'aurait pas dû poser de problème. Moyennant une gâterie – branlette, pipe, pénétration –, les livreurs de dope du quartier n'avaient jamais rechigné à refiler coke, shit, ecstasy ou méthadone aux copines. Le côté génial de la transaction, pour eux, étant que les filles, pas difficiles, prenaient ce qui se présentait. Ces derniers temps, cependant, un retournement de situation s'était produit. Le fournisseur à la source s'était mis à surveiller les gars de plus près, un client mécontent s'étant plaint qu'on l'avait arnaqué sur la quantité. Le puits s'était donc tari et les gâteries, aussi nombreuses fussent-elles, ne réussissaient plus à le réamorcer.

Incontestablement, les petites avaient besoin d'argent. Seulement, elles n'avaient rien à vendre, et l'idée de chercher un emploi – à supposer qu'elles aient été embauchables, ce qui n'était pas le cas – ne leur vint même pas à l'esprit. Les jeunes de leur génération ne connaissaient que la gratification instantanée. Elles se creusèrent donc la cervelle pour savoir comment se procurer du liquide. Deux possibilités s'offraient à elles : vendre leurs faveurs à d'autres qu'aux livreurs ou voler de l'argent. Elles optèrent pour la seconde solution, qui leur semblait plus rapide. Restait à choisir la personne qu'elles dépouilleraient. De nouvelles options se présentaient à elles : piocher dans le porte-monnaie de la mère de Six. En piquer à quelqu'un qui en retirait à un distributeur ou s'en prendre à un passant sans défense.

La mère de Six étant rarement là, son sac n'y était pas non plus et elle n'avait – à la connaissance de sa fille – pas d'endroit où elle cachait de l'argent. Cette possibilité était donc exclue. Le distributeur leur parut alors être une meilleure idée. Jusqu'à ce que Tash – qui eût cru ça d'elle ? – leur fasse remarquer que la plupart de ces machines étaient équipées de caméras, et qu'elles n'avaient vraiment pas besoin qu'on photographie leurs bobines pendant qu'elles agressaient un utilisateur. Dernière solution possible : dépouiller un passant. Elles tombèrent d'accord. Il ne restait plus qu'à choisir le quartier où opérer et la victime.

Elles éliminèrent d'emblée les cités où elles habitaient. Ainsi que Great Western Road, Kilburn Lane, Golborne Road et Harrow Road. Des artères trop fréquentées. Une personne agressée risquait de pousser des cris qui les feraient remarquer, voire arrêter. Elles optèrent pour une cité située devant le commissariat de police de Harrow Road. D'autres auraient rejeté cette idée, la trouvant grotesque, mais les filles l'adoptèrent pour deux raisons : la cité était dotée d'un portail fermé à l'entrée, ce qui procurerait un faux sentiment de sécurité à leur victime potentielle ; secundo, elle était si près du poste de police que personne ne s'attendrait à s'y faire agresser. Les filles se dirent qu'elles avaient eu une idée de génie.

Elles n'eurent aucun mal à pénétrer dans la cité. Elles se postèrent près du portail et des poubelles et attendirent qu'une vieille dame sans méfiance s'approche, traînant un chariot à provisions dans son sillage. Tash se précipita pour lui tenir la porte ouverte une fois que la dame l'eut déverrouillée :

— Laissez, je vais vous aider.

La vieille dame fut si interloquée – elle n'avait pas l'habitude d'être traitée avec politesse – qu'elle n'eut pas le moindre soupçon quand Tash lui emboîta le pas et fit signe à Six et Ness de la suivre.

Six fit non de la tête pour indiquer à ses copines de laisser cette dame poursuivre son chemin. Une retraitée ne devait pas avoir assez de liquide sur elle, et Six ne voulait pas s'en prendre aux vieilles dames sans défense. Elles lui rappelaient sa grand-mère. S'abstenir de les dépouiller, c'était conclure un pacte avec le destin, s'assurer que sa grand-mère ne se ferait pas attaquer dans sa propre cité.

L'œil aux aguets, les filles se mirent à arpenter les allées. Elles n'eurent pas longtemps à attendre. Elles n'étaient pas dans les murs depuis dix minutes qu'elles aperçurent leur cible. Une femme jaillit d'une des maisons et prit la direction de Harrow Road, sortant fort imprudemment de son sac, contrairement aux recommandations de la police, un téléphone portable.

Les trois jeunes filles virent en elle un cadeau du ciel tandis qu'elle composait un numéro sans prêter la moindre attention à ce qui se passait alentour. Même si elle n'avait pas de liquide, elle possédait un portable – le rêve des trois gamines dans la vie desquelles rien n'avait encore changé.

Trois contre une : elles avaient toutes les chances de leur côté. Deux se planteraient devant la femme, la troisième, derrière. Ce serait une agression sans violence mais la victime se sentirait néanmoins menacée physiquement. Elles auraient l'air de dures parce qu'elles étaient dures. Qui plus est, leur proie était blanche, et les trois filles, noires. Elle était entre deux âges, et les filles, jeunes. En résumé, cela ne pouvait mieux se présenter, les trois ados n'hésitèrent pas.

Six ouvrit la marche. Tash et elle attaqueraient. Ness viendrait en renfort se poster derrière la dame.

— Patty ? C'est Sue, dit la femme dans son téléphone. Tu peux ouvrir la porte pour moi ? Je suis en retard et les étudiants n'attendront pas plus de dix minutes...

Elle vit Tash et Six qui s'avançaient. Elle s'immobilisa dans l'allée. Se glissant derrière elle, Ness referma la main sur son épaule. La femme se raidit.

— Ton portable, salope, dit Six, se rapprochant vivement, imitée aussitôt par Tash.

— Ton porte-monnaie, ajouta Tash.

— Je n'ai pas l'impression qu'on se connaisse, mesdemoiselles.

— T'as raison, fit Six. Donne-nous le portable, grouille. Sinon on te plante.

— Oh oui, bien sûr. Un instant... Ecoute, Patty, on est en train de m'agresser. Ça ne t'ennuie pas d'appeler...

Ness lui donna une bourrade qui la poussa en avant. Six la repoussa en arrière.

— Fais pas ton intéressante, connasse, dit Tash.

La femme, l'air tourneboulé, dit :

— Désolée. Je voulais seulement... Tenez. Laissez-moi... Mon argent est dans...

Elle tendit la main vers son sac. Le laissa tomber ainsi que le portable. Six et Tash se baissèrent pour les ramasser. Et, en l'espace d'un instant, la situation se retourna.

De sa poche, la femme extirpa une petite bombe et se mit à en asperger les filles. Ce n'était qu'une bombe de désodorisant d'ambiance mais cela suffit. Tandis que Sue pulvérisait à tout va et se mettait à crier à l'aide, elles reculèrent.

— Je n'ai pas peur de vous ! Je n'ai peur de personne ! Sales petites… hurlait Sue.

Et, pour prouver qu'elle ne bluffait pas, elle empoigna la plus proche des adolescentes et lui fila un coup de bombe en pleine figure. Ness – car en l'occurrence c'était elle – se plia en deux alors que les lumières s'allumaient dans les entrées voisines, que les résidents ouvraient leurs portes et soufflaient dans des sifflets. Maudits voisins.

Il n'en fallut pas davantage à Six et Tash, qui filèrent sans demander leur reste en direction du portail. Elles abandonnèrent le portable et le sac, ainsi que Ness. Comme Ness était handicapée par le produit, Sue n'en fit qu'une bouchée. Elle la jeta par terre et s'assit sur elle, la tenant plaquée au sol. Puis elle se saisit de son téléphone et composa le 999.

— On vient de tenter de m'agresser. Trois filles, dit-elle au standardiste. Deux d'entre elles se dirigent vers l'ouest dans Harrow Road. La troisième ? Je suis assise dessus. Non, aucune idée. Ecoutez, vous feriez bien d'envoyer un de vos hommes tout de suite. Je n'ai pas l'intention de la laisser filer et je ne sais pas dans quel état vous la retrouverez si je dois encore me servir de ma bombe… Je suis juste en face du commissariat de police de Harrow Road, espèce de crétin. Envoyez-moi le concierge, je m'en fiche.

11

C'est ainsi que, comme le voulait la loi, Ness Campbell finit par rencontrer l'assistante sociale chargée de son cas. La police, en la personne d'une femme à grosses godasses et cheveux gras, se présenta pour aider Sue. Laquelle, toujours assise sur Ness, lui pulvérisait de temps à autre du désodorisant d'ambiance dans la figure. La policière s'empressa de remettre Ness debout en présence des voisins, qui, Dieu merci, avaient fini par cesser de s'époumoner dans leurs sifflets. Attroupés, ils se répandirent en huées – que la femme n'arriva pas à faire taire – sur le passage de Ness, qu'on emmenait de force. Ness fut soulagée de se retrouver loin des braillards. Elle le fut moins en débarquant au commissariat de Harrow Road, où la femme la plaça dans une salle d'interrogatoire et la planta là, les yeux encore larmoyants de spray. Atteinte physiquement, elle était par ailleurs assez secouée, même si elle n'était pas prête à le reconnaître.

La police ne pouvait interroger Ness hors de la présence d'un adulte. Ness refusant de donner le nom de la personne qui s'occupait d'elle dans la vie, le commissariat n'eut d'autre solution que d'appeler le service des jeunes délinquants. Qui dépêcha une assistante sociale : Fabia Bender. Celle-là même qui essayait depuis des semaines de contacter Kendra Osborne.

Le travail de Fabia Bender en la circonstance ne consistait pas à cuisiner Ness. Si l'adolescente était entre les mains de la police, ce n'était pas parce qu'elle séchait les cours – raison pour laquelle le service des jeunes délinquants avait commencé à s'intéresser à elle. Le rôle de l'assistante sociale consistait à faire tampon entre les forces de l'ordre et la jeune fille. C'est-à-dire à veiller à ce que les droits de la mineure ne soient pas violés.

Ness ayant été prise en flagrant délit lors d'une tentative d'agression, les seules questions que la police avait à lui poser concernaient ses complices. Mais Ness refusa de donner Six et Natasha. Lorsque le policier qui l'interrogeait – un certain sergent Starr – lui demanda si elle avait conscience, en refusant de communiquer les noms de ses copines, qu'elle serait seule à écoper, Ness y alla d'un : « Qu'est-ce que ça peut foutre ? », et réclama une cigarette. Quant à Fabia Bender, elle l'ignora carrément. Bender était blanche. Le flic, lui, au moins, était noir.

— Pas de cigarettes, rétorqua le sergent.

— Tant pis, fit Ness en posant sa tête entre ses bras croisés sur la table.

Ils se trouvaient dans une pièce à l'inconfort soigneusement calculé. Table fixée au sol, chaises également, éclairage aveuglant, chaleur tropicale. La personne qu'on amenait ici était censée se dire que si elle répondait gentiment aux questions, on la transférerait dans un lieu plus confortable. C'était faux, bien sûr. Un conte de fées tout juste bon pour les débiles.

— Vous vous rendez compte que vous allez être déférée devant un magistrat ? lui fit remarquer Starr.

Ness haussa les épaules sans relever la tête.

— Vous savez qu'il peut faire de vous ce qu'il veut ? Vous expédier dans une maison de correction, vous enlever à votre famille ?

Ness éclata de rire.

— Oh. Je suis morte de trouille. Faites ce que vous voulez. De toute façon, je parlerai pas.

La seule chose qu'elle accepta d'indiquer, c'est où elle habitait, et les numéros de téléphone de Kendra. Que cette fichue garce vienne donc la chercher au poste. Le coup de fil des keufs interromprait probablement sa séance de baise du soir. Ness s'en réjouissait d'avance.

Mais quand Kendra reçut le coup de fil, elle n'était pas au lit. Elle se faisait un masque de beauté, attendant que le produit sèche. Elle s'était installée dans la salle de bains afin d'empêcher Dix de voir ce qu'elle fabriquait.

C'est Joel qui décrocha et alla lui dire que les flics étaient au bout du fil. A travers la porte, il ajouta, pas rassuré :

— Ils ont chopé Ness, tante Ken.

Kendra sentit son moral dégringoler. Elle se rinça le visage. Le produit n'ayant pas eu le temps d'agir, elle avait exactement la même tête que quand elle avait commencé à poser son masque. Elle avait encore cette tête lorsqu'elle pénétra dans le commissariat vingt minutes plus tard. Dix avait insisté pour l'accompagner, mais elle avait refusé. Reste plutôt avec les petits, lui avait-elle dit. Qui savait ce qui pouvait se passer si quelqu'un dehors – quelqu'un qu'il était inutile de nommer – venait à se douter que Joel et Toby étaient seuls à la maison.

Il y avait un coin salle d'attente à la réception, occupé par un jeune Noir avachi, qui dorlotait un œil poché. Kendra n'eut pas à attendre très longtemps. Au bout de quelques minutes, une femme – une Blanche – vint la chercher. Elle portait un jean retroussé à la cheville, un béret, et un tee-shirt d'un blanc aveuglant. Elle était chaussée de baskets du même blanc. Une fille qui a de la poigne, sûrement, estima Kendra. Un petit gabarit sec comme un coup de trique, des cheveux gris ébouriffés. Bref, le contraire d'une rigolote. Pas du genre à se laisser impressionner.

A l'énoncé de son nom – Fabia Bender –, Kendra eut du mal à ne pas sursauter et elle se retint de s'excuser de ne pas avoir répondu à ses coups de fil, nombreux ces dernières semaines. Elle réussit à regarder l'assistante sociale d'un air vide comme si elle n'avait jamais entendu prononcer son nom auparavant.

— Qu'est-ce qu'on reproche à Ness ?

— Vous ne me demandez pas plutôt ce qui lui est arrivé ? reformula astucieusement Fabia Bender. C'est donc que vous vous attendiez à un événement de ce genre, Mrs Osborne ?

Kendra la prit aussitôt en grippe. D'abord parce que cette femme avait tout de suite vu où le bât blessait. Ensuite à cause de ce qu'elle était : une personne qui se croyait capable de deviner à quels individus elle avait affaire à leur façon de réagir quand elle leur lançait le regard de ses yeux d'un bleu laiteux.

Kendra eut l'impression de se sentir toute petite. Sensation ô combien désagréable.

— J'ai reçu un coup de téléphone de la police me demandant de venir la chercher. Où est-elle ? expliqua succinctement Kendra.

— En train de parler avec le sergent Starr. Ou, plutôt, c'est lui qui parle. Ils doivent attendre que je revienne parce qu'il n'est pas autorisé à l'interroger en mon absence. Elle a refusé de donner votre nom quand on l'a arrêtée. Pourquoi cela, à votre avis ?

— Arrêtée pour quel motif ? questionna Kendra, peu disposée à s'étendre sur ses relations avec sa nièce.

Fabia Bender lui répercuta ce qu'elle savait. En conclusion, elle précisa que Ness n'avait pas dénoncé ses copines. Ken s'en chargea. Mais elle ne connaissait que leurs prénoms : Six et Natasha. L'une habitait cité Mozart. L'autre, mystère.

C'est rouge de honte que Kendra livra ces informations à l'assistante sociale. Ce n'était pas la honte de lui divulguer ces détails. Mais celle d'en connaître si peu. Elle demanda à voir Ness, à lui parler, à la ramener à la maison.

— C'est l'affaire d'un instant, lui assura Fabia Bender en la faisant entrer dans une salle d'interrogatoire.

Le travail de cette femme était ingrat, mais ce n'était pas ainsi qu'elle le considérait. Ce boulot, elle le faisait depuis près de trente ans dans le quartier de North Kensington, et si elle avait perdu davantage d'enfants qu'elle n'avait contribué à en sauver, ce n'était pas par manque de conviction ou faute de croire en la bonté inhérente à l'humanité. Le matin, elle se levait persuadée qu'elle était exactement à sa place et faisait exactement ce qu'elle était censée faire. Les matins étaient riches de possibles. Le soir, elle faisait le point sur la façon dont elle avait relevé les défis de la journée. Elle ne connaissait ni le découragement ni le désespoir. Le changement, elle l'avait constaté depuis belle lurette, ne se produisait pas en un jour.

— Je ne peux pas dire que je sois contente que vous ne m'ayez pas rappelée, Mrs Osborne. Si vous l'aviez fait, nous n'en serions peut-être pas là aujourd'hui. Je dois vous avouer en toute franchise que, si nous en sommes là, c'est en grande partie à cause de l'absentéisme scolaire de Vanessa.

Ce préambule n'était pas du genre à favoriser les rapprochements. Comme on pouvait s'y attendre, Kendra, qui avait sa fierté, se hérissa. Sa peau se mit à la brûler, il lui sembla même qu'elle fondait, laissant ses os à nu. Elle ne souffla mot.

Fabia Bender changea alors son fusil d'épaule.

— Désolée. Je n'aurais pas dû dire ça. C'est la frustration. Laissez-moi reprendre. Mon but a toujours été d'aider Vanessa. Je crois fermement que les études constituent une étape essentielle dès lors qu'il s'agit de mettre un enfant sur le droit chemin.

— Parce que vous croyez que je n'ai pas essayé de la persuader d'assister aux cours ? se rebiffa Kendra. J'ai tout essayé. Mais en pure perte. Je lui ai dit et répété combien c'était important. Je l'ai accompagnée moi-même à l'école après avoir rencontré son responsable. Et j'ai fait ce qu'il me conseillait. Je l'ai conduite jusqu'à la porte. J'ai attendu qu'elle soit entrée. J'ai essayé de la forcer à rester à la maison quand elle faisait l'école buissonnière. Je lui ai dit que si elle ne rentrait pas dans le droit chemin, elle finirait précisément là où elle a fini. Mais rien n'a marché. C'est une tête de mule, et elle est bien décidée à...

Fabia leva les deux mains pour l'interrompre. Cette histoire, elle l'avait entendue des années durant dans la bouche de tant de parents – généralement des femmes abandonnées par un bon à rien – qu'elle aurait pu la réciter du début à la fin. Les protagonistes étaient des mères qui s'arrachaient les cheveux de désespoir et des enfants dont les appels à la compréhension avaient été interprétés de travers et pris pour de la révolte ou de la dépression. Le remède au non-dit qui empoisonnait la société se trouvait dans la communication franche et massive. Seulement, les parents censés aider les jeunes à décoder l'existence n'avaient trop souvent eu personne pour les guider étant jeunes. C'est ainsi que des aveugles tentaient de guider d'autres aveugles le long d'un chemin dont le sens leur échappait à tous.

— Pardonnez-moi de nouveau, Mrs Osborne. Je ne suis pas là pour vous faire des reproches. Mais pour vous aider. Est-ce que nous pouvons reprendre ? Asseyez-vous, je vous en prie.

— Je veux la ramener…

— A la maison. Oui. Une gamine de cet âge n'est absolument pas à sa place dans un commissariat de police, nous sommes bien d'accord. Vous allez bientôt pouvoir la ramener. Mais auparavant j'aimerais m'entretenir un peu avec vous.

La salle d'interrogatoire était exactement identique à celle dans laquelle Ness attendait en compagnie du sergent Starr. Kendra n'avait qu'une envie : s'en échapper. Mais, comme elle voulait emmener Ness avec elle, elle fut forcée d'obéir à l'assistante sociale. Elle prit place sur l'une des chaises en plastique réglementaires et fourra les mains dans les poches de son gilet.

— Nous avons un objectif commun, vous et moi, attaqua Fabia Bender lorsqu'elles se firent face de part et d'autre de la table. Remettre Vanessa sur les rails. Quand une adolescente s'engage dans la mauvaise voie, il y a généralement une raison. Si nous parvenons à comprendre cette raison, nous avons une chance de l'aider à s'en sortir. Savoir se débrouiller dans la vie, c'est essentiel. C'est ce que nous devons lui apprendre. Car, malheureusement, ce n'est pas une chose qui s'enseigne à l'école. Si les parents ne savent pas eux-mêmes se débrouiller, ils ne risquent pas de transmettre ce talent à leur progéniture – et soyez sûre que je ne parle pas de vous en ce moment.

Elle reprit son souffle, sourit. Ses dents étaient jaunes de café et de nicotine. Son teint, brouillé, celui d'une fumeuse invétérée.

Kendra avait l'impression qu'on lui faisait la morale, ce qu'elle n'appréciait guère. Elle se rendait compte que son interlocutrice était animée de bonnes intentions ; cependant, le discours de Fabia Bender eut pour effet de lui donner un sentiment d'infériorité. L'impression d'être moins qu'une Blanche – elle qui l'était en partie – fit grincer Kendra des dents. Fabia Bender ignorait tout du chaos et de la tragédie de l'enfance de Vanessa Campbell. Piquée au vif, Kendra n'allait pas se donner la peine de lui en révéler les tenants et les aboutissants.

Elle aurait bien aimé, pourtant. Pas parce qu'elle pensait que ces détails pourraient aider l'assistante sociale à comprendre, mais parce qu'elle mourait d'envie de la remettre à sa place. Elle aurait voulu pouvoir lui enfoncer l'histoire de Ness dans le crâne. Celle d'une petite fille de dix ans qui attend que son père vienne la chercher comme d'habitude, le samedi, après sa leçon de danse. Une petite fille seule dans la rue qui sait qu'elle ne doit pas traverser l'A40 sans son papa pour regagner Old Oak Common Lane. Une gamine qui s'affole en ne le voyant pas arriver, qui entend des hurlements de sirènes. Une fillette qui traverse finalement la route parce qu'il faut bien qu'elle traverse pour rentrer chez elle. Et là, elle tombe sur lui, allongé sur le trottoir, entouré d'une foule de curieux, la tête en sang, Joel agenouillé à côté de lui criant : « P'pa ! P'pa ! » Toby assis dos au mur du pub, jambes écartées et pleurant parce qu'il a trois ans et ne peut comprendre que son père vient d'être abattu dans la rue à la suite d'un deal de drogue qui a mal tourné. Deal dans lequel il n'est strictement pour rien. Qu'était Ness pour eux, les flics, les badauds, le chauffeur de l'ambulance et son collègue, le médecin venu finalement constater le décès ? Une gamine hurlante en justaucorps qui n'arrivait pas à se faire entendre.

Tu veux savoir la cause, Blanchette ? aurait voulu lui demander Kendra. Je peux te la dire.

Mais ce n'était qu'une partie de l'histoire. Et Kendra elle-même ignorait le reste.

— Il faut commencer par gagner sa confiance, Mrs Osborne, dit Fabia Bender. L'une de nous doit tisser des liens avec cette jeune fille. Ça ne va pas être facile, mais c'est indispensable.

Kendra acquiesça. Que pouvait-elle faire d'autre ?

— Je comprends. Je peux l'emmener, maintenant ?

— Oui, bien sûr. Dans un instant.

Là-dessus, l'assistante sociale se carra plus fermement sur sa chaise, son langage corporel indiquant que, pour elle, l'entretien était loin d'être terminé. Elle dit qu'elle avait réussi à réunir quelques éléments d'information sur Vanessa au cours des semaines qui avaient suivi son premier coup de fil à Mrs Osborne. Les responsables de Wood Lane School à East Acton ainsi que la police du quartier lui avaient permis de boucher quelques trous. C'est ainsi que Fabia Bender avait réussi à reconstituer une partie de son histoire. Elle sentait pourtant qu'il n'y avait pas seulement, dans la vie de Vanessa, un père décédé, une mère en hôpital psychiatrique, deux frères et une tante. Si Kendra Osborne voulait bien elle aussi l'aider à boucher des trous...

Kendra comprit que Fabia Bender détenait certains secrets de famille et cela ne fit qu'accentuer son malaise. Kendra en conçut une haine d'autant plus intense pour cette femme. Dont l'accent ne faisait rien pour arranger les choses. L'intonation de Fabia dénotait ses origines bourgeoises. Son vocabulaire châtié trahissait l'ancienne étudiante. Son aisance, une vie de privilégiée. Autant dire qu'aux yeux de Kendra elle n'était qualifiée ni pour comprendre le problème de Vanessa, ni pour trouver un moyen de le résoudre.

— Les trous, vous les avez bouchés, on dirait, fit sèchement Kendra.

— En partie seulement. J'essaie de mieux comprendre la source de sa colère.

Allez donc chercher du côté de sa grand-mère, aurait aimé lui rétorquer Kendra. Les mensonges, l'abandon de Glory Campbell. Mais Glory Campbell et le peu de cas qu'elle avait fait de ses trois petits-enfants étaient du linge sale dans le placard de Kendra. Et elle n'avait pas l'intention de mettre ses culottes sales sous le nez de cette Blanche. Alors elle posa à Fabia Bender une question parfaitement logique : un père décédé et une mère en hôpital psychiatrique, est-ce que cela ne suffisait pas pour comprendre la rage de Ness ? En quoi le fait de comprendre cette rage l'empêcherait-il de gâcher sa vie ? Parce que, poursuivit Kendra, il était clair que Ness Campbell était bien décidée à faire de sa vie un affreux gâchis. L'adolescente considérant que son existence était déjà détruite, elle avait dû se dire : fichu pour fichu, autant y aller carrément. Accélérer le processus. Puisque plus rien n'avait d'importance, à quoi bon se fatiguer à faire des efforts ?

— Vous avez l'air de savoir de quoi vous parlez, dit Fabia Bender. Y a-t-il un Mr Osborne ?

— Plus maintenant.

— Divorcée ?

— C'est exact. Quel rapport avec les ennuis de Ness ?

— Il n'y a pas d'homme dans la vie de Ness ? Pas d'image du père ?

Kendra se garda bien de mentionner Dix, la Lame ou l'odeur des hommes qui, depuis des mois, collait à sa nièce telle la bave d'une procession de limaces.

— Non. Ecoutez, je sais que vos intentions sont bonnes. Mais j'aimerais vraiment la ramener.

— Oui, je vois bien. Il nous reste encore un point à aborder : sa présentation devant le magistrat.

— Elle n'a jamais eu de problèmes auparavant, souligna Kendra.

— L'absentéisme excepté, rétorqua Fabia. Ce qui ne va pas jouer en sa faveur. Je vais faire le maximum pour lui éviter une peine de prison…

— Une peine de prison ? Pour une agression qui n'a même pas eu lieu ? Quand des dealers, des détrousseurs d'automobilistes, des braqueurs de banque et je ne sais quoi encore courent librement les rues ?

— Je vais faire mon rapport au magistrat, Mrs Osborne. Il le lira avant qu'elle comparaisse au tribunal. Croisons les doigts.

Elle se leva. Imitée par Kendra. Devant la porte, Fabia Bender marqua une pause.

— Il faut que quelqu'un noue des liens avec cette jeune fille. Cela ne va pas être commode : elle n'est pas sans défense. Mais il va falloir trouver un moyen d'y arriver.

L'atmosphère fut tendue au 84, Edenham Way à la suite de l'arrestation de Ness. Ce fut une des raisons pour lesquelles Joel décida de ne pas attendre le prochain anniversaire de Toby pour bricoler la banderole *C'est un garçon !*. D'une part, il voulait faire oublier à son petit frère que la fête s'était terminée en eau de boudin. De l'autre, il pensait fermement qu'il fallait détourner son attention de ce qui se passait dans la vie de Ness, de peur qu'il ne « décolle », fuyant sa famille et se réfugiant dans son monde pendant une période plus ou moins longue. Il accrocha la banderole en travers de la fenêtre de leur chambre et attendit la réaction de Toby. Il n'eut pas besoin de timbres pour l'y fixer, cette fois-ci : Mr Eastbourne lui avait donné un rouleau de ruban adhésif.

Joel n'aurait pas dû se faire autant de mauvais sang. Toby trouva la banderole géniale – même si elle ne l'était pas autant que sa lampe. Quant aux démêlés de Ness avec la justice, il ne s'en souciait guère. Non parce qu'il se réfugiait dans son univers. Mais parce qu'il écoutait les messages qui lui parvenaient quotidiennement de Sose. Quant à son anniversaire, il ne s'en souvenait pour ainsi dire pas. Il se rappelait le curry de l'Indien du coin, le *naan* aux amandes, aux raisins et au miel. Il se rappelait avoir mangé sur un plateau à l'effigie du père Noël. Il se rappelait que Ness lui avait offert une baguette magique. Mais il n'avait pas le moindre souvenir de l'irruption de la Lame ni du désordre qu'il avait causé.

C'est ça qui était formidable avec Toby. Il se rappelait certaines choses avec une netteté qui épatait tout le monde. D'autres lui sortaient de l'esprit comme des volutes de fumée. D'où, chez lui, une forme de contentement que son frère et sa sœur étaient loin d'éprouver.

Ses parents, par exemple, existaient pour Toby sur un agréable nuage. Son père était un homme qui les emmenait au centre socioculturel proche de l'église St Aidan, où ils l'attendaient à la garderie. Toby en parlait quand on le poussait un peu. Mais la raison pour laquelle leur père les y déposait, les réunions auxquelles Gavin Campbell assistait assidûment, tous les jours, dans une autre pièce, Toby n'en avait nul souvenir. Quant à sa mère, c'était la personne qui lui avait passé tendrement les doigts dans les cheveux la dernière fois qu'elle était venue à la maison. Le reste – la fenêtre ouverte sur l'asphalte du parking trois étages plus bas, le train lancé à grande vitesse sur les rails juste derrière l'immeuble – lui était sorti de la mémoire. Comment aurait-il pu s'en souvenir ? Il était si petit à l'époque. L'esprit de Toby, s'il présentait des inconvénients, avait aussi des avantages.

Joel n'avait pas les mêmes préoccupations en tête. D'un autre côté, il y avait Ivan Weatherall et sa promesse tacite de lui permettre d'échapper – ne serait-ce que quelques heures – à l'atmosphère électrique du foyer de Kendra. Où celle-ci se rongeait les sangs en pensant à la comparution prochaine de Ness devant le magistrat. Où Ness glandait, feignant de ne pas se soucier de ce qui pouvait lui arriver. Où Dix tentait d'avoir des conversations confidentielles avec Kendra pour rabibocher la tante et la nièce.

— C'est p't'êt' pas les gosses que t'aurais voulu avoir, Ken, l'entendit murmurer Joel dans la cuisine tandis que Kendra se servait du café. Mais c'est d'eux que t'as hérité, nom de Dieu. Faut que tu fasses avec.

— Te mêle pas de ça, Dix. Tu ne sais pas de quoi tu parles.

— Tu te demandes jamais comment Dieu fonctionne ? insista-t-il.

— Ecoute, *man* : à ma connaissance, aucun Dieu n'a jamais vécu dans ce quartier.

Si sa réaction illustrait bien ce que la situation présente des petits Campbell avait d'instable, celle de Dix était plus encourageante. Et s'il ne jouait pas exactement le rôle d'un père, il les tolérait du moins – ce qui n'était pas si mal. C'est pourquoi, un après-midi que Dix réparait le vieux barbecue du jardin en prévision du beau temps, il laissa Toby l'observer et lui passer les outils. Ce qui fournit à Joel l'occasion tant attendue de retourner chez Ivan Weatherall.

Il avait réfléchi à l'atelier d'écriture. Et au film qui serait l'aboutissement des efforts des participants. Il n'avait encore jamais rien écrit, aussi ne se voyait-il guère participer à l'élaboration du scénario. Mais il avait commencé à rêver qu'on pourrait faire appel à lui pour quelque chose qui aurait un rapport avec le film. Ils auraient besoin de constituer une équipe. Pourquoi n'en ferait-il pas partie ? C'est ainsi que, tandis que Dix et Toby bricolaient, que Ness se faisait les ongles et que Kendra allait masser un client à domicile, Joel se dirigea vers Sixth Avenue.

Le trajet qu'il choisit le mena non loin de Portnall Road. C'était une belle journée printanière avec soleil et brise. Tandis que Joel passait non loin de l'intersection de Portnall Road et de Harrow Road, cette même brise lui apporta l'odeur aisément reconnaissable du cannabis. Des yeux, il en chercha la provenance. Il la découvrit devant un petit immeuble dans l'entrée duquel une silhouette masculine était assise, genoux repliés, dos au mur, un bloc de papier à portée de main. L'homme était dans une flaque de soleil, vers lequel il tournait le visage. Tandis que Joel l'observait, il tira une taffe à fond, les yeux fermés, détendu.

Joel ralentit et s'immobilisa, observant toujours l'homme de derrière une haie basse de buis. Il constata que c'était Calvin Hancock, le tagueur du terrain de foot. Un Calvin Hancock qui avait changé de look. Fini les dreadlocks. Il avait la tête rasée, mais pas de façon régulière, tant et si bien que son crâne semblait orné de motifs.

— Qu'est-ce t'as fait à tes tifs, mec ? s'écria Joel. T'es plus rasta ?

Cal tourna la tête d'un mouvement paresseux. Il retira le joint de ses lèvres. Sourit. De là où il se tenait, Joel réussit à voir qu'il avait les yeux exagérément brillants.

— Qu'est-ce que tu branles dans le coin ? dit Cal d'une voix traînante.

— Je vais voir un pote dans Sixth Avenue.

Cal hocha la tête, l'air entendu, comme si cette information avait une signification profonde pour lui. Il tendit le pétard à Joel. L'adolescent fit signe qu'il n'était pas intéressé.

— Pas con, ça, approuva Cal. Le shit, vaut mieux pas commencer.

Il jeta un coup d'œil au bloc posé près de lui, comme s'il se souvenait subitement de ce qu'il était en train de faire avant de se mettre à fumer.

Joel s'approcha.

— Qu'est-ce que tu dessines ?

— C'est rien. Ça me fait passer le temps.

— Fais voir ?

Cal avait dessiné des visages, tous foncés. Différents les uns des autres mais avec un air de ressemblance suggérant l'appartenance à une même famille. Et c'était effectivement la famille de Calvin : cinq visages groupés, et un sixième à l'écart – qui n'était autre que celui de Calvin.

— C'est trop fort, putain, apprécia Joel. Tu prends des cours ?

Cal prit le bloc, le posa de l'autre côté. Il tira à fond sur son joint, emmagasinant la fumée dans ses poumons, et loucha vers Joel :

— Tu ferais mieux de te sauver, dit-il en désignant la porte d'un mouvement de menton.

La porte métallique grise avait été taguée en jaune.

— Pourquoi ? Qu'est-ce que tu fous ?

— J'attends.

— Quoi ?

— La Lame. Vaut mieux pas qu'il te chope quand il sortira.

Joel examina l'immeuble. Ainsi, Cal, bien que défoncé, faisait le garde du corps.

— Qu'est-ce qu'il fout là-dedans ?

— Il se tape Arissa. C'est son heure.

Cal fit mine de consulter une montre imaginaire puis ajouta avec un petit air finaud :

— Enfin, je suppose. Parce que, la petite, je l'entends pas crier. Il doit pas être au top, la Lame. C'est pas tous les jours qu'elle s'éclate, sa chérie.

Joel sourit. Calvin aussi. Puis il s'esclaffa carrément comme s'il se trouvait irrésistible. Il posa la tête sur ses genoux pour étouffer ses gloussements et Joel eut une vue plongeante sur son crâne rasé où on pouvait voir un serpent assez approximatif, prêt à frapper. L'auteur de ce travail était un amateur. Joel crut deviner qui avait manié les ciseaux.

— Qu'est-ce que tu branles avec ce bâtard, *man* ?

Cal releva la tête, s'arrêta de ricaner. Il tira une autre taffe avant de répondre, bien que ce geste constituât en lui-même une réponse.

— Qui tu crois qui pourrait faire le guet pendant qu'il baise Arissa ? Imagine qu'un lascar déboule et le plombe pendant qu'il est à fond dedans.

Des ennemis, c'est vrai, la Lame en avait. Mais bon, il l'avait bien cherché. Il en avait parmi les femmes qu'il avait séduites et abandonnées, parmi les hommes qui ne demandaient qu'à lui rafler son business. Un business juteux. Car la Lame était bien organisé : il avait de l'herbe, de la coke et de l'héro qu'il fourguait contre de la thune mais aussi contre des marchandises tombées du camion. Il y avait toujours une flopée de mecs dans la rue qui se portaient volontaires pour braquer, sur ses ordres, une bijouterie, un bureau de poste, l'épicerie du coin ou la baraque dont les propriétaires s'absentaient le vendredi soir. Tout ça pour obtenir en échange de quoi s'éclater. Pas étonnant qu'ils soient nombreux à vouloir lui piquer son job malgré les risques. Même Joel devait reconnaître qu'il y avait quelque chose de jouissif à inspirer de la peur à certains, de la jalousie à d'autres, de la haine à la plupart et – la vérité oblige à le dire – de la concupiscence à des minettes de dix-huit ans et moins.

Cela expliquait – du moins en partie – ce qui était arrivé à sa sœur, la dernière personne que Joel aurait crue capable de sortir avec un individu comme la Lame. Pourtant elle s'était bel et bien maquée avec lui, ainsi qu'il l'avait découvert le soir de l'anniversaire de Toby.

— Normal que tu le protèges, mec. Mais où t'étais, l'autre jour, quand il a débarqué chez nous ?

Cal pinça l'extrémité de son joint et déposa soigneusement les deux centimètres qui restaient dans une boîte métallique tirée de sa poche.

— Je lui avais dit qu'il fallait que j'y aille. Mais il est borné, ce mec. Il voulait qu'Arissa le voie à l'œuvre. Pendant qu'il récupérait son phone et dérouillait ta sœur.

— Il sait pas qui c'est, ma sœur. C'est pas le genre à se laisser impressionner.

— T'as raison, approuva Cal. Mais la Lame, il parle pas avec les nanas. Il pense qu'à les niquer. Pour lui, c'est juste des trous.

L'expression fit rire Joel. Cal sourit. La porte de l'immeuble s'ouvrit sur la Lame.

Calvin se mit debout, exploit remarquable compte tenu de son état. Joel ne bougea pas, alors qu'il aurait bien voulu reculer sous le regard hostile de la Lame. Ce dernier l'enveloppa d'un coup d'œil méprisant, l'ignora comme on fait d'un insecte et dirigea son attention vers Cal :

— Qu'est-ce que tu fous ?

— Je...

— Ferme ta gueule. T'appelles ça faire le guet ? Et c'est quoi, cette merde ?

Du bout de sa botte, la Lame désigna le bloc de Cal. Il considéra le dessin. Regarda Cal.

— Maman, papa et les mômes, Calvin ? C'est ça que tu dessines ?

Il eut un sourire menaçant.

— Ils te manquent, mon canard ? Tu te demandes où ils sont passés ? T'aimerais savoir pourquoi ils ont disparu du jour au lendemain ? C'est p't'êt' parce que t'es un loser, Cal. Tu y as jamais pensé ?

Le regard de Joel passa de la Lame à Calvin. Il voyait bien que la Lame mourait d'envie d'en découdre, et son instinct lui soufflait qu'il aurait mieux fait de décamper. Mais il savait aussi qu'il ne pouvait se permettre d'avoir l'air de flipper.

— Je guettais, qu'est-ce que tu crois ? dit Calvin d'un ton patient. Il s'est rien passé.

— Sérieux ?

La Lame coula un bref regard vers Joel.

— Et ça, c'est rien ? Mais t'as p't'êt' raison. Ce métis et sa sœur, ces deux-là, c'est des riens du tout.

Il fixa Joel.

— Qu'est-ce que tu veux, toi ? T'es chargé de mission ou quoi ? T'as un message de ta pute de frangine ?

Joel visualisa le couteau, le sang, les points de suture sur le cuir chevelu de Ness. Il songea également à ce qu'avait été sa sœur et à ce qu'elle était maintenant. Il ressentit une peine immense. C'est ce qui le poussa à protester :

— Parle pas comme ça de ma sœur, *man*. Ma sœur, c'est pas une pute.

Il entendit Cal émettre une sorte de sifflement pareil à celui du serpent prêt à mordre.

— C'est ce que tu crois ? fit la Lame, profitant de l'occasion qui se présentait. Tu sais ce qui lui plaît ? Qu'on lui taraude le joufflu. C'est ça, son truc. Y a que ça qu'elle kiffe. Putain, elle en a jamais assez. Faut que je lui colle une patate sur la tronche si je veux l'enfiler par-devant.

— Possible, dit Joel d'un ton aimable mais la gorge serrée. Mais c'est p't'êt' parce qu'elle a capté que c'était mieux pour toi. P't'êt' qu'y a que comme ça que tu y arrives.

— Hé, bonhomme, dit Cal, le mettant en garde.

Mais Joel s'était aventuré trop loin pour pouvoir reculer. Il lui fallait atteindre l'autre rive. Faute de quoi il passerait pour une couille molle.

— Elle est cool, ma sœur, poursuivit-il. Quand elle voit que tu bandes mou, elle se dit qu'elle va faire quelque chose pour t'aider. Et puis par-derrière, au moins, elle a pas à mater ta sale gueule. Comme ça, vous êtes gagnants tous les deux.

La Lame ne dit mot. Cal souffla bruyamment. Personne ne connaissait la Lame aussi bien que Calvin Hancock, aussi ce dernier savait-il de quoi le caïd était capable quand on l'acculait.

— Va voir ton pote dans Sixth Avenue, petit, dit Cal.

Il parlait d'une voix totalement différente de celle du junkie gentiment stone qui avait échangé quelques mots avec Joel avant l'arrivée de la Lame.

— J'crois pas que t'aies envie de prendre une branlée.

— T'es bon, toi, dit la Lame à Cal. Tu crois que j'vais m'occuper de ce morveux ? Pauvre merde.

Il cracha par terre, et, s'adressant à Joel :

— Casse-toi, petit miteux. Tu vaux pas le coup que je te donne une leçon. Ta pétasse de sœur non plus.

Joel aurait voulu en dire davantage, même si c'eût été de la folie. Tel un jeune coq désireux de défier son aîné, il ne demandait qu'à sauter sur la Lame. Mais il savait qu'il ne faisait pas le poids ; et, l'eût-il fait, il lui aurait fallu passer sur le corps de Cal Hancock pour l'atteindre. D'un autre côté, Joel se disait qu'il ne pouvait filer comme un péteux sous prétexte que la Lame lui en avait donné l'ordre. Il laissa donc passer trente terrifiantes secondes pendant lesquelles il fixa son adversaire, malgré la course furieuse de son sang dans ses oreilles et les crispations non moins furieuses de ses tripes. Il attendit que la Lame s'écrie : « Eh ben, t'es sourd ou quoi ? » Puis il réussit à trouver assez de salive dans le désert de sa bouche pour cracher à son tour. Une fois qu'il eut craché, il pivota sur ses talons et retourna jusqu'au trottoir en se retenant de courir.

Il ne jeta pas un regard en arrière. Prit soin de ne pas se hâter. Il s'obligea à avancer d'un pas tranquille. Ce n'était pas commode car il avait les jambes en vrac et la poitrine si serrée qu'il avait à peine assez d'air pour rester conscient. Mais il y parvint, et ce n'est qu'une fois arrivé au bout de la rue qu'il vomit dans le caniveau, dans une flaque d'eau croupie.

12

Le jour de la comparution de Ness Campbell devant le juge ne se présenta pas particulièrement bien ; il se poursuivit et se termina de même. La circulation l'empêcha d'arriver à l'heure au tribunal, ce qui fut le commencement de la fin. Son attitude face à l'événement n'arrangea rien, et ses relations avec Six et Natasha finirent d'aggraver les choses.

Six et Natasha étaient conscientes des difficultés auxquelles elles risquaient de se heurter au cas où Ness déciderait de dénoncer ses complices dans la tentative d'agression qui lui avait valu d'être arrêtée. Un moyen de s'assurer que Ness ne les balancerait pas aurait été de négocier un accord avec elle. Seulement ni Six ni Natasha ne possédaient les outils rhétoriques capables d'aboutir à ce résultat. Elles ne possédaient pas non plus l'imagination nécessaire pour se projeter au-delà du moment immédiat afin d'évaluer les conséquences des mesures qu'elles prendraient. Pour faire comprendre à Ness ce qu'elles ressentaient – crainte d'aboutir elles aussi devant le juge, peur d'affronter la colère de leurs parents –, elles ne trouvèrent rien de mieux que de l'éviter comme si elle était porteuse du virus Ebola. Comme cela ne suffisait pas à faire passer le message à l'intéressée, elles allèrent jusqu'à lui dire carrément qu'elles n'aimaient pas son attitude, celle d'une nana qui se croyait meilleure que les autres alors qu'elle n'était qu'une « pauvre conne ». Ness reçut ce dernier message cinq sur cinq.

C'est pourquoi, quand elle se rendit au tribunal, Ness y alla en sachant qu'elle était seule. Kendra l'accompagnait mais Ness n'avait pas envie de lui demander de la soutenir. Quant à ses sentiments envers l'assistante sociale – qu'elle avait fini par rencontrer et à qui elle n'avait rien appris d'important –, ils étaient tels que la présence de Fabia Bender ne risquait pas de servir à grand-chose. Aussi, lorsque Ness se présenta devant le juge, elle afficha une attitude si éloignée du remords et de l'humilité que ce dernier ne crut pas utile de faire preuve d'indulgence.

Ce qui sauva Ness, c'est que c'était son premier délit. Là où une autre adolescente affichant la même indifférence à l'égard de son procès, de ses juges et de son sort aurait risqué de se trouver condamnée à un séjour dans ce que le magistrat désignait sous le terme suranné et par là même vaguement attendrissant de « maison de correction », Ness se vit, elle, condamnée à deux mille heures de travaux d'intérêt général sous la surveillance étroite de la responsable du service auquel elle serait confiée. En outre, poursuivit l'homme de loi, Miss Campbell devrait prendre le chemin de l'école au début du trimestre d'automne. Il n'ajouta pas « faute de quoi », mais cela allait de soi.

Fabia Bender dit à Ness qu'elle avait de la chance. Kendra Osborne lui fit la même réflexion. Mais Ness vit les choses autrement, se disant qu'avec ces deux mille heures, elle en prenait pratiquement pour tout le reste de sa vie ; c'est pourquoi son mécontentement fut à la hauteur de ce qu'elle considérait comme l'injustice de la situation.

— C'est pas juste, résuma-t-elle.

— Si tu n'es pas contente, rétorqua Kendra, tu n'as qu'à dénoncer tes copines.

Ness n'étant pas prête à faire une chose pareille malgré le lâchage de Six et Natasha, elle n'avait d'autre solution que de purger sa peine. On lui apprit qu'elle était affectée à la garderie de Meanwhile Gardens – établissement idéalement situé à deux pas de chez elle. Fait dont Ness ne songea pas non plus à se féliciter. Persuadée qu'on s'acharnait contre elle, elle décida de faire part de ses sentiments à la responsable de la garderie à la première occasion.

L'occasion ne tarda pas à se présenter. Un coup de fil de Majidah Ghafoor le jour où Ness reçut sa condamnation lui indiqua quels seraient ses horaires de travail. Elle commencerait immédiatement. Comme elle habitait à moins de cinquante mètres, elle pouvait venir tout de suite, on la mettrait au courant du règlement.

— Quel règlement ? protesta Ness. C'est pas une prison. C'est un job.

— Un job qu'on vous a imposé, rétorqua Majidah. Venez immédiatement. Je vous donne dix minutes avant d'appeler votre agent de probation.

— Merde !

— Et surveillez votre langage, ajouta Majidah avec son délicieux accent. Les gros mots ne sont pas tolérés à la garderie.

Ness se rendit donc là-bas, toujours dans le même état d'esprit qu'après sa comparution devant le juge. Elle franchit le portail et traversa l'aire de jeux jusqu'au bâtiment qui abritait les activités d'intérieur proposées aux enfants de moins de sept ans. En l'absence de ces derniers, Majidah faisait la vaisselle d'un goûter composé de lait, de gâteaux et de confiture de fraise. Elle tendit à Ness un torchon pour essuyer les verres et les assiettes.

— Faites attention, si vous cassez, vous payez.

Et elle se mit à parler.

Majidah Ghafoor était une Pakistanaise d'une petite quarantaine d'années vêtue à la manière traditionnelle. Elle était veuve et, ne voulant pas se plier aux coutumes des femmes de sa culture, elle refusait de vivre chez ses fils mariés. Elle trouvait les épouses de ces derniers « trop anglaises » à son goût bien qu'elle les eût choisies personnellement, et si elle estimait que ses onze petits-enfants étaient mignons physiquement, elle les considérait par ailleurs comme des indisciplinés promis à des vies dissolues à moins que leurs parents n'y mettent rapidement bon ordre.

— Je suis plus heureuse seule, dit-elle à Ness qui se fichait pas mal de la vie de Majidah. Vous le serez aussi. Ici, je veux dire. A condition de respecter le règlement.

Le règlement ? Une longue liste d'interdits : défense de fumer, de se servir d'un portable ou d'un téléphone fixe, de trop se maquiller, de porter des bijoux voyants, d'écouter de la musique sur un baladeur ou tout autre appareil, de jouer aux cartes, de danser, de se faire tatouer, d'avoir des piercings, de recevoir des visiteurs, de manger de la nourriture de fast-food (« Le McDonald's, c'est la plaie du monde civilisé »), de porter des vêtements provocants (« comme ceux que vous portez actuellement, que je n'admettrai pas ici »), de laisser franchir la grille aux adultes ou aux adolescents non accompagnés d'un enfant de moins de sept ans.

Ness répondit à cette litanie par un roulement d'yeux expressif.

— Comme vous voudrez. Quand est-ce que je commence ?

— Tout de suite. Quand vous aurez fini d'essuyer la vaisselle, vous nettoierez le sol. Je vous établirai un emploi du temps pendant ce temps-là. Je l'enverrai à votre agent de probation et à votre assistante sociale de façon à leur donner une idée de ce que vous ferez pendant les deux mille heures de TIG auxquelles vous avez été condamnée pour votre crime.

— J'ai pas commis de crime...

— Inutile d'en dire davantage, l'interrompit Majidah. La nature de vos activités délictueuses ne m'intéresse absolument pas. Elles n'entreront pas en ligne de compte dans notre arrangement. Vous êtes ici pour faire des heures, et moi pour m'assurer que vous les faites. Vous trouverez un balai à franges et un seau dans le placard près de l'évier. Vous allez avoir besoin d'eau chaude et d'Ajax. Quand vous aurez fini le sol, vous pourrez récurer les toilettes.

— Vous les notez où, mes heures ?

— Ne vous souciez pas de ça. Au travail. Le centre doit être décrassé et nous ne sommes que deux.

— Y a personne d'autre qui nettoie ? fit Ness, sidérée.

— Tant mieux. Les journées sont bien occupées.

Ness ne voyait pas les choses ainsi. Elle s'empara du balai, du seau et de l'Ajax, et se mit au travail sur le lino vert de la garderie.

Il y avait quatre pièces en tout : cuisine, débarras, toilettes et salle de jeu – les deux plus sales étant celles auxquelles les enfants avaient accès. Ness balaya dans la salle de jeu, où les tables et les chaises miniatures étaient éparpillées sur un sol poisseux de liquides renversés. Elle balaya également dans les toilettes, frissonnant à la pensée de ce que les taches impliquaient dans cet endroit. Sous la surveillance de Majidah, elle récura ensuite la cuisine. Le débarras ne nécessitait qu'un rapide coup de balai. Après quoi elle pourrait épousseter les étagères et les appuis de fenêtre, et nettoyer les stores vénitiens qui pendaient de travers.

Ness abattit le travail en ronchonnant, bougonnant et jetant des regards de biais à Majidah, que la Pakistanaise faisait mine de ne pas remarquer. Assise à un bureau dans un coin de la pièce, elle établissait des emplois du temps : celui de Ness et celui des enfants. L'arrivée de Ness à la garderie était de son point de vue un cadeau des dieux, et elle entendait en faire le meilleur usage. L'opinion de la jeune fille n'avait pour elle aucune importance. L'expérience lui avait enseigné que le dur labeur n'avait jamais tué personne, pas plus que l'acceptation de ce que le sort vous réservait.

Une fois que Ness eut été condamnée, Kendra décida d'aller voir Cordie pour lui demander conseil. Elle alla la trouver chez elle, à Kensal Green, où Cordie jouait à prendre le thé avec ses deux filles dans son minuscule jardin de derrière. Manda et Patia avaient choisi un thème royal pour ce thé d'opérette. Manda tenait le rôle de la reine – toque, gants de dentelle, sac surdimensionné au bras – et Cordie et Patia celui d'un public de roturières ravies, invitées à se régaler de Fanta orange servi dans des tasses en porcelaine ébréchées (rescapées de Sidashop), de chips (à l'agneau et à la menthe, parfum préféré de Patia), d'un sachet de pop-corn au cheddar vidé dans une passoire en plastique posée au milieu de la table de jardin branlante, et d'une assiette de petits gâteaux grumeleux.

Confondant apparemment le respect dû à la papauté et celui exigé par la royauté, Manda ordonnait à sa mère et à sa sœur de baiser sa bague lorsque Kendra les rejoignit. La fillette était debout sur une chaise longue et, absorbée par un rôle qui lui allait comme un gant, une fois qu'on eut embrassé sa bague, elle se mit en devoir d'expliquer à ses invitées comment tenir leur tasse et positionner leur petit doigt. Patia décréta que tout ça, c'était idiot, et exigea d'être reine. Cordie lui fit remarquer qu'elles avaient tiré au sort et que, comme elle avait perdu, elle devrait se contenter d'être une roturière en attendant la prochaine fois, où elle aurait peut-être plus de chance.

— Et tu boudes pas, ma puce, termina Cordie.

Lorsque Cordie vit arriver Kendra escortée par Gerald, qui regardait un match de foot de la Coupe du monde transmis en direct de la Barbade, elle demanda à Sa Majesté la permission de s'entretenir avec son amie. Cette permission lui fut accordée en rechignant et Cordie ne fut pas autorisée à emporter sa tasse avec elle. Cordie se fendit d'une révérence et sortit à reculons, pénétrée d'humilité devant la souveraine. Elle rejoignit Kendra dans le patio devant la porte de derrière. Il faisait beau et, dans les jardins mitoyens, d'autres familles profitaient du temps clément : on prenait le thé, on écoutait de la musique, on papotait, on se disputait éventuellement. Le bruit se répandait d'un jardin à l'autre et l'ambiance était loin d'être celle qu'on aurait trouvée dans le jardin d'un palais.

Il n'y avait nulle part où s'asseoir, les gamines ayant pris tout le mobilier de jardin pour la cérémonie du thé. Cordie et Kendra se replièrent dans la cuisine. Ignorant les admonestations de Gerald, qui leur faisait remarquer que le tabac risquait de mettre en danger la santé du bébé que portait Cordie – à supposer qu'elle eût été enceinte –, Cordie et Kendra allumèrent des cigarettes et se détendirent.

Kendra relata à son amie la comparution de Ness devant le magistrat. Elle lui parla également de Fabia Bender et du conseil qu'elle lui avait donné de tisser des liens avec l'adolescente si elle ne voulait pas que Ness dégringole davantage la pente.

— Faudrait qu'on fasse des trucs ensemble. Des trucs de filles, conclut-elle.

— Quel genre de trucs ?

Cordie expédia négligemment un panache de fumée vers la porte restée ouverte sur le jardin. Elle jeta un coup d'œil à ses filles. Elles en avaient terminé avec les baisements de bague, et elles se gavaient de pop-corn au cheddar.

— Soins de beauté dans un spa ? suggéra Kendra. Séance chez la manucure ? Chez le coiffeur ? Déjeuner au resto ? Sortie le soir entre nanas ? Fabrication de bijoux peut-être ? Inscription à un cours ?

Cordie fit non de la tête.

— Je vois pas Ness dans un institut de beauté, Ken. Quant au reste... C'est p't'êt' ce que t'aimerais faire. Mais elle, qu'est-ce qui lui plairait ?

— Ce qu'elle aime, c'est la dope et le sexe. Agresser des vieilles dames, boire comme un trou. Regarder la télé, rester vautrée à ne rien faire. Oh, et allumer Dix.

— Une source d'emmerdes en perspective, commenta Cordie en haussant un sourcil.

Kendra n'avait pas envie d'en parler. Elle l'avait déjà fait avec Dix et ça n'avait pas marché. Il avait trouvé ça insultant. Elle, frustrant. Car à la question de Dix : « Pour qui tu me prends, merde, Ken ? », elle n'avait pas été capable de répondre.

— Tes filles et toi, vous avez de bonnes relations, Cordie.

— Manquerait plus que ça ! Je suis leur mère. Et puis elles ont toujours été avec moi. Ça facilite les choses. Je les connais. Je sais ce qui leur fait plaisir. Ness est pas si différente de mes gamines : doit bien y avoir quelque chose qui la branche.

Kendra réfléchit. Elle continua les jours suivants. Elle songea à ce que Ness avait été, enfant. Avant que sa vie ne soit chamboulée. C'est alors que la danse classique lui vint à l'esprit. Elle se dit qu'elle avait trouvé la solution.

Assister à une représentation du Royal Ballet était nettement au-dessus des moyens de Kendra. La première chose était donc de trouver dans le voisinage un spectacle à la fois valable et abordable. Ce ne fut pas aussi difficile qu'elle l'aurait cru. Elle commença par se renseigner auprès du Kensington & Chelsea College. Il existait bien au sein du collège un département de danse ; mais c'était de la danse moderne, cela ne ferait pas l'affaire. Elle s'adressa ensuite au Paddington Arts, et là, elle trouva ce qu'elle cherchait. Outre des cours et diverses manifestations artistiques, le centre proposait des concerts de toutes sortes, et un spectacle donné par une petite troupe de danseurs classiques. Kendra s'empressa d'acheter deux billets.

Elle décida que ce serait une surprise. Une récompense pour Ness qui effectuait ses heures de TIG sans trop se plaindre. Elle demanda à sa nièce de se faire belle. Lui dit qu'elles allaient sortir. Elle-même se mit sur son trente et un et se retint de broncher devant le décolleté ultraplongeant de Ness, sa microjupe et ses bottes à hauts talons. Elle était décidée à ce que la soirée soit un succès et débouche sur le rapprochement souhaité.

En mettant cette sortie au point, elle n'avait pas tenu compte de ce que le ballet représentait pour sa nièce. Elle ne pouvait se douter que la vue d'une brochette de jeunes femmes filiformes dressées sur des pointes ramènerait Ness là où elle ne voulait surtout pas aller. La danse classique, cela lui rappelait trop son père. L'époque où elle était sa petite princesse. Où elle marchait à côté de lui pour se rendre à la danse les mardi et jeudi après-midi, et le samedi matin. Cela lui rappelait les rares fois où elle était montée sur scène, son père dans la salle – toujours au premier rang –, le visage brillant de joie, et personne autour pour savoir que son apparence ne correspondait pas à ce qu'il était vraiment. Maigre à faire peur mais pas malade. Le visage ravagé mais ayant cessé de mener une vie dissolue. Les mains tremblantes mais pas sous l'effet du manque. Un homme qui était allé au bord mais ne risquait plus de tomber. Un papa qui aimait changer ses habitudes, c'est pourquoi ce jour-là il était sur l'autre trottoir, à proximité du pub, où les gens avaient dit qu'il comptait se rendre alors qu'il n'en était rien, il s'était simplement trouvé au mauvais endroit à un moment épouvantable.

Quand Ness fut incapable de supporter davantage le ballet à cause des souvenirs qu'il lui rappelait, elle se leva, se fraya un passage jusqu'à l'allée centrale. Elle n'avait qu'une idée en tête : quitter cet endroit, oublier de nouveau.

Kendra la suivit, sifflant son prénom, brûlant de gêne et de colère. Une colère née du désespoir et de la frustration. Rien de ce qu'elle faisait, tentait ou proposait ne trouvait grâce aux yeux de Ness. Elle n'arrivait pas à comprendre comment fonctionnait l'adolescente.

Ness était dehors quand Kendra la rattrapa. Elle pivota vers sa tante sans lui laisser le temps d'ouvrir la bouche.

— C'est ça, ma récompense pour me farcir cette putain de Majidah à longueur de journée ? Tes récompenses, tu peux te les garder, Kendra.

Et, sur ces mots, elle s'éloigna.

Kendra la regarda partir. Pour elle, cette hâte à vider les lieux était de l'ingratitude. Elle chercha un moyen d'amener la jeune fille à la raison une bonne fois pour toutes.

Il lui sembla qu'une comparaison s'imposait entre les choses telles qu'elles étaient et ce qu'elles auraient pu être. Mue par de bonnes intentions mais mal informée, elle crut savoir comment s'y prendre.

Dix désapprouva son plan, ce qui ne manqua pas d'irriter Kendra au plus haut point. Selon elle, Dix était mal placé pour se débrouiller avec une adolescente, étant lui-même à peine plus âgé. Il prit cela très mal, notamment parce qu'il eut l'impression que cette assertion était destinée, entre autres, à souligner leur différence d'âge. En même temps, avec un mélange insupportable et inattendu d'intuition et de maturité, il fit remarquer à Kendra que ses tentatives pour tisser des liens avec sa nièce ressemblaient davantage à une volonté de prendre le contrôle qu'à un désir de nouer des relations. En outre, dit-il, il avait l'impression que Kendra voulait que Ness s'attache à elle sans qu'elle-même cherche à lui rendre la pareille. « Aime-moi, ma petite, mais te figure pas que je vais t'aimer en retour. »

— Evidemment que je l'aime, se rebiffa Kendra. Je les aime tous les trois. Je suis leur tante, bon sang.

Dix l'observa avec calme.

— Je dis pas que ce que tu ressens, c'est mal, Ken. Ce que tu ressens, c'est ce que tu ressens. C'est ni bien ni mal. C'est comme ça, point barre. De toute façon, comment t'es censée réagir ? Trois mômes qui te déboulent dessus sans que tu saches pourquoi. Personne s'attend à ce que tu les aimes simplement parce que vous êtes du même sang.

— Je les aime. Je les aime, je te dis.

Elle s'entendit crier et lui en voulut de provoquer chez elle ce genre de réaction.

— Alors accepte-les comme ils sont. Accepte-les en bloc. C'est ce que t'as de mieux à faire. Tu peux pas les changer.

Aux yeux de Kendra, il était lui-même un exemple de ce qu'elle devait accepter et avait réussi à accepter : un homme debout dans la salle de bains, le corps enduit de crème dépilatoire pour que sa peau soit lisse devant les juges du concours de culturisme, un homme qui avait l'air d'un bel imbécile. Seulement elle gardait ses réflexions pour elle parce qu'elle savait combien son rêve de remporter le trophée était important – un trophée qui aux yeux des trois quarts des gens ne valait pas un clou. Alors si ce n'était pas ça accepter l'autre...

Kendra ne pouvait pas aller au-delà. Elle avait trop de responsabilités. La seule façon de s'en tirer était de les assumer correctement – c'était exactement ce que Dix avait essayé de lui faire comprendre, seulement elle ne voulait pas l'admettre. Joel était facile, il était tellement désireux de plaire qu'il devançait ses désirs. Toby n'était pas compliqué, car sa lampe et la télé suffisaient à l'occuper ; alors elle ne cherchait pas à creuser davantage. Mais Ness avait constitué dès le départ une énigme impossible à résoudre. Elle n'en avait fait qu'à sa tête, et voilà où ça l'avait menée. Un changement s'imposait : avec la fermeté dont elle avait toujours fait preuve, Kendra décida que changement il y aurait.

Des semaines s'étaient écoulées depuis la dernière visite des enfants à Carole Campbell. C'était l'occasion rêvée de faire toucher du doigt à Ness la comparaison voulue par Kendra. Une visite à Carole signifiait que des mesures allaient devoir être prises de concert avec Fabia Bender pour libérer Ness de son travail l'espace d'une journée. Cela ne fut pas difficile. Une fois délivrée de ses obligations, Ness serait prévenue qu'il était temps pour les Campbell d'aller rendre visite à leur mère.

Sachant combien il était douteux que Ness collabore – compte tenu de l'attitude de la jeune fille lors de la visite précédente –, Kendra modifia légèrement son plan. Au lieu d'accompagner les enfants pour s'assurer qu'ils arrivaient à bon port, elle chargea Ness de conduire ses frères de la maison à l'hôpital et retour. Cela montrerait à la petite qu'elle lui faisait confiance et en même temps cela lui fournirait l'occasion d'imaginer ce que serait son existence si elle devait vivre en compagnie de sa malheureuse mère. Elle en éprouverait sûrement un sentiment de soulagement et de gratitude envers sa tante. Soulagement qui, dans l'esprit de Kendra, déboucherait sur l'instauration de bonnes relations entre elles deux. Voilà une expérience qui provoquerait la reconnaissance de Ness. Or, pour Kendra, la reconnaissance entrait dans la formation des liens affectifs.

Ness, à qui on donnait à choisir entre effectuer ses heures à la garderie et se rendre à la campagne pour aller voir sa mère à l'hôpital, opta, comme il fallait s'y attendre, pour la seconde proposition. Elle empocha les quarante livres que lui remit sa tante pour le trajet et les gâteries destinées à Carole, et fit monter Joel et Toby dans le bus 23 pour la gare de Paddington telle une jeune adulte désireuse de faire ses preuves. Elle installa les garçons à l'étage et feignit de ne pas remarquer que Toby avait emporté sa lampe, dont le fil traînait dans l'escalier – le gamin trébucha dessus à deux reprises en progressant dans l'allée au milieu des passagers. C'était une Ness toute neuve, une Ness sur laquelle on pouvait, semblait-il, fonder de grands espoirs.

C'est ce que fit Joel. Il se détendit. Pour la première fois depuis longtemps, il lui sembla qu'on lui avait ôté un grand poids des épaules : nécessité de veiller sur Toby, de s'occuper de ses propres affaires et de faire attention au reste du monde. Pour une fois, il se laissa aller à regarder par la vitre, profitant du spectacle des Londoniens allant et venant par beau temps, foule animée vêtue aussi succinctement que possible.

C'est lorsque les Campbell arrivèrent au guichet de la gare de Paddington que Ness dévoila ses batteries. Elle n'acheta que deux allers-retours et ne remit qu'une partie de la monnaie à Joel, gardant le reste pour elle.

— Achète-lui un Aero. Et un magazine moins cher que *Elle* ou *Vogue*. Y a pas assez de sous pour des chips, cette fois, vous vous en passerez.

— Mais, Ness, qu'est-ce que tu... ? protesta vainement Joel.

— Un mot à tante Ken, et je te file une raclée que tu m'en diras des nouvelles, coupa Ness. Un jour de moins à me farcir cette conne de Majidah, j'ai l'intention d'en profiter.

— Tu vas avoir des ennuis.

— Je m'en tape. Je vous retrouve ici à quatre heures et demie. Si je suis pas là, vous poireautez. Tu captes, Joel ? Si tu te pointes à la maison sans moi, je te fous la branlée de ta vie, je déconne pas.

C'était formulé de sorte qu'il n'y ait pas de place pour les questions. Elle l'aida à trouver le bon train sur le panneau d'affichage, après quoi elle l'expédia chez W. H. Smith. Lorsqu'il y entra, suivi de Toby cramponné à sa jambe de pantalon, elle tourna les talons, bien décidée à n'en faire qu'à sa tête.

Joel l'observa de l'intérieur du magasin jusqu'à ce qu'elle se soit fondue dans la foule. Il acheta un magazine et un Aero, et conduisit son frère jusqu'au quai. Une fois dans le train, il donna le chocolat à Toby. Leur mère, décida-t-il, devrait s'en passer.

Quelques instants après, toutefois, il s'en voulut de cette pensée, qui lui parut mesquine. Pour se changer les idées, il se mit à contempler les murs de brique tagués de part et d'autre du train qui s'éloignait de la gare, essayant de déchiffrer les signatures des tagueurs. Les tags lui rappelèrent Cal Hancock. Et Cal Hancock, son affrontement avec la Lame et son malaise dans le caniveau. Cette pensée l'amena inévitablement à la suite : sa décision d'aller rendre visite à Ivan Weatherall.

Joel avait trouvé Ivan chez lui et en avait été soulagé. Si Ivan remarqua l'odeur de vomi qui se dégageait de sa personne, il eut le bon goût de n'en souffler mot. Lorsque Joel arriva, il était plongé dans une phase délicate d'assemblage d'une horloge, et c'est sans cesser de travailler qu'il dit à Joel d'entrer et de prendre du raisin dans un bol ébréché posé au bord de la table. Il tendit toutefois au garçon une affichette verte portant, en haut, cette inscription : LE CLUB DES MOTS.

— Jette un coup d'œil là-dessus et dis-moi ce que tu en penses, fit-il en reprenant son travail.

— Qu'est-ce que c'est ?

— Lis.

L'affichette concernait un concours d'écriture, le « Chemin des Mots », dont le lauréat recevait cinquante livres. Le Club des Mots tenait séance dans l'un des centres socioculturels du quartier, le Basement Activities Centre, à Oxford Gardens.

— Je pige pas, dit Joel après avoir parcouru la feuille. Je suis censé faire quoi ?

— Participer. C'est... de la poésie. Une... soirée poétique. Oui, on pourrait dire ça comme ça. Tu as déjà assisté à une manifestation de ce genre ? Non ? Je te conseille de venir te rendre compte par toi-même. Tu risques d'être surpris. Le Chemin des Mots est une nouveauté, à propos.

— De la poésie ? On s'assoit en rond pour parler de poésie ?

Joel fit la grimace. Il imagina un cercle de vieilles dames aux bas qui plissaient, pâmées d'admiration en écoutant les vers écrits par un de ces Blancs morts et enterrés depuis des lustres dont les profs vous rebattent les oreilles.

— Nous écrivons des poèmes. C'est l'occasion de s'exprimer en toute liberté devant le public. Lequel est invité à formuler des critiques.

Joel regarda l'affichette, fasciné par la somme offerte.

— Et c'est quoi, ce truc, le Chemin des Mots ?

— L'argent t'intéresse ?

Joel ne répondit pas, mais il pensait à ce qu'il pourrait faire avec cinquante livres. Il y avait un gouffre entre ce qu'il était pour l'instant, un môme de douze ans dépendant de sa tante, et le psychiatre qu'il voulait devenir. Outre la volonté de réussir, dont il était largement pourvu, il y avait la question des fonds nécessaires au financement de ses études, dont il ne possédait pas le premier centime. De l'argent, il allait en avoir besoin pour franchir le cap, passer de ce qu'il était à ce qu'il voulait devenir. Si cinquante livres n'étaient pas le bout du monde, comparée à ce que Joel avait en poche pour le moment – c'est-à-dire rien –, cette somme représentait une fortune.

— P't'êt' bien, dit-il finalement. Qu'est-ce que je dois faire ?

— Te joindre à nous.

— Et je dois écrire quelque chose avant de me pointer là-bas ?

— Pas pour le Chemin des Mots. On écrit sur place. Je donne des mots-clés et tu as un certain temps pour composer un poème reprenant ces mots. Le meilleur poème gagne. Le jury est composé de membres de l'assistance.

— Oh, fit Joel en rendant le papier à Ivan.

Il savait qu'il avait peu de chances de gagner quoi que ce soit s'il y avait des juges pour prendre la décision.

— De toute façon, les poèmes, c'est pas mon truc.

— As-tu seulement essayé ? Je vais te dire ce que je pense, si ça ne t'ennuie pas. Ça ne t'ennuie pas, au fait, que je te parle ?

Joel fit non de la tête.

— C'est un commencement, approuva Ivan. Savoir écouter, c'est une bonne chose. C'est un peu commencer à se lancer. Et se lancer, c'est crucial dans la vie. C'est une démarche que beaucoup évitent. Se lancer dans du nouveau, faire un saut dans l'inconnu. Ceux qui osent effectuer ce saut sont ceux qui refusent le sort qui leur est échu. Ils font un pied de nez à la société, décident de ce qu'ils seront, faisant fi des limitations imposées par la naissance, l'appartenance à telle ou telle classe sociale et les préjugés qui en découlent.

Ivan plia le papier et le fourra dans la poche de la chemise de Joel.

— Basement Activities Centre. Oxford Gardens, dit-il. Tu reconnaîtras le bâtiment, c'est l'une de ces monstruosités qui, dans les années soixante, passaient pour de l'architecture. Béton, stuc, contreplaqué. J'espère que nous t'y verrons, Joel. Viens avec ta famille si le cœur t'en dit. Plus on est de fous, plus on rit. On servira du café et des gâteaux.

Joel avait toujours l'affichette sur lui. Il n'était pas encore allé au Club des Mots, mais la pensée des cinquante livres le titillait. Elle le démangeait même tellement que l'idée de participer à l'écriture du scénario dans le cours que donnait Ivan était passée au second plan. Chaque fois qu'une soirée consacrée au Club des Mots s'écoulait, Joel avait l'impression qu'il allait trouver assez de courage pour se risquer à écrire un poème.

Pour l'instant, cependant, c'était à sa visite à l'hôpital qu'il devait songer. A la réception, on les envoya non pas à l'étage où se trouvaient le salon et la chambre de leur mère, mais dans un couloir du rez-de-chaussée menant au jardin d'hiver, une pièce vitrée occupant le flanc sud du bâtiment.

Joel se dit que c'était bon signe. Dans la véranda, rien ne s'opposait à la libre circulation des patients et il n'y avait pas de barreaux aux fenêtres. Un malade pouvait donc se blesser en brisant l'un des immenses panneaux de verre. Le fait que Carole Campbell ait été autorisée à s'y rendre suggérait que sa santé mentale s'améliorait.

Il dut, hélas, constater que cette conclusion était beaucoup trop optimiste.

Le souhait de Kendra fut exaucé : la visite à Carole Campbell eut bien un impact. Mais pas sur la bonne personne. Ness, qui avait passé la journée à traîner, retrouva Joel et Toby quarante-deux minutes plus tard que prévu à la gare et elle était de si mauvaise humeur que Joel comprit que l'après-midi n'avait pas été aussi réussi qu'elle l'escomptait. Ness n'ayant pas vu leur mère, c'est Joel qui se retrouva à se poser de sérieuses questions sur l'avenir du clan Campbell.

La question de sa sœur – « Alors, comment elle va, cette connasse ? » – et sa façon de la poser n'arrangèrent pas les choses. Ness ne manifestait pas le désir d'avoir une conversation à cœur ouvert avec son frère sur le sujet. Joel aurait voulu lui dire la vérité : Carole n'avait pas reconnu Toby, elle croyait leur père toujours vivant, elle évoluait dans un monde où il était impossible de la rejoindre. Mais il fut incapable de traduire cela en mots. Il se contenta de dire :

— T'aurais dû venir.

A quoi Ness rétorqua :

— Je t'emmerde.

Avant de rallier l'arrêt de bus.

A la maison, quand Kendra demanda comment la visite s'était passée, Joel résuma sobrement :

— Bien.

Ils avaient trouvé Carole dans le jardin d'hiver. Il ajouta :

— M'man a demandé après toi, tante Ken.

Il ne comprit pas pourquoi ce mensonge ne parut pas faire plaisir à sa tante. Selon Joel, Kendra aurait dû se réjouir d'apprendre que la santé de Carole s'améliorait – signe que les Campbell débarrasseraient un jour le plancher. Mais Kendra n'avait pas l'air contente du tout et Joel sentit ses entrailles se nouer tout en cherchant un moyen d'atténuer le coup qu'il lui avait accidentellement porté. Il cherchait encore lorsque Dix le prit à part.

— Tu y es pour rien, mon petit vieux. C'est Ness. Comment elle a réagi face à ta mère ?

Joel se garda de répondre.

Dix fixa Ness – qui le fixa en retour. Son attitude, son visage, sa façon de respirer même, narines frémissantes, tout en elle exprimait le défi. Faisant preuve de sagesse, il refusa de le relever. Lorsqu'elle était à la maison, il sortait vaquer à ses occupations : il allait au gymnase retrouver ses sponsors, il se préparait avec acharnement pour la prochaine compétition, allait acheter les produits biologiques qui constituaient la base de son alimentation.

Plusieurs semaines durant, la vie s'écoula ainsi, presque normale aux yeux d'un observateur superficiel. C'est dans Harrow Road que la paix fragile de l'existence familiale vola en éclats. Joel allait chercher Toby au centre d'apprentissage, où il se rendait régulièrement même pendant les vacances d'été. Il débouchait de Great Western Road lorsqu'il vit une scène troublante sur le trottoir d'en face, derrière la rambarde de fer qui bordait le trottoir et empêchait les gens de traverser. Figure du quartier, un certain Bob le Poivrot se tenait assis dans son fauteuil roulant à l'endroit habituel, à gauche d'une entrée de pub, devant la vitrine où était apposée une publicité pour un vin espagnol. Il tenait un sac en papier plaqué contre sa poitrine, d'où émergeait le goulot d'une bouteille. Il criait comme à son habitude des « Hé ! » à tire-larigot ; mais, au lieu de brailler dans le vide, il s'adressait à un groupe de jeunes. L'un d'eux avait attrapé les poignées de son fauteuil et le faisait tourner à toute vitesse tandis que les autres se jetaient sur lui pour lui arracher son sac en papier. Bob tanguait d'un bord à l'autre de son fauteuil tandis que les lascars le secouaient comme un prunier. Visiblement, ils voulaient l'obliger à se cramponner aux bras du fauteuil et à lâcher le sac. Mais Bob avait compris la manœuvre. Le sac avant tout. Il avait passé presque toute une journée à faire la manche pour gagner de quoi s'acheter à boire, et il n'allait pas se laisser délester de son vin par une bande de petits voyous, aussi menaçants soient-ils.

Les types le faisaient donc tournoyer, leurs rires et leurs provocations noyant presque les cris du vieux. Personne ne sortit des boutiques pour intervenir car, dans Harrow Road, le bon sens voulait qu'on s'occupe de ses affaires avant de songer à se mêler de celles de quelqu'un à qui un groupe de loubards cherchait querelle. Plusieurs personnes passèrent sur le trottoir alors que les gars enquiquinaient Bob. Mais nul ne broncha, à l'exception d'une dame âgée qui leur agita sa canne sous le nez mais s'empressa de détaler lorsqu'un des jeunes tenta de lui arracher son sac à main.

De là où il se tenait, Joel vit que Bob glissait de son siège. Encore quelques instants et le vieil homme se retrouverait sur le trottoir, où il n'avait pratiquement aucune chance de pouvoir se défendre. Joel balaya la rue du regard, en quête d'un policier, mais cela ne servit à rien car des policiers, il n'y en avait jamais quand on en avait besoin. Joel n'avait pas la moindre envie de jouer au héros, cependant il s'écria :

— Hé, les mecs, lâchez-le, merde ! Il est handicapé.

L'un des voyous leva le nez pour voir qui osait leur casser la baraque.

— Merde de merde, marmonna Joel quand il le reconnut.

C'était Neal Wyatt. Leurs regards se croisèrent. Joel n'eut aucun mal à déchiffrer l'expression de Wyatt malgré ses traits figés. Ce dernier lança quelques mots à sa bande par-dessus son épaule et ils cessèrent aussitôt d'asticoter Bob.

Joel n'était pas naïf au point de croire que, s'ils mettaient un terme au jeu, c'était à cause du cri qu'il avait poussé. Les membres de la bande regardant tous dans sa direction, il comprit immédiatement ce qui allait se passer. Il se mit à sprinter en remontant Harrow Road, au moment où Neal et les siens s'avançaient vers la rambarde du trottoir. Neal avait pris la tête de la meute, avec le sourire de celui qui voit tomber un trésor à ses pieds.

Joel savait que c'était une erreur de courir mais il savait aussi que Neal avait des choses à prouver à ses troupes, notamment sa capacité à achever Joel. Car Joel était le minable, le ver de terre qu'il avait tenté d'écrabouiller dans Meanwhile Gardens le jour où Ivan Weatherall était intervenu. C'était également le mollasson que Hibah avait choisi pour ami malgré l'opinion que Neal avait de lui.

Joel perçut les cris des mecs derrière lui tandis qu'il s'élançait en direction du centre d'apprentissage. Sur la chaussée, il n'y avait place que pour deux véhicules et Neal et sa bande n'auraient besoin que de dix secondes pour enjamber la rambarde, gagner l'autre trottoir et en franchir la barrière. Aussi Joel courait-il à toutes jambes, évitant de justesse une maman à poussette, trois femmes en tchador, des sacs plein les bras, et un gentleman à cheveux neigeux qui se mit à hurler à tout hasard : « Arrêtez-le ! Au voleur ! », tandis que Joel le dépassait tel un taureau qui charge.

Un rapide coup d'œil par-dessus son épaule permit au jeune garçon de constater qu'il avait eu de la chance. Un bus et deux camions étaient apparus. Neal et sa troupe n'avaient pas envie de finir sous les roues d'un autobus ou d'un camion. Il leur fallut donc attendre que les trois véhicules soient passés avant de traverser et de reprendre la poursuite. Pendant ce temps, malgré ses poumons en feu, Joel avait réussi à les distancer de cinquante mètres. Sidashop n'était plus très loin. Il se précipita à l'intérieur, haletant, et claqua la porte derrière lui.

Kendra était au fond, occupée à trier des vêtements. Elle releva la tête au vacarme que fit la porte et faillit réprimander Joel de cette arrivée intempestive ; les mots étaient sur le bout de sa langue, prêts à sortir. Quand elle vit son visage, elle se ravisa.

— Que se passe-t-il ? Où est Toby ? Tu ne devais pas passer le prendre ?

Joel la fit taire d'un geste brusque, réaction si inhabituelle qu'elle se trouva réduite au silence. Il regarda par la fenêtre, vit Neal à la tête de sa bande, tel un chien de chasse lancé sur une piste. Joel coula un regard vers sa tante, puis vers la petite pièce du fond, dotée d'une porte donnant sur une ruelle. Il se dirigea de ce côté sans un mot.

— Joel, dit Kendra, que se passe-t-il ? Qu'est-ce que tu fabriques ? C'est qui, dehors ?

— Des types, dit-il en la dépassant.

Le souffle lui manquait au point qu'il avait l'impression d'avoir la tête qui tournait. Sa poitrine lui semblait marquée au fer rouge.

Kendra alla à la fenêtre tandis que Joel filait vers l'arrière-boutique. A la vue des jeunes, elle dit :

— Ils t'embêtent ? Je vais m'en occuper.

Elle tendit le bras vers la porte.

— Non ! hurla Joel.

Il n'eut pas le temps de dire à sa tante qu'elle ne ferait qu'envenimer les choses en tentant de sermonner ses poursuivants. Dans ce genre de situation, il était inutile d'essayer de faire entendre raison à qui que ce soit : il arrivait qu'on ne sache pas pourquoi tel ou tel était votre ennemi. Neal Wyatt était l'ennemi juré de Joel. Il n'y pouvait rien, c'était comme ça. Il se rua dans la pièce du fond, qu'éclairait une ampoule anémique, et vers la porte.

Il l'ouvrit d'une poussée. Elle claqua contre le mur du bâtiment. Il se précipita dans la ruelle et, un instant plus tard, il la remontait tandis que Kendra refermait derrière lui.

Joel poursuivit sa course sur une trentaine de mètres avant d'être trop essoufflé pour pouvoir continuer. Il lui fallait reprendre haleine, mais il savait que Neal Wyatt ne tarderait pas à deviner dans quelle boutique il s'était engouffré et ce qu'il avait fait une fois à l'intérieur. Il chercha une cachette sûre. Repéra une benne à ordures.

Il s'y réfugia. Non sans en avoir extirpé au préalable des cartons et des sacs bourrés de détritus. Ses poursuivants ne risquaient pas de les remarquer, compte tenu de l'état d'abandon de la ruelle.

Il se baissa, attendit, respirant avec peine. Moins de deux minutes plus tard, il perçut des piétinements. Puis des voix.

— Ce demi-Black de merde s'est tiré.

— Non. Il doit être encore dans le secteur.

— On va le dérouiller, ce con.

— Neal, tu vois quelque chose ?

— Un vrai trou à rats, ce coin.

— Juste ce qu'il faut à un mec comme lui.

Des rires. Puis la voix de Neal Wyatt :

— On se casse. Cette pétasse doit le cacher. On va lui dire deux mots.

Les voyous s'éloignèrent et Joel resta où il était. L'indécision, la peur pesaient sur ses intestins, qui ne demandaient qu'à se vider. Les dents serrées, il faisait de son mieux pour se retenir. Les bras autour de la taille, les genoux repliés contre la poitrine, il ferma les yeux, tendit l'oreille.

Il entendit une porte claquer. C'était sans doute la porte de derrière de Sidashop. Ces tarés retournaient là-bas, décidés à mettre le souk. Il essaya de se rappeler combien ils étaient, comme si cela pouvait changer quelque chose. Il savait sa tante capable de tenir tête à un ou deux mecs – peut-être même à trois. Mais, s'ils étaient plus nombreux, ce serait une autre paire de manches.

Joel s'efforça d'ignorer sa peur et les grondements de ses intestins. Il se mit debout dans la benne. Il fut sauvé par les sirènes hurlantes qui descendaient Harrow Road.

En les entendant, Joel comprit ce qui s'était passé. Anticipant le retour des jeunes, sa tante avait composé le 999 à l'instant où Joel s'était précipité dans la ruelle. Elle avait dû sortir aux flics son anglais le plus chic, et son accent, son vocabulaire avaient stimulé la police. Laquelle s'était pour une fois bougé les fesses et avait rappliqué ventre à terre munie de gyrophares, sirènes, matraques et menottes. Neal Wyatt et sa clique allaient faire connaissance avec les rigueurs du commissariat de Harrow Road s'ils ne déguerpissaient pas assez vite de la boutique. Sa tante avait gagné.

Joel se hissa hors du conteneur et détala. Moins de cinq minutes plus tard, il pénétrait dans le centre d'apprentissage où Toby rencontrait le spécialiste chargé de son cas.

Dans le hall, Joel s'arrêta pour brosser ses vêtements. Qu'il avait maculés dans la benne car il avait atterri sur un sac d'ordures ménagères renfermant, entre autres, des restes de haricots en sauce et du marc de café. Son jean avait pas mal souffert, une jambe surtout, et la manche de son blouson aussi, qui était entrée en contact avec un reste de sandwich à la moutarde. Il se nettoya tant bien que mal, poussa la porte et pénétra dans le bâtiment.

Toby l'attendait sur le canapé de vinyle craquelé qui constituait l'unique mobilier du coin-réception. Il tenait sa lampe sur ses genoux, la serrant à pleines mains. Il fixait la lampe, la lèvre inférieure tremblante, la tête rentrée dans les épaules.

— Salut, Tobe ! lança Joel. Comment va, mon petit pote ?

Toby releva le nez. Un sourire détendit ses traits crispés. Il descendit du canapé, pressé de s'en aller, et Joel comprit que Toby avait dû paniquer, s'imaginer que personne n'allait venir le chercher pour le ramener à la maison. Son cœur se serra. Il ne fallait pas que cela se reproduise, son petit frère ne devait pas se mettre dans des états pareils.

— Je suis en retard, tu m'excuses. T'as pas flippé, quand même ?

Toby fit non de la tête, il avait déjà tout oublié.

— Je pourrai m'acheter des chips ? J'ai cinquante pence. C'est Dix qui me les a filés. Et j'ai les cinq livres de mamie aussi.

— T'es con, mec, tu vas pas claquer le fric de ton anniv' en chips. Faut que t'achètes quelque chose de spécial.

— Mais j'ai envie de chips. Et les cinquante pence, c'est pas des sous de l'anniv'.

Joel essayait de trouver une réponse qui expliquerait avec gentillesse que de toute façon les cinquante pence ne seraient pas suffisants pour les chips lorsqu'une imposante Noire à cheveux ras et boucles d'oreilles de la taille d'enjoliveurs jaillit d'un bureau. C'était Luce Chinaka, l'une des femmes qui s'occupaient de Toby. Elle sourit.

— Je me disais bien que j'avais entendu quelqu'un parler à ce grand garçon. Pourrais-je vous dire un mot ? demanda-t-elle à Joel.

Puis, s'approchant de Toby :

— Tu as oublié de lui dire que je voulais lui parler ?

Toby baissa la tête. Il plaqua plus étroitement sa lampe contre sa poitrine. Luce Chinaka tapota ses cheveux.

— Pas grave, mon chou. Tu as le droit d'oublier. Attends-nous ici. Y en aura pas pour longtemps.

Toby chercha conseil du regard auprès de Joel. Celui-ci lut de la panique sur les traits de son petit frère, qui semblait affolé à l'idée de rester de nouveau seul.

— Bouge pas de là, *man*, dit Joel.

Des yeux, il fouilla la pièce, repéra une bande dessinée Spider-Man pour occuper Toby. Il la lui tendit, lui dit d'attendre, qu'il reviendrait très vite. Toby se fourra la BD sous le bras et se renfonça dans le canapé. Il posa la lampe près de lui et le magazine sur ses genoux. Mais, au lieu de se plonger dedans, il braqua les yeux vers Joel. Des yeux confiants mais aussi des yeux qui quémandaient. Il aurait fallu avoir une pierre à la place du cœur pour ne pas être touché.

Joel suivit Luce Chinaka dans un petit bureau encombré d'une table, de chaises, de panneaux d'affichage et d'étagères remplies de cahiers, de livres, de jeux de société et de chemises cartonnées. Il y avait sur son bureau une plaque de cuivre portant son nom. Luce Chinaka. Et, près de cette plaque, une photo d'elle avec les siens : bras dessus bras dessous avec son mari, aussi grand et aussi foncé de peau qu'elle, et, devant eux, rangés par ordre décroissant de taille, trois beaux enfants.

Luce passa derrière son bureau mais elle ne s'y assit pas. Au lieu de cela, elle tira sa chaise vers le côté. Elle désigna une autre chaise à Joel afin qu'ils soient face à face. Leurs genoux se touchaient presque dans la pièce exiguë.

Luce prit une chemise sur son bureau et y jeta un coup d'œil comme pour se rafraîchir la mémoire.

— C'est la première fois qu'on se rencontre. Votre prénom, c'est Joel, n'est-ce pas ?

Joel acquiesça. A sa connaissance, c'était uniquement lorsqu'il y avait un problème que les adultes faisaient entrer des gamins de son âge dans leur bureau. Il supposa que Toby avait fait une bêtise. Il attendit la suite, se raidissant.

— Il parle souvent de vous, poursuivit Luce Chinaka. Vous comptez énormément pour lui. Vous le savez.

Joel acquiesça de nouveau, ne sachant trop quelle contenance adopter.

Luce prit un stylo. En or, tout fin. Un objet qui lui allait bien. Joel vit qu'un formulaire était fixé à la chemise cartonnée qu'elle tenait à la main, que ce formulaire n'était pas vierge. Elle le lut avant de reprendre la parole. Pour dire à Joel ce qu'il savait déjà : l'école primaire de Toby avait recommandé son inscription au centre d'apprentissage et en avait même fait une condition nécessaire pour qu'il soit accepté comme élève chez eux.

— Vous êtes au courant ?

Comme Joel hochait la tête, elle poursuivit.

— Toby est très en retard pour son âge. Vous connaissez la nature de son problème ?

La voix de Luce Chinaka était empreinte de gentillesse, comme ses yeux, d'un marron profond pailleté d'or.

— C'est pas un gogol.

— Non, bien sûr que non. Mais il a de sérieuses difficultés d'apprentissage et il semble qu'il ait...

Elle hésita. Consulta de nouveau le dossier, enchaîna.

— Et il a d'autres problèmes également. Notre tâche ici consiste à déterminer la nature de ces problèmes et la meilleure façon de s'y prendre avec Toby. Nous lui dispenserons ensuite le type d'enseignement approprié en plus des cours qu'il suivra à l'école. Nous lui proposerons en outre des alternatives en ce qui concerne son comportement en société. Vous me suivez ?

Joel hocha encore une fois la tête. Il se concentrait de toutes ses forces. Il avait l'impression très nette que Luce Chinaka voulait en venir à quelque chose de terrible, et toutes ses antennes étaient dressées.

— Toby, continua la spécialiste, a du mal à enregistrer et à traiter les informations, Joel. Il souffre d'un trouble du langage doublé de ce que nous appelons dans notre jargon un dysfonctionnement cognitif. Mais ça...

Luce agita les doigts comme pour chasser les mots qu'elle venait de prononcer et qui étaient trop compliqués pour être bien compris d'un garçon de douze ans.

— ... c'est une façon de parler. L'important, c'est qu'un problème de langage est une chose sérieuse, car ce que nous apprenons à l'école dépend avant tout de notre capacité à l'appréhender à l'aide de mots et de phrases.

Joel vit bien qu'elle s'efforçait de simplifier parce qu'il était le frère et non le père de Toby. Il ne se froissa pas. Au contraire, il trouva cela étrangement réconfortant malgré les craintes que cette conversation lui inspirait. Il se dit que Luce Chinaka devait être une mère géniale. Il l'imagina bordant ses trois enfants, le soir, s'attardant dans la chambre, attendant qu'ils aient récité leurs prières.

— Bien, dit-elle. Maintenant nous en arrivons au cœur du problème. Qui est le suivant : il y a des limites à ce que nous pouvons faire ici pour Toby. Une fois ces limites atteintes, il nous faudra réfléchir à la suite.

Un signal d'alarme se déclencha dans la tête de Joel.

— Vous pouvez pas aider Toby ? Vous voulez qu'il quitte le centre ?

— Non, non, s'empressa-t-elle de le rassurer. Mais je veux pouvoir déterminer une ligne de conduite appropriée pour l'avenir. Et pour cela, une évaluation en profondeur est nécessaire. Il nous faut procéder à un examen plus complet et plus pointu de votre petit frère. Pareil examen nécessite la participation de tout son entourage. L'instituteur de Toby à Middle Row School, le personnel de notre centre, un médecin, vos parents. Je vois que votre père est décédé. Nous aimerions nous entretenir avec votre maman. Pour commencer, vous allez lui remettre ces documents afin qu'elle les lise et...

— C'est pas possible.

Joel ne put en dire davantage. La pensée de sa mère, ici, dans ce bureau, devant cette femme était trop pour lui, même s'il savait que cela ne risquait pas d'arriver. Jamais on ne la laisserait sortir seule, et même si Joel allait la chercher à l'hôpital pour l'amener au centre, Carole Campbell ne tiendrait pas cinq minutes devant Luce Chinaka avant de s'effondrer complètement.

Luce leva le nez des papiers qu'elle retirait du dossier de Toby. Elle semblait s'interroger sur la signification de ce « pas possible ». Elle tenta une interprétation :

— Votre maman ne sait pas lire, peut-être ? Désolée. Comme son nom figure sur les documents, je supposais...

Luce approcha le papier de son visage pour mieux déchiffrer les pattes de mouche qui étaient celles de Kendra.

— C'est l'écriture de ma tante.

— Je vois. Kendra Osborne est votre tante, pas votre mère, alors ? C'est aussi votre tuteur légal ?

Joel acquiesça à tout hasard, ignorant ce que signifiait exactement le terme.

— Votre maman est décédée, Joel ? C'est pour ça qu'elle ne peut pas prendre connaissance de ces documents ?

Joel fit un signe de dénégation. Mais il ne pouvait ni ne voulait parler de sa mère. Carole Campbell savait lire comme tout un chacun. Le problème, c'est que, qu'elle sût lire ou non, cela ne faisait en la circonstance aucune différence.

Il tendit le bras vers les papiers, prononçant les seuls mots qu'il réussissait à articuler :

— Je vais les lire, moi. Je vais m'occuper de Toby.

— Mais c'est que... Le cas de votre petit frère doit être examiné très sérieusement et seul un adulte responsable peut donner le feu vert pour une évaluation en profondeur.

— Je peux m'en occuper, je vous dis !

Joel s'empara des documents et les plaqua contre sa poitrine.

— Mais, Joel...

— Je peux m'en charger !

Il la laissa en pleine confusion. Elle le regarda d'un air stupéfait aller chercher son frère. A peine fut-il sorti qu'elle décrocha son téléphone.

13

Lorsque Ness laissa ses frères en plan, ce jour-là, à Paddington, elle ne quitta pas immédiatement la gare. Elle se posta derrière un stand de sandwiches sous prétexte d'allumer une cigarette fauchée à Kendra. Alors qu'elle fouillait dans son sac à la recherche d'allumettes, elle contourna le stand afin d'apercevoir la vitrine de W. H. Smith. Bien que le magasin fût bondé, elle n'eut aucun mal à repérer Joel. Il se dirigeait comme promis vers le rayon de la presse, suivi de Toby.

Ness attendit que Joel fasse la queue à la caisse, ses achats en main, avant de s'éloigner. Impossible de voir quel magazine il avait choisi. Mais il avait sans doute pris un truc sympa, une revue qui plairait à leur mère, car elle connaissait son Joel. Un gamin sur qui on pouvait compter, consciencieux à l'extrême. Et également un petit mec capable de jouer la comédie quand il le fallait. Quant à elle, elle en avait soupé. Faire semblant l'avait amenée exactement là où elle était en ce moment, c'est-à-dire nulle part. Jouer la comédie ne changeait rien, et surtout pas ce qu'elle ressentait. Et l'impression qu'elle avait, c'est qu'elle était pleine à craquer, que son sang allait crever sa peau.

Le lui eût-on demandé, Ness aurait été incapable de mettre un nom sur cette impression. Elle aurait été incapable de décrire cela en termes simples comme l'eût fait un enfant : pleine de méchanceté, de tristesse ou de joie. Elle aurait été incapable de se définir en des termes plus complexes : pleine du lait de la tendresse humaine, pleine de compassion, pleine de l'amour qu'inspirent un bébé sans défense ou un chaton innocent, pleine de colère devant une inégalité, pleine de rage devant les injustices de la vie. Elle ne savait qu'une chose : elle se sentait si pleine qu'il lui fallait trouver un moyen d'évacuer la tension qui montait en elle. Cette tension avait toujours été une constante de son existence, mais elle n'avait fait que croître depuis le soir où Ness avait assisté à ce début de ballet, et où elle s'était sentie agressée et incapable d'expliquer pourquoi il lui était impossible de rester dans la salle à regarder les danseurs.

Il fallait qu'elle fasse quelque chose. Voilà. Elle avait besoin de courir, de renverser une poubelle, d'arracher un nouveau-né à son landau et de bousculer sa mère, de pousser une vieille dame dans Grand Union Canal et de la regarder se noyer ; elle avait besoin de se débarrasser de cette sensation de trop-plein. Pour commencer, elle s'éloigna du vendeur de sandwiches, direction les toilettes des dames.

Vingt pence, c'était le tarif. Ness flanqua un coup de pied dans le tourniquet, se baissa et franchit l'obstacle sans payer. Non parce qu'elle n'avait pas d'argent mais parce que le fait qu'on réclame cette somme aux usagers désireux de faire pipi lui parut soudain insupportable. La goutte d'eau qui faisait déborder le vase. Elle ne se donna même pas la peine de s'assurer que personne ne l'observait tandis qu'à quatre pattes elle commettait cette infraction minime. En fait, elle aurait aimé qu'on la surprenne pour pouvoir donner libre cours à son indignation. Mais il n'y avait personne dans les parages, alors elle entra. Utilisa les toilettes.

Une rapide inspection dans la glace lui permit ensuite de constater qu'il lui fallait remettre de l'ordre dans sa tenue. Elle commença par rentrer son petit haut dans son jean afin de faire bomber sa poitrine pigeonnante. Après quoi elle entreprit de faire bouffer ses cheveux pour leur donner un maximum de volume. Elle passa ensuite son maquillage en revue. Son teint était acceptable mais un supplément de rouge à lèvres s'imposait. De son sac, elle tira un tube piqué chez Boots – lequel lui rappela Six et Natasha. A la pensée de ses copines d'antan, elle eut une nouvelle bouffée de cette intolérable sensation de trop-plein. Cette fois, la tension était telle que ses mains tremblaient. Lorsqu'elle tenta de se mettre du rouge, le bâton se cassa. Du coup, les larmes lui vinrent aux yeux.

Les larmes, c'est souvent un soulagement de la tension, la fin de la sensation de trop-plein ; mais cela, Ness l'ignorait. Les larmes, pour elle, n'étaient qu'un signe de défaite, le dernier recours des perdants. Aussi, au lieu de pleurer, elle lança le tube de rouge inutilisable dans la poubelle, et quitta les toilettes.

Une fois sortie de la gare, elle se dirigea vers l'arrêt du 23, où les vicissitudes des transports en commun londoniens l'obligèrent à patienter quinze bonnes minutes. Lorsque le bus finit par arriver, elle bouscula deux femmes à poussettes qui s'efforçaient de monter et leur dit d'aller se faire foutre quand elles lui demandèrent de s'écarter pour les laisser passer. Le véhicule était bondé et il y régnait une chaleur torride ; elle ne monta pas à l'étage comme elle l'aurait fait en compagnie de Toby et Joel. Elle resta en bas près de la sortie, de façon à avoir un peu d'air lorsque les portes s'ouvriraient aux différents arrêts. Elle se cramponna à une barre tandis que le bus réintégrait en tanguant le flot de la circulation et elle se trouva en face d'un retraité à poils au nez, doté de surcroît d'oreilles ornées d'une pilosité indue qui lui faisait de minuscules antennes.

Il occupait un siège près de l'allée centrale. Il lui adressa un sourire de grand-père avant d'abaisser les yeux vers sa poitrine. Il les y maintint assez longtemps pour que Ness comprenne le message puis releva la tête afin de croiser son regard. Il se passa alors lascivement la langue sur les lèvres. Sa lèvre supérieure avait un aspect désagréablement blanchâtre, sa lèvre inférieure était blême et gercée. Il lui adressa un clin d'œil salace.

— Va te faire foutre, espèce de déchet !

Ness n'essaya pas de baisser la voix. Elle aurait voulu lui tourner le dos, mais elle n'osait pas, de peur de se rendre vulnérable. Il fallait qu'elle le tienne à l'œil. Si jamais il tentait quoi que ce soit, il trouverait à qui parler.

Mais le bonhomme s'en tint là. Il fixa une nouvelle fois ses seins, dit : « Doux Jésus », et déplia un quotidien à sensation, de façon que la bimbo de la page trois soit bien en vue. Vieux dégueulasse, songea Ness. Lorsque le bus arriva à l'arrêt de Queensway, elle descendit.

Queensway avait beau grouiller de gens de toutes sortes venus faire du shopping, Ness ne passait pas inaperçue. Il faut dire qu'elle sortait de l'ordinaire. Sa tenue, aussi mini que moulante, ne laissait pas indifférent. Son expression et sa démarche – la première, hautaine ; la seconde, pleine d'assurance – lui donnaient l'air d'une femelle décidée à emballer. Combinés, ces deux éléments lui conféraient une aura de danger qui décourageait les tentatives d'abordage – ainsi son objectif était-il atteint. Si abordage il devait y avoir, elle entendait bien diriger les opérations.

Passant devant un drugstore, elle entra. Le magasin était noir de monde. Le rayon produits de beauté était aussi éloigné de la porte que possible : un défi que Ness se fit un plaisir de relever. Elle fila droit vers les présentoirs et étudia les nuances des rouges à lèvres. Elle choisit un bordeaux profond et, sans se donner la peine de s'assurer qu'on ne la regardait pas, elle glissa le tube dans son sac au moment où elle allait examiner un autre coloris. Elle passa encore quelques instants dans le magasin, le cœur battant, avant de prendre le chemin de la sortie. Elle se retrouva en un instant sur le trottoir, se dirigeant vers Whiteleys, mission accomplie.

En fait, c'était un jeu d'enfant que de piquer un tube de rouge un jour où une foule de gens faisaient leurs courses, créant par leur nombre même une diversion bienvenue. Ness n'aurait pas dû éprouver un tel sentiment de triomphe. Pourtant, elle exultait. Elle avait envie de chanter. De taper du pied par terre et de glousser. Bref, elle se sentait complètement différente de ce qu'elle était en entrant dans le magasin. Le frisson de plaisir qui la submergeait semblait avoir des répercussions sur la substance même de son être. C'était comme si elle avait pris de la drogue. Elle se sentait enfin soulagée de la tension qui l'habitait.

Elle avançait d'un pas assuré. Pouffant. Riant. Elle se promit de remettre ça. Elle allait mettre le cap sur Whiteleys, où les prises seraient meilleures. Elle avait des heures devant elle avant le retour de Toby et Joel à la gare.

Alors qu'elle traversait la rue, elle aperçut Six et Natasha. Bras dessus, bras dessous, bavardant, tête baissée. Elles titubaient légèrement, et cette démarche indiquait qu'elles avaient bu ou étaient sous l'influence d'une drogue.

Tout excitée par le succès de son entreprise, Ness décida que le moment était venu d'enterrer la hache de guerre. Elle les héla d'une voix pleine de bonhomie :

— Six ! Tash ! D'où vous sortez, les filles ? Vous vous seriez pas tapé l'équipe de rugby, par hasard ?

Les deux filles s'immobilisèrent. Elles prirent un air circonspect, échangèrent un regard mais ne bougèrent pas d'un pouce tandis que Ness approchait.

— Une paye qu'on t'a pas vue dans le secteur, dit Six.

Ness choisit d'interpréter cette version légèrement déformée des faits comme une offre de paix. Elle n'essaya pas de la rectifier. Elle l'accepta sans broncher, chercha ses cigarettes. La coutume aurait voulu qu'elle en offre une à chacune des filles, seulement elle n'avait pas piqué assez de Benson & Hedges à sa tante pour que ce soit possible ; au lieu de s'allumer une clope sans leur en offrir, ce qui les aurait vexées, elle exhuma de son sac le tube de rouge qu'elle venait de chaparder. Elle le sortit de son emballage et en tourna la base jusqu'à ce que le bâton de couleur apparaisse dans son intégralité un peu obscène. Elle le titilla un moment, le sortant de sa gaine de plastique, et sourit à ses anciennes amies avant de se tourner vers la vitrine du magasin le plus proche pour s'y mirer. Elle se passa le rouge sur les lèvres et examina le résultat.

— Merde, c'est pas vrai, on dirait que j'ai bouffé du chien écrasé, s'exclama-t-elle en lançant négligemment le tube dans la rue, l'air de dire : pas-grave-je-sais-où-en-trouver-d'autres.

Puis elle fit bouffer ses cheveux.

— Je l'ai piquée au drugstore de Westbourne Grove, cette saloperie. J'aurais dû en faucher davantage. C'est facile. Qu'est-ce que vous fabriquez, vous ?

— Ce qui est sûr, c'est qu'on fauche pas chez Boots, nous, dit Six.

C'était une mise en garde, mais cela ne suffit pas à faire redescendre Ness de son petit nuage.

— Pourquoi ? fit-elle avec un grand sourire. C'est fini, la fauche, Six ? T'as un mec pour t'entretenir ?

— J'ai besoin de personne, rétorqua Six.

Et, pour appuyer ses dires, elle sortit un téléphone portable et le consulta, faisant celle qui vient de recevoir un message urgent.

Ness savait qu'elle était censée s'extasier. Bonne fille, elle y alla d'un :

— Putain, il est trop top, ton portable. Où tu l'as eu ?

Six, toute fière, inclina la tête. Tash avait l'air moins cool.

— C'est celui d'une petite minette, une petite Blanche de Kensington Square, dit Tash. Six lui a foncé dessus : « File-moi ton phone, connasse. » Je me suis postée derrière, des fois qu'elle aurait envie de se défendre. Tu parles ! Elle s'est mise à chialer, cette gourde : « Soyez sympas, ma mère va me tuer si je lui dis qu'on m'a piqué son portable. » Six lui a arraché des mains, et elle a flanqué la nana par terre. Le temps qu'elle se relève, on était loin, hein, Six ?

Six composa un numéro.

— T'as une clope ? demanda-t-elle à Tash.

Celle-ci fouilla docilement dans son sac et lui tendit un paquet de Dunhill. Six en prit une, l'alluma et lui rendit les cigarettes. Alors que Tash s'apprêtait à en offrir à Ness, Six l'interrompit d'un percutant :

— Tash !

Le regard de Tash passa de Six à Ness et retour. Sachant de quel côté était son avantage, elle remisa les Dunhill.

— Hé, baby, quoi d'neuf ? dit Six dans le portable. T'as quelque chose pour ta petite caille ? Putain, tu rigoles. Je vais pas me trimballer là-bas. Tu veux que j'arrive complètement HS ? A Queensway, avec Tash. Ouais, c'est jouable ; Tash et moi, on peut faire comme ça. A condition que t'aies de la came. Sinon, ça vaut pas l'coup qu'on se déplace.

Six écouta un moment, faisant passer le poids de son corps d'une jambe sur l'autre. Finalement, elle dit :

— Pas question, mec. Si on se farcit le trajet, Tash et moi, on sera trop crevées pour... Hé, tu me causes pas sur ce ton, bébé. Tash et moi, on va t'cadrer, tu t'en mordras les genoux.

Elle éclata de rire, adressa un clin d'œil à Natasha, qui semblait complètement larguée. Six écouta encore un moment, dit :

— OK, dans ce cas on arrive, *man.*

Puis elle éteignit le portable et gratifia Ness d'un sourire satisfait.

Le sourire n'était pas nécessaire : contrairement à Tash, Ness était loin d'être idiote. L'utilisation constante du « Tash et moi » avait eu l'effet désiré. Les limites avaient été clairement fixées. Pas question de revenir à l'ancien ordre des choses. Pour mille et une raisons connues des seules adolescentes, Ness était une pestiférée et elle le resterait.

Elle aurait pu exiger des explications. Accuser. Analyser la situation. Mais la pression de l'instant était telle qu'elle s'en sentait incapable. Seule attitude possible, sauver la face, maintenant qu'elle avait commis l'erreur d'adresser la parole aux deux filles.

Sauver la face, cela voulait dire faire celle qui s'en fout. Faire semblant de ne pas s'apercevoir qu'on l'avait mise à l'écart. Ignorer la sensation de trop-plein qui était revenue l'habiter.

Ness croisa fermement le regard de Six, lui adressa un bref hochement de tête.

— Comme tu voudras.

— Ouais, dit Six.

Tash avait l'air aussi larguée que pendant les « Tash et moi » de Six. Lesquels semblaient sous-entendre une complicité qui était loin d'exister entre elles.

— Allons-y, dit Six à Tash. On nous attend.

Et à Ness qui s'écartait pour les laisser passer, elle lança un « Fais gaffe à toi, pépette » qui mit un terme à la rencontre.

Ness les regarda partir. Ces deux pauvres connes, elle ne voulait pas de leur amitié. Mais tout en se disant cela, elle se sentit de nouveau possédée par une pulsion irrésistible. Elle prit la direction de Whiteleys. Il y avait là-bas du rouge à lèvres qui attendait d'être raflé.

Kendra chargeait sa table de massage dans la Punto lorsque Fabia Bender débarqua à Edenham Way en compagnie de deux énormes chiens : un doberman et un schnauzer géant. Ne possédant que des rudiments en matière de races canines, Kendra aurait été bien en peine d'identifier ce dernier mais elle n'en fut pas moins impressionnée et intimidée par son gabarit ; la tête de l'animal arrivait en effet au-dessus de la taille de sa maîtresse. Kendra s'immobilisa. Faire un geste – inconsidéré ou non – ne semblait guère prudent.

— Ne vous inquiétez pas, Mrs Osborne, dit Fabia Bender. Ils sont doux comme des agneaux. Le doberman s'appelle Castor. Et le schnauzer, Pollux. J'avais décidé dès le départ d'avoir deux chiens. Deux molosses. Je les aime imposants. Je me suis dit qu'il serait plus facile de prendre les deux d'un coup plutôt que d'attendre que le premier ait grandi avant d'en prendre un second. Mais il m'a fallu quatre fois plus de temps pour les dresser. Des races prétendument faciles... On dirait que vous avez tapé dans l'œil de Pollux. Vous ne lui feriez pas une petite caresse sur la tête ?

Elle les tenait en laisse – des laisses extensibles. Lorsqu'elle leur dit « Assis, les enfants », ils obéirent sans protester, et elle lâcha les laisses. Castor resta au garde-à-vous. Pollux se laissa glisser par terre avec un gros soupir, sa tête massive reposant sur ses énormes pattes. Une personne cultivée aurait immédiatement fait le rapprochement avec le chien des Baskerville. Kendra se demanda ce qui pouvait bien pousser Fabia Bender à venir chez elle à l'improviste.

— Ness a fait ses heures normalement ? questionna-t-elle. Elle a toujours quitté la maison à temps mais je ne l'ai pas suivie pour voir si elle se rendait bien à la garderie. J'ai pensé qu'il fallait lui faire confiance.

— Excellente idée, opina Fabia Bender. Les rapports de Mrs Ghafoor sont jusqu'à présent positifs. Je n'irai pas jusqu'à dire que Ness aime ce travail, mais elle le fait. Un bon point pour elle.

Kendra attendit la suite. Elle avait rendez-vous dans un coin chic de Maida Vale chez une Américaine, une Blanche entre deux âges, qui entendait recourir régulièrement à ses services. Une bourge friquée qui avait des loisirs à ne savoir qu'en faire. Kendra n'avait pas envie d'arriver en retard. Elle consulta sa montre, casa sa provision d'huiles et de lotions à l'arrière de la voiture à côté de la table.

— C'est du frère de Ness que je voudrais vous parler, dit Fabia. On ne peut pas entrer au lieu de rester dans la rue ?

Kendra hésita. Elle ne demanda pas de quel frère il s'agissait, supposant que c'était Joel. Elle ne voyait pas pourquoi une assistante sociale du service des jeunes délinquants viendrait lui parler de Toby. Cela signifiait donc – même si c'était surprenant compte tenu de sa personnalité – que Joel avait des problèmes.

— Qu'est-ce qu'il a fait ? s'enquit-elle en s'efforçant de prendre un ton juste un peu inquiet alors qu'elle était paniquée.

— Ne pouvons-nous entrer ? Les chiens resteront dehors, bien entendu. Ne vous faites pas de mauvais sang pour vos affaires. Si je leur demande de garder la voiture, ils le feront.

D'un mouvement de menton, elle désigna la porte d'entrée.

— Cela ne devrait pas être long, ajouta-t-elle avant de dire aux molosses : Surveillez la voiture, les enfants.

Façon de dire qu'elle ne se laisserait pas détourner de son intention d'entrer. Kendra reçut le message cinq sur cinq. Elle fit claquer le couvercle du coffre et passa devant les chiens, qui ne bougèrent pas. Fabia Bender lui emboîta le pas.

Une fois à l'intérieur, l'assistante sociale ne dévoila pas tout de suite ses batteries. Elle demanda à Mrs Osborne si cette dernière voulait bien lui faire faire le tour du propriétaire. Elle n'était jamais entrée dans l'une de ces maisons, précisa-t-elle, et elle était curieuse de connaître la configuration des lieux.

Kendra n'était pas dupe, mais elle n'avait d'autre solution que de lui donner satisfaction, compte tenu des ennuis que Fabia Bender pouvait lui causer. Bien qu'il n'y eût pas grand-chose à voir, Kendra fit les honneurs de son chez-soi à Fabia, jouant le jeu tout en sachant pertinemment qu'il était peu probable que cette femme fût venue jusque-là dans le but d'approfondir ses connaissances en matière d'architecture intérieure.

Fabia lui posa un tas de questions au fil de la visite : depuis combien de temps Kendra habitait-elle ici ? Etait-elle propriétaire, la veinarde, ou simple locataire ? Combien de personnes vivaient ici ? Comment s'arrangeait-on pour dormir ?

Kendra ne voyait pas le rapport avec d'éventuels ennuis de Joel, aussi se tint-elle sur ses gardes. Ne voulant pas se faire piéger, elle répondait aussi brièvement que possible aux questions de l'assistante sociale, restant dans le vague les trois quarts du temps. C'est ainsi qu'au premier étage elle ne se donna pas la peine d'expliquer la présence du paravent appuyé contre le mur près du canapé ; et qu'au second elle n'expliqua pas pourquoi les garçons avaient, au lieu de lits et de draps, de simples lits de camp et des sacs de couchage.

Surtout, elle se garda bien de faire allusion à Dix. Tant pis si de par la ville – voire de par tout le pays – les gens vivaient dans des conditions encore plus irrégulières que celles-ci, les partenaires de la mère ou du père allant et venant avec une régularité à donner le tournis étant donné que les femmes étaient frénétiquement en quête d'hommes et les hommes de femmes tant ils avaient peur, les uns et les autres, de rester seuls plus de cinq minutes d'affilée. Kendra se dit que, moins elle en dirait concernant Dix, mieux cela vaudrait. Elle précisa en passant qu'elle partageait sa chambre avec Ness et elle le regretta dès que Fabia Bender, jetant un coup d'œil dans la salle de bains, tomba sur les tee-shirts qui séchaient sur des cintres au-dessus de la baignoire. Au-dessus du lavabo se trouvait une autre preuve de la présence d'un homme dans la maison. Dix y avait en effet disposé son nécessaire à raser : rasoir, savon, blaireau.

Fabia Bender ne souffla mot avant d'être redescendue au rez-de-chaussée. Là, elle suggéra à Kendra de s'asseoir un moment à la table de la cuisine. Elle se mit en devoir de lui apprendre que pendant tout le temps qu'elle avait passé récemment avec Ness – au commissariat, au tribunal, dans les locaux du service des jeunes délinquants à Oxford Gardens –, cette dernière n'avait pas une seule fois mentionné le fait que deux autres petits Campbell vivaient chez Mrs Osborne. Cette information lui avait été répercutée par le centre d'apprentissage de Westminster, où une personne répondant au nom de Luce Chinaka s'était inquiétée en constatant que des formulaires nécessitant la signature d'un parent – ou d'un tuteur – ne lui avaient pas été retournés ainsi qu'elle l'avait demandé. C'est à un certain Joel Campbell que la demande avait été adressée, à propos de son frère Toby.

Ce n'était pas une coïncidence si Fabia Bender avait reçu le coup de fil de Luce Chinaka. Débordée comme tous les employés du service, la secrétaire qui dispatchait les appels destinés aux assistantes sociales avait dressé l'oreille au nom de Campbell, se rappelant que c'était une des jeunes clientes de Fabia, et elle lui avait passé l'appel. C'était bien connu, il y avait des familles à problèmes. Lorsque Luce Chinaka fit part de son inquiétude concernant un certain Joel Campbell, la secrétaire se dit qu'il devait s'agir d'un frère de Ness.

— Quel genre de formulaires ? s'enquit Kendra. Pourquoi ne me les a-t-il pas remis ?

Cela concernait des tests qu'il était prévu de faire passer à Toby pour savoir s'il convenait de l'inscrire, le cas échéant, dans un établissement plus approprié que Middle Row School, lui expliqua Fabia.

— Des tests ? reprit Kendra, qui eut l'impression d'entendre se déclencher un signal d'alarme et retentir des hululements de sirène.

Toby, il ne fallait pas y toucher. Tester Toby, lui faire passer... Impensable. Néanmoins, comme elle voulait connaître la nature exacte de l'ennemi, elle insista :

— Quels tests ? Effectués par qui ?

— Nous ne savons pas encore, rétorqua Fabia Bender. Mais ce n'est pas pour cela que je suis venue.

Compte tenu du fait qu'il y avait non pas un, mais trois enfants au domicile de Mrs Osborne, elle était venue voir comment ils étaient installés. Et parler à Kendra de la nécessité de mettre en place une tutelle permanente et officielle.

Kendra voulut savoir pourquoi c'était nécessaire. Ils avaient une mère, ils avaient une grand-mère – même si elle se garda de faire allusion au retour de Glory à la Jamaïque – et ils avaient une tante. Il y aurait toujours quelqu'un pour s'occuper d'eux. Pourquoi ce besoin d'officialiser ? Et « officiel », qu'est-ce que cela signifiait ?

Des papiers. Des signatures. Carole allait soit renoncer à s'occuper de ses enfants, soit être déclarée incapable de s'en charger ; et il faudrait alors qu'ils soient confiés à quelqu'un d'autre. Des décisions devaient être prises concernant l'avenir. Et, pour le moment, personne ne semblait qualifié pour les prendre. Si personne ne voulait assumer cette responsabilité, le gouvernement...

Kendra lui répondit tout net qu'il était hors de question de placer ces enfants, si c'était ce à quoi elle faisait allusion. Ils lui donnaient certes du fil à retordre, inutile de le nier. Surtout Ness. Jamais contente. La gamine n'était vraiment pas un cadeau. Mais les enfants étaient les seuls parents par le sang qu'elle eût en Angleterre. Si ce fait ne lui avait jusque-là jamais paru important, dès l'instant où Fabia Bender mentionnait le gouvernement et les tests à faire passer à Toby, il prenait soudain un relief particulier.

Fabia s'empressa de la rassurer. Quand un membre de la famille était d'accord pour se charger des enfants, le gouvernement ne s'y opposait jamais et les laissait à la garde de ce parent. A condition évidemment que ce fût quelqu'un de convenable qui puisse fournir aux enfants en question un environnement stable. Tel semblait être le cas – là, Kendra accusa le coup –, comme Fabia ne manquerait d'ailleurs pas de le signaler dans son rapport. En attendant, il fallait que Mrs Osborne lise et signe les papiers que Luce Chinaka avait remis à Joel. Il fallait également qu'elle parle à la mère des enfants de la mise en place d'une tutelle permanente. Dans la mesure où il y avait...

C'est alors que les chiens se mirent à aboyer. Fabia se leva tandis que Dix D'Court criait du dehors :

— Ken, baby ! C'est quoi, ce boucan ? Je rentre retrouver ma chérie, et voilà comment on m'accueille !

Fabia se précipita à la porte, l'ouvrit.

— Ça suffit, les enfants.

Puis elle ajouta à l'adresse de Dix :

— Excusez-les. Ils ont eu peur pour la voiture. Je leur avais dit de la garder. Entrez. Ils ne vous embêteront plus.

A la vue d'une Blanche dans la maison, Dix comprit qu'il se passait quelque chose d'anormal et s'empressa de changer de ton. Il entra, portant deux sacs de provisions, qu'il déposa sur le plan de travail. Des fruits, des légumes, des amandes, du riz brun, des haricots et des yaourts. Il resta appuyé contre le meuble, bras croisés, dans l'expectative. Il portait un tee-shirt identique à ceux qui séchaient au-dessus de la baignoire, un minishort d'athlétisme et des chaussures de sport. Cette tenue mettait son physique particulièrement en valeur. La phrase qu'il avait lancée de la rue à Kendra quelques secondes plus tôt ne laissait aucun doute sur la nature de leurs relations.

Fabia Bender et lui attendirent que Kendra fasse les présentations. Comme il n'y avait pas moyen d'y couper, Kendra s'y attela mais les réduisit au strict minimum.

— Dix D'Court, Fabia Bender du service des jeunes délinquants.

Fabia nota son nom.

— Miss Bender ignorait qu'ils étaient trois, ajouta Kendra. Elle s'est déjà occupée de Ness mais c'est pour me parler de Joel qu'elle est venue.

— Des ennuis, Joel ? fit Dix. Ça lui ressemble pas.

Kendra fut satisfaite de cette réaction qui montrait que Dix s'intéressait au petit.

— Il devait me remettre des papiers et il ne l'a pas fait.
— C'est un délit ?
— Non, intervint Fabia Bender. Vous habitez ici, Mr D'Court ? Ou vous êtes en visite ?
Dix chercha Kendra du regard pour savoir comment il était censé répondre – ce qui était déjà une réponse en soi.
— Je vais, je viens.
Fabia Bender griffonna dans son carnet. D'après la crispation de ses lèvres, elle écrivait probablement quelque chose comme : *mensonge.* Kendra savait qu'elle tiendrait compte dans ses recommandations de la présence de Dix dans la même maison qu'une gamine de quinze ans. Après tout, Fabia connaissait Ness. Il n'était pas exclu qu'elle estime que la cohabitation d'un homme de vingt-trois ans plutôt canon avec une adolescente aguicheuse puisse déboucher sur des ennuis au lieu de constituer une situation « convenable ».
Une fois qu'elle eut écrit ce qu'elle jugeait utile de noter, Fabia Bender referma son carnet. Elle dit à Kendra de réclamer à Joel les papiers que Luce Chinaka lui avait remis pour les signer et de demander à Ness de lui passer un coup de fil. Sacrifiant ensuite au rituel d'usage, elle déclara à Dix qu'elle avait été ravie de faire sa connaissance, et elle termina en disant à Kendra que, si elle avait bien compris, Ness n'avait pas vraiment d'endroit à elle pour dormir ou s'habiller. Etait-ce bien le cas, Mrs Osborne ?
— Je lui ai bricolé un paravent... intervint Dix.
— Elle a toute l'intimité dont elle a besoin, nous y veillons, coupa Kendra.
— Je vois, conclut Fabia Bender.
Qui ne jugea pas nécessaire de développer davantage sa pensée.

Lorsque Kendra se retrouva face à Joel, elle était furieuse et inquiète. Bien que décidée à ne pas donner suite à ces fichus papiers, elle passa un savon à son neveu. S'il lui avait remis les documents, Fabia Bender n'aurait pas eu besoin de se pointer à Edenham Way pour faire un rapport. Maintenant ils allaient avoir divers obstacles à franchir, des explications à fournir, des enquêtes à subir, des responsables de l'administration avec lesquels il leur faudrait compter. Du fait du manque d'empressement – pour ne pas dire plus – de Joel dans cette affaire, ils se trouvaient désormais pris dans les griffes du système et obligés d'entreprendre des démarches toutes plus longues et plus assommantes les unes que les autres.
C'est pourquoi Kendra voulait savoir à quoi il pensait en omettant de lui apporter les documents que la responsable du centre d'apprentissage

– dans son agitation, elle avait oublié le nom de Luce Chinaka – lui avait confiés à son intention. Comprenait-il que désormais on allait les surveiller de près ? Savait-il ce que cela signifiait, pour une famille, d'attirer l'attention des services sociaux ?

Bien sûr que Joel le savait. Il en ruisselait même de frousse. Mais pour rien au monde il ne l'aurait reconnu, car avouer qu'il en avait conscience, c'était donner à sa peur une légitimité qui risquait de la transformer en réalité. Aussi raconta-t-il à sa tante qu'il avait oublié parce qu'il pensait à... Il se demanda à quoi. Finit par lui dire qu'il pensait au Club des Mots. Un sujet de réflexion plutôt sain. Et pas très éloigné de la vérité, finalement.

Il ne s'attendait pas qu'une fois mise au courant Kendra l'encourage ; pourtant c'est ce qu'elle fit. A ses yeux c'était la preuve qu'une influence positive était entrée dans la vie de Joel, et Dieu sait que des influences positives, ces enfants allaient en avoir besoin pour contrebalancer les effets potentiellement négatifs de leur cohabitation avec une tante de quarante balais qui s'envoyait copieusement en l'air avec un body-builder de vingt-trois ans.

C'est ainsi que Joel se retrouva en route pour le Club des Mots, laissant Toby avec Dix, Kendra, une pizza et une vidéo. Il se rendit à Oxford Gardens, où une pancarte manuscrite apposée sur la porte d'entrée d'un long bâtiment bas datant de l'après-guerre – siège également des bureaux du service des jeunes délinquants – invitait les participants à rejoindre le Basement Activities Centre situé au sous-sol et relativement facile à repérer. Dans le hall, une jeune Noire était assise à une table de bridge et inscrivait sur des étiquettes autocollantes les noms des gens qui franchissaient le seuil. Joel hésitant à s'approcher, elle l'apostropha :

— C'est la première fois ? Faut pas que tu paniques. C'est comment ton nom, mec ?

Joel ne put s'empêcher de rougir. Elle l'avait accepté le plus naturellement du monde. Elle l'avait accueilli d'emblée, chaleureusement et sans problème.

— Joel, dit-il en la regardant tracer les lettres.

— Tâche d'éviter la tarte à la crème anglaise, ajouta-t-elle avec un clin d'œil tout en accrochant le badge improvisé sur sa chemise. Elle est sèche, c'est de la semelle.

Il hocha solennellement la tête, se disant que ce tuyau était la clé du succès dans toute l'affaire. Puis il se dirigea vers une sorte de buffet dressé contre un mur. Des assiettes en fer-blanc contenaient des biscuits et des gâteaux. Dans une grosse cafetière, le café glougloutait en embaumant. Il prit un sablé au chocolat, glissa un regard autour de lui.

Les gens qui étaient là formaient un groupe disparate où se mêlaient toutes les origines et tous les âges. Noirs, Blancs, Moyen-Orientaux et Asiatiques. Vieillards, et bébés en poussette. Ils semblaient se connaître. Après s'être bruyamment salués, ils se mirent à bavarder ; le bruit enfla.

Ivan Weatherall circulait au milieu de tout ce monde. Apercevant Joel, il lui fit un signe de la main mais ne s'avança pas vers lui, bien qu'heureux en apparence de le voir. Ivan se fraya un passage jusqu'à l'estrade dominant la salle, estrade équipée d'un micro, derrière lequel était placé un haut tabouret. Devant le micro, des chaises en plastique jaunes et orange, déployées en éventail. Voyant Ivan rallier l'estrade, les participants s'avancèrent vers les sièges.

— Assistance record, ce soir, commenta Ivan, enchanté. C'est parce qu'on a augmenté le montant du prix ? Je savais bien que vous étiez corruptibles.

Eclats de rire. Ivan était manifestement dans son élément. Joel n'en fut pas surpris.

— Je vois de nouveaux visages, je vous souhaite la bienvenue, poursuivit Ivan. J'espère que vous vous sentirez suffisamment à l'aise pour donner libre cours à votre talent. Mais trêve de bavardages...

Il tenait à la main une écritoire à pince.

— Vous êtes le premier, Adam Whitburn. Oserai-je vous inciter à essayer de surmonter votre timidité naturelle ?

Tout le monde s'esclaffa tandis qu'un rasta aux dreadlocks engoncées sous un gros bonnet de laine jaillissait de l'assistance et bondissait sur l'estrade avec l'assurance d'un boxeur professionnel montant sur le ring. Il sourit à quelqu'un qui venait de crier : « Vas-y, mec. » Il se percha sur le tabouret et commença à lire dans un cahier à spirale corné. Non sans avoir annoncé le titre de sa contribution : « Stephen rentre à la maison ».

— « Ils l'ont chopé dans la rue, oui, dans la rue. Le sang a coulé rouge et chaud comme braise, mais la lame était froide. Ils l'ont planté comme personne, p'pa, ni comme un homme, ni comme une chèvre. Planté, p'pa. C'est la rue qui veut ça. »

Silence pendant la lecture. Pas même un vagissement de nouveauné. Joel avait le nez sur ses genoux tandis que Whitburn poursuivait, évoquant la foule qui s'amasse, la police, l'enquête, l'arrestation, le procès, la fin. Pas de justice. Pas de soulagement. Mort dans la rue, point final.

Lorsque Adam Whitburn eut terminé, quelques instants s'écoulèrent dans le silence. Puis les applaudissemens crépitèrent, accompagnés de sifflets enthousiastes. Mais la suite surprit Joel. Des membres de l'assistance se mirent à formuler des remarques sur le texte d'Adam, qu'ils appelaient « poème ». Cela surprit encore plus Joel, persuadé que la poésie était affaire de rimes. Personne ne fit allusion au contenu du poème, à savoir la mort et l'injustice. Il fut seulement question du rythme, des intentions de l'auteur et du résultat atteint. Les gens posèrent des questions à Whitburn sur la forme. Le rasta écoutait attentivement, répondait, et quand c'était nécessaire il prenait des notes. Puis il remercia le public, salua et rejoignit l'assistance.

Une fille du nom de Sunny Drake lui succéda. Son texte parlait de grossesse et de cocaïne, du fait d'être née accro à cause d'une mère junkie, de donner naissance à un enfant lui aussi cocaïnomane de naissance. Cette fois encore, la lecture fut suivie d'une discussion ponctuée de remarques techniques, mais il n'y eut pas de commentaires ni de jugement sur le fond.

Quatre-vingt-dix minutes s'écoulèrent ainsi. Ivan appelait les noms inscrits sur son écritoire. Personne ne menait à proprement parler les débats : ils se dirigeaient tout seuls, avec la familiarité d'un rituel connu de tous. Lorsque vint le moment de faire une pause, Ivan reprit le micro. Il annonça à l'intention de ceux que cela intéressait que le Chemin des Mots allait commencer. Le reste de l'assistance se dirigeait déjà vers le buffet. Joel observa d'un œil curieux les douze personnes qui se dirigèrent d'un pas vif vers l'estrade pendant que les autres se dispersaient. Ivan se mit à distribuer des feuilles. Ayant surpris des bribes de conversation où revenaient les mots « cinquante livres », Joel en déduisit qu'ils en étaient arrivés à la partie de la soirée qui l'intéressait, avec le prix en espèces à la clé.

Tout en sachant qu'il n'avait guère de chances de gagner – notamment parce qu'il n'avait pas la moindre idée de ce en quoi consistait l'épreuve –, il s'avança avec les autres. Constatant qu'Adam Whitburn faisait partie du lot, il faillit renoncer. Mais Ivan le héla :

— Ravi de te voir, Joel Campbell. Approche.

Joel se retrouva bientôt avec une feuille sur laquelle étaient écrits cinq mots : *chaos, toujours, question, destruction, pardon.*

Il les fixa, complètement largué. Certes, il connaissait la signification de ces termes, mais, sorti de là, il nageait. Il regarda autour de lui, cherchant à deviner ce qu'il était censé faire. Il s'aperçut que les participants au concours écrivaient frénétiquement, s'arrêtant pour réfléchir, mordillant leurs crayons, sortant et rentrant la pointe de leurs stylos à bille. Joel en conclut qu'ils devaient être en train de composer ce qu'on appelait ici de la poésie. Il pouvait battre en retraite ou se joindre à eux. Cinquante livres, c'était une somme : il décida de rester.

Pendant les cinq premières minutes, il contempla sa feuille tandis qu'autour de lui les gens gribouillaient, gommaient, marmonnaient, griffonnaient, regommaient ou biffaient. Il écrivit *chaos* et attendit qu'un miracle se produise ; il attendit que la foudre le frappe, tel un saint Paul doublé d'un poète. Il transforma le *o* de *chaos* en une roue, y ajouta des rayons. Il dessina des étoiles filantes. Fit des gribouillis, souligna. Avec un soupir, il froissa le feuillet, dont il fit une boulette.

Près de lui, une vieille dame, une Blanche à grosses lunettes, mordillait pensivement son stylo. Elle regarda Joel, lui tapota le genou.

— Commence par l'un des autres mots, mon mignon. T'es pas obligé de les prendre dans l'ordre.

— Vous êtes sûre ?

— Sûre et certaine. Choisis le mot qui te parle. Et lâche-toi. Ton subconscient fera le reste.

Joel la considéra d'un air dubitatif mais décida de suivre son conseil. Il défroissa sa feuille, la relut. C'était le mot *toujours* qu'il trouvait le plus évocateur. Il le coucha sur le papier et un étrange phénomène se produisit : les mots se mirent à affluer à la suite du premier, il n'avait qu'à les transcrire, tel un scribe.

Pour toujours, elle est bouclée au trou.
Elle se pose la question, elle sait pas pourquoi.
Pas de réponse, ma fille, depuis le temps que ça dure.
Pas de pardon pour la mort qui est en toi.
Cette destruction, c'est digne d'une ordure.
Crève, salope, le chaos c'est fini pour moi.

Joel lâcha son crayon. La mâchoire pendante, il fixa ce qu'il venait d'écrire. Il avait l'impression que la vapeur lui sortait des oreilles. Il relut son poème une deuxième fois, puis quatre fois encore. Il allait l'enfouir discrètement dans la poche de son jean lorsqu'en passant quelqu'un lui arracha la feuille des doigts. Un des membres du groupe qui s'étaient portés volontaires pour jouer ce soir-là le rôle de critiques s'en empara. Ils sortirent de la salle avec les feuilles tandis que le Club des Mots reprenait. Les lectures alternaient avec les réactions de l'assistance.

Joel ne parvint pas à se concentrer sur cette seconde partie de la soirée. Il avait les yeux braqués sur la porte par laquelle les membres du jury étaient sortis. Il lui sembla qu'il s'écoulait un bon bout de temps. Lorsqu'ils émergèrent, ils remirent les copies à Ivan Weatherall, qui en prit connaissance, approuvant de la tête à mesure qu'il les parcourait.

Lorsque vint le moment d'annoncer le vainqueur, on commença par les textes les moins bons. Les poèmes furent lus, les poètes s'identifièrent, furent applaudis, et se virent remettre des certificats portant un tampon doré et un bon pour une vidéo gratuite chez Apollo Entertainment. La troisième place revint à la vieille dame qui avait aidé Joel : elle empocha un certificat dûment tamponné, la somme de cinq livres et un bon pour un curry chez Spicy Joe's. La deuxième place revint à une jeune Asiatique à foulard – Joel tâcha de voir si ce n'était pas Hibah, mais ce n'était pas elle. Puis un silence tomba, précédant l'annonce de la première place.

Joel se dit qu'il ne pouvait pas gagner, que c'était impossible. Il ne connaissait rien à la poésie, et les mots n'étaient pas son fort. Pourtant il ne pouvait s'empêcher de penser aux cinquante livres de la récompense et à ce qu'il pourrait en faire si par miracle...

Le vainqueur était Adam Whitburn.

— Venez donc recevoir votre prix et les félicitations de vos pairs, mon garçon, lui dit Ivan.

Tout sourire, le rasta s'élança. Il ôta son bonnet, salua. Ses dreadlocks se répandirent sur ses épaules. Les applaudissements calmés, il prit le micro pour la seconde fois de la soirée et lut son œuvre. Joel essaya bien de suivre, mais il n'arrivait pas à entendre. Il avait l'impression que la marée allait le submerger.

Il aurait voulu pouvoir filer en douce mais son siège était au milieu de la rangée et il lui aurait fallu bousculer des gens et des poussettes. Il dut donc subir le triomphe de Whitburn, impatient de voir arriver la fin de la soirée pour pouvoir rentrer à la maison. Cependant, tandis qu'Adam regagnait son siège, Ivan Weatherall reprit le micro. Il avait une dernière annonce à faire. Les juges avaient cru bon d'élire, parmi tous les concurrents, un poète prometteur. C'était la première fois qu'une telle chose se produisait depuis que, cinq ans plus tôt, Whitburn avait décroché ce titre. Les membres du jury avaient tenu à donner un coup de chapeau à ce participant. Après quoi Ivan lut le poème retenu. C'est alors que Joel reconnut ses propres mots.

— Félicitations à l'auteur, conclut le maître de cérémonie.

14

Poète prometteur. Une fois la séance terminée, Joel ressentait encore le plaisir que lui avaient procuré tapes dans le dos et félicitations. Il revoyait les sourires de l'assistance en face de lui, et un long moment devait s'écouler avant que le bruit des applaudissements cesse de lui résonner aux oreilles.

Tandis que la foule se dispersait, Adam Whitburn aborda Joel.

— Quel âge t'as, mec ?

Et, comme Joel répondait, il commenta, sidéré :

— Douze ans ? Merde. Tu te défends.

Il frappa dans la paume de Joel.

— J'en avais dix-sept quand j'ai commencé à y comprendre quelque chose. T'es trop fort.

Un frisson de plaisir courut le long de la colonne vertébrale de Joel. On ne lui avait jamais dit qu'il était doué pour quoi que ce soit, il ne savait comment réagir. Il y alla d'un bref :

— Cool.

Il n'avait pas envie de quitter la salle où s'était déroulée la soirée. Il ne voulait pas mettre un terme à l'événement. Il resta après le départ du gros de la troupe pour aider à empiler les chaises et ranger le buffet. Cela fait, il resta près de la porte, goûtant la sensation d'avoir, pour la première fois de sa vie, participé à quelque chose. Il observa Ivan Weatherall et plusieurs autres personnes qui, comme lui, s'assuraient que la pièce avait été remise en ordre. Lorsqu'il leur sembla que tout était à sa place, quelqu'un éteignit la lumière. Le moment était venu de quitter les lieux.

Ivan vint alors le trouver, sifflotant doucement, l'air satisfait de la soirée – un franc succès. Il souhaita bonne nuit à ceux qui s'éloignaient, déclina une invitation à boire un café, disant avec un sourire amical destiné à Joel :

— Une autre fois. J'aimerais dire un mot à notre poète prometteur.

Joel lui retourna son sourire. Il se sentait gonflé d'une énergie à laquelle il n'arrivait pas à donner de nom. L'énergie du créateur, de l'artiste qui vient d'être visité par l'inspiration et vibre de tout son être. Mais il ne savait pas encore que c'était ça.

Ivan ferma à clé la porte du sous-sol. Joel et lui montèrent l'escalier pour gagner la rue.

— Tu as fait un tabac. Ça valait vraiment le coup de tenter ta chance. Ce n'est pas souvent que nos amis décernent ce titre. Ce n'est pas de la gnognote, crois-moi. Et jamais ils ne l'ont décerné à quelqu'un de ton âge. Tu m'as... Franchement, j'en suis resté soufflé. Cela devrait te donner à réfléchir. Mais pardonne-moi, il faut toujours que je fasse du prêchi-prêcha. On rentre ensemble ? On va dans la même direction.

— Réfléchir à quoi ?

— A l'écriture. A la poésie. Tu as reçu le don de manier les mots, tu dois l'exploiter. Etre capable à ton âge d'assembler les mots de façon à toucher naturellement le lecteur, sans trucage ni chichis... Avec l'émotion brute, authentique... Mais occupons-nous plutôt de te ramener chez toi au lieu de tirer des plans sur la comète.

Ivan prit la direction de Portobello Road tout en continuant à parler. Joel, expliqua-t-il, avait des facilités pour écrire. C'était un don de Dieu. Il possédait un talent naturel, un talent rare.

Pour un gamin qui ne connaissait de la poésie que les vers de mirliton des cartes d'anniversaire, ce discours était du chinois. Mais Ivan ne s'en souciait guère. Il poursuivit.

En développant cette faculté, Joel verrait s'ouvrir des tas de portes. Car la maîtrise du langage était un talent capital susceptible de vous amener loin. On pouvait s'en servir pour rédiger des discours politiques aussi bien que des romans. L'utiliser comme un outil de découverte de soi ou un moyen de rester en contact avec autrui. On pouvait s'en servir également comme d'un exutoire capable de nourrir l'esprit artistique du créateur – lequel existait en chacun de nous.

Joel trottinait à côté d'Ivan, essayant d'assimiler. Lui en tant qu'écrivain. Poète, dramaturge, romancier, parolier, rédacteur de discours, journaliste, géant du stylo-bille. Il avait l'impression qu'on lui faisait cadeau d'un costume trop grand pour lui. Et aussi qu'on l'invitait à oublier ses responsabilités vis-à-vis de sa famille. Aussi gardait-il le silence. Il était ravi qu'on lui ait décerné le titre de poète prometteur ; mais la vérité, c'est que cela ne changeait rien.

— Je veux aider les gens, dit-il finalement.

Non parce qu'il le voulait réellement mais parce que son expérience de la vie lui avait montré qu'aider les autres était ce qu'il était destiné à faire. Sans cela, il n'aurait pas eu la mère et le frère qu'il avait.

— Ah, oui. La psychiatrie.

Ivan prit Golborne Road. Les magasins étaient fermés ; les voitures encroûtées de poussière s'alignaient le long des trottoirs.

— Même si tu optes pour cette voie, il te faudra trouver un exutoire créatif. L'erreur des gens, quand ils démarrent dans la vie, c'est de ne pas explorer la part d'eux-mêmes qui nourrit leur esprit. Sans cette nourriture, l'esprit meurt, et il nous appartient de faire en sorte que cela ne se produise pas. En fait, si on réfléchit, on s'aperçoit qu'il y aurait nettement moins de problèmes psychiatriques si les individus savaient quoi faire pour garder vivante en eux cette part d'eux-mêmes. C'est là l'intérêt de l'acte créateur, Joel. L'homme ou la femme qui, tout jeune encore, s'en rend compte a de la chance.

Joel réfléchit, songeant à sa mère. Il se demanda si c'était la solution pour elle, plutôt que l'hôpital, les médecins et les médicaments. Quelque chose à quoi se raccrocher qui l'arracherait à ses problèmes, quelque chose qui l'aiderait à se reconstruire, qui guérirait son esprit. Cela semblait peu probable.

— Peut-être...

Et, sans bien réaliser ce qu'il disait ni à qui, il lâcha dans un souffle :

— Je dois aider ma mère. Elle est à l'hôpital.

Ivan ralentit.

— Je vois. Il y a longtemps que... ? Où est-elle exactement ?

La question ramena Joel sur terre. Il se sentit écrasé par l'énormité de la trahison qu'il venait de commettre. Impossible d'en dire davantage sur sa mère : impossible de parler des portes verrouillées et des fenêtres à barreaux, impossible d'évoquer les multiples tentatives infructueuses pour rendre la santé à Carole Campbell.

Un peu plus loin dans la rue, un petit groupe arrivait, venant de Portobello Bridge. Trois personnes que Joel reconnut immédiatement. Il inspira à fond, consulta Ivan du regard, se disant qu'ils feraient mieux de traverser dans l'espoir qu'on ne les verrait pas. Car si être vu de la Lame en plein jour était moche, la nuit c'était encore pire. La Lame, c'était le danger à l'état pur. Il était accompagné d'Arissa, qu'il semblait tenir par le cou. Et Cal Hancock les suivait tel un agent des services spéciaux chargé de la protection de la famille royale.

— Ivan, dit Joel, traversons.

Ivan, qui attendait la réponse de Joel, crut que ce dernier se dérobait.

— Tu me trouves indiscret ? Excuse-moi.

— C'est pas ça. Faut qu'on traverse.

Trop tard : la Lame les avait vus. Il s'immobilisa sous un lampadaire dont la clarté jeta des ombres sur son visage.

— Ivan, mec. Qu'est-ce que tu fous dans le secteur ? A la recherche d'une âme sœur ?

Ivan s'immobilisa à son tour. Joel n'aurait jamais pensé que la Lame pût faire partie des relations d'Ivan Weatherall. Il se raidit d'appréhension et se demanda fébrilement comment il réagirait si le caïd décidait de leur faire passer un sale quart d'heure.

— Bonsoir, Stanley, rétorqua aimablement Ivan.

On aurait dit qu'il venait de tomber sur une connaissance pour laquelle il éprouvait le plus grand respect.

— Seigneur, mon garçon. Ça fait longtemps...

Stanley ? Le regard de Joel navigua d'Ivan à la Lame. Les narines de la Lame frémirent, mais il ne souffla mot.

— Stanley Hynds, Joel Campbell, indiqua Ivan. Je serais ravi de poursuivre les présentations, Stanley, malheureusement je n'ai pas l'honneur...

Petit salut désuet à l'adresse d'Arissa et de Calvin.

— Toujours la tchatche, Ivan, commenta la Lame.

— Bien sûr. Le verbe, c'est ma tasse de thé. Au fait, où en es-tu du Nietzsche ? C'était un prêt, je te signale, pas un cadeau.

— Toujours aussi bien pendue, la langue, grogna la Lame. Ça finira par vous jouer des tours.

— Stanley, je continue d'arpenter ces rues sans bobo. Sans arme et sans bobo. Est-ce que par hasard ce serait grâce à toi ?

— Vous me ferez toujours marrer.

— J'espère continuer longtemps. Au cas où je n'y parviendrais pas... Les hommes en bleu de Harrow Road savent toujours où te trouver, je suppose.

Les compagnons de la Lame en avaient assez entendu.

— Allons-y, baby, laissa tomber Arissa.

Tandis que Calvin faisait un pas en avant, disant :

— Tu nous menaces, mec ?

Ivan sourit, fit mine de saluer la Lame d'un coup de chapeau invisible.

— A bientôt, Ivan, lui renvoya la Lame. J'ai plus tellement envie de rigoler, mec.

— Je vais essayer de soigner davantage mes reparties. Et maintenant, si cela ne t'ennuie pas, je raccompagne mon jeune ami. Pouvons-nous passer, avec ta bénédiction, bien entendu ?

La réplique était censée calmer le jeu et elle atteignit son but. Un sourire étira les lèvres du caïd et, d'un signe de tête, il fit comprendre à Calvin qu'il pouvait s'écarter.

— Surveille tes arrières, Ivan, ajouta la Lame tandis qu'ils passaient devant lui. On sait jamais.

— Voilà des paroles que j'emporterai dans mon cœur et dans ma tombe.

Cet échange avait stupéfié Joel. Il s'attendait à tout instant à un désastre et il ne savait que conclure du fait que celui-ci ne s'était pas produit. Il considéra Ivan d'un œil neuf. Il ne savait ce qu'il y avait de plus surprenant chez cet homme tant son comportement était étonnant.

— Stanley ? réussit-il à articuler.

Cette question résumait toutes celles qu'il aurait voulu formuler.

Ivan lui jeta un coup d'œil. L'entraîna sur le pont de Portobello.

— La Lame, reprit Joel. Jamais entendu quelqu'un lui parler sur ce ton. Jamais j'aurais cru que quelqu'un...

— S'y risquerait et survivrait ? s'esclaffa Ivan. Stanley et moi, cela fait un certain temps qu'on se connaît. Il ne s'appelait pas encore la Lame à l'époque. C'est un jeune homme remarquablement intelligent, qui aurait pu aller loin. Mais, le pauvre garçon, ce qui l'a toujours intéressé, c'est la gratification immédiate. La plaie de notre époque. Et c'est d'autant plus curieux que c'est un autodidacte, la forme d'éducation la moins immédiatement gratifiante qui soit. Mais Stanley ne voit pas les choses de cette façon. Ce qu'il voit, lui, c'est que l'autodidacte conduit ses études à sa guise, et c'est ça qui lui plaît.

Joel demeura silencieux. Ils avaient atteint Elkstone Road, et la tour Trellick dressait non loin d'eux ses myriades d'appartements avec leurs lumières qui brillaient dans le ciel nocturne. Joel n'avait pas la moindre idée de ce que son compagnon racontait.

— Le terme t'est familier ? questionna Ivan. Autodidacte ? C'est quelqu'un qui fait son éducation lui-même. Stanley est le genre d'individu qui ne se contente pas de la quatrième de couverture pour juger de la qualité d'un livre. A le voir comme ça – à l'entendre, quand ça le prend, mutiler notre langue de façon délibérée – on pourrait penser que c'est un voyou inculte. Mais ce serait une erreur. Quand je l'ai rencontré – il devait avoir seize ans –, il étudiait le latin, se débrouillait en grec, et s'était plongé dans l'étude des sciences physiques et celle des philosophes du XXe siècle. Malheureusement, il s'était parallèlement intéressé de très près aux divers moyens de gagner rapidement et illégalement beaucoup d'argent. Or l'argent est une maîtresse exigeante aux yeux des gamins qui n'en ont jamais eu.

— Comment vous l'avez rencontré ?

— Dans Kilburn Lane. Il s'apprêtait à me délester de mon portefeuille quand j'ai remarqué une plaie qui suppurait à la commissure de ses lèvres. Sans lui laisser le temps d'exiger de moi que je lui remette ce qu'il pensait trouver sur ma personne, je l'ai attrapé par le bras et conduit chez le pharmacien le plus proche. Le pauvre petit n'a pas eu le temps de réaliser ce qui lui arrivait. Il était parti pour me dépouiller, et il s'est retrouvé dans une pharmacie avec sa victime potentielle, écoutant les recommandations du pharmacien. Mais ça a marché et il a ainsi appris quelque chose d'utile.

— Quoi donc ?

— L'évidence : il ne faut jamais négliger un bobo qui suppure. Dieu seul sait où ça peut vous mener.

Joel ne savait que penser. Il posa la question qui lui sembla la plus logique :

— Pourquoi vous faites tout ça ?

— Tout... ?

— Le Club des Mots, tout ça. Parler aux gens comme vous le faites. Me raccompagner.

Ils tournèrent dans Edenham Way.

— Pourquoi pas ? Mais j'imagine que cette réponse te laisse sur ta faim. Laisse-moi te dire que tout homme a besoin de laisser sa marque sur la société. Et ça, c'est la mienne.

Joel aurait aimé en apprendre davantage mais ils étaient arrivés devant chez Kendra et il n'avait plus le temps. Devant les marches, Ivan fit de nouveau mine de soulever un chapeau, comme avec la Lame.

— Tâchons de nous retrouver prochainement. J'ai hâte de te lire.

Puis il disparut entre deux rangées de maisons en direction de Meanwhile Gardens.

Joel l'entendit siffloter en marchant.

Après sa rencontre avec Six et Natasha à Queensway, Ness se trouva de nouveau sous pression. L'exaltation ressentie en sortant de chez Boots, où elle avait volé un tube de rouge sans que quiconque la remarque, creva comme une bulle sous le mépris de ses anciennes camarades. Elle se sentait encore plus mal qu'avant, en proie à une grande agitation et à un sentiment funeste qui allait croissant.

Ce malaise était encore exacerbé par ce qu'elle entendait chez sa tante. Son lit de fortune sur le canapé du premier étage était placé directement sous la chambre de Kendra au second. Et, ce qui était pire, juste au-dessous de celui de Kendra. Or les mouvements rythmiques nocturnes de ce lit étaient tout sauf propices à l'endormissement. Cela nuit après nuit. Quand ce n'était pas trois fois par nuit. Sortant Ness du sommeil auquel elle avait péniblement succombé. Souvent, des grognements, des gémissements, des rires rauques accompagnaient les cognements sourds du lit contre le mur et le plancher. A l'occasion, des « oh, baby » ponctuaient la montée au septième ciel et marquaient la fin des accouplements ; après quoi un dernier craquement de ressort signalait la chute pantelante d'un corps rassasié sur le lit. Ce n'étaient pas des bruits susceptibles d'être appréciés d'une adolescente. D'autant moins qu'ils émanaient des adultes de son entourage. Pour Ness, c'était une véritable torture : une déclaration éclatante d'amour et de désir. Un imprimatur sur les charmes et la valeur de sa tante.

La nature purement animale des relations unissant Kendra et Dix échappait complètement à Ness. Un mâle et une femelle poussés par l'instinct à copuler quand ils se trouvaient nus l'un près de l'autre et en possession de suffisamment d'énergie pour le faire, propageant ainsi l'espèce... Ness ne comprenait pas. Elle entendait des râles et du sexe. Elle pensait à l'amour : Kendra possédait une chose dont Ness, elle, était privée.

Etant donné son état d'esprit après sa rencontre avec Six et Natasha à Queensway, Ness jugeait la situation de Kendra particulièrement injuste. Ness en vint à considérer sa tante pratiquement comme une vieille dame, une femme d'un âge certain qui avait eu sa part d'hommes et aurait dû avoir le bon goût de laisser leur chance aux autres dans l'éternelle course aux attentions masculines. Ness ressentait de la haine pour Kendra lorsqu'elle la voyait apparaître le matin, et elle fut incapable de retenir ses réflexions. Du genre : « On s'est bien amusée, hier soir ? », « On a pas l'entrejambe en compote aujourd'hui, Kendra ? », « T'arrives encore à mettre un pied devant l'autre, salope ? » ou « Il te la met profond comme t'aimes, Ken ? »

Kendra lui répondait que cela ne la regardait pas, mais elle s'inquiétait. Elle se sentait coincée entre le désir charnel et le devoir. Elle voulait pouvoir avoir des relations sexuelles avec Dix quand elle le souhaitait mais elle ne voulait pas qu'on l'estime indigne de garder les petits Campbell. Un soir, alors qu'il entamait les travaux d'approche, elle se décida à lui dire :

— Faut mettre la pédale douce, baby. Ness nous entend et elle... Peut-être pas tous les soirs, Dix. Ça lui fait perdre ses nerfs.

— M'en fous, si elle perd ses nerfs. Faudra qu'elle s'habitue.

Il se frotta contre elle, l'embrassa, promena ses doigts sur son corps jusqu'à ce qu'elle s'arc-boute avec des hoquets, soupire de désir et oublie complètement le reste.

La tension qui habitait Ness continua de croître. Elle savait qu'elle allait devoir faire quelque chose pour l'apaiser. Elle avait même une idée sur la façon de s'y prendre.

Dix visionnait sa copie piratée de *Pumping Iron* lorsqu'elle décida de passer à l'action. Il se préparait pour un prochain concours, ce qui le rendait moins attentif. Chaque fois qu'il y avait du concours dans l'air, il se concentrait au maximum, dans l'espoir de remporter un nouveau titre ou un autre trophée. Les concours de culturisme exigeaient autant de mental que de muscles – lesquels devaient être développés dans des proportions quasi obscènes. C'est pourquoi, plusieurs jours avant l'événement, Dix s'employait à se forger un mental d'acier.

Il était installé sur un pouf, le dos contre le canapé, l'œil rivé sur l'écran du téléviseur où Arnold jouait à des petits jeux avec Lou Ferrigno. Complètement focalisé sur Arnold, il remarqua vaguement qu'on s'asseyait sur le canapé mais sans voir qui c'était. Il ne remarqua pas non plus ce que portait Ness : tout juste sortie du bain, un mince peignoir d'été emprunté à Kendra et serré autour de son corps nu.

Kendra était à la boutique. Joel et Toby à Meanwhile Gardens, où Toby avait voulu aller admirer les types en skate-board. Ness devait se rendre d'ici peu à la garderie pour y faire ses heures. Mais en voyant Dix absorbé dans sa vidéo, en songeant qu'ils étaient seuls à la maison, en repensant aux craquements du lit et au fait qu'elle devait s'habiller dans l'espace qu'il occupait – son coin *à elle* –, elle se sentit poussée par le désir de s'approcher.

Il prenait des notes, riant d'un bon mot d'Arnold. Il avait une écritoire à pince sur les genoux, et ses jambes étaient nues. Il portait un short en soie échancré sur les cuisses et un marcel. Et, pour autant que Ness pût en juger, rien d'autre.

Elle ne manqua pas de remarquer la main qui tenait le stylo.

— Je savais pas que t'étais gaucher.

Il remua, partiellement conscient de sa présence. Continua d'écrire.

— Eh oui. Regarde-le. Quel mec ! Y en a pas deux comme lui.

Ness jeta un coup d'œil à l'écran. Le film était granuleux, c'était un défilé d'hommes à coupe au bol sur des têtes trop petites pour le reste de leur anatomie. Ils étaient plantés devant la glace et roulaient les épaules. Les mains serrées, ils se tournaient de profil, jambes positionnées de façon à faire saillir des muscles surdimensionnés. Cela avait un côté obscène. Ness frissonna.

— T'es vachement mieux foutu.

— Y a personne qu'est mieux qu'Arnold.

— Si, baby : toi.

Elle était maintenant suffisamment près pour sentir la chaleur qui émanait de sa personne. Elle s'approcha encore.

— Faut que je m'habille, Dix.

— Hmm, fit-il machinalement.

Elle fixa sa main.

— Ta main gauche, elle te sert à tout ?

— Exact, dit-il, notant quelque chose.

— Tu la mets de la main gauche ?

Il marqua un temps d'arrêt. Elle poursuivit.

— Tu la mets des deux mains ? Ou elle rentre toute seule ? Je parie qu'elle rentre toute seule. Qu'elle est assez dure pour ça.

Elle se mit debout.
— Oh, je me sens bouffie. Qu'est-ce que t'en penses, Dix ? Tu me trouves bouffie ?
Elle se planta devant lui, masquant l'écran, mains sur les hanches. Elle défit la ceinture du peignoir, qui s'ouvrit sur sa nudité.
— Tu me trouves grosse, Dix ?
Dix détourna les yeux.
— Ferme ton peignoir.
— Réponds-moi d'abord. Je veux un avis de mec. Dis-moi, je suis assez bien pour donner envie à un mec ?
Il se leva.
— Habille-toi.
Prenant la télécommande, il arrêta le film. Il fallait qu'il sorte, mais Ness se tenait entre lui et l'escalier.
— Laisse-moi passer.
— Réponds, merde, je vais pas te mordre, Dix. T'es le seul à qui je peux poser la question. Je te laisserai passer quand tu m'auras répondu.
— T'es pas grosse.
— Tu m'as même pas regardée. Allez, rien qu'un petit coup d'œil. Tu peux bien faire ça, non ? J'ai besoin de savoir.
Il aurait pu l'écarter d'un geste, mais il se méfiait de la façon dont elle interpréterait le moindre contact physique. Il donna son avis pour qu'elle le laisse passer.
— T'es bien.
— T'appelles ça regarder ? Putain, y a des aveugles, ils se rinceraient l'œil mieux que ça. Va falloir que je te file un coup de main. Tiens. Recommence.
Elle laissa glisser le peignoir à terre et se tint devant lui toute nue. Les mains en coupe autour de ses seins, elle se passa la langue sur les lèvres.
— Tu me la mets, Dix ? Ou est-ce qu'elle rentre toute seule ? Dis-moi, montre-moi. Je sais comment je la veux, *man.*
Dix aurait été inhumain s'il était resté inerte. Il essaya de détourner les yeux mais cette jeune chair l'apostrophait, alors il la contempla et, l'espace d'un terrible instant, il fixa les bouts de sein couleur chocolat puis le triangle de poils mousseux d'où il lui semblait qu'émanait le parfum d'une sirène. Elle avait l'âge d'une jeune fille ; le corps d'une femme. Ce serait simple, mais ce serait fatal.
Il l'empoigna par le bras. La chair de Ness était aussi brûlante que la sienne ; son visage s'illumina. Il se baissa, sentit qu'elle posait la main sur sa tête, l'entendit gémir tandis qu'elle essayait de guider son

visage, sa bouche... Il ramassa le peignoir, le lui jeta à la figure, s'arrachant à son étreinte.

— Couvre-toi, siffla-t-il. Qu'est-ce que t'as dans le crâne ? Pour toi, la vie, c'est se faire trouer par tous les mecs qui passent ? Tu crois que c'est ça que les hommes veulent ? C'est ça que tu penses ? C'est pour ça que tu te trémousses comme une pute ? Putain, Ness, t'as le physique d'une femme, mais pour le reste, c'est circulez y a rien à voir. T'es tellement con qu'aucun homme voudrait de toi. Tu piges ? Et maintenant laisse-moi passer.

Il la dépassa. L'abandonna dans le séjour. Elle tremblait. Elle se dirigea d'un pas mal assuré vers le lecteur et en sortit la cassette. Qu'elle se mit à piétiner. Sans que cela suffise à la calmer.

La visite de Fabia Bender mit Kendra dans l'obligation de réfléchir. Elle n'en avait pas particulièrement envie mais elle s'y trouva forcée une fois lus les papiers que Luce Chinaka avait remis à Joel.

Kendra n'était pas idiote. Elle avait toujours su qu'il faudrait faire quelque chose pour Toby. Mais elle s'était persuadée que les difficultés de son neveu étaient liées à un problème d'apprentissage. Penser que ses bizarreries découlaient d'autre chose, c'était plonger dans un cauchemar. C'est pourquoi elle s'était dit qu'il avait simplement besoin d'être pris en main, éduqué autant que faire se pouvait, pourvu des capacités de base lui permettant de se débrouiller dans la vie et orienté vers une branche susceptible de lui assurer un minimum d'indépendance une fois adulte. Si ni Middle Row School ni les cours du centre d'apprentissage ne pouvaient l'aider à parvenir à ce résultat, il faudrait lui trouver un autre environnement scolaire. Kendra n'était pas allée chercher plus loin pour l'instant, elle ne s'était pas encore posé d'autres questions, ce qui lui avait permis d'enfouir dans un coin de son esprit les excentricités de Toby. Les moments où il se déconnectait de la réalité, les conversations murmurées avec des interlocuteurs invisibles, les implications inquiétantes de ce type de comportement. Au cours des mois que les Campbell avaient passés chez elle, Kendra s'était mis un bandeau sur les yeux, se disant, à chaque fois que son neveu faisait quelque chose d'un peu atypique : « C'est Toby, il est comme ça. » Elle avait toujours refusé de s'interroger.

Elle prit connaissance des documents et les mit de côté. Pas question que quiconque fasse passer des tests ou des examens approfondis à Toby Campbell tant qu'elle aurait son mot à dire.

Pour éviter d'en arriver là, il convenait de tout faire pour ne pas attirer l'attention des services sociaux, dont les responsables avaient tendance à fourrer leur nez partout. Kendra décida d'examiner avec les yeux de Fabia Bender la pièce dans laquelle dormaient Toby et Joel. Il s'en dégageait une forte impression de provisoire, ce qui n'était pas une bonne chose. Les lits de camp et les sacs de couchage, ce n'était déjà pas génial. Les deux valises dans lesquelles les garçons avaient laissé leurs affaires rangées pendant six mois, c'était encore pire. En dehors de la banderole *C'est un garçon* accrochée en travers de la fenêtre, il n'y avait pas le moindre élément de décoration. Et même pas de rideaux pour empêcher la lumière d'un lampadaire de Meanwhile Gardens de passer.

Il allait falloir que ça change. Elle devrait se débrouiller pour trouver des lits et des commodes, des rideaux et des posters pour égayer les murs. Elle irait fouiner dans les boutiques d'occasion, elle demanderait aux uns et aux autres de la dépanner. Cordie vint à son secours. Elle lui procura des vieux draps et des couvertures, et elle fit passer le mot dans le quartier. C'est ainsi que Kendra récolta deux commodes juste un peu bancales, des affiches vantant des destinations lointaines que ni Joel ni Toby ne verraient jamais.

— C'est top, ma grande, approuva charitablement Cordie lorsque tout fut en place.

— Ça fait dépotoir, lâcha Ness.

Kendra fit celle qui n'avait pas entendu. Ness semblait toujours aussi tendue, mais elle continuait de faire ses heures à la garderie, alors ce qu'elle faisait ou disait, Kendra le supportait.

— En quel honneur, ce bazar ? voulut savoir Dix en constatant les changements opérés dans la chambre des garçons.

— C'est pour montrer que Joel et Toby vivent dans un endroit décent.

— Y en a qui en doutent ?

— La responsable du service des jeunes délinquants.

— La bonne femme aux clebs ? Tu crois qu'elle veut nous retirer Joel et Toby ?

— J'en sais rien mais j'ai pas l'intention de rester plantée à attendre qu'elle les embarque.

— Je croyais qu'elle était venue pour Toby.

— Elle est venue parce qu'elle ignorait que Toby existait. Elle est venue parce qu'avant d'être contactée par sa collègue du centre d'apprentissage, elle ignorait qu'il y avait d'autres enfants que Ness qui vivaient ici, et... Ecoute, Dix, qu'est-ce que ça peut faire ? Faut que j'installe ces gosses correctement au cas où cette femme me chercherait des ennuis. Ils s'intéressent d'un peu trop près à Toby, je trouve. Tu imagines la réaction de Joel et Ness si on l'embarquait ? Si on les séparait ?

Dix réfléchissait à tout cela en regardant Kendra mettre des draps et des couvertures d'occasion sur les lits – dénichés chez Oxfam – dont la tête, porteuse de myriades de fissures et de trous, indiquait qu'ils n'étaient pas de la première jeunesse. Avec tous ces meubles, on ne pouvait pratiquement plus mettre un pied dans la pièce, où ne subsistait qu'un étroit espace entre les lits. La maison, minuscule, n'était pas conçue pour abriter cinq personnes. La solution parut évidente à Dix.

— Ken, baby, tu crois pas que c'est une bonne chose ?

— Quoi ?

— Ce qui se passe.

— Que veux-tu dire ?

— L'arrivée de cette femme chez nous. Le fait qu'elle pense, si ça se trouve, à changer les mômes d'environnement. Cet endroit, c'est pas le pied pour eux. C'est bougrement trop petit ici. Elle va faire un rapport, c'est sûr. M'est avis que le moment est venu de songer à...

— Qu'est-ce que tu es en train de suggérer, putain ? lâcha Kendra. Tu veux que je les vire ? Que je laisse l'administration les séparer ? Les embarquer sans lever le petit doigt ? Pour que toi et moi... quoi, Dix ? Qu'on baise comme des lapins partout dans la baraque ?

Il croisa les bras, s'appuya contre le chambranle. Il ne répondit pas tout de suite et Kendra fut forcée d'écouter l'écho des paroles qu'elle venait de prononcer.

Il finit par dire tranquillement :

— Je pensais qu'il était temps qu'on se marie, Kendra. Temps que je fasse la preuve de ma capacité à servir de père à ces mômes. Papa et maman veulent que je prenne la relève au café...

— Et Mr Univers ? Tu renoncerais à tes rêves ?

— Y a des choses plus importantes que les rêves. Si on se mariait, je pourrais avoir un vrai boulot. On pourrait se trouver une plus grande maison avec des chambres...

— J'aime cette maison, l'interrompit Kendra d'une voix aiguë.

Elle avait conscience de se montrer aussi pénible que Ness. Mais elle s'en moquait.

— J'ai bossé pour l'avoir, j'ai pris un crédit, je paie les traites. J'en bave, mais elle est à moi.

— C'est sûr. N'empêche que si on avait un plus grand logement et qu'on se mariait, y aurait pas d'assistante sociale pour nous dire que les petits, ils seraient mieux ailleurs que chez nous. On serait une vraie famille.

— Et t'irais bosser au café ? Tu rentrerais empestant le graillon ? Tu regarderais ta cassette d'Arnold et tu te rongerais d'avoir renoncé à ça pour... Et pourquoi ?

— Parce que c'est la chose à faire.

Elle éclata de rire. Mais son rire se brisa sur une note voisine de l'hystérie, laquelle précédait la panique.

— Tu as vingt-trois ans !

— Inutile de me le rappeler, je le sais.

— Tu sais également que ces mômes sont presque des adolescents. Des ados perturbés qui ont eu une vie de chien jusqu'à présent. Et que tu n'es toi-même guère plus qu'un ado. Alors comment peux-tu penser que tu réussiras à t'en occuper ? Et qu'est-ce qui te fait croire que Fabia Bender va t'estimer à la hauteur ?

Cette fois encore, Dix ne répondit pas immédiatement. Il avait pris la manie d'obliger Kendra à s'écouter, et elle trouvait ça énervant au possible. En outre, par son silence, il l'amenait à réfléchir, et ça, c'était bien la dernière chose qu'elle souhaitait faire. Ce qu'elle voulait, c'était une engueulade.

— Je veux tenter le coup, Ken. Joel et Toby, ils ont besoin d'un père.

— Et Ness, glissa astucieusement Kendra. De quoi elle a besoin, elle ?

Dix croisa calmement son regard. Kendra avait peut-être des soupçons, mais elle ignorait tout de la scène qu'il avait eue avec Ness, et il n'avait pas l'intention de lui en parler.

— Elle a besoin de voir ce que c'est qu'un homme et une femme qui s'aiment. Je pensais qu'on pourrait lui montrer. P't'êt que je me suis gouré.

Il se redressa. Sortit. Lorsqu'il l'eut laissée seule, Kendra lança un oreiller contre la porte.

Dix n'était pas homme à reculer devant un défi. Si tel avait été le cas, il n'aurait pas choisi de participer à des concours de culturisme. Il prit la réflexion de Kendra pour un des petits jeux auxquels se livrait Arnold. Elle ne croyait pas qu'il possédait l'étoffe d'un père : il lui prouverait le contraire.

Il ne commença pas par Ness : il était plus malin que ça. Il savait que Ness lui avait vraiment lancé un défi en détruisant sa cassette de *Pumping Iron*, mais il savait aussi que le relever, c'était s'exposer aux accusations les plus fantaisistes, qu'elle ne manquerait pas de lancer, de préférence d'une voix suraiguë, en présence de sa tante. Pas question qu'il se prête à cette comédie. Aussi, lorsqu'il trouva la cassette, il se dit qu'il allait essayer de la réparer. Si c'était impossible, tant pis. Ness voulait l'obliger à réagir. Il ne tomberait pas dans le panneau.

Avec les garçons, c'était plus facile. Entre mecs, on se comprend. Après les avoir conduits au gymnase où, sous leurs regards ébahis, il avait soulevé des charges surhumaines, Dix décida de les emmener avec lui à un concours. Ils l'accompagneraient au Barbican, au YMCA, à l'autre bout de la ville. Ce n'était pas un concours de premier plan mais cela leur donnerait une idée de ce que le pauvre Lou avait ressenti face à Arnold, encaissant défaite sur défaite devant l'Autrichien.

Ils prirent le métro. Les deux gamins n'étaient jamais allés dans cette partie de la ville, et tandis qu'ils suivaient Dix de la station jusqu'au YMCA, ils ouvraient des yeux ronds devant la masse de béton gris des différents bâtiments constituant le Barbican Centre lovés au cœur d'un ensemble de rues au trafic insensé, hérissées de panneaux indicateurs. Pour eux, c'était un labyrinthe de structures diverses et variées : salles d'exposition, salles de concert, salles de théâtre et de cinéma, salles de conférences, conservatoires d'art dramatique et de musique. Ils hâtaient le pas afin de rester à la hauteur de Dix, qui, sous leurs regards admiratifs, semblait comme un poisson dans l'eau au sein de cet environnement.

Le YMCA était situé dans un grand ensemble qui semblait faire partie du Barbican Centre. Dix les conduisit jusqu'à un auditorium qui empestait la poussière et la sueur. Il les fit asseoir au premier rang et fouilla dans la poche de son survêtement. Il leur donna trois livres pour qu'ils s'achètent des trucs sympas aux distributeurs du hall et leur recommanda de ne pas sortir de l'immeuble. Lui-même irait de la salle de gym au vestiaire, afin d'examiner la concurrence et de se préparer mentalement à apparaître devant les juges.

— T'es en superforme, dit Joel. Y a personne qui peut te battre, mec.

Dix, content d'avoir le soutien du gamin, lui effleura le front du poing, et il fut encore plus ravi quand Joel lui sourit en retour.

— Tu bouges pas d'ici, Joel.

Puis, désignant Toby :

— Ça va aller, ton p'tit frère ?

— Sûr.

Mais il n'en était pas certain du tout. Certes, Toby avait suivi Joel et Dix sans faire d'histoires pendant tout le trajet depuis North Kensington, mais il semblait léthargique. Le voyage en métro n'avait pas réussi à l'arracher à sa torpeur. Il était apathique, éteint. L'examinant, Joel essaya de se convaincre que c'était parce qu'on l'avait obligé à laisser sa lampe à la maison, mais il n'y parvint pas. Aussi, lorsque Dix les laissa seuls, Joel demanda à Toby si ça allait. Toby dit qu'il avait mal au ventre. Joel eut le temps d'aller lui chercher un Coca au distributeur.

— Ça va te faire du bien.

Mais il ne réussit pas à lui en faire avaler plus d'une gorgée.

Les juges prirent place à une longue table à droite de la scène. On baissa les lumières et une voix désincarnée annonça que le YMCA était fier d'accueillir le sixième concours de body-building masculin, qui serait suivi d'une démonstration effectuée par des jeunes de moins de seize ans. L'*Hymne à la Joie* de Beethoven retentit ensuite, et un homme qui n'était que muscles s'avança sur la scène, sous la lumière des projecteurs. Adoptant les postures imposées, il se mit en devoir de faire admirer son anatomie.

Joel avait déjà vu ça, non seulement dans *Pumping Iron* mais également chez lui. Il ne pouvait avoir raté le spectacle de Dix couvert d'huile s'exerçant devant la glace de la salle de bains. En effet, Dix ne cessait de s'entraîner que lorsque Ness utilisait les lieux. Il devait acquérir de la souplesse dans les enchaînements, expliquait-il à qui utilisait les toilettes. Les poses devaient se succéder de façon fluide. Et il fallait également que la personnalité du culturiste transparaisse dans l'exécution des figures. Voilà pourquoi Arnold surpassait ses concurrents. Ce qu'il faisait lui plaisait. C'était un type qui ne doutait pas de lui-même.

Joel constata que les premiers concurrents n'avaient pas la même conception du body-building. Ils avaient le physique, c'était certain, mais pas la fluidité. Ni le mental. Ils n'avaient aucune chance comparés à Dix.

Une poignée de participants avaient exécuté leur programme lorsque Joel s'aperçut que Toby s'agitait sur son siège. Le gamin finit par tirer Joel par la manche :

— Faut que j'y aille.

Ayant consulté son programme et constaté que ce serait bientôt le tour de Dix, Joel se dit qu'il n'avait pas le temps d'emmener son petit frère aux toilettes.

— Tu peux pas te retenir, Tobe ?

— C'est pas ça, dit Toby. Joel, faut que je...

— Tiens bon, d'accord ?

— Mais...

— Ecoute, Tobe, ça va être à lui dans une minute. Tu le vois, là, dans la coulisse ?

— C'est que je vais...

— Il nous a fait venir exprès. On peut pas rater ça, Tobe.

— Ben... si je peux...

Mais c'est tout ce que Toby réussit à articuler avant de vomir.

— Merde ! siffla Joel en se tournant vers son frère.

Un jet fétide jaillit de la bouche de Toby. Il ne s'agissait pas d'un malaise banal.

La puanteur était atroce. Toby geignait, des murmures s'élevèrent autour des deux enfants, quelqu'un demanda qu'on rallume. Bientôt, la musique s'interrompit, laissant un concurrent figé au milieu d'une pose.

Après quoi les lumières illuminèrent l'assistance et plusieurs juges se levèrent, se tordant le cou afin de repérer la cause du désordre.

— Désolé, désolé, désolé, répétait Joel en boucle.

Comme en réponse à ces mots, Toby rendit de nouveau. Se couvrant de vomi.

— Faites-le sortir, lança une voix.

— Trop tard, marmonna une autre voix, écœurée.

Et le fait est qu'à moins d'être dépourvu d'odorat, c'était dégoûtant. Commentaires, questions, conseils fusèrent. Joel y demeura sourd car il s'efforçait de faire se lever Toby afin qu'ils puissent sortir. Toby restait immobile. Les mains plaquées sur le ventre, il se mit à pleurer.

Joel entendit Dix qui lui parlait d'une voix basse et insistante :

— Qu'est-ce qui se passe ? Qu'est-ce qui s'est passé, *man* ?

— Il est malade. Faut que je l'emmène aux toilettes. Que je le ramène à la maison. Est-ce qu'on peut... ?

Joel leva la tête et vit que Dix était prêt, luisant, nu comme un ver à l'exception de son minuscule slip rouge. Impensable de lui demander de quitter la salle.

Dix comprit la situation. Il se sentit pris entre deux feux.

— Y a plus que cinq candidats avant moi. Ce concours, ça compte pour...

Il passa la main sur son crâne rasé. Se pencha vers Toby :

— Ça va, petit ? Tu vas pouvoir aller aux toilettes si Joel t'y conduit ?

Toby continuait de pleurer. Son nez coulait. Il n'était pas appétissant à voir.

Un grincement de roues de chariot annonça l'arrivée d'un homme de ménage du YMCA.

— Par ici, les dégâts, Kevin, cria une voix.

Et une autre râla :

— Putain de merde, nettoyez avant qu'on se mette tous à dégueuler.

A cet instant, ce que Joel avait perçu comme une marée de visages se dissipa, et un petit vieux maigrissime et fortement édenté, le cheveu rare, se mit à passer par terre une serpillière imbibée d'un produit qui sentait fort.

— Sortez-le d'ici, suggéra quelqu'un.

— Tu veux t'y coller, p't'êt' ? rétorqua un autre. Ce petit salopiot est plein de vomi.

Brûlant de honte, Joel s'empressa :

— Je m'en charge. Viens, Tobe. Tu peux marcher ? Je t'emmène aux toilettes. C'est où, les toilettes, Dix ?

Il prit Toby par le bras. Heureusement, le gamin se leva mais il avait toujours la tête basse et continuait de sangloter.

Dix les conduisit jusqu'à la porte de la salle. Il expliqua à Joel où se trouvaient les W-C : en bas au fond du couloir.

— Tu vas pouvoir... ? Je veux dire, t'as besoin de moi... ? proposa-t-il tout en jetant un coup d'œil à la scène.

Joel décoda la mimique.

— Non. On va se débrouiller, t'inquiète. Va falloir que je le ramène à la maison.

— OK. Tu y arriveras seul, t'es sûr ?

Comme Joel acquiesçait, Dix s'accroupit devant Toby :

— Te bile pas, mon petit. Ce genre d'emmerdes, ça arrive à tout le monde. Rentre à la maison. Je te rapporterai quelque chose en rentrant.

Puis il se releva et, s'adressant à Joel :

— Faut que j'y aille. C'est à moi dans deux minutes.

— Cool, dit Joel.

Dix les laissa. Joel emmena Toby au rez-de-chaussée. Dieu merci, il n'y avait personne dans les toilettes des hommes. Joel passa son frère en revue : ce n'était pas joli-joli. Il avait de la morve plein la figure, son tee-shirt était maculé de vomi. L'odeur évoquait une sortie de pub avinée un samedi soir. Son jean ne valait guère mieux. Même ses baskets étaient tachées.

Les soins réconfortants d'une mère attentionnée auraient été les bienvenus. Joel conduisit Toby jusqu'au lavabo et tourna le robinet. Il chercha du regard des serviettes en papier, mais il n'y avait qu'un torchon bleu crasseux qui traînait sur le sol. Joel comprit qu'il devrait se contenter de laver le visage et les mains de Toby. Pour le reste, ça devrait attendre.

Toby resta stoïque pendant qu'on lui savonnait la figure et les mains. Il accepta sans broncher qu'on l'essuie avec du papier toilette et il ne souffla mot avant que Joel ait fait de son mieux pour nettoyer le tee-shirt et le jean souillés. Ce qu'il dit alors aurait sidéré quiconque le connaissait moins bien que Joel, quiconque se serait livré à des suppositions concernant le monde dans lequel il se sentait en sécurité.

— Joel, pourquoi elle revient pas, m'man ? Parce qu'elle va pas revenir, hein ?

— Dis pas ça. T'en sais rien et moi non plus.

— Elle croit que p'pa est à la maison.

— Ouais.

— Pourquoi ?

— Parce que ça serait trop dur pour elle, sinon.

Toby réfléchit, le nez coulant toujours. Joel l'essuya avec une autre feuille de papier et le prit par la main. Il l'entraîna dans le couloir, lui fit monter les marches, enveloppé dans l'odeur de vomi qui émanait de sa personne, une odeur si violente qu'elle en était presque palpable.

Joel se dit que ça irait mieux une fois Toby à l'extérieur. L'air du dehors atténuerait sûrement la puanteur.

Ils étaient sortis du YMCA et tâchaient tant bien que mal de retrouver leur chemin jusqu'au métro, lorsque Joel réalisa deux choses. Primo, ils ignoraient où se trouvait la station, et les panneaux indicateurs ne les aidaient guère. Secundo, à supposer qu'ils trouvent la bouche de métro, cela ne servirait à rien : Joel n'avait pas assez d'argent pour les tickets. Dix avait acheté des allers-retours, à Westbourne Park, mais il les avait gardés sur lui et ils étaient restés dans son sac de sport au vestiaire. Joel voyait mal comment retourner là-bas avec Toby et demander les tickets à Dix. Il était également exclu qu'il laisse Toby tout seul dans la rue pendant qu'il allait les récupérer. Il ne restait qu'une solution : rentrer à North Kensington en bus. Il avait juste de quoi acheter un ticket pour chacun d'eux.

Le problème, c'est qu'il n'y avait pas de ligne de bus directe reliant le Barbican à l'autre extrémité de la ville. Quand, après avoir erré un bon quart d'heure dans ce labyrinthe de bâtiments, Joel finit par découvrir un arrêt de bus, il examina le plan et constata qu'ils allaient devoir changer trois fois pour regagner Edenham Way. Il se dit qu'il y arriverait. Il reconnaîtrait Oxford Street, lieu du premier changement. Et, même s'il ne reconnaissait pas cette artère au grouillement des passants sur les trottoirs, il saurait que c'était là qu'il devait changer, pour une raison bien simple : c'était le terminus du bus qu'ils allaient prendre. Le problème, c'est qu'ils n'avaient pas assez de sous pour les deux tronçons de trajet suivants. Toby et lui allaient donc devoir voyager sans payer en espérant ne pas se faire pincer. Pour cela, ils devraient prendre des bus ancien modèle, à impériale et à plate-forme : peu sûrs mais pratiques et typiquement londoniens. Ces véhicules permettaient de monter par la plate-forme arrière, ils avaient à leur bord un chauffeur et un receveur, et ils étaient généralement bondés. Bref, c'étaient ceux dans lesquels on avait le plus de chances de pouvoir voyager sans débourser un centime.

Les choses se déroulèrent de telle façon que les gamins mirent plus de cinq heures pour rentrer. Mais pas parce qu'ils s'étaient perdus en route. Si le voyage s'étira en longueur, c'est parce que à Oxford Street ils se firent éjecter du premier bus à bord duquel ils étaient montés sans ticket. Quatre bus passèrent ensuite au milieu d'une circulation folle. Ils durent attendre le cinquième, qui était, lui, bondé, pour tenter leur chance, se disant que le receveur serait trop occupé pour faire attention à eux. Tel fut en effet le cas. Le même scénario se reproduisit au changement de Queensway. De là, il leur fallut emprunter six bus – ils sautaient en marche, avançaient d'une ou deux stations, se faisaient éjecter – pour atteindre Chepstow Road – où, de nouveau, ils se firent virer. Joel décida alors de parcourir à pied le reste du trajet, tablant sur le fait que Toby n'avait pas été repris de nausées depuis le YMCA. Il ne sentait toujours pas la rose et il était manifestement fatigué, mais Joel se dit que l'air, même d'une pureté toute relative, lui ferait sans doute du bien.

Il était sept heures passées lorsqu'ils atteignirent finalement Edenham Way. Kendra se précipita pour ouvrir. Elle était folle d'inquiétude. Dix, rentré des heures plus tôt, trophée en main, en demandant des nouvelles de Toby, était parti à la recherche des gamins en apprenant qu'ils n'étaient toujours pas revenus. Le langage déstructuré de Kendra trahissait son état d'esprit.

— D'où c'est qu'vous sortez ? Dix est parti pour vous... Ness aussi. Qu'est-ce qui s'est passé ? Toby, mon chou, t'es malade ? Dix m'a dit... Merde, Joel. T'aurais dû m'passer un coup de fil. Je s'rais... Oh, mon Dieu !

Elle les serra tous les deux contre elle. Joel, surpris, constata qu'elle pleurait. Comme il n'était pas, compte tenu de son âge, très fort en psychologie, il ne pouvait savoir que sa tante réagissait à ce qu'elle avait considéré comme la réalisation de son rêve secret : se voir déchargée du fardeau de la responsabilité. Il faut être prudent avec les désirs inconscients.

Tout en faisant couler le bain de Toby et en le dépouillant de ses vêtements souillés, elle parlait comme une femme sous amphétamines. Dix, leur dit-elle, était rentré depuis belle lurette. Brandissant son stupide trophée – « Il a gagné, tu parles d'un exploit ! » –, il avait balayé la pièce des yeux avec un : « Les gamins sont là ? » Comme s'il n'avait pas douté un instant qu'ils réussiraient à traverser sans aide cette ville de merde.

— Moi, j'lui fais : « Qu'est-ce tu m'chantes, mec ? Ils sont avec toi, pas vrai ? » Là-dessus, il m'raconte que Toby s'est dégobillé dessus. Qu'il vous a demandé d'rentrer seuls.

Joel l'interrompit pour mettre les choses au point. Il était assis sur le siège des toilettes et regardait sa tante débarbouiller Toby. Il ne voulait pas qu'elle se méprenne sur le compte de Dix.

— Il nous a rien demandé du tout. C'est moi qui lui ai dit...

— Je veux pas savoir qui a dit quoi à qui, coupa Kendra. Il vous a p't'êt' pas dit de rentrer seuls. Mais je parie qu'il s'est arrangé pour faire passer le message. Me raconte pas de craques, Joel.

— Ça s'est pas passé comme ça, protesta Joel. Il était à deux doigts de monter sur la scène. Il aurait fallu qu'il laisse tomber le concours. Ç'aurait été dommage. Surtout qu'il a gagné. C'est ça l'important.

Kendra se détourna de la baignoire où elle rinçait Toby.

— Je le crois pas ! Voilà que tu te mets à penser comme lui.

Elle se retourna vers Toby, l'enveloppa dans une serviette et l'aida à sortir de la baignoire. Elle lui sécha les cheveux avec son sèche-cheveux, le frictionna avec le drap de bain, le couvrit de talc. Ces attentions amenèrent sur le visage de Toby un sourire radieux.

Elle l'emmena dans la chambre, le borda, lui annonça qu'elle allait lui préparer une tasse de chocolat avec des mouillettes au beurre et au sucre.

— Repose-toi, mon poulet, bouge pas ; tata revient.

Toby cligna des paupières, un peu dérouté par cette débauche de soins inattendus. Il se cala confortablement dans son lit. Le chocolat et les mouillettes, voilà un réconfort qu'il n'avait encore jamais connu dans sa jeune vie.

D'un mouvement de menton, Kendra fit comprendre à Joel qu'il était censé la suivre à la cuisine. Là, sa tante lui fit raconter l'aventure par le menu et elle réussit à écouter plus calmement. Lorsqu'il arriva au bout du récit de cette traversée de Londres, le chocolat et les mouillettes étaient prêts. Avec un signe de tête vers l'escalier, Kendra les tendit à Joel. Puis elle se servit un verre de vin, alluma une cigarette et s'assit à la table de la cuisine.

Elle essaya de mettre un peu d'ordre dans ses sentiments, mais pas moyen de se concentrer. C'est à ce moment-là que Dix franchit la porte d'entrée.

— Ken, je suis allé partout avec la voiture. Tout ce que je sais, c'est que Joel a pris le chemin du retour comme il l'avait dit. Un SDF qui faisait la manche près de l'arrêt de bus au Barbican a confirmé...

— Il est rentré, l'interrompit Kendra. Ils sont ici tous les deux. Grâce à Dieu.

Mais pas grâce à toi. Dix comprit aussitôt : l'intonation et le regard de Kendra étaient éloquents. Ils le stoppèrent net. Elle lui reprochait ce qui s'était passé, et il acceptait le reproche. Ce qu'il ne comprenait pas, c'était l'état d'esprit de Kendra. Dix aurait trouvé logique qu'elle ait l'air soulagée, mais cette hostilité...

Il valait mieux marcher sur des œufs.

— Je respire. Mais qu'est-ce qui s'est passé, bon sang ? Pourquoi ils sont pas rentrés direct à la maison ?

— Comment tu voulais qu'ils fassent sans tickets et sans argent ? Les putains de tickets étaient restés dans ton sac de sport, Dix. Ils voulaient pas te déconcentrer. Ils ont essayé de rentrer en bus sans payer. Résultat des courses...

Le sac de Dix était encore là où il l'avait déposé en arrivant : près de la porte menant à l'escalier. Il y jeta un œil, vit les tickets demeurés là où il les avait fourrés.

— Merde, je suis désolé, Ken.

— « Désolé », cingla Kendra. Tu laisses un môme de huit ans errer dans Londres...

— Il était avec Joel, Ken.

— ... sans un sou. Tu laisses un gamin couvert de vomi retrouver seul son chemin au milieu d'une ville pourrie où il a jamais foutu les pieds...

Kendra s'arrêta pour reprendre son souffle et organiser ses pensées.

— T'en as plein la bouche quand tu me dis que tu veux servir de père à ces mômes. Mais tu penses qu'à ta pomme. C'est pas comme ça qu'on raisonne quand on veut être père.

— T'exagères.

— T'as ton concours à t'occuper, t'as que ça en tête. Y a rien d'autre qui compte. T'es comme ce putain d'Arnold ; pas le genre à se laisser distraire, ce taré. Pas même par une bombe atomique. Et encore moins par un môme malade. La concentration, c'est vital. Et pour la concentration, toi, t'es champion.

— Joel m'a dit qu'il se débrouillerait. Je lui ai fait confiance. Si tu veux engueuler quelqu'un, Ken, engueule Joel.

— Parce que c'est de sa faute maintenant ? Un gosse de douze ans, putain. Ton concours, pour lui, c'est sacré. Il veut pas te faire chier. T'as pas percuté ?

— Il m'a dit qu'il le ramènerait direct à la maison. Si je peux plus lui faire confiance, à Joel...

— Je te défends de lui reprocher quoi que ce soit !

— Je fais des reproches à personne. C'est toi. Je me demande bien pourquoi, Ken. Joel est rentré. Toby est rentré. Ils sont en haut. Tout baigne. On peut savoir pourquoi t'es vénère ?

— Il s'agit pas de moi.

— Ah bon ? Alors pourquoi tu me cherches au lieu d'être soulagée que Joel et Toby soient rentrés sans problème ?

— Cinq heures à errer dans Londres comme des chiens paumés, c'est ça que t'appelles rentrer sans problème ? Putain de merde. Tu déconnes ou quoi ?

— Je savais pas... Oh, et merde.

Il ébaucha un pas vers l'escalier.

— Où tu vas ?

— Prendre une douche. Figure-toi que j'ai fait l'impasse sur la douche après le concours pour être plus vite ici et prendre des nouvelles de Toby.

— C'est ça, pour toi, être père ? Se passer de sa putain de douche à la fin d'un concours auquel t'aurais mieux fait de renoncer pour t'occuper de ton gamin ? Tu veux qu'on se marie pour empêcher les services sociaux de nous prendre les mômes. Si c'est ça, ta conception du boulot de père, tu peux aller te faire mettre.

— T'es en pétard. On parlera de ça plus tard.

— On va en parler maintenant. Je t'interdis de monter. Je te défends de sortir de cette pièce.

— Et si je sors ?

— Tu fais tes valises et tu te casses.

Il inclina la tête. Il ne comprenait pas comment ils en étaient arrivés là. Ni pourquoi. Kendra jouait à un jeu dont il ignorait les règles, c'est tout ce qu'il voyait.

— Je vais prendre une douche, Ken. On parlera de tout ça quand tu seras un peu plus cool.

— Sois sympa : sors d'ici, barre-toi. Les égoïstes, j'ai donné. Je vais pas remettre ça. Si ta putain de douche compte plus que...

— Des comparaisons, maintenant ? Auquel des deux tu me compares ?

— Tu devrais le savoir.

— Ah, ouais ?

Il balaya la pièce du regard. Esquissa un mouvement vers la porte d'entrée et non vers l'escalier.

— Je me tire. C'est bien ce que tu voulais, Ken ? T'as gagné.

15

L'absence de Dix fut ressentie différemment par chacun d'entre eux. Ness commença par rouler des mécaniques comme quelqu'un qui a réussi à provoquer un changement désiré depuis longtemps. Kendra se jeta dans le boulot et s'abstint de toute allusion au départ de Dix. Toby expliqua l'absence de Dix à Maydarc, son interlocuteur invisible auquel il s'adressait désormais ouvertement. Quant à Joel, visité par l'inspiration, il se mit pour la première fois à écrire des vers.

Il aurait été bien en peine de dire de quoi parlaient ses poèmes. De même, il aurait été incapable de dire d'où lui venaient ces bouffées d'énergie créatrice, qui avaient commencé à se manifester après le départ de Dix. Tout ce qu'il aurait pu dire, c'est que sa poésie était comme elle était. Jaillissant d'une source qu'il lui était impossible d'identifier.

Il ne montra ses poèmes à personne, à l'exception d'un seul qu'il choisit avec soin – après avoir pris son courage à deux mains – pour le faire lire à Adam Whitburn, un soir après le Club des Mots. Il s'était posté près de la porte du sous-sol, guettant le passage du jeune rasta. Il lui tendit la feuille et resta planté là, sans un mot, attendant le verdict pendant que Whitburn lisait. Lorsqu'il eut terminé, Adam considéra Joel d'un air curieux avant de reporter les yeux sur la page pour la relire. Après quoi, il rendit la feuille à Joel :

— Tu l'as montré à Ivan ?

Comme Joel faisait un signe de dénégation, Adam lui dit :

— Faut lui montrer, mec. Pourquoi tu le lis pas au micro ? T'as un don, *man*. Faut que les autres en profitent.

C'était impensable pour Joel. L'approbation d'Adam, le plaisir qu'il en tirait lui suffisaient. Seule celle d'Ivan aurait signifié davantage à ses yeux. Le reste – la lecture publique, l'analyse critique de son travail, la possibilité de gagner de l'argent ou d'être reconnu par le jury du Chemin des Mots – avait perdu de son importance tandis qu'augmentait le plaisir qu'il prenait à écrire.

Ces gribouillages, ces raturages, ces pauses pendant lesquelles, nez en l'air, il fixait le plafond sans le voir, suivies de nouveaux griffonnages le mettaient dans un état second. Un état qu'il n'aurait pu décrire mais qu'il aspirait à retrouver. Qui lui offrait un sanctuaire, et, plus encore, la sensation d'être comblé. Sensation jamais éprouvée auparavant. Il songea que ce devait être comparable à ce que Toby ressentait lorsqu'il se réfugiait dans le monde de Sose, qu'il contemplait sa lampe ou la promenait dans ses bras. Cette sensation avait le pouvoir de changer les choses. La disparition de leur père perdait de son importance, tout comme le fait que leur mère était enfermée dans un hôpital psychiatrique.

Aussi cherchait-il ce refuge aussi souvent que possible. Quand il écrivait, il oubliait le monde extérieur. C'est pourquoi, lorsqu'il accompagnait Toby à Meanwhile Gardens, pour regarder les types qui faisaient du skateboard, il s'asseyait sur un banc avec son carnet sur les genoux. Il assemblait alors les mots qu'il avait tirés de nulle part. Comme le soir où on l'avait nommé poète prometteur.

Il était ainsi occupé lorsque quelqu'un s'assit près de lui et qu'une voix pépia :

— Qu'est-ce que tu fabriques ? C'est pas des devoirs, à cette époque de l'année. Et d'où tu sors, d'abord, Joel ? T'étais parti en vacances ou quoi ?

Joel leva la tête et vit Hibah, qui essayait de lire ce qu'il écrivait. Elle revenait du dépôt des autobus, où elle était allée porter le déjeuner à son père. Sa mère l'attendait à la maison. Celle-ci passerait probablement un coup de fil à son mari sur son portable si leur fille n'était pas rentrée dans le quart d'heure qui suivait.

— Ils m'ont dit qu'ils m'avaient vue traîner au lieu de rentrer aussi sec, confia Hibah. Que ça leur avait pas plu. Mais je suis sûre que c'est cette bonne femme, celle qui bosse à la bibliothèque Kensal, qui m'a vue. Parce que, si ç'avait été mon père et ma mère, crois-moi qu'ils m'auraient plus laissée sortir seule de ce putain d'appart jusqu'à mon mariage. Tant pis pour p'pa. Son déjeuner, il aurait été obligé de faire une croix dessus. Ils veulent me faire croire qu'ils m'ont vue tout en n'étant pas sûrs que cette vieille bique à la bibliothèque dit la vérité. Vu qu'elle nous aime pas.

Joel déduisit de cette tirade que Hibah avait été aperçue en douteuse compagnie. Sachant qui pouvait être cette compagnie, il jeta autour de lui un regard plein d'appréhension, peu désireux de se trouver une nouvelle fois nez à nez avec Neal Wyatt. La voie semblait libre. Il faisait beau, il y avait des gens dans le parc mais pas de Neal en vue.

— Alors, qu'est-ce que tu fais ? Je peux voir ?

— Des poèmes. Mais je les montre pas. Ils sont pas finis.

— Je savais pas que t'étais poète, Joel ! T'écris des trucs qui riment ? Genre rap ? Allez, fais voir.

Elle fit mine d'attraper le carnet, mais il s'y cramponna.

— Allez, quoi ! Fais pas ton timide. Tu vas à ces soirées à Oxford Gardens ? Je connais une dame, elle y va. Et Ivan aussi.

— C'est lui qui les organise.

— T'y es allé, alors ? Fais voir. J'y connais pas grand-chose mais je te dirai au moins si ça rime.

— Sont pas censés rimer. C'est pas ce genre de poèmes-là.

— Quel genre ?

L'air pensif, elle considéra l'un des jeunes chênes qui ponctuaient les petites collines alentour. Sous les arbres, des garçons et des filles, allongés, faisaient la sieste plus ou moins serrés les uns contre les autres.

— Des poèmes d'amour ! s'exclama soudain Hibah. Joel, t'as une chérie ? Elle est là ? Tu veux pas me le dire ? Je te parie que je la fais rappliquer ici.

Espiègle, elle s'approcha de Joel jusqu'à ce que sa cuisse touche la sienne. Elle lui passa un bras autour de la taille et posa la tête sur son épaule. Ils restèrent ainsi plusieurs minutes. Joel écrivait, Hibah pouffait. Soudain, un « Putain de merde...! » retentit, qui ne sortait pas de la bouche de Joel. Il émanait du chemin de halage longeant Grand Union Canal. Inutile de regarder de ce côté pour savoir qui l'avait proféré. Neal Wyatt traversa la pelouse au pas de charge.

Trois des membres de sa bande restèrent sur le chemin. Ils se dirigeaient vers Great Western Road. En le voyant se ruer sur Hibah et non sur Joel, ils comprirent très vite que Neal n'avait pas besoin d'eux pour régler ses affaires.

— Qu'est-ce que tu fous, Hibah ? Je te file rencard et tu te ramènes avec *ça* ? C'est quoi, cette embrouille, putain de merde ?

Hibah ne retira pas son bras de la taille de Joel, comme l'aurait fait une autre fille. Au lieu de cela, elle fixa Neal et resserra son étreinte autour de Joel. Loin d'être intimidée, elle était choquée, interloquée.

— C'est à moi que tu parles comme ça, Neal ? Qu'est-ce qui se passe ?

— Il se passe que tu me manques de respect, voilà ce qui se passe. Quand tu traînes avec une merde, c'est comme si tu te roulais dedans. Ma meuf, elle s'affiche pas avec une merde. Fourre-toi ça dans le crâne.

— Hé ! A qui tu crois causer ? Je me pointe au rencard, je tombe sur un copain. On tchatche, c'est tout. Où est le mal ?

— Ecoute. C'est moi qui te dis avec qui tu tchatches. Tu discutes pas. Et ce faux Black...

— Qu'est-ce qui te prend, Neal Wyatt ? C'est Joel et c'est pas un...

— Je vais te montrer ce qui me prend.

Il l'empoigna par le bras et la mit debout. Il la poussa vers ses potes. Joel n'avait pas le choix : il se leva.

— Hé, *man* ! Laisse-la. Elle t'a pas manqué de respect.

Neal lui jeta un regard méprisant :

— C'est toi qui me dis...

— Ouais. Y a qu'une racaille pour traiter comme ça une fille. Une racaille comme celle qui s'amuse à pourrir la vie des mecs en fauteuil roulant dans Harrow Road.

Cette référence à leur dernière rencontre décida Neal à lâcher le bras de Hibah. Il se tourna vers Joel.

— Elle est à moi, cette pute. Casse-moi pas les couilles.

— Neal ! s'écria Hibah. C'est quoi, ce délire ? Tu causes jamais comme ça d'habitude. Jamais. Toi et moi...

— Ferme ta gueule !

— Pas question !

— Tu la fermes ou je t'en colle une.

Le foulard de Hibah s'était dénoué et il glissa, révélant ses cheveux. Ce n'était pas le Neal Wyatt qu'elle connaissait. Pas non plus le Neal Wyatt pour qui elle prenait tous les risques – celui de perdre la confiance de ses parents, celui de perdre sa réputation.

— Si tu continues à me parler comme ça, je t'assure que...

Il la gifla. Elle partit à la renverse. Joel se jeta sur lui et dit à la jeune fille :

— Rentre chez toi.

Que Joel puisse dicter sa conduite à Hibah – la meuf attitrée de Neal – aurait dû inciter les témoins à pousser un hoquet de stupeur mais, en cette belle journée ensoleillée, ils semblaient se désintéresser totalement de la chose. Et aucun d'eux ne bougea pour empêcher ce qui se passa ensuite.

Neal pivota vers Joel. Son visage exprimait la joie la plus féroce, ce qui aurait dû faire comprendre à Joel que des forces dépassant sa compréhension étaient à l'œuvre. Il n'eut pas le temps d'analyser la situation. Neal se rua sur lui. Il empoigna Joel par le cou et Joel dégringola par terre tandis que Neal lui tombait dessus avec un grognement de plaisir.

— Sale petit... gronda Neal, qui de ses poings se mit à marteler la figure de Joel.

Hibah hurla le prénom de Neal. Sans succès. Il n'était pas décidé à s'arrêter en si bon chemin.

Joel se débattait tel un diable avec des moulinets du bras, essayant d'atteindre Neal au visage. Il se tortillait comme un fou pour échapper à son agresseur. Les coups de Neal pleuvaient sur ses tempes. La salive de Neal sur ses joues. Par-delà le son mat des coups que lui décochait son adversaire, il percevait le chuintement assourdi des planches de skate sur la piste et les cris étouffés de Hibah.

Puis Neal lui noua les mains autour du cou.

— P'tit minable... j'vais t'tuer....

Joel tenta de flanquer un coup de genou dans le bas-ventre de Neal mais ne parvint pas à l'atteindre. Hibah hurlait. Joel entendit Toby crier son nom.

Et soudain, aussi subitement que la bagarre avait éclaté, ce fut fini. Ce n'étaient ni l'intervention d'Ivan Weatherall, ni les supplications de Hibah, pas plus que les larmes terrorisées de Toby ou l'arrivée de la police qui avaient mis un terme à la baston. C'était l'un des types de la bande de Neal qui avait déboulé du chemin de halage et l'avait attrapé par le bras.

— Hé, mec, t'es pas fou... Ça va comme ça.

Neal se dégagea d'un geste violent, signifiant à l'impudent qu'il reprenait son rang de chef de bande. Joel était à terre, haletant, une coupure saignant près de l'œil gauche.

Hibah, qui s'était repliée sur le banc et recroquevillée sur elle-même, se balançait d'avant en arrière sous l'effet du choc. Ce Neal, elle ne l'avait jamais vu, elle ne le connaissait pas.

Toby était arrivé en courant de la piste de skate. Il avait emporté sa lampe, dont le fil traînait dans l'herbe. Il s'était mis à pleurer. Joel se redressa, se mit à genoux, tenta de le rassurer.

— Ça va, Tobe. Ça va, mon vieux.

Toby s'approcha en trébuchant.

— Il t'a tapé, fit-il, en larmes. T'as du sang sur...

— Ça va.

Joel se releva en titubant. L'espace d'un moment, Meanwhile Gardens tournoya autour de lui telles des images vues d'un manège. Lorsque cette sensation disparut, il se passa le bras sur le visage. S'aperçut qu'il était couvert de sang. Il regarda Neal.

Celui-ci soufflait comme un phoque, mais il ne semblait plus avoir envie de sauter sur Joel. Il esquissa un pas en direction de Hibah.

— Faut qu'on se parle, Hibah.

— Plutôt mourir que de parler avec toi.

— Tu comprends pas.

— Oh que si, Neal Wyatt.

Elle pivota sous les yeux de Neal et de sa bande. Joel ne dit pas un mot mais c'était inutile. Neal, qui, clairement, le tenait pour responsable de l'incident, lui lança un regard meurtrier ainsi qu'à son petit frère.

— Vous avez merdé. Toi et ce gogol. Tu piges ?

— J'ai pas...

— T'as merdé, face de citron. Ton frère aussi. A la prochaine.

Du menton, il désigna le chemin de halage. Message reçu, son compagnon se mit en marche. Suivi de Neal.

Dans un premier temps, Ness se réjouit de l'absence de Dix. Mais le plaisir durable qu'elle en escomptait ne se concrétisa pas. Elle était contente de ne plus avoir à subir les craquements du lit de sa tante. Contente de penser qu'elle était plus ou moins sur un pied d'égalité avec Kendra maintenant que Dix avait mis les voiles. En dehors de cela, la disparition de Dix ne lui procura aucune joie. Elle le haïssait de l'avoir rejetée et pourtant elle voulait toujours lui prouver qu'elle était infiniment plus femme que sa tante ne le serait jamais.

Retourner dans la chambre de Kendra pour partager son lit et avoir un minimum d'intimité dans la maison ne lui disait rien et ne lui aurait pas procuré non plus un sentiment de puissance. Kendra le lui proposa, mais Ness refusa. Elle ne se voyait pas dormir dans le lit laissé libre par Dix D'Court. Et, même si ce n'avait pas été le cas, dormir avec Kendra ne lui apporterait pas l'intimité à laquelle elle aspirait. Elle savait qu'elle n'avait pas sa place dans la chambre de sa tante ; alors que Dix, si. Elle savait également que sa tante ne tenait pas à l'avoir avec elle.

Résultat, au lieu de se sentir bien, elle se sentait mal dans sa peau. Il fallait qu'elle trouve un moyen de renouer avec l'euphorie. Elle avait sa petite idée sur la question.

Cette fois-ci, elle opta pour Kensington High Street. Elle s'y rendit en bus, descendit non loin de St Mary Abbots. De là, elle gagna le stand de fleurs devant l'église. Elle passa en revue les options qui s'offraient à elle, tandis que dans son dos on composait de somptueux bouquets de tubéreuses, de lis, de fougères et de gypsophile.

Pour commencer, elle jeta son dévolu sur H & M. La foule des ados lui fournirait un excellent camouflage ; les portants de vêtements fabriqués en Inde, un vaste butin. Elle erra d'étage en étage, à la recherche d'un article qui lui plairait et vaudrait le coup de prendre des risques, mais elle ne vit que des articles qui, après examen, lui parurent sans intérêt. Elle remonta la rue pour rallier Accessorize. La boutique était minuscule, et elle avait toujours sa photo collée près de la caisse avec celle des autres indésirables. Un sacré défi. Le magasin étant bondé, elle réussit à s'y introduire. Pour découvrir que, ce jour-là, les articles exposés n'étaient pas tentants et qu'elle n'aurait aucun plaisir à s'en emparer.

Après une incursion chez TopShop et Monsoon, elle s'engouffra dans un grand magasin. C'est là qu'elle décida d'opérer. Une fille plus avisée aurait opté pour un autre lieu. Il n'y avait pas foule – ce qui n'était pas pratique pour se cacher – et Ness, jeune métisse très décolletée et à la crinière foisonnante, passait à peu près aussi inaperçue dans ces lieux qu'un tournesol au milieu d'un carré de fraises. Mais la marchandise avait de la gueule, et ce n'était pas pour lui déplaire. Elle eut tôt fait de repérer un superbe bandeau à paillettes.

Le bandeau était idéalement situé du point de vue de Ness. Placé sur un présentoir à quelques pas de la sortie, il ne demandait qu'à finir dans la poche d'une voleuse. Après l'avoir examiné et conclu qu'il valait le coup de se décarcasser, Ness procéda à une reconnaissance des lieux afin de s'assurer qu'elle était sinon à l'abri de regards éventuels, du moins suffisamment près de la porte pour pouvoir se ruer hors du magasin avec le bandeau dans sa poche.

Apparemment, on ne l'observait pas. Personne aux alentours dont il faille se méfier. Il y avait bien un vieux retraité qui la reluquait de derrière un présentoir à chaussettes mais, à sa mine, elle se dit que l'examen auquel il la soumettait n'avait absolument rien à voir avec le fait de s'assurer qu'elle ne partait pas en emportant un article qu'elle n'avait pas payé et tout à voir avec le décolleté du tee-shirt qu'elle portait ce jour-là. Elle l'ignora avec mépris.

Sur le point de dérober l'article convoité, Ness sentait ses bras crépiter d'énergie nerveuse. Signe que le frisson de plaisir après lequel elle courait s'amorçait. Tout ce qu'elle avait à faire, c'était tendre le bras, prendre deux bandeaux sur le présentoir, les laisser tomber, se baisser pour les ramasser et n'en remettre qu'un en place tandis que l'autre atterrissait dans son sac. C'était d'une simplicité enfantine. Rapide et sûr. Comme piquer à un môme ses bonbons ou faire un croc-en-jambe à un aveugle.

Le bandeau en sa possession, elle se dirigea vers la porte. Elle marchait d'un pas nonchalant comme lorsqu'elle était entrée, une sensation de chaleur et d'euphorie l'enveloppait tandis qu'elle se mêlait à un groupe de passants chargés de paquets.

Elle n'alla pas loin. Galvanisée par son succès, elle avait décidé d'aller chez Tower Records. Elle s'apprêtait à traverser lorsque le retraité qu'elle avait vu dans le magasin la stoppa.

— Un instant, ma jolie, dit-il en la prenant par le bras.

— Vous comptez faire quoi, *man* ?

— Rien, du moment que vous avez le ticket de caisse de l'article qui se trouve dans votre sac. Suivez-moi.

Il était plus costaud qu'il n'y paraissait. En l'examinant de plus près, Ness constata que ce n'était absolument pas un retraité. Il n'était pas voûté comme elle l'avait cru dans le magasin, et son visage n'était pas ridé bien qu'il eût les cheveux gris. Pourtant, elle n'avait toujours pas réalisé à qui elle avait affaire et continua de protester bruyamment tandis qu'il l'entraînait vers la porte de la boutique.

Une fois à l'intérieur, il la conduisit vers le fond. Une porte battante donnait sur les entrailles du bâtiment. Il eut tôt fait de la lui faire franchir et il la poussa dans un escalier.

— Où vous m'emmenez, bordel de merde ?

— Là où j'emmène tous les voleurs à l'étalage, ma jolie.

Elle comprit alors que l'homme qu'elle avait pris pour un retraité n'était autre qu'un vigile. Elle se débattit autant que sa prise sur son bras le lui permettait. Consciente de s'être fourrée dans une sale situation. Déjà condamnée à des heures de travail d'intérêt général, elle n'avait pas envie de se retrouver devant un juge qui cette fois aurait vraisemblablement la main plus lourde.

Une fois en bas de l'escalier, elle se retrouva dans un étroit couloir au sol de lino d'où elle comprit qu'elle ne s'enfuirait pas comme ça. Ils devaient se rendre là où il conduisait les voleurs en attendant l'arrivée d'un agent du commissariat d'Earl's Court, et elle entreprit de concocter une histoire qu'elle servirait au policier. Elle aurait le temps de la peaufiner dans le local où on la bouclerait. Sans doute une pièce exiguë et sans fenêtre. Au pire une vraie cellule.

Mais ce ne fut ni l'un ni l'autre. Le vigile ouvrit une porte et la poussa dans un vestiaire qui empestait la sueur et le désinfectant. Des rangées de casiers gris occupaient les murs de part et d'autre d'une allée centrale étroite où se dressait un banc de bois brut.

— J'ai rien fait, mec. Pourquoi vous m'emmenez ici ?

— Vous devez vous en douter. Nous allons ouvrir votre sac et voir ce qu'il y a à l'intérieur.

Le vigile ferma la porte derrière lui. Le verrou fit entendre un déclic inquiétant. Il tendit la main :

— Donnez-le-moi. Et sachez que les choses seront plus faciles pour vous si je dis aux flics que vous vous êtes montrée coopérative.

Ness n'avait pas la moindre envie de lui donner son sac, mais elle voulait passer pour coopérative. Elle regarda le type ouvrir le sac tant bien que mal, en homme qui n'a pas l'habitude. Il en renversa le contenu, et l'objet du délit parut au grand jour, ses paillettes scintillant sous la lumière du plafonnier. Il le ramassa, l'agita au bout de son doigt.

— Ça valait le coup ?

— Comment ça ?

— Ça valait le coup de risquer de se retrouver au trou pour un truc pareil ?

— Je l'ai pas fauché.

— Comment a-t-il atterri dans votre sac si vous ne l'avez pas piqué ?

— Je sais pas. Je l'ai jamais vu.

— Et vous espérez qu'on va vous croire ? Quand j'aurai raconté en détail que vous en avez pris deux, que vous les avez fait tomber et que vous n'en avez remis qu'un seul sur le présentoir ? Un à paillettes argent – celui-ci. Et un autre, rouge et bleu. Qui va-t-on croire à votre avis ? Au fait, vous avez déjà été condamnée ?

— Qu'est-ce que vous racontez ?

— Je crois que vous me comprenez. Et je crois que vous l'avez déjà été. Condamnée. Que vous avez déjà eu des problèmes avec les flics. Vous ne tenez sûrement pas à ce que je les sonne. Ça se voit sur votre figure.

— N'importe quoi.

— Ah bon ? Dans ce cas, vous n'aurez rien à craindre lorsque les keufs rappliqueront et que je leur raconterai ma version des faits. Qui pensez-vous qu'ils croiront ? Une gamine déjà condamnée et attifée comme une pouffiasse ou un membre respectable de la société qui se trouve faire partie du personnel de cet établissement ?

Ness ne souffla mot. Elle s'efforça de prendre un air indifférent, mais elle était loin de l'être. Elle n'avait pas envie de se trouver de nouveau devant la police et, à la pensée qu'elle était à deux doigts de reparaître devant les flics, elle écumait. Se dire qu'elle était entre les mains de cet individu qui s'apprêtait à jouer au chat et à la souris avec elle ne faisait qu'envenimer la situation. Des larmes d'impuissance lui montèrent aux yeux, ce qui fit redoubler sa fureur. Le vigile les vit et décida d'agir en conséquence.

— T'es pas si coriace que ça, ma mignonne. Tu t'habilles comme une pute, tu te conduis comme une pute, tu parles comme une pute. Mais au fond t'as qu'une envie : rentrer gentiment chez toi, je me trompe ? Tu veux rentrer à la maison, c'est ça, ma jolie ?

Silence de Ness. Elle attendit. Elle sentait que ce n'était pas fini, et en cela elle ne se trompait pas. Le vigile l'observait, guettant sa réaction. Finalement, elle se risqua à demander :

— Vous me laisseriez rentrer ?

— A certaines conditions. Je suis le seul à savoir pour ça, dit-il en agitant le bandeau au bout de son doigt. Je te laisse partir, je remets ce truc à sa place. On n'en parle plus.

Ness réfléchit : il n'y avait pas d'autre solution.

— Et puis quoi ?

— T'enlèves ton tee-shirt. Ton soutien-gorge aussi, si tu en as un. Ce qui m'étonnerait. Vu ce que j'ai sous les yeux.

Ness déglutit.

— Qu'est-ce que vous... ?

— Tu veux partir ? Etre débarrassée de moi ? Enlève ton tee-shirt et laisse-moi les regarder. Voilà ce que je veux. Les regarder.

— C'est tout ? Et après vous me laisserez...

— Enlève ton tee-shirt, je te dis !

Ce n'était après tout pas pire que d'écarter les pans de son peignoir devant Dix D'Court. Ni que tout ce qu'elle avait déjà fait. Et après ça elle quitterait cet endroit sans être escortée d'un policier. Cela seul comptait.

Elle serra les dents. Ça n'avait pas d'importance. Rien n'avait d'importance. D'un geste vif, elle remonta son tee-shirt, l'ôta.

— Tiens-toi droite. Et t'avise pas de mettre les mains devant ta poitrine. Tu dois pas te gêner quand il s'agit de t'exhiber devant tes mecs. Lâche ton tee-shirt. Bras le long du corps.

Elle obtempéra. Resta plantée là. Il se mit à la boire des yeux. La respiration rauque. Il déglutit si fort qu'elle l'entendit alors qu'elle était à quelques mètres de lui.

— Encore une chose.

— Vous aviez dit...

— C'était avant d'avoir vu. Approche.

— Je veux pas...

Il agita de nouveau le bandeau.

— Tu veux qu'on tire un trait sur tout ça, ma mignonne ?

Il attendit. Sûr de lui. Il avait déjà fait le coup et en profitait chaque fois un maximum.

Ness s'approcha, elle n'avait pas le choix. Elle se crispa à l'idée de ce qui allait suivre. Et, lorsqu'il lui posa la main sur un sein, elle s'efforça de ne pas frissonner alors que son nez la piquait – signe que les larmes n'étaient pas loin. Son sein tenait tout entier dans la main du vigile, la pointe calée au creux de sa paume. Il referma les doigts dessus. L'attira vers lui.

Lorsqu'elle fut à quelques centimètres, il la regarda bien en face.

— Voilà, c'est pour ainsi dire fini. Tu vas sortir d'ici, aller retrouver ta maman. Personne ne saura que tu as fauché ce bandeau. C'est ce que tu veux ?

Une larme glissa le long de la joue de Ness.

— Dis-moi que c'est ce que tu veux. Je veux te l'entendre dire.

— Ouais, réussit-elle à murmurer.

— Non. Faut que tu le dises, ma jolie.

— C'est ce que je veux.

Il sourit.

— C'est bien ce que je pensais. Les filles comme toi, elles veulent toujours. Tiens-toi tranquille maintenant. Je vais te donner ce que tu demandes, ma mignonne. Tu veux bien faire ça pour moi ? Réponds.

— Je ferai ça pour vous, dit Ness, se raidissant.

— De bon cœur ?

— Ouais.

— C'est gentil. Tu es une bonne petite.

Il se pencha alors et se mit à sucer.

Elle arriva en retard à la garderie. Elle fit le trajet de Kensington High Street jusqu'à Meanwhile Gardens sans penser au vestiaire, mais la rage au cœur. Une rage telle qu'elle était en larmes. Ces larmes ne firent qu'augmenter sa fureur. Elle se promit qu'elle allait retourner là-bas se poster devant la sortie du personnel, devant la porte où il avait fini par la reconduire, la renvoyant chez elle avec un : « Rentre bien, ma jolie. » Et quand il sortirait, elle le tuerait. Elle lui tirerait une balle entre les yeux, et tant pis pour ce qui lui arriverait ensuite : il serait mort, il ne l'avait pas volé.

Elle n'attendit pas le bus qui devait l'emmener le long de Kensington Church Street jusqu'à Ladbroke Grove. Elle se dit que ce n'était pas la peine. Mais la vérité, c'est qu'elle n'avait pas envie d'être vue et qu'à pied elle se sentait invisible. L'humiliation – sentiment dont elle aurait été prête à nier l'existence – la submergeait. La seule façon de ne plus y penser, c'était de marcher à grands pas, direction la garderie. Heurtant furieusement les gens qui se pressaient dans le quartier commerçant, cherchant quelque chose à esquinter sur les trottoirs de Holland Park Avenue, où il n'y avait pas de passants à bousculer ni à apostropher, et rien d'autre à faire que d'avancer droit devant en évitant de penser.

Elle finit par monter dans un bus à Notting Hill parce qu'il s'arrêtait juste au moment où elle atteignait l'arrêt. Cela ne lui permit pas d'arriver à la garderie à temps. Elle avait une heure et demie de retard lorsqu'elle franchit le portail. Dans l'aire de jeux, trois enfants pataugeaient dans le petit bain sous l'œil vigilant de leurs mères.

Les enfants, les mamans, c'était un spectacle dont Ness ne pouvait supporter la vue ; mais elle était bien obligée de les voir et cela ne fit qu'augmenter sa colère. C'était comme de l'air qu'on aurait forcé à entrer dans un ballon déjà trop gonflé.

Elle poussa la porte de la garderie. Qui alla claquer contre le mur. Plusieurs enfants armés de colle s'efforçaient de réaliser un tableau avec des coquillages et des perles sur un support en carton. Majidah était dans la cuisine. Les petits levèrent la tête avec des yeux écarquillés et Majidah entra dans la grande salle. Ness se raidit dans l'attente de ce que la musulmane allait dire, songeant : Vas-y, espèce de garce, vas-y, qu'on rigole.

Majidah l'examina, plissant les yeux, tâchant d'analyser la situation. Elle n'avait guère de sympathie pour Ness. Elle n'aimait ni son attitude, ni sa façon de s'habiller, ni la raison qui lui avait valu de faire des heures à la garderie. Mais c'était une femme de quarante-six ans qui en avait vu de toutes les couleurs. Et qui savait ce que souffrir voulait dire. Sa philosophie avait beau tenir en quelques principes : *travaille dur, ne pleurniche pas, avance*, elle n'était pas dépourvue de compassion pour ceux qui n'avaient pas encore réussi à mettre ceux-ci en pratique.

C'est pourquoi, avec un regard entendu à la pendule Félix le Chat accrochée au-dessus des casiers où étaient rangés les jouets, elle dit :

— Il faut tâcher d'arriver à l'heure, Vanessa. Va aider les enfants à coller les perles. Nous parlerons à la fermeture.

L'affrontement entre Joel et Neal Wyatt s'avéra être une épée à double tranchant. Dès cet instant, Joel se trouva d'une part obligé de surveiller ses arrières en permanence ; et de l'autre, pris d'une frénésie d'écriture. Les mots affluaient comme jamais, lui inspirant une quantité invraisemblable de vers. Le plus étrange dans ce processus étant que les mots qui lui venaient à l'esprit n'étaient pas de ceux dont Joel aurait pensé qu'ils puissent constituer un poème. C'étaient des mots ordinaires. Des mots comme *pont, s'agenouiller, flotter, terreur*. Qui le faisaient se jeter sur son carnet. Cela lui arrivait si fréquemment que, poussée par la curiosité, Kendra lui demanda ce qu'il fabriquait le nez dans un carnet comme ça tout le temps. Elle supposa qu'il écrivait des lettres et lui demanda si la destinataire était sa mère. Quand il lui apprit que c'étaient des poèmes et non des lettres, Kendra – comme Hibah – en conclut que c'étaient des poèmes d'amour et se mit à le taquiner à ce sujet. Elle le taquinait mais mollement ; tant et si bien que Joel – bien que focalisé sur sa poésie – le remarqua et lui dit astucieusement :

— T'aurais pas vu Dix, tante Ken ?

— Tu n'aurais pas vu, corrigea-t-elle, détournant la conversation et l'orientant vers le problème de l'anglais correct.

Kendra se disait que, de toute façon, ce qu'il y avait entre Dix et elle n'était pas de l'amour. C'était impossible avec ces vingt ans qui creusaient un gouffre infranchissable entre eux. Bon débarras, il était temps de passer à autre chose. Mais, parti de son cerveau, le message n'arrivait pas à atteindre son cœur *à cause de* son cœur. Elle s'efforça alors de se dire que leur histoire n'avait été qu'une « question d'épiderme ».

Kendra ne pensant qu'à son problème et Joel à sa poésie, il ne restait plus que Toby pour remarquer un changement chez Ness dans les jours qui suivirent. Mais, comme le changement consistait à faire tout d'un coup sans rechigner les heures de TIG prescrites par le juge, la situation était trop subtile pour lui. Il jouait avec sa lampe, regardait la télé ; il ne souffla mot de la bagarre qui avait eu lieu entre Joel et Neal Wyatt.

Cela, à la demande de Joel. Pour expliquer à sa tante ses ecchymoses et ses entailles, il lui avait dit que, comme un imbécile, il avait emprunté une planche de skate alors qu'il ne savait pas s'en servir. Elle avait gobé son histoire, lui signalant toutefois que les casques de protection n'étaient pas faits pour les chiens.

Joel s'était emparé du mot *protection* pour composer un autre poème. Une fois celui-ci terminé, il l'avait rangé dans sa valise sous son lit. Avant de refermer le couvercle, il compta combien il en avait écrit. Un peu surpris, il constata qu'il y en avait vingt-sept. Une question logique se posa à lui : qu'allait-il en faire ?

Il continuait d'aller au Club des Mots, mais il n'avait pas encore pris le micro ni participé au Chemin des Mots. Il observait ce qui se passait et absorbait telle une éponge les critiques adressées à ceux des poètes qui lisaient leur travail.

Ivan Weatherall ne s'occupait pas spécialement de lui, se contentant de lui dire bonjour, de lui faire part de sa joie de le retrouver là, de lui demander s'il écrivait, de faire celui qui ne s'apercevait de rien quand, en guise de réponse, Joel baissait le nez. Il lui disait simplement : « Tu as un don, mon petit. Il ne faut pas le négliger. » A part ça, Ivan se concentrait sur le plaisir que lui procurait le succès grandissant de ses soirées poétiques. Il ajouta un cours d'écriture de poésie à celui d'écriture de scénario qu'il donnait au Paddington Arts, mais Joel n'arrivait pas à s'imaginer suivant ce cours. Il ne pouvait imaginer *devoir* écrire un poème. La création ne fonctionnait pas comme ça pour lui.

Il avait terminé trente-cinq poèmes lorsqu'il décida d'en montrer quelques-uns à Ivan. Il en choisit quatre et, un jour qu'il allait chercher Toby au centre d'apprentissage, il quitta Edenham Way plus tôt que d'habitude pour se rendre dans Sixth Avenue.

Il trouva Ivan en gants blancs occupé avec une autre horloge. Cette fois-ci, il ne la montait pas. Il en réparait une – un modèle ancien – qui s'était mise à sonner la demie quand ça lui chantait.

— Comportement inacceptable de la part d'une horloge, confia Ivan en faisant entrer Joel dans son petit séjour.

Sur la table placée devant la fenêtre, les différentes pièces d'une horloge étaient disposées méticuleusement sur une serviette blanche avec une petite burette d'huile, des pinces et plusieurs tournevis minuscules. Ivan désigna à Joel un fauteuil près de la cheminée. Du charbon avait jadis brûlé dans l'âtre, mais un radiateur électrique l'avait remplacé. Qui n'était pas allumé.

— C'est un travail ingrat et ta présence me procure une distraction bienvenue. Je t'en remercie, dit Ivan.

Joel crut d'abord qu'il faisait allusion aux quatre poèmes qu'il avait dans sa poche, aussi les sortit-il et les déplia-t-il, sans se demander comment Ivan avait fait pour deviner son intention. Ivan se replongea dans son travail après avoir pris une feuille de menthe et se l'être fourrée dans la bouche. Il se mit à parler d'une exposition qu'il avait vue sur la rive sud de la Tamise. « Le trône de l'empereur », ainsi la résuma-t-il, expliquant qu'au milieu des pièces exposées se trouvait un siège de W-C enchâssé dans du plexiglas et signé par l'artiste.

— Il y avait également une salle entière consacrée à une lesbienne en colère qui torturait des canapés, leur donnant des formes... libidineuses. J'ignore quel message elle voulait faire passer. Mais, ce qui est sûr, c'est que sa rage était perceptible. Tu t'intéresses à l'art, Joel ?

La question jaillit si soudainement que Joel ne comprit pas tout de suite qu'on sollicitait son avis. Toutefois, lorsque Ivan releva la tête, il avait un air si bienveillant que Joel réagit spontanément pour une fois et répondit sans s'autocensurer.

— Cal dessine bien. J'ai vu ses dessins.

Ivan fronça les sourcils, un instant perplexe. Puis :

— Ah, Calvin Hancock. Le bras droit de Stanley. Oui. Il a un don. Il n'a jamais pris de cours. Et il refuse d'en prendre, c'est dommage. Mais quel talent naturel ! Tu as l'œil, dis-moi. Tu as visité des musées ?

Tel n'était pas le cas, mais Joel n'avait pas envie de l'avouer. Ne voulant pas non plus mentir, il murmura :

— P'pa nous a emmenés à Trafalgar Square, une fois.

— La National Gallery. Comment as-tu trouvé ? Un peu étouffant, non ? C'était pour une expo spéciale, peut-être ?

Joel tira sur un fil de l'ourlet de son tee-shirt. Il savait qu'il y avait un musée à Trafalgar Square, mais ils n'étaient allés voir que les énormes grappes de pigeons. Assis au bord d'une des fontaines, ils avaient observé les oiseaux, et Toby avait voulu grimper sur l'un des lions accroupis au pied de la haute colonne de la place. Ils avaient écouté un type qui jouait de l'accordéon et regardé une fille peinte en doré qui posait telle une statue devant un petit seau où on pouvait mettre des pièces. Ils avaient acheté des glaces à un vendeur, mais la chaleur les avait vite fait fondre. Toby s'était retrouvé couvert de crème glacée. Leur père avait trempé son mouchoir dans la fontaine et l'avait nettoyé.

Il y avait longtemps que Joel n'avait évoqué ces images. Le souvenir lui fit presque venir les larmes aux yeux.

Tout à coup, Ivan remarqua :

— Ah, si on savait quelles cartes vont nous échoir, on pourrait prendre nos précautions ! Malheureusement, on ne le sait pas, et la plupart du temps on est pris au dépourvu.

Joel retint un « Qu'est-ce que vous racontez ? », car il savait bien ce qu'Ivan voulait dire. On était là un moment et on avait disparu le moment d'après. Alors qu'on allait chercher Ness à sa leçon de danse du samedi. La main de Toby dans celle de p'pa. Joel trente mètres plus loin, en arrêt devant un présentoir de ballons de foot. Tellement absorbé qu'il n'avait pas compris ce que signifiaient les quatre détonations qu'il avait perçues avant les cris.

— Je vous ai apporté ça, dit très vite Joel en tendant ses poèmes à Ivan.

Ivan les prit sans ajouter quoi que ce soit. Il plaça les feuilles sur la serviette et se pencha dessus comme il se penchait sur ses horloges. Il se mit à lire tout en mâchant ses feuilles de menthe.

Dans un premier temps, il ne dit rien. Il passa d'un poème à l'autre, les mettant de côté après les avoir parcourus. Joel avait les chevilles qui le démangeaient et il lui semblait que le tic-tac des horloges avait augmenté d'intensité. Il se dit qu'il avait été idiot d'apporter ses écrits à Ivan et se répéta mentalement : Idiot idiot abruti crétin mourir mourir.

La réaction d'Ivan fut totalement différente de celle de Joel. Il se tourna dans son fauteuil et dit :

— Il n'y a pas de plus grand péché que de laisser des richesses en friche quand on sait que ce sont des richesses. Le problème, c'est que la plupart des gens ne le savent pas. Pour eux, les richesses, c'est uniquement quelque chose qui se voit. La fin, la destination : c'est ça qu'on leur a appris à prendre en compte. Ils ne se doutent pas que les richesses se trouvent dans le processus, le voyage, dans ce que l'on fait de ce que l'on a. Non pas dans ce qu'on réussit à amasser.

C'était un peu alambiqué pour Joel, qui ne souffla mot. Il se demanda toutefois si Ivan ne racontait pas ce qui lui passait par la tête, histoire de dire quelque chose à propos des poèmes, qu'il avait trouvés stupides. Joel se demandait s'ils ne l'étaient pas, en effet.

Sans lui laisser le temps d'ouvrir la bouche, Ivan ouvrit un coffret en bois et en sortit un crayon.

— Tu as un talent naturel pour la métrique et la langue, mais parfois ce que tu écris est trop brut. C'est là qu'il convient d'estomper... Tiens, prends ce vers... Laisse-moi te montrer.

Il fit signe à Joel d'approcher de la table et se mit à expliquer. Il utilisait des termes inconnus de Joel, mais tout en notant sur la feuille des mots destinés à illustrer son propos. Il prenait son temps, et son air amical aidait Joel à écouter sans se hérisser. Il y avait aussi une intensité sous les mots qui s'adressait aux poèmes eux-mêmes.

Joel était tellement absorbé dans les explications d'Ivan et les améliorations que ce dernier apportait à son travail que, lorsqu'il finit par entendre sonner les horloges autour de lui, il constata qu'il y avait près de deux heures qu'il était là. Il était en retard d'une heure pour aller chercher Toby.

— Putain de merde ! s'exclama Joel, se levant d'un bond.

— Quoi ? fit Ivan.

Mais Joel fila. Le seul bruit qu'il perçut une fois dehors fut le claquement de ses baskets sur le trottoir tandis qu'il courait vers Harrow Road.

16

Joel se jeta pratiquement sur les portes du centre d'apprentissage. Hors d'haleine, il réussit néanmoins à faire irruption à la réception en proférant un :

— Désolé... Tobe.

Il fut accueilli dans le hall par les regards écarquillés de ses occupants, une jeune mère qui allaitait son bébé, et son aîné assis près d'elle, une tétine dans la bouche.

Joel chercha Toby du regard, comme s'il était possible qu'il fût caché sous l'un des canapés en vinyle ou derrière l'un des deux aspidistras artificiels. Il se mit ensuite en quête de Luce Chinaka, qu'il trouva dans son bureau.

— Il n'est pas dans le hall ? dit-elle en consultant sa montre. Tu ne devais pas être là à... ?

Elle n'acheva pas sa phrase quand elle remarqua l'expression du visage de Joel, complètement paniqué. Elle se leva et dit avec douceur :

— On va jeter un coup d'œil.

Mais aucune trace de Toby au centre. Pas plus aux petites tables couvertes de jeux divers qu'au clavier d'un des ordinateurs de la salle d'informatique, dans l'une des petites salles d'étude ou parmi les jouets et le matériel de dessin. Joel en conclut que Toby avait réussi à profiter d'une faille du système pour sortir tout seul dans la rue.

— Viens, dit Luce Chinaka. On va téléphoner...

Mais Joel avait déjà bondi hors du centre. Il avait la bouche sèche. Impossible d'aligner deux idées cohérentes. Impossible même de se rappeler l'itinéraire qu'il empruntait quand il ramenait Toby à la maison. Il prenait rarement deux fois le même chemin, changeant abruptement de direction quand il apercevait dans les parages une silhouette inquiétante. Ce n'étaient pas les itinéraires qui manquaient pour atteindre Edenham Way.

Il balaya le trottoir des yeux, espérant contre toute attente apercevoir Toby. Mais il ne distingua aucune trace de la silhouette familière, avançant en danseuse sur la pointe des pieds et traînant le fil de sa lampe. Cela le plongea dans un abîme d'indécision. La pensée de Kendra l'en arracha. Sidashop n'était pas loin.

Joel se mit en route d'un pas décidé. Marchant vite, scrutant l'intérieur des boutiques au passage. Devant une officine de paris, il fit halte pour demander à Bob le Poivrot s'il n'avait pas vu Toby y entrer.

— Oy ! Oy ! répondit Bob en secouant les bras de son fauteuil roulant comme s'il désirait en dire davantage.

Kendra était occupée avec une dame chinoise quand Joel entra. Elle leva automatiquement les yeux au bruit de la sonnette et, à la vue de Joel, elle chercha Toby du regard. Puis, consultant une vieille horloge posée sur un tas de chaussures, elle demanda :

— Où est ton frère ?

Joel n'eut pas besoin d'en entendre davantage. Il sortit en trombe, tandis que sa tante criait dans son dos :

— Joel ! Que se passe-t-il ?

De retour devant le centre d'apprentissage, Joel se mordit le pouce tout en essayant de rassembler ses idées. Il n'arrivait pas à croire que Toby ait pu traverser la rue pour pénétrer dans West Kilburn, car il ne l'y avait jamais emmené. Il avait le choix entre deux solutions. Prendre à droite vers Great Western Road. Ou à gauche en direction de Kensal Town.

Joel opta pour la droite, s'efforçant de se mettre dans la peau de son frère. Sans doute que Toby avait longé le trottoir puis tourné dans la première rue qui se présentait. Joel allait l'imiter et, avec un peu de chance, il tomberait sur l'enfant, qui, distrait par une chose ou une autre rencontrée sur sa route, s'était sans doute arrêté pour l'observer, l'esprit ailleurs. Ou alors peut-être que, fatigué, il s'était assis par terre en attendant qu'on le trouve. Ou bien encore il avait eu un petit creux et il était entré dans une confiserie s'acheter une bricole à grignoter.

Envisageant ces différentes hypothèses et chassant toute pensée sinistre de son esprit, Joel tourna à droite dans la première rue qui se présenta. Une rangée de maisons en terrasse s'étirait le long de cette rue. De la brique londonienne. Les voitures étaient garées pare-chocs contre pare-chocs, et çà et là une bicyclette était attachée par une chaîne à une grille ou à un lampadaire. Souvent avec un pneu manquant. A mi-rue, la chaussée s'incurvait sur la gauche, et c'est là que Joel vit quelqu'un descendre d'une camionnette. Un homme en bleu de travail qui rentrait chez lui, sa journée terminée. Cependant, au lieu de s'engouffrer dans l'une des maisons, l'homme en bleu resta dehors à reluquer quelque chose qui se profilait de l'autre côté du virage et que Joel, lui, ne pouvait voir. L'homme cria, fouilla dans sa poche pour y prendre son portable, composa un numéro. Il attendit, parla dans son téléphone, et cria de nouveau.

Joel suivait ce manège tout en se rapprochant à vive allure. Le temps qu'il atteigne la camionnette, l'homme était entré dans l'une des maisons. La raison de ses cris était restée, elle, dans la rue. Plissant les yeux, Joel perçut ce qui l'avait fait réagir : dix ou douze maisons plus bas, un groupe d'adolescents semblable à une horde de loups entourait une silhouette recroquevillée sur le trottoir tel un hérisson qui tente de protéger ses organes vitaux.

Joel s'élança, hurlant :

— Putain de merde, Wyatt ! Fous-lui la paix !

Mais Neal Wyatt n'avait pas l'intention de laisser Toby tranquille : il était en effet très occupé à tenir ses promesses. Cette fois, il avait toute sa bande pour lui prêter main-forte. Le temps que Joel arrive, Neal avait sévi : Toby était en larmes, il s'était fait pipi dessus, et sa chère lampe était en morceaux sur le trottoir, le fil gisant tel un serpent écrabouillé au milieu des débris de verre et de plastique.

Joel vit rouge. Puis sa vision s'éclaircit. Choisissant la plus audacieuse des solutions, il se jeta sur Neal Wyatt. Il eut juste le temps de lui décocher un coup, qui atteignit à peine son but. L'un des membres du gang l'empoigna par les bras, un autre lascar lui flanqua son poing dans l'estomac. Neal se mit à brailler :

— Je me le fais, ce branleur !

Les événements se succédèrent à une cadence accélérée. Une rafale de coups s'abattit sur Joel. Le sang coula : sa lèvre s'était fendue. Le souffle coupé, il s'affala avec un bruit mou sur le trottoir. Boots et baskets s'acharnèrent sur lui, lui administrant force coups de pied dans les côtes.

Finalement quelqu'un cria :

— Meeeerde ! On se casse !

Les jeunes se mirent à courir dans tous les sens. Neal dégagea le dernier. Il se pencha vers Joel, qu'il empoigna par les cheveux et, lui soufflant au visage une haleine infecte, il grinça :

— La prochaine fois, c'est son bras que je casse, petit miteux !

Puis il disparut à son tour. Remplacé par ce que la bande avait aperçu venant de Harrow Road.

La voiture pie s'immobilisa. Un constable en descendit tandis que son collègue restait au volant, moteur au ralenti. De là où il gisait, Joel vit les grosses chaussures bien cirées du policier s'approcher.

— Que se passe-t-il, ici ? voulut savoir le constable. Des ennuis ? Vous habitez dans le coin ? Vous êtes blessé ?

La radio de la voiture crépita. Joel leva les yeux des godasses luisantes. Il distingua un visage penché vers lui, celui d'un Blanc dont les lèvres se tordaient de dégoût tandis que ses yeux d'un bleu opaque naviguaient de Joel à Toby, enregistrant l'urine qui avait trempé le pantalon de l'enfant. Toby serrait si fort les yeux que son visage n'était qu'un pli.

Joel tendit la main vers son frère.

— Ça va, mec. On rentre. Tu vas bien, Tobe ? Regarde. Ils sont partis. C'est les flics. Ça va, Tobe ?

Le policier qui était resté au volant aboya :

— Bernard, c'est quoi, le résultat des courses ? Des blessés ?

Bernard dit que c'était la routine, qu'il ne fallait rien attendre d'autre, que ces types-là finiraient par s'entre-tuer, et que le plus tôt serait le mieux.

— Ils veulent peut-être qu'on les raccompagne ? Fais-les monter. On va les ramener chez eux.

— Merde, non, alors, dit Bernard. Y en a un qu'a pissé dans son froc. Pas question que ça pue dans la bagnole.

Le chauffeur jura. Il mit le frein à main, tirant dessus à fond. Descendit de voiture et rejoignit Bernard sur le trottoir. Joel avait réussi à s'agenouiller et essayait de persuader Toby de se déplier. Le chauffeur dit :

— Monte dans la voiture.

Il fallut un moment à Joel pour comprendre que c'était à son coéquipier qu'il s'adressait. Bernard lui lança un :

— Débrouille-toi, si ça t'amuse.

Et il obtempéra.

Le chauffeur s'accroupit près de Joel.

— Laisse-moi voir ta figure. Ta lèvre est fendue. Qui t'a fait ça ?

Tous deux savaient ce que balancer signifiait. Joel ne dénoncerait personne, hors de question.

— Je sais pas. Ils emmerdaient mon frère.

— Tu sais qui a fait ça, toi ? demanda le flic à Toby.

Mais Joel savait qu'ils ne tireraient rien de Toby. Ce dernier était à bout de forces.

— Laissez tomber, dit-il. Tobe les connaît pas non plus. C'est juste des mecs qui peuvent pas nous sacquer.

— Mettons-le dans la voiture. On va vous ramener.

Joel n'était pas très chaud pour accepter la proposition. Il n'avait pas envie d'attirer l'attention en se pointant à Edenham Way dans une voiture de la police.

— Ça va aller. Faut juste qu'on marche jusqu'à Elkstone Road.

Il se mit debout et aida Toby à se relever.

La tête de Toby retomba sur sa poitrine comme celle d'une poupée de chiffon.

— Ils l'ont niquée, dit-il à travers ses larmes. Ils me l'ont arrachée des mains et ils l'ont piétinée.

— Qu'est-ce qu'il raconte ? s'enquit le constable.

— Un truc qu'il ramenait à la maison, répondit Joel en désignant les restes de la lampe. Pas grave, *man*. Je t'en achèterai une autre, dit-il tout en se demandant comment, où et quand il réussirait à réunir seize livres pour remplacer la lampe cassée.

Du pied, il poussa les débris au bord du trottoir et les fit tomber dans le caniveau.

Dans la voiture, la radio grésilla. Bernard décrocha et, s'adressant à son collègue :

— Hugh, on nous demande.

— Allez-y, rentrez, puisque vous voulez pas qu'on vous raccompagne, dit Hugh à Joel. Mets ça sur ta lèvre.

Il lui tendit son mouchoir, qu'il appliqua sur la lèvre de Joel en attendant que ce dernier l'y maintienne correctement.

— Allez, mon gars. On attend que tu sois au bout de la rue pour démarrer.

Il regagna la voiture et grimpa dedans.

Joel prit Toby par la main et l'entraîna vers Great Western Road. Fidèle à sa promesse, Hugh les suivit au volant de son véhicule, ne les abandonnant qu'une fois qu'ils eurent atteint le coin et pris la direction du pont de Grand Union Canal. Là, ils se retrouvèrent de nouveau seuls, descendirent les marches et traversèrent Meanwhile Gardens.

Joel entraînait Toby aussi vite qu'il le pouvait. Pas assez vite à son gré. Toby n'arrêtait pas d'évoquer sa lampe en morceaux. Joel avait bien d'autres soucis en tête. Il savait que Neal Wyatt choisirait son moment pour mettre sa menace à exécution. Wyatt était bien décidé à mener la vie dure à Toby, bien décidé à régler ses comptes avec Joel en s'en prenant à son petit frère.

Impossible de prétendre qu'il s'était cassé la figure en skateboard, cette fois. A supposer que sa tante n'ait pas su qu'il était parti à la recherche de Toby, qu'elle les ait crus tous deux à Meanwhile Gardens, le visage de Joel et les bleus qu'il avait un peu partout lui auraient fait comprendre qu'il ne s'agissait pas d'une simple chute. Tandis que Joel s'efforçait de nettoyer Toby avant le retour de Kendra, il comprit qu'il n'y avait pas grand-chose à faire le concernant. Il fit disparaître le sang qui lui barbouillait le visage, mais les coupures demeuraient. Son œil droit était enflé et allait bientôt virer au noir. Et puis il y avait la lampe, dont la destruction avait laissé Toby inconsolable. Aussi, à peine rentrée, Kendra ne tarda-t-elle pas à apprendre la vérité.

Elle s'empressa d'emmener ses neveux aux urgences. Toby n'avait pas besoin de soins mais elle tint à ce qu'on l'examine, même si celui pour lequel elle se faisait le plus de mauvais sang, c'était Joel. Ce qui était arrivé aux deux garçons l'avait mise dans une rage noire et elle voulut à tout prix savoir qui les avait agressés.

Toby ignorait les noms de leurs agresseurs, et Joel refusait de les dire. Kendra comprit que Joel les connaissait et cela la rendit encore plus furieuse. Elle en conclut qu'il devait s'agir des petits voyous qui le poursuivaient le jour où il avait fait irruption dans son magasin et était ressorti par la porte de derrière. L'un d'entre eux avait appelé le chef de la bande par son prénom : Neal. Elle se dit qu'elle devrait pouvoir découvrir son nom de famille.

Le problème, c'était comment lui parler. Kendra semblait se souvenir que c'était une sale brute. Lui passer un savon ne lui ferait ni chaud ni froid. Ce genre de mec ne comprenait que le langage de la force.

La force. Le domaine de Dix. Kendra songea qu'elle n'avait pas le choix. Elle allait devoir la jouer humble et s'en remettre à la nature foncièrement bonne de Dix pour obtenir son aide. Elle s'y décida en constatant que Toby n'osait plus remettre les pieds dehors et que Joel surveillait ses arrières en permanence tel un milliardaire traversant un quartier malfamé.

La question était de savoir où aborder Dix afin qu'il n'interprète pas sa démarche de travers. Impossible d'aller au Falcon, qu'il avait dû réintégrer avec ses deux colocataires. Pas possible de lui téléphoner et de lui demander de venir à Edenham Way, il s'imaginerait qu'elle voulait qu'il se réinstalle chez elle. Une rencontre fortuite dans la rue semblait être la meilleure solution, mais elle pouvait difficilement compter là-dessus. Restait le gymnase.

C'est là qu'elle se rendit. Au Jubilee Sports Centre, au sud de la cité Mozart. Pourquoi ne pas risquer le coup ? Il y avait de grandes chances pour que Dix s'y trouve, car c'était l'heure du déjeuner, et il s'entraînait six heures par jour.

Il y était. En marcel immaculé et short bleu marine, il effectuait des développés-couchés, soulevant un poids qui sembla énorme à Kendra. Un de ses copains parlait technique avec lui tandis qu'un autre buvait de l'eau.

Les deux hommes repérèrent Kendra avant Dix. Indépendamment du fait que c'était une femme pénétrant dans un univers essentiellement masculin, avec sa jupe étroite, son chemisier ivoire et ses talons elle n'avait pas franchement la tenue qui convenait à ce genre d'endroit. Son physique n'était pas non plus celui d'une culturiste. Les compagnons de Dix firent silence en la voyant s'approcher.

Kendra attendit que Dix ait effectué ses mouvements et que son copain ait remis la barre à disques en place sur son support.

— Une visite pour toi, *man*, dit-il à Dix.

Celui-ci prit une serviette blanche et s'essuya en se levant du banc. Ils se retrouvèrent face à face. Il aurait fallu que Kendra soit aveugle pour ne pas voir que Dix avait vraiment un corps magnifique. Qu'elle soit de marbre pour ne pas se sentir émoustillée à sa vue. Qu'elle soit folle pour ne pas se rappeler leurs étreintes. Tout cela l'amena à hésiter avant de parler.

Ce fut lui qui ouvrit le feu.

— T'as une mine superbe, Ken. Ça va ?

— Je peux te parler ?

Coup d'œil de Dix aux deux types. L'un haussa les épaules. L'autre lui fit signe d'y aller.

— Plus tard, si t'es occupé.

— C'est bon, vas-y. Qu'est-ce qui se passe ? Les gosses vont bien ?

— On peut pas... ? Y a pas un endroit... ?

Elle était intimidée. Elle se disait qu'elle partait du mauvais pied. Elle aurait souhaité se montrer plus ferme, plus sûre d'elle.

De la tête, il désigna la porte qu'elle venait de franchir, près de laquelle se trouvait un distributeur de boissons énergétiques et d'eau minérale. Quatre petites tables et des chaises s'alignaient le long d'une fenêtre de l'autre côté.

Elle considéra l'appareil. Elle avait une soif de tous les diables. Il faisait chaud et la tension nerveuse lui desséchait la bouche. Elle tendit la main vers son sac pour y prendre des pièces.

— Je peux te...

— Non, ça va. Je pense pas que tu trimballes des pièces dans ton short.

Elle se sentit rougir car il lui sembla que ce qu'elle venait de dire était lourd de sous-entendus.

Il fit celui qui n'avait rien remarqué.

— T'as raison.

— Tu veux quelque chose ?

Il eut un geste de dénégation. Attendit qu'elle se soit servie. Ils s'assirent en face l'un de l'autre.

— T'as vraiment une mine superbe, Ken, répéta-t-il.

— Merci. Toi aussi. Mais, avec tout l'entraînement que tu te tapes, c'est normal. Des concours en vue prochainement ?

— C'est pas pour ça que t'as fait tout ce chemin.

— C'est vrai.

Elle ne savait comment formuler sa requête, alors elle se jeta carrément à l'eau. Elle lui raconta ce qui était arrivé à Joel et Toby, sans oublier la prétendue chute de skate de Joel quelque temps auparavant, et, après avoir terminé sur le service des urgences et le refus de Joel de dénoncer leur agresseur, elle donna le nom de cet individu à Dix et lui demanda son aide.

— C'est un sale petit métis à la gueule de travers. Il s'appelle Neal. Renseigne-toi, tu le trouveras sûrement sans problème. Il traîne dans Harrow Road avec sa bande. Tout ce que je te demande, Dix, c'est de lui parler. Qu'il sache que Joel et Toby ont un ami qui est prêt à intervenir au cas où il remettrait ça.

Dix ne répondit pas. Il prit la bouteille d'eau de Kendra et but une gorgée. Il la garda entre ses mains, la faisant rouler entre ses paumes.

— Ces types, ça fait un moment qu'ils harcèlent Joel, mais c'est récemment qu'ils ont appris l'existence de Toby. Joel a peur qu'ils s'attaquent de nouveau à lui. A Toby.

— Il te l'a dit ?

— Non. Mais je ne suis pas folle. Il n'arrête pas de donner des instructions à Toby. Ne sors pas du centre. Reste dans le hall. Ne va pas à Sidashop. Ne va pas tout seul à la piste de skate. Tu vois le genre. Je sais bien pourquoi il lui dit tout ça. J'irais bien trouver ces types moi-même...

— Surtout pas.

— Je sais. Je suis une femme et ils ne...

— C'est pas ça, Ken.

— ... feraient que me rire au nez si j'essayais de leur faire entendre raison. Mais si un homme se chargeait de les mettre au pas, un homme capable de leur flanquer une bonne branlée, ils seraient obligés de laisser Joel et Toby tranquilles.

Dix fixa la bouteille.

— Ken, si je me mêle de ça, ça sera pire. Joel et Toby auront encore plus de problèmes. C'est pas ce que tu cherches et moi non plus. Tu sais comment ça se passe, dans la rue.

— Ouais, dit sèchement Kendra. Les gens se font tuer dans la rue.

— Pas toujours. Et il ne s'agit pas d'un réseau de dealers, Kendra. Mais d'une bande d'ados.

— Des ados qui s'en prennent à Toby. Tu devrais voir dans quel état il est. Complètement terrorisé. La nuit, il fait des cauchemars. Et le jour, c'est pas mieux.

— Ça passera. Les mecs comme ce Neal, leur truc, c'est de rouler des mécaniques. Se faire passer pour des durs. S'en prendre à un môme de huit ans, c'est pas ça qui va faire monter sa cote auprès de ses potes. Des menaces, c'est tout ce qu'il sait faire. Pour vous déstabiliser.

— C'est réussi.

— C'est pas obligé que ça se passe comme ça. Au fond, c'est qu'une couille molle. Tout ce qu'il sait faire, c'est tchatcher.

Kendra détourna les yeux.

— Si je comprends bien, t'es pas d'accord pour nous aider.

— J'ai pas dit ça.

— Alors ?

— Les gamins, faut qu'ils apprennent à survivre dans le coin. Qu'ils s'adaptent ou qu'ils gardent un profil bas.

— Ça revient à dire que tu refuses de m'aider.

— Je t'aide, bon sang ! Je t'explique comment fonctionnent les choses.

Il but une nouvelle gorgée, lui rendit la bouteille. Sa voix se fit compréhensive :

— Ecoute, Ken, faut que tu...

Il se mordit l'intérieur de la joue. Fixa Kendra, qui se tortilla sous ce regard scrutateur. Et, dans un soupir, il lâcha :

— T'as jamais pensé que tu pouvais être dépassée ?

Kendra se raidit.

— Je devrais m'en débarrasser, c'est ça ? Je devrais appeler Fabia Bender et lui dire de venir les prendre ?

— C'est pas ce que je voulais dire.

— Et comment je fais pour me regarder dans la glace après ça ? Je me dis qu'ils sont en sécurité loin de chez moi ? Que c'en est fini de leurs emmerdes ?

— Ken. Ken. Je me suis mal exprimé.

— Alors quoi ?

— Je voulais dire que c'était peut-être trop pour une personne seule.

— Comment ça ?

— Pourquoi tu me poses cette question ? Tu sais bien de quoi je parle. Je te parle de Toby, de ce qui ne va pas chez lui et dont personne ne veut parler. Je te parle de Ness qui...

— Quoi, Ness ?

— Elle a essayé de me draguer, Ken. Et à plusieurs reprises. La dernière fois, elle s'est exhibée devant moi, nue comme un ver. Me dis pas qu'elle est nette.

— Elle est comme les trois quarts des filles de son âge : une boulimique de sexe.

— Ouais, bon. Mais elle savait que j'étais ton mec. Ç'aurait dû faire une différence. Mais non. C'est pas normal. C'est signe qu'elle tourne pas rond. Et tu ferais bien de pas te voiler la face.

Mais Kendra ne se sentait pas d'humeur à aborder ce sujet. Elle préférait s'en tenir à Joel et Toby.

— Si tu veux pas m'aider, t'as qu'à le dire. Je te demande pas de porter des jugements sur moi, d'accord ?

— Je te juge pas...

Elle se mit debout.

— Nom de nom, Kendra. Je suis tout prêt à te donner un coup de main. Je veux pas te laisser te dépatouiller. Ces gosses ont des problèmes. T'es pas obligée de les résoudre toute seule.

Sans répondre, elle se dirigea vers la porte, le laissant assis à la table avec sa bouteille d'eau.

Au début du trimestre d'automne, Joel comprit qu'il ne lui suffirait pas d'éviter Neal et sa bande, car ils savaient exactement où le trouver. Il s'efforça de varier l'itinéraire qu'il prenait pour accompagner Toby à Middle Row School le matin. Mais il savait qu'il devait régler le problème de Neal Wyatt non seulement pour lui-même mais aussi pour Toby.

Pour lui, il avait le couteau.

A la suite de la visite surprise de la Lame à Edenham, tout le monde – sauf Joel – avait oublié le cran d'arrêt qui avait valdingué au cours de la mêlée. Il s'était passé trop de choses pour que quiconque à la maison s'en souvînt : la crise d'hystérie de Toby, la blessure de Ness à la tête, le départ honteux de la Lame qui s'était retrouvé dehors sur son derrière... Le cran d'arrêt avait disparu de l'esprit des uns et des autres tel un mauvais rêve.

Joel lui-même, dans un premier temps, oublia le couteau. C'est seulement alors qu'il récupérait une fourchette tombée sous la cuisinière qu'il vit luire un objet contre le mur. Il comprit tout de suite de quoi il s'agissait. Il ne souffla mot de sa découverte mais, dès que la voie fut libre, il s'arma d'une spatule en bois à long manche et rattrapa l'objet. Lorsqu'il l'eut en main, il distingua une infime trace de sang sur la lame. Le sang de sa sœur. Il le nettoya avec soin et, quand il fut sec, il le glissa sous son matelas, juste au milieu, où personne ne risquait de le trouver.

Il n'avait pas l'intention de s'en servir jusqu'au jour où il surprit une conversation de sa tante avec Cordie, où elle relatait sa rencontre avec Dix, qui l'avait mise d'une humeur massacrante – ce qui avait un impact fâcheux sur son anglais.

— Il dit que c'est à eux de régler le problème, racontait-elle d'une voix basse mais sifflante. Et moi pendant c'temps-là, j'suis censée attendre que l'un d'eux finisse à l'hosto avec le crâne défoncé ?

Joel comprit que Toby et lui ne devaient compter que sur eux-mêmes. Il avait lui aussi envisagé d'aller trouver Dix pour lui demander son aide – même si la démarche n'était pas très sage – mais, en entendant Kendra, il se dit qu'il lui fallait adopter une autre stratégie.

Pour lui, la solution, c'était le couteau. Il le sortit de sous son matelas et le fourra dans le sac à dos qu'il emportait en classe. Il risquait de gros ennuis si on le prenait à l'école avec, mais il n'avait pas l'intention de l'exhiber pour se faire mousser auprès de ses condisciples. Il comptait y recourir seulement en cas d'urgence. En cas de rencontre avec Neal Wyatt. Pour lui faire comprendre ce qui l'attendait s'il s'attaquait de nouveau à lui.

Restait le problème de Toby. Il était bien décidé à le surveiller et surtout à ne jamais arriver de nouveau en retard au centre. Il avait l'intention de confier Toby à Ness à la garderie – quitte à la supplier d'accepter – la prochaine fois qu'il devrait laisser son frère sans surveillance. Mais, au cas où ces dispositions viendraient à capoter, il lui faudrait en prévoir d'autres pour Toby, qui se mettraient automatiquement en place au cas où Neal Wyatt surgirait sur sa route alors qu'il se trouverait tout seul.

Joel savait que Toby ne se souviendrait de ses consignes que si elles étaient simples. Il savait aussi que dans un moment de panique Toby était capable de se tétaniser, de se rouler en boule dans l'espoir d'échapper aux regards. Il essaya de donner aux consignes l'allure d'un jeu. Le jeu consisterait à se cacher tel un explorateur dans la jungle à l'instant où il apercevrait... quoi ? Des dinosaures se ruant sur lui ? Des lions prêts à bondir ? Des gorilles ? Des rhinocéros ? Des pygmées armés de lances empoisonnées ? Des cannibales ?

Joel opta finalement pour des chasseurs de têtes – suffisamment inquiétants pour que Toby s'en souvienne. Il fabriqua une tête en réduction – tête qu'il avait prélevée sur une poupée dénichée à Sidashop. Il tressa ses cheveux orange, lui balafra le visage de grossiers points de suture.

— Voilà ce que font les chasseurs de têtes à leurs ennemis, Tobe. Rappelle-toi.

Et il mit la tête de la poupée dans le sac à dos de son frère.

— Les chasseurs de têtes sont partout, lui dit-il. Faut trouver des cachettes pour se mettre à l'abri.

Après l'école, à la sortie du centre, le week-end, chaque fois qu'il avait un moment, Joel se baladait avec Toby, et ensemble ils repéraient des cachettes possibles. C'était là que Toby devrait courir se réfugier s'il voyait quelqu'un s'approcher. Le problème avec les chasseurs de tête, expliqua Joel, c'est qu'ils avaient la dégaine de tout le monde. Ils se déguisaient. Comme les mecs qui lui avaient cassé sa lampe.

Dans la cité d'Edenham, ils s'entraînèrent à foncer vers les poubelles derrière lesquelles il y avait juste assez de place pour Toby. Lequel s'y réfugiait, ne sortant que lorsque Joel lui criait que la voie était libre. Dans Meanwhile Gardens, il y avait plusieurs possibilités : filer jusqu'à la mare et se planquer dans les roseaux ou, encore mieux, se précipiter vers la péniche abandonnée, amarrée sous le pont, et se terrer sous un tas de poutres en décomposition. Dans Harrow Road, il pouvait courir jusqu'à la boutique et se cacher dans la pièce du fond au milieu des caisses de vêtements à trier.

Joel lui faisait régulièrement faire le tour des cachettes, histoire de tester ses réflexes.

— Je suis chasseur de têtes, file !

Et il poussait Toby dans la bonne direction. Il continua l'entraînement jusqu'à ce que Toby en vienne à gagner automatiquement le refuge approprié.

Pendant ce temps, Neal Wyatt et sa bande gardaient leurs distances. Laissant en paix Joel et Toby. Joel commençait à se dire qu'ils avaient décidé de s'acharner sur un autre souffre-douleur lorsqu'ils refirent surface tels des requins affamés qui retournent là où ils savent trouver de la nourriture.

Ils se mirent à les suivre. Ils commencèrent un jour où Joel accompagnait Toby au centre. Ils émergèrent d'un magasin de vidéo de l'autre côté de la rue. Lorsqu'il les vit, Joel se dit qu'ils allaient sauter par-dessus la barrière, foncer dans la circulation comme ils l'avaient fait précédemment et les poursuivre, Toby et lui. Au lieu de quoi ils gardèrent leurs distances, longeant le trottoir, faisant des bruits divers comme pour faire signe à quelqu'un qui était dans un magasin de sauter sur Joel et Toby au passage.

Quand il les aperçut, Toby agrippa la jambe de pantalon de Joel.

— C'est eux qui ont cassé ma lampe, dit-il d'une voix terrifiée.

Joel resta aussi calme que possible et rappela à son frère l'existence des explorateurs et des chasseurs de têtes, le questionnant :

— Où tu courrais, Tobe, si j'étais pas là ?

Et Toby de répondre :

— Au magasin, dans la pièce du fond, sans prendre le temps de dire pourquoi à tante Ken.

Mais, ce jour-là, Neal et les siens se bornèrent à les filer et à les siffler. Les jours suivants, ils se contentèrent de les suivre, s'efforçant de les déstabiliser. L'effet de surprise, cela marchait dans certains cas. Dans d'autres, la guerre psychologique était plus efficace pour saper les forces de l'ennemi.

C'est exactement l'effet que cette tactique produisit sur Toby. Après quatre jours de filature incessante par la troupe silencieuse, Toby recommença à faire pipi dans son pantalon. Cela se passa sur les marches de Middle Row School, où il attendait Joel. Alors que Joel descendait du bus au coin de la rue, il vit Neal et ses acolytes sur le trottoir en face de l'école, autour d'un pub à l'enseigne de l'Esquimau frigorifié, les yeux rivés sur Toby.

Joel ne s'attendait pas à ce que ces types fassent preuve d'autant d'astuce. Ce genre d'individus, leur truc, c'était plutôt d'agresser et de prendre la fuite. Là, il voyait combien Neal se montrait malin. Pas étonnant que ce soit lui qui dirige la bande.

Il lui fallait prendre conseil auprès de quelqu'un. Mettre au point une autre stratégie. Pas question de parler à Kendra : elle se ferait encore davantage de souci. Ness ? La garderie l'accaparait – ce qui était nouveau. Dix ? Non. Carole Campbell, non plus. Restait Ivan Weatherall.

Joel aborda le problème par le biais des vers qu'il remit à Ivan lorsqu'il le revit.

Il rôde, commençait le poème, *le sang, les coups, il ne pense qu'à ça.*

Ivan le lut lors de l'une de leurs rencontres à Holland Park School, où ils continuaient de se voir. Après avoir lu le poème, Ivan disserta quelques minutes sur le langage de l'émotion et les intentions artistiques, comme si Joel et lui étaient à une session du Club des Mots ou au cours de poésie d'Ivan au Paddington Arts. Au bout d'un moment, Joel en conclut qu'il avait décidé de ne pas se préoccuper du contenu du poème.

— Nous y voilà, si je comprends bien, dit finalement Ivan.

— Comment ça ?

— La raison pour laquelle tu ne prends pas le micro. Et pour laquelle tu refuses de participer au Chemin des Mots.

— Je continue d'écrire.

— Hmmm. Oui. Tant mieux.

Ivan relut le texte de Joel, puis :

— C'est qui ? Stanley ? C'est une description assez exacte de son état d'esprit.

— La Lame ? Non.

— Alors ?

Joel se baissa pour rattacher sa chaussure, qui n'en avait nul besoin.

— Neal Wyatt.

— Ah, Neal. L'altercation à Meanwhile Gardens.

— Ça s'est pas arrêté là. Il harcèle Toby. Je me creuse la cervelle pour trouver un moyen de le faire arrêter.

Ivan posa le poème sur la table. L'alignant soigneusement avec le bord. Joel en profita pour remarquer – et cela pour la première fois – que ses ongles étaient manucurés avec soin. La grande différence qui existait entre eux lui sauta aux yeux. Joel considéra ces mains comme le prolongement du monde dans lequel ils vivaient : un monde où Ivan Weatherall – en dépit de ses bonnes intentions – n'avait jamais connu le travail tel que le père de Joel l'avait connu. Cette lacune créait un abîme non seulement entre eux, mais aussi entre Ivan et le reste de la communauté. Abîme que rien ne pourrait combler. Ni les soirées poétiques, ni les cours au Paddington Arts, ni les visites chez Ivan. C'est pourquoi, avant même qu'il réponde, Joel se doutait de ce qu'Ivan allait dire.

— Neal a laissé tomber la musique, Joel. Le piano aurait nourri son âme, mais il n'a pas été assez patient. C'est la différence entre vous. Tu as un moyen d'expression plus vaste, mais lui, non. C'est pourquoi ce qui est ici, dit-il en se tapotant le cœur du poing, s'exprime là (il tapota la feuille sur la table). Cela t'enlève toute raison de t'en prendre aux autres. Tu n'auras jamais de raison de leur chercher noise tant que tu auras ta poésie.

— Mais il faut que je les empêche de faire du mal à Toby.

— Faire ça, c'est s'engager dans un cercle. Tu t'en rends compte ?

— Quoi ?

— Les empêcher de « faire du mal » à Toby. Tu comptes t'y prendre comment ?

— Faut les remettre à leur place.

— Les gens ont toujours besoin d'être « remis à leur place » si on pense en termes de cases.

Cercles. Cases. Cela n'avait pas de sens.

— Qu'est-ce que ça veut dire ? Toby, il est pas de taille contre ces types. Neal et sa bande, ils attendent qu'une chose : le moment de lui sauter dessus. Et le jour où ils lui...

Joel plissa les yeux. Que pouvait-il ajouter si Ivan n'était pas capable d'imaginer ce qui se passerait si Neal mettait le grappin sur Toby ?

— Ce n'est pas ce que je voulais dire.

Ils étaient assis côte à côte. Ivan rapprocha sa chaise de celle de Joel et lui passa un bras autour des épaules. C'était la première fois qu'il le touchait, et Joel en fut surpris. Comme le geste semblait se vouloir réconfortant, il essaya d'y puiser du réconfort, bien qu'il fût persuadé que rien ne pourrait le réconforter tant que le problème de Neal Wyatt n'aurait pas été résolu.

— La réponse, poursuivit Ivan, semble toujours être la même quand on a en face de soi quelqu'un comme Neal. Le mettre au pas, se battre avec lui, lui rendre la monnaie de sa pièce. Mais cela ne résout pas le problème : cela le fait durer, Joel. Penser en ces termes étroits, c'est s'installer dans un cercle vicieux. Il frappe, tu frappes ; il frappe, tu frappes. Rien n'est réglé et c'est l'escalade. Jusqu'au point de non-retour. Tu sais ce que ça veut dire, j'en suis sûr.

— Il veut faire du mal à Toby, dit Joel péniblement car il avait la gorge serrée par tout ce qu'il devait refouler. Faut que je le protège...

— Tu peux le faire jusqu'à un certain point. Après, il faut que tu te protèges. Que tu protèges celui que tu es maintenant et celui que tu peux devenir. Toutes choses auxquelles Neal ne peut penser parce qu'elles ne correspondent pas à ce qu'il veut pour l'instant. T'en prendre à Neal, Joel, c'est devenir comme lui. Je sais que tu me comprends. Tu as en toi les mots et le pouvoir de les utiliser. C'est ce que tu dois faire.

Il prit le poème et le relut à haute voix. Quand il eut fini, il dit :

— Même Adam Whitburn n'écrivait pas comme ça à ton âge. C'est un sacré compliment.

— Les poèmes, c'est que dalle.

— Les poèmes, c'est tout, contra Ivan.

Joel aurait voulu le croire, mais ce qui se passait dans la rue lui prouvait le contraire, et le fait que Toby se réfugiait de plus en plus dans le monde de Sose – dialoguant avec Maydarc, terrifié à l'idée de sortir de la maison – lui en apportait encore davantage la preuve. Joel finit par souhaiter – ce qu'il n'aurait jamais cru possible – que son petit frère soit envoyé dans un établissement spécialisé où, pour le coup, il serait en sécurité. Mais, quand il demanda à sa tante où en étaient les papiers que Luce Chinaka lui avait demandé de remplir, Kendra lui dit très clairement qu'il était hors de question qu'on soumette Toby à des examens.

— Inutile que je t'explique pourquoi, conclut-elle.

Toby n'irait donc nulle part, et maintenant il avait peur d'aller où que ce soit. Il fallait que Joel fasse quelque chose. Cela ne pouvait pas continuer ainsi.

Il n'y avait qu'une solution pour sortir de l'impasse. Joel allait devoir rencontrer Neal Wyatt. Seul à seul. Ils allaient devoir parler.

17

Pendant que Joel se débattait avec son problème, la vie de Ness prenait un tour inattendu. Il s'était amorcé chez elle un changement qui avait commencé le jour où le vigile l'avait humiliée. Si on lui avait dit qu'au terme de cette expérience dégradante elle trouverait une amie, et que la personne avec laquelle elle se lierait d'amitié serait une Pakistanaise entre deux âges, Ness aurait traité d'imbécile celui qui aurait fait ce pronostic. Elle aurait même formulé la chose plus vigoureusement. Pourtant, c'est exactement ce qui se produisit : elle s'ouvrit lentement telle une fleur.

Cette étrange amitié débuta par une invitation – ou plutôt par une injonction – de Majidah, qui demanda à Ness de l'accompagner chez elle le jour où elle arriva en retard à la garderie, de retour de Kensington High Street. Elles ne s'y rendirent pas directement. Elles commencèrent par faire des courses dans Golborne Road.

Ness suivit sa chef dans un état d'agitation extrême. Elle voyait bien que Majidah tenait son avenir entre ses mains. Un coup de fil de sa part au service des jeunes délinquants – c'est-à-dire à Fabia Bender – et elle serait fichue. Au marché, elle eut l'impression que Majidah jouait avec elle, différant avec perversité le moment de faire tomber le couperet. Ce qui provoqua la rage de Ness. Elle réussit néanmoins à se contenir pendant que Majidah faisait ses courses, sachant qu'il valait mieux attendre pour exploser d'être dans un endroit plus discret.

Majidah se rendit tout d'abord chez E. Price & Son, où les deux marchands d'âge canonique l'aidèrent à choisir ses fruits et ses légumes. Ils la connaissaient bien et la traitaient avec respect. Consommatrice avisée, elle n'achetait que ce qu'elle examinait sous toutes les coutures. Elle se rendit ensuite chez le boucher. Pas n'importe quel boucher, mais un boucher halal. Elle passa sa commande et, se tournant vers Ness tandis que le boucher pesait et enveloppait sa viande, elle dit :

— Tu sais ce qu'est la viande halal, Ness ?

— De la bouffe indienne.

— Quelle ignorante tu fais ! Qu'est-ce qu'on t'apprend à l'école ? Mais c'est vrai, tu n'y vas pas. Tu sèches l'école. J'oublie parfois combien les petites Anglaises peuvent être fofolles.

— Hé, j'assiste à un cours maintenant, rectifia Ness. Même que le juge a donné le feu vert.

— Ah oui ? Un cours de quoi ? Un cours de tatouage ? De roulage de cigarettes ?

Elle compta soigneusement l'argent pour payer le boucher et elles quittèrent la boutique tandis que Majidah poursuivait sur le sujet qui visiblement lui tenait à cœur.

— Tu sais ce que j'aurais fait si j'avais pu faire des études, petite inconsciente ? Ingénieur en aéronautique. Tu sais en quoi ça consiste ? Non ? J'aurais dessiné des avions. Voilà ce que j'aurais fait si j'avais pu étudier, comme toi. Mais vous, les Anglaises, on vous donne tout sur un plateau. Résultat, vous n'appréciez rien. Tout ce qui vous intéresse, c'est faire du shopping et acheter des bottes pointues à talons hauts. Et des piercings pour l'arcade sourcilière. Que d'argent gâché !

Elle marqua une pause. Non pour reprendre son souffle mais parce qu'elles étaient arrivées près d'un fleuriste, chez qui Majidah acquit pour trois livres de fleurs.

— Et ça, réagit Ness, c'est pas du gâchis ?

— Ce sont des belles choses sorties de la main du Créateur. Rien à voir avec les talons hauts et les piercings. Tiens, rends-toi utile. Porte-les.

Elle se dirigea vers Wornington Road. Elles longèrent le terrain de foot en contrebas et Majidah y jeta un regard dégoûté.

— Ces graffitis... Ce sont des adultes qui dessinent ça. Des adultes et des ados qui feraient mieux de s'occuper à quelque chose de plus intelligent. Mais on ne leur a pas appris à se rendre utiles. Pourquoi ? La faute à leurs mères. Des gamines comme toi qui fabriquent des bébés et ne pensent qu'à s'acheter des talons aiguilles et des piercings.

— Vous pouvez pas changer de disque ?

— Je sais de quoi je parle. Inutile de faire l'insolente avec moi, jeune fille.

Elle poursuivit son chemin, toujours suivie de Ness. Elles passèrent devant le Kensington & Chelsea College et tournèrent dans la partie sud de la cité de Wornington Green. C'était l'une des moins malfamées du quartier. Elle avait globalement l'allure des autres : immeubles donnant sur d'autres immeubles. Mais il y avait moins de détritus dans les rues et on sentait une certaine fierté chez les habitants, qui ne laissaient pas traîner de vélos rouillés ni de fauteuils déglingués sur leurs balcons. Majidah entraîna Ness jusqu'à Watts House, où son défunt mari avait acheté un appartement pendant l'un des gouvernements tories.

— Seule chose intelligente qu'il ait faite, confia-t-elle à Ness. J'avoue que le jour de sa mort a été l'un des plus heureux de ma vie.

Elle s'engagea dans l'escalier, une fois le hall franchi, et emmena Ness au premier. Dans le couloir au sol recouvert de lino, où quelqu'un avait écrit au marqueur « Bouffe-moi, ducon », la porte d'entrée de Majidah constituait une véritable curiosité. Elle était en acier comme celle de la salle des coffres d'une banque, avec un judas.

— Qu'est-ce que vous planquez là-dedans ? questionna Ness tandis que sa chef ouvrait l'une après l'autre les quatre serrures du battant. Des lingots ?

— Là-dedans, j'ai la paix de l'esprit, dit Majidah. Ce qui a plus de valeur, comme tu le découvriras un jour, que de l'or ou de l'argent.

Elle poussa la porte, fit entrer Ness.

Rien de bien surprenant à l'intérieur. L'appartement était petit et sentait l'encaustique. Les éléments de décoration étaient rares ; les meubles, vieux. Un tapis persan usé recouvrait la moquette. Aux murs – première note discordante – étaient accrochés des dessins de chapeaux. Il y avait également des photos, dans des cadres en bois. Rassemblées sur une table près du canapé. Des hommes, des femmes, des enfants. Une ribambelle d'enfants.

La seconde note discordante était une collection de poteries. Poteries de toutes sortes. Pichets, vases, soliflores ornés de créatures de la forêt. Les lapins et les faons prédominaient, même si çà et là il se trouvait une souris, une grenouille ou un écureuil. Ces pièces étaient disposées sur des étagères de part et d'autre de l'entrée de la cuisine. Quand Ness jeta un regard surpris à Majidah, qui lui semblait bien être la dernière personne à collectionner ce genre d'articles, celle-ci lui dit :

— C'est important d'avoir chez soi quelque chose qui vous fait sourire, Vanessa. Ils ne te font pas sourire ? Peut-être pas. Mais c'est parce que tu es une jeune fille sérieuse avec des problèmes sérieux. Viens mettre la bouilloire à chauffer.

La cuisine était, dans sa netteté, étonnamment semblable au séjour. La bouilloire électrique était posée sur un plan de travail immaculé. Ness la remplit tandis que Majidah mettait la viande au réfrigérateur, les fruits et les légumes dans un panier sur la petite table de la cuisine, et les fleurs dans un vase. Ce vase, elle le posa religieusement sur l'appui de la fenêtre près d'une photo. Quand Ness eut branché la bouilloire et que Majidah se mit à sortir théière et tasses d'un placard, Ness s'approcha pour examiner la photo. Elle ne semblait guère à sa place ici. Elle aurait sans doute été mieux dans le séjour avec les autres.

C'était un portrait de Majidah jeune. Elle se tenait à côté d'un homme à cheveux gris et au visage ridé. Elle semblait avoir dix ou douze ans. L'air solennel, elle portait quantité de chaînes et de bracelets en or. Ainsi qu'un *shalwar kamis* bleu et or. Le vieux monsieur en avait un blanc.

— Votre grand-père ? questionna Ness en s'emparant de la photo. Vous avez pas l'air de rigoler.

— On demande la permission avant de changer un objet de place, la réprimanda Majidah. C'est mon premier mari.

— Quel âge vous aviez ? dit Ness, les yeux écarquillés. Merde, vous deviez pas...

— Les gros mots n'ont pas cours ici, Vanessa. Remets cette photo en place et aide-moi. Va poser ça sur la table. Tu veux un gâteau ou quelque chose de plus consistant ?

— Un gâteau, ça me va, dit Ness, peu désireuse de goûter à autre chose.

Elle remit la photo à sa place mais continua de fixer Majidah comme si elle appartenait à une espèce animale inconnue d'elle.

— Quel âge vous aviez ? Et pourquoi vous avez épousé un vieux ?

— J'avais douze ans quand je me suis mariée pour la première fois. Rakin, cinquante-huit.

— Douze ans ? Douze ans et maquée avec un vieux schnoque ? C'est quoi, ce délire ? Est-ce qu'il... ? Est-ce que vous... je veux dire... avec lui ?

Majidah fit couler de l'eau chaude du robinet pour réchauffer la théière. Elle prit un paquet de thé dans un placard. Elle sortit du lait du réfrigérateur et en versa dans un petit pot blanc. C'est alors seulement qu'elle répondit.

— Seigneur, quelle grossièreté, ces questions ! Ce n'est sûrement pas comme ça qu'on t'a appris à parler à un adulte. Mais, dit-elle en levant la main pour empêcher Ness de dire quoi que ce soit, avec le temps, j'ai compris que les Anglais ne faisaient pas toujours exprès de se montrer irrespectueux envers les autres cultures. Rakin était le cousin de mon père. Il a quitté l'Angleterre pour le Pakistan à la mort de sa première femme car il pensait avoir besoin de lui trouver une remplaçante. A l'époque, il avait quatre enfants qui avaient dans les vingt ans ; on aurait pu penser qu'il serait allé vivre chez l'un d'entre eux. Mais non, ce n'était pas son style. Il vint chez nous et nous passa en revue. J'ai cinq sœurs ; comme je suis la plus jeune, on s'attendait à ce que Rakin choisisse l'une d'entre elles. Pas du tout. C'est moi qu'il choisit. Je lui fus présentée et on nous maria. Voilà.

— Merde, dit Ness qui s'excusa en hâte : Désolée, ça m'a échappé.

Majidah pinça les lèvres pour réprimer un sourire.

— Le mariage fut célébré dans mon village et ensuite il m'emmena en Angleterre. Je ne parlais pas un mot d'anglais, je ne savais rien faire, pas même cuisiner. Mais Rakin était quelqu'un de bon et un professeur patient. J'appris à faire la cuisine. Et bien d'autres choses. Je mis au monde mon premier enfant deux jours avant mon treizième anniversaire.

— Je le crois pas !

— C'est pourtant vrai.

La bouilloire fit entendre un clic et Majidah prépara le thé. Elle fit griller une tranche de gâteau pour Ness et la posa sur la table avec du beurre. Mais, pour elle, elle apporta des pappadums et du chutney, faits maison. Quand tout fut prêt, elle s'assit et poursuivit.

— Rakin est mort à l'âge de soixante et un ans. Crise cardiaque. Je me suis retrouvée à quinze ans avec un tout petit enfant et quatre beaux-fils dans la trentaine ou presque. J'aurais pu vivre chez eux mais ils n'étaient pas partants : une belle-mère adolescente nantie d'un jeune enfant dont ils auraient été responsables, pas question. On me trouva un autre époux. Mon second mari, qui vécut vingt-sept interminables années avant d'avoir le bon goût de passer l'arme à gauche. Une maladie du foie. Je n'ai pas de photos de lui.

— Il vous a fait des gosses ?

— Seigneur, oui. Cinq. Tous adultes aujourd'hui et tous parents. (Elle sourit.) Tous mécontents de leur mère qui refuse d'habiter chez eux. Ils ont hérité, malheureusement, du caractère conformiste de leur père.

— Et le reste de votre famille ?

— Le reste ?

— Votre mère, votre père, vos sœurs.

— Ils sont restés au Pakistan. Mes sœurs se sont mariées, elles ont eu des enfants.

— Vous les voyez ?

Majidah étala du chutney sur un morceau de pappadum.

— Je les ai vus une fois. Aux obsèques de mon père. Tu ne manges pas, Vanessa ? Si tu gaspilles la nourriture, je ne t'invite plus.

Ness se dit que ce n'était pas une mauvaise idée ; toutefois, intriguée par l'histoire de l'Asiatique, elle beurra son gâteau et planta vigoureusement les dents dedans. Majidah la considéra d'un air désapprobateur. Les manières de Ness ne lui semblaient pas très orthodoxes. Elle ne réagit toutefois que lorsque l'adolescente se mit à boire bruyamment.

— Ah, non ! On ne t'a pas appris à boire ? Ta mère, les adultes chargés de ton éducation, ils font du bruit comme ça en buvant ? C'est vulgaire, Vanessa. Regarde-moi. Tu entends quelque chose ? Non. Pourquoi ? Parce que j'ai appris à boire proprement. Sans ces bruits affreux de succion...

Majidah s'arrêta. Ness venait de reposer sa tasse si brutalement qu'elle renversa du thé dans sa soucoupe.

— Qu'est-ce qui te prend, petite sotte ? Tu as failli casser cette tasse.

C'était le mot. Succion. Sucer. Ness avait été prise au dépourvu. Elle ne s'était pas attendue à l'entendre. Elle ne s'était pas non plus attendue à voir défiler une série d'images évoquant des souvenirs qu'elle préférait oublier.

— Je peux m'en aller maintenant ? dit-elle, maussade.

— Qu'est-ce que ça signifie ? Tu n'es pas en prison ici. Tu n'es pas ma prisonnière. Tu peux partir quand tu le désires. Mais je vois que je t'ai blessée...

— Je suis pas blessée.

— ... si c'est ma remarque sur ta façon de boire, je t'assure que je ne pensais pas à mal. Je voulais seulement faire ton éducation. Si personne ne te corrige, comment peux-tu espérer apprendre ? Ta mère ne t'a jamais...

— Elle est pas... Elle est à l'hôpital. Elle vit pas avec nous. J'étais petite quand elle est partie à l'hôpital.

Majidah se cala sur son siège. L'air pensif.

— Toutes mes excuses, Vanessa. Je n'étais pas au courant. Elle est malade ?

— Si on veut. Je peux y aller ?

— Tu n'es pas prisonnière, je te le répète. Tu peux aller et venir à ta guise.

Ness aurait pu se lever et prendre la porte. Mais elle n'en fit rien à cause de la photo sur l'appui de la fenêtre. La petite Majidah en bleu et or au bras d'un homme en âge d'être son grand-père incita Ness à rester sur sa chaise.

— Vous avez eu peur ? finit-elle par dire après avoir considéré la photo un bon moment.

— De quoi ? De toi ? Seigneur, non. Tu ne me fais pas peur.

— Je parle pas de moi. Mais de lui.

— Qui ?

— Ce type, là, Rakin. Il vous faisait peur ?

— Quelle drôle de question, dit Majidah, dont le regard fit la navette entre Ness et la photo.

Elle parut réussir à la décrypter. Elle n'avait pas pour rien élevé six enfants, dont trois filles.

— Ah... Je n'étais pas préparée. Un péché que mes parents ont commis. Ma mère, surtout. Qui s'est contentée de me dire : « Obéis à ton mari. » Bien sûr, j'avais vu des animaux... On ne vit pas dans un village sans assister aux accouplements. Chiens, chats, etc. Mais je ne pensais pas que les hommes et les femmes faisaient des choses aussi bizarres, et personne ne m'avait mise au courant. Au début, forcément, j'ai pleuré. Mais Rakin était un homme bon. Il a laissé faire le temps, se gardant de me forcer. J'ai eu de la chance. Les choses ont été différentes quand je me suis remariée.

Ness tira sur sa lèvre supérieure. Elle était bouleversée intérieurement, taraudée par le besoin de parler. Elle ne savait pas si elle réussirait à prononcer les mots, mais elle ne savait pas non plus si elle arriverait à les retenir.

— Ouais. Je suppose...

C'est tout ce qu'elle réussit à articuler. Majidah, qui n'était pas tombée de la dernière pluie, comprit à demi-mot.

— Tu as connu ça, toi aussi ? A quel âge, Vanessa ?

Ness cilla.

— Je sais pas... quelque chose comme dix ans, peut-être. Onze.

— C'est... Je suis désolée. Ce n'était pas, j'imagine, avec un mari qu'on t'avait choisi.

— Sûr que non.

— C'est mal, c'est très mal. C'est affreux, ça n'aurait pas dû arriver. Je suis désolée pour toi.

— Ouais.

— Le fait que je sois désolée n'y changera rien, c'est certain. C'est ta façon de considérer le passé qui peut modifier le présent et l'avenir.

— Je suis censée le considérer comment, le passé ?

— Comme une chose terrible qui t'est arrivée sans que ce soit ta faute. Une chose qui fait partie d'un plan plus vaste que tu ne distingues pas encore. J'ai appris dans cette vie à ne pas mettre en question ni combattre la volonté d'Allah – de Dieu, Vanessa. J'ai appris à attendre dans le calme et à voir ce qui va arriver ensuite.

— Rien. C'est ça qui va arriver.

— Ne crois pas cela. Cette chose terrible que tu as subie a abouti à cette conversation, à ta présence dans ma cuisine et à cette leçon de bonnes manières sur la façon de boire son thé en personne bien élevée.

Ness roula les yeux. Mais sourit également. Une ébauche de sourire dont elle ne se serait pas crue capable alors qu'elle venait de confier à Majidah une partie de son plus noir secret. Toutefois, comme ce sourire signifiait qu'une partie de son armure avait été transpercée et qu'elle ne voulait pas d'une chose pareille, elle dit d'un ton rogue :

— Bon, je peux y aller, cette fois ?

Majidah ne fit aucun commentaire.

— Pas avant d'avoir goûté mes pappadums. Et mon chutney. Tu n'en trouveras pas de semblable dans les supermarchés.

Elle rompit un morceau de sa galette et la tendit à Ness avec une lichette de chutney.

— Mange.

Et Ness s'exécuta.

L'occasion de parler à Neal Wyatt se présenta plus tôt que Joel ne s'y attendait, un jour où Toby avait besoin de son aide pour ses devoirs scolaires. Londres ne manquait pas d'animaux – renards, chats errants, écureuils, pigeons et autres oiseaux – et l'instituteur avait demandé aux enfants de la classe de Toby à Middle Row School de faire, sur l'un de ces animaux, un petit topo sous forme de dessin ou de compte rendu. Pour les dissuader d'inventer n'importe quoi, ils devaient faire ce travail accompagnés d'un parent. L'emploi du temps de Kendra ne lui permettant pas de s'acquitter de cette tâche, et Ness n'étant pas là, c'est Joel qui dut s'en charger.

Tout excité, Toby voulait faire son topo sur un renard. Joel eut du mal à l'en dissuader. Les renards, lui fit-il remarquer, ne risquaient pas de se balader en rangs serrés dans la cité d'Edenham. Ils étaient plus probablement seuls et se terraient dans les coins sombres, la nuit. Toby devait choisir un autre animal.

Toby ne voulait pas de la solution de facilité consistant à choisir pour objet d'étude un pigeon. Il décida d'attendre l'apparition d'un cygne sur la mare de Meanwhile Gardens. Apercevoir un cygne étant à peu près aussi facile que de tomber sur une meute de loups défilant au pas de l'oie dans Edenham Way, Joel suggéra à son petit frère de se rabattre sur un écureuil. Il n'était pas rare d'en voir grimper le long de la façade de la tour Trellick en quête de nourriture à chiper sur les balcons. Il ne devrait pas être trop difficile d'en rencontrer un ailleurs. Les écureuils et les oiseaux étant les animaux les moins farouches de la faune londonienne – capables de se poser sur votre épaule dans l'espoir d'y trouver à manger –, cela semblait un projet raisonnable. Voilà qui ferait un topo du tonnerre, s'enthousiasma Joel, une rencontre avec un écureuil. Ils pourraient aller du côté de la mare. Se poster dans les buissons. S'ils restaient assis sans bouger, ils avaient toutes les chances qu'un écureuil se pointe à proximité.

La saison était propice. L'automne et l'instinct exigeaient des écureuils qu'ils se mettent en quête de nourriture afin de se constituer des réserves en vue de l'hiver. Une fois Joel et Toby installés dans un bouquet d'arbrisseaux, ils n'eurent que dix minutes à attendre avant d'être rejoints par un écureuil gourmand. Repérer l'animal, c'était pour Toby le plus facile. Les dessiner, lui et son environnement, c'était nettement plus problématique. Toby y parvint grâce aux encouragements soutenus de son frère. Mais mettre par écrit la rencontre faillit bien le dépasser complètement. *Racontez la rencontre* : l'injonction laconique du maître n'avait rien d'inspirant. Il lui fallut quarante-cinq bonnes minutes de griffonnages et de gommage pour rédiger un semblant de compte rendu. Le topo fini, le besoin d'une pause se fit sentir chez les deux garçons, et la piste de skate leur sembla une destination toute désignée.

Il y avait toujours de l'animation là-bas. Ce jour-là, sept adeptes de la planche et deux cyclistes occupaient le terrain quand Joel et Toby revinrent de la mare aux canards et longèrent le chemin de halage au-dessus des jardins. Les spectateurs assis sur les petites collines suivaient les évolutions des sportifs tandis que d'autres étaient installés sur des bancs non loin de là. Toby, bien entendu, voulait être le plus près possible, et il allait s'approcher lorsque Joel constata que Hibah et Neal Wyatt étaient au nombre des badauds.

— Les chasseurs de têtes, Toby !

Toby, qui avait subi un entraînement intensif en vue de pareille éventualité, stoppa net. C'était tout à son honneur. Mais, habitué aux simulations, il ne put s'empêcher de demander confirmation :

— C'est pour de vrai ? Parce que je veux regarder...

— Pour de vrai. On regardera plus tard. En attendant, qu'est-ce que tu vas... ?

Toby s'était heureusement élancé avant que Joel termine sa question. Il trotta le long du chemin de halage et prit la direction de la péniche abandonnée sous le pont. Il sauta à bord et disparut aux regards. Notamment à celui de Neal Wyatt. Joel n'avait pas envie que Neal – même en présence de Hibah – se trouve à proximité de son frère tant qu'ils n'auraient pas conclu une trêve.

Joel inspira à fond. Ils se trouvaient dans un endroit public. Il y avait des gens autour. Il faisait jour. Tout cela aurait dû le rassurer, mais, dès qu'il était question de Neal, rien n'était sûr. Il s'approcha du banc où l'adolescent et Hibah étaient assis. Il vit qu'ils se tenaient la main. Il en conclut – même si, à ses yeux, Hibah faisait là preuve d'imprudence – qu'ils s'étaient réconciliés après leur altercation dans le jardin. Comme il n'était pas idiot, il comprit qu'il n'allait pas être bien accueilli – surtout par Neal –, mais il n'y avait pas moyen de faire autrement. En outre, il avait le cran d'arrêt si les choses tournaient mal, et il doutait que Neal s'attaque à lui dans ces conditions.

— C'est pas aussi facile que tu le crois, disait Hibah lorsque Joel arriva près d'eux par-derrière. Tout juste si m'man m'enferme pas à clé. C'est pas comme toi. Si jamais je fais un truc de travers, c'est fini pour moi, les sorties.

— Neal, dit Joel, je peux te dire un mot ?

Neal pivota. Hibah se leva d'un bond.

— Cool, dit Joel. Je vais pas vous sauter dessus.

Neal se leva à son tour, mais lentement. A la manière d'un gangster de polar des années trente. C'était de ces films qu'il s'inspirait dans sa façon de se comporter. Du jeu d'acteurs hollywoodiens de la grande époque avec des visages burinés.

— Va te faire foutre.

— Faut que je te parle.

— T'es sourd ou quoi ? Je t'ai dit d'aller te faire foutre avant que je m'occupe de ton cas.

— Je suis pas là pour la baston, mon frère, dit Joel avec un calme qu'il était loin d'éprouver.

Il n'avait qu'une envie : se cramponner à son cran d'arrêt pour y puiser un sentiment de sécurité.

— Tout ce que je veux, ajouta-t-il, c'est te dire un mot.

— Neal, intervint Hibah. Tu peux bien lui parler, non ?

Et, avec un sourire à Joel :

— Ça roule, Joel ? Où tu déjeunes ? Je t'ai cherché près de la baraque du garde, tu y étais plus.

Neal fronça les sourcils.

— Je suis pas ton frère, merde. Va niquer ta mère, pauvre con.

C'était de la provocation pure et simple, une façon d'inciter Joel à se jeter sur lui. Mais Joel s'abstint. Il ne répliqua même pas. Hibah s'en chargea pour lui.

— Jamais entendu un truc aussi dégueu, dit-elle à Neal. Tout ce qu'il veut, c'est te parler. Qu'est-ce qui te prend, Neal ? Y a des fois où je me demande si t'es pas fêlé. Parle-lui ou je me tire. Je sais vraiment pas pourquoi je prends des risques pareils – te retrouver ici alors que ma mère me l'a interdit. Tout ça pour un type qu'a rien dans le cigare.

— Cinq minutes, dit Joel. Peut-être moins, si on commence tout de suite.

— Pas question, déclina Neal. Si tu crois que je vais...

— Neal, reprit Hibah sur le ton de l'avertissement.

L'espace d'un moment, Joel crut qu'elle avait perdu l'esprit et qu'elle allait prendre son parti encore plus ouvertement – en proférant une menace, peut-être –, mais il vit alors qu'elle jetait un coup d'œil vers le pont. Deux constables en uniforme s'y tenaient, observant les jardins, et surtout les trois adolescents. L'un des policiers parlait dans la radio fixée à son épaule. L'autre attendait.

Il n'était pas difficile de comprendre ce qu'ils faisaient. Deux métis en conversation avec une musulmane. C'était du grabuge en perspective.

— Merde, jura Neal.

— Faut que j'y aille, dit Hibah. S'ils se pointent ici... Qu'ils nous demandent notre nom... Manquerait plus que ma mère reçoive un coup de fil des flics.

— Assieds-toi, cool, dit Joel. Ils feront rien si on se tient tranquilles.

Neal lança un regard à Hibah, assorti d'un :

— Cool.

Joel se dit que l'autre devait être d'accord avec lui, s'il reprenait sa formule. Songeant que cela pourrait laisser présager une concordance de vues plus vaste, il parla librement tandis que Hibah se rasseyait.

— Je me disais, dit-il en s'adressant à Neal, pourquoi est-ce qu'on se cherche comme ça ? Ça mène nulle part...

— Moi, te chercher ? coupa Neal, rejoignant Hibah sur le banc. Pour moi t'es qu'un morceau de papier cul à balancer aux chiottes. C'est ça que je vais faire. Te balancer aux chiottes. C'est là qu'est ta place.

Joel refusa de perdre son sang-froid. Neal, c'était clair, allait profiter de la présence de la police. En s'asseyant, il s'était mis en position de cible. S'il se jetait sur lui sous l'œil des flics, Joel en prendrait pour son grade.

— J'ai pas envie de me friter avec toi. Ça fait trop longtemps qu'on se cherche, putain. Si ça continue, ces embrouilles, ça va mal tourner. C'est ça que tu veux ? Pas moi.

Neal eut une grimace moqueuse.

— C'est parce que t'as pas les couilles de te battre avec moi. Mais ça va finir par arriver, tu sais. Tu le sens, pas vrai ? Tant mieux. Ça te maintient en alerte.

— T'es qu'un idiot, Neal, dit Hibah.

— La ferme ! grinça Neal, se tournant vers elle. Ferme ta gueule, pour une fois, Hibah. Tu sais pas de quoi tu parles, alors boucle-la.

La stupeur la fit taire. Mais les paroles de Neal furent pour elle comme une révélation. Lentement, pensivement, elle dit :

— Hé, ce truc entre toi et Joel... Hé, c'est pas à cause de...

— Je t'ai dit de la boucler !

Neal coula un regard vers le pont. Les flics étaient partis. Il poussa Hibah pour lui faire comprendre qu'elle ferait mieux de partir, elle aussi.

— Ta mère t'attend. Puisque tu peux pas la fermer, rentre. Allez casse-toi, va dire tes prières.

— T'as pas le droit de me dire...

— Fais ce que je te dis. Ou faut que je t'aide ?

Elle écarquilla les yeux. Regarda Joel.

— Tiens-toi à l'écart, tu comprends ?

Mais c'est tout ce qu'elle dit avant de se lever et de sortir du jardin, laissant Joel seul avec Neal.

— Ecoute-moi bien, face de citron, dit Neal à Joel quand Hibah fut hors de portée. Je veux plus te voir devant moi, tu captes ? Et estime-toi heureux que je t'aie pas dérouillé. Tu tètes p't'êt' encore ta mère, mais pas moi. C'est compris ?

Joel sentit alors le cran d'arrêt dans sa poche. Ça le démangeait de le sortir. Plante-le, ce mec, putain. On verra qui tète qui. Mais il ne broncha pas.

Il fit une ultime tentative, dans l'intérêt de Toby.

— C'est pas comme ça qu'on va résoudre notre problème, je te le dis. Faut qu'on trouve une solution. Ça peut pas durer.

Neal se mit debout. Joel recula d'un pas.

— C'est moi qui décide quand on arrête. T'es wanted, mec. Je t'ai à l'œil. Si t'es pas de mon avis...

— Joel ! Joel ! Joel !

Le cri venait du pont, de l'endroit où Toby avait émergé de sa cachette. Il se tenait l'entrejambe, genoux serrés l'un contre l'autre. Avec la candeur qui le caractérisait, il cria :

— Faut que j'aille aux toilettes. Ils sont partis, les chasseurs de têtes ?

Joel eut l'impression de recevoir un coup de poignard dans le cœur. Le rire rauque de Neal jaillit :

— Pauv' merdeux. Qu'est-ce qui tourne pas rond chez ce p'tit con ?

Il regarda Joel, qui s'était tourné vers lui.

— Des chasseurs de têtes ? Je suis mort de rire. Quel putain de taré, ton frangin, mec...

— Laisse-le tranquille.

C'est à peine si Joel reconnut sa propre voix.

— Tu le touches encore, je te jure que t'y passes. Ça sera un bain de sang. T'as pigé, *man* ? T'as un problème avec moi, c'est avec moi que tu le règles. Tu fous la paix à Toby.

Il s'éloigna, conscient du risque qu'il prenait en tournant le dos mais se disant que, si une bagarre devait se déclencher, il avait son couteau. Ça le titillait de s'en servir.

Mais Neal ne lui sauta pas dessus.

— La prochaine fois, mec. On s'occupera des choses sérieuses. En attendant, fais gaffe à ton frangin. Parce que t'es plus numéro un sur ma liste, Joel. Tu captes ?

Les semaines passant, Kendra était de plus en plus mal dans sa peau. Bien qu'ayant davantage de temps pour étoffer sa clientèle et suivre des cours de massage thaï pour ceux de ses pudiques clients qui ne voulaient pas se déshabiller entièrement, elle avait une conscience aiguë du vide de son existence.

Elle essaya de le combler dans un premier temps en se concentrant sur les Campbell. Le problème, c'est qu'elle ne parvint pas à voir se profiler à l'horizon un danger autre que ceux qu'elle avait déjà repérés. Lesquels concernaient Ness. Or Ness – pour des raisons que Kendra ne s'expliquait pas – s'était soudain mise à faire ce qu'on attendait d'elle : elle s'acquittait de ses heures à la garderie, allait voir son agent de probation, faisait des efforts sur le plan scolaire en suivant un cours au collège. Les soucis que lui causait Toby, Kendra les avait fait passer au second plan, ainsi que les documents qu'elle était censée remplir pour permettre à quelqu'un – peu importait qui – de procéder à une évaluation du petit garçon. Elle se jura que ces examens n'auraient pas lieu. Quant à Joel, il paraissait avoir réglé tout seul ses problèmes avec la racaille du voisinage. Elle ne semblait avoir rien d'autre à faire pour les enfants que leur donner à manger, leur procurer un toit et une petite distraction gratuite de temps en temps.

L'idée – erronée – qu'elle n'avait rien à faire pour eux amena inéluctablement Kendra à penser à Dix D'Court. Tout s'était passé comme Dix l'avait prévu. Joel et Neal Wyatt, livrés à eux-mêmes, avaient conclu un arrangement leur permettant de vivre en paix.

Ne se doutant pas de ce qui se passait réellement, Kendra avait tout le temps d'examiner sa vie et de la trouver incomplète. Elle en parla à Cordie, qu'elle alla trouver pendant une pause déjeuner alors qu'elle était en train de vernir les ongles acérés d'une grosse Blanche d'une quarantaine d'années aux cheveux fuchsia qui avait gardé ses lunettes de soleil sur son nez. Elle s'appelait Isis, apprit Cordie à Kendra, sans paraître consciente de ce que ce prénom, attribué à cette femme, pouvait avoir d'ironique.

Kendra adressa un signe de tête à Isis et passa une minute à observer les soins dont ses ongles faisaient l'objet. Cordie était une légende dans Harrow Road. Elle possédait un talent certain pour décorer les ongles de sorte qu'on voie tout de suite qu'ils étaient faux. Là, pour aller avec la saison, elle fixait sur l'acrylique un dessin automnal. Sur une base violette, elle peignait des gerbes de blé.

— C'est sympa, commenta Kendra.

Puis, s'adressant à Isis :

— La couleur vous va bien au teint.

Si ce n'était pas tout à fait exact, cela permettait du moins de détourner l'attention des cheveux d'Isis, ce qui en soi était plutôt une bonne chose.

— Cordie est un génie, résuma sobrement Isis. Pas question qu'elle prenne un congé, cette fois. J'ai pas envie de me chercher une autre manucure.

Kendra fronça les sourcils et considéra son amie :

— Comment ça, tu vas prendre un congé ?

Cordie haussa les épaules, pinceau à la main, l'air gêné.

Il n'en fallut pas davantage à Kendra pour comprendre.

— Cordie ! T'es enceinte ? Comment t'as fait ?

— Ma chérie, à votre âge, vous devriez tout de même savoir... attaqua Isis.

Kendra la fit taire.

— Cordie ?

Cordie eut une moue comme pour se donner le courage de s'expliquer.

— Pour commencer, pas de pot : il est tombé sur ma pilule. Une semaine durant, il m'a bassinée en me traitant de menteuse. J'ai supporté. Mais quand il s'est mis à me dire qu'il allait nous quitter, sérieux : là, j'ai craqué.

— C'est du chantage.

— Exactement ce que je lui ai fait remarquer, glissa Isis.

— Chantage ou pas, poursuivit Cordie, je veux pas qu'il aille voir ailleurs. Je l'aime. Il est super avec moi et avec les petites. C'est un père extra. Et tout ce qu'il demande, c'est que je lui fasse un fils. Alors, voilà.

Elle n'avait pas encore de renflement – il s'écoulerait plusieurs mois avant que sa grossesse se voie – mais elle désigna son ventre.

— J'espère que cette fois le bébé aura un zizi. Parce que Gerald, c'est ça qu'il veut. Un petit gars.

La grossesse de Cordie donnait un prétexte à Kendra pour se confier à son tour, pour parler de Dix et de son désir de le reprendre chez elle. Cordie l'écouta attentivement. Et Isis aussi, sans la moindre gêne. Lorsque Kendra eut fini de raconter sa dernière rencontre avec Dix et comment elle avait occupé son temps après cela, les deux femmes lui firent part de leur avis, identique, mais formulé en des termes différents.

— Toi, ma petite, résuma Cordie, t'as besoin de te faire sauter.

— Faut que quelqu'un s'occupe de votre plomberie, conclut Isis dans un langage plus imagé. Toutes affaires cessantes.

— On va se faire une sortie entre filles, décida Cordie. Ça fait des mois qu'on a pas mis le nez dehors. Gerald a ce qu'il voulait, il refusera pas de garder les gamines. Dis-moi quel jour t'arrange, que je cire mes escarpins. On va te dégoter un beau mec, Ken. Tu penseras plus à Dix.

C'est ce qu'elles firent. Elles choisirent le pub gastronomique de Great Western Road, situé en bordure du canal – un cran au-dessus des établissements qu'elles fréquentaient d'habitude –, et par une belle soirée de l'été indien elles dînèrent sur la terrasse au bord de l'eau. Pendant le repas, Cordie flasha sur le guitariste, qui jouait du classique, trouvant qu'il ferait l'affaire. Mais Kendra lui objecta qu'il avait l'allure d'un étudiant, et dit qu'elle en avait soupé, des minets.

Cordie n'ayant rien contre les petits jeunes, elle ne se gêna pas pour le draguer. Alors qu'il faisait une pause, elle lui offrit un verre. Fit courir ses doigts le long de son avant-bras pour lui faire part de ses intentions, qui étaient tout sauf musicales. Tandis que Kendra suivait le manège à la table du dehors où elle finissait la bouteille de vin qu'elles avaient commandée – Cordie n'avait pas pour habitude de changer quoi que ce soit à ses habitudes ni à son style de vie sous prétexte qu'elle était enceinte –, Cordie et le musicien sortirent du pub et tournèrent au coin de la rue. Laquelle menait au Paddington Arts et au Paddington Hospital. Ce n'était pas là, bien sûr, que Cordie se rendait. Elle cherchait juste un coin sombre pour une petite séance de roulage de pelles.

Restée seule, Kendra jeta un regard autour d'elle, histoire de voir s'il n'y avait pas quelque chose à se mettre sous la dent. Le hasard ou la chance voulut qu'au même instant un Blanc dans la quarantaine – « Geoff tout court », comme il insista pour se nommer ultérieurement – procède au même examen de son côté. C'était le genre d'homme à nourrir des fantasmes sur les Noires, persuadé qu'elles étaient plus « chaudes », plus actives sexuellement, donc plus disposées à coucher avec un parfait inconnu que leurs homologues blanches. Il avait été conforté dans ses fantasmes par la fréquentation sur le Web de sites pornographiques créés à l'usage de ses semblables. Ce soir-là, il avait passé quelques heures à se promener sur ces sites dans le sous-sol de sa maison avant de finir par se dire qu'il était temps de faire de ses rêves une réalité.

Parvenu à ce stade, il aurait sans doute pu s'adresser à une professionnelle, mais Geoff tout court n'avait jamais envisagé de payer. Il avait une belle gueule, de l'argent, des relations. Il croyait au plaisir partagé. Il était marié, mais c'était un détail. Sa femme, architecte, voyageait pour ses affaires. Ils formaient un couple moderne. Ils étaient organisés.

Il raconta tout cela à Kendra – à quelques variantes près – quand il sortit du pub pour la rejoindre sur la terrasse. Leurs regards s'étaient croisés. Ni l'un ni l'autre n'avait détourné les yeux. Elle avait pris son verre, dont elle avait doucement léché le bord. Message reçu. Il n'avait pas perdu de temps.

Il ne dit rien qui sortît de l'ordinaire quand il l'aborda : elle était belle, que faisait-elle donc là toute seule ? (Question qui l'obligea à faire celui qui n'avait pas remarqué le second verre de vin, laissé par Cordie avant qu'elle emballe le guitariste.) Etait-elle une habituée du pub ? Il l'observait depuis un moment et il avait fini par penser : Pourquoi pas, bon sang ?, quand il avait capté son attention. Ce n'était pas, il fallait qu'elle le comprenne, le genre de choses qu'il faisait généralement. Mais sa femme s'était absentée, il ne savait comment passer sa soirée et... N'avait-elle pas envie d'aller boire un verre dans un endroit tranquille ?

Question de pure forme. Tous deux en avaient conscience. La terrasse du pub était parfaitement tranquille, l'éclairage romantique, et on y servait à volonté des boissons alcoolisées. Mais elle accepta. Elle aimait son allure, un type propre sur lui, belles dents, cheveux bien coupés, ongles impeccables. Il portait une chevalière, une chemise blanche et une cravate, des mocassins à pompons. Certes, il ne devait pas avoir un corps aussi beau que celui de Dix – qui était exceptionnel –, mais il lui fallait un homme. Celui-ci ferait l'affaire.

Une fois dehors, elle formula la suggestion attendue. Elle habitait tout près. Il y avait trois enfants à la maison, mais ils seraient couchés.

Elle ne savait pas si ce serait le cas pour Ness, mais elle l'espérait. Et, à supposer que Ness soit encore debout, ils n'étaient pas obligés de la croiser quand ils prendraient l'escalier pour gagner l'étage. Ils passeraient devant la porte du séjour et monteraient les marches. Pas de problème.

La mention des enfants parut donner à réfléchir à Geoff tout court. Kendra comprit son dilemme : ce qu'il pensait et ce dont il ne voulait pas.

— Ils ne sont pas à moi, et je ne fais pas la pute. Ce soir, c'est juste une petite récréation. Pas un truc que je pratique régulièrement.

Geoff tout court se laissa rassurer. Il n'avait qu'une raison d'agir comme il le faisait : elle était belle, elle avait un corps magnifique. Ce n'était pas elle qu'il voulait. Mais de la baise. Il lui posa une main sur la nuque et dit dans un sourire :

— Allons-y.

Le trajet à pied était bref mais Geoff tout court savait combien il était important de mettre sa partenaire dans de bonnes dispositions, aussi leur fallut-il un certain temps pour traverser Meanwhile Gardens. Il était particulièrement doué pour la mise en condition ; aussi, lorsqu'ils atteignirent sa porte – au bout de vingt-cinq minutes alors que cinq auraient suffi –, Kendra frémissait de partout et remerciait sa bonne étoile d'être tombée sur lui.

Elle était contente d'avoir mis une robe moulante ce soir-là, maintenue par une simple ceinture à la taille. Hormis des sous-vêtements arachnéens et des sandales à talons aiguilles, elle ne portait rien d'autre. Elle se retrouva nue le temps qu'ils arrivent en haut de l'escalier.

Elle déshabilla Geoff tout court pendant que les mains, la langue et la bouche de l'homme s'affairaient sur son corps. Elle l'eut bientôt dénudé, semant les vêtements de l'escalier au lit, sur lequel ils s'affalèrent et copulèrent sauvagement. Geoff tout court s'activa comme un fou puis il fit passer les jambes de Kendra par-dessus ses épaules, sa position favorite au moment crucial. Après quoi il explosa, conclusion logique de son fantasme. Il se retira immédiatement et s'écroula près d'elle.

— Quelle baise ! J'en ai vu trente-six chandelles, dit-il avec un rire faiblard.

Il haletait, son corps était luisant de transpiration.

Kendra ne dit rien. Il lui avait donné du plaisir. Plus de plaisir que quiconque, Dix compris. Elle-même était hors d'haleine, dégoulinante de sueur et de sperme, elle était une femme comblée. Mais ce n'était pas de ça qu'elle avait besoin dans l'état d'esprit où elle se trouvait, et il ne lui fallut pas longtemps pour le comprendre : elle se sentait en effet étrangement vide, indépendamment des délicieuses contractions que lui procurait encore l'orgasme.

Elle voulait qu'il s'en aille. Et, tant mieux pour elle, Geoff tout court n'avait pas l'intention de s'incruster. Il ramassa ses vêtements, s'approcha du lit, effleura du bout des doigts la pointe de son sein.

— Alors, c'était bon ?

« Bon », cela dépendait de la définition qu'on donnait à ce mot. Elle roula sur le côté pour attraper ses cigarettes.

— Oh, ouais.

Elle ne put voir l'air dégoûté qu'il arbora – les femmes qui fumaient après le sexe n'avaient pas droit de cité dans son fantasme – tandis qu'il lui tournait le dos pour enfiler ses fringues. Elle le regarda faire. Il lui demanda si elle avait un peigne ou une brosse.

— Dans la salle de bains, lui dit-elle en le regardant ouvrir la porte.

Il tomba nez à nez avec Ness.

Il n'y avait pas de lumière dans la chambre mais c'était inutile : les rideaux n'étaient pas tirés. La scène ne prêtait pas au moindre doute : Kendra était allongée nue sur le lit dans la nuit tiède, fumant paresseusement, les draps en désordre autour d'elle, l'homme pas encore complètement rhabillé mais tenant à la main ses chaussures et sa veste, et l'air décidé à décamper, sa conquête consommée. Quant à l'odeur qui flottait dans l'air et qui leur collait à la peau à tous les deux, Ness ne risquait pas de ne pas la reconnaître.

Interloqué, Geoff tout court lança un :

— Putain de merde !

Puis il battit en retraite dans la chambre et claqua la porte.

— Merde, fit Kendra en éteignant sa cigarette dans le cendrier de sa table de chevet.

Il y avait toujours un risque que l'un des gosses la surprenne, mais elle aurait préféré que ce soit un des garçons, pour des raisons qu'elle ne s'expliquait pas pour l'instant. Elle dit à Geoff tout court en guise d'explication :

— C'est ma nièce. Elle dort dans le séjour. Au-dessous.

— Sous... ? fit-il en désignant le lit.

— Elle a dû nous entendre.

Cela n'avait rien de surprenant compte tenu de la violence avec laquelle ils s'étaient empoignés. Kendra se passa la main sur le front et soupira. Elle avait eu ce qu'elle voulait, pas ce dont elle avait besoin. Et maintenant, ça... La vie n'était pas juste.

Ils entendirent une porte se fermer. Tendirent l'oreille. La chasse d'eau crépita. De l'eau coula. La porte s'ouvrit et des pas résonnèrent dans l'escalier. Ils attendirent quatre interminables minutes avant que Geoff tout court se remette à se rhabiller. Il décida qu'il n'avait plus besoin de peigne : tout ce qu'il voulait, c'était déguerpir. Il enfila ses chaussures, sa veste, empocha sa cravate. Il regarda Kendra, qui s'était recouverte de son drap. Il fallait qu'il lui dise quelque chose avant de prendre congé, mais rien ne lui semblait convenir. Il pouvait difficilement s'en sortir avec un : « A bientôt », vu qu'il n'avait aucune intention de la revoir. « Merci » semblait épouvantablement déplacé ; toute référence à leurs ébats après l'arrivée de Ness était inappropriée. Il se rabattit sur une phrase où se mêlaient les manières apprises dans les lycées chics et le style des comédies Belle Epoque. « Je trouverai mon chemin tout seul. » Tels furent les mots qu'il prononça avant de s'esquiver.

Une fois seule, Kendra s'assit dans le lit et fixa le mur. Elle alluma une autre cigarette dans l'espoir que la fumée lui obstruerait la vue. Car ce qu'elle voyait, c'était le visage de Ness. Ness ne l'avait pas jugée. Elle ne lui avait pas non plus jeté un regard caustique. Elle avait eu un air de stupéfaction qui avait très vite laissé la place à une expression de résignation blasée qu'aucune fille de quinze ans n'était censée éprouver. Kendra en éprouva un sentiment auquel elle ne s'attendait pas quand elle avait invité Geoff tout court dans son lit. Elle eut honte.

Elle finit par se secouer et se rendit dans la salle de bains, où elle remplit la baignoire d'eau aussi chaude que possible. Elle entra dans le bain, se brûla un peu. S'allongea, leva le visage vers le plafond et se mit à pleurer.

18

Kendra se montrait beaucoup plus dure avec elle-même qu'il n'était nécessaire. La présence d'un inconnu – blanc de surcroît – dans le lit de sa tante était le cadet des soucis de Ness. Certes, elle avait été surprise de le trouver là. Entendant le remue-ménage, l'adolescente avait supposé que Dix était revenu. Toutefois, à son grand étonnement, elle n'avait pas ressenti ce qu'elle avait éprouvé auparavant en écoutant grincer et craquer le lit de Kendra à l'étage au-dessus. Elle s'était réveillée, avait entendu le boucan, grimacé et s'était rendu compte qu'elle avait besoin d'aller aux toilettes. Se disant que c'était Dix qui se trouvait avec sa tante – ce qui signifiait qu'il passerait la nuit là et qu'elle avait peu de chances de tomber sur lui quand elle irait au petit coin –, elle avait monté l'escalier et c'est à ce moment-là qu'elle avait vu un parfait inconnu sortir de la chambre de Kendra.

Quelques semaines plus tôt, cette vision aurait empli Ness de jalousie. Une jalousie qu'elle aurait camouflée sous une moue de dégoût. Mais ça, c'était avant de partager un pappadum avec une Pakistanaise qu'elle croyait trouver antipathique. C'était également avant ce à quoi ce partage l'avait conduite.

Quand Majidah lui avait dit qu'elles allaient fermer la garderie de bonne heure, peu de temps après la visite de Ness chez elle, l'adolescente avait cru qu'elle serait libre de ses mouvements pour le reste de l'après-midi. Majidah s'empressa de la détromper. Précisant qu'elles allaient chercher des fournitures à Covent Garden. Que Ness lui donnerait un coup de main.

Ness eut l'impression qu'on se moquait d'elle. Faire des heures de TIG ne signifiait tout de même pas qu'elle allait parcourir Londres telle une domestique !

Majidah lui répondit qu'il ne lui appartenait pas de décider en quoi consistaient les heures de TIG.

— Nous partirons à deux heures. Nous prendrons le métro.

— Hé, j'ai pas...

— « J'ai pas. » En voilà une façon de parler, Vanessa. Comment peux-tu espérer arriver à quelque chose dans la vie si tu parles de cette façon ?

— Parce que je suis censée arriver à quelque chose ?

— Bien sûr. A condition de te donner du mal pour y parvenir. Mais, d'abord, qu'est-ce que tu veux ? La fortune, une flopée de ridicules chaussures à talons aiguilles ? Ou fais-tu partie de ces écervelées qui n'aspirent qu'à la célébrité ? Actrice célèbre, mannequin célèbre, pop star célèbre ? C'est ça que tu désires, Vanessa ? La célébrité, alors que tu pourrais faire pratiquement tout ce que tu veux, une jeune femme comme toi, sans qu'aucun homme décide de ton sort. Tu pourrais choisir n'importe quelle carrière, et tout ce que tu souhaites, c'est devenir une pop star.

— J'ai dit ça, moi ? s'indigna Ness quand Majidah fut forcée de reprendre son souffle. Est-ce que j'ai dit ça ? Putain, Majidah, vous êtes obsédée ou quoi ? Et puis d'abord, comment on va aller là-bas ? J'ai pas un rond.

Devant la grimace réprobatrice de Majidah, elle se corrigea :

— Je n'ai même pas de quoi acheter un ticket.

Majidah retint un sourire en l'entendant s'exprimer ainsi.

— C'est tout ce qui te tracasse ? Voyons, Vanessa, il n'est pas question que tu débourses un centime pour ton ticket. C'est un travail que je te demande, c'est moi qui te paierai ton ticket.

La question du transport étant réglée, vint le moment de quitter la garderie. Majidah ferma à clé, vérifia trois fois avant que Ness la prenne par le bras et l'entraîne dehors. Elles allèrent à pied jusqu'à la station de métro de Westbourne Park. Majidah étudia le plan afin de déterminer le meilleur itinéraire, pendant que Ness tapait du pied d'énervement. Sa décision prise, Majidah entraîna Ness vers le quai ; elles montèrent dans la rame, descendirent à Covent Garden. Là, Majidah conduisit Ness non vers le marché – où l'on pouvait acheter toutes sortes de fournitures, même si ce n'était pas donné – mais vers Shelton Street, au nord. Une entrée d'immeuble coincée entre une librairie minuscule et un coffee-bar ouvrait sur un escalier. Elles gravirent à pied trois étages.

— Ce maudit ascenseur ne marche pas, il n'a jamais marché, observa Majidah.

Hors d'haleine, elles atteignirent un loft encombré de grandes tables chargées de coupons de lin, de soie, de coton, de velours et de feutre aux couleurs vives. Quatre personnes s'affairaient en silence tandis que Kiri Te Kanawa interprétait la mort de Mimi dans un lecteur de CD posé sur une pile de casiers contenant des paillettes, des perles de rocaille et mille autres babioles.

Deux des employées étaient vêtues de *shalwar kamis* ; une troisième portait un tchador. Le quatrième larron était un homme. Jean, baskets, chemise blanche en coton. Les femmes cousaient et collaient. Lui essayait un couvre-chef sur une cinquième personne – une beauté méditerranéenne aux yeux de biche qui lisait un magazine tout en marmonnant :

— La guerre, toujours la guerre, quels imbéciles.

A quoi l'homme répondit :

— C'est bien vrai. Mais redressez la tête, Miss Rivelle, s'il vous plaît.

Comme les femmes qui travaillaient, c'était un Asiatique. Pas Miss Rivelle. Elle leva la main pour toucher ce qu'il était en train de fixer à son opulente chevelure blonde.

— Franchement, Sayf, c'est impossible. Vous ne pouvez pas faire moins lourd ? Comment voulez-vous que je fasse mon entrée, que je chante l'aria et que je m'écroule, morte, sur scène sans que ce machin dégringole par terre ? Qui a bien pu approuver ce couvre-chef ?

— Mr Peterson-Hayes.

— Le chef d'orchestre. On voit qu'il n'est pas obligé de le porter.

Elle ôta le casque, le tendit à Sayf, et aperçut alors Majidah et Ness à l'extrémité de l'atelier. Tout comme Sayf, qui s'écria :

— Maman ! Bon sang, j'avais oublié.

Et à Ness :

— Bonjour. C'est vous la prisonnière ?

— Sayf al Din, le réprimanda Majidah, en voilà une façon de saluer les gens ! Et toi, Rand, dit-elle à la femme au tchador, tu n'étouffes pas derrière ce rideau grotesque ? Quand ton mari reviendra-t-il à la raison ? Le tchador, c'est pour mettre dehors. Pas à l'intérieur.

— Mais votre fils... murmura Rand.

— Bonté divine, tu as raison, il va sûrement te violer si tu laisses ton visage à découvert. N'est-ce pas la vérité, Sayf ? N'as-tu pas déjà violé deux cents femmes au moins ? Où est ton carnet de bal, mon fils ?

— Ma fiche de score, corrigea Sayf.

Il prit le casque qu'il mettait au point pour Miss Rivelle et le posa avec soin sur une marotte de modiste en bois.

— Je vais essayer de faire plus léger. Mais c'est Peterson-Hayes qui donnera le feu vert. Alors tâchez de lui en toucher un mot.

Il s'approcha d'un bureau placé sous l'une des fenêtres et recouvert d'un fouillis monstrueux, d'où il extirpa un agenda.

— Jeudi à quatre heures ?

— S'il le faut, répliqua-t-elle, languissante.

Elle rassembla ses affaires – emplettes diverses et sac à main de la taille d'un panier de pique-nique – et se dirigea vers Sayf pour lui dire au revoir. Ce qui s'avéra consister en trois baisers légers, à la manière italienne, après quoi elle lui tapota la joue et il lui baisa la main. Là-dessus elle sortit, agitant les doigts en guise d'adieu. L'une des ouvrières en *shalwar kamis* souffla non sans mépris :

— Les divas...

— C'est grâce à elles que nous mangeons, lui rappela Sayf al Din, même si elles sont parfois caricaturales. Et puis les divas, moi, ça me connaît.

Il sourit à sa mère. Majidah fit entendre un petit *tutt* de réprobation, mais Ness vit bien qu'elle ne s'offusquait pas des propos de Sayf, au contraire.

— Cet écervelé, c'est mon Sayf, Vanessa, l'aîné de mes enfants.

Ce qui faisait de lui l'enfant qu'elle avait eu de son premier mari – ils n'avaient que treize ans d'écart. Il était très beau – teint olivâtre, yeux sombres – et il avait en permanence l'air de s'amuser.

— Comment va ta femme, Sayf ? Toujours à gratter les dents au lieu de fabriquer des bébés ? Mon fils a épousé une dentiste, Vanessa. Elle lui a fait deux enfants et elle est retournée travailler alors qu'ils n'avaient pas six semaines. C'est de la folie : préférer se pencher sur la bouche d'étrangers au lieu de contempler la frimousse de ses nouveau-nés. Elle devrait faire comme tes sœurs et tes belles-sœurs, Sayf. Neuf enfants, et aucun n'a été confié à des mains étrangères.

Sayf al Din avait déjà entendu ce refrain car il entonna la dernière phrase de concert avec sa mère. Et il poursuivit à sa place :

— Quel scandale ! Une femme qui a fait des études et travaille à l'extérieur au lieu de rester chez elle à préparer le poulet tikka du dîner de son mari, Vanessa.

L'imitation était tellement réussie que Ness et les autres éclatèrent de rire.

— Vous le trouvez peut-être amusant, dit Majidah. N'empêche qu'il rira jaune le jour où cette femme filera avec...

— Un orthodontiste, finit Sayf. C'est dangereux d'épouser une dentiste. Attention.

Il déposa un baiser sonore sur la joue maternelle.

— Laisse-moi te regarder. Pourquoi n'es-tu pas venue dîner un dimanche, ce mois-ci ?

— Pour manger du poulet réchauffé ? Tu es fou, Sayf. Ta femme a besoin d'apprendre à cuisiner.

Il échangea un regard avec Ness.

— Toujours la même chanson avec maman.

— Mais elle chante à chacun la sienne, dit Ness.

— Elle est très forte pour ça. On en vient à se dire qu'elle a de la conversation.

Il passa un bras autour des épaules de sa mère, serra.

— Tu as reperdu du poids. Tu sautes des repas, maman ? Si tu continues, je vais être obligé de t'attacher pour te faire avaler les samosas de May.

— Empoisonne-moi, ça ira plus vite. Au fait, cette jeune fille, c'est Vanessa Campbell, comme tu l'as deviné. Elle est venue me prêter main-forte. Mais pourquoi ne pas lui faire faire le tour du propriétaire, d'abord ?

Sayf obtempéra sans se faire prier, en homme qui aime son métier. Il lui montra le loft, où régnait un chaos très organisé, et où il concevait et fabriquait les coiffures du Royal Opera, des théâtres du West End, de la télévision et du cinéma. Il lui expliqua le processus, lui mit des croquis sous les yeux. Ness reconnut les dessins accrochés aux murs du séjour de Majidah.

— Ouais, je les ai vus chez votre mère. Je me demandais...

— Quoi ?

— Qui les avait faits. Et pourquoi ils étaient au mur. C'est pas qu'ils soyent pas...

— Qu'ils ne soient pas, corrigea patiemment Majidah.

— Qu'ils ne soient pas jolis. Parce qu'ils sont jolis. C'est juste qu'on s'attend pas à voir...

— Ah, oui. Mais maman est fière de moi. On ne le dirait pas à l'entendre, mais c'est pourtant la vérité. Pas vrai, maman ?

— Que les choses soient claires, Sayf : tu es le plus insupportable de mes enfants.

Il sourit, et elle aussi.

— Puisque tu le dis. Rand, que tu désapprouves tellement, t'aidera à rassembler les tissus dont tu as besoin. Et pendant ce temps, je montrerai à cette petite comment les dessins se transforment en couvre-chefs.

Sayf al Din était aussi prolixe que sa mère. Non content de donner des explications à Ness, il lui fit des démonstrations assaisonnées de potins. Il était aussi amusant qu'il en avait l'air et il prenait visiblement plaisir à tester ses créations sur ses visiteurs. Il invita Ness à tout essayer, des turbans aux diadèmes. Il planta des chapeaux et des coiffures diverses sur la tête de ses ouvrières, qui gloussaient en continuant de coudre. Il posa un Stetson à paillettes sur la tête voilée de Rand, et se coiffa d'un chapeau à plume de mousquetaire.

Son enthousiasme était si contagieux qu'il se communiqua à Ness, provoquant chez elle des réactions dont elle ne se serait jamais crue capable quand elle avait accompagné Majidah à Covent Garden : plaisir, intérêt, curiosité. Après avoir plusieurs jours durant revécu en pensée cette expérience dans l'atelier de Sayf al Din, Ness décida d'agir. Elle se rendit au bureau du service des jeunes délinquants un jour où Fabia Bender ne l'attendait pas.

Ness avait changé depuis leur dernier entretien, cela ne put échapper à Fabia Bender, qui ne sut néanmoins s'expliquer en quoi. Mais elle ne tarda pas à comprendre quand Ness lui exposa l'objet de sa visite. Elle avait des projets pour l'avenir, dit-elle, et elle avait besoin de l'approbation du juge.

La scolarisation de Ness avait toujours été un problème épineux pour Fabia Bender. Holland Park School avait refusé de la reprendre, prétextant le manque de place cet automne. Tous les collèges du voisinage lui avaient servi la même rengaine, et c'est seulement sur la rive sud de la Tamise que l'assistante sociale avait fini par dénicher un établissement prêt à l'accueillir. Toutefois, lorsqu'elle s'y était rendue pour une prise de contact avec la direction, Fabia avait été perplexe. Non seulement il était situé à Peckham, ce qui représentait un trajet d'une heure à l'aller comme au retour, mais c'était dans le quartier le plus malfamé de Peckham, ce qui aurait fatalement conduit Vanessa à copiner avec les jeunes les moins fréquentables du coin. Fabia avait demandé au juge de lui laisser encore un peu de temps. Elle se faisait fort de découvrir quelque chose d'adapté, lui dit-elle, et, en attendant, Vanessa Campbell suivait un cours de musique au collège et faisait ses heures de TIG sans que la garderie de Meanwhile Gardens se plaigne de ses services. C'était sûrement un point en sa faveur ? En effet. On lui accorda un répit. A condition qu'elle soit casée avant le trimestre d'hiver.

— Modiste ? dit Fabia Bender lorsque Ness lui eut exposé son projet. Fabriquer des chapeaux ?

Non qu'elle crût Ness incapable d'y arriver. Simplement, le choix de la jeune fille la sidérait compte tenu des autres possibilités qui pouvaient s'ouvrir à elle.

— Tu veux dessiner des chapeaux pour le Royal Ascot ?

Ness perçut la stupéfaction de l'assistante sociale et fut piquée au vif. Elle lui lança d'un ton agressif :

— Ben quoi ?

Comme si dessiner les immenses couvre-chefs excentriques que portaient les Blanches aux courses était ce qu'elle désirait faire. En fait, elle n'y avait pas songé un instant. D'ailleurs, c'est à peine si elle savait ce qu'était le Royal Ascot, indépendamment du fait que c'était pour les paparazzis l'occasion de photographier des femmes titrées et maigrissimes en train de boire du champagne.

Fabia Bender se rendit compte qu'elle s'était un peu précipitée.

— Excuse-moi. J'ai eu tort de réagir comme ça. Dis-moi comment t'est venue l'idée de devenir modiste et comment tu comptes y parvenir.

Ayant examiné Ness, elle constata que celle-ci paraissait déterminée.

— Parce que tu as un plan, n'est-ce pas ? Autrement tu ne serais pas venue me trouver.

Ce en quoi elle avait vu juste. Le fait qu'elle ait reconnu la capacité de Ness à se projeter dans l'avenir fit plaisir à la jeune fille. Aidée de Majidah et de Sayf al Din, elle avait tâté le terrain, pris des renseignements. Sans répondre à la première partie de la question de Fabia Bender – ce qui aurait été admettre qu'il était sorti quelque chose de bon de ses heures à la garderie, et ça, son orgueil s'y refusait –, elle lui parla des cours donnés au Kensington & Chelsea College. Elle y avait découvert une mine de possibilités pour les gens s'intéressant à la confection des chapeaux, et même un cours d'un an débouchant sur la délivrance d'un certificat. Cours qu'elle se déclara toute prête à suivre.

Fabia Bender fut ravie mais resta prudente. Le changement était si soudain qu'il lui donnait à réfléchir ; il ne fallait pas vendre la peau de l'ours avant de l'avoir tué. Mais, comme elle exerçait un métier difficile et le plus souvent ingrat, le fait de compter parmi les personnes dont elle s'occupait une jeune fille qui se décarcassait pour changer le cours de sa vie lui donna l'impression qu'elle n'avait pas choisi en vain ce métier. Ness avait besoin d'encouragements. Fabia les lui prodiguerait.

— C'est formidable, Vanessa. Voyons par quoi il te faut commencer.

Après sa confrontation infructueuse avec Neal Wyatt, Joel se trouva au pied du mur.

L'ironie de la situation était que le changement qu'il avait tellement redouté était maintenant celui qu'il désirait le plus. Si Toby pouvait être envoyé dans une école spécialisée, il serait en sécurité. Mais cela ne semblait guère probable, ce qui signifiait que Toby n'était pas près de se voir arraché aux griffes de Neal Wyatt.

Joel était en état d'alerte permanent. Il ne pouvait quitter Toby de l'œil qu'à condition que quelqu'un d'autre veille sur lui ou qu'il soit à l'école. Les semaines passant – semaines au cours desquelles Neal et sa bande s'étaient remis à les suivre, à les huer, à ricaner sur leur passage et à proférer des menaces à voix basse –, cette surveillance constante commença à avoir sur lui des effets fâcheux. Son travail scolaire s'en ressentit ; sa poésie aussi. Il savait que les choses ne pouvaient pas continuer ainsi sans que sa tante finisse par découvrir le pot aux roses et prenne des mesures pour tenter de remédier à la situation. Mesures qui ne feraient qu'aggraver les choses.

C'était à lui d'agir, et il lui semblait qu'il n'avait pas le choix. Il le sentait au poids du cran d'arrêt dans sa poche ou dans son sac à dos. Jamais il ne ferait entendre raison à Neal Wyatt. Mais il y avait des chances pour que celui-ci se range aux arguments de la Lame.

C'est pourquoi, les jours suivants, après avoir conduit Toby au centre d'apprentissage, Joel se mit en quête de la Lame. Il commença par demander à Ness où il pourrait trouver son ancien chéri, mais sa réponse ne lui servit pas à grand-chose :

— Qu'est-ce que tu lui veux, à ce mec-là ? Qu'est-ce que tu cherches à acheter ? De l'herbe ? Merde, me dis pas que tu sniffes ?

Comme il protestait, répondant qu'il ne s'agissait de rien de tout ça, elle approuva d'un :

— Tant mieux.

Mais elle s'en tint là. Pas question qu'elle lui dise où trouver la Lame. Rien de bon n'était sorti de ses relations avec lui, que pouvait-il sortir de bon des relations de son frère avec ce taré ?

Joel ne pouvait donc compter que sur lui-même pour le dénicher. Hibah ne lui fut d'aucune aide en la matière. Elle savait qui était la Lame – tout le monde à North Kensington le savait – mais de là à savoir où il nichait... C'était la Lame qui vous trouvait. Pas l'inverse.

Joel ne connaissait qu'un seul des endroits que fréquentait la Lame : l'immeuble de Portnall Road où habitait Arissa. L'ayant découvert là-bas une première fois, il lui sembla raisonnable de conclure que ce n'était qu'une question de temps avant qu'il y revienne.

Cal Hancock serait là, bien sûr. Joel n'aurait pas à frapper aux portes. Il n'aurait qu'à attendre de voir Cal à l'entrée du bâtiment en train de monter la garde.

Une fois la décision prise, il s'écoula encore trois jours avant que sa stratégie s'avère fructueuse. Un après-midi où une averse d'automne menaçait, il aperçut Calvin à son poste, tirant sur un joint de la taille d'une petite banane, son bonnet enfoncé sur le front. Il était assis, l'air décontracté, sur les dalles rouges et noires, jambes tendues, barrant le passage à quiconque aurait voulu entrer. En y regardant de plus près, Joel constata que Cal ne plaisantait pas avec la sécurité : il avait une chaîne enroulée autour du poignet, et la crosse de ce qui semblait être un pistolet dépassait de la ceinture de son jean. A cette vue, Joel écarquilla les yeux. Il n'arrivait pas à croire que c'était un vrai flingue.

— Ça roule, *man* ? lança Joel.

Il était à quelques dizaines de centimètres de Cal, ayant remonté l'allée sans que ce dernier s'en aperçoive. Tu parles d'un garde du corps, se dit-il.

Cal s'arracha à sa méditation. Rêveusement, il salua Joel d'un mouvement de tête.

— Salut, vieux, fit-il en tirant de nouveau sur son joint.

— C'est comme ça que tu le gardes ? J'aurais pu te sauter dessus, mec. S'il te voit...

Joel laissa sa phrase en suspens.

— C'est cool, *man*, rétorqua Cal. Personne va se risquer à chercher des emmerdes à la Lame pendant que Calvin monte la garde. Et puis il est pas d'humeur à me faire chier si ce que je fais lui plaît pas.

— Pourquoi ça ?

— Tu connais Veronica, de la cité Mozart ?

Et, comme Joel faisait signe que non :

— Elle lui a pondu un môme ce matin. Un beau p'tit gars. Son troisième, à la Lame. Il lui avait dit de le faire passer mais elle a rien voulu savoir. Et maintenant il se sent plus. Trois fils, tu parles, ça fait de lui un homme, un vrai. Il fête ça avec Rissa.

— Elle est au courant pour Veronica ?

Cal éclata de rire.

— T'es ouf ? Bien sûr que non. Cette pauvre conne, elle se figure qu'il est juste content de la voir. Content, il doit l'être. Elle s'est débarrassée du sien comme il lui avait dit.

Cal tira une autre taffe, emmagasina la fumée.

— Alors, qu'est-ce que tu branles dans le coin ?

— Faut que je parle à la Lame. J'ai quelque chose pour lui.

Cal fit non de la tête.

— C'est pas une bonne idée, mon vieux. Il aime pas entendre parler des Campbell.

— A cause de Ness... ?

— C'est pas un sujet casher. Moins on en dit sur ta frangine, mieux ça vaut. Mais je vais te dire un truc.

Cal se pencha, repliant les jambes et posant les coudes sur ses genoux comme pour donner plus de poids à ses paroles.

— La Lame, c'est pas le mec qu'on jette. C'est lui qui jette les minettes quand il sent que le moment est venu, tu captes ? Si une meuf se met en tête de le plaquer pour un autre type et qu'elle lui raconte des craques...

Cal inclina la tête vers Joel, l'air de dire : Inutile que je te fasse un dessin.

— T'approche pas de la Lame, petit. C'est pas sain pour toi.

— Ness, elle avait pas d'autre mec, protesta Joel. C'est ce qu'il croit, la Lame, qu'elle avait un autre mec ?

Cal fit tomber la cendre de son joint.

— J'en sais rien, j'ai pas envie de lui poser la question. Et tu ferais bien de m'imiter.

— Mais Arissa, souligna Joel, elle peut pas remplacer Ness ?

— C'est pas la question. S'agit pas pour lui d'avoir une remplaçante. C'est une question de respect.

— C'est comme ça qu'il voit la chose ?

— Comme ça et pas autrement.

Cal se mit à jouer avec la chaîne, l'enroulant autour de ses jointures. Il plia les doigts afin de voir si elle était positionnée correctement.

— Pour le moment, je te conseille pas de l'interrompre. Tant qu'il baise Arissa, il pense pas à Ness, et c'est très bien comme ça.

— Mais ça remonte à des mois, cette histoire !

Joel baissa la tête. La Lame était son seul espoir. Sans son aide, Joel voyait mal comment il réussirait à assurer la sécurité de Toby. Si Neal ne s'en était pris qu'à lui, il serait reparti d'où il venait, sachant qu'une baston avec ce lascar était inévitable. Mais Neal connaissait son point faible.

Joel réfléchit aux options qui se présentaient. Il n'avait pas le choix.

— OK, mais j'ai quelque chose pour lui. Tu pourras lui refiler ? Il sera content de le récupérer, et je veux qu'il sache que ça vient de moi. Promis ? Je te le file et je me casse.

— C'est quoi, ce truc ? dit Cal avec un sourire. Un poème ? Ouais, les soirées d'Ivan, on est au courant. La Lame, il sait tout ce qui se passe dans le secteur. Sinon il serait pas le patron. Tiens, écoute, tu te demandes pas pourquoi je me trimballe avec un flingue sans me faire emmerder par les keufs ? Réfléchis. C'est pas sorcier.

Cet aspect de la question, Joel le trouva sans rapport avec son problème. Il l'ignora. Ce ne serait pas la dernière des erreurs qu'il commettrait.

— C'est pas un poème. Je suis pas con.

Il sortit le cran d'arrêt de son sac. L'ouvrit, le referma.

Cal eut l'air impressionné.

— Où t'as pêché ça ?

— Il a planté Ness avec. C'est son crâne, à Ness, qu'a morflé. Le couteau, il l'a paumé dans la bagarre avec Dix D'Court. Tu lui files, d'accord ? Et dis-lui que j'ai besoin de son aide.

Cal ne prit pas le couteau que Joel lui tendait. Avec un soupir, il dit :

— Combien de fois faudra que je te le dise, mon pote ? T'approche pas de la Lame.

— T'es bon, toi, t'es proche de lui, t'as pas à t'en plaindre.

Cal émit un petit rire.

— Laisse-moi te dire quelque chose. T'as Ness. T'as ton frangin. Ta tata et ta maman. Je sais qu'elle est chez les dingues mais c'est quand même ta mère. T'as pas besoin de ce mec. Crois-moi, t'as pas besoin de lui. Et si t'insistes pour avoir son aide, *man*, il te la fera payer.

— Donne-lui le couteau, Cal. Dis-lui que je lui rends parce que j'ai besoin qu'il m'aide. Dis-lui que j'aurais pu le garder, mais je l'ai pas fait. Je lui ai rendu. Prends-le et dis-lui, Cal, s'il te plaît.

Tandis que Cal réfléchissait, Joel envisagea une autre approche : que Cal lui donne un coup de main. Mais il la rejeta. Sans la Lame à ses côtés, Cal n'intimiderait personne. Il n'était que Cal : homme de main et tagueur, planant sous l'effet de l'herbe. S'il devait se battre, il le ferait ; mais quand on s'attaquait à un Neal Wyatt, la baston ne suffisait pas. Ce qu'il fallait, c'était lui fixer une limite à ne pas dépasser. Et ça, Cal en était incapable. C'était, en revanche, dans les cordes de la Lame.

Joel tendit de nouveau le cran d'arrêt à Cal.

— Prends-le. De toute façon, la Lame sera content de le ravoir.

De mauvais gré, Cal s'en empara.

— Je promets rien...

— Parle-lui. Je t'en demande pas plus.

Cal fourra le couteau dans sa poche.

— Il te fera signe s'il veut t'aider.

Et, comme Joel allait tourner les talons, il ajouta :

— Mais fais gaffe, avec la Lame y a rien de gratuit. Faudra que tu payes.

— Ça me va, dit Joel. Je paierai.

19

Le projet de Ness – devenir modiste – n'était pas facile à mettre sur les rails ; or elle n'avait pas envisagé de rencontrer des difficultés. Elle voulait suivre les cours ; elle allait les suivre. Cela ne faisait aucun doute. C'est pourquoi au premier obstacle – un obstacle financier considérable – elle trébucha. Vibrante d'hostilité envers la vie, elle se défoula sur les enfants avec lesquels elle était censée, ce jour-là, fabriquer des bijoux à la garderie.

Faire des bijoux, c'était une façon de parler ; cela consistait en fait à enfiler des perles en bois de couleurs vives sur des fils en plastique de couleurs tout aussi vives. Les enfants qui s'adonnaient à cette activité étant tous âgés de moins de quatre ans et dotés de la coordination motrice qu'on peut attendre de sujets aussi jeunes, faire des bijoux, pour eux, c'était essentiellement laisser échapper plus de perles qu'ils n'en enfilaient ; après quoi, la frustration aidant, ils les laissaient s'éparpiller au lieu de les ranger dans leurs casiers.

Ness n'était pas douée pour ce travail. Elle commença par ronchonner lorsqu'il lui fallut crapahuter sur le lino pour récupérer les perles. Puis elle abattit son poing sur la table lorsque, le bras levé, une petite fille prénommée Maya fit mine de lancer une autre poignée de perles à travers la pièce. Finalement, elle se mit à jurer.

— Faites chier, les mômes, merde. Si vous pouvez pas tenir ces putains de perles, je vois pas comment vous allez pouvoir les enfiler. Comptez pas sur moi pour jouer à ce jeu de cons.

Là-dessus, elle se mit en devoir de rassembler casiers, fils et ciseaux à bout rond.

Les enfants émirent des cris de protestation, ce qui fit sortir Majidah de la cuisine. Elle observa la scène un moment, entendit les jurons de Ness. Elle traversa la pièce à grandes enjambées pour mettre un terme à l'activité, mais pas comme Ness l'aurait souhaité. Elle voulut savoir ce que Miss Campbell s'imaginait qu'elle faisait à jurer devant des oreilles innocentes. Sans attendre de réponse, elle ordonna à Ness d'aller l'attendre dehors, où elle lui dirait sa façon de penser.

Ness en profita pour allumer une cigarette. Ce qu'elle fit avec le plus grand plaisir. Elle n'était pas censée fumer aux abords de la garderie. C'était contraire au règlement. Elle avait protesté à plusieurs reprises, disant à Majidah que les parents de ces gosses fumaient en leur présence – quand ils ne s'adonnaient pas à des activités nettement plus répréhensibles – et qu'elle ne voyait pas pourquoi elle ne pourrait pas cloper si elle le désirait. Majidah avait refusé de discuter. Le règlement était le règlement. Hors de question d'y faire la moindre entorse.

Ness s'en fichait. Elle se fichait même de tout. Elle détestait travailler à la garderie, elle détestait les règlements, elle détestait Majidah, elle détestait la vie. Elle était aux anges quand Majidah – après avoir remis les enfants au travail avec des perles plus grosses, cette fois – la rejoignit dehors, enveloppée dans un manteau, plissant les yeux à la vue de Ness qui inspirait voluptueusement la fumée de ses Benson & Hedges interdites. Ça t'apprendra, salope, songea Ness. Tu vas voir ce que ça fait, d'être vénère.

Majidah n'avait pas élevé six enfants pour se laisser décontenancer par l'attitude de Ness. Elle n'avait pas non plus l'intention de lui parler de sa transgression pour l'instant. Elle dit à Ness que, comme elle était incapable de travailler avec les enfants, elle pouvait nettoyer les carreaux, qui en avaient cruellement besoin.

Ness n'en crut pas ses oreilles et la fit répéter. Laver les vitres ? Par cette saloperie de temps ? Primo, il faisait trop froid, putain ; deuxio, il allait tomber des cordes avant la fin de cette journée de merde, alors pas question de décrasser ces vitres à la con.

Pour toute réponse, Majidah rassembla le matériel nécessaire. Elle lui donna ensuite des instructions sur la façon de procéder, comme si elle n'avait pas entendu un mot de ce que Ness venait de dire. Il fallait procéder par étapes. Trois étapes étaient nécessaires. Ainsi que de l'eau, du produit détergent, un tuyau d'arrosage, des journaux et du vinaigre blanc. Ness devait nettoyer l'intérieur et l'extérieur des carreaux, après quoi elles parleraient de son avenir à la garderie.

— Rien à foutre d'un avenir dans ce putain d'endroit, hurla Ness tandis que Majidah regagnait le bâtiment. Vous avez rien d'autre à dire ?

Majidah avait des tas de choses à dire, mais pas à une adolescente dans cet état de nerfs.

— On parlera quand les vitres seront propres, Vanessa.

Comme Ness se rebiffait :

— Je suis pas obligée de rester, je peux me barrer. Rentrer chez moi.

Majidah lui dit avec sérénité :

— C'est à toi de décider.

Cette sérénité fit à Ness l'effet d'une claque. Elle se promit de dire son fait à Majidah à la première occasion. Elle avait hâte de lui déballer ce qu'elle avait sur le cœur ; en attendant, elle affûterait ses répliques et montrerait à cette chieuse des carreaux d'une propreté qu'elle ne serait pas près d'oublier.

Elle arrosa, frotta, astiqua. Et cela tout en fumant. A l'extérieur de la garderie, du moins. Elle n'eut pas le courage de continuer lorsqu'elle en vint à nettoyer l'intérieur des fenêtres. A la fin de la journée – les vitres étincelantes, les enfants partis, les premières gouttes de pluie commençant à tomber comme Ness l'avait prédit –, elle avait tenu une conversation mentale de quatre heures avec la Pakistanaise et brûlait d'en découdre verbalement avec elle.

L'occasion se présenta lorsque Majidah inspecta les carreaux. Elle prit tout son temps. Les passa en revue les uns après les autres, sans se soucier de la pluie qui les éclaboussait.

— Beau travail. Tu as bien recyclé ta colère.

Ness n'était pas décidée à reconnaître qu'elle était en rogne. La lèvre boudeuse, elle dit :

— Tu parles ! Je suppose que j'ai une carrière exceptionnelle devant moi. Laveuse de carreaux, le top.

— Ce n'est pas si mal quand on considère le nombre de vitres qui ont besoin d'être nettoyées dans cette ville, non ?

Ness souffla de frustration. Elle voulut savoir s'il y avait quoi que ce soit que Majidah ne parvienne pas à positiver ; ça commençait à la saouler d'être obligée de se farcir ce putain de rayon de soleil jour après jour.

Majidah réfléchit un instant avant de parler car elle aussi attendait le moment d'avoir une conversation avec Ness, même si cette conversation n'était pas celle que Ness aurait voulu avoir avec elle.

— Mon Dieu, n'est-ce pas une qualité appréciable dans la vie ? N'est-ce pas là la chose la plus importante à apprendre si l'on veut survivre aux déceptions ?

Ness salua d'un petit bruit de bouche railleur les paroles de l'Asiatique.

Majidah prit place à l'une des tables miniatures, fit signe à Ness de s'asseoir en face d'elle et lança :

— Tu veux bien me dire ce qui ne va pas ?

Les lèvres de Ness allaient former le mot « rien ». Mais elle ne parvint pas à le prononcer. Au lieu de cela, l'air doux qu'affichait toujours Majidah malgré les efforts de Ness pour la faire sortir de ses gonds l'incita à dire la vérité avec un air d'indifférence qui ne trompa personne. Elle était allée voir Fabia Bender à son bureau. Elle voulait suivre un cours au Kensington & Chelsea College – cours qui déboucherait sur une vraie carrière. Rien à voir avec le lavage de vitres ou l'enfilage de perles. Seulement le cours s'était avéré coûter plus de six cents livres et où Ness allait-elle se procurer une somme pareille, à moins de faire le trottoir ou de braquer une banque ?

— De quel genre de cours s'agit-il ?

Ness refusa de le dire. Elle pensait que, en admettant vouloir devenir modiste, elle se trahirait. Elle croyait que ce serait admettre qu'un certain nombre de choses avaient changé dans sa vie ; or pas question de reconnaître ce changement.

— Ben quoi, j'étais pas supposée me trouver une carrière ? J'étais pas censée faire quelque chose de moi-même ?

— Il y a de l'amertume dans ta voix. Dis-moi ce que l'amertume t'apporte de bon. Pour toi, la vie n'est qu'une succession de déceptions. Cette façon de réagir t'empêche de voir que, si une porte se ferme, une autre s'ouvre.

— Ben voyons.

Ness se leva.

— Je peux y aller ?

— Ecoute-moi, Vanessa. C'est en amie que je veux te parler. Si comme tant d'autres tu te débats dans le désert de la colère et de la déception, tu passeras à côté des occasions que Dieu te présentera. La colère et la déception nous aveuglent, mon petit. Ou alors elles nous distraient. Elles nous empêchent de garder les yeux ouverts car, quand on se met en rage, on louche, et on ne peut pas distinguer ce qui nous entoure. Si au contraire nous acceptons ce que le moment présent nous offre, si nous avançons coûte que coûte, exécutant les tâches qui nous sont proposées, nous avons la sérénité nécessaire pour être un observateur. Et c'est cette attitude d'observateur qui nous permet de reconnaître ce à quoi nous sommes destinés.

— Ouais ? dit Ness sur un ton ironique qui annonçait la suite. Ça a marché pour vous, Majidah ? La vie a décidé que vous pouviez pas être ingénieur, alors vous avez gardé les yeux ouverts, vous avez avancé, et vous vous êtes retrouvée ici ?

— Je me suis retrouvée avec toi, dit Majidah. Pour moi, telle était la volonté de Dieu.

— Je croyais que vous autres vous disiez Allah, se moqua Ness.

— Allah. Dieu. Le Seigneur. Le sort. Le karma. Peu importe. C'est la même chose, Vanessa.

Majidah garda un instant le silence ; observant, comme elle le faisait depuis que Vanessa travaillait à la garderie. Elle voulait lui transmettre les leçons apprises au long d'une vie difficile. Dire à Ness que ce ne sont pas les circonstances qui comptent mais ce que l'on en fait : les choix, les résultats, les connaissances qui en découlent. Mais elle s'abstint, sachant que, dans son état d'esprit actuel, Ness ne serait pas capable de l'entendre. Aussi dit-elle :

— Tu es à un moment décisif, ma petite. Que veux-tu donc faire de toute cette amertume, je te le demande.

Le cran d'arrêt une fois remis à Cal, Joel n'avait plus qu'une chose à faire : attendre que la Lame lui donne signe de vie. Les jours s'étirèrent, les semaines s'écoulèrent dans l'expectative. Toby et lui cherchaient des endroits où se mettre à l'abri le cas échéant tout en vaquant à leurs occupations. Ils marchaient vite et continuaient de jouer à se cacher des chasseurs de têtes au moindre signal de Joel.

Ils étaient sur le pont qui enjambe le canal quand les choses changèrent. Ils s'étaient postés là pour admirer une péniche pimpante qui se dirigeait vers Regent's Park. Toby évoquait la présence possible de pirates à bord lorsque Joel aperçut une silhouette qui s'approchait, venant de Harrow Road.

Joel la reconnut : c'était Greve, principal homme de main de Neal Wyatt. Automatiquement, Joel chercha des yeux Neal et les autres membres de sa bande. Aucun d'eux n'était dans les parages, et les poils de la nuque de Joel se hérissèrent. Il se tourna vers Toby :

— File à la péniche. Allez, mec. Surtout tu bouges pas. T'attends que je t'appelle, tu piges ?

Toby ne comprit pas tout de suite. Il crut que Joel parlait de la péniche qui, à cet instant précis, passait sous le pont, un barbu à la barre, une femme arrosant de magnifiques plantes en pot.

— La péniche, répéta Joel. Les chasseurs de têtes, Tobe. Tu captes ? Attends que je te donne le feu vert. T'entends ?

Cette fois, Toby comprit. Il se rua vers l'escalier métallique, qu'il descendit en courant. Le temps que Greve ait atteint le pont, Toby sautait sur la péniche abandonnée. Elle oscilla imperceptiblement sur l'eau tandis qu'il se dépêchait de rallier sa cachette au milieu des poutres mises au rebut.

Greve rejoignit Joel près de la rambarde. Il contempla le fleuve puis braqua les yeux sur Joel avec une grimace. Joel se dit qu'il venait lui chercher querelle, mais, quand Greve prit la parole, ce fut seulement pour lui répercuter un message. Neal Wyatt souhaitait avoir un entretien avec lui. Si Joel était intéressé, il pouvait retrouver Neal au terrain de football en contrebas dans dix minutes. Sinon, tant pis pour lui.

— Il s'en fout, dit Greve avec une indifférence laissant supposer que l'idée d'un entretien ne venait pas de Neal.

Cela en disait long. Joel eut l'impression que la Lame avait devancé la demande qu'il comptait formuler, et cela ne le surprit pas. Ce mec avait démontré plus d'une fois qu'il n'ignorait rien de ce qui se passait dans le quartier. C'était d'ailleurs en partie de là qu'il tirait son pouvoir.

Joel fit un rapide calcul : dix minutes, puis l'entretien qui en prendrait encore dix. Il pensa à Toby, seul sur la péniche pendant ce temps. Il ne voulait pas l'emmener pour parler avec Neal, mais il ne voulait pas non plus que Toby révèle sa présence à leurs ennemis au cas où il s'agirait d'un piège. Il balaya les environs du regard : personne ne traînait dans le coin. Il n'y avait que Greve, qui dit non sans impatience :

— Alors, qu'est-ce que tu décides, *man* ?

Joel répondit qu'il retrouverait Neal dans dix minutes. Il serait au terrain de football, et Neal ferait bien de s'y pointer.

Greve lui adressa une nouvelle grimace. Il quitta le pont et repartit par où il était venu.

Lorsqu'il fut hors de vue, Joel descendit en vitesse l'escalier et s'approcha de la péniche abandonnée.

— Tobe. Bouge pas. Tu m'entends ?

Il attendit que la voix désincarnée chuchote en retour. Puis :

— Je reviens. Attends que je t'appelle pour sortir. Faut que j'aille dire un mot à un mec. D'accord ?

— D'accord, chuchota-t-on en réponse.

Avec un coup d'œil alentour pour s'assurer qu'on ne l'avait pas vu parler à la péniche, il s'éloigna.

Il traversa Meanwhile Gardens, remonta Elkstone Road au trot. Une fois au terrain de foot, il constata que la municipalité avait recouvert d'une couche de peinture les œuvres des tagueurs locaux – comme elle avait coutume de le faire une fois par an –, leur fournissant ainsi une nouvelle toile où déployer leurs talents. Une pancarte récemment mise en place menaçait de poursuites les auteurs de déprédations. La pancarte avait déjà été taguée à la peinture rouge et noire du surnom « ARK ». Joel se dirigea vers l'entrée située à l'autre bout du terrain. Il descendit les marches. Aucune trace de Neal.

Joel n'était pas très à l'aise à l'idée de retrouver Neal dans cet endroit. Une fois à l'intérieur, comme le terrain se trouvait à quelque deux mètres cinquante plus bas que le niveau du trottoir, une personne s'y tenant ne pouvait être vue de la rue, à moins de se placer au milieu ou à moins qu'un piéton – et ils étaient peu nombreux par ce temps d'automne pluvieux – ne se penche par-dessus la grille.

Joel trouva qu'il faisait anormalement froid. Lorsqu'il gagna le milieu du terrain, il eut l'impression qu'un brouillard humide montait du sol et lui enveloppait les jambes. Il se mit à battre la semelle pour se réchauffer, fourra les mains sous ses aisselles. A cette époque de l'année, le peu de lumière existant se dissipait rapidement. Les ombres projetées par les murs s'enfonçaient de plus en plus dans le terrain, rampant au milieu des mauvaises herbes qui jaillissaient des crevasses du bitume.

Le temps passant, Joel se demanda tout d'abord s'il était bien au bon endroit. Il y avait en effet un autre terrain de foot – derrière la tour Trellick –, mais il n'était pas en contrebas de la rue comme celui-ci. Or Greve avait bien précisé « le terrain en contrebas ».

Joel commença à douter. A deux reprises, il entendit approcher quelqu'un, et ses muscles se raidirent. Mais, les deux fois, les pas s'éloignèrent, laissant derrière eux leur écho et l'odeur âcre de la fumée de cigarette.

Joel se mit à faire les cent pas. Il se mordit le pouce. Se demanda quoi faire.

Ce qu'il voulait, c'était la paix : de l'esprit et du corps. C'est pourquoi, à la suite de son message à la Lame et du manque d'intérêt que Neal lui avait manifesté ces derniers temps, il avait sauté sur le mot « entretien ». Mais il commençait à se dire qu'il avait agi bêtement. Il s'était mis en danger en se rendant dans ce lieu. Il était seul, sans arme, sans protection. S'il lui arrivait quoi que ce soit, il ne pourrait s'en prendre qu'à lui-même. Tout ce que Neal et sa bande avaient à faire, c'était sauter par-dessus la clôture et le coincer. Il serait dans l'impossibilité de s'échapper, il serait cuit.

Joel sentit ses intestins se liquéfier. Un bruit de pas rêches ne fit qu'aggraver les choses. Le couvercle d'une poubelle claquant dans une ruelle le fit sursauter. Il comprit que Neal souhaitait qu'il soit dans cet état de nerfs, à attendre, à se ronger les sangs. Faire de Joel une boule d'angoisse donnerait à Neal l'impression d'être un caïd qui contrôlait la situation. Cela lui donnerait l'occasion de...

L'occasion. A cette pensée, Joel comprit. Ce mot lui traversa l'esprit, éclairant d'un seul coup la situation. Il se rua hors du terrain tel un renard poursuivi par la meute. Il comprit qu'il avait été stupide. Par manque d'attention. C'était ainsi que les gens mouraient.

Il se précipita au coin de la rue, prit la direction des voies de chemin de fer. Avec la grande tour Goldfinger pour point de repère, il fila vers la cité d'Edenham. Il savait ce qui se passait, mais il ne voulait pas y croire.

Il entendit les premières sirènes dans Elkstone Road avant de voir quoi que ce soit. Lorsqu'il distingua quelque chose, ce furent d'abord les lumières, celles des gyrophares enjoignant aux véhicules des usagers de laisser passer les pompiers. Le camion des pompiers lui-même était garé sur le pont au-dessus du canal. Une lance d'incendie serpentait le long de l'escalier. Mais l'eau n'en jaillissait pas encore. L'incendie consumait allègrement la péniche abandonnée. On l'avait détachée en y mettant le feu et elle flottait au milieu du canal tandis que de la fumée s'en échappait en bouillonnements épais, formant un nuage à l'odeur fétide évoquant celle d'un rot d'ivrogne.

Partout des curieux ; sur le pont, sur le chemin de halage. Les gens observaient ce qui se passait depuis la piste de skate et même derrière la grille de la garderie.

Tout en s'approchant, Joel se mit en quête de Toby. Il l'appela, cria son nom, se fraya un passage à travers la foule. Il vit alors pourquoi les pompiers n'avaient pas commencé à envoyer de l'eau sur les flammes.

Un pompier tenait l'extrémité du tuyau pointé tandis qu'un de ses collègues était enfoncé jusqu'à la poitrine dans l'eau grasse du canal. Le second pompier – sa veste de protection abandonnée sur le chemin de halage – se dirigeait vers la péniche, une corde autour de l'épaule. Plus précisément vers la partie qui n'était pas en feu. Où était recroquevillée une petite forme.

— Toby ! hurla Joel. Toby ! Tobe !

Mais, avec tout ce remue-ménage, Toby n'entendait pas les cris de Joel. Les flammes faisaient craquer le vieux bois sec, les gens lançaient des encouragements aux hommes du feu, une radio caverneuse dans le camion des pompiers hurlait spasmodiquement des ordres, et tout autour résonnait un brouhaha de voix que déchira le hululement d'une sirène de police s'arrêtant sur le pont.

Joel se maudit d'avoir fourni une occasion pareille à Neal Wyatt : Toby avait couru se cacher comme on le lui demandait, et cette cachette était devenue un piège par la ruse de Neal et de sa bande. Fin de l'histoire. Joel chercha en vain des yeux l'artisan de son malheur, tout en sachant pertinemment que Neal et ses acolytes, leur mauvais coup fait, devaient avoir décampé. Mauvais coup qui n'avait pas eu pour cible Joel – lequel pouvait se défendre – mais son petit frère qui ne comprendrait jamais ce qui faisait de lui un souffre-douleur idéal.

Dans le canal, le pompier atteignit la péniche et s'y hissa. De l'endroit où il s'était réfugié, Toby regarda cette apparition surgir des profondeurs. Il aurait pu le prendre pour l'un des chasseurs de têtes qu'on lui avait dit de redouter – ou même pour l'incarnation de Maydarc venu du pays de Sose pour le retrouver – mais il sentit que le vrai danger venait de l'incendie et non de l'homme à la corde. A quatre pattes, il se rapprocha du sauveteur. Le pompier attacha un filin à la péniche pour l'empêcher de flotter le long du canal en une masse de feu, puis il attrapa Toby lorsque l'enfant l'eut rejoint. Une fois qu'il l'eut mis hors de danger, il cria à ses camarades restés dans la voiture d'envoyer l'eau. Un cri de joie jaillit de la foule tandis que l'eau s'échappait de la lance en un jet puissant.

Tout aurait été pour le mieux dans le meilleur des mondes si la vie avait été un film de cinéma. L'arrivée de la police empêcha qu'il en soit ainsi. Ils furent auprès de Toby avant Joel. L'un des flics empoigna le gamin par le col de son blouson dès que le sauveteur l'eut déposé sur la terre ferme. Visiblement, il allait l'interroger, et Joel se précipita pour s'interposer.

— ... t'as mis le feu, petit ? disait l'un des constables. Réponds.

— Non ! hurla Joel, rejoignant Toby. Il était caché, dit-il aux policiers. Je lui avais dit de se cacher sur la péniche.

Les yeux comme des soucoupes, tremblant mais soulagé que Joel soit enfin là, Toby répondit à son frère et non au flic, ce qui ne dut guère plaire à ce dernier.

— J'ai fait ce que tu m'as dit. J'ai attendu que tu me dises de sortir.

— « J'ai fait ce que tu m'as dit » ?

Cette fois le constable attrapa Joel par le bras ; il tenait les deux gamins.

— C'est toi le responsable, alors. Comment tu t'appelles ?

— Je les ai entendus, Joel, poursuivit Toby. Ils ont lancé quelque chose sur la péniche. Ça sentait.

— Un accélérant, dit une voix masculine.

Puis, se tournant vers le canal, cette même voix aboya :

— Voyez si ces gosses n'ont pas laissé sur la péniche un chiffon imbibé d'essence ou un truc quelconque qui aurait fait démarrer l'incendie.

— Hé ! s'exclama Joel. J'y suis pour rien. Mon frère non plus. Il sait même pas craquer une allumette.

Le keuf leur lança un ordre inquiétant :

— Venez.

Et il les entraîna vers l'escalier métallique.

Toby se mit à pleurer.

— Hé ! protesta Joel. C'est pas nous qui... J'étais même pas là, vous avez qu'à demander... Demandez aux skateurs. Ils vous diront...

— Garde ta salive pour le commissariat, lui renvoya le flic.

— Joel, je me suis caché, geignit Toby. Comme tu l'avais dit.

Ils atteignirent la voiture pie. La portière arrière était ouverte. Un Asiatique âgé parlait d'un ton insistant à un second constable qui s'asseyait au volant. Tandis qu'on faisait monter Joel et Toby dans le véhicule, il dit :

— Ce garçon n'a pas mis le feu à la péniche ! De ma fenêtre, là, au-dessus du canal, j'ai tout vu. Ils étaient cinq, ils ont arrosé le bateau avec quelque chose qui était dans une boîte de conserve. Ils ont mis le feu. Ils ont détaché la péniche. J'ai été témoin. Mon ami, écoutez-moi. Ces deux gamins n'ont rien à voir avec l'incendie.

— Vous ferez votre déposition au commissariat, Gandhi, répliqua le conducteur.

Il ferma sa portière, empêchant le vieillard de protester davantage, et enclencha une vitesse alors que son collègue s'installait à côté de lui et tapait de la main sur le toit pour lui faire comprendre qu'ils pouvaient démarrer.

Joel se dit que ces deux hommes avaient vu beaucoup trop de séries policières américaines à la télé. A voix basse, il dit à son frère en larmes :

— Pleure pas, Tobe. Ça va s'arranger.

Il était conscient que des dizaines d'yeux les scrutaient. Cependant il se força à garder la tête haute, non parce qu'il voulait faire le fier, mais parce qu'il cherchait au milieu des badauds le seul qui comptât pour lui. Mais Neal Wyatt ne se trouvait pas parmi eux.

Au commissariat de Harrow Road, on fit pénétrer Joel et Toby dans une salle d'interrogatoire surchauffée, où quatre chaises vissées au sol étaient disposées deux par deux de part et d'autre d'une table. Sur la table, elle aussi vissée au sol, un gros magnétophone et un bloc attendaient. On ordonna aux garçons de s'asseoir. La porte fut fermée, mais pas à clé – ce qui donna de l'espoir à Joel.

Toby avait cessé de pleurer, mais on sentait qu'il ne demandait qu'à remettre ça. Il avait les yeux écarquillés et s'agrippait à la jambe du jean de Joel.

— J'étais caché, chuchota Toby. Mais ils m'ont trouvé, Joel. Comment ça se fait qu'ils m'ont trouvé ?

Ne sachant comment expliquer la chose, Joel dit simplement :

— T'as fait ce que je t'avais dit, Tobe. T'as bien fait.

Sur ces entrefaites, Fabia Bender arriva. Accompagnée d'un Noir costaud en costume de ville. Elle se présenta, présenta son compagnon, le sergent August Starr. Ils allaient pour commencer noter les noms des garçons. Ils auraient besoin de contacter leurs parents.

N'ayant jamais rencontré les deux autres Campbell, Fabia Bender s'empara du bloc une fois qu'elle se fut assise avec Starr. Elle prit un stylo. Mais, quand Joel lui eut dit leur nom, elle n'écrivit rien.

— Vous êtes les frères de Vanessa Campbell, c'est ça ?

Et, comme Joel faisait signe que oui, elle ajouta :

— Je vois.

Pensive, elle contempla le bloc et, avec le stylo, tapota dessus. Le sergent Starr la regardait, interloqué, car dans ces moments-là Fabia Bender n'était pas du genre à hésiter. Il s'adressa alors aux garçons :

— Qui sont vos parents ? Où sont-ils ?

— Maman est à l'hôpital, dit Toby, encouragé par le ton amical des adultes et ne comprenant pas que celui-ci était destiné à lui tirer les vers du nez et non à faire ami-ami avec lui – aussi assoiffé d'amitié fût-il. Elle met des plantes en pot. Elle parle à Joel, mais pas à moi. J'ai mangé sa barre Aero.

— On vit chez...

Fabia Bender interrompit Joel.

— Ils vivent chez leur tante, August. Je travaille avec leur sœur depuis quelques mois.

— Des problèmes ?

— Elle fait des heures de TIG. C'est la fille qui a agressé une passante dans la rue...

Soupir d'August Starr, puis :

— Vous n'avez pas de père ?

— P'pa s'est fait tuer devant le pub, lui apprit Toby. J'étais petit. On a habité chez mamie, mais maintenant elle est à la Jamaïque.

— Tobe, glissa Joel sur le ton de l'avertissement.

Pour lui, la loi de la survie était simple. Il n'était pas question d'adresser la parole aux flics. Ces gens-là n'étaient pas bien intentionnés à leur égard parce qu'ils étaient passés de l'autre côté et qu'ils avaient oublié comment c'était dans la vraie vie. En regardant le sergent Starr et Fabia Bender, Joel se disait que, pour eux, l'histoire était simple. La mort de Gavin Campbell n'était qu'un exemple parmi tant d'autres du comportement des Noirs, de ce qu'ils avaient l'habitude de faire : ils passaient leur temps à se castagner, se planter, bref se tuer dans la rue pour des histoires de dope.

Joel avait réussi à faire taire Toby, et il n'avait pas l'intention d'ouvrir davantage la bouche. Quant à Fabia Bender, elle disposait des infos qui lui étaient nécessaires étant donné qu'elle connaissait Ness. Elle se carra dans son siège pour faire son boulot, c'est-à-dire assister à l'interrogatoire qu'allait conduire Starr.

Bien que l'ignorant, Joel et Toby avaient de la chance de l'avoir pour interlocuteur. Joel pensait peut-être avoir en face de lui un type qui avait retourné sa veste et était plein de préjugés sur ceux de sa race. La vérité, c'est que le sergent Starr estimait avoir devant lui deux gamins qui avaient besoin de son aide. Il savait que leur physique – sans parler du comportement de Toby – ne leur facilitait pas la vie. Mais il savait également que des gosses à qui on menait la vie dure pouvaient être amenés à faire de grosses bêtises. Il lui fallait aller au fond des choses avant d'échafauder un plan pour leur venir en aide. Malheureusement, du fait de son conditionnement, Joel n'était pas en mesure de comprendre cette approche.

Le sergent mit le magnétophone en marche, indiquant l'heure, la date et le nom des personnes présentes. Puis, se tournant vers Joel, il lui demanda ce qui s'était passé.

— Ne mens pas, ajouta-t-il.

Il devinait toujours quand on lui racontait des salades.

Joel lui livra une version expurgée de l'histoire, se gardant bien de mentionner des noms. Il s'était rendu au terrain de foot de Wornington

Road pour rencontrer des mecs mais il s'était sans doute embrouillé dans l'heure du rendez-vous parce que les types lui avaient fait faux bond. Il était retourné à Meanwhile Gardens et c'est là qu'il avait vu la péniche en flammes.

Quand on lui demanda ce que Toby fabriquait sur la péniche, il dit la vérité. Il avait demandé à Toby de l'y attendre. Il arrivait que les jeunes du voisinage le harcèlent et il voulait que le petit soit en sécurité. Il ajouta qu'un Asiatique avait essayé d'expliquer tout ça aux keufs, sur le pont, mais que ces derniers l'avaient envoyé paître. Tout ce qu'ils voulaient, c'était conduire Joel et Toby le plus vite possible au poste de Harrow Road. Où ils se trouvaient maintenant. Voilà.

Hélas, Joel n'avait pas vu venir la question suivante de Starr : quels étaient les noms des types qu'il devait rencontrer sur le terrain de foot ?

— Pourquoi vous voulez le savoir ? Je viens de vous dire...

Fabia Bender l'interrompit pour lui expliquer la procédure : ils voulaient que quelqu'un confirme l'histoire de Joel. Ce n'était pas parce que le sergent ne croyait pas aux déclarations de Joel. C'était simplement la procédure quand un délit avait été commis. Joel le comprenait, n'est-ce pas ?

Joel ne comprenait que trop bien. Comme les autres gamins de son âge, il avait été nourri aux séries policières où les flics essayaient toujours de coincer les voyous. Mais il comprenait aussi qu'il y avait plus important que de donner le nom de celui qui avait mis le feu à une péniche abandonnée : s'il balançait Neal Wyatt, il ne ferait qu'aggraver les choses.

Alors il se tut. Il savait que Toby ne risquait pas de le trahir car ce dernier ignorait les noms des mecs en question.

— Tu veux réfléchir un moment ? dit aimablement Starr. Il y a eu destruction de propriété privée, tu comprends ?

— La péniche, elle était abandonnée, objecta Joel. Ça faisait un temps fou qu'elle était là.

— Elle appartient forcément à quelqu'un. On ne peut pas laisser les gens mettre le feu aux biens d'autrui, quel que soit l'état dans lequel ils se trouvent.

Joel contempla ses mains, croisées sur la table.

— J'y étais pas. J'ai vu que dalle.

— Voilà qui ne va pas spécialement arranger tes affaires, Joel, dit Starr.

Il indiqua l'heure pour le magnétophone, qu'il arrêta. Il annonça à Joel qu'il allait lui accorder un peu de répit et ajouta à l'intention de Fabia Bender qu'il la laissait avec les garçons le temps de passer quelques coups de fil. A son retour, peut-être que Joel aurait des choses à lui raconter.

Près de Joel, Toby geignit tandis que le sergent sortait.

— T'inquiète, *man*, le rassura Joel. Il peut pas nous garder ici. Et il veut même pas nous garder.

— Mais, intervint Fabia Bender, il peut décider de te remettre entre mes mains, Joel.

Elle marqua une pause le temps de laisser pénétrer le « te remettre entre mes mains ».

— Tu as autre chose à dire concernant les événements ? Ça restera entre nous. Tu peux me faire confiance, d'ailleurs le magnéto est éteint.

Joel songea que c'était le coup classique du flic sympa faisant équipe avec le flic peau de vache. A eux deux, ils jouaient au jeu de la carotte et du bâton. Ça marchait peut-être avec d'autres, mais Joel n'était pas décidé à se laisser avoir.

— Je vous ai dit ce qui était arrivé.

— Ecoute, Joel, si on vous persécute, ton frère et toi...

— Quoi ? Qu'est-ce que vous voulez faire ? En toucher un mot à quelqu'un ? Les cadrer ? De toute façon, on nous cherche pas d'emmerdes. Je vous ai dit ce qui s'était passé. Et cet Asiate aussi, il leur a dit. Interrogez-le si vous me croyez pas.

Fabia Bender l'examina ; il y avait tellement de vrai dans ce qu'il venait de dire... Les ressources étaient si rares, il y avait tellement de gens qui en avaient besoin. Que pouvait-elle faire ?

— J'aimerais qu'on en finisse avec ça tout de suite.

Joel haussa les épaules. Il n'y avait qu'une façon d'en finir. Certainement pas avec une Blanche dans un commissariat de police.

Fabia Bender se leva, comme le sergent avant elle.

— Il va falloir que je passe quelques coups de fil, moi aussi. Vous attendrez ici. Vous voulez qu'on vous apporte quelque chose ? Un sandwich ? Un Coca ?

— Est-ce que je peux... ? amorça Toby, plein d'espoir.

— On veut rien, coupa Joel.

Fabia Bender les laissa pour aller téléphoner. Les coups de fil, cela suggérait des dispositions à prendre. Joel évita d'y penser. Tout allait bien se passer. Le tout, c'était de ne pas craquer.

Lorsque la porte se rouvrit, ce fut le sergent qui entra avec ces paroles surprenantes : les garçons pouvaient s'en aller. Miss Bender les ramènerait chez leur tante. Un certain Ubayy Mochi s'était présenté au poste. Il avait vu de chez lui ce qui s'était passé. Son récit corroborait celui de Toby.

— Je ne veux plus te revoir ici, dit Starr à Joel.

— Viens, Tobe, dit Joel. On se casse.

Fabia Bender les attendait à la réception, emmitouflée dans une veste de tweed et une écharpe, un béret sur la tête. Elle leur adressa un sourire compréhensif avant de les entraîner dehors, où ses deux chiens montaient la garde au pied des marches.

— Castor, Pollux, debout. Venez.

Les chiens obtempérèrent.

Toby resta en arrière. Il n'avait jamais vu d'aussi monstrueuses bêtes.

— Ne t'inquiète pas, le rassura Fabia. Ils sont doux comme des agneaux. Laisse-les renifler tes mains. Toi aussi, Joel. N'est-ce pas qu'ils sont mignons ?

— Vous les emmenez avec vous pour qu'ils vous protègent ? voulut savoir Toby.

— Je les emmène pour qu'ils ne saccagent pas le jardin en mon absence. Ils sont affreusement gâtés.

Sa façon de parler fit comprendre à Joel qu'elle ne lui en voulait pas de ce qui s'était passé au poste. Fabia Bender était une sage. Elle savait quand il convenait de se faire oublier, et l'intervention de Mr Ubayy Mochi lui en avait donné l'occasion. Les Campbell étaient maintenant passés au second rang de ses préoccupations. De toute façon, ce n'était pas la dernière fois qu'elle les verrait.

Bien que Joel lui eût affirmé qu'ils pouvaient parfaitement regagner seuls la boutique, Fabia ne voulut rien savoir. Malgré leurs explications concernant ce qui s'était passé sur la péniche, Fabia ne pouvait s'empêcher de voir en eux des enfants en danger. Leur tante devait être mise au courant, et c'est ce que fit Fabia lorsqu'ils arrivèrent à Sidashop.

Au terme de la visite de Fabia Bender, Kendra dut se décider. Elle choisit Joel. Elle se dit que c'était parce qu'il faisait partie de la famille ; mais, la vérité, c'est que choisir Joel était plus facile. Choisir l'assistante sociale l'aurait obligée à prendre des mesures dans un avenir relativement proche. Or Kendra ne savait à quel saint se vouer.

Joel avait raconté sa version de l'incendie. Fabia Bender, profitant de ce que les gamins caressaient les chiens, lui avait confié la sienne. Qui était différente. S'il était vrai qu'un certain Ubayy Mochi avait corroboré la plus grande partie de ce que Toby et Joel avaient raconté à la police, Fabia sentait que l'histoire ne s'arrêtait pas là. Qu'il y avait autre chose.

Quoi d'autre ? demanda Kendra.

Joel n'était pas en cheville avec un gang, n'est-ce pas ? lui demanda Fabia Bender. Et elle s'empressa de préciser qu'elle se demandait s'il n'avait pas été menacé par un gang, harcelé par un gang, persécuté par un gang. Y avait-il eu d'autres signes inquiétants ? Des problèmes que Mrs Osborne aurait remarqués ?

Kendra connaissait les lois de la rue aussi bien que Joel, mais elle le fit venir malgré tout. Elle lui demanda de lui raconter de nouveau ce qui s'était passé, sans rien omettre, cette fois. Est-ce que tout ça avait un rapport avec les garçons qui l'embêtaient ?

Joel mentit, comme il était censé le faire. La situation avait été réglée, dit-il.

Kendra choisit de le croire. Fabia Bender n'avait donc plus rien à faire, du moins pour le moment. Elle prit congé, laissant Kendra seule avec ses neveux, et encore plus seule avec ses pensées. D'abord Ness, et maintenant ça. Elle n'était pas idiote. Comme Fabia Bender, elle savait que les choses risquaient d'empirer.

Elle soupira. Jura. Elle maudit Glory Campbell d'être partie. Dix D'Court d'avoir disparu de leurs vies. Elle maudit la solitude à laquelle elle aspirait et les complications qu'elle refusait. Elle pria Joel de lui dire toute la vérité maintenant qu'ils étaient seuls. Il mentit de nouveau, et elle s'accrocha à ce mensonge une fois de plus.

Mais elle savait qu'elle s'accrochait à un mensonge et cela la minait. Cherchant un dérivatif, elle se mit à farfouiller dans le magasin. Dans les derniers dons reçus figurait une planche de skate avec une roue un peu défectueuse. Elle en fit cadeau à Toby, façon de s'excuser auprès de lui de la liste de plus en plus longue de difficultés, de peurs et de déceptions qui constituaient sa vie.

Toby vit dans le skateboard un cadeau du ciel. Il voulut s'en servir aussitôt. Pour cela, il fallait redresser la roue voilée. Joel et sa tante s'y employèrent de concert, ce qui les éloigna un peu plus du sujet à traiter, qui demeura en suspens. Mais c'était ainsi qu'ils voulaient que soient les choses : Joel choisissant de mentir, Kendra choisissant de croire la version de Joel.

Elle rapporta tout cela à Cordie lorsqu'elle la retrouva. Prise dans un maelström d'émotions, de désirs et de devoirs conflictuels, elle avait besoin d'une oreille attentive. Tout en se faisant masser dans son minuscule séjour tandis que ses filles barbouillaient un vieux livre de coloriage, Cordie écouta le récit de l'incendie et de tout ce qui avait suivi. Ce qu'elle conclut n'était pas du tout ce à quoi s'attendait Kendra.

Elle dit à Kendra de poursuivre le massage et s'assit, enveloppée dans un drap. Elle regarda son amie d'un œil rusé mais non dénué de sympathie.

— Ken, dis-moi : il t'arrive jamais de penser que t'es dépassée ?

— Qu'est-ce qui te fait dire ça ?

— C'est évident. D'abord Ness, maintenant Joel. C'est déjà pas facile d'élever des mômes à soi dans cette cité. Alors des mômes qu'on vous a collés sur le dos...

Elle marqua un temps d'arrêt, descendit de la table de massage pour aller chercher son paquet de cigarettes. Elle en alluma une, recommanda à son aînée :

— Ne le dis pas à ton père. C'est juste une clope. Ça fait de mal à personne et surtout pas au bébé de se taper une clope.

Puis, requinquée par le tabac, elle retourna auprès de Kendra.

— Ils ont pas besoin d'une planche, les gamins. C'est gentil mais c'est pas ça l'important, et tu le sais.

Pour Kendra, ce fut un coup. Cordie, en apparence si frivole avec ses sorties entre filles et ses roulages de pelle avec des minets dans les coins sombres, avait touché juste. Senti le plus important. Et l'important, ce n'étaient pas seulement l'agression dont Ness s'était rendue coupable et les heures de TIG qu'on lui avait infligées, ni les démêlés de Joel avec les voyous du coin et maintenant avec la police.

— Ces mômes, ils ont besoin d'un parent, d'un vrai, poursuivit Cordie. Et ce qui serait encore mieux, de deux parents.

— J'essaie...

— Ecoute, Ken, coupa Cordie. Te figure pas que ça soye un péché de penser que tu peux pas t'en sortir seule sans personne pour te filer un coup de main. Tout le monde est pas censé se coller un poids pareil sur le dos. C'est pas un péché de le reconnaître. C'est pas parce qu'une femme a la plomberie pour, qu'elle doit l'utiliser.

L'argument fit mal à Kendra, pour des raisons qui n'avaient rien à voir avec les Campbell.

— La plomberie, je l'ai même pas, rappela Kendra à son amie.

— Y a p't'êt' une raison, Ken.

C'était une chose à laquelle Kendra avait pensé plus d'une fois depuis qu'elle avait hérité des Campbell. Elle ne l'avait jamais formulée à voix haute. Ce qui aurait été commettre une trahison innommable. Se transformer en une autre Glory vis-à-vis des enfants. Sinon pire.

— Faut que je trouve un moyen de m'en sortir, Cordie. Pas question que je les mette...

Cordie l'interrompit charitablement.

— Personne te demande de faire ça. Mais faut que tu fasses quelque chose. Les skateboards, c'est sympa, mais ça suffit pas.

Ses choix étaient limités. Ils étaient même pratiquement inexistants. Alors elle se rendit au Falcon. Elle avait délibérément opté pour le pub et non pour la salle de gym. Elle voulait de l'intimité, cette fois. Il y avait des choses à discuter et il fallait que ça se passe dans le calme. Le gymnase était tout sauf calme. Mais le Falcon, ou plutôt le studio au-dessus, l'était.

Dix n'était pas là. L'un de ses colocataires s'y trouvait, en revanche. Il dit à Kendra d'aller au Rainbow Café. Dix y bossait pour donner un coup de main à sa mère. Depuis déjà trois semaines, précisa-t-il. Il n'avait pas de temps pour la muscu.

Kendra crut qu'il s'était blessé à l'entraînement. Mais, lorsqu'elle arriva au Rainbow Café, elle découvrit qu'il n'en était rien. Le père de Dix avait eu une crise cardiaque au café, suffisamment grave pour effrayer sa femme et ses enfants, qui avaient insisté pour qu'il suive les recommandations du médecin : « Cinq mois de repos et de repos sérieux, Mr D'Court. » Le père de Dix, âgé de cinquante-deux ans seulement, avait eu peur, il avait préféré obéir. Mais il fallait que quelqu'un le remplace aux fourneaux.

Le Rainbow Café comportait des tables disposées en L le long de la vitrine et du mur, ainsi qu'un comptoir avec de vieux tabourets pivotants. Lorsque Kendra entra, elle alla droit au comptoir. Comme ce n'était pas l'heure du repas, Dix était derrière et nettoyait la plaque de cuisson avec un grattoir tandis que sa mère mettait des serviettes en papier dans les porte-serviettes qu'elle avait pris sur les tables. Salières et poivrières étaient également alignées sur un plateau devant elle.

Le seul client était une femme d'un certain âge avec du poil au menton. Malgré la chaleur, elle avait gardé son manteau de tweed. Ses bas plissaient sur ses chevilles et elle portait de grosses chaussures. Elle dodelinait de la tête devant une tasse de thé et une assiette de haricots sur toast. Kendra crut y voir l'incarnation de ce qui pourrait être, ce qui lui fit froid dans le dos.

Lorsque Mrs D'Court vit Kendra, elle se souvint aussitôt d'elle, bien qu'elle ne l'eût rencontrée qu'une seule fois. Elle évalua la situation en mère avisée, et ce qu'elle perçut ne lui plut pas du tout.

— Dix, dit-elle.

Lorsqu'il leva la tête, elle lui désigna Kendra du menton. Dix crut qu'il lui fallait aller prendre une commande. Mais, en voyant qui était là, il souffla un bon coup.

La séparation d'avec Kendra avait été pénible. Il l'avait dans la peau. Cela ne lui plaisait pas, mais il avait fini par l'accepter. Il ne savait quel nom donner à ce qu'il ressentait : amour, désir. Un peu des deux. Il ne pouvait l'oublier.

Kendra, de son côté, trouva Dix toujours aussi beau mec. Il lui avait manqué, encore plus qu'elle ne l'avait cru.

Dix n'était pas homme à mentir.

— Toujours la forme, Ken.

— Toi aussi, renvoya-t-elle.

Elle jeta un coup d'œil à sa mère et la salua. La femme lui rendit son salut. Un geste de pure forme. Le visage crispé de Mariama D'Court tenait un tout autre langage.

Dix se tourna vers sa mère, ils communiquèrent en silence. Elle disparut dans une petite pièce au fond, emportant avec elle le plateau chargé de salières et de poivrières, laissant les porte-serviettes.

Lorsque Kendra demanda à Dix depuis quand il bossait au café, il la mit au courant pour son père. Quand elle évoqua son entraînement, il lui rétorqua qu'il y avait des choses qui devaient attendre. Il ne faisait plus que deux heures de muscu par jour ces temps-ci. Attendant que son père soit rétabli. Kendra voulut savoir comment il s'en sortait, avec les concours qui se profilaient et le manque de temps pour les préparer. Il dit qu'il y avait des choses plus importantes que les concours. En outre, sa sœur venait donner un coup de main tous les jours, elle aussi.

Kendra éprouva une bouffée de gêne. Elle ignorait que Dix avait une sœur. Elle était trop mal à l'aise pour poser des questions : était-elle plus âgée ou plus jeune, mariée ou célibataire, etc. Elle eut un hochement de tête et attendit qu'il la questionne sur la vie à Edenham.

Ce qu'il fit. Il voulut savoir comment allaient les enfants ; elle n'en attendait pas moins de lui, elle savait qu'il avait bon cœur. Il se tourna vers la plaque de cuisson pour continuer de la nettoyer. Il paraissait entièrement absorbé par sa tâche.

Elle dit que les enfants allaient bien. Ness faisait ses heures sans rechigner. Toby fréquentait toujours le centre d'apprentissage. Elle avait décidé de ne pas lui faire passer d'autres tests.

Et Joel ? s'enquit Dix.

Kendra attendit pour répondre que Dix se retourne. Elle lui demanda si ça ne le dérangeait pas qu'elle fume, ajoutant qu'elle se rappelait qu'il n'aimait pas trop ça.

Il lui dit de faire comme bon lui semblait. Elle alluma une cigarette.

— Tu lui manques.

— A Joel ?

— Oui.

Elle sourit.

— A moi aussi, ajouta-t-elle. Quand je te vois, j'oublie tout.

— Comment ça ?

— Les raisons pour lesquelles on s'est disputés. Je me rappelle seulement comment c'était, toi et moi. Tu sors avec quelqu'un en ce moment ?

Dix eut un rire étouffé.

— Tu crois que j'ai le temps ?

— T'en as pas envie ? Tu sais ce que je veux dire.

— Ça marche pas comme ça pour moi, Ken.

— Tu es un type bien.

— C'est vrai.

— D'accord. Alors je vais pas tourner autour du pot : je me suis plantée. Je veux que tu reviennes. J'ai besoin de toi. La vie n'a pas de sel sans toi.

— Les choses ont changé.

— Parce que tu travailles ici ? A cause de ton père ? Quoi ? Tu viens de me dire qu'il y avait personne...

— Tu m'as pas répondu concernant Joel.

Et elle n'était pas prête à aborder le sujet. Pas encore.

— On est pareils, toi et moi. On a des rêves, on se bat pour les réaliser. A deux on se bat mieux que seul. Y a ça et tout ce qu'on ressent l'un pour l'autre. Mais peut-être que je me trompe ? Tu ne ressens pas pour moi ce que je ressens pour toi ? Tu n'as pas envie de sortir d'ici, là, tout de suite, et de te retrouver avec moi comme avant ?

— J'ai pas dit ça, Ken.

— Alors parlons-en. Tâchons de voir. Essayons. Je me suis plantée dans les grandes largeurs, Dix.

— Ouais. Je peux pas te donner ce que tu veux.

— Tu me donnais ce que je voulais, avant.

— Je peux pas te donner ce que tu veux maintenant. Je suis pas agent de sécurité, Kendra. Je sais ce que tu veux et je peux pas te le donner.

— Ce que je...

— Tu m'as toujours pas parlé de Joel. Les flics. La péniche en feu. Tu crois que je sais pas ce qui se passe chez toi ? Les choses sont pas tellement différentes de ce qu'elles étaient la dernière fois qu'on s'est parlé. T'as juste des raisons supplémentaires de te ronger les sangs, vu que c'est plus un, mais deux des gosses qui sont dans le collimateur des keufs. Et c'est pas moi qui vais y changer quelque chose. Je peux rien faire pour ça. Je te l'ai dit, je suis pas agent de sécurité.

Kendra aurait voulu se dire qu'il se montrait cruel alors qu'il était honnête. Elle aurait également voulu lui mentir, lui dire que sa démarche n'avait rien à voir avec Joel, et tout avec l'amour et l'avenir qu'ils pourraient se construire. Mais elle était accablée de constater qu'il la connaissait beaucoup mieux qu'elle ne le connaissait. Et accablée que sa mère n'ait pas perdu une miette de la conversation – comme son air satisfait le lui laissa entendre lorsqu'elle sortit de la pièce du fond avec ses salières et ses poivrières.

— Je pensais à la famille qu'on pourrait former.

— Pas seulement, rétorqua-t-il.

20

Kendra songea que les choses n'étaient pas aussi graves qu'elles le semblaient. Comme certaines parties du récit de Joel étaient vraies – corroborées par la déposition d'un certain Ubayy Mochi –, il y avait une chance pour que l'incendie de la péniche n'ait rien à voir avec les jeunes qui plombaient le quotidien de ses neveux. Pour y croire vraiment, il lui fallait fermer les yeux sur d'autres aspects de ce récit – le rendez-vous de Joel avec un garçon avec lequel il s'était plusieurs fois sévèrement frité –, mais elle était prête à le faire. Elle n'avait d'ailleurs pas le choix. Joel refusait d'en dire davantage.

Kendra estimait que la vie allait être un peu plus facile. Le retour de Fabia Bender à Sidashop la détrompa. Miss Bender était venue à pied, accompagnée comme d'habitude de ses deux monstres. Comme d'habitude, ils s'allongèrent par terre lorsqu'ils l'entendirent crier : « Couchés, les chiens. » Ils restèrent là, telles des sentinelles, de part et d'autre de la porte, ce qui irrita fortement Kendra.

— Ils vont faire fuir les clients, bougonna-t-elle tandis que l'assistante sociale refermait la porte.

Il pleuvait et elle portait un ciré d'un jaune vif ainsi qu'un chapeau assorti, de ceux qu'arborent les pêcheurs quand ils affrontent un grain. Drôle de tenue pour Londres mais, bizarrement, pas pour Fabia Bender. Elle retira son chapeau, garda son ciré. Sortit une brochure de sa poche.

— Je n'en ai pas pour longtemps, rassurez-vous, dit-elle à Kendra. Vous vous attendez à ce qu'il y ait foule ? Vous faites des soldes ?

Elle dit cela sans ironie, tout en parcourant la pièce des yeux, à la recherche d'un indice laissant penser que Kendra allait devoir repousser des dizaines de clients se battant pour rafler des chaussures éculées et des jeans de énième main. Elle n'attendit pas la réponse et s'approcha du comptoir où Kendra se tenait près de la caisse, feuilletant un vieux *Vogue* pris sur le présentoir. Elle dit qu'elle avait pensé à Joel. A Ness aussi. Mais essentiellement à Joel.

Kendra s'empressa de demander :

— Ness n'a pas manqué à la garderie ?

— Non, non, s'empressa de la rassurer Fabia. Elle semble donner toute satisfaction.

Elle ne parla pas à Kendra de ses démarches pour que Ness obtienne un diplôme lui permettant de se lancer dans la confection de chapeaux. Cela ne se passait pas aussi bien qu'elle l'aurait espéré : beaucoup de jeunes étaient demandeurs et les crédits étaient limités. Elle posa la brochure sur le comptoir.

— Mrs Osborne, il y a peut-être une solution pour Joel. J'ai retrouvé... Enfin, « retrouvé » n'est pas le mot... Je l'ai sous le coude depuis un bout de temps. Seulement la distance m'avait un peu refroidie. Cela dit, comme il n'existe rien de semblable de ce côté de la Tamise... Bref, c'est un programme spécialement conçu pour les adolescents à problèmes. Tenez.

Elle était venue parler à Kendra de Colossus, un établissement prenant en charge des ados à problèmes. Lequel était financé par des fonds privés et dirigé par un groupe d'enseignants basés à South London. South London, évidemment, c'était un énorme trajet pour un enfant qui habitait au nord du fleuve. Toutefois comme ce genre de structure n'existait pas à North Kensington, il serait peut-être intéressant d'y mettre Joel. Colossus avait d'excellents résultats avec les jeunes comme lui.

Kendra bondit.

— « Les jeunes comme lui » ?

Fabia ne voulait pas l'offenser. Elle savait que la femme qui se tenait de l'autre côté du comptoir faisait de son mieux avec les trois enfants qu'elle avait recueillis, mais la situation n'était pas facile. Elle n'avait aucune expérience en matière d'éducation et apparemment les besoins des enfants dépassaient les capacités d'une adulte ayant une vie professionnelle bien remplie et peu d'expérience. C'était à cause de cela, et non à cause d'une mauvaise graine qui aurait été semée en eux et serait restée en sommeil en attendant le moment propice pour germer, que les enfants s'attiraient des ennuis. Fabia voyait un moyen de leur éviter ces ennuis, et elle entendait l'utiliser.

— J'ai l'impression qu'il y a quelque chose que nous ne voyons pas, à propos de Joel, Mrs Osborne. Ces gens-là, dit-elle en tapotant du doigt la brochure à laquelle Kendra n'avait pas touché, proposent une aide psychologique adaptée, des débouchés, des formations professionnelles, différentes activités... J'aimerais que vous y réfléchissiez. Je suis prête à me rendre là-bas avec vous, et avec Joel, pour leur parler.

Kendra considéra la brochure. Lut l'adresse.

— Elephant & Castle ? Il ne peut pas se rendre là-bas tous les jours. Il faut qu'il aille à l'école. Qu'il me donne un coup de main avec Toby. Il doit...

Elle secoua la tête et fit glisser le prospectus vers l'assistante sociale.

Fabia s'était doutée que la tante de Joel réagirait ainsi ; elle passa donc à la seconde suggestion. Joel, dit-elle, devait avoir un modèle masculin, un mentor, un ami, quelqu'un de plus âgé et de stable qui pourrait lui donner envie de s'intéresser à autre chose qu'à ce qu'on trouvait dans la rue. Kendra pensa aussitôt à Dix. Dix, qui faisait de la muscu ; le gymnase, le body-building. Mais elle ne pouvait répercuter cette suggestion à Dix après s'être humiliée à essayer – de façon détournée et plutôt malhonnête – de lui faire réintégrer leur vie. Il ne restait qu'un autre homme dont l'existence fût connue de Kendra, celui qui faisait des apparitions sporadiques dans l'existence de Joel depuis qu'il était à Holland Park School.

— Il avait des contacts avec un Blanc au collège, dit-elle.

— Ah, oui. Son mentor.

— Il s'appelle Ivan, dit Kendra, s'efforçant de se rappeler son nom de famille.

— Mr Weatherall ? Joel le connaît ?

— Il a assisté à ses soirées poétiques pendant un temps. Il écrivait. Il griffonnait tout le temps dans un cahier. Des poèmes pour Ivan. Ça lui plaisait, je crois.

Fabia se dit que c'était peut-être la solution. Elle connaissait Ivan Weatherall de réputation. Un quinquagénaire blanc excentrique avec un sens des responsabilités sociales qui était rare chez les gens de son milieu. Il venait d'une famille de propriétaires terriens du Shropshire, ce qui aurait pu faire de lui une de ces personnes qui se croient supérieures aux autres parce que leur fortune leur permet de mener une vie partiellement ou totalement consacrée à la futilité. Mais, peut-être parce que la famille avait fait fortune dans l'industrie du gant au XIXᵉ siècle, ses membres avaient une attitude toute différente par rapport à l'argent.

Si l'on pouvait encourager Joel à renforcer les liens avec Ivan Weatherall...

— Je vais téléphoner à l'école, dit Fabia, voir si Mr Weatherall est toujours le mentor de Joel. En attendant, si vous pouviez l'encourager à écrire... Je vais être franche avec vous : cette histoire de poésie, c'est peu. Mais cela pourrait déboucher sur quelque chose. Et il a besoin de faire quelque chose, Mrs Osborne. Comme tous les enfants.

Les besoins des enfants, c'était un sujet épineux pour Kendra. Elle voulait que Fabia Bender s'en aille, aussi lui dit-elle qu'elle ferait tout son possible pour inciter Joel à assister de nouveau aux soirées poétiques de Weatherall. Cependant, lorsque l'assistante sociale quitta le magasin après avoir vissé son chapeau sur sa tête et ordonné aux chiens de la suivre, Kendra se trouva confrontée à un nouveau problème. Si Joel retournait à ces soirées poétiques, il se retrouverait dans la rue la nuit. Et la rue, la nuit, c'était dangereux pour lui. Il fallait agir pour écarter le danger. Kendra se dit qu'il ne lui restait qu'un seul moyen d'y parvenir. Si Dix refusait de l'aider à mettre au pas les jeunes qui pourrissaient la vie de Joel et Toby, il faudrait qu'elle s'en charge.

Lorsque Kendra demanda à Joel le nom de famille du type qui lui faisait des misères dans la rue, Joel comprit ce qu'elle tentait, mais il ne fit pas le lien avec le Club des Mots. Elle refusa de le croire lorsqu'il prétendit ignorer le nom du type avec qui il avait déclaré avoir rendez-vous, alors il fut forcé de lui dire qu'il s'appelait Neal Wyatt. Mais il lui demanda de ne pas s'en approcher. Parler à Neal ne ferait qu'envenimer les choses. De toute façon, tout était rentré dans l'ordre. Il y avait des semaines que Joel ne l'avait pas vu. Ça, c'était un mensonge, mais sa tante ne pouvait pas le savoir. Neal avait gardé ses distances mais il s'était arrangé pour que Joel sache qu'il rôdait dans les parages.

Kendra demanda à Joel s'il mentait, il parvint à dire que non d'un air outragé. Il n'allait pas mentir dès lors qu'il était question de la sécurité de Toby. Sa tante le savait bien. Excellente astuce : Kendra se calma momentanément. Mais Joel savait que les choses n'en resteraient pas là. Ce n'était qu'un répit. Il devait empêcher sa tante de poursuivre son enquête. Il lui fallait également tenir Neal à distance.

Visiblement, la restitution du cran d'arrêt n'avait pas suffi à faire comprendre à la Lame que Joel était digne qu'on s'intéresse à lui. Il faudrait qu'il lui parle personnellement.

Il n'allait pas interroger de nouveau Ness, elle ferait un foin du diable et Kendra risquait d'entendre. Il s'adressa à quelqu'un d'autre.

Il trouva Hibah à l'école, déjeunant avec un groupe de filles, assises en cercle dans le couloir où elles s'étaient réfugiées pour s'abriter de la pluie. Elles parlaient de « cette salope de Mrs Jackson » – une prof de maths – lorsque Joel accrocha le regard de Hibah et lui fit comprendre qu'il désirait lui dire un mot. Elle se leva, ignorant les moqueries que ses copines lui lancèrent en la voyant s'éloigner avec un garçon plus jeune qu'elle.

Joel n'y alla pas par quatre chemins. Il avait besoin de contacter la Lame. Savait-elle où il se trouvait ?

Tout comme Ness, Hibah chercha à savoir ce que Joel voulait à la Lame. Elle n'attendit pas la réponse. Elle lui dit qu'elle ne savait pas où il était, et qu'elle n'était pas la seule dans ce cas.

Puis elle lui demanda de quoi il s'agissait et, répondant astucieusement à sa propre question, elle glissa :

— C'est Neal, hein ? Il te met la pression. La péniche, tout ça.

Cela incita Joel à lui poser une question qui le démangeait. Qu'est-ce qu'elle fabriquait avec une crapule comme Neal Wyatt ?

— Il est pas si mauvais que ça.

Ce qu'elle ne dit pas, et qu'elle n'aurait su exprimer, c'est ce que Neal Wyatt représentait à ses yeux : le pendant moderne de Heathcliff, de Rochester et d'une bonne centaine d'autres ténébreux héros de la littérature. Dans le monde de Hibah, il était le mystérieux héros fuyant et incompris des romans roses, des séries télévisées et des films. Elle était victime du mythe imposé aux femmes depuis l'époque des troubadours : l'amour conquiert tout ; l'amour joue un rôle salvateur ; l'amour supporte tout.

— Je sais que vous vous cherchez, Neal et toi. Mais, à la base, c'est une question de respect.

Joel fit un petit bruit de dérision. Hibah ne s'en formalisa pas et poursuivit :

— Neal est intelligent. S'il voulait, il pourrait faire des études. Aller à la fac. Etre un scientifique. Devenir médecin, avocat. N'importe quoi. Mais t'es pas capable de t'en rendre compte. Et il le sait.

— Ce qu'il veut, c'est diriger une bande.

— Non. S'il est avec les autres types, c'est parce qu'il veut du respect. Et c'est ce qu'il attend également de toi. Du respect.

— Le respect, ça se gagne.

— Ouais. C'est ce qu'il a essayé de...

— Il s'y prend mal, dit Joel, tu peux lui dire de ma part. De toute manière, c'est pas de Neal que je voulais te parler. Mais de la Lame.

Il fit mine de s'éloigner, la laissant avec ses copines, mais Hibah, qui n'aimait pas se brouiller avec les gens et tenait encore moins à se fâcher avec Joel, lui dit :

— Je peux pas te dire où il est, ce mec. Mais Six, elle le sait probablement vu qu'elle est maquée avec un mec, Greve, qu'est pote avec la Lame.

Joel se retourna vers elle. Il avait entendu parler de Six. Mais il ignorait où elle habitait et comment la contacter. Hibah le lui apprit.

— Cité Mozart. Demande autour de toi. Y aura sûrement quelqu'un qui pourra te renseigner.

C'est ce qui se produisit. Quand Joel se rendit à la cité Mozart, il n'eut pas besoin de longtemps pour découvrir l'appartement où Six habitait avec sa mère et quelques-uns de ses frères et sœurs. Six reconnut le nom de Joel, elle le toisa, évalua sa capacité à lui nuire ou à lui être utile, et lui fournit le renseignement qu'il demandait. Elle lui parla d'un squat en bordure de la cité Mozart, niché dans un coin de Lancefield Road, non loin de Kilburn Lane.

Joel attendit qu'il fasse sombre pour s'y rendre, non parce qu'il cherchait à profiter de l'obscurité et de la sécurité relative qu'elle lui apporterait, mais parce qu'il pensait qu'il avait davantage de chances de trouver la Lame au squat la nuit plutôt que le jour – où il zonait dans les rues, occupé à asseoir son pouvoir sur les voyous du quartier.

Joel comprit qu'il avait vu juste lorsqu'il aperçut Calvin Hancock. Le tagueur se tenait au pied d'un escalier faisant face à Lancefield Court, derrière une clôture métallique au portail défectueux permettant aux rôdeurs de se glisser à l'intérieur avec un minimum d'efforts. Et effectivement, on ne s'en était pas privé, comme Joel put le constater. Les lumières tremblotantes de bougies ou de lanternes émanaient de trois appartements abandonnés dont deux étaient au troisième et dernier étage de l'immeuble, et aussi éloignés que possible de l'appartement du premier où la Lame faisait apparemment ses affaires. Les marches menant à cet appartement étaient en béton comme l'immeuble lui-même.

Cal montait bel et bien la garde. Il était assis sur la quatrième marche à partir du bas, l'œil vif, et, lorsque Joel franchit le portail, il se mit debout, calme mais intimidant pour ceux qui ne le connaissaient pas, jambes écartées, bras croisés.

— Ça roule ? dit-il à Joel qui approchait.

Il avait une voix officielle. Signe qu'il se passait quelque chose au premier étage en présence de la Lame.

Joel tenta de prendre un ton aussi officiel que Cal. Et insistant. Il ne se laisserait pas rembarrer cette fois.

— Faut que je le voie. Tu lui as remis le cran d'arrêt ?

— Ouais.

— Il l'a balancé ou il l'a gardé ?

— Le couteau lui plaît, *man*. Il l'a sur lui.

— Il sait d'où il vient ?

— Je lui ai dit.

— Bon. Maintenant, tu vas lui dire que je dois lui parler. Et déconne pas, Cal. C'est pour affaires.

Cal descendit les marches et toisa Joel.

— Tu fais des affaires avec la Lame, toi ?

— Dis-lui juste qu'il faut que je lui parle.

— C'est au sujet de ta frangine ? Son chéri est un petit branleur ? T'as un message de sa part ?

— Dis-lui seulement qu'il faut que je lui parle.

— Parler, c'est pas son truc, à la Lame.

— Ecoute. J'y peux rien, moi, à ce qu'elle fait, Ness. Va juste dire à la Lame que je veux lui causer. Je vais faire le guet, je te préviendrai si quelqu'un essaie de monter. C'est important, Cal. Je partirai pas tant que je l'aurai pas vu, ce coup-ci.

Cal prit une inspiration, jeta un coup d'œil à l'appartement faiblement éclairé. Il faillit dire quelque chose, se ravisa, monta l'escalier.

Tout en attendant, Joel guettait les bruits : voix, musique, n'importe quoi. Mais le seul bruit venait de Kilburn Lane et des rares voitures qui passaient.

Un pas léger le fit se retourner : Cal revenait. Disant que Joel pouvait monter. La Lame était d'accord pour l'écouter. Il précisa qu'il y avait des gens en haut mais que Joel ne devait pas leur prêter attention.

— Je suis cool, dit Joel, qui était loin de se sentir tel.

L'escalier n'étant pas éclairé, Joel s'aida de la rampe pour monter. Il déboucha sur un palier sur lequel ouvrait une porte qui donnait sur la coursive du premier étage. Il sortit et constata que la lumière était meilleure dehors car elle provenait d'un lampadaire de Lancefield Court non loin de là. Il se dirigea vers une porte entrebâillée d'où jaillissait une lumière vacillante. En approchant, il perçut une odeur d'herbe.

Il poussa la porte. Elle ouvrait sur un petit couloir à l'extrémité duquel brûlait une lanterne. Celle-ci illuminait des murs souillés et un lino à moitié arraché. Elle éclairait également en partie une pièce où étaient empilés vieux matelas et futons douteux, et où des formes noyées d'ombre s'activaient autour de la Lame.

Joel crut tout d'abord qu'il était dans une fumerie de crack et il comprit pourquoi Cal n'avait pas été très chaud pour le laisser monter. Mais il réalisa bientôt qu'il s'agissait d'autre chose. Au lieu d'hommes et de femmes étendus sur les matelas et les futons, perdus dans les brumes des diverses substances hallucinogènes fournies par la Lame, il vit des gamins, à qui on remettait des sachets en plastique pleins de poudre, de crack et d'herbe avec les adresses auxquelles les livrer. Installé à une table à jouer, la Lame remplissait les sachets tout en prenant des appels sur son portable.

L'odeur de l'herbe venait d'un angle éloigné de la pièce. Là était assise Arissa, yeux mi-clos, sourire béat. Elle tenait un joint à demi consumé entre les doigts, mais ce n'était pas seulement l'herbe qui la faisait planer.

La Lame ignora Joel, attendant que les livreurs aient été approvisionnés et qu'ils aient quitté le squat. Suivant les instructions de Cal, Joel s'était abstenu de les regarder, aussi ignorait-il qui ils étaient, et il se dit que cela valait mieux ainsi. La Lame plia boutique – il remit la dope dans un vaste cartable qu'il ferma à clé – et dévisagea Joel sans dire un mot. Il rejoignit Arissa, se pencha, l'embrassa goulûment. Puis, glissant la main dans son chemisier, il lui caressa les seins.

Elle gémit et tenta de tirer sur la fermeture Eclair du jean de la Lame, mais elle n'avait pas la coordination de mouvements nécessaire pour y parvenir.

— T'es partant, baby ? Parce que moi, c'est où tu veux, quand tu veux : je te suce même devant la reine et la Chambre des communes.

La Lame regarda alors Joel, et ce dernier eut l'impression que l'autre jouait un rôle et lui lançait un message. Lequel, Joel ne réussit pas à le deviner, à cause de ce qu'il savait du type qu'il avait devant lui.

Ivan lui avait dit que Stanley Hynds était intelligent, que c'était un autodidacte. Il avait étudié le latin, le grec, les sciences. Il y avait tout un pan de sa personnalité que les gens ignoraient. Mais de là à comprendre ce que signifiait l'attitude de l'homme qui le dévisageait à l'autre bout de la pièce pendant qu'une ado envapée essayait de le branler... Cela échappait à Joel. Tout ce qu'il savait, c'est qu'il avait besoin de l'aide de la Lame, et il était bien décidé à l'obtenir avant de quitter le squat.

Il attendit donc que la Lame décide s'il allait laisser Arissa lui faire une gâterie. Joel s'efforçait d'avoir l'air détaché. Croisant les bras comme il avait vu Cal le faire, il s'appuya contre le mur. Il ne souffla mot, se composa un visage impassible, dans l'espoir qu'ainsi il prouverait à la Lame ce qu'il était censé lui prouver.

La Lame éclata de rire et s'arracha aux doigts maladroits d'Arissa. Il se dirigea vers Joel et, ce faisant, sortit de sa poche poitrine un joint, qu'il alluma avec un briquet en argent. Il tira une taffe et le tendit à Joel. Joel fit non de la tête.

— Cal t'a filé le couteau ?

La Lame l'observa suffisamment longtemps pour lui faire comprendre qu'il n'était pas censé ouvrir la bouche avant d'y avoir été autorisé.

— Il me l'a donné. Tu veux p't'êt' quelque chose en retour.

— Ouais.

— Qu'est-ce tu lui veux, à la Lame, Joel ?

Il inhala profondément la fumée, qu'il garda dans ses poumons. Dans son coin, Arissa s'ébroua mollement sur son futon, à la recherche de quelque chose. Il lui dit sèchement :

— Compte pas sur moi pour t'en redonner, Riss.

— Mais je redescends, baby.

— C'est bien mieux comme ça.

Et, à Joel :

— De quoi t'as besoin ?

Joel le lui dit en aussi peu de mots que possible. La sécurité. Pas pour lui : pour son frère. Un mot de la Lame dans la rue disant qu'il protégeait Toby et plus personne ne persécuterait le gamin.

— Pourquoi tu demandes pas à quelqu'un d'autre ?

Joel, qui n'était pas complètement idiot, savait pourquoi la Lame lui posait la question : il voulait lui faire dire ce qu'il pensait de lui-même. A savoir que personne n'avait autant de pouvoir à North Kensington ; qu'il était capable de mettre les gens à genoux d'un simple mot, et que, si cela ne suffisait pas, il pouvait toujours leur rendre une petite visite.

Joel y alla donc du couplet attendu. Une lueur de satisfaction s'alluma dans les yeux sombres de la Lame. Après lui avoir rendu hommage, Joel lui exposa sa requête de façon plus détaillée.

Il commença par raconter ses rencontres avec Neal Wyatt, débutant par le récit de leur premier accrochage et terminant par l'incendie sur la péniche. Il prononça le nom de Neal avant même d'avoir obtenu de la Lame l'assurance que ce dernier lui donnerait un coup de main. C'était selon lui la seule manière de lui montrer qu'il était prêt à lui faire confiance.

Il n'avait pas songé que la Lame pût ne pas lui témoigner une confiance identique en retour. Il n'avait pas pensé que la restitution du cran d'arrêt pût ne pas être suffisante pour lui faire comprendre ses intentions. C'est pourquoi il attendit la réponse de la Lame avec confiance – en quoi il avait tort –, supposant que désormais tout irait bien. Il n'était donc pas préparé à recevoir une réponse évasive.

— On est pas potes, Joel, dit la Lame, faisant tomber la cendre de son joint. Tu m'as craché dessus, devant chez Rissa, tu te souviens ?

Joel n'était pas près d'oublier. Mais il y avait été contraint parce que la Lame avait insulté sa famille, chose inacceptable. Ce qu'il lui rappela :

— Ma famille, mec. Tu peux pas les traiter devant moi sans que je réagisse. C'est pas correct. A ma place, t'en aurais fait autant.

— T'as raison, remarqua la Lame avec un sourire. Ça veut dire que tu veux ce territoire, mon frère ?

— Quoi ?

— Tu t'en prends à la Lame parce que tu veux prendre le contrôle de son territoire ?

Dans son coin, Arissa éclata de rire. La Lame la réduisit au silence d'un regard.

Joel plissa les yeux. Cette idée était tellement éloignée de ses préoccupations qu'il ne l'avait jamais envisagée un instant. Il dit à la Lame qu'il avait besoin de son aide pour son petit frère. Il dit qu'il ne voulait plus qu'on harcèle Toby. Neal et sa bande pouvaient s'attaquer à Joel autant qu'ils le voulaient mais ils devaient laisser Toby tranquille.

— Il peut pas se défendre. C'est comme poursuivre un chaton avec un marteau.

La Lame digéra tout ça, pensif. Au bout d'un moment, il dit :

— Tu sais que t'auras une dette envers moi ?

Joel avait réfléchi. Il savait que la Lame exigerait son dû. Il était inconcevable que le roi de North Kensington fasse quelque chose par pure bonté d'âme, la bonté – à supposer qu'il en ait eu un jour – s'étant depuis longtemps figée dans ses veines. Au vu de ce qui s'était passé dans le squat, Joel supposa que ce serait une histoire de drogue, qu'on lui demanderait de se joindre à l'équipe des livreurs. Il n'avait pas envie d'en faire partie – les risques de se faire pincer étaient énormes – mais il était au bout du rouleau.

La Lame le savait. Il savait que Joel était coincé. Il pouvait s'en aller et espérer que Neal Wyatt cesserait de tourmenter Toby, ou il pouvait conclure un marché au terme duquel il finirait par payer plus cher que le produit.

Joel n'avait pas d'autre solution. Il ne pouvait s'adresser à Cal, qui ne ferait rien sans la permission de la Lame. Il ne pouvait aller trouver Dix, qui ne faisait plus partie de la famille. S'il demandait à Ivan d'intervenir, il en sortirait vraisemblablement des joutes poétiques entre les deux parties. S'il attendait que sa tante mette la main sur Neal et lui parle, cela lui rendrait la vie encore plus difficile.

Il n'y avait pas d'autre possibilité. Il en éprouva un vif sentiment de regret. Néanmoins il dit :

— Ouais. Si tu fais ça pour moi, je te le revaudrai.

La Lame tira une taffe de son joint. Son visage exprimait la satisfaction et le plaisir que Joel le soupçonnait de tirer d'une femme à genoux devant lui. Il se dit que cela n'avait pas d'importance.

— Alors, marché conclu ? dit-il en essayant de prendre un ton aussi raide que possible. Parce que c'est pas tout ça, mais j'ai d'autres trucs à faire, moi.

La Lame haussa un sourcil.

— T'aimes bien déconner, hein ? Va falloir que t'arrêtes, petit. Sinon tu risques d'avoir des emmerdes.

Joel s'abstint de répondre. Arissa remua dans son coin. Elle se recroquevilla tel un fœtus sur son futon crasseux et, tendant la main à la Lame, dit :

— Viens, baby.

Il l'ignora. Il adressa un signe de tête à Joel en guise de message implicite : Je sais qui tu es, oublie pas. Il écrasa le reste de son joint sur le mur et fit signe à Joel d'approcher. Joel s'exécuta, la Lame lui posa une main sur l'épaule et lui parla dans les narines.

— Ta famille m'a humilié. Ils m'ont manqué de respect. Tu te souviens, *man* ? Je crois que t'es en train de me monter un autre bateau. Si c'est le cas...

— C'est pas une embrouille ! protesta Joel. T'as qu'à aller trouver les keufs. Ils te raconteront ce qui s'est passé. Ils te raconteront...

La Lame serra brutalement l'épaule de Joel. Si fort que cela coupa la parole à ce dernier.

— M'interromps pas, petit. Ecoute-moi bien. Tu veux que je t'aide ? Faut que tu fasses tes preuves. Faut que tu me prouves que t'es pas encore en train de me manquer de respect, tu piges ? Tu vas commencer par faire ce que je te demande, vu ? Ensuite je ferai ce que tu veux. Après, tu me devras un retour d'ascenseur. C'est ça le deal. C'est pas négociable.

— Comment ça, mes preuves ?

— C'est le deal. T'occupe pas du comment. Ça viendra quand ça viendra.

Il rejoignit Arissa, qui s'était mise à ronfloter, bouche ouverte, langue pendante. Il l'examina, secoua la tête.

— Merde, je peux pas les sacquer, les pétasses qui se droguent. C'est pathétique. T'es encore puceau, Joel ? Oui ? Va falloir qu'on s'en occupe.

« On ». Joel se cramponna à ce mot. A ce qu'il signifiait, à ce qu'il promettait.

— Marché conclu, dit-il à la Lame. Qu'est-ce que tu veux que je fasse, Stanley ?

Lorsque Joel s'entendit dire qu'il devait se rendre dans le petit bureau réservé aux mentors, il comprit qu'Ivan Weatherall l'y attendrait. Il s'éloigna en traînant les pieds, soulagé de rater le cours d'instruction religieuse car le prof s'exprimait sur un ton monotone comme s'il craignait d'offenser Dieu en manifestant de l'enthousiasme pour son sujet, mais redoutant ce qui allait suivre. Il se demanda fiévreusement quelle excuse il allait fournir à Weatherall, qui voudrait certainement savoir pourquoi il avait cessé de participer au Club des Mots. Il décida de lui dire que ses cours étaient plus difficiles ce trimestre. Il devait y consacrer davantage de temps. Il ne fallait pas que ses notes chutent. Il devait penser à son avenir. Cela plairait à Ivan, qu'il songe à l'avenir.

Malheureusement, Ivan avait fait sa petite enquête. Quand Joel pénétra dans la salle, il s'en rendit compte aussitôt. Weatherall avait un dossier devant lui, ce qui ne présageait rien de bon. Un dossier avec ses notes dans les différentes matières.

— Salut, dit Joel, l'air faussement ravi. Ça fait un bout de temps.

— Tu nous as manqué, au Club des Mots, répondit Ivan d'un ton amical. J'ai cru que tu potassais tes cours mais ça ne semble pas être le cas. Tes notes ont baissé. Tu veux qu'on en parle ?

Il approcha une chaise de la sienne. Il avait un gobelet de café près de sa main droite et il but une gorgée en guettant une réponse, les yeux braqués sur Joel par-dessus le bord du gobelet.

Joel n'avait pas la moindre envie de parler de quoi que ce soit avec Ivan. Il n'avait pas envie de parler du tout. Et surtout pas de ses notes. Mais comme il n'avait rien écrit depuis l'incendie de la péniche, il ne pouvait pas non plus parler poésie avec Ivan. Il décocha un coup de pied dans le lino bleu.

— C'est galère, les cours, ce trimestre. Et y a pas que les cours. J'ai dû m'occuper de Toby et d'un tas de trucs.

— Quels trucs ? s'enquit Ivan.

Joel le regarda, se demandant quels pièges cachait la question. Ivan lui rendit son regard, songeant de son côté aux mensonges qu'il risquait d'entendre. Il avait été mis au courant de l'incendie par des ragots. Lesquels avaient pris corps quand il avait reçu un coup de fil de Fabia Bender. Voyait-il toujours Joel Campbell ? Joel allait avoir de sérieux ennuis, et il fallait de toute urgence lui trouver un adulte capable de lui servir de modèle. Sa tante, surchargée de travail, était dépassée. Mais si Mr Weatherall voulait bien reprendre Joel sous son aile, Fabia et lui pourraient peut-être empêcher l'adolescent de s'engager plus avant dans la voie dangereuse qu'il semblait avoir prise. Mr Weatherall avait-il eu vent de l'histoire de la péniche... ?

Ivan avait laissé un peu traîner les choses avec Joel. Il était débordé – il s'occupait du cours de poésie, de l'atelier d'écriture de scénario, du film qu'il espérait mettre sur pied, et de son frère qui était en mauvaise santé dans le Shropshire, où il payait quarante-huit ans de tabagisme ininterrompu. Mais il n'était pas homme à se chercher des excuses. Il dit à Fabia Bender qu'il avait été négligent, ce dont il s'excusait car il n'était pas du genre à ne pas tenir ses engagements. Ce n'était pas qu'il se désintéressât du sort de Joel, mais il avait manqué de temps, situation qu'il allait redresser immédiatement.

Joel haussa les épaules : réponse typique d'un adolescent aux questions auxquelles il ne veut pas répondre, mimique exprimant l'indifférence désabusée des jeunes sur trois continents au moins et d'innombrables îles du Pacifique. C'était Toby, dit Joel. Il avait hérité d'un skateboard et Joel lui apprenait à s'en servir pour qu'il puisse en faire sur la piste de Meanwhile Gardens.

— Tu es sympa avec ton frère, remarqua Ivan. Il compte beaucoup pour toi.

Joel donna un nouveau coup de pied dans le lino en guise de réponse.

Ivan s'engagea alors dans une direction inattendue.

— Ce n'est pas le genre de choses que je fais normalement, Joel. Mais peut-être que c'est nécessaire.

— Quoi ? fit Joel en levant le nez.

Le ton d'Ivan ne lui plaisait pas, à mi-chemin entre regret et indécision.

— L'incendie à bord de la péniche et ton accrochage avec la police de Harrow Road. Veux-tu que je leur parle de Neal Wyatt ? Quelque chose me dit qu'un petit séjour au poste – un interrogatoire de quelques heures par un inspecteur en présence d'une assistante sociale – ferait le plus grand bien à ce jeune homme. Peut-être que ça lui remettrait les idées en place. Si cela se trouve, c'est ce qu'il lui faut : une petite conversation avec la police.

Joel faillit répliquer que cela pourrrait être du suicide. Il se maudit d'avoir mentionné le nom de Neal Wyatt. S'échauffant, il s'exclama :

— Comment ça se fait que tout le monde croit que c'est Neal Wyatt qu'a mis le feu à cette péniche ? Je sais pas qui c'est qu'a mis le feu. J'ai pas vu ceux qu'ont fait le coup. Tobe non plus. Balancer Neal aux flics, c'est pas ça qui va...

— Joel, ne me prends pas pour un imbécile. Je vois bien que tu es furieux. Et, si tu es furieux, j'imagine que c'est parce que tu es inquiet, angoissé. Et que tu as peur. Je connais tes relations avec Neal : n'est-ce pas moi qui ai mis fin à votre première bagarre ? Crois-moi, il faut que nous fassions quelque chose pour les modifier avant que quelqu'un ne soit sérieusement atteint.

— Si j'balise, c'est passque tout l'monde veut lui mettre l'incendie sur l'dos, à Neal. Alors que l'mec, il a rien à voir là-dedans. J'ai aucune preuve qu'il a mis le feu à la péniche. J'risque pas d'aller raconter qu'il y a foutu l'feu si j'en ai pas. Si vous l'dénoncez, les keufs l'embarqueront, et puis quoi, Ivan ? Il balancera personne, il r'sortira du poste en moins de deux, et y cherchera à savoir qui l'a donné.

Se rendant compte de ce que son langage avait de déstructuré, Joel songea que cela devait en dire long sur son état d'esprit. Mais il vit également comment utiliser ces éléments pour tourner la situation à son avantage. Il se passa la main dans les cheveux en un geste censé trahir sa frustration.

— Merde. Z'avez raison. J'angoisse à mort. Tobe et moi chez les keufs. Tante Ken qui s'figure qu'elle va mettre Neal au pas. Moi obligé d'surveiller mes arrières de peur qu'on m'saute dessus. Ouais.

J'balise grave, c'est sûr. Si j'écris plus d'poèmes, c'est passque j'ai d'aut' choses en tête.

Ivan acquiesça. C'était un discours qu'il comprenait. L'impossibilité d'écrire était un sujet qui lui tenait à cœur – et qui prenait le pas sur toutes les autres préoccupations chaque fois que cela venait sur le tapis.

— Tu fais ce qu'on appelle un blocage. L'angoisse bloque la créativité. Pas étonnant que tu n'aies rien écrit ces temps-ci. Comment pourrais-tu écrire ?

— C'est que... ça me plaisait, d'écrire.

— Il y a une solution.

— Laquelle ?

Ivan referma le dossier de Joel, qui en éprouva du soulagement. Il se sentit encore plus soulagé lorsque Ivan poursuivit, passionné par son sujet :

— Il faut que tu travailles pendant que tu es angoissé pour surmonter cette angoisse, Joel. Tu vois ce que ça veut dire ? Non ? Une contradiction dans les termes. L'angoisse t'empêche de travailler, mais le seul moyen de te délivrer de ton angoisse, c'est justement de faire ce qu'elle t'empêche de faire : travailler. Dans ton cas, écrire. L'angoisse est un panneau indicateur, qui dit à une personne qu'elle doit s'appliquer à créer. Dans ton cas, écrire. Les gens sages reconnaissent ce panneau et se remettent au travail. Les autres s'en détournent, cherchant un soulagement à l'angoisse, qui ne l'apaise que modérément. L'alcool, la drogue. Une substance quelconque qui leur fait oublier leur inquiétude.

Ce concept était si alambiqué que Joel ne réussit qu'à hocher la tête d'un air vague. Emporté par son élan, Ivan prit la mimique pour de la compréhension.

— Tu possèdes un réel talent, Joel, poursuivit-il. Lui tourner le dos, c'est comme te détourner de Dieu. C'est ce qui est arrivé à Neal lorsqu'il a laissé tomber le piano. Franchement, je n'ai pas envie que tu passes par là et j'ai peur que cela ne t'arrive si tu ne te remets pas au travail.

Pour Joel, c'était aussi clair que de l'eau de boudin. Il hocha quand même une nouvelle fois la tête et s'efforça de prendre un air pensif. S'il était angoissé – et il l'était –, cela n'avait rien à voir avec le fait de coucher des mots sur le papier. Non, il s'inquiétait à propos de la Lame et de ce que la Lame exigerait de lui comme preuve de respect. Joel n'avait pas encore eu de ses nouvelles et l'attente était une torture. Car pendant ce temps Neal Wyatt rôdait, attendant lui aussi.

Quant à Ivan, plein de bonnes intentions, il crut voir une solution aux problèmes de Joel.

— Que dirais-tu d'assister de nouveau aux séances du Club des Mots, Joel ? Tu nous manques. Et je crois que cela te ferait un bien fou.

— Je sais pas si tante Ken me laissera sortir, mes notes sont pas top.

— Je me charge de lui en parler.

Joel réfléchit. L'assistance aux soirées poétiques pourrait lui être profitable plus tard.

— Ça me plairait, ouais.

— Magnifique, approuva Ivan avec un sourire. D'ici là, tu pourrais peut-être essayer d'écrire quelques vers. Pour t'aider à surmonter ton angoisse. Tu veux bien essayer ?

Joel le lui promit.

C'est ainsi qu'il se servit du Club des Mots pour brouiller les pistes. Il fallait qu'il mène une vie en apparence normale tant qu'il ne saurait pas ce que la Lame lui réservait. Ecrire lui parut atrocement difficile parce que son esprit était occupé ailleurs et qu'il manquait de la discipline nécessaire pour se focaliser sur l'acte créateur, au moment où l'antithèse absolue de cet acte était à deux doigts de se manifester. A la vue de Joel assis à la table de la cuisine, consignant des mots dans un cahier, sa tante changea d'avis concernant la mise au pas de Neal Wyatt. Et puis elle était d'accord pour le laisser assister à la prochaine réunion du Club des Mots.

Cette fois, Joel vit les participants d'un autre œil. Et, de même, le local. Le sous-sol d'Oxford Gardens lui parut surchauffé, mal éclairé et malodorant. Les gens présents lui donnèrent l'impression d'être impuissants : des hommes et des femmes de tous âges incapables de relever le défi et d'effectuer le moindre changement dans leur vie. Des gens auxquels Joel s'était promis de ne jamais ressembler : victimes des circonstances de leur naissance. Assis sur la touche de leur existence, ce n'étaient que des observateurs passifs. Or les observateurs passifs étaient ceux à qui il arrivait des choses désagréables. Joel ne voulait pas devenir comme eux.

Il avait apporté trois poèmes, parfaits exemples – il en était conscient – de la médiocrité dans laquelle sa fixation sur la Lame l'avait fait tomber. Il n'osa pas prendre le micro ni lire devant l'assemblée. D'autant moins qu'on l'avait désigné poète prometteur. Il resta assis, regardant les autres présenter leur travail : Adam Whitburn – chaleureusement accueilli comme toujours –, la petite Chinoise à mèches blondes et lunettes à monture violette, une adolescente boutonneuse exprimant sa passion pour un chanteur pop.

Dans l'état d'esprit et de nerfs où il se trouvait, ce fut une souffrance pour Joel d'assister passivement à cette première partie de soirée. Il n'avait pas de critiques constructives à formuler, et le fait de ne pouvoir se sentir vibrer avec les autres ne fit qu'augmenter sa nervosité. Il en vint à se dire que cette nervosité allait l'étouffer s'il ne faisait rien pour l'endiguer.

C'est alors que vint le moment de passer au Chemin des Mots. Lorsque Ivan prit le micro pour annoncer la deuxième partie, Joel emprunta un crayon à un vieil homme édenté. Se disant : « Et puis merde », il nota les mots que dictait Ivan : *soldat, enfant trouvé, anarchie, écarlate, fouet* et *cendre*. Il demanda au vieillard le sens d'« enfant trouvé » et, conscient que son ignorance ne laissait guère présager une victoire au concours, il décida de procéder comme on le lui avait appris, laissant jaillir les mots des profondeurs de son esprit sans se préoccuper de la façon dont les autres les organisaient. C'est ainsi qu'il écrivit :

L'enfant trouvé a tôt fait d'apprendre
La loi écarlate de la rue.
L'anarchie guide le fouet
Que brandit le soldat,
L'arme à feu réduit
Tout en cendres.

Puis il relut ce qu'il avait écrit et s'interrogea sur le message contenu dans son interprétation des mots. « De la bouche des enfants... avait dit Ivan un jour qu'il était penché sur l'un des poèmes de Joel, son crayon vert à la main. Tu as une sagacité qui n'est pas de ton âge, mon garçon. » Toutefois, en examinant son dernier poème et en déglutissant un bon coup, Joel comprit que ce n'était pas une sagesse innée qui le lui avait dicté. C'était son passé, son présent. C'était la Lame.

Lorsque vint le moment de relever les poèmes, il joignit le sien aux autres. Il se dirigea vers le fond de la salle où se trouvait le buffet, prit deux parts de gâteau au gingembre et un gobelet de café – boisson à laquelle il goûtait pour la première fois. Après en avoir bu une gorgée, il y ajouta du lait et du sucre. Il s'était posté un peu à l'écart et salua Ivan d'un mouvement de tête lorsque ce dernier le rejoignit.

— J'ai vu que tu participais au Chemin des Mots, dit Ivan en lui plaçant une main amicale sur l'épaule. Quel effet cela t'a-t-il fait ? Tu te sens plus à l'aise qu'avant ?

— Un peu, concéda Joel.

Il était incapable de dire si c'était vrai, ce qu'il avait écrit chez lui étant tout juste bon à tapisser le fond de la poubelle. Les vers qu'il venait de composer pour le Chemin des Mots constituaient sa première tentative d'utilisation spontanée du langage depuis des semaines.

— Excellent, commenta Ivan. Bonne chance. Je suis heureux que tu sois revenu. La prochaine fois, tu prendras peut-être le micro. Histoire de faire concurrence à Adam. Sinon il va finir par avoir la grosse tête.

Joel émit le petit gloussement attendu.

— Je ferai sûrement pas mieux que lui.

— N'en sois pas si sûr.

Là-dessus, Ivan s'excusa avec un sourire et alla engager la conversation avec la petite Chinoise.

Joel resta près du buffet en attendant que les juges reviennent, leur décision prise. Il se dit que le gagnant allait être la Chinoise car elle était venue munie d'un dictionnaire de synonymes et elle avait commencé à griffonner comme une folle dans son cahier dès qu'Ivan avait indiqué le premier mot. Mais lorsque Ivan prit des mains des juges la feuille sur laquelle figurait le poème du vainqueur, Joel reconnut une déchirure qu'il avait faite lorsqu'il avait arraché la feuille à son cahier à spirale. Son cœur se mit à cogner avant qu'Ivan ait commencé à lire.

Joel comprit qu'il avait battu Adam Whitburn. Il avait battu tous ceux qui avaient participé au Chemin des Mots. Non seulement il avait été paré du titre de poète prometteur, mais il était devenu un véritable poète.

A la fin de la lecture, il y eut un moment de silence avant que l'assistance se mette à applaudir. C'était comme s'ils avaient éprouvé le besoin de faire une pause et de s'imprégner de la passion contenue dans les mots afin de ressentir eux-mêmes cette passion avant de pouvoir y réagir. Et les mots, cette fois, exprimaient véritablement de la passion. Ils faisaient partie de la personnalité de Joel.

Lorsque les applaudissements prirent fin, Ivan dit :

— Si le poète veut bien se lever et nous permettre de fêter avec lui ou avec elle...

Joel, qui était toujours debout près du buffet, n'eut pas besoin de se lever, il s'avança. Il entendit de nouveau des applaudissements. Il n'avait qu'une pensée en tête : il les avait battus à leur propre jeu et simplement en procédant comme on le lui avait dit ; il avait laissé parler son cœur, sans censurer ses émotions. L'espace d'un moment, il s'était conduit en poète.

Lorsqu'il atteignit l'estrade, il sentit qu'Ivan lui prenait la main pour le féliciter. « Tu vois ? » semblait dire son expression. Joel accepta le geste pour ce qu'il était : de l'affection, de la camaraderie, une confirmation de son talent. Puis on lui remit ses prix. Un journal relié cuir pour y consigner ses futurs poèmes, un certificat établissant qu'il avait gagné le concours, et cinquante livres.

Joel fixa le billet. Il le retourna, l'examina avec soin, sidéré par cette soudaine fortune. Il lui sembla que son univers en était bouleversé.

Adam Whitburn n'eut apparemment pas de mal à accepter la situation. Il fut le premier à féliciter Joel à la fin de la soirée. D'autres félicitations suivirent, mais c'étaient celles d'Adam qui avaient le plus de valeur aux yeux de Joel. Tout comme son invitation une fois que le local eut été remis en ordre.

— On va boire un café, mon vieux. Ivan vient. Tu te joins à nous ?

— Est-ce qu'Ivan t'a dit... ?

— Ivan m'a pas dit de t'inviter, coupa Adam. C'est moi qui t'invite.

— Cool.

Ce fut le seul mot auquel Joel pensa et, lorsqu'il l'eut prononcé, il se trouva bête. Mais si Adam Whitburn eut envie de lui faire remarquer que ce n'était pas cool de dire que quelque chose l'était, il s'abstint. Il dit simplement :

— Allons-y. C'est pas loin. A Portobello Road.

Le café – le Caffeine Messiah – était à moins de dix minutes à pied d'Oxford Gardens. La décoration était essentiellement religieuse, avec des statues de Jésus et des chapelets accrochés aux vieux lustres. Quelques tables bancales avaient été regroupées au fond d'une pièce tapissée d'images pieuses agrandies au format poster, représentant les figures morbides de saints martyrs. Sur des chaises dépareillées autour de ces tables étaient assis dix des poètes du Club des Mots, ainsi qu'Ivan. Ils bavardaient, parlant fort pour couvrir la musique, un chant grégorien poussé à un volume qui n'avait rien de céleste.

Ils étaient servis par une religieuse. Du moins est-ce ce que crut Joel avant qu'elle vienne prendre sa commande. Car alors il constata qu'elle avait un piercing au sourcil, un anneau à la lèvre, et des larmes tatouées sur la joue. Elle se prénommait Map et semblait les connaître, car elle dit :

— Qu'est-ce que je vous sers ? La même chose ou vous changez de poison ?

Des pièces atterrirent au centre de la table pour régler les consommations, et Joel se demanda s'il devait poser son billet de cinquante au milieu de toute cette monnaie, vu qu'il n'avait rien d'autre pour payer. Comme il esquissait un geste pour se séparer de son billet, Adam l'interrompit.

— Le gagnant ne paie pas, mec.

Et, avec un clin d'œil, il ajouta :

— Mais tâche de ne pas en faire une habitude. Sinon, la prochaine fois, je te démolis.

Lorsque Map revint avec les consommations, un garçon à la peau sombre nommé Damon rappela tout le monde à l'ordre.

Joel tendit l'oreille et eut tôt fait de comprendre de quoi il s'agissait. Le groupe n'était pas composé des seuls membres du Club des Mots mais comportait également des étudiants de l'atelier d'écriture de scénario. Ils étaient réunis pour parler du film qu'ils tentaient de mettre sur pied et Joel vit comment ils s'étaient réparti le travail. Adam et deux autres – Charlie et Daph – avaient terminé une cinquième mouture du scénario. Mark et Vincent avaient passé plusieurs semaines à effectuer des repérages. Penny, Astarte et Tam avaient fait de la prospection chez les fournisseurs de matériel. Kayla avait contacté les agents artistiques. Ivan fit un topo sur le financement ; tout le monde l'écouta dans un silence religieux évoquer les investisseurs potentiels qu'il avait réussi à intéresser à l'entreprise. Joel conclut que cette histoire de film n'était pas une chimère. Ils allaient vraiment le réaliser sous la houlette d'Ivan et aucun d'entre eux ne semblait se demander pourquoi un Blanc qui n'avait apparemment pas besoin de bosser passait son temps à leur suggérer des pistes pour mener une vie autre que celle à laquelle leur naissance les prédestinait.

Buvant son chocolat chaud à petites gorgées, Joel écoutait, sidéré. Il était habitué aux habitants de la cité d'Edenham et des cités environnantes. Habitué à sa grand-mère et à sa relation sans espoir avec George Gilbert. Ces gens-là parlaient sans cesse de ce qu'ils comptaient faire un jour. Un jour qui n'arriverait jamais. Vacances de rêve dans des villas des Bermudes ou du midi de la France, croisière en Méditerranée sur le yacht d'un ponte friqué, acquisition d'une maison flambant neuve dans un lotissement huppé où tout fonctionnait à la perfection et où il y avait des doubles vitrages aux fenêtres, balades dans la campagne au volant d'un bolide. Même les plus jeunes nourrissaient des rêves irréalisables : devenir chanteur de rap et faire fortune, cachetonner dans un téléfilm. Tous se la racontaient mais sans jamais espérer vraiment un résultat concret. Aucun d'entre eux ne savait par où commencer.

Tel n'était pas le cas des membres de ce groupe. Joel voyait qu'ils étaient décidés à faire aboutir le projet, et il ne pouvait pas rester assis au milieu d'eux sans éprouver l'envie de participer à l'aventure.

Ils ne lui posèrent pas la question. Une fois la réunion commencée, ils l'oublièrent complètement. Mais il ne s'en formalisa pas : c'était la preuve qu'ils s'investissaient à fond. Leur sérieux s'avéra contagieux. Il décida qu'il allait les rejoindre et les aider à faire de leur rêve une réalité.

Il ferait part de sa décision à Ivan lors de leur prochaine rencontre. Cela voudrait dire qu'il passerait davantage de temps dehors, loin de Toby. Qu'il lui faudrait compter sur Ness pour veiller sur leur petit frère. Mais Joel était sûr de la convaincre. Ce soir-là, sa vie se trouva soudain fourmiller de rêves.

21

Joel ne fut pas le seul membre du clan Campbell à être visité par l'espoir. Ness également, bien que de prime abord elle ne s'en rendît pas compte. C'est Fabia Bender qui lui annonça la nouvelle à la garderie, accompagnée de Castor et Pollux. Lorsque l'assistante sociale franchit le portail, cela déclencha deux réactions distinctes chez Ness et chez Majidah. La première se hérissa, s'imaginant que Fabia venait l'espionner. La seconde – qui n'avait jamais rencontré Miss Bender, à laquelle elle avait juste parlé au téléphone – aperçut les chiens et se précipita dehors sans manteau, dans le froid, avec de violents moulinets des bras.

— Non, non, non. Ces monstres n'ont rien à faire ici. Ils représentent un danger pour nos bambins. En outre, il est hors de question qu'ils déposent leurs excréments ici.

Fabia fut surprise par la violence de Majidah et sa voix perçante.

— Couchés, les chiens, dit-elle en se tournant vers l'Asiatique pour la rassurer. Castor et Pollux font leurs besoins uniquement sur commande. Ni l'un ni l'autre ne bougera tant que je ne leur en donnerai pas l'ordre. Vous devez être Majidah, si je puis vous appeler par votre prénom. Je suis Fabia Bender.

— Vous ? dit Majidah avec un claquement de langue désapprobateur. Elle s'était fait une image différente de l'assistante sociale. Twin-set, collier de perles, jupe de tweed et collant épais. Rien de commun avec le jean à revers et les baskets d'un blanc immaculé. Sans parler du béret, du col roulé, du caban et des joues rougies par le froid.

— Oui, confirma Fabia. Je viens voir Ness. Elle est là ?

— Où voulez-vous qu'elle soit ? Entrez, entrez. Mais si ces animaux bougent, ne serait-ce que d'un pouce, je serai dans l'obligation de vous demander de les attacher à la clôture. C'est dangereux, des chiens cavalant comme des loups dans la rue.

— Ils sont trop paresseux pour ça, répondit Fabia, qui s'adressa aux animaux : On ne bouge pas, les chiens. Sous peine de servir de dîner à cette dame. Satisfaite, Majidah ?

— Je ne mange que de la viande halal, rétorqua Majidah, insensible à son humour.

De l'intérieur, Ness avait suivi l'échange. Derrière elle, un groupe de bambins et leurs mères jouaient avec des ballons gonflables de couleur qu'il s'agissait d'attraper et de relancer à grand renfort de piaillements. Un peu plus loin, plusieurs enfants de cinq ans bâtissaient une forteresse à l'aide de boîtes en carton peint façon pierre. Ness était chargée de superviser le tout et d'aller chercher le matériel dont les joueurs avaient besoin : ballons, boîtes, tapis en caoutchouc pour empêcher les petits surexcités de se cogner sur le lino. Ils s'apprêtaient à faire une pause goûter et, lorsque Fabia Bender entra, Ness se rendit à la cuisine, où elle se mit à rassembler biscuits et lait sur de grands plateaux métalliques.

Fabia la rejoignit, l'air satisfait. Ness crut qu'elle lui avait trouvé un travail ailleurs. Mais, quand Fabia prit la parole, ce fut pour aborder un autre sujet.

— Bonjour, Ness. J'ai une bonne nouvelle. Une très bonne nouvelle. Je crois avoir trouvé une solution pour te permettre de suivre ce cours au collège.

Ness avait abandonné tout espoir. Le sinistre cours de musique excepté, il n'y avait pas d'autre classe qu'elle pût suivre. L'ayant compris, elle avait renoncé à fabriquer des chapeaux, concluant non sans amertume que tout ce que Fabia lui avait dit concernant la recherche d'un financement n'était que du pipeau.

Mais Fabia allait lui montrer qu'elle se trompait.

— Nous avons l'argent. Cela n'a pas été sans mal, car la plupart des crédits avaient déjà été alloués pour cette année, mais j'ai réussi à dénicher une formation à Lambeth et... Les détails sont sans importance. L'important, c'est le cours et ton inscription à ce cours pour le trimestre d'hiver.

Ness avait du mal à croire que les choses allaient s'arranger, car rien dans sa vie jusqu'à présent ne lui avait donné à penser que cela puisse être le cas. Mais là... Cette formation lui ouvrirait les portes d'une vraie carrière. Pas seulement d'un boulot où elle trimerait jour après jour en attendant que survienne un événement improbable qui changerait sa situation.

La vie lui avait aussi appris à ne pas s'enthousiasmer trop vite.

— Ils vont m'accepter ? Les cours ont démarré en septembre. Je vais faire comment pour rattraper si j'ai manqué le début ? Ils redonnent les mêmes cours pendant le trimestre d'hiver ? Parce qu'y a aucune chance qu'ils me prennent si j'ai raté la première partie.

Fabia fronça les sourcils. Il lui fallut un moment pour comprendre. Elles n'étaient pas sur la même longueur d'onde.

— Oh, non, non. Il ne s'agit pas de la formation, Ness. Ce serait formidable si j'avais réussi à trouver l'argent nécessaire pour ça. Mais malheureusement ce n'est pas le cas. Ce que j'ai obtenu, c'est la somme de cent livres pour te permettre de suivre un seul cours. J'ai consulté le catalogue et j'ai vu qu'il y avait des cours disponibles.

— Un seul... ? Ah, ouais.

Ness n'essaya pas de dissimuler sa déception.

Fabia avait l'habitude de ce genre de réaction.

— Ne te décourage pas, Ness. De toute façon tu ne peux suivre qu'un cours à la fois. Tu as tes heures ici et je peux te dire que le juge s'est montré suffisamment compréhensif, il ne t'en fera pas cadeau. Inutile d'y songer, mon petit.

D'un ton rogue, Ness demanda :

— C'est quoi, comme cours, alors ?

— En fait il y a trois possibilités, tu as donc le choix. Seulement il y a un problème. Qui n'est peut-être pas insurmontable. Aucun de ces cours – pas plus que la formation complète que tu visais, d'ailleurs – n'est dispensé au collège de Wornington Road.

— Où c'est alors ?

— A l'Hortensia Centre. Près de Fulham Broadway.

— Fulham Broadway ? C'est à Pétaouchnok ! Comment je suis censée aller là-bas, j'ai pas de thune pour le transport. J'ai mes heures à la garderie. Je peux pas les faire et me dégoter un petit boulot pour me payer le métro. Surtout que les petits boulots, ça court pas les rues. Et puis de toute manière, à quoi ça va me servir de suivre un putain de cours dans ce centre de merde ?

— Je pensais que ta tante...

— Ma tante, elle bosse à Sidashop. Elle gagne pas lourd. Pas question que je la tape. Retirez-vous ça de la tronche.

Majidah s'était approchée de la cuisine en percevant l'agitation de Ness, sans parler du volume de sa voix, de sa grammaire et de son vocabulaire qui se relâchaient.

— Que se passe-t-il, Vanessa ? Il y a dans la pièce à côté des enfants impressionnables. Des éponges. Ne te l'ai-je pas dit et répété ? Les gros mots n'ont pas droit de cité dans cette enceinte. Si tu ne peux pas exprimer autrement ton mécontentement, sors.

Ness ne pipa mot. Elle rangea avec bruit les boîtes de biscuits dans les placards. Elle emporta les plateaux dans la salle de jeu, mettant un terme à sa conversation avec Fabia Bender, ce qui donna à Majidah l'occasion d'apprendre ce qui avait déclenché sa mauvaise humeur. Le temps que Ness réintègre la cuisine, l'Asiatique était au courant de tout. Elle avait notamment appris que c'était la visite de l'atelier de Sayf à Covent Garden qui avait fait naître chez Ness son intérêt pour le métier de modiste. Majidah en fut secrètement enchantée. Ness, elle, était gênée. Elle détestait que les gens s'imaginent qu'elle ait pu répondre à leurs attentes. Le fait que son intérêt pour le métier de modiste soit la conséquence de sa visite à l'atelier de Soho était suffisant pour suggérer que Majidah en était responsable. Dans l'esprit de Ness, cela donnait à l'Asiatique du pouvoir sur elle. Et c'était bien la dernière chose que Ness voulait.

— Eh bien, dit Majidah lorsque Ness posa les plateaux sur le plan de travail. Voilà comment tu réagis à un petit contretemps ? Miss Bender t'apporte des nouvelles que tout autre individu doté d'un intellect raisonnable considérerait comme bonnes et, comme ce ne sont pas exactement celles que tu attends, tu envoies tout promener ?

— Qu'est-ce que vous racontez ?

— Tu sais très bien ce que je veux dire. Les filles comme toi sont toutes pareilles. Elles veulent tout, et tout de suite. Elles veulent le résultat mais sans les efforts pour y parvenir. Elles veulent... est-ce que je sais ?... être maigrissimes à faire peur pour devenir mannequins, être astronautes. Leur approche est toujours la même. Elles ne planifient rien. A supposer qu'elles aient un plan, quelle importance puisqu'elles ne peuvent pas atteindre leur objectif d'ici l'heure du dîner ? C'est ça le problème avec vous, les filles. Et avec les garçons, c'est pareil. Vous voulez que tout arrive tout de suite. Vous avez une idée ? Vous voulez qu'elle se concrétise aussitôt. C'est ridicule.

— Vous avez fini ? lâcha Ness. Je suis pas obligée de rester là à vous écouter divaguer.

— Détrompe-toi, Vanessa. Fabia Bender a trouvé une solution à ton problème, tu vas me faire le plaisir d'accepter, nom d'un chien. Faute de quoi je me verrai dans l'obligation de lui demander de te trouver un autre établissement où faire tes heures. Je ne suis pas censée supporter à longueur de journée une adolescente sans cervelle. Ce que tu seras si tu refuses l'argent qu'elle te propose.

Sciée par le « nom d'un chien » de Majidah, Ness ne répondit pas immédiatement.

De son côté, Fabia Bender se montra moins sévère. Elle dit à Ness de réfléchir. Cent livres. Elle ne pouvait pas faire mieux. Il y aurait peut-être davantage d'argent au printemps et en été. Mais, pour l'instant, c'était à prendre ou à laisser. Ness pouvait réfléchir. Seulement les inscriptions étaient pour bientôt, alors il ne fallait pas qu'elle hésite trop longtemps.

Ness n'avait pas besoin de réfléchir, intervint Majidah, si on lui demandait son avis, en tout cas. Elle accepterait avec reconnaissance, elle assisterait aux cours et elle travaillerait dur.

Très bien, dit aimablement Fabia. Mais c'était à Ness qu'il appartenait de décider.

Majidah avait décidé de la réponse de Ness. Aussi, le lendemain, lui demanda-t-elle de venir prendre le thé chez elle une fois la garderie dûment fermée et les lumières de sécurité branchées. Elle s'arrêta comme d'habitude dans Golborne Road pour acheter des courgettes chez E. Price & Son, du haddock chez le poissonnier du coin, une miche de pain et un carton de lait chez l'épicier. Puis elle entraîna Ness vers son appartement de la cité de Wornington Green, où elle mit la bouilloire à chauffer. Elle demanda à Ness de préparer le thé et de prévoir une troisième tasse et une troisième soucoupe sans lui préciser qui allait les rejoindre.

Le mystère fut bientôt dissipé. Un bruit de clé dans la serrure annonça l'arrivée de Sayf al Din au moment où l'eau bouillait. Il n'entra pas immédiatement mais entrebâilla la porte et cria :

— Maman ? Tu es décente ?

— Evidemment, grand imbécile.

— Tu aurais pu être en train de faire l'amour avec un joueur de rugby ou de danser nue comme Isadora Duncan.

— Qui est-ce ? Une de ces coquines d'Anglaises ? La remplaçante de ta dentiste de femme ? Et pourquoi une remplaçante pour commencer ? Est-ce qu'elle se serait sauvée avec l'orthodontiste ? Voilà ce qui arrive quand on épouse une femme qui passe son temps à inspecter la bouche des gens, Sayf. Tu n'es pas surpris. Je t'avais prévenu que ça se terminerait comme ça.

Sayf al Din entra dans la cuisine tandis que sa mère parlait. S'appuyant contre le chambranle, il l'écouta patiemment enfourcher son dada. Il portait un plat recouvert de papier d'aluminium, qu'il lui tendit lorsqu'elle eut terminé.

— De la part de May. De l'agneau *rogan josh*. Elle a eu le temps de cuisiner entre deux rendez-vous avec l'orthodontiste.

— Je ne suis plus capable de me préparer à manger toute seule, Sayf al Din ? Qu'est-ce qu'elle s'imagine ? Que sa belle-mère est gâteuse ?

— Je crois qu'elle essaie de faire ta conquête. Je me demande bien pourquoi : tu es un monstre. Et elle ne devrait pas se donner autant de mal.

Il s'approcha et l'embrassa affectueusement en posant le plat sur le plan de travail.

— Pfffft, fit sa mère pour toute réponse.

Elle avait néanmoins l'air contente et elle souleva le papier d'aluminium avant de renifler d'un air soupçonneux.

Sayf al Din dit bonjour à Ness tout en versant l'eau bouillante dans la théière, qu'il agita pour réchauffer la porcelaine. Sa mère et lui se mirent à préparer le thé tout en parlant de leurs petites affaires, comme si Ness n'était pas là. Ses frères, leurs épouses, ses sœurs, leurs maris, leurs enfants, leurs boulots, l'achat d'une voiture, un dîner d'anniversaire qui se profilait, la grossesse de l'une, la rénovation de la maison de l'autre. Ils apportèrent le thé à table, avec les pappadums de Majidah. Découpèrent un gâteau, firent griller des toasts. Ils prirent place à table, versèrent le thé, se servirent du lait et du sucre.

Ness se demanda ce qu'elle était censée conclure du spectacle de la mère et du fils en parfaite harmonie. Cela ne la laissa pas insensible, en tout cas. Elle eut envie de prendre congé mais se dit que Majidah s'y opposerait. Majidah ne faisait jamais rien sans un objectif précis. Il lui faudrait attendre de voir de quoi il s'agissait.

Cela devint clair lorsque l'Asiatique prit une enveloppe sur l'appui de la fenêtre, où elle voisinait avec la précieuse photo où Majidah posait en compagnie de son premier mari, le père de Sayf al Din. Elle fit glisser l'enveloppe vers Ness et lui dit de l'ouvrir. Ils aborderaient ensuite un sujet qui leur tenait à cœur à tous les trois.

Dans l'enveloppe, Ness trouva soixante livres en billets de dix. L'argent du transport, lui dit Majidah. Ce n'était pas un cadeau – Majidah ne croyait pas qu'il était bon de donner de l'argent à des ados avec lesquelles elle n'avait aucun lien de parenté et qui en outre étaient des délinquantes. C'était un prêt. Lequel devrait être remboursé avec les intérêts. Et Ness avait intérêt à le rembourser.

Ness émit une supposition qui ne manquait pas de logique.

— Comment je vais pouvoir rembourser si je suis ces cours, que je bosse à la garderie, et que j'ai pas de petit boulot ?

— Cet argent n'est pas destiné à couvrir les trajets jusqu'à Fulham Broadway, Vanessa, lui dit alors Majidah. Mais à te permettre de te rendre à Covent Garden, où tu gagneras de quoi aller à Fulham Broadway et de quoi rembourser ce prêt.

Se tournant vers Sayf, elle dit :

— Explique-lui, mon fils.

Sayf al Din s'exécuta. Rand ne travaillait plus pour lui. Ne supportant pas qu'elle se trouve dans la même pièce qu'un homme – bien que dissimulée sous l'étouffant tchador –, son mari y avait mis bon ordre.

— Quel idiot ! ponctua Majidah.

Sayf al Din devait donc lui trouver une remplaçante. Sa mère lui avait dit que Ness s'intéressait à la fabrication des chapeaux. Si elle souhaitait un job, il serait heureux de l'embaucher. Elle ne gagnerait pas une fortune mais elle pourrait mettre suffisamment de côté – après avoir remboursé Majidah – pour financer son transport à Fulham Broadway.

Rand ne travaillait-elle pas à plein temps ? objecta Ness. Comment pourrait-elle faire le travail de Rand – ou du moins une partie – alors qu'elle avait encore ses heures de TIG ?

Cela ne serait pas un problème, la rassura Majidah. Pour commencer, Rand travaillait à la vitesse d'une tortue sous calmants, sa vue étant gênée par le stupide drap de lit noir qu'elle s'obstinait à porter comme si Sayf al Din allait la violer sur-le-champ dès qu'il aurait la possibilité d'apercevoir son visage. Elle n'aurait pas besoin d'être remplacée par une ouvrière à plein temps. Un singe manchot ferait probablement aussi bien l'affaire. Ensuite, Ness scinderait ses journées en deux parties égales, la moitié du temps à la garderie, et l'autre à l'atelier. Fabia Bender avait approuvé le projet, tout était arrangé.

Mais, objecta encore Ness, et le cours de modiste, quand était-elle censée le suivre ? Comment pourrait-elle concilier les trois ? Son travail chez Sayf, ses heures de TIG et les heures de cours ?

Bien sûr, ce n'était pas possible, reconnut Majidah. Pas dans un premier temps. Mais, une fois qu'elle aurait pris l'habitude de travailler au lieu de traînasser et de faire semblant, elle s'apercevrait qu'elle avait en fait beaucoup plus de temps qu'elle ne le croyait. Au début, elle se contenterait de travailler pour Sayf et de faire ses heures. Le temps qu'elle attrape le rythme, un nouveau trimestre commencerait et elle pourrait suivre les cours.

— Alors je suis censée faire les trois ? s'ébahit Ness. Suivre les cours, travailler à l'atelier et faire mes heures ? Quand est-ce que je mange et que je dors ?

— Rien n'est parfait, petite idiote, la rabroua Majidah. Et rien n'arrive par magie. C'est par magie que tu as réussi, mon fils ?

Non, lui assura Sayf.

— Le travail, Vanessa, il n'y a que ça de vrai, asséna Majidah. Il ne suffit pas d'avoir une opportunité, il faut travailler dur. Il est temps que tu l'apprennes. Alors décide-toi.

Ness n'était pas obnubilée par le désir de voir ses souhaits se réaliser instantanément au point de ne pas se rendre compte qu'une porte s'ouvrait devant elle. Comme ce n'était pas exactement la porte qu'elle souhaitait, elle ne saisit pas l'occasion avec toute la gratitude souhaitée. Néanmoins, elle accepta la proposition. Majidah – qui pensait à tout – lui remit alors un contrat qu'elle lui demanda de signer. Le document spécifiait les heures de TIG, les heures chez Sayf, et s'accompagnait d'un échéancier relatif au remboursement du prêt de soixante livres, intérêts compris. Ness signa. Majidah également, sous les yeux de Sayf. Le marché était conclu. Majidah porta un toast à sa façon :

— Tâche de réussir, petite idiote.

Ness commença à travailler chez Sayf sans plus attendre. L'après-midi, une fois ses heures effectuées à la garderie. Il lui confia d'abord des tâches subalternes. Mais, quand il était occupé à quelque chose qui était susceptible de lui être profitable, il lui disait de venir regarder. Il lui expliquait ce qu'il faisait avec l'enthousiasme d'un homme qui exerce le métier pour lequel Dieu l'a fait. La fragile carapace de défiance de Ness s'effrita au fil de ces échanges. L'adolescente ne comprenait pas trop ce qui lui arrivait. Quelqu'un de plus expérimenté aurait conclu que c'était bon signe.

Kendra, est-il besoin de le dire, était tellement soulagée du changement qui s'opérait chez Ness qu'elle baissa sa garde concernant Joel. Lorsqu'il se mit à parler avec fougue de l'atelier d'écriture de scénario dirigé par Ivan Weatherall, et en particulier du projet de film échafaudé sous la houlette de ce dernier par les jeunes du coin, elle lui donna son accord pour qu'il participe au projet, à la condition que ses notes remontent. Oui, il pouvait s'absenter un soir par-ci par-là. Elle veillerait sur Toby. Et Ness s'en chargerait quand elle-même ne pourrait le faire. Même Ness fut d'accord, non sans mauvaise grâce – mais traîner les pieds faisait partie de son personnage.

Si Joel n'avait pas été l'homme à abattre dans la rue, les choses auraient pu aller comme sur des roulettes. Mais il y avait à l'œuvre des forces beaucoup plus puissantes que les petits Campbell et leur tante, qui faisaient de North Kensington un endroit où il ne faisait pas bon nourrir des rêves ni tenter de les réaliser. Neal Wyatt rôdait toujours à la périphérie de leur vie ; et si certaines choses avaient changé pour les Campbell, il n'en allait pas de même pour Neal. Qui continuait d'être une présence furtive. Il y avait toujours des comptes à régler.

Le respect restait la clé permettant de mettre de l'huile dans les rouages entre Joel et Neal. Pour sa part, Joel entendait bien faire un effort. Mais pas dans le sens que Hibah lui avait suggéré. Pas question qu'il rampe devant Neal. Car Joel savait ce qui échappait à Hibah : il n'y avait que deux façons d'être en sécurité à North Kensington. Primo, être invisible, n'intéresser personne. Secundo, inspirer le respect. Pas le distribuer comme on distribue des vêtements dont on n'a plus l'usage, mais l'obtenir. En témoigner à plus fort que soi comme Hibah l'avait laissé entendre, c'était se transformer en lavette, en bouc émissaire, se conduire en imbécile. S'assurer le respect d'autrui, en revanche, c'était garantir sa survie et celle de sa famille.

C'était de la Lame que viendrait le salut de Joel – s'il devait venir. Sa sécurité et celle de son frère reposaient sur son alliance avec la

Lame. Joel pouvait décrocher des notes époustouflantes en classe ; il pouvait écrire des poèmes capables de mettre les larmes aux yeux de ses collègues du Club des Mots ; il pouvait participer à un projet de film qui lui vaudrait d'avoir son nom sous les feux des projecteurs. Ces exploits ne lui serviraient à rien dans le monde où il devait évoluer, parce que aucun n'était de nature à faire crever les gens de trouille. La peur, c'était la Lame qui l'inspirait. Pour forger une alliance avec lui, Joel savait qu'il devrait faire ses preuves quand et comme la Lame l'exigerait.

Quelques semaines plus tard, Cal Hancock lui fit comprendre que le moment était venu. Quelques mots suffirent.

— C'est le moment, mec, dit-il en s'en roulant une, le dos contre la vitrine d'une laverie automatique située sur le trajet que Joel empruntait pour se rendre à Middle Row School en fin d'après-midi.

— Quel moment ?

— Le moment de faire ce qu'on te dit si t'es toujours d'accord.

Cal détourna les yeux, fixa plus bas dans la rue deux vieilles dames qui marchaient bras dessus bras dessous, se soutenant l'une l'autre. Son haleine forma un panache dans l'air glacial. Comme Joel ne soufflait mot, il se retourna vers lui.

— Alors ? T'es partant ?

Joel était partant, mais il hésitait, non parce qu'il s'inquiétait de ce que la Lame allait exiger de lui, mais à cause de Toby. Il était censé aller chercher son frère à la sortie de l'école pour l'emmener au centre d'apprentissage, et cela allait bien prendre une heure. Comme il l'expliqua à Cal.

Cal secoua la tête. Il s'empressa de rétorquer qu'il était hors de question qu'il répercute ce genre d'excuse à la Lame. Ce serait lui manquer de respect en lui montrant que Joel avait plus urgent à faire que de se plier à ses desiderata.

— C'est pas que je veux lui manquer de respect, Cal, protesta Joel. C'est juste que Toby... Il sait bien que Toby, il est pas net dans sa tête.

— La Lame, ce qu'il veut, c'est tout de suite.

— Je veux bien faire ce qu'il veut. Mais je peux pas laisser Toby essayer de rentrer seul à la maison. Il commence à faire nuit, et la fois où il a essayé de rentrer sans moi, il s'est fait agresser.

C'était à Joel qu'il appartenait de résoudre le problème, répondit Cal. S'il n'y parvenait pas avec celui-là, il ne résoudrait pas non plus les autres. Il devrait aller de son côté, et la Lame du sien. Peut-être était-ce mieux ainsi.

Joel essaya de voir ce qu'il pouvait faire. Sa seule possibilité était de recourir à l'excuse vieille comme le monde qu'utilisaient les enfants qui refusaient de faire ce qu'on leur demandait : feindre d'être malade. Il téléphonerait à sa tante pour lui dire qu'il avait eu un malaise en classe et lui demander si elle pensait qu'il fallait qu'il aille malgré tout chercher Toby. Bien entendu, elle dirait que non. Elle lui dirait de rentrer directement. Elle fermerait la boutique le temps d'aller chercher Toby à l'école. Après quoi elle le garderait avec elle à Sidashop jusqu'à ce qu'il soit l'heure de rentrer. Le temps qu'elle regagne Edenham Way, Joel serait rentré, après avoir prouvé à la Lame sa loyauté et son respect.

Il dit à Cal d'attendre et se mit en quête d'une cabine téléphonique. Quelques minutes lui suffirent pour accomplir son plan. Ce qu'il avait omis de prendre en compte, c'était la nature de ce que la Lame voulait. Cal ne tarda pas à le lui faire savoir, mais pas avant de lui donner un petit avertissement. Lorsque Joel revint, son coup de fil passé, Cal lui demanda s'il avait bien réfléchi.

— Je suis pas con, rétorqua Joel. Je sais comment ça se passe. La Lame fait quelque chose pour moi, je fais quelque chose pour lui. J'ai pigé, Cal. Je suis prêt. Je suis prêt à tout.

Il était temps de montrer à la Lame ce qu'il avait dans le ventre.

Cal l'examina d'un air pensif.

— Suis-moi, alors.

Et il se mit en route vers le nord à vive allure, en direction de Kensal Green. Il marchait sans un mot et sans s'arrêter pour voir si Joel suivait. Il ne cessa de marcher que lorsqu'ils atteignirent le haut mur de brique qui ceignait les ruines étouffées sous la végétation du cimetière de Kensal Green. Parvenu à la hauteur des grilles donnant accès à l'enclos, il regarda Joel. Joel se demandait ce qu'on allait bien pouvoir exiger de lui. Piller une tombe ? Cela ne l'enchantait pas.

Une fois l'arche de l'entrée franchie, on débouchait sur un carré de bitume et une loge de gardien où brillait de la lumière à travers les rideaux. Le bitume marquait le départ de l'allée principale du cimetière. Celle-ci obliquait vers l'ouest, jonchée de feuilles en décomposition tombées des nombreux arbres non élagués, disséminés à travers l'enclos.

Cal s'engagea dans cette allée. Joel s'efforça de trouver à tout cela un délicieux parfum d'aventure. Cette mission qu'on lui assignait dans ce lieu à donner la chair de poule allait être une vaste blague. Cal et lui allaient piller une tombe dans l'obscurité et ils se précipiteraient derrière une stèle au cas où un gardien viendrait à passer. Ils essaieraient de ne pas se prendre les pieds dans l'une de ces tombes affaissées dont des panneaux signalaient l'existence tout au long de l'allée. Leur coup fait, ils escaladeraient le mur et s'enfuiraient en emportant le trophée que la Lame leur avait demandé de déterrer. Ce serait, se dit-il, comme une chasse au trésor.

Dans l'obscurité hivernale, cependant, le lieu revêtait un aspect sinistre et ne donnait pas à Joel l'impression de vivre une aventure excitante. Avec ses anges massifs aux ailes déployées au sommet des monuments funéraires, ses mausolées enveloppés de lierre, ses moindres centimètres carrés disparaissant sous les buissons et les mauvaises herbes, le cimetière ressemblait davantage à une ville peuplée de goules qu'à un lieu de repos. Joel s'attendait presque à voir surgir des esprits des tombes délabrées, et des fantômes sans tête survoler la végétation.

De part et d'autre de l'allée principale partaient des pistes boueuses. Sous la lumière moribonde, Cal en emprunta une. Cinquante mètres plus loin, il disparut complètement derrière une épaisse haie de cyprès. Quand Joel s'y fut frayé un passage, ce fut pour déboucher devant une grande tombe recouverte de mousse. Celle-ci avait été conçue à l'origine comme une chapelle, mais ses trois vitraux étaient aujourd'hui obstrués par de la maçonnerie, et la porte qui y donnait jadis accès était enfouie sous des genévriers plantés si serré qu'il aurait fallu une machette pour s'y tailler un chemin.

Pas de Cal en vue. L'idée d'une embuscade jaillit dans l'esprit de Joel. L'inquiétude qui le tarabustait grandit car il venait de réaliser que personne ne savait où il se trouvait. Il repensa à l'avertissement de Cal, à ses propres fanfaronnades. Il marmonna « Merde » et tendit l'oreille, écoutant aussi attentivement qu'un gamin terrifié peut écouter. Si quelqu'un devait lui sauter dessus, il pouvait au moins essayer de deviner de quel côté le danger allait venir.

D'en haut, lui sembla-t-il. Joel entendit un bruissement qui lui parut émaner des cyprès et il recula. Un vieux banc de bois se dressait à quelque trois mètres de la petite chapelle, il s'en approcha, grimpa dessus, comme si cela pouvait le protéger. Là, il remarqua ce qu'il ne pouvait voir quand il se tenait au pied de la chapelle : son toit était recouvert de grandes ardoises rectangulaires, mais un certain nombre d'entre elles manquaient, formant un trou béant qui laissait l'intérieur de la tombe à la merci des éléments.

Le bruit perçu par Joel provenait en fait de l'intérieur et, comme il regardait de ce côté, il vit soudain jaillir une forme noyée d'ombre. Une tête et des épaules apparurent au-dessus du mur, une jambe suivit. Tout cela noir, à l'exception des pieds, chaussés de baskets.

— Qu'est-ce que tu fous, bordel ? dit Joel.

Cal enjamba le mur de la chapelle et se laissa tomber en douceur par terre.

— T'es prêt, mec ?

— Ouais, mais qu'est-ce que tu fous dans ce trou ?
— Je vérifie.
— Quoi ?
— Que tout est OK. Ramène-toi.
Du pouce, Cal désigna la chapelle.
Le regard de Joel fit la navette entre Cal et le toit percé.
— Je vais faire quoi, moi, là-dedans ?
— Attendre.
— Quoi ? Combien de temps ?
— C'est ça, le truc. Je suis pas censé te le dire. La Lame veut voir si t'as confiance. Si tu lui fais pas confiance, il te fait pas confiance. Tu restes là jusqu'à ce que je vienne te chercher, *man*. Si t'es pas là quand je reviens, la Lame saura à quoi s'en tenir sur ton compte.

Malgré son jeune âge, Joel vit l'astuce du plan. Tout était dans le fait qu'il ne savait pas combien de temps il allait passer là. Une heure, une journée, une nuit, une semaine. La règle était simple : il lui fallait s'en remettre, les yeux fermés, à la Lame. Lui prouver sa confiance avant que ce dernier daigne lui filer un coup de main.

Joel avait la bouche sèche.
— Et si je me fais pincer ? Si je me fais foutre dehors par un gardien ?
— Parce que tu crois que les gardiens vont foutre leur nez dans les tombes si ils peuvent faire autrement ? T'inquiète, mec, personne viendra regarder. T'es partant ou pas ?
Joel avait-il le choix ?
— Je suis partant.

Cal lui fit la courte échelle. Joel se sentit hissé sur le mur, qu'il enfourcha, et de là il considéra le puits de ténèbres qui s'ouvrait à ses pieds. Il ne distingua que des formes indécises, dont une qui évoquait un corps fantomatique tapi sous une couche de feuilles en décomposition. A cette vue, il se mit à trembler et jeta un regard en arrière à Cal, qui l'observait en silence. Joel inspira bien à fond, ferma les yeux et se laissa tomber en frissonnant dans la tombe.

Il atterrit sur des feuilles. Une de ses chaussures s'enfonça dans un creux détrempé et le froid se referma sur sa cheville tandis que son pied entrait en contact avec de l'eau. Il poussa un cri, fit un bond en arrière, s'attendant presque à ce qu'une main squelettique se tende vers lui, le suppliant de l'arracher à sa tombe liquide. Il ne voyait pratiquement rien, et il espéra que ses yeux accommoderaient rapidement, passant de la lumière sourde du cimetière à l'obscurité, afin de lui permettre de savoir avec qui – ou avec quoi – il allait passer son temps.

La voix de Cal lui parvint tel un murmure à cause de la distance.

— Ça va, *man* ? T'es à l'intérieur ?

— Ça va, renvoya Joel, pas plus rassuré que ça.

— Attends que je revienne.

Puis Cal disparut dans un froissement de branches indiquant qu'il se frayait un passage au milieu des cyprès.

Joel refoula les protestations prêtes à jaillir. Ce n'était rien. Il s'agissait juste de prouver à la Lame qu'il avait assez de cran pour subir l'épreuve.

Ses mains étaient moites, il les frotta sur ses jambes de pantalon. Il se rappela ce qu'il avait distingué du haut du mur de la tombe avant de se laisser tomber à l'intérieur. Il se raidit dans l'attente de la vue d'un corps, se disant qu'il était mort depuis longtemps, mal enterré, un point c'est tout. Mais il n'avait jamais vraiment vu de corps auparavant, pas un corps resté exposé aux éléments, se décomposant, chair pourrie, dents grimaçantes, globes oculaires rongés par les vers.

A la pensée de ce cadavre quelque part derrière lui, Joel sentit ses lèvres trembler. Il prit conscience que son corps était secoué de frissons des pieds à la tête, et il comprit que dans cet endroit le froid de la nuit était d'autant plus intense qu'il était emprisonné entre des murs de pierre suintante. Comme Dorothy à Oz, il songea à la maison. Il songea à sa tante, à son frère et à sa sœur, à son lit, au dîner dans la cuisine, il se vit regardant des dessins animés avec Toby après le repas. Mais il s'interdit de continuer à évoquer tout cela, parce que les larmes lui montaient aux yeux. Il se comportait comme quelqu'un qui n'était pas capable de se débrouiller. Il se rappela avec quelle facilité Cal s'était extrait de la sépulture et il réalisa qu'il n'était pas pris au piège. Il n'était pas obligé de faire quelque chose qui lui attirerait des ennuis avec la justice. Tout ce qu'il avait à faire, c'était attendre. Il avait assez de cran pour ça.

Ainsi rassuré, il décida d'agir. Comme il ne pouvait pas rester planté là indéfiniment, le visage vers le mur, sous prétexte qu'il partageait cet espace avec un cadavre, il se força à pivoter pour lui faire face. Il se retourna, les yeux fermés. Serrant les poings, il ouvrit lentement les paupières.

Accoutumés à l'obscurité, ses yeux distinguèrent ce qui leur avait échappé jusque-là. Le corps n'avait pas de nez ; une partie de la joue manquait. Le reste était recouvert d'une sorte de tunique dont les plis jaillissaient d'entre les feuilles mortes. L'ensemble était blanc : le corps, les cheveux, les mains croisées sur le ventre, la tunique. De la pierre, comprit Joel. Un gisant.

Au pied de la statue, il aperçut une couverture écossaise pliée. Elle n'était pas recouverte de feuilles, ce qui signifiait qu'on l'avait placée là tout récemment, probablement à son intention. Il s'en saisit et trouva dessous deux bouteilles d'eau et deux sandwiches sous plastique. Il n'était pas près de sortir.

Il déplia la couverture, se l'entortilla autour des épaules. Il se cala contre les jambes du gisant et se prépara à une longue attente.

Cal ne revint pas chercher Joel ce soir-là. Il ne revint pas davantage le lendemain. Les heures se traînaient et le soleil d'hiver, bas, ne vint pas réchauffer la cachette de Joel. Pourtant il resta là où il était. Pas question d'abandonner la partie. Certes, il avait froid et – malgré les sandwiches – de plus en plus faim. A plusieurs reprises, il avait dû se soulager dans un coin sous un tas de feuilles pourrissantes, il avait à peine dormi pendant la nuit, le moindre bruit l'avait arraché à son demi-sommeil ; mais il se disait qu'il allait être récompensé de sa peine et que ça valait le coup d'attendre.

Il commença à en douter la seconde nuit. Il se mit à penser que la Lame entendait le laisser mourir dans le cimetière de Kensal Green. Quoi de plus facile : il était déjà dans une tombe. Une tombe qu'on n'avait pas ouverte depuis des années et qui ne serait probablement jamais rouverte. Cal et lui étaient venus là alors qu'il faisait pratiquement nuit. A supposer qu'il y ait eu quelqu'un pour les voir se diriger vers l'entrée du cimetière, qu'est-cc que cette personne en aurait pensé ? Ce n'étaient pas les destinations qui manquaient : la station de métro, un supermarché de l'autre côté du canal, la prison de Wormwood Scrubs.

Il envisagea de sortir de sa cachette. En examinant les murs de la tombe, il constata qu'il serait facile d'escalader les trois mètres. Toutefois, une série de questions l'empêcha de donner suite à cette idée. Que se passerait-il s'il franchissait le mur au moment où Cal venait le chercher ? Que se passerait-il si la Lame, posté à proximité pour l'observer, assistait à sa fuite ? Que se passerait-il s'il avait été aperçu par un gardien ? Si on lui mettait la main dessus pour le traîner de nouveau au commissariat de Harrow Road ?

Quant à sa famille et aux suppositions auxquelles elle devait se livrer à l'approche de cette seconde nuit, il n'y songea pas un instant. Sa tante, ses frère et sœur n'étaient que des points à peine perceptibles sur l'écran de sa conscience.

La seconde nuit s'écoula lentement. Il faisait un froid terrible et une petite pluie s'était mise à tomber. Qui se transforma bientôt en une longue averse venteuse, trempant sa couverture et son pantalon. Il n'avait que son anorak pour se protéger ; mais, si la pluie continuait, il ne lui serait plus d'aucune utilité.

Le ciel s'éclaircissait lorsqu'il perçut finalement les bruits qu'il guettait : le froissement des branches des cyprès et le chuintement de baskets sur le sol détrempé. Puis ce fut la voix de Cal :

— T'es là, vieux ?

Accroupi à l'abri tout relatif du toit percé, Joel se releva avec un grognement.

— Ouais.

— Tu vas réussir à sortir ?

Joel, qui n'en était pas sûr, dit que oui. La faim lui faisait tourner la tête, le froid le rendait maladroit. Il ne manquerait plus qu'il se rompe le cou en essayant de s'extraire de cet endroit.

Il effectua plusieurs tentatives. Il réussit à la quatrième. Cal s'était hissé sur le mur, où il était assis à califourchon, lui tendant la main. Mais Joel ne voulut pas s'en saisir : il était à deux doigts de réussir le test de la Lame. Il voulait que Cal Hancock transmette ce message à Mr Stanley Hynds : il a passé le test, il a tout fait tout seul.

Il tendit une jambe par-dessus le mur et s'assit dessus comme Cal. A l'inverse de Cal, toutefois, il se cramponna aux pierres tel un survivant de naufrage.

— Tu lui diras, *man*, fit-il dans un souffle.

Il se laissa glisser du mur par terre. Cal sauta à son tour et l'aida à se remettre sur pied.

— Ça va ? Ça fait un putain de barouf chez toi. Je suis passé près de là où tu crèches. C'est bourré de keufs chez ta tante. Tu vas en prendre plein la gueule, mon pote.

— Merde.

Joel avait pensé à tout sauf à ça. Comme la plupart des habitants de la cité, sa tante n'était pas une fan de la police, et il avait du mal à croire qu'elle ait pu téléphoner aux flics.

— Faut que je rentre. Quand c'est que je vais pouvoir lui parler, à la Lame ?

— Compte pas sur lui pour t'arranger le coup avec les flics. Tu te démerderas seul.

— C'est pas la question. Faut que je lui parle du taré qui me fait chier. Le mec qu'a besoin d'être cadré.

— Il s'en occupera quand il sera prêt.

— Hé! protesta Joel. Est-ce que j'ai pas... ?

— Pas comme ça que ça marche.

Cal fit franchir la haie de cyprès à Joel et l'entraîna le long du sentier boueux vers l'allée centrale. Il s'arrêta pour nettoyer la semelle de ses baskets sur un coin de bitume tapissé de feuilles. Il regarda autour de lui en homme qui cherche à détecter des présences indésirables et dit à voix basse, sans lever le nez de ses chaussures :

— Il est encore temps de tout arrêter, petit.

— Arrêter quoi ?

— Ecoute, mec, il te veut vraiment du mal. Tu piges ? Ça se terminera pas comme ça.

— Qui ? La Lame ? Mais je lui ai rendu son couteau. T'étais pas là quand on a causé. Y a pas de lézard entre nous. C'est cool.

— Pas son genre, de tirer un trait, *man*.

— Il a été cool, je t'assure. Tu peux pas savoir, t'étais pas là. Et puis j'ai fait ce qu'il m'a d'mandé, non ? J'cherche pas à l'embrouiller. Nous deux, ça roule.

Cal, qui fixait ses chaussures, releva la tête.

— Tu crois ça ? Si la Lame met ton type au pas, c'est une putain de dette que t'auras envers lui. T'as de la famille, mec. Pourquoi t'y penses pas ?

— C'est ce que je fais, protesta Joel. Pourquoi tu crois que je me démène comme ça ?

— Et lui, renvoya Cal, pourquoi tu crois qu'il fait tout ça ?

22

Lorsqu'il s'engagea dans Edenham Way, Joel vit la voiture de Dix D'Court garée devant chez sa tante. Il était gelé, trempé, crevé, affamé, et ne demandait qu'à se mettre au lit. Dans cet état de faiblesse, il avait peu de chances de s'en sortir à la tchatche, et ses retrouvailles avec les siens risquaient d'être mouvementées. Il s'abrita derrière une poubelle et passa plusieurs minutes à concocter les bobards qu'il servirait à sa tante. La vérité, il était peu probable qu'elle s'en accommode.

Il songea d'abord à rester planqué derrière la poubelle jusqu'à ce que Kendra sorte pour aller travailler. Il lui faudrait emmener Toby à l'école, et Ness devrait elle aussi quitter les lieux, laissant la maison vide. Dix ne s'y attarderait certainement pas, une fois Kendra partie. Joel aurait alors toute la journée devant lui pour inventer une histoire. A condition de pouvoir attendre.

Mais attendre, il ne s'en sentait pas capable. Sept minutes passées derrière la poubelle suffirent à lui faire comprendre qu'il ne pouvait rester plus longtemps dans le froid. Il sortit de sa cachette et se dirigea vers la porte. Il gravit les marches du perron d'un pas pesant.

Il introduisit sa clé dans la serrure. Le bruit alerta la famille. La porte s'ouvrit. Il s'attendait à tomber nez à nez avec sa tante, prête à lui sauter dessus, mais c'était Ness qui avait la main sur la poignée. Ness qui lui barrait la route. Elle lui décocha un regard meurtrier et lança :

— Tante Ken, le petit con est de retour.

Et, à Joel :

— T'es pas dans la merde, *man*. Les flics sont venus, l'école a téléphoné, les services sociaux sont sur les dents, ils ont plus un poil de sec. Où t'étais passé ?

Puis, baissant la voix :

— Tu te cames ou quoi ?

Joel ne répondit pas, d'ailleurs ce fut inutile car la porte s'ouvrit de quelques crans supplémentaires et il aperçut Kendra. Elle portait les mêmes vêtements que deux jours auparavant. Ses yeux étaient rouges et cernés. Comme Ness, elle s'écria :

— Où t'étais passé ? Qu'est-ce que... ? Avec qui... ?

Puis elle fondit en larmes. Le stress. Mais, comme Joel ne l'avait jamais vue pleurer, il se demanda si c'était du lard ou du cochon. Elle le serra farouchement contre elle mais l'étreinte se termina en coups de poing qu'elle lui décocha dans le dos. Coups symboliques qui n'auraient pas fait de mal à une mouche.

Par-dessus son épaule, Joel vit Toby jaillir de la cuisine dans son pyjama de cow-boy, ses bottes de cow-boy claquant sur le lino. Derrière lui, Dix était planté au milieu de la pièce, impassible. Il regarda la scène un moment puis il s'avança vers la porte et sépara doucement Kendra de Joel. Il la fit pivoter vers lui et la prit dans ses bras, non sans adresser une moue dégoûtée à Joel. Avant d'entraîner Kendra vers l'escalier, il dit à Ness :

— Téléphone aux flics. Dis-leur qu'il est rentré.

Ness claqua la porte d'entrée et se dirigea vers l'appareil pour passer le coup de fil. Elle laissa Joel là où il était, et il eut l'impression qu'on le mettait à l'isolement – chose à laquelle il ne s'était pas attendu. Isolement qu'il trouva pire que celui qu'il avait connu pendant ces deux jours dans la tombe. Il se dit que ce n'était pas juste qu'on le traite comme un paria au lieu de l'accueillir avec des débordements de joie. Il brûlait d'envie de leur balancer une phrase bien sentie : « Est-ce que vous savez ce que je viens de subir pour vous ? »

Sans le faire exprès, Toby donna du grain à moudre à l'indignation de Joel.

— Dix est revenu, Joel. Tu rentrais pas, alors tante Ken l'a appelé. Elle croyait que t'étais avec lui au gymnase. Ivan, il savait pas où t'étais...

— Elle a appelé Ivan ?

— Elle a appelé tout le monde. Il était tard quand elle a téléphoné à Ivan. Elle croyait qu'il t'avait emmené au cinéma, mais non. Alors elle s'est dit que t'avais eu des ennuis avec les flics, et elle les a appelés. Après ça, elle a pensé que Neal t'avait p't'êt' agressé et...

— Bon, ça va. La ferme, dit Joel.

— Mais je voulais...

— Je t'ai dit de la boucler.

Les yeux de Toby s'emplirent de larmes. Il était en présence d'un Joel qu'il ne connaissait pas. Il s'approcha de lui, tira sur la manche de son anorak, disant :

— T'es tout mouillé. Faut te changer. Je peux te prêter un pull que tante Ken...

— Ferme-la ! s'écria Joel en le repoussant.

Il se dirigea vers la cuisine. Toby se précipita vers l'escalier dans un sanglot. Joel s'en voulut d'avoir fait de la peine à son frère mais il lui en voulait aussi de ne pas être suffisamment futé pour obéir sans qu'on lui crie dessus.

Ness terminait son coup de fil tandis que Joel, à la table de la cuisine, se laissait tomber sur une chaise et posait sa tête entre ses bras croisés, sur une pile de journaux restés ouverts. Il ne voulait qu'une seule chose : qu'on le laisse seul. Il ne comprenait pas pourquoi tout le monde réagissait aussi violemment. A croire qu'il avait commis le crime du siècle. Alors que Ness, quand elle passait la nuit dehors, n'était jamais accueillie à son retour par un charivari pareil. Il se dit qu'ils se comportaient comme s'il avait fait une tentative de suicide.

— T'as fait fort, laissa tomber Ness.

Elle alluma une cigarette et l'odeur âcre du soufre de l'allumette jointe à celle du tabac donna un haut-le-cœur à Joel.

— Fabia Bender est passée, disant qu'il était temps qu'on te trouve un établissement où on te dresserait avant que tu t'attires de gros ennuis. Les flics ont fouillé partout. Comme si on t'avait assassiné. Y a même un inspecteur qu'est allé essayer de tirer les vers du nez à m'man. Quand tu merdes, *man*, tu merdes à fond. Alors, où t'étais passé ?

Joel secoua la tête, qu'il garda baissée.

— Pourquoi ce cirque ?

— Quoi ? T'es pas au courant ?

Joel se décida à relever péniblement la tête. Ness s'approcha de la table, cigarette au bec, lui fit signe d'ôter ses bras de la pile de tabloïds. Elle en referma un – le *Mirror* – et le tourna vers lui, lui présentant la une.

— Jette un œil. Je suppose que t'es assez grand pour capter. Tante Ken a pensé...

Joel baissa les yeux, fixa le journal. ENCORE UN CADAVRE. Sous le gros titre, trois photos d'une voûte de chemin de fer que bloquaient des chevalets et un ruban de scène de crime, un groupe de gens en plein conciliabule, et un homme blond à l'écart, parlant dans son portable, qu'on décrivait comme un commissaire de Scotland Yard. Joel leva les yeux vers sa sœur.

— Je capte pas. Tu me dis que tante Ken...

— Evidemment, trancha Ness. Qu'est-ce que tu crois ? T'es pas à la maison alors que tu racontes que t'es malade. Elle a appelé ce mec, Ivan, et il lui a dit qu'il t'avait pas vu. Mais il lui a fallu des heures avant de réussir à l'avoir au téléphone. Alors elle s'est imaginé qu'il t'avait fait quelque chose. A cause de ces articles dans les journaux.

Direct, elle a filé un coup de fil aux keufs. Ils ont conduit ce mec, Ivan, au commissariat, et ils l'ont cuisiné...

— Ivan ? gémit Joel. Les flics ont cuisiné Ivan ?

— Ben, oui, quoi ! Qu'est-ce que t'imagines ? T'étais où, toi, pendant qu'ils le faisaient chier ?

Joel fixa le tabloïd. Il n'arrivait pas à croire qu'il s'était passé autant de choses simplement parce qu'il avait passé deux nuits dehors. Ce qui s'était produit en son absence, ce n'était pas rien : intervention de la police locale qui avait soumis Ivan à un interrogatoire, intervention du service des jeunes délinquants en la personne de Fabia Bender, qui avait déjà Joel dans le collimateur. La tête lui tourna. Il cligna des yeux pour mieux voir le journal.

— Plusieurs ados ont été kidnappés à Londres, disait Ness. Celui-ci, c'est le cinquième ou le sixième. Des mecs de ton âge. C'est pour ça, te voyant pas rentrer et ayant lu le journal, c'est Cordie qui lui avait apporté, tante Ken a pensé que ce cadavre, eh ben... c'était le tien. T'as vachement merdé sur ce coup-là. Tu vas en prendre plein la gueule. J'aimerais pas être à ta place.

— Elle a pas tort de dire ça.

C'était Dix, qui était redescendu. Il dévisagea Joel d'un air écœuré. Il tenait un verre à la main, qu'il alla rincer à l'évier.

— Où t'étais passé, Joel ? Qu'est-ce que t'as fabriqué pendant tout ce temps ?

— Pourquoi vous l'avez pas empêchée d'appeler les flics ? dit Joel, leur adressant la question à tous les deux.

Sa tante lui avait compliqué les choses dans les grandes largeurs. Et précisément au moment où il était sur le point de tout arranger. Elle avait réduit tous ses efforts à néant.

— Je t'ai posé une question. Je veux une réponse, reprit Dix.

Joel se hérissa. Dix avait pris le ton du papa pas content. Quoi que Dix fût pour eux, il n'était certainement pas leur père.

— Va te faire foutre. J'ai pas à te dire...

— Surveille ton langage, coupa Dix.

— Je dis ce que je veux. C'est pas toi qui fais la loi.

— Joel, intervint Ness.

Son ton, bizarrement, mêlait avertissement et supplique. Joel en conclut que sa sœur était passée dans le camp ennemi. Il se leva et se dirigea vers l'escalier.

— T'imagine pas que la conversation va s'arrêter là, lui lança Dix.

— M'en fous, rétorqua Joel, commençant à monter.

Il entendit Dix derrière lui et pensa que ce dernier allait le forcer à coopérer en faisant usage de ses muscles. Mais, au lieu de suivre Joel dans sa chambre, Dix s'engouffra dans celle de Kendra, dont il ferma la porte.

Elle était allongée sur le lit, un bras sur les yeux ; elle le retira lorsqu'il s'assit près d'elle et lui posa une main sur la cuisse.

— Il a dit quelque chose ?

Dix fit signe que non.

— C'est moche, Ken. C'est comme ça que ça commence, les gosses qui virent racaille.

— Je sais, dit-elle d'un ton las. Je sais. J'ai un ex-mari à Wandsworth. J'ai l'impression de le voir quand je vois Joel. Il trempe dans quelque chose, c'est sûr – drogue, casses, vol de voitures, agressions. C'est comme ça que ça commence, t'as raison, Dix. Je suis bien placée pour le savoir.

— Faut que tu mettes un terme à ces conneries.

— Tu crois que je le sais pas ? Je lui ai arrangé un rendez-vous avec son mentor. Seulement, comme j'ai donné son nom aux flics, à ce mec, je peux pas m'attendre à ce qu'il veuille continuer à servir de mentor à Joel. La bonne femme des services sociaux m'a parlé d'un endroit où les ados comme Joel se font dresser ; l'embêtant, c'est que c'est à Elephant & Castle, sur l'autre rive de la Tamise. Je peux pas le laisser aller là-bas tous les jours après l'école, j'ai besoin de lui pour s'occuper de Toby...

Elle se mit à tirer sur le dessus-de-lit en chenille. Elle avait mal au crâne, il y avait deux jours qu'elle n'avait pas dormi, et elle ne voyait pas de réponse aux questions qui la tarabustaient.

Dix lui souffla la seule qu'il connaissait.

— Il a besoin d'un père.

— Il en a pas.

— De quelqu'un qui remplace son père.

— Je me disais que ce mec, Ivan...

— Voyons, Ken. Un Blanc ? Ce Blanc-là ? C'est quelqu'un comme ça que Joel aimerait devenir, tu crois ? Parce que c'est ça qu'il lui faut, à notre Joel : un père de substitution qui lui donne envie de lui ressembler.

— Joel a du sang blanc.

— Toi aussi. Mais c'est pas de ça qu'il s'agit. Il s'agit de faire preuve de bon sens et de trouver quelqu'un que le gamin est susceptible d'admirer.

— Que suggères-tu ?

Pour Dix, cela allait de soi. Il allait se réinstaller chez Kendra. Elle lui manquait et il lui manquait. Cette fois, ils s'arrangeraient pour que ça marche. La raison pour laquelle ça n'avait pas collé auparavant, c'est parce qu'il s'était trop investi dans le culturisme et n'avait pas prêté suffisamment attention à elle et aux gosses. Mais tel ne serait pas le cas désormais. Il allait changer. Il le fallait.

Kendra lui fit remarquer que la situation était encore pire qu'avant, du fait que Mr D'Court n'avait toujours pas récupéré de son attaque cardiaque et qu'en conséquence Dix était encore plus coincé. Ce dernier fit valoir que la situation était moins critique, au contraire, et qu'il y avait des possibilités dont ils n'avaient pas encore parlé. Kendra voulut savoir lesquelles. Dix lui dit que Joel pourrait travailler au Rainbow Café, ce qui lui permettrait à la fois de se faire de l'argent de poche et d'éviter les ennuis. Il pourrait également accompagner Dix au gymnase. Aller à l'école et s'occuper de Toby, continuer à assister aux soirées poétiques. Ainsi occupé, il n'aurait plus le temps de faire des conneries. Il aurait pour modèle un homme de couleur, ce dont il avait grandement besoin.

— Et tu ne demandes rien en retour ? Tu fais tout ça pour mes beaux yeux ? J'arrive pas à le croire, ça.

— Je vais pas te mentir. Je te veux comme je t'ai toujours voulue, Ken.

— Tu dis ça aujourd'hui, mais dans cinq ans... Je peux pas te donner ce que tu veux. Faut que t'en sois conscient, *man.*

— Comment peux-tu dire une chose pareille, fit-il en lui caressant tendrement la joue, alors que tu me donnes la seule chose dont j'ai envie maintenant ?

C'est ainsi que Dix revint vivre chez Kendra, et qu'aux yeux du monde ils formèrent une famille. Dix eut beau faire, à vingt-trois ans il était débordé avec une adolescente, un préado et un môme de huit ans dont les besoins dépassaient nettement ses compétences. S'il s'était agi d'enfants ordinaires et de circonstances ordinaires, il aurait peut-être eu sa chance en tant que père de substitution – en dépit de sa jeunesse – parce qu'il était clair, même pour les petits Campbell, qu'il était animé de bonnes intentions. Mais Ness n'entendait pas se laisser imposer comme figure paternelle un homme de huit ans seulement son aîné, et Joel n'était pas intéressé. Il était persuadé qu'après avoir prouvé à la Lame qu'il était un mec valable, ses problèmes avec Neal Wyatt allaient être bientôt résolus. Et, une fois ces problèmes réglés, la vie pourrait continuer, ils seraient tous relativement en sécurité. C'est pourquoi Joel repoussa les tentatives de Dix pour nouer avec lui une amitié virile. Trop tard, songea-t-il lorsque Dix l'invita à l'accompagner au gymnase et lui proposa de travailler au Rainbow Café après les cours. Et puis il arrivait d'autant moins à prendre au sérieux ces tentatives de rapprochement qu'il percevait nuit après nuit la reprise enthousiaste des relations sexuelles entre Dix et sa tante. C'était là la véritable raison du retour du culturiste à Edenham Way. Ce retour, clairement, n'avait rien à voir avec les Campbell ni avec le désir de Dix de jouer au papa.

Devant le peu d'empressement de Joel, Dix fit preuve de patience. Pas Kendra. Elle ne supporta l'indifférence avec laquelle Joel réagissait aux ouvertures de Dix que quelques jours, puis elle mit les pieds dans le plat. Elle le fit une fois qu'il se fut mis au lit, un soir où Dix était parti s'entraîner. Elle se rendit dans la chambre des garçons, qu'elle trouva en pyjama, Joel sur le côté, les yeux fermés, et Toby assis le dos contre la tête de lit, sa planche sur les genoux, faisant tourner les roues d'un air désolé.

— Il dort ? demanda-t-elle au petit garçon.

Toby fit non.

— Il fait un drôle de bruit quand il dort. Là, il dort pas.

Kendra s'assit au bord du lit de Joel. Elle posa la main sur ses cheveux crépus qui s'affaissèrent sous ses doigts telle de la barbe à papa.

— Redresse-toi, Joel. Faut qu'on parle.

Joel continua de faire semblant de dormir. Il ignorait de quoi elle voulait lui parler, mais il pensa que ce ne devait pas être bon pour lui. Jusqu'à présent, il avait réussi à lui cacher ce qu'il avait fait. Et il n'avait pas envie que cela change.

Elle lui administra une tape sur les fesses.

— Allez, je sais que tu ne dors pas. Il est temps qu'on parle.

Mais le sujet qu'elle souhaitait aborder était précisément celui dont Joel ne voulait surtout pas entendre parler. Il se dit qu'il ne pouvait pas lui parler, pour la simple raison qu'elle ne comprendrait pas. Ils avaient beau être liés par le sang, la vie de Kendra était trop différente de la sienne. Elle avait toujours eu des gens sur qui elle pouvait compter, alors elle ne comprendrait pas ce que signifiait le fait d'être seul.

— J'ai envie de dormir, tante Ken.

— Plus tard.

Il se recroquevilla. Se cramponna à sa couverture pour l'empêcher de la lui arracher si jamais l'envie l'en prenait.

— Bien, soupira-t-elle.

Et elle adopta son accent huppé, ce qui fit se raidir Joel.

— Tu as pris une décision, Joel. C'est très bien, très adulte. Mais il faut que tu en assumes les conséquences. Tu vois ce que je veux dire ? Tu t'en tiens à ta décision ou tu en changes ?

Joel gardant le silence, elle l'apostropha d'un ton nettement moins aimable :

— On a essayé de te tendre la perche, Dix et moi, mais tu n'as pas répondu à nos avances. Tu préfères cacher ton jeu, ça te regarde.

Comme je ne sais pas ce que tu mijotes, je dois veiller à ce qu'il ne t'arrive rien. A partir d'aujourd'hui, c'est la maison, l'école, la maison. Tu vas chercher Toby à l'école, et c'est tout. Voilà le programme.

A ces mots, Joel ouvrit les yeux.

— C'est pas juste.

— Fini les soirées poétiques, les visites à Ivan. Pas question d'aller voir ta mère à moins que je ne t'emmène et te ramène. On va voir comment tu te comportes dans les deux mois qui viennent et ensuite on renégociera.

— Mais j'ai pas...

— Ne prends pas ta tante pour une imbécile. C'est à cause de ce voyou que tout a commencé. Celui avec qui tu t'es bagarré. Je vais également m'occuper de ça.

Joel se retourna. S'assit. Se doutant de ce qu'elle comptait faire, il chercha à l'en dissuader.

— C'est que dalle. Ce mec, il y est pour rien. C'est juste un truc que j'ai été obligé de faire. J'ai pas déconné avec la loi. Personne a morflé.

— Et je m'occuperai aussi de ton anglais, par la même occasion. Le langage de la rue, ça suffit.

— Mais Dix, il parle...

— Dix. Tu fais bien de le mentionner. Il fait de son mieux avec vous. Alors tâche de faire un effort de ton côté. Je me suis tenue à l'écart jusqu'ici, mais maintenant je vais intervenir. Il est temps que la police...

— T'as pas à...

— Ton anglais.

— Il ne faut pas que tu t'en mêles, tante Ken. Je t'en prie. Reste en dehors de cette affaire.

— Trop tard. Tu as passé deux nuits dehors, tu refuses de dire pourquoi, Joel.

— Je t'en prie, la supplia Joel.

Ses protestations firent comprendre à Kendra que Neal Wyatt était bel et bien la cause de tout ce qui clochait dans la vie de Joel. L'incendie de la péniche, l'agression de Toby dans la rue, les menaces qu'il lui avait adressées à Sidashop... Elle allait téléphoner à la police, il fallait que ce loubard sache qu'on le tenait à l'œil.

Ce fut Hibah qui annonça la nouvelle à Joel. Elle le trouva à l'arrêt de bus après les cours mais elle attendit pour lui parler qu'il soit monté. Il y avait tellememnt de monde qu'ils durent rester debout, se cramponnant à la barre.

A voix basse, elle lui souffla :

— Pourquoi tu l'as balancé, Joel ? C'est pas malin. Tu sais ce qu'il veut te faire maintenant ?

Joel vit que son visage était crispé. Il comprenait qu'elle était en colère mais ne captait pas le pourquoi de son exaspération.

— J'ai balancé personne. Qu'est-ce tu racontes ?

— Oh, t'as balancé personne, ironisa-t-elle. Si t'as pas donné Neal, comment t'expliques qu'il s'est retrouvé au poste ? Les flics l'ont fait venir au commissariat suite à cette histoire de péniche. Et au fait qu'il avait agressé des gens dans la rue. Dont ton frère. Si c'est pas toi, c'est qui ?

— Ma tante. C'est sûrement elle.

— Ta tante, j'hallucine, fit Hibah d'un air de dérision. Et le nom de Neal, elle l'a su comment, si c'est pas toi qui lui as dit ? C'est fou ce que t'es con, Joel. Je t'explique comment t'entendre avec Neal, et toi, tu fais tout le contraire de ce qui faut. T'étonne pas qu'il veuille te dérouiller, maintenant. Et te figure pas que je vais pouvoir t'aider. Parce que ça, c'est pas possible. Tu captes, *man* ? T'as vraiment rien dans la tronche, putain.

N'ayant jamais entendu Hibah parler avec autant de véhémence, Joel comprit dans quel guêpier il s'était fourré. Et pas seulement lui. Car il savait que Neal était suffisamment malin pour tenter de l'atteindre par proches interposés. Ne s'en était-il pas déjà pris à Toby ? Il maudit sa tante de ne pas avoir deviné les conséquences que son intervention risquait d'entraîner.

Joel décida qu'il fallait faire quelque chose. A supposer que la Lame ait tenu sa promesse et sérieusement claqué le beignet à Neal Wyatt, le fait que le nom de Neal ait été donné aux keufs annulait tout et faisait redémarrer de plus belle l'animosité de Neal à l'encontre des Campbell. En un mot comme en cent, Kendra n'aurait pu faire pire pour envenimer la situation.

Après avoir réfléchi, Joel en vint à croire qu'Ivan Weatherall était la réponse à une partie de ses problèmes. Ivan, la poésie et le Club des Mots constituaient la porte à franchir s'il voulait arranger les choses.

Joel n'avait pas revu Ivan depuis le fiasco du cimetière. Mais il savait quels étaient les jours où il était de passage à Holland Park School, aussi demanda-t-il à être reçu par son mentor et attendit-il qu'on les mette en présence. Malgré ce qui s'était passé, il était certain qu'Ivan accepterait de le recevoir : Ivan était un optimiste dès lors qu'il s'agissait des jeunes. D'un optimisme qui confinait à la bêtise. Joel se prépara en écrivant cinq poèmes. Des vers de mirliton. Mais il faudrait que ça aille.

Ce fut un soulagement quand on l'invita à aller trouver son mentor. Il emporta ses poèmes et se livra à une petite gymnastique intime digne de Machiavel pour se convaincre que ce n'était pas si grave d'utiliser un ami si c'était pour la bonne cause.

Ivan n'était pas assis à la table habituelle. Debout devant la fenêtre, il contemplait la grisaille de ce jour de janvier. Arbres sans feuilles, terre détrempée, ciel fuligineux. Il se retourna lorsque Joel entra dans la pièce.

Joel sentit qu'il devait faire un effort s'il voulait faire passer la pilule du coup de fil de Kendra à la police. Des excuses s'imposaient. Il s'en acquitta. Ivan les accepta car c'était une bonne nature. Il reconnut que cet incident avait été plus embarrassant qu'autre chose. Le premier soir de l'absence de Joel, il donnait un cours d'écriture de scénario et le lendemain il dînait avec son frère. Aussi ce n'étaient pas les alibis qui lui manquaient. Mais, pour dire la vérité, il avait été gêné qu'on lui demande des comptes concernant ses allées et venues, et meurtri par l'insistance de la police à fouiller son domicile dans l'espoir d'y trouver des indices de la présence d'un Joel qu'il aurait retenu prisonnier chez lui... ou pire.

— Les voisins n'ont pas du tout apprécié, poursuivit Ivan. Même si je suppose que je devrais considérer comme un honneur le fait d'être pris pour un tueur en série.

Joel eut une crispation du visage.

— Désolé. J'aurais dû... J'ai pas pensé... Tante Ken a piqué une crise d'hystérie, Ivan. Quand elle a vu aux infos ces gosses qui se faisaient trucider, des gosses de mon âge, elle a pensé...

— A moi. C'est logique, j'imagine.

— C'est pas logique du tout. Je suis désolé.

— Je m'en suis remis, dit Ivan. Tu veux me dire où tu étais ces deux nuits-là ?

Joel n'en avait pas la moindre intention. Ce n'était rien, dit-il. Ivan devait le croire. Cela n'avait rien à voir avec quoi que ce soit d'illégal – drogue, armes, actes de délinquance. Tout en parlant, il sortit ses poèmes. Il dit à Ivan qu'il avait écrit. Sachant que cela détournerait l'attention d'Ivan des deux fameuses nuits. Il avait des poèmes à lui montrer. Ils n'étaient pas très bons, mais il se demandait si Ivan accepterait malgré tout d'y jeter un œil.

C'était fourrer de la viande crue sous le nez d'un fauve. Que Joel ait écrit incita Ivan à se dire – à tort – que tout n'était pas perdu. Le gamin n'était pas irrécupérable. Il s'assit, prit les textes et se mit à lire. On entendait les mouches voler. Joel attendait le verdict.

Il avait trouvé un truc pour expliquer la médiocrité de sa production : il n'avait pas d'endroit où écrire dans le calme, dirait-il à Ivan si ce dernier s'étonnait de la dégradation de son travail. Toby était vissé devant la télé, Ness passait des coups de fil, la radio marchait à fond, et dans la chambre, tante Ken et Dix étaient aussi frénétiques que des singes en rut... Inutile de dire qu'il ne bénéficiait pas de la tranquillité nécessaire pour lâcher la bride à son inspiration. Et tant que la situation ne changerait pas à la maison – tant qu'on ne lèverait pas un tant soit peu les restrictions imposées à ses allées et venues – il ne pourrait probablement pas faire mieux.

— C'est très mauvais, décréta Ivan en relevant la tête.

Les épaules de Joel s'affaissèrent en signe d'échec.

— J'ai essayé de les remettre d'aplomb mais p't'êt' qu'ils sont tout juste bons pour la poubelle.

— Ne jetons pas le bébé avec l'eau du bain, dit Ivan.

Mais, après relecture, il avait l'air effondré. Il posa la question que Joel attendait : qu'est-ce qui avait bien pu dénaturer son travail à ce point ?

Joel égrena la liste d'excuses qu'il avait concoctée. Il ne fit aucune suggestion quant aux moyens de remédier à la situation, mais c'était inutile. Conditionné comme il l'était, Ivan formula lui-même les solutions adéquates. La tante de Joel envisagerait-elle de lever en partie les restrictions qu'elle lui avait imposées pour permettre à Joel d'assister de nouveau aux séances du Club des Mots ?

Joel eut un signe de dénégation.

— Pas question que je lui demande. Elle m'en veut à mort.

— Et si je lui téléphonais ? Ou que je passais la voir à la boutique ?

C'était exactement ce que Joel avait espéré, mais il se garda de se montrer trop enthousiaste. Il dit à Ivan qu'il pourrait toujours essayer. Tante Ken se sentait honteuse d'avoir mis les flics aux trousses d'Ivan ; elle voudrait sans doute se racheter.

Il ne restait plus qu'à attendre l'inévitable. Ce qui ne prit pas longtemps. Ivan rendit visite à Kendra cet après-midi-là, emportant avec lui les poèmes de Joel. Ils ne s'étaient jamais vus ; aussi, quand Ivan se présenta, Kendra éprouva-t-elle une bouffée de contrariété. Elle s'empressa de la chasser, se disant qu'elle avait fait ce qu'il convenait quand Joel avait disparu. Lorsqu'un Blanc lie amitié avec des gamins noirs, il n'a qu'à s'en prendre à lui-même s'il arrive quelque chose à l'un d'entre eux et qu'on le soupçonne d'une mauvaise action.

Le fait qu'Ivan était prêt à passer l'éponge fit fondre la résistance que Kendra aurait pu opposer à ses suggestions. Celles-ci étaient simples. Ivan lui expliqua que la poésie de Joel souffrait des restrictions qu'elle lui avait imposées dans ses allées et venues. Tout en se montrant certes persuadé que ces restrictions étaient amplement méritées, Ivan se demandait si Mrs Osborne ne pourrait pas les alléger de façon à laisser Joel retourner au Club des Mots, où il pourrait de nouveau bénéficier des critiques et du soutien des autres poètes. Lesquels lui permettraient non seulement d'améliorer sa production mais aussi de frayer avec des gens de tous les âges – y compris des jeunes – impliqués dans l'écriture et la création. Activités qui les maintenaient éloignés de la rue et les empêchaient de faire des bêtises.

Il montra à Kendra les poèmes de Joel. Bien que ne connaissant rien aux métaphores ni à la métrique, bref ignorant tout de l'aspect technique de la poésie, elle se rendit compte que ces vers n'étaient en rien comparables à ceux qu'il avait écrits précédemment. Etant donné que les efforts de Dix pour inciter Joel à travailler au café s'étaient révélés vains, que Fabia Bender lui serinait qu'il lui fallait une influence extérieure pour rester dans le droit chemin, que le Club des Mots était pratique – Joel n'aurait pas, pour y assister, à faire un long trajet en bus comme celui qu'il aurait dû effectuer s'il avait été inscrit dans l'établissement situé de l'autre côté de la Tamise, recommandé par Miss Bender –, étant donné enfin qu'elle pourrait obliger Joel à lui promettre que, la soirée terminée, il rentrerait directement à la maison, Kendra donna son accord. Mais, si jamais elle s'apercevait qu'il était allé ailleurs un soir où il devait se rendre au Club des Mots, il en prendrait pour son grade.

— C'est clair, Joel ?

— Oui, tante Ken, dit-il d'un ton solennel.

Intérieurement, Joel cogitait, il échafaudait des plans. Neal avait refait surface, ce qui n'était guère étonnant. Il gardait ses distances, mais il était toujours là, rôdant, guettant, observant. Et Joel ne savait jamais quand il allait surgir. L'autre semblait doté du pouvoir de se matérialiser comme par enchantement, comme si une force inconnue brouillait les atomes de son être, les transportait et les assemblait de nouveau, où qu'il souhaitât se trouver. Il semblait également avoir des contacts partout, des garçons que Joel n'avait jamais vus auparavant, et qui le bousculaient au milieu de la foule, lui chuchotaient le nom de Neal aux arrêts d'autobus ou dans Meanwhile Gardens, lançaient un bonjour à un Neal invisible devant l'école de Toby. Neal Wyatt était devenu un courant sous-marin, et Joel savait qu'il attendait le moment propice pour se venger d'avoir été balancé par Kendra.

Joel en conclut qu'il lui fallait retourner voir la Lame, et le Club des Mots lui en fournit l'occasion. Le soir de la réunion, il s'y rendit, l'avertissement de sa tante encore présent à l'oreille. Elle téléphonerait à Ivan pour s'assurer qu'il était allé à sa soirée et nulle part ailleurs. C'était bien compris ? Il répondit que oui.

Il n'avait pas de plan à proprement parler, il y avait juste deux ou trois choses qu'il comptait mettre à profit. Il avait assisté à un nombre suffisant de soirées pour en connaître le déroulement. Lorsque le Chemin des Mots succédait à la première partie, ceux qui ne relevaient pas le défi allaient prendre un rafraîchissement au buffet, parlaient poésie entre eux, demandaient à Ivan ou aux autres des conseils sur leur travail. Ils ne prendraient pas la peine de surveiller les allées et venues d'un gamin de douze ans. Joel songea que c'était là sa chance ; mais, pour que ça marche, il lui fallait un mauvais poème.

Il s'arrangea pour que tout le monde le voie dans la salle en sous-sol. Il monta sur l'estrade et lut un de ses plus médiocres écrits. La lecture terminée, il supporta bravement le silence qui s'était établi jusqu'à ce que quelqu'un, dans le fond, se racle la gorge et risque une critique supposée constructive. D'autres suivirent et une discussion s'engagea. Joel faisait de son mieux pour se comporter comme le poète sérieux pour lequel il passait. Il prenait des notes. Hochait la tête. Laissait échapper des :

— Aïe. Je savais que c'était mauvais mais vous y allez quand même un peu fort.

Après avoir avalé force couleuvres, il eut une conversation avec Whitburn, dont il fut forcé d'écouter les paroles d'encouragement à propos d'une activité dont il ne se souciait plus.

Après qu'Adam lui eut tapé sur l'épaule avec un : « T'as été couillu de nous lire ça, *man* », vint le moment de passer au Chemin des Mots. Joel se glissa vers la porte. Il se dit que si on le repérait, on en conclurait qu'il préférait filer la queue entre les jambes tellement il était mortifié.

Il courut d'Oxford Gardens à la cité Mozart. Une fois là, il zigzagua de ruelle en ruelle jusqu'au squat de Lancefield Court. Il faisait nuit noire cette fois. Pas trace de Cal au pied de l'escalier pour protéger la Lame des visiteurs indésirables.

— Merde, marmonna Joel en se demandant ce qu'il allait faire.

Il retraversa la cité Mozart et consulta le plan fixé sur un poteau métallique de Lancefield Street. Ce qui ne lui fut d'aucune utilité. La cité était vaste et il avait beau savoir qu'une certaine Veronica y habitait – mère du dernier-né de la Lame –, il jugea qu'il n'avait que peu de chances de la trouver ; et, à supposer qu'il la trouve, il y avait encore moins de chances pour que la Lame fût chez elle. Elle avait rempli son office : il avait dû dégager. L'immeuble de Portnall Road – où résidait Arissa –, c'était sans doute là qu'il le dénicherait.

Joel s'y rendit au trot, arrivant hors d'haleine devant l'immeuble d'Arissa. Pas de Cal Hancock là non plus. Ce qui signifiait que la Lame n'était pas dans les murs.

Joel se sentit affreusement frustré. Il ne lui restait plus beaucoup de temps. Il devait être à la maison à la fin du Club des Mots. S'il n'y était pas, sa tante saurait le lui faire payer. Et cher. Découragé, il fut pris de l'envie de flanquer un coup de poing dans un mur de brique crasseux. Il ne lui restait plus qu'à prendre le chemin du retour.

Il décida de passer par Great Western Road. Il réfléchit à un autre moyen de trouver la Lame ; il était tellement plongé dans ses pensées qu'il ne fit pas attention lorsqu'une voiture se glissa près de lui. Il ne prit conscience de sa présence qu'en percevant une odeur de shit. Relevant le nez, il vit la Lame au volant, Cal Hancock sur le siège du passager, et Arissa à l'arrière qui se penchait pour lécher la nuque tatouée de son homme.

— Salut, petit, dit la Lame.

Il freina et adressa un signe de tête à Cal, qui descendit, tira une taffe, et salua Joel.

— Ça roule, frangin ?

Au lieu de lui répondre, Joel s'adressa à la Lame :

— On dirait pas que tu lui as claqué le beignet, à Neal Wyatt, *man.*

La Lame eut un sourire sans joie.

— Putain, il cause comme un vrai mec, notre Joel. T'es prêt pour Rissa, alors, petit ? Elle les aime jeunes.

De la langue, Arissa effleura le bord de l'oreille de la Lame.

— Tu l'as remis en place, le mec ? poursuivit Joel. Je croyais qu'on avait fait un deal.

Les yeux de la Lame s'étrécirent. A la lumière du plafonnier, le serpent sur sa joue remua lorsqu'il crispa la mâchoire.

— Monte, petit, dit-il en désignant le siège arrière. Faut qu'on cause.

Cal fit basculer le siège vers l'avant. Joel le regarda, essayant de deviner ce qui allait se passer. Mais Cal avait l'air impénétrable. L'herbe qu'il avait fumée n'avait pas décrispé ses traits.

Joel grimpa dans le véhicule. Un grand plan de Londres tout corné reposait sur le siège. Lorsqu'il l'écarta, il vit que ce plan dissimulait un trou de brûlure de cigarette dans la garniture du siège. On s'était amusé à tirer sur le rembourrage dont un morceau, mis à nu, pendait.

Quand Cal fut remonté, la Lame démarra avant que la portière soit fermée. Les pneus crissèrent comme dans un mauvais film noir et Joel fut projeté contre le dossier. Arissa brailla :

— Ouais, baby, fonce !

Elle passa les bras autour du torse de son mec et se remit à lui lécher le cou.

Joel détourna les yeux. Il ne pouvait s'empêcher de penser à sa sœur. Elle avait été la copine de la Lame avant Arissa. Il n'arrivait pas à l'imaginer à la place de cette nana.

— T'as quel âge, petit ?

Joel rencontra le regard de la Lame dans le rétroviseur. Ils prirent un virage trop brusquement et Arissa alla valser contre la portière. Eclatant de rire, elle se redressa, se pencha vers le siège de devant pour glisser les mains sous le pull noir de la Lame.

Cal jeta un regard à Joel et lui offrit son joint. Joel eut un signe de dénégation. Cal lui fourra le pétard sous le nez. Une lueur dans ses yeux fit comprendre à Joel qu'il était censé décrypter un message.

Joel prit le pétard. Il n'avait jamais fumé d'herbe mais il avait vu les autres le faire. Il tira faiblement dessus et réussit à ne pas tousser. Cal approuva de la tête.

— Douze ans, dit Joel, répondant à la question de la Lame.

— Sérieux, douze ans ? Un vrai putain de petit dur. Tu m'as pas répondu, l'autre jour : t'es toujours puceau ?

— Neal Wyatt, je croyais que tu devais le cadrer, Stanley. J'ai fait ce que tu m'as dit. C'est quand que tu vas remplir ta part du contrat ?

— Il est toujours puceau, dit la Lame à Cal. C'est cool.

Accrochant le regard de Joel dans le rétro, il poursuivit :

— Rissa, c'est son truc, les puceaux. Pas vrai, Riss ? Qu'est-ce que t'en dis ? Tu veux te faire Joel ?

Arissa se détacha de la Lame et reluqua Joel.

— Le temps d'enlever ma culotte, il aura déjà débandé. Tu préfères pas que je le suce ?

Elle tendit la main vers la braguette de Joel.

Joel ne lui laissa pas le temps de le toucher et la repoussa sèchement.

— Dis à ta pouffe de me foutre la paix. C'est notre deal qui m'intéresse, *man*.

La Lame s'arrêta brutalement au ras du trottoir. Joel regarda autour de lui, mais impossible de savoir où ils étaient. Dans une rue – mais laquelle ? – à grands arbres dénudés, maisons chics, trottoir nickel. Un quartier qu'il ne connaissait pas. La Lame dit à Cal :

— Ramène-la à la maison. Ce *jeune homme* et moi, faut qu'on parle.

Il pivota sur son siège et attrapa Arissa sous le bras. Il la souleva – ses jambes fouettant l'air, dévoilant sa culotte – et il lui plaqua un baiser rugueux sur la bouche – un vrai coup de poing. Il la poussa vers Cal, disant :

— La dope, c'est basta pour ce soir. Tu la tiens à l'œil.

Cal prit Arissa par le bras. Elle protesta, frottant sa bouche meurtrie.

— Pas envie de marcher, *man*.

— Ça te remettra les idées en place, lui renvoya la Lame.

Et, lorsque Cal eut claqué la portière, il redémarra, le pied au plancher.

Il conduisait vite, il y eut de fréquents virages. Joel s'efforça de mémoriser l'itinéraire, mais il comprit bientôt que c'était inutile. Comme il n'avait pas la moindre idée de l'endroit où ils se trouvaient lorsqu'ils avaient entamé cette partie du trajet, cela ne lui servirait à rien de savoir quel itinéraire ils avaient suivi pour arriver à destination.

La Lame garda le silence jusqu'au moment où il gara la voiture. Alors, il dit seulement :

— Descends.

Joel obtempéra. Il se retrouva à un coin de rue devant un bâtiment abandonné. Le mur de brique qui le ceinturait était sale, même à la lumière du réverbère qui se dressait à quelques mètres de là. Les peintures vertes des huisseries étaient craquelées, et une enseigne déglinguée était accrochée au-dessus d'une porte de la taille de celle d'un garage. L'enseigne indiquait A.Q.W. Motors, mais le lieu ne semblait pas avoir servi depuis un bout de temps. Des planches et des plaques métalliques condamnaient les fenêtres du rez-de-chaussée tandis qu'en haut des rideaux en lambeaux indiquaient que l'appartement du premier étage avait jadis été occupé.

Joel s'attendait à ce que la Lame se dirige vers l'appartement. C'était peut-être une autre planque où il faisait son business quand ça devenait chaud au squat de Lancefield Court. Mais, au lieu d'aller vers l'immeuble, la Lame l'entraîna à l'arrière. Là, une ruelle béait, les ombres n'étaient dissipées que par une unique ampoule allumée à l'arrière d'un bâtiment à quelque distance de là.

Derrière A.Q.W. Motors, un mur de brique enserrait une sorte de cour. Un portail métallique y donnait accès. Le portail avait beau être équipé d'une serrure d'apparence officielle, Joel constata bientôt qu'elle n'était pas inviolable. La Lame avait une clé dans sa poche et il s'en servit. Le portail s'ouvrit sans bruit et, du pouce, la Lame fit signe à Joel d'entrer.

Joel, qui attendait toujours la réponse à sa question, tint bon. Que faire d'autre ? Si la Lame entendait le liquider, il le ferait.

— Alors, Neal Wyatt ?

— T'en as dans le ventre ? Jusqu'où t'es prêt à aller, mon pote ? dit la Lame.

— Je joue pas aux devinettes. Il fait un froid de chien, putain. Faut que je rentre. Si c'est encore un de tes jeux de con...

— Tu te figures que les autres sont débiles parce que toi tu l'es, petit ?

— Je...

— Entre. On causera quand on causera. Si ça te plaît pas, démerde-toi pour rentrer chez toi. Un petit lit bien chaud. Une tasse de chocolat. Une belle histoire avant de dormir.

Joel jura, franchit le portail. La Lame le suivit à l'intérieur.

Il faisait noir dans la cour, un royaume d'ombres. Joel dut attendre que ses yeux s'accoutument à la pénombre avant de distinguer ce qui l'entourait. Les formes vagues se précisèrent peu à peu : de vieilles poubelles, des caisses d'emballage, une malle, une échelle au rebut, des mauvaises herbes. A l'arrière du bâtiment, des portes murées par des briques donnaient sur un quai en béton. Ce quai s'étendait sur toute la longueur du bâtiment, à un mètre vingt du sol. Voyant cela, Joel comprit qu'ils étaient derrière une ancienne station de métro – lequel était aérien dans cette partie de la ville. L'une des nombreuses stations qui avaient été mises en service puis désaffectées en fonction des mouvements de population et des modifications subséquentes apportées aux différentes lignes à travers Londres.

La Lame traversa la cour et les vestiges de deux lignes de métro. Il bondit sur le quai et le longea jusqu'à une porte. Une porte métallique comme celles qui servent à dissuader les squatteurs et autres vagabonds d'entrer mais qui n'avait pas posé le moindre problème à la Lame. Il déverrouilla le cadenas et entra. Joel le suivit.

La vieille station de métro avait changé de destination et était devenue un atelier de mécanique. L'air glacial sentait encore l'essence et l'huile de vidange, et lorsque la Lame alluma une lanterne qu'il avait prise près de la porte, la lumière révéla un guichet et un vieux plan du métro couvert de poussière sur lequel figuraient des itinéraires vieux de quatre-vingts ans. Le reste du local avait rempli un tout autre office, comme en témoignaient les étagères à outils, un cric hydraulique, des tuyaux restés accrochés au plafond. Sous ces tuyaux étaient empilées des caisses en bois. Des caisses d'aspect récent. La Lame s'en approcha et, à l'aide d'un tournevis, il souleva le couvercle de l'une d'entre elles.

Connaissant la Lame, Joel s'attendait à ce que le contenu des caisses soit de la drogue. Il pensait qu'on allait lui demander de faire des livraisons comme des tas d'autres jeunes de son âge à North Kensington. Contrarié, il dit d'un ton un peu sec :

— Dis donc, mec, on cause ou on cause pas ? Parce que si c'est non, je me casse. J'ai autre chose à faire que rester là à te regarder tripoter tes marchandises.

La Lame ne lui fit pas même l'aumône d'un regard. Secouant la tête, il dit :

— T'es un vrai mec, hein, mon bonhomme ? Merde, j'ai intérêt à faire gaffe à mon cul, alors.

— Fais gaffe à ce que tu veux. Mais arrête de me saouler. Décide-toi, putain. Tu m'aides ou tu m'aides pas ?

— Je refuse pas de t'aider, dit la Lame. Tu veux que je le cadre, je vais le cadrer. A ma façon.

Sur ces mots, la Lame se redressa et pivota vers Joel. Il tenait quelque chose dans sa paume. Mais ce n'était pas un sachet de coke. C'était un revolver.

— T'as des couilles, *man* ? Jusqu'où t'es capable d'aller ?

23

La Lame ramena Joel à Edenham. Pendant tout le trajet, l'arme était restée sur les genoux de Joel tel un serpent lové sur lui-même. Il n'avait pas l'intention de s'en servir. La toucher l'avait déjà suffisamment secoué. La Lame la lui avait tendue par la poignée pour lui laisser le temps de s'y habituer : poids, contact du métal, sensation de puissance. Désormais, en le regardant, tout le monde dans la rue verrait en lui un homme. Un vrai. Un mec capable de violence. Et personne ne s'avise de chercher querelle à un type de cette trempe. On se fait forcément respecter quand on a un flingue sur soi.

Il n'y avait pas de balles pour le calibre, et Joel en fut soulagé. Que serait-il arrivé si le revolver avait été chargé ? Toby aurait pu tomber dessus même si Joel l'avait bien planqué. Croyant qu'il s'agissait d'un jouet, Toby aurait tiré sans savoir qu'il pouvait tuer quelqu'un. Toby butant Joel par accident. Abattant Ness ou Kendra. Liquidant Dix.

La Lame se pencha et ouvrit la portière.

— Alors, mon pote, on est d'accord ? T'as capté comment les choses vont se passer ?

— C'est tout ? Et après, tu t'occupes de Neal ? Parce que je vais pas...

— Tu me traites de menteur ? dit sèchement la Lame. Tu fais ce que je te demande, t'as pas le choix. C'est pas toi qui décides.

— Je suis déjà allé au cimetière. Comment je peux savoir que tu vas pas me demander encore autre chose une fois que j'aurai fait ça ?

— T'as aucun moyen de le savoir, mec. Faut que tu me fasses confiance. Tu me fais confiance et tu m'obéis. C'est comme ça que ça fonctionne. Si t'as pas confiance, y a pas de raison que j'aie confiance.

— Ouais. Mais si je me fais pincer...

— C'est ça, le truc, Joel. Si tu te fais pincer... Suppose que tu te fasses choper, mec. Tu fais quoi ? Tu me balances ou tu fais celui qui sait que dalle ? A ta place, je tâcherais de pas me faire gauler. Tu sais courir. T'as un flingue. Qu'est-ce qui peut arriver si tu fais gaffe ?

Il sourit, prit un joint et l'alluma, observant Joel à travers la flamme qui mettait comme des étincelles dans ses yeux.

— T'es pas con, Joel. Vous êtes tous des malins dans la famille. Je suis sûr que tu t'en sortiras sans bobo. Dis-toi que c'est juste une autre étape. Allez, prends ce calibre et casse-toi, petit. Cal te dira quand faudra que tu passes à l'action.

Joel jeta un coup d'œil en direction de la cité d'Edenham. De là où il se trouvait, il ne pouvait distinguer la maison de sa tante, mais il savait ce qui l'attendait quand il aurait gravi les marches du perron : une famille, et les responsabilités qui allaient avec.

Il avait son sac à dos qu'il avait emporté au Club des Mots, il l'ouvrit, y fourra le revolver. Il sortit de la voiture et se pencha vers la Lame :

— A plus.

La Lame, sous l'influence de l'herbe, lui adressa un sourire paresseux.

— A plus, mec. Bonjour à ta connasse de sœur.

Joel claqua la portière, laissant la Lame hurler de rire dans son dos.

— C'est ça, compte là-dessus, Stanley. Et va te faire foutre, dit-il tandis que la voiture filait vers Meanwhile Gardens.

Joel gagna à pas lents le domicile de sa tante, plongé dans ses pensées. Il essayait de se persuader qu'il était capable de faire ce que la Lame lui demandait. Il n'y avait pas beaucoup de risques. Surtout avec Cal pour l'aider à choisir la victime – car Joel savait que Cal ne resterait pas à côté de lui, les bras croisés, à attendre qu'il ait fait son choix. Combien de temps et d'efforts faudrait-il pour mener à bien une agression ? Il pouvait encore se simplifier le travail en se contentant d'arracher le sac de quelqu'un. La Lame ne lui avait pas dit de rester planté à attendre qu'une Asiatique fouille d'une main tremblante dans ses affaires pour lui remettre son porte-monnaie. Il lui avait simplement dit vouloir que Joel dépouille une Asiate de son fric dans la rue. Il n'était pas allé plus avant dans ses instructions. Certainement, se dit Joel, il était libre de les interpréter à sa manière.

Les choses s'étaient passées de telle façon ce soir que Joel en conclut que c'était de bon augure. Il se dit qu'il exécuterait les doigts dans le nez la mission que la Lame lui confierait. Il était parti à la recherche de la Lame, mais c'était ce dernier qui l'avait trouvé. La fin de leur entretien coïncidait pile poil avec la fin de la séance du Club des Mots. Il rentrait indemne, il avait même pris des notes circonstanciées pendant que les copains critiquaient ses poèmes. Tout cela ne pouvait que le faire bien voir de sa tante. Et si ce n'était pas un signe lui indiquant ce qu'il devait faire ensuite, qu'appelait-on un signe ?

Joel pensait que Kendra serait assise à la cuisine, les yeux fixés sur la pendule, afin de s'assurer qu'il rentrait à l'heure et ne lui avait pas raconté de bobards concernant son emploi du temps de la soirée. Mais, lorsqu'il entra, le rez-de-chaussée était désert et plongé dans l'obscurité. Du bruit venait d'en haut ; il monta l'escalier. Dans le séjour, une cassette en cours dans le lecteur : des détrousseurs de train s'éloignaient au galop d'un wagon de marchandises qu'ils avaient fait sauter, et des billets de banque s'envolaient dudit wagon tandis le shérif et ses hommes poursuivaient les bandits. Mais personne pour regarder le film. Joel hésita, tendant l'oreille, inquiet, son sac à dos lui paraissant peser une tonne. Il gravit encore un étage. Il aperçut un rai de lumière sous la porte de sa chambre, et capta des grincements de sommier rythmiques venant de la chambre de sa tante. Il comprit pourquoi il n'avait pas trouvé Kendra dans la cuisine. Il ouvrit la porte de sa chambre et découvrit Toby, assis dans son lit, qui gribouillait sur sa planche avec des feutres.

— C'est Dix qui me les a donnés, dit Toby sans autre préambule. Il me les a rapportés avec un album à colorier. Les coloriages, c'est pour les petits. Mais les feutres, ils sont cool. Il m'a aussi apporté une cassette. Pour que je la regarde pendant qu'il se tape tante Ken.

— Pourquoi tu l'as pas regardée, la cassette ?

— Tout seul, c'est pas drôle.

— Où est Ness ?

— Avec la dame et son fils.

— Quelle dame ?

— La dame de la garderie. Ils sont allés dîner. Même que Ness a téléphoné à tante Ken pour lui demander si elle pouvait y aller.

Joel fut surpris d'apprendre ça. C'était signe que Ness avait changé. Si ce coup de fil de Ness – marque de courtoisie envers sa tante – ne constituait pas un événement bouleversant à proprement parler, il lui donna néanmoins matière à réfléchir.

Toby lui tendit sa planche. Il avait dessiné dessus un bel éclair, et l'avait colorié avec soin.

— Super, Tobe, commenta Joel en posant son sac sur son lit.

Conscient jusqu'au malaise de son contenu, il était décidé à le mettre en lieu sûr dès que Toby se serait endormi. Dans sa vieille valise sous une pile de vêtements d'été, par exemple.

— Ouais, hein ? Je pense à un truc, Joel.

— Quoi ?

— Ma planche. Si je la décore hyper bien et que je l'apporte à m'man, tu crois que ça pourra l'aider à guérir ? Je l'aime vachement, cette planche, et j'ai envie de la garder. Mais si m'man l'avait, et si tu lui disais ce que c'est, et tout...

Toby semblait si plein d'espoir que Joel ne sut que lui dire. Il comprenait l'intention de son frère : s'il faisait cet ultime sacrifice, est-ce que Dieu ou celui qui décidait du sort des uns et des autres n'en tiendrait pas compte ? Aux yeux de Toby, offrir sa planche à Carole Campbell, c'était comme lui faire don de la lampe. En se séparant d'un objet cher, il montrerait à sa mère combien elle comptait dans sa vie, ce qui lui donnerait sans doute envie d'en faire partie.

Joel doutait fort que cela marche. Mais il voulait bien essayer.

— La prochaine fois qu'on va là-bas, Tobe, on emporte la planche. Mais d'abord faut que t'apprennes à t'en servir. Comme ça tu pourras lui faire une petite démo. Ça lui changera les idées. Et p't'êt' que, du coup, elle pourra revenir à la maison.

— Tu crois ? dit Toby, les yeux brillants.

— Ouais. C'est ce que je crois, mentit Joel.

L'espoir d'une amélioration dans l'état de santé de Carole Campbell, ses enfants le nourrissaient tous, certes, mais à des degrés divers. C'est chez Toby qu'il était le plus vivace. Toby, dont l'expérience limitée de la vie ne lui avait pas encore appris qu'il fallait se méfier de l'espoir. Joel y pensait, lui, de façon fugace, chaque fois qu'il devait prendre une décision concernant son frère et sa sœur. Quant à Ness, elle rejetait carrément cette idée quand par hasard celle-ci lui traversait l'esprit. Elle était trop occupée pour nourrir des fantasmes où sa mère reprenait place parmi les siens en qualité d'adulte responsable et en bonne santé – ce qu'elle n'avait jamais été.

Majidah et Sayf étaient en grande partie responsables de ce rejet. Ainsi que le fait que Ness avait des projets d'avenir et un parcours à suivre pour les réaliser.

Ness commença par se rendre chez Fabia Bender. Là, elle déclara à l'assistante sociale qu'elle serait contente et très reconnaissante – ces deux derniers mots et l'accent mis sur le *très* lui avaient été soufflés par Majidah – d'accepter les subsides, la bourse, bref l'argent qui lui permettrait de suivre le cours qu'on lui proposait le trimestre prochain. Fabia se déclara ravie de l'apprendre, bien qu'elle eût déjà été mise au courant par Majidah. Elle laissa Ness lui exposer son plan. Manifesta de l'intérêt, exprima des encouragements. Se montra enchantée lorsque la jeune fille lui fit part de l'offre d'emploi de Sayf al Din, du prêt consenti par Majidah, du mode de remboursement envisagé, des horaires de travail, de la réduction d'heures de TIG. Tout cela, lui dit Fabia Bender, serait approuvé par le juge.

Fabia profita de la visite de Ness pour lui demander des nouvelles de Joel. Mais Ness ne se montra pas désireuse de lui en fournir. Elle n'avait pas confiance à ce point-là en l'assistante sociale ; en outre, elle ne savait pas vraiment ce que fabriquait son frère. Joel était beaucoup plus secret et méfiant que par le passé.

Ses débuts chez Sayf ne se déroulèrent pas comme Ness l'aurait souhaité. En imagination, elle s'était vue débarquer dans son atelier bouillonnante d'idées qu'il aurait aussitôt adoptées, lui donnant accès à son matériel et à ses fournitures. Son fantasme préféré ? Il avait accepté une commande du Royal Opera – ou d'une société de production réalisant un feuilleton colossal en costumes d'époque – et cette commande s'avérait trop importante pour un seul homme. Cherchant une assistante, il jetait son dévolu sur Ness, tel le prince choisissant Cendrillon. Elle formulait d'humbles doutes sur ses compétences – qu'il écartait d'un geste. Elle se montrait à la hauteur, créant chef-d'œuvre sur chef-d'œuvre, se forgeant bientôt une réputation, gagnant la gratitude de Sayf al Din et le statut d'associée en titre.

En réalité, elle débuta chez l'Asiatique un balai à la main, telle Cendrillon avant sa rencontre avec sa marraine la fée. Elle se vit attribuer le rôle de femme de ménage, chargée d'entretenir l'atelier à grand renfort de chiffons et de serpillières. Cette tâche lui hérissa le poil mais, serrant les dents, elle s'y appliqua.

Aussi considéra-t-elle comme un événement le jour où Sayf l'autorisa à se servir d'un pistolet à colle. On lui avait confié une mission simple : des perles à fixer sur une bande de tissu faisant partie d'une coiffure assez élaborée. La tâche avait beau être pratiquement insignifiante, c'était néanmoins un pas en avant. Ness s'appliqua tellement à faire un travail parfait afin de démontrer sa supériorité sur les autres ouvrières qu'il lui fallut un temps fou pour en venir à bout. De ce fait, elle resta à l'atelier beaucoup plus tard qu'elle n'aurait dû. Elle ne courait pas le moindre danger, car Sayf al Din s'y trouvait aussi. Il alla jusqu'à l'accompagner à pied au métro lorsqu'elle fut finalement prête à rentrer, afin de s'assurer qu'elle ne se faisait pas agresser. Ils bavardèrent pendant le trajet ; il lui promit un travail plus gratifiant. Elle se débrouillait bien, elle pigeait vite, elle était responsable ; il voulait qu'elle travaille avec lui. « Avec », pas « pour ». Ce « avec » requinqua Ness, qui s'imagina aussitôt dans la peau d'une associée.

Une fois qu'elle eut franchi le tourniquet au métro Covent Garden, Sayf regagna l'atelier pour y finir son travail. Il ne se faisait pas de souci pour Ness, elle n'avait qu'un changement à la station King's Cross – les couloirs étaient bien éclairés – et ensuite un trajet à pied de moins de dix minutes entre la station Westbourne Park et la cité d'Edenham. Cinq, si elle marchait d'un bon pas. Sayf al Din avait tenu la promesse faite à sa mère, même s'il avait du mal à comprendre l'intérêt qu'elle portait à cette ado perturbée.

A la fin de cette délicieuse journée, Ness avait la tête pleine de rêves d'avenir tandis qu'elle rentrait à la maison au sortir du métro. Elle traversa Elkstone Road l'esprit embrumé par son succès. Elle longea Meanwhile Gardens sans se montrer aussi vigilante qu'elle l'aurait dû pendant cette marche hivernale en bordure d'un parc à peine éclairé dans un quartier sensible de la ville.

Elle ne voyait rien. Mais elle, en revanche, on la vit. Du haut de l'escalier à spirale, invisibles à la vue, des guetteurs attendaient le moment précis où ils la repéreraient. Ils virent Ness traverser Elkstone Road. Ils échangèrent un signe : c'était la fille qu'ils cherchaient.

Ils se déplacèrent silencieusement avec la grâce de chats, descendant l'escalier, longeant le sentier. Ils se dirigèrent très vite vers l'une des collines, et, le temps que Ness atteigne l'entrée du jardin – jamais fermée –, ils étaient déjà là.

— Hé, jaunisse, tu suces ?

Telle fut la question que Ness entendit jaillir derrière elle. Comme elle se sentait en forme, capable de tout, elle enfreignit la règle qui aurait assuré sa sécurité. Au lieu d'appeler à l'aide, de courir, de hurler ou d'attirer l'attention d'éventuels passants par quelque autre moyen, elle pivota. La voix était juvénile. Un gamin. Elle n'en ferait qu'une bouchée.

Seulement elle ne s'était pas attendue à ce qu'ils soient aussi nombreux. Elle ignorait que cette rencontre ne devait rien au hasard. Il y avait huit garçons derrière elle ; le temps qu'elle réalise à quel point elle était dépassée, ils se précipitèrent. Un visage émergeait du lot, un visage bizarre et convulsé de haine. Avant de pouvoir mettre un nom sur cette physionomie, elle reçut une poussée dans le dos qui la fit s'affaler par terre. On l'empoigna par les bras. On la traîna dans le parc. Elle hurla. Une main se plaqua sur sa bouche.

— Je sens que ça va te plaire, ce qu'on va te donner, salope, dit Neal Wyatt.

Ni Kendra ni Dix n'était à la maison lorsque trois coups violents furent frappés à la porte, suivis d'une voix au fort accent asiatique. S'il n'y avait pas eu cette voix, Joel n'aurait pas bougé. Il hésitait encore lorsque l'inconnu martela :

— Ouvrez immédiatement, cette pauvre jeune fille est peut-être sérieusement blessée.

Joel ouvrit. Un Asiatique d'un certain âge à l'air familier et aux lunettes à monture épaisse, portant un *shalwar kamis* sous son manteau, soutenait Ness. Elle était affaissée contre lui, se cramponnait au revers de son vêtement. Sa veste et son écharpe avaient disparu, son pull était déchiré à l'épaule droite, taché de terre et de sang. Sa glorieuse chevelure était tout aplatie. Elle avait de vilaines marques sur la mâchoire, comme celles qu'on inflige à quelqu'un dont on veut fermer ou ouvrir la bouche de force.

— Où sont vos parents, jeune homme ? demanda le visiteur. (Qui se présenta : Ubayy Mochi.) Cette pauvre jeune fille a été agressée dans les jardins.

— Ness ? lâcha Joel. Nessa ?

Il avait peur de la toucher. Il recula et entendit Toby descendre l'escalier. Il cria par-dessus son épaule :

— Tobe, tu restes là-haut. Tu regardes la télé.

Mais, bravant l'interdiction, Toby descendit, pointa la tête par la porte de la cuisine. Il s'arrêta net, sa planche plaquée contre la poitrine. Il regarda Ness. Puis Joel. Et se mit aussitôt à pleurer, effrayé, désarçonné.

— Merde, marmonna Joel.

Il était lui-même coincé entre le désir de réconforter Toby et celui de faire quelque chose pour sa sœur. Il ne savait quoi. Planté comme une statue, il attendit.

— Où sont vos parents ? s'enquit Ubayy Mochi d'un ton plus insistant en faisant franchir le seuil à Ness. Il faut faire quelque chose pour cette petite.

— On a pas de parents, répondit Joel.

Ce qui fit redoubler les gémissements de Toby.

— Vous n'habitez pas ici tout seuls ?

— On est avec notre tante.

— Allez la chercher, mon garçon.

C'était impossible. Kendra était sortie avec Cordie. Mais elle avait son portable, aussi Joel fonça-t-il jusqu'à la cuisine pour l'appeler. Mochi lui emboîta le pas avec Ness, passant devant Toby, qui tendit le bras pour toucher la cuisse de sa sœur. Ses sanglots redoublèrent lorsque Ness tressaillit et s'écarta.

Ubayy Mochi fit asseoir Ness sur une chaise, ce qui lui permit de constater l'ampleur des dégâts. Elle avait mis une jupe courte ce jour-là, et celle-ci était déchirée jusqu'à la taille. Elle n'avait plus de collant. Ni de culotte.

— Ness, qu'est-ce qui t'est arrivé ? dit Joel. Qui t'a fait ça ?

Mais il ne tenait pas à ce qu'elle réponde car il savait déjà. Lorsqu'il entendit la voix de sa tante sur son portable, il lui dit simplement qu'il fallait qu'elle rentre.

— C'est Ness.

— Qu'est-ce qu'elle a fait ? voulut savoir Kendra.

La question provoqua un choc chez Joel, qui en perdit le souffle. Il raccrocha. Il resta dans un coin de la cuisine, près du téléphone. Toby s'approcha, cherchant du réconfort. Mais Joel n'avait rien à offrir à son petit frère.

Ubayy Mochi mit la bouilloire à chauffer. Joel lui dit que leur tante allait arriver – alors qu'en fait il n'en savait rien – et il attendit que l'Asiatique s'en aille. Mais visiblement Mochi n'avait pas l'intention de bouger.

— Allez chercher du thé, jeune homme. Du lait et du sucre. Et occupez-vous de ce petit garçon.

— Toby, dit Joel. Ferme-la.

Toby sanglotait.

— Elle a mal, Ness. Elle parle pas. Pourquoi elle parle pas ?

Le silence de Ness mettait également les nerfs de Joel à rude épreuve. Les crises de rage de sa sœur, il savait comment les gérer, mais là, il était impuissant.

— Ferme-la, Toby.

— Mais Ness...

— Je t'ai dit de la boucler, bordel de merde ! hurla Joel. Sors d'ici. Remonte. Tire-toi ! Ou je te botte le cul.

Toby sortit avec bruit de la cuisine tel un animal en fuite. Ses sanglots résonnèrent dans tout l'escalier. Il grimpa encore un étage, et un bruit de porte qui claquait fit comprendre à Joel qu'il s'était réfugié dans leur chambre. Il ne restait plus que Ness, Ubayy Mochi, et le thé à préparer. Joel s'en chargea. En fin de compte, personne n'en but et, lorsqu'ils le retrouvèrent le lendemain matin dans la théière, froid, imbuvable, ils le jetèrent dans l'évier.

Lorsque Kendra arriva, ce fut pour découvrir un tableau regroupant un inconnu, sa nièce et Joel : deux d'entre eux assis à la table en pin et l'autre debout devant l'évier. Elle entra, appelant Joel.

— Que se passe-t-il ? dit-elle avant de les voir.

Elle comprit sans qu'on eût besoin de lui donner des explications. Elle se dirigea vers le téléphone. Composa les trois 9, parla, utilisant l'anglais parfait qu'on lui avait enseigné en prévision de ce genre d'occasion. L'anglais qui donne des résultats. Son coup de fil terminé, elle s'approcha de Ness.

— Ils nous retrouvent aux urgences, dit-elle. Tu peux marcher, Nessa ?

Et, à l'Asiatique :

— Où est-ce arrivé ? Qui était-ce ? Qu'avez-vous vu ?

Ubayy Mochi se mit en devoir de lui expliquer en baissant la voix. Il cherchait à protéger Joel de révélations pénibles mais Joel comprit tout. D'ailleurs, il n'avait pas besoin d'entendre.

Une bande de jeunes avaient agressé la jeune fille. Ubayy Mochi ignorait où ils l'avaient trouvée, mais il lui semblait inconcevable qu'une jeune fille se promène dans Meanwhile Gardens toute seule à la nuit tombée. Ils avaient dû la traîner jusque-là après l'avoir kidnappée ailleurs. Ils l'avaient emmenée sur le sentier piétonnier longeant le Grand Union Canal sous le pont. Là, se croyant à l'abri des regards, ils l'avaient agressée et ils auraient sans doute fait pire si Mochi – tiré de sa méditation rituelle du soir par un cri – n'avait bondi à la fenêtre de son petit appartement et vu ce qui se passait.

— J'ai chez moi une grosse torche. C'est toujours utile. Je l'ai braquée sur eux. Je leur ai crié que j'avais vu leurs visages, que je les reconnaîtrais – ce qui n'est pas vrai – et je leur ai dit que je les dénoncerais. Ils sont partis en courant. Et je me suis porté au secours de cette jeune fille.

— Vous avez appelé les flics ?

— Pas eu le temps. Si j'avais fait ça... Compte tenu du temps qui peut s'écouler entre un coup de fil et leur arrivée sur les lieux...

Le regard de Mochi fit la navette entre Kendra et Ness. Il poursuivit avec tact :

— Je crois que ces garçons n'avaient pas encore eu le temps de... Il m'a semblé que le plus important était de m'occuper d'elle.

— Dieu soit loué, souffla Kendra. Ils ne t'ont pas violée, alors, Ness ? Ces types ne t'ont pas violée ?

A ces mots Ness sortit de son apathie :

— Quoi ?

— Ces garçons ne t'ont pas violée, Ness ?

— Parce que le viol, c'est ce qu'il y a de pire, pour toi ?

— Nessa, si je te pose la question, c'est parce qu'il va falloir qu'on dise aux flics...

— Non. Mais le viol, c'est pas le pire. Juste la fin du pire. La fin, tu piges ? La fin, la fin...

Là-dessus, elle se mit à pleurer, refusant d'en dire davantage.

Elle continua de se taire aux urgences où on pansa ses blessures. Physiquement, elles étaient superficielles. On lui mit des pommades, on lui fit des pansements. Psychologiquement, elles étaient profondes. Lorsqu'un jeune constable blanc avec des gouttes de sueur sur la lèvre supérieure l'interrogea, elle déclara ne pas se souvenir de ce qui s'était passé entre sa sortie du métro et le moment où elle s'était retrouvée assise dans la cuisine chez sa tante. Elle ignorait qui s'était jeté sur elle. Elle ignorait combien ils étaient. Le constable se garda de lui demander des explications, notamment pourquoi on l'avait prise pour cible. Les gens, on les prenait pour cible à tout bout de champ ; le plus souvent parce qu'ils s'attardaient imprudemment dehors à la nuit tombée.

Il lui conseilla de faire attention la prochaine fois et lui remit un prospectus intitulé « Prudence et autodéfense ». Il l'incita à le lire. Rien de tel pour se prémunir contre les voyous que de savoir de quoi ils étaient capables. Il referma son calepin et leur dit de venir au commissariat de Harrow Road dans un jour ou deux quand Ness en serait capable. Elle signerait une déposition, et si elle le souhaitait, elle pourrait passer en revue photos anthropométriques et portraits-robots – « à tout hasard », ajouta-t-il sans conviction – histoire de voir si elle ne reconnaissait pas l'un ou l'autre de ses agresseurs.

— D'accord, je ferai ça, dit Ness.

Elle connaissait la chanson. Ils connaissaient tous la chanson. Rien ne serait fait, car rien ne pouvait être fait. En l'occurrence, Ness n'y trouvait rien à redire.

Elle ne dit pas un mot de plus. Se comportant comme si l'agression dont elle avait été victime n'était que de l'eau coulant sous le pont de sa vie. Mais l'armure d'indifférence qu'elle avait portée pendant si longtemps avant de rencontrer Majidah et Sayf al Din commença à l'envelopper de nouveau.

Chacun réagit à sa manière au calme irréel de Ness selon sa compréhension de la nature humaine et son énergie propre. Kendra se mentit à elle-même, persuadée qu'elle laissait à Ness le « temps de récupérer », alors qu'en fait elle sautait sur l'occasion de faire comme si la vie reprenait son cours normal. Dix gardait ses distances vis-à-vis de Ness, incapable de lui servir de père dans ces circonstances. Toby, désemparé, se cramponnait à qui voulait bien de lui. Joel observait, attendait, sachant non seulement la vérité mais ce qui devait être fait après ces événements.

Seule Majidah attaqua le problème de front.

— Tu ne dois pas laisser cet accident obscurcir ta vision. C'est terrible, ce qui t'est arrivé. Ne crois surtout pas que je ne m'en rende pas compte. Mais renoncer à tes projets, c'est laisser le mal triompher. Et c'est ce qu'on ne doit jamais faire, Vanessa.

— Si vous le dites, fit Ness.

Elle fit celle qui poursuivait son petit bonhomme de chemin. Mais, comme Joel, elle observait et elle attendait.

Joel accompagna Toby à Middle Row School ; quant à lui, il sécha les cours. Il se mit en quête de Cal Hancock, qu'il trouva dans Meanwhile Gardens, offrant généreusement un joint à trois minettes qui avaient remonté leur pull d'uniforme au-dessus de la taille pour se donner l'air sexy – manœuvre au résultat douteux compte tenu de la ringardise du reste de leur tenue. Elles étaient assises sur les marches de l'escalier métallique, Cal au-dessous d'elles. Il vit Joel, l'apostropha :

— Ça roule, mec ?

Et, s'adressant aux nanas :

— Ça vous dit ?

Elles ne se le firent pas dire deux fois et gravirent les marches, se passant le joint.

— Pas un peu tôt pour tirer une taffe ? risqua Joel.

Cal lui adressa le salut paresseux du mec déjà bien défoncé.

— Jamais trop tôt pour la fumette. C'est moi que tu cherches ? Ou c'est le boss ?

— Je suis d'accord pour faire ce que veut la Lame. Neal Wyatt a agressé ma sœur, mec. Je veux qu'on le cadre.

— Ah ouais ? Pourquoi tu t'en charges pas toi-même ? T'as les moyens maintenant, non ?

— J'ai pas l'intention de le tuer, Cal. D'ailleurs, j'ai pas de balles pour mon calibre.

— Braque-le, alors. Il se chiera dessus.

— Pour qu'il recommence ? Lui et sa bande, je veux pas qu'ils emmerdent Toby ou tante Ken. Je veux que la Lame lui file une branlée, à ce lascar. Alors dis-moi qui c'est, la nana que je dois braquer.

Cal examina Joel avant de se mettre debout.

— T'as apporté le flingue ?

— Dans mon sac à dos.

— C'est bon, allons-y.

Cal l'entraîna hors du jardin. Ils dépassèrent la station de métro et, de rue en rue, ils atteignirent la partie nord de Portobello Road, non loin de l'endroit où – dans un lointain passé, lui sembla-t-il – Joel avait acheté la lampe de Toby. Là, Cal pointa le doigt vers un marchand de journaux.

— T'es juste à l'heure, *man*. Cette vieille bique se pointe ici tous les jours. Reste là en attendant que je te dise laquelle c'est.

Joel ignorait si c'était la vérité ou si c'était un mensonge. Mais cela n'avait pas d'importance. Tout ce qu'il voulait, c'était faire le boulot. En finir. Il se posta dans une encoignure de porte près de Cal, devant l'entrée d'une boulangerie abandonnée dont les vitres étaient recouvertes de contreplaqué. Cal alluma un autre joint – il paraissait en avoir une quantité inépuisable – et le tendit à Joel. Joel tira une taffe, inspira plus à fond ce coup-ci. Puis il tira une deuxième et une troisième bouffée. Il aurait continué à feu nourri si Cal ne lui avait pas ôté le pétard des mains avec un rire de basse.

— Mollo, bonhomme. Faut que t'assures, mec.

Joel eut l'impression que son cerveau avait doublé de volume. Il se sentait plus détendu, plus sûr de soi, moins effrayé, presque amusé à l'idée de ce qui allait arriver à celle qu'il imaginait être une vieille conne. Il fouilla dans son sac, sortit son flingue, qu'il glissa dans la poche de son anorak. Présence rassurante contre sa cuisse.

— La v'là, petit, murmura Cal.

Joel jeta un œil et vit une vieille Asiate sortir de chez le marchand de journaux. Elle portait un manteau d'homme et elle boitait, s'aidant d'une canne pour marcher. Un sac de cuir pendait à son épaule.

— C'est de la thune fastoche, *man*, lui avait assuré Cal. Elle jette même pas un coup d'œil autour d'elle pour s'assurer qu'elle risque rien. Putain, c'est dingue : elle les cherche, les emmerdes. Vas-y, fonce. T'en as pas pour une minute.

Visiblement, la femme n'avait pas l'ombre d'une chance mais, soudain pris d'un doute, Joel se demanda comment il était censé s'acquitter de la mission confiée par la Lame.

— Et si je me contentais de le lui arracher, son sac ? Au lieu de l'obliger à me filer son blé ?

— Oublie ça, *man*. La Lame, il veut que tu sois face à face avec cette pétasse.

— Et si on attendait un peu, qu'est-ce que t'en dis ? Qu'il fasse nuit. On tente le coup sur une autre bonne femme. Je lui cours au cul, j'attrape son sac, elle me voit pas. Mais si je l'attaque de face en plein jour, je risque...

— Flippe pas, mec. Pour eux, on est tous les mêmes, nous autres. Allez, magne-toi. C'est maintenant ou jamais.

— Je suis pas sûr qu'on soit tous les mêmes pour eux, Cal. Laisse-moi lui arracher le sac. T'auras qu'à dire à la Lame que je l'ai braquée. Il saura jamais...

— Je raconte pas de mytho à la Lame. S'il s'en aperçoit, je suis mort. Vas-y, braque-la. On a pas le temps, *man*.

Effectivement, sur le trottoir d'en face, la cible avançait à une allure relativement régulière, s'approchant du coin de la rue. Si elle tournait et disparaissait, Joel n'aurait plus l'occasion de lui sauter dessus.

Il sortit de sa cachette près de la boulangerie abandonnée. Il traversa, et au petit trot il rattrapa sa proie. Il avait la main sur son flingue, espérant sincèrement ne pas avoir à le sortir de sa poche. Le flingue lui filait la pétoche comme il terroriserait sans doute la femme à qui il était censé dérober son argent et ses cartes de crédit.

Parvenu à sa hauteur, il l'empoigna par le bras.

— Excusez-moi, dit-il bêtement, conditionné par des années de bonne éducation.

Puis, changeant de ton, durcissant sa voix, il ajouta tandis que la femme pivotait vers lui :

— Ton fric. Donne-le-moi. Les cartes de crédit aussi.

La femme avait un visage ridé et triste. L'air un peu égaré. Joel pensa à sa mère.

— Ton fric, reprit sèchement Joel. Ton fric, salope.

Pas de réaction.

Joel n'avait pas le choix. Il sortit son flingue.

— Ton pognon, tu piges ?

Elle se mit à crier. Deux fois, trois fois. Joel attrapa son sac et le lui arracha. Elle tomba à genoux. Et, tout en tombant, elle continua de crier.

Joel remisa son arme dans sa poche. Se mit à courir. Sans penser à l'Asiatique, aux commerçants, aux passants ni à Cal Hancock. Il n'avait qu'une idée en tête : quitter les lieux. Il dévala Portobello Road. Tourna au premier coin de rue. Tourna de nouveau. Prenant à droite, puis à gauche. Finalement il se retrouva dans Westbourne Park Road, où la circulation était plus intense. Un bus s'approchait du trottoir. Cinq mètres plus loin, il aperçut une voiture pie qui venait dans sa direction.

Joel stoppa net. Cherchant un endroit par où s'échapper. Il franchit le mur bas d'un grand ensemble. Traversa un jardin de rosiers taillés pour l'hiver. Derrière lui on hurla :

— On ne bouge plus !

Deux portières claquèrent coup sur coup. Il poursuivit sa route, car de sa course folle dépendaient sa vie, celle de son frère et de sa sœur, son avenir tout entier. Mais il ne fut pas assez rapide.

Alors qu'il arrivait à la hauteur du second immeuble, une main se referma sur son anorak. Un bras se glissa autour de sa taille, qui le fit tomber ; et un pied s'écrasa sur son dos.

— Qu'est-ce qu'on a ? gronda alors une voix.

Et Joel comprit ce qui s'était passé.

Ce n'était pas lui que les flics pourchassaient. Leur présence n'était pas le résultat des cris poussés par l'Asiate de Portobello Road. Comment cela aurait-il pu être le cas ? La police n'était pas aussi prompte à réagir. Combien de temps avaient-ils mis pour arriver sur les lieux lorsque le père de Joel avait été abattu ? Quinze minutes ? Davantage ? Et il s'était agi d'une fusillade, alors que là il s'agissait simplement d'une femme qui criait. Les keufs ne se décarcassaient pas à ce point-là pour ce genre d'incident.

Joel poussa un juron. Il se débattit. On le releva. Il se trouva le regard rivé sur un constable à la bouille ronde et fleurie. L'homme poussa Joel vers la rue et l'envoya valser contre la portière de la voiture pie auprès de laquelle était posté son coéquipier. Le flingue de Joel cogna la carrosserie du véhicule, et le second constable se précipita au secours de son collègue qui braillait :

— Pat ! Fais gaffe ! Ce petit salopard est armé !

Un attroupement commença à se former et Joel jeta des coups d'œil frénétiques autour de lui, à la recherche de Cal. Il n'avait pas eu la présence d'esprit de se débarrasser du sac à bandoulière de sa victime, aussi s'était-il fait prendre quasiment en flagrant délit, et il savait qu'il était cuit. Il ignorait ce qu'on faisait aux auteurs de vol à l'arraché. Il ignorait encore davantage ce qui arrivait aux ados qui se faisaient serrer avec une arme, chargée ou non. Rien de bon, sans doute.

L'un des constables sortit le flingue de sa poche tandis que l'autre, la main sur la tête de Joel, l'obligeait à se baisser pour monter à l'arrière du véhicule. Le sac fut jeté à l'avant, après quoi les deux policiers grimpèrent dans la voiture. Le conducteur mit le gyrophare en route pour obtenir de la foule qu'elle se disperse. Alors que la voiture décollait du trottoir, Joel distingua des visages qu'il ne reconnut pas. Aucun d'eux n'était amical. Les gens secouaient la tête, fermaient le poing. Joel ne savait pas si ces manifestations s'adressaient à lui ou aux policiers. Une chose était sûre en tout cas : Cal Hancock ne se trouvait pas dans le tas.

Au commissariat de Harrow Road, Joel atterrit dans la même salle d'interrogatoire que la fois précédente. Les mêmes personnes l'entouraient. Fabia Bender était assise en face de lui sur la chaise fixée au sol devant la table également vissée au sol. A côté d'elle, le sergent Starr, dont la peau noire brillait tel du satin sous la lumière impitoyable de la pièce. Une avocate avait pris place près de Joel – ça, c'était nouveau. La présence de cette dernière – une blonde à cheveux raides comme des baguettes chaussée d'escarpins à bouts ridiculement pointus et vêtue d'un tailleur-pantalon noir froissé – fit comprendre à Joel que c'était sérieux.

August Starr avait des questions concernant l'arme. Car, pour ce qui était de l'Asiatique, le chapitre était clos. Elle s'était égratigné les genoux mais, à part ça, elle était indemne. A ceci près que le choc psychologique lui avait peut-être ôté quelques années de vie. On lui avait restitué son sac, son argent et ses cartes de crédit. L'affaire était close la concernant à partir du moment où elle avait identifié son agresseur. Dans l'esprit d'August Starr, cet aspect de l'incident était réglé. Restait la question de l'arme.

Dans une société où les armes de poing n'existaient pour ainsi dire pratiquement pas chez les malfaiteurs quelques décennies plus tôt, elles proliféraient dangereusement maintenant. Conséquence directe de la quasi-abolition des frontières issue de l'unification européenne. Laquelle équivalait (s'il fallait en croire certains) à ouvrir grand les bras à l'entrée en fraude de toutes sortes de marchandises – cigarettes ou explosifs. Le sergent Starr n'avait pas le temps d'en débattre. Le fait, pour lui, était que les armes pullulaient dans sa communauté, point final. Ce qu'il voulait savoir, c'était comment un gamin de douze ans s'était retrouvé porteur d'un calibre.

Joel dit au sergent qu'il l'avait trouvé. Dans la ruelle, derrière le magasin de sa tante. Une ruelle encombrée de poubelles. Il avait dégoté l'arme dans l'une d'elles un jour qu'il fouillait dedans. Il ne se rappelait plus laquelle.

Où, exactement ? voulut savoir Starr. Il prenait des notes et enregistrait les moindres paroles de Joel.

Dans une poubelle, reprit Joel. Il ne se rappelait plus laquelle, il l'avait déjà dit. Enveloppée dans un sac plastique.

Quel genre de sac plastique ? questionna Starr, notant sur une page neuve de son carnet ces deux mots : *sac plastique*, d'une écriture bien moulée. Comme s'il espérait que ce détail allait le mener quelque part. Alors que Joel était fermement décidé à ne le mener nulle part.

Joel dit qu'il n'en savait rien. Un sac de Sainsbury ? Un sac de Boots ? Mystère.

Boots ou Sainsbury ? insista Starr comme s'il s'agissait là d'un détail fracassant. Et de noter *Boots* et *Sainsbury*. Il fit remarquer à Joel que c'était surprenant, ce trou de mémoire, étant donné que lesdits sacs étaient très différents l'un de l'autre. Ils n'étaient même pas de couleur identique. Par ailleurs, n'était-ce pas étrange de trouver des détritus dans un sac Boots censé contenir plutôt de la pharmacie ?

Joel flaira un piège. Il consulta du coin de l'œil l'avocate commise d'office dans l'espoir qu'elle interviendrait, à l'instar de ses confrères de la télé lorsqu'ils se rengorgeaient pour évoquer leur « client » et la « loi ». Mais l'avocate ne souffla mot. (Pour tout dire, elle pensait au test de grossesse qu'elle avait effectué le matin même dans les toilettes du commissariat.)

Ce fut Fabia Bender qui prit la parole. Les sacs de Boots étaient trop fins pour qu'on y jette des détritus, expliqua-t-elle à Joel. Encore moins une arme qui aurait crevé le plastique. Joel ne préférait-il pas dire la vérité au sergent Starr ? Cela faciliterait les choses.

Joel ne dit rien. Il la fermerait. C'était la meilleure solution. Il n'avait que douze ans, après tout. Qu'allaient-ils bien pouvoir lui faire ?

Le silence se prolongeant, Fabia Bender demanda si elle pouvait dire un mot à Joel. Finalement, l'avocate se décida à prendre la parole. Personne ne parlerait à son client – Joel fut tout content de l'entendre utiliser ce terme – sans qu'elle soit présente. Starr fit remarquer qu'il n'y avait pas de raison de faire des histoires. Tout ce qu'ils essayaient de faire à ce stade des opérations, c'était découvrir la vérité. L'avocate dit : « Peu importe... », et elle fut interrompue par Fabia Bender, qui déclara que tout le monde ici n'avait en tête que ce qui était le mieux pour ce jeune homme. Là-dessus, August Starr intervint, mais il avait à peine commencé sa phrase (« Considérons que... ») que la porte de la salle d'interrogatoire s'ouvrit sur une femme constable.

— Je peux vous dire un mot, sergent ?

Starr sortit de la pièce. Pendant les deux minutes que dura son absence, l'avocate y alla d'un couplet bien senti à Fabia Bender sur « les droits de l'accusé aux termes de la loi britannique, lorsque ledit accusé est un mineur ». Elle dit qu'elle s'attendait à ce que Miss Bender soit au courant de tout ça étant donné la profession qu'elle exerçait. Remarque qui eut le don de hérisser Fabia Bender. Toutefois, avant que l'assistante sociale ait eu le temps de formuler une réponse censée remettre l'avocate à sa place, le sergent reparut. Il lança son carnet sur la table et, sans regarder personne si ce n'est Joel, il prononça ces mots :

— Tu es libre. Tu peux disposer.

Les trois personnes présentes, sidérées, fixèrent le policier, bouche bée. Puis l'avocate se leva. Le sourire triomphant, comme si elle était à l'origine de ce coup d'éclat, et elle se tourna vers Joel :

— Viens, Joel.

Tandis que la porte se refermait sur le trio, laissant les policiers dans la pièce, Joel entendit Fabia qui disait :

— Mais, August, que s'est-il passé ?

Et la réponse laconique de Starr :

— J'en sais foutre rien.

Très vite, sur un au revoir expéditif de l'avocate et un regard hostile du constable de la réception, Joel fut relâché. Il se retrouva sur le trottoir devant le commissariat : aucun coup de fil n'avait été passé à sa tante ou à qui que ce soit d'autre, personne n'avait été prié de le raccompagner chez lui, à l'école ou ailleurs.

Joel n'arrivait pas à piger. L'espace d'un moment, il avait vu sa liberté et sa vie partir en fumée. Le moment suivant, c'était fini. Et il n'avait même pas eu droit à une tape sur le poignet. A un sermon. Ni à un mot. Cela ne tenait pas debout.

Il remonta la rue en direction du Prince of Wales, le pub du coin. Il marchait sur des œufs, s'attendant à ce qu'un flic, jaillissant de sous un porche, rigole du bon tour que ses collègues venaient de jouer à un gamin naïf. En cela, il fut déçu. Il atteignait le coin de la rue lorsqu'une voiture s'arrêta le long du trottoir. La portière côté passager s'ouvrit. Cal Hancock descendit.

Joel n'eut pas besoin de voir qui était au volant. Il monta derrière sans un mot quand Cal l'y eut invité d'un signe. Le véhicule démarra en trombe. Joel n'était pas naïf au point de croire que la Lame allait le ramener chez lui. Silence dans le véhicule. Mauvais pour le système nerveux. Plus difficile à supporter que si la Lame l'avait chambré. Joel avait échoué dans sa mission. Il n'avait pas réussi à dépouiller l'Asiate. C'était moche. Mais il y avait pire : il s'était fait rafler son flingue par les keufs. Ils essaieraient d'en retrouver la trace. Il portait peut-être les empreintes de la Lame. Si les flics avaient les empreintes de la Lame dans leurs fichiers pour une raison ou une autre, le caïd risquait de gros ennuis. Sans compter que, incapable de fourguer le flingue à un mec d'une bande, la Lame allait en outre perdre du fric.

La tension était telle que Joel se crut pris au piège sous une chaleur tropicale, sans un souffle de vent. L'estomac noué, ne pouvant supporter plus longtemps la situation, il dit, s'adressant aux deux autres occupants du véhicule :

— Comment ça se fait que je suis sorti, les mecs ?

Ni l'un ni l'autre ne répondit. La Lame prit un virage à toute allure et faillit percuter une Africaine vêtue de couleurs bariolées qui utilisait un passage pour piétons. Jurant, il la traita de cirque ambulant.

— En tout cas, merci, dit Joel.

Il savait que c'était grâce à l'aide de la Lame qu'il était sorti du commissariat. Sinon, comment y serait-il parvenu ? C'était une chose de se faire pincer en train d'essayer de dépouiller une passante. Chose qui se traduisait par un passage devant un magistrat suivi d'entretiens avec quelqu'un comme Fabia Bender et d'une condamnation à des travaux d'intérêt général dans un endroit ressemblant à la garderie de Meanwhile Gardens. Mais c'en était une autre de se faire serrer avec une arme sur soi. Les couteaux, c'était déjà moche. Mais les armes à feu... Les armes à feu vous valaient de récolter nettement plus qu'un bon savon de la part d'une adulte pleine de bonnes intentions mais par ailleurs fondamentalement lasse.

Joel ne comprenait pas comment la Lame s'y était pris pour le tirer des griffes de la police. Il comprenait encore moins pourquoi il s'était donné cette peine. A moins qu'il ne se soit imaginé que Joel ait été tenté de le balancer. Auquel cas Joel mériterait de se faire sévèrement étriller.

Ils ne semblaient pas prendre la direction de la cité d'Edenham. Ce qui conforta Joel dans l'idée qu'on allait lui régler son compte. Non loin de l'endroit où ils roulaient s'étendait la parcelle de terrain qui avait pour nom Wormwood Scrubs. Joel savait que ce serait un jeu d'enfant pour la Lame de l'y conduire et – qu'il fît grand jour ou non – de lui coller une balle dans la tête, abandonnant là son corps, qu'on ne retrouverait que quelques heures, quelques jours, voire quelques mois plus tard. La Lame saurait où déposer son cadavre pour qu'il ne soit récupéré que quand il le jugerait opportun. Et, s'il ne voulait pas qu'on mette la main dessus, il saurait également comment s'y prendre.

— Je leur ai dit que dalle, mec.

Cal lui jeta un regard depuis le siège du passager mais Joel ne s'en trouva pas pour autant rassuré. Il était en présence d'un Cal qu'il ne connaissait pas, un Cal pas cool, qui pinçait les lèvres pour faire comprendre à Joel qu'il avait intérêt à la boucler.

La Lame rétrograda et ils prirent un autre virage. Ils passèrent devant un marchand de journaux. Un panneau publicitaire de l'*Evening Standard* annonçait en grosses lettres bleues : UN NOUVEAU MEURTRE. LA SÉRIE CONTINUE ! Joel crut que ce message annonçait ce qui n'allait pas tarder à lui arriver, il sentit comme un gros poids sur sa poitrine. Il refoula son envie de pleurer.

Il baissa les yeux. Il savait qu'il avait salement merdé. Il avait obligé la Lame à demander un renvoi d'ascenseur – ou peut-être même à filer du fric à un fonctionnaire quelconque – et ce n'était pas avec un « Merci, mec » qu'il pourrait rembourser le service rendu. Ce n'était pas du tout un service, en fait. Mais un dérangement inconcevable. Et quand on causait ce genre de dérangement à la Lame, on pouvait s'attendre à le payer. Cher.

Cal avait essayé de le mettre en garde. Mais Joel avait supposé qu'il n'avait rien à craindre de la Lame tant qu'il ne le contrarierait pas. Et il n'avait pas eu la moindre intention de le contrarier, d'autant moins qu'il était en train de faire ce qu'on lui avait demandé.

La voiture s'arrêta dans un cahot. Joel leva la tête et reconnut l'enseigne A.Q.W Motors. Bien qu'il fît jour – un jour gris, toutefois, et précurseur de pluie –, ils avaient gagné le repaire secret de la Lame. Ils descendirent et s'engagèrent sans un mot dans la ruelle déserte.

La Lame ouvrait la marche. Suivi de Cal et Joel. Joel tenta d'arracher un mot discret à Cal pour savoir ce qui allait se passer, mais le tagueur regardait ailleurs tandis que la Lame déverrouillait le portail du vieux mur de brique et leur faisait signe d'entrer dans la cour de la station de métro abandonnée. Là, il ouvrit avec sa clé la porte donnant sur le garage. Comme s'il avait deviné que Joel mourait d'envie de tenter de s'enfuir, la Lame adressa un signe à Cal. Cal prit Joel par le bras en un geste qui n'était ni chaleureux ni amical.

A l'intérieur du vieux garage, il fit noir comme dans un four lorsque la Lame ferma la porte. Joel perçut le bruit d'un verrou. Il se hâta de dire dans l'obscurité :

— Je pouvais pas deviner qu'elle se mettrait à crier, *man*. Elle avait une canne et elle avait pas l'air de savoir où elle allait. Demande à Cal. C'est lui qui l'a choisie.

— Tu accuses Cal ?

La voix de la Lame était toute proche. Joel sursauta. Le caïd s'était déplacé dans le silence le plus parfait. A l'instar du serpent tatoué sur sa joue.

— J'ai pas dit ça, protesta Joel. N'importe qui en aurait fait autant à ma place. Quand elle s'est mise à crier, j'ai été obligé de me tirer.

La Lame ne souffla mot. Un moment s'écoula. Joel s'entendait respirer. Il respirait bruyamment. S'efforça de cesser. Il tendait l'oreille, tâchant de percevoir autre chose que son souffle. Mais il n'y avait rien à capter. C'était comme s'ils étaient tous tombés dans un grand trou noir.

Puis il y eut un *clic*, suivi d'une flaque de lumière qui s'était formée sur une des caisses d'où la Lame avait extrait le revolver la dernière fois que Joel s'était trouvé là. Joel vit que la Lame s'était éloigné de lui en silence, qu'il avait allumé la lanterne. Elle jetait des ombres longues sur les murs.

Derrière Joel, Cal craqua une allumette. L'odeur du tabac vint se mêler aux autres – huile, moisi, poussière, bois pourrissant – dans l'air glacial.

— Ecoute, mec... dit Joel.

— Ta gueule, bordel.

La Lame se tourna vers une seconde caisse. Il en souleva le couvercle. Il en extirpa des boules de papier journal, de la paille, des billes de plastique, jetant le tout par terre.

Il y avait encore plus de caisses qu'auparavant, ce que remarqua Joel, bien qu'il fût mort de trouille. Il se prit à espérer que le contenu de ces caisses serait différent, mais il en fut bientôt pour ses frais. La Lame retira un objet solidement empaqueté dans du plastique à bulles. Un objet dont la forme était révélatrice.

Joel savait qu'il était peu probable – après sa contre-performance de Portobello Road – que la Lame sorte un flingue de sa réserve pour lui donner une autre occasion de se le faire piquer par les flics. Cela voulait dire qu'il allait lui servir à autre chose. Et Joel ne voulait pas penser à cette chose.

Le tumulte de ses pensées agit sur lui comme un laxatif. Il se dit, utilisant les termes les plus violents de son répertoire, qu'il ne souillerait pas son pantalon. S'il devait payer de sa vie la nullité de sa prestation, il paierait. Mais pas comme un petit branleur pleurnichard. Il ne ferait pas ce plaisir à la Lame.

— Cal, dit la Lame, t'as des balles sur toi ?

— Ouais.

Cal sortit une petite boîte de sa poche et la lui tendit. La Lame introduisit les projectiles dans l'arme avec la sûreté de gestes que confère une longue pratique.

Voyant ce qui se préparait, Joel lâcha :

— Hé, mec, attends.

— Ferme-la, bordel. T'es sourd ou quoi ?

— Je veux juste que tu comprennes...

La Lame referma le couvercle de la caisse avec une violence telle qu'un petit nuage de poussière jaillit.

— T'es un putain de têtu, espèce de petit salopard de merde, pas vrai ?

Il s'avança vers Joel, l'arme à la main. La lui fourra sous le menton.

— Tu vas te décider à la boucler, ce coup-ci ?

Joel ferma les yeux. Il essaya de se dirc que Cal Hancock était assez humain pour ne pas rester les bras croisés pendant que son patron l'expédiait dans l'autre monde. Mais Cal garda le silence. Et Joel ne l'entendit pas non plus remuer. Il percevait, en revanche, l'odeur rance de la sueur de la Lame et sentait le métal glacial du canon de l'arme pressé sous son menton.

— Tu sais ce qu'on leur fait normalement, aux petits branleurs de ton âge qui se font serrer avec des armes ? souffla la Lame à l'oreille de Joel. On les met à l'ombre un ou deux ans. Dans un centre de détention pour jeunes merdeux. T'aimerais pas ça, Joel ? Te branler dans les chiottes pour que les mecs de seize ans matent et se fendent la gueule ? Leur présenter ton cul pour qu'ils puissent prendre leur pied quand t'as fini de te tirer sur l'élastique ? Tu crois que ça te plairait, *man* ?

Joel ne put répondre. Il essayait de ne pas pisser, de ne pas pleurer, de ne pas laisser ses boyaux le trahir, de ne pas tomber dans les pommes, lui qui n'avait pas assez d'air dans les poumons pour respirer.

— Réponds-moi, petite merde ! Et t'as intérêt à me dire ce que j'ai envie d'entendre.

— Non, s'obligea à dire Joel. Ça me plairait pas.

— Eh ben, c'est ce qui t'attend si je te laisse entre les mains des keufs.

— Merci, *man*, chuchota Joel. Et je suis sincère.

— Sincère, mon cul. Je devrais t'exploser la tronche..

— S'il te plaît.

Joel se méprisa de dire ça. Mais c'était sorti avant qu'il puisse s'en empêcher.

— Tu sais ce qu'il a fallu que je fasse pour te tirer de là, enculé ?

Le flingue s'enfonça un peu plus dans le menton de Joel.

— Tu crois que la Lame, il a eu qu'à passer un coup de fil aux keufs pour te faire sortir ? T'as une idée de ce que ça m'a coûté ?

— Je te rembourserai, dit Joel. J'ai cinquante livres, et je peux...

— Tu vas me rembourser. Tu vas me rembourser.

Et la Lame de lui relever le menton un peu plus haut à chaque fois avec son arme.

Joel accompagna le mouvement et se retrouva bientôt sur la pointe des pieds.

— Sérieux, *man*. J'te rembourserai. A toi de me dire.

— Je vais te dire, connard. Je vais te dire, bordel de merde.

La Lame laissa retomber son arme aussi vite qu'il l'avait pointée. Joel faillit tomber à genoux de soulagement. Cal s'approcha par-derrière. Il entraîna Joel vers une caisse et le fit asseoir dessus ; il l'y maintint, pesant sur ses épaules des deux mains, sans lui faire vraiment mal mais fermement.

— Tu vas, poursuivit la Lame, faire exactement ce que je te demande. Sinon, Joel, compte sur moi pour te retrouver et te régler ton compte. Avant que les keufs te chopent ou après. C'est kif-kif. Tu captes, *man* ?

— Oui, dit Joel.

— Et après, je m'occupe de ta famille. Tu piges ?

— Oui, dit Joel, déglutissant.

Il leva la tête et vit la Lame effacer ses empreintes du calibre. Il le tendit à Joel.

— Prends ce flingue. Et écoute bien. Si tu foires sur ce coup-là, t'en prends plein la tronche.

24

Ness resta seule, maussade, repliée sur elle-même. Elle effectuait ses heures à la garderie. Mais elle cessa de se rendre à Covent Garden.

Au début, on trouva cela compréhensible : après tout, c'est à son retour de l'atelier qu'elle avait été agressée. Il était normal qu'elle nourrisse certaines craintes à la pensée d'effectuer seule les allers-retours entre Edenham Way et Covent Garden. Mais, lorsqu'elle refusa également de se joindre à Sayf al Din et à ses ouvrières aux heures de pointe – à un moment où elle aurait effectué les trajets en compagnie de millions d'autres usagers et où, même pendant le trajet à pied entre la station de Westbourne Park et la maison, elle n'aurait pas été seule dehors –, son entourage commença à estimer qu'il fallait peut-être intervenir.

Majidah effectua une tentative.

— Tu ne comprends pas que tu les laisses gagner en renonçant à tes déplacements ?

Et Ness de rétorquer :

— Je fais mes heures à la garderie, je suis un putain de cours au collège. Je suis pas obligée d'en faire plus, merde. Alors lâchez-moi, OK ?

C'était vrai. Et c'était pour cette raison que tout le monde se trouvait les mains liées. Mais il y avait autre chose : Ness devait – par ordre du juge – aller en classe à plein temps et, si elle ne s'inscrivait pas au collège dans une filière quelconque – ce à quoi son travail chez Sayf al Din la préparait – , elle comparaîtrait de nouveau devant le magistrat, qui, cette fois, ne ferait pas preuve d'indulgence à son égard. Il avait été suffisamment coulant avec elle comme ça. Fini les traitements de faveur.

Fabia Bender avait un rôle décisif à jouer dans l'affaire. Lorsqu'elle rendit visite à Kendra, elle avait préparé son coup. Elle avait constitué des dossiers sur chacun des enfants. Le fait qu'elle les ait apportés et disposés avec soin sur la table de la cuisine était censé faire prendre conscience à leur tante de la gravité de la situation.

Kendra n'avait pas besoin qu'on lui mette les points sur les i. L'assistante sociale et le sergent Starr l'avaient mise au courant de l'agression perpétrée par Joel sur une passante dans Portobello Road, du fait qu'il détenait une arme et qu'il avait été mystérieusement remis en liberté. Tout en pensant qu'il devait y avoir eu erreur sur la personne – comment expliquer qu'il ait été relâché aussi subitement ? –, au fond de son cœur elle n'en était pas aussi certaine. Cet incident, à quoi il fallait ajouter le changement d'attitude de Ness, ramena son attention sur les trois enfants.

« L'assistante sociale va venir me parler, avait-elle dit à Cordie après le coup de fil de Fabia Bender au magasin. En tête à tête. Ou avec Dix, s'il est là. »

Cordie avait hoché pensivement la tête, écoutant ses filles jouer avec des poupées en papier dans le séjour tandis que la pluie fouettait les vitres. Elle avait remercié Dieu : pour l'innocence de ses gamines, pour la solide présence de son mari en dépit de son insistance à avoir un fils, pour la chance qu'elle avait. Elle avait un homme à la maison avec un métier stable, une famille harmonieuse, un métier sympa et des collègues qui partageaient sa passion.

« Tu crois que j'ai fait une connerie en donnant Neal Wyatt aux flics ? » lui avait demandé Kendra.

Cordie n'avait su que répondre. D'après son expérience, il n'était jamais bon de faire intervenir la police dans ses affaires, mais elle était prête à faire une exception à ce credo. C'est pourquoi elle avait dit : « T'inquiète pas, Ken, ça va aller. » Pour Cordie, mieux valait éviter de se trouver sur les écrans radar des autorités. Comme Kendra et ses neveux et nièce s'étaient placés sur lesdits écrans, il était peu probable qu'ils aient à s'en féliciter. Elle avait dit à Kendra : « T'as pensé aux possibilités, Ken ?

— Quelles possibilités ?

— Des solutions de rechange à proposer à cette femme si jamais elle t'en suggère qui te plaisent pas. »

Tout bien pesé, il semblait n'y avoir que trois possibilités : continuer à vivre comme au cours de l'année écoulée, provoquer chez Ness et Joel un électrochoc de nature à les inciter à changer d'attitude et les ramener à la raison, ou espérer un miracle et le rétablissement soudain et complet de Carole Campbell. Continuer comme avant : cette stratégie ne marcherait pas. La deuxième possibilité impliquait que les enfants soient confiés à des services sociaux, et c'était impensable. Quant à la troisième, elle était éminemment improbable. Elle consistait pour Kendra à épouser Dix, le mariage permettant d'assurer un semblant de solidité à cette famille recomposée. Mais le mariage avec Dix, c'était justement ce dont Kendra ne voulait pas. En fait, elle ne voulait épouser personne. Le mariage était pour elle synonyme de renoncement à ses aspirations et cela, elle ne pouvait l'envisager. Même si c'était peut-être la seule solution.

Fabia Bender n'avait pas l'intention de faciliter la tâche à Kendra. Elle essayait de stopper un train qui menaçait de dérailler, et elle était bien décidée à tout mettre en œuvre pour freiner sa course. Elle voyait bien que Kendra Osborne n'était pas une mauvaise femme. Elle la savait bien disposée à l'égard des enfants. Mais Joel était en possession d'une arme, il avait été identifié comme étant l'auteur d'une agression et il avait échappé aux poursuites pour ces deux délits. Ness avait été victime de voies de fait dans la rue et elle en subissait les conséquences. Les enfants étaient en danger. Une explosion semblait imminente. Du moins est-ce ce que son expérience soufflait à l'assistante sociale.

Elle commença par Ness, dont elle ouvrit le dossier, qu'elle parcourut apparemment pour se rafraîchir la mémoire alors qu'elle était parfaitement au courant de son contenu. En face d'elle se trouvait Kendra, que Dix avait rejointe. Il répandait une odeur de poisson frit car il rentrait du café. Impatient de filer au gymnase pour s'y entraîner, il était par ailleurs désireux de soutenir Kendra et on le sentait agité, en proie à des émotions contradictoires.

Ness faisait ses heures, ce qui était une bonne chose, leur dit Fabia Bender. Mais elle avait cessé de travailler pour Sayf al Din – ce qui lui avait tenu lieu d'heures de cours. Fabia était en pourparlers avec le magistrat à ce sujet. Car, aux termes du jugement qui avait été rendu, Vanessa devait être scolarisée à plein temps. Si la situation ne changeait pas rapidement, Ness allait devoir se représenter devant le juge, qui, cette fois-ci, ne se montrerait pas aussi compréhensif.

— Il sait qu'on l'a agressée. Il est d'accord pour qu'elle aille voir un psychologue au lieu de suivre des cours à plein temps, dit Fabia à Kendra. Nous avons quelqu'un qui pourrait s'occuper de son cas à Oxford Gardens si vous nous garantissez qu'elle assistera régulièrement aux séances. Quant à Joel...

— Je l'ai mis au pas, s'empressa de dire Kendra, non parce que c'était la vérité, mais parce qu'elle n'avait pas parlé à Dix de l'agression ni de l'arme. Il n'a pas refait l'école buissonnière depuis...

Dix fronça les sourcils.

— ... et il sait qu'il a eu de la chance que ça se termine comme ça.

— Ce n'est pas si simple, objecta Fabia Bender. Le fait qu'il ait été libéré si vite...

— Libéré ? questionna Dix. Joel a des emmerdes ? Bon sang, Ken...

Il se passa la main sur le crâne. Geste de frustration et de déception, Dix ne se doutant pas de ce que son ignorance révélait à l'assistante sociale, dont le regard fit la navette de l'un à l'autre, évaluant leur relation.

— Les flics l'ont conduit au commissariat de Harrow Road, apprit Ken à Dix. J'ai pas voulu t'embêter avec ça. T'étais occupé. Et de toute façon, ça s'est réglé. J'ai préféré ne pas te...

— Comment veux-tu que ça colle entre nous si tu me caches des choses ? chuchota furieusement Dix.

— On peut parler de ça plus tard ?

— Merde.

Il croisa les bras et se carra dans sa chaise. Fabia Bender n'en perdait pas une miette, tirant ses conclusions. Cet homme n'était pas une figure paternelle. Raison supplémentaire de ne pas laisser les enfants dans cette maison.

— En d'autres circonstances, dit-elle, je ferais pression sur vous pour que Joel soit confié à l'organisation dont je vous ai parlé. Près d'Elephant & Castle. Au sud de Londres. Et Ness également. Mais je suis d'accord avec vous, Mrs Osborne : c'est loin, et il n'y a personne pour s'assurer qu'ils s'y rendront ni pour veiller à ce qu'il ne leur arrive rien en cours de route... Joel a besoin d'un suivi psychologique tout comme Ness, mais il a besoin de plus que cela. Il a besoin d'une prise en charge sérieuse, d'un objectif, d'un centre d'intérêt sur lequel se focaliser, d'un exutoire et d'un modèle masculin auquel s'identifier. Il faut lui procurer tout cela ou alors envisager d'autres solutions.

— C'est moi que ça regarde, intervint Dix, croyant qu'il portait une part de responsabilité dans ce qui était arrivé à Joel même s'il ne savait pas très bien ce qu'il fallait entendre par « ce qui était arrivé ». Je peux lui consacrer plus de temps. J'ai pas assuré parce que...

Il souffla, pensant aux raisons pour lesquelles il n'avait pas réussi à être une figure paternelle pour Joel : ses responsabilités envers sa propre famille, son désir de réussir dans la voie qu'il avait choisie, sa soif insatiable du corps de Kendra, son incompréhension face aux enfants, son manque d'expérience aussi, et l'image qu'il se faisait d'une famille. Il n'avait pas été à la hauteur et il se sentait globalement coupable, il termina en disant :

— J'aurais voulu en faire davantage pour ces gosses. Je vais rattraper le coup.

Fabia Bender n'était pas une briseuse de famille. Elle était prête à croire que si les deux personnes assises avec elle à cette minuscule table de cuisine prenaient l'engagement de se consacrer davantage aux enfants, il y avait une chance pour que le problème de Joel leur permette de prendre conscience de la situation. Toutefois, il était de son devoir d'aller au bout de ce qu'elle était venue dire.

— Nous devons réfléchir à l'avenir de ces jeunes. Un changement d'environnement – même bref – suffit parfois à entraîner un changement de comportement. J'aimerais que vous y songiez. Une prise en charge par les services sociaux peut être une solution envisageable. La pension, une autre possibilité. Dans un centre où les besoins de Toby...

— Toby est bien où il est, glissa Kendra d'un ton qu'elle s'efforça de rendre ferme.

— ... et une autre école pour donner une autre orientation dans la vie à Joel, poursuivit Fabia comme si Kendra n'était pas intervenue. Cela fait, nous pourrons nous concentrer sur Ness.

— J'ai pas...

Kendra s'arrêta, reprit :

— Je n'ai pas besoin de réfléchir. Je ne peux pas les mettre entre les mains des services sociaux. Ni les envoyer en pension. Ils ne comprendraient pas. Ils ont trop souffert. Ils ont...

Pas question de pleurer devant cette femme. Elle se tut.

— On fait ce qui faut pour le moment, non ? remarqua Dix.

— Oui, acquiesça Fabia Bender. Techniquement. Mais il va falloir que Ness...

— Alors laissez-nous continuer. En famille. Nous occuper de Ness. Des garçons. Quand on cessera de le faire, vous pourrez revenir.

Fabia leur dit d'accord. Mais il était évident que la tâche qui attendait les deux adultes était presque insurmontable. Les besoins des enfants étaient trop importants. Et pas seulement en termes de nourriture, de logement ou de vêtements. Ces besoins-là, pour être satisfaits, ne demandaient que de l'argent et du temps. Quant aux autres, plus profonds... Faire taire les craintes enfantines, apaiser les angoisses quotidiennes, réconcilier ces jeunes avec leur passé pour qu'ils puissent vivre le présent et se projeter dans l'avenir... Ceux-là demandaient l'intervention d'un professionnel, voire d'une équipe de professionnels. Fabia voyait bien que la tante et son amant ne s'en rendaient pas compte, mais elle était suffisamment sage pour savoir qu'il fallait que les gens tirent eux-mêmes les conclusions.

Elle leur dit qu'elle reviendrait dans deux semaines voir comment ils s'en sortaient. Mais, en attendant, ils allaient devoir envoyer Ness chez un psychologue à Oxford Gardens. Le juge avait été formel sur ce point.

— Pas besoin d'un putain de psychologue, grogna Ness quand on lui en parla.

— Tu préfères la garde à vue ? rétorqua Kendra. Qu'on te confie aux services sociaux ? Qu'on expédie Toby dans un établissement spécialisé et Joel en pension ? C'est ça que tu veux, Vanessa ?

— Ken, intervint Dix, du calme.

Il essayait de se montrer compréhensif avec Ness. Tout comme il essayait d'être un père pour Joel et Toby : surveillant leurs devoirs, les accompagnant à la piste de skate quand le temps hivernal le permettait, s'arrangeant pour débloquer deux heures dans son emploi du temps afin de les emmener voir un film d'action, incitant les garçons à faire du sport au gymnase – ce qu'aucun d'eux n'appréciait particulièrement. Mais ses efforts étaient à sens unique. Ness tournait le dos à ses tentatives. Joel coopérait, mais si mollement que c'était comme s'il ne coopérait pas du tout. Toby suivait Joel comme d'habitude, ne comprenant rien à la situation.

— Il faut que tu te mettes une chose dans la tête, lança Kendra à Joel devant les tentatives louables de Dix et l'indifférence que lui manifestaient les enfants. Si on donne pas satisfaction à Fabia Bender, elle va vous embarquer. Tu comprends, Joel ? Tu sais ce que ça signifie ?

Joel le savait, mais il était coincé et ne pouvait se permettre de se confier à sa tante. Il avait une dette envers la Lame, qui l'avait fait sortir du commissariat, et il savait que, s'il ne la payait pas, ils auraient des ennuis tels que leurs problèmes actuels leur paraîtraient dérisoires.

Les choses avaient mal tourné. Ce qui n'était au départ qu'une lutte primitive pour se faire respecter dans la rue était devenu un exercice de survie. Neal Wyatt était passé au second plan des préoccupations de Joel depuis que celui-ci se trouvait dans le collimateur de la Lame. Comparé à la Lame, Neal Wyatt était aussi irritant qu'une fourmi dans une jambe de pantalon. Il n'était rien du tout comparé à ce que Joel savait à ce stade de son existence : il se trouvait dans la situation la plus pénible et la plus dangereuse qui soit à North Kensington depuis qu'il avait contrecarré les plans de Stanley Hynds.

Aussi irréaliste que cela pût paraître aux yeux d'une personne rationnelle possédant ne serait-ce que quelques éléments du passé de cette femme, Joel en vint à se dire que Carole Campbell était peut-être sa seule possibilité de s'en sortir.

Il avait de l'argent – les cinquante livres du Chemin des Mots –, aussi n'avait-il pas besoin de dire à qui que ce soit qu'il comptait aller rendre visite à sa mère. Joel choisit une journée glaciale. Sa tante était au travail ; Dix, au Rainbow Café ; Ness, à la garderie. Restait Toby, dont il devait s'occuper. Il avait suffisamment de temps pour mettre son plan à exécution.

Il connaissait la marche à suivre. Ils prirent dans Elkstone Road le bus qui les emmena jusqu'à la gare de Paddington. Il y avait si peu de voyageurs que la facilité avec laquelle ils effectuèrent le trajet semblait symboliser l'aisance avec laquelle les projets de Joel allaient se réaliser. Il prit les billets, emmena Toby chez W. H. Smith. Il le tenait fermement par le bras, mais ce n'était pas la peine qu'il s'inquiète : Toby était cramponné à Joel comme une huître à son rocher. Sa planche de skate sous le bras, il trottinait à côté de son frère et il lui demanda s'il pouvait avoir une barre de chocolat ou un paquet de chips.

— Des chips, trancha Joel.

Pas question que Toby débarque chez leur mère barbouillé de chocolat.

Toby opta, avec une rapidité qui ne lui était pas coutumière, pour des chips aux crevettes. Joel y vit là encore le signe que son scénario se présentait bien. Il acheta une revue pour leur mère – *Harper's Bazaar*, la plus volumineuse – et également une boîte de bonbons.

Bientôt le train quitta la gare de Paddington, longeant les murs de brique sordides qui séparaient les voies ferrées de maisons encore plus sordides. Toby donnait des coups de pied dans la banquette tout en mangeant ses chips. Joel regardait le paysage en se demandant comment ramener leur mère à la maison.

Ils descendirent du train par un froid terrible, beaucoup plus vif que celui de Londres. Le gel bordait les haies dont les branches nues servaient de perchoir aux moineaux transis, et les champs par-delà les haies étaient surmontés d'une nappe de brouillard gelé. Des pellicules de glace recouvraient les flaques d'eau de pluie ; soufflant de tous leurs naseaux, les moutons étaient agglutinés contre les murets de pierre en une masse laineuse.

Arrivés à la hauteur de l'hôpital, les garçons se hâtèrent de remonter l'allée. Les pelouses comme les champs étaient blancs de brouillard, et des nappes de brume continuaient de tomber tandis que Joel et Toby s'approchaient du bâtiment principal. Ce dernier se dressait au milieu du brouillard tel un édifice de film fantastique, susceptible de s'évaporer avant qu'ils l'atteignent.

A l'intérieur, un souffle d'air chaud leur tomba dessus. C'était comme s'ils étaient passés sans transition du pôle Nord aux tropiques. Ils traversèrent la réception dans la chaleur que soufflaient les radiateurs. Joel donna leurs noms à la préposée. On lui apprit que Carole Campbell était dans la caravane qui tenait lieu de salon de beauté. Ils pouvaient l'attendre dans le hall ou aller la rejoindre dans la caravane, garée dans le parking réservé au personnel. Savaient-ils où c'était ?

Joel dit qu'ils trouveraient. Ressortir lui semblait infiniment préférable à rester à l'intérieur, où ils risquaient de se flétrir au milieu des plantes en plastique qui décoraient les lieux. Il fit remettre à Toby son anorak, que le petit garçon avait déjà retiré et laissé tomber par terre, et ils allèrent dehors. Ils longèrent un sentier de béton. Le suivirent sur toute la longueur d'une aile de l'hôpital, où il bifurquait vers l'infirmerie d'un côté et vers le parking de l'autre.

La caravane était un de ces mobile homes à toit en dos d'âne comme on en croisait couramment dans la campagne anglaise avant l'apparition des vols bon marché pour l'Espagne. DÉCOR A TIFS. Le nom s'étalait sur son flanc en grosses lettres maladroites suivi d'un arc-en-ciel conduisant à un fauteuil où siégeait une femme caricaturale au crâne couvert de bigoudis. Au-dessus de la porte s'étalait un autre arc-en-ciel. Joel entraîna Toby dans cette direction et ils gravirent deux marches glissantes.

A l'intérieur, il faisait chaud, mais cela n'avait rien à voir avec la température infernale de l'hôpital. Il y avait trois bacs, où étaient installées des femmes autour desquelles s'affairait une coiffeuse, passant de l'une à l'autre. Tout au fond, il y avait un coin manucure et pédicure. C'est là que Joel et Toby trouvèrent leur mère, dont s'occupait une jeune personne aux cheveux tricolores rassemblés en pétard sur le dessus de la tête. Rouges, bleues, violettes, les mèches évoquaient le drapeau d'une nation fraîchement éclose.

Carole Campbell ne les vit pas tout de suite. Avec la manucure, elle examinait attentivement ses mains. La manucure lui disait :

— Je sais pas comment vous dire ça, ma belle. Y a pas assez de longueur. Ils tiendront jamais. Au premier choc, *pfff*, ils se détacheront.

— Tant pis, dit gaiement Carole. Faites-les-moi quand même. S'ils tombent, je ne vous en tiendrai pas rigueur. C'est bientôt la Saint-Valentin. Et je veux des bijoux également. Les plus jolis.

Elle releva la tête et sourit en apercevant Joel.

— Mon Dieu, regardez qui est là, Serena. Rassurez-moi : je n'hallucine pas ? Je n'ai pas oublié de prendre mes pilules ?

— Cette Caro, faut toujours qu'elle plaisante, lança la coiffeuse en tartinant d'une pâte épaisse les cheveux crépus d'une des clientes.

Mais Serena prit la remarque de Carole au sérieux – comme elle était censée le faire car sinon les patientes s'énervaient et s'agitaient. Elle jeta un coup d'œil en direction de Joel et Toby, leur adressa un signe de tête et dit à sa cliente :

— Vous ne vous trompez pas, ma belle. Vous n'hallucinez pas. Ils sont à vous, ces petits gars ?

— C'est mon Joel, dit Carole. Mon grand Joel. Regardez comme il a grandi, Serena. Mon chéri, approche, viens voir ce que Serena est en train de faire.

Joel attendit qu'elle présente Toby à la manucure. Toby restait timidement derrière, alors Joel le poussa. Carole s'était remise à examiner ses mains.

— T'inquiète pas, dit Joel à son frère. Elle est occupée ; tu la connais, elle a jamais pu faire deux choses à la fois.

— J'ai apporté ma planche, glissa Toby, voulant bien faire. Je peux lui montrer, à m'man ?

— Attends qu'elle ait fini, dit Joel.

Toby et lui s'approchèrent de la table de manucure. Carole avait posé ses mains, doigts écartés, sur une serviette qui aurait pu être plus blanche. Elles gisaient tels des spécimens inertes sous une lampe d'architecte. Des rangées de flacons de vernis se tenaient prêts à être utilisés.

Le seul problème, c'est que Carole n'avait pour ainsi dire pas d'ongles. Elle les avait rongés quasiment jusqu'au sang. Et, sur ces peu appétissants moignons, elle voulait que Serena pose de faux ongles. Ces derniers reposaient dans un coffret en plastique sur lequel la manucure pianotait nerveusement tout en essayant – sans succès – d'expliquer à la mère de Joel et Toby qu'il lui était impossible de réaliser des miracles. Cette franchise était tout à son honneur, mais inutile : Carole, quand elle avait une idée en tête, n'en démordait pas. Elle voulait les faux ongles, peints et ornés de petits cœurs dorés, qui attendaient sur un bristol, contre un flacon de vernis.

Serena, avec un soupir à fendre l'âme, finit par jeter l'éponge :

— Si vous y tenez, capitula-t-elle, l'air de dire « faudra pas vous plaindre si ça tient pas ». Je leur donne pas cinq minutes pour se faire la malle.

— Les cinq minutes les plus heureuses de ma vie.

Carole se carra sur sa chaise et regarda Joel. Elle fronça les sourcils, s'assombrissant. Puis, s'illuminant, elle dit :

— Comment va tante Ken ?

L'espoir donna un coup au cœur de Joel. Sa mère ne s'était presque jamais souciée de l'existence de tante Ken.

— Bien, répondit Joel. Dix est revenu. C'est son fiancé. Elle est heureuse avec lui.

— Tante Ken et ses hommes, remarqua Carole en secouant ses boucles cuivrées. Elle a toujours aimé la bite.

Serena partit d'un rire fracassant et administra une tape sur la main de Carole.

— Surveillez votre langage, Miss Caro, ou je fais un rapport sur vous.

— Mais c'est vrai, insista Carole. Quand la grand-mère de Joel a suivi son jules en Jamaïque et que tante Kendra – la tante des enfants – a commencé à s'occuper d'eux, la première chose à laquelle j'ai pensé, ç'a été : maintenant, au moins, ils vont recevoir une éducation sexuelle digne de ce nom. Non seulement je l'ai pensé, mais je l'ai dit, pas vrai, Joel ?

Joel ne put s'empêcher d'avoir un sourire jusqu'aux oreilles. Elle n'avait jamais dit une chose pareille, mais le fait qu'elle le prétende, le fait qu'elle se souvienne que sa grand-mère était partie pour la Jamaïque, le fait qu'elle sache où les enfants habitaient, avec qui et pourquoi... Avant ce jour, Carole Campbell n'avait parlé ni de Kendra, ni de Glory, ni de la Jamaïque, ni de quoi que ce soit indiquant qu'elle savait dans quel monde elle vivait. Tout cela – vrai ou non, inventé ou non – était tellement nouveau, tellement inattendu et bienvenu que Joel eut l'impression que les portes du paradis allaient s'ouvrir devant lui.

— Et Ness ? poursuivit Carole. Pourquoi ne vient-elle pas me voir ? Je sais combien la mort de ton père l'a marquée. Je la comprends. Mais si elle était venue m'en parler, je crois que cela lui aurait fait du bien. Elle me manque. Tu lui diras qu'elle me manque ?

Joel osait à peine répondre tant il avait du mal à croire ce qu'il entendait.

— Je lui dirai, m'man. Elle... traverse une mauvaise période mais je lui dirai, t'en fais pas.

Il s'en tint là. Il ne voulait pas que leur mère sache que Ness avait été victime d'une agression, comment elle réagissait à cette agression et à tout le reste. Apprendre à Carole une mauvaise nouvelle était trop risqué. Cela risquait de la faire replonger dans le néant où elle avait évolué pendant si longtemps.

C'est pourquoi Joel se recroquevilla sur lui-même lorsque Toby dit tout à coup :

— Ness a été attaquée, m'man. Des mecs l'ont attaquée et tapée. Tante Ken a été obligée de l'emmener au docteur.

Serena leur jeta un coup d'œil par-dessus son épaule, sourcil haussé, un tube de colle dans les doigts.

— Elle va bien ? demanda-t-elle avant d'appliquer la colle sur un faux ongle qu'elle pressa sans succès sur un moignon.

Carole ne broncha pas. Joel attendit sa réaction en retenant son souffle. Elle inclina la tête, l'air pensif, les yeux rivés sur Joel. Lorsqu'elle se décida à parler, elle n'avait pas changé de ton :

— Plus ça va, plus tu ressembles à ton père.

La remarque était incongrue parce que rien n'était plus éloigné de la vérité, et ils le savaient tous. Elle précisa :

— C'est les yeux. Comment ça va, l'école ? Tu as apporté un devoir pour me le montrer ?

Joel souffla. La remarque concernant son père l'avait mis mal à l'aise, mais il laissa glisser.

— J'ai oublié. On t'a apporté ça.

Et il lui tendit le sac de W. H. Smith.

— J'adore *Harper's*, décréta Carole. Et ça, qu'est-ce que c'est ? Des bonbons ? C'est trop mignon. Merci, Joel.

— Je vais te l'ouvrir.

Joel prit la boîte et en ôta le plastique. Il souleva le couvercle et rendit les bonbons à sa mère.

La mine espiègle, elle dit :

— Prenons-en un chacun.

— Ils sont pour toi, objecta Joel.

Il fallait être prudent car les bonbons, Toby adorait ça. Si on lui en offrait un, il était capable de manger la boîte.

— Je peux en avoir un ? dit Toby.

— Pour moi toute seule ? poursuivit Carole. Mais, mon chéri, je ne peux pas tout manger. Prends-en un, vas-y. Non ? Personne n'en veut ? Pas même vous, Serena ?

— M'man... reprit Toby.

— Bon. On va les garder pour une autre fois. Ça te plaît, mes cœurs ?

Elle désigna de la tête la carte sur laquelle étaient fixés les bijoux d'ongles.

— Ils sont un peu ringards, je sais. Mais il va y avoir une petite fête pour la Saint-Valentin et je voulais un truc pimpant. Quelle sale période, février. Avec ce brouillard qui n'en finit pas. C'est à se demander si on va revoir le soleil. Note bien qu'avril est parfois pire, avec toute cette pluie.

— M'man, j'voudrais un bonbon. Pourquoi j'peux pas en avoir un ? Joel...

— Je suis partante dès qu'il s'agit de mettre un peu de gaieté dans cette saison, poursuivit Carole. Je me demande toujours pourquoi février paraît si long. Alors que c'est le mois le plus court de l'année. Même dans les années bissextiles. Mais il me semble qu'il dure, qu'il n'en finit pas. Ou peut-être qu'en fait j'ai envie qu'il dure. J'ai envie que tous les mois qui précèdent durent aussi. Je ne veux pas voir revenir la date anniversaire de la mort de ton père. Je ne veux pas que cette date revienne.

— Joel ! s'écria Toby en attrapant son frère par le bras. Pourquoi m'man elle veut pas que j'prenne un bonbon ?

— Chhhut. Je t'en donnerai tout à l'heure. Il y a un distributeur dans le coin ? Je t'achèterai du chocolat.

— Mais, Joel, elle veut pas...

— Patience, Toby.

— Mais, Joel, je veux...

— Un peu de patience, je te dis, fit Joel en se dégageant. Pourquoi tu sors pas avec ta planche ? T'as qu'à aller en faire sur le parking.

— Fait froid sur le parking.

— On boira un chocolat chaud quand t'auras fini de faire ton tour et, quand m'man aura fini ses ongles, tu pourras lui faire une petite démonstration, d'accord ?

— Mais je veux...

Joel prit Toby par les épaules, le fit pivoter et le poussa vers la porte de la caravane. Il craignait un incident qui aurait fait péter les plombs à Carole ; il avait de plus en plus l'impression que Toby pouvait se transformer en détonateur humain.

Il ouvrit la porte, fit descendre les marches à son frère. Balayant l'extérieur des yeux, il vit une partie du parking sans voitures, où Toby serait en sécurité avec sa planche. Il s'assura que l'anorak de son frère était zippé, et il lui enfonça son bonnet sur la tête.

— Reste là, Tobe, je t'apporterai des bonbons. Et aussi du chocolat chaud. J'ai des sous. Maman n'est pas bien dans sa tête, tu sais. J'avais acheté les bonbons pour elle, et probable qu'elle a mal compris quand je lui ai dit que j'en voulais pas. Elle a dû penser que t'en voulais pas non plus.

— Mais j'ai pas arrêté de lui dire...

Toby avait l'air aussi sombre que la journée, et plus sombre que le parking plein de bosses qui ne se prêtait guère à la planche. Il renifla bruyamment, s'essuya le nez sur la manche de son anorak.

— J'ai pas envie d'faire de la planche.

Joel lui passa un bras autour des épaules.

— T'as pas envie de faire une démo à m'man ? T'as pas envie qu'elle voie comment tu te débrouilles ? Dès que ses ongles seront faits, elle voudra te voir à l'œuvre. Faut que tu sois prêt. Ça prendra pas longtemps.

Le regard de Toby fit la navette de Joel à la caravane et retour.

— Promis ?

— Je te mens jamais, mec.

Rassuré, Toby se dirigea vers l'emplacement libre, sa planche sous le bras. Joel le vit laisser tomber le skateboard sur le bitume inégal et s'élancer, un pied sur la planche, l'autre sur le sol.

Joel retourna auprès de leur mère. Elle inspectait les faux ongles que Serena avait réussi à fixer. Ils étaient très longs et pointus, et la manucure lui expliquait qu'il allait falloir les raccourcir considérablement si elle voulait qu'ils tiennent ne fût-ce qu'une journée. Mais Carole refusait d'en entendre parler. Elle les voulait longs, laqués en rouge et décorés de cœurs dorés. Pas moyen de l'en faire démordre. Même Joel, qui ignorait tout de la pose des ongles en plastique, de la colle et des bijoux d'ongles, se rendait compte que c'était une mauvaise idée. Jamais ça ne tiendrait.

— M'man, p't'êt' que Serena a raison. Si tu les raccourcissais un tout petit peu...

— On se mêle de mes affaires ?

Il eut l'impression qu'elle le giflait.

— Désolé.

— Allez-y, Serena. Faites les autres.

Serena pinça les lèvres et se remit au travail. Ce n'était pas son problème si une cinglée insistait pour qu'on colle des faux ongles sur ses moignons. Le résultat était le même pour elle : elle se retrouvait avec de l'argent en poche.

Carole opina du bonnet tandis qu'on lui fixait le second ongle. Se tournant vers Joel, elle lui indiqua un petit tabouret rembourré près d'elle.

— Assieds-toi. Raconte-moi tout ce qui s'est passé depuis la dernière fois. Pourquoi es-tu resté si longtemps sans venir ici ? Je suis si contente de te voir. Et mille mercis pour les cadeaux.

— C'est de notre part à tous, précisa Joel.

— Mais c'est toi qui les as achetés, n'est-ce pas ? C'est toi qui les as choisis, Joel.

— Ouais, mais...

— J'en étais sûre. C'est toi tout craché. Cette sensibilité. Ce tact. Et je voulais te dire aussi... Mais ça, c'est moins facile...

— Quoi ?

Regard à droite. Regard à gauche. Sourire rusé.

— Merci d'être venu sans ce petit garçon dégoûtant. Tu vois qui je veux dire ? Le gamin au nez qui coule. Je ne veux pas être méchante, mais je suis bien contente de ne pas le voir. Il commençait à me taper sur le système.

— Tu veux dire Tobe ? Mais m'man, c'était Toby.

— C'est comme ça qu'il s'appelle ? demanda Carole Campbell avec un sourire. Peu importe son nom, mon chéri. Je suis rudement contente que tu sois venu seul aujourd'hui.

25

Joel n'avait oublié qu'une chose dans le programme qu'il s'était tracé : son frère, sa sœur et lui avaient cessé de faire partie de la masse anonyme des enfants et des adolescents qui vaquent à leurs occupations quotidiennes telles qu'assistance aux cours, sport, devoirs à la maison, shopping, drague, tchatche, quand ils n'étaient pas occupés à glander ici et là, le portable à l'oreille, l'œil collé à leurs messages tout en écoutant de la musique à fond grâce à toutes sortes de gadgets électroniques. Dans un monde ordinaire, à Londres, Joel n'aurait été qu'un adolescent parmi tant d'autres. Seulement il ne vivait pas dans un monde ordinaire. C'est pourquoi, lorsqu'il prit la décision d'aller voir sa mère, il ne put le faire discrètement.

Il s'était rendu à l'hôpital en compagnie de Toby, dont l'absence à l'école fut aussitôt remarquée. Comme on le surveillait de près depuis son bref passage au commissariat de Harrow Road et à la suite d'un message de Fabia Bender, sa propre absence ne passa pas non plus inaperçue. Et valut à sa tante un coup de téléphone.

Toby manquant les cours en même temps que Joel, Kendra se garda de conclure que Joel était impliqué dans quelque chose de louche ou de risqué. Il n'aurait jamais mis son petit frère en danger. Mais un tueur en série rôdait dans Londres, prêt à fondre sur les jeunes de l'âge de Joel. Et, la dernière victime en date étant originaire de North London, Kendra ne pouvait empêcher ses pensées de s'orienter dans cette direction, comme lorsque Joel avait disparu deux nuits d'affilée.

Elle ne parvint pas immédiatement à cette conclusion. Elle commença par faire ce que toute femme fait quand on lui apprend que ses gamins ne sont pas là où ils sont censés se trouver. Elle téléphona à son domicile afin de voir s'ils n'avaient pas séché pour regarder des vidéos. Elle appela la garderie au cas où ils s'y seraient réfugiés. Elle passa un coup de fil au Rainbow Café, histoire de demander à Dix s'il ne les avait pas embauchés pour la journée. Finalement, elle paniqua. Fermant le magasin, elle partit à leur recherche. Après avoir sillonné en voiture différentes cités du quartier, elle pensa à Ivan Weatherall et elle lui téléphona également. Mais sans résultat. Sa panique ne fit que grandir. Et c'est toute retournée qu'elle arriva au Rainbow Café.

Dix garda son calme. Il la fit asseoir devant une tasse de thé. Moins confiant que Kendra dans la capacité de Joel à épargner des ennuis à son frère, il appela le commissariat de Harrow Road. Deux gamins avaient disparu, dit-il lorsqu'il apprit que Joel n'avait pas été mis en garde à vue pour un quelconque délit. Et avec tous ces meurtres...

A l'autre bout de la ligne, le constable de service l'arrêta net : il n'y avait pas vingt-quatre heures que les gamins avaient disparu. En d'autres termes, la police ne pouvait intervenir après un laps de temps aussi court.

Dix téléphona alors à New Scotland Yard, qui dirigeait l'enquête sur les meurtres en série. Il n'eut pas davantage de succès. Les policiers étaient submergés de coups de fil de parents dont les enfants avaient disparu depuis bien plus longtemps que ça. New Scotland Yard n'était pas équipé pour se lancer à la poursuite de deux galopins qui devaient tout simplement avoir séché les cours.

Dix fut obligé de calquer son attitude sur celle de Kendra. Confiant le café à sa mère surmenée, il ôta sa tenue de cuisinier. Il devait partir à la recherche de Joel et Toby, lui dit-il en lui tendant son tablier.

Sa mère ne fit aucun commentaire. Regardant Kendra d'un air qu'elle s'efforça de rendre impassible, elle maudit le jour où son fils était tombé entre les griffes d'une femme avec laquelle il lui était impossible de se construire un avenir normal.

— Vas-y, lui dit-elle en enfilant le tablier.

Ce fut Dix qui pensa à l'hôpital de Carole Campbell. Se pouvait-il que les garçons s'y soient rendus ?

Kendra voyait mal comment. Ils n'avaient pas d'argent pour le bus et le train. Elle passa quand même un coup de fil là-bas, et c'est ainsi que Dix D'Court se retrouva faisant le pied de grue à la gare de Paddington, où Toby et Joel débarquèrent quelques heures plus tard.

Il s'était précipité à chaque arrivée de train. Il avait raté son entraînement. Le temps que les gamins arrivent, il était affamé mais bien décidé à ne pas souiller son corps avec la nourriture en vente à la gare. Il était en conséquence malade de frustration et d'énervement. La moindre étincelle risquait de mettre le feu aux poudres.

Lorsque Joel vit Dix, il sentit que ce dernier était tendu comme un ressort. Il comprit que ça allait être explosif, mais il s'en moquait. Il était à bout de ressources. C'est pourquoi, lui dont la vie n'était qu'une succession interminable de contretemps et de contrariétés, il considéra comme accessoire le fait que Dix fût en rogne contre lui.

Toby se traînait derrière Joel, en conversation avec l'autocollant – une araignée – que son précédent propriétaire avait laissé sur sa planche. Il n'aperçut Dix qu'au dernier moment, lorsque Joel s'exclama :

— Hé ! Lâche-moi le bras, mec !

Il leva la tête vers lui et dit :

— Salut, Dix. M'man voulait des ongles. J'ai eu des chips. On a failli avoir de la neige.

Dix entraîna Joel hors de la gare. Toby suivit le mouvement. Joel protestait. Dix ne soufflait mot. Toby prit Joel par le bras, histoire de se rassurer.

Dix fit monter les deux gamins dans sa voiture à l'arrière. Fixant le rétroviseur, il dit à Joel :

— Tu te rends compte de l'état où t'as mis ta tante ? Tu comptes lui pourrir la vie encore longtemps ?

Joel détourna la tête, regardant par la vitre. Ses espoirs étant déçus, il n'était pas d'humeur à accepter qu'on lui reproche quoi que ce soit. Bouche fermée, il articula : « Va te faire foutre. »

Dix capta les mots. Il n'en fallait pas davantage. Il descendit de la voiture, ouvrit avec violence la portière arrière. Extirpa Joel du siège. Le plaqua contre le flanc du véhicule, beuglant :

— Tu me cherches, Joel ? Tu cherches la bagarre, c'est ça que tu veux ?

— Hé... Laisse-moi tranquille.

— Tu te crois capable de faire le poids, mec ?

— Fous-moi la paix, grogna Joel. J'ai rien fait, merde.

— C'est ce que tu t'imagines. Ta tante t'a cherché partout. Même qu'elle a téléphoné aux keufs qui l'ont envoyée péter, les salauds. Elle est dans tous ses états... Et t'as rien fait ?

Dégoûté, Dix fit remonter Joel dans la voiture.

Le trajet de retour à North Kensington n'était pas très long. Ils l'effectuèrent en silence. Dix était incapable de deviner ce que cachait l'humeur maussade de Joel, et Joel de comprendre la réaction de Dix.

Arrivé à Edenham Way, Joel gravit d'un bond les marches du perron. Suivi de près par Toby. Qui serrait sa planche contre sa poitrine telle une bouée de sauvetage. Une fois à l'intérieur, quand Dix la lui arracha et la jeta dans un coin, le gamin se mit à pleurer.

C'en fut trop pour Joel.

— Tu fous la paix à Toby, putain de merde ! Si t'as quelque chose à dire, tu t'adresses à moi.

Dix allait réagir mais Kendra sortit de la cuisine. Au lieu de parler, il poussa l'ado vers sa tante.

— Tiens, le v'là. C'est un vrai mec, t'as vu comment il parle maintenant ? Tout ce bordel, c'est à cause de lui. Eh ben, ç'a pas l'air de le tracasser.

— Ta gueule, dit Joel, épuisé et désespéré.

Dix fit un pas vers lui.

— Non, intervint Kendra.

Et, à Joel :

— Qu'est-ce qui t'a pris ? Pourquoi t'es allé là-bas sans rien dire ? L'école m'a téléphoné. La tienne. Celle de Toby.

— Je voulais voir m'man. Pas de quoi en chier une pendule.

— On s'était mis d'accord. L'école. Toby. La maison, dit Kendra comptant sur ses doigts. Interdiction d'aller ailleurs. Et pas question d'hôpital.

— Si tu le dis, marmonna Joel.

— Et d'abord comment t'as fait pour acheter les billets, avec quel argent ?

— Avec mon argent.

— Où te l'es-tu procuré ?

— Je te l'ai dit. Ce fric est à moi. Si tu me crois pas...

— Pourquoi je te croirais ? Donne-moi une raison de te croire.

— Y a rien qui m'y oblige, bordel de merde.

— Joel... s'écria Toby.

Tout ça le dépassait. Tout à l'heure, ils étaient dans le train à reluquer un paysage enveloppé de brume et plein de mystère. Et maintenant ils étaient dans le caca. Dans un caca tel que Joel jurait, Dix était furieux et prêt à taper, et le visage de Kendra avait l'air d'un masque. Impossible d'assumer un poids pareil.

— M'man voulait des cœurs pour ses ongles, tata. Dis-lui, toi, Joel. Des cœurs dorés.

— Très bien, dit Kendra d'une voix tendue en ignorant la tentative de Toby pour changer le cours des choses. On va tirer ça au clair, ajouta-t-elle en se dirigeant vers l'escalier.

Joel lui emboîta le pas. Suivi de Toby. Lui-même suivi de Dix.

Les intentions de Kendra n'auraient pu être plus claires. Joel s'abstint de protester. Il s'aperçut même qu'il s'en moquait. Il n'y avait rien qu'elle pût découvrir dans sa chambre parce qu'il disait la vérité, et il savait qu'elle ne tomberait pas sur le flingue que la Lame lui avait refilé. Ce flingue, il l'avait planqué dans l'espace entre le plancher et le tiroir du bas de la commode. La seule façon de le sortir, c'était de renverser la commode. Il était peu probable que sa tante se livre à cette extrémité une fois qu'elle aurait compris qu'il n'y avait rien à trouver dans la chambre.

Kendra vida son sac à dos et fouilla dans ses affaires. Elle cherchait quelque chose sans savoir quoi : preuve qu'il avait dépouillé un passant, billets indiquant qu'il se livrait à un trafic quelconque : armes, drogue, cigarettes, alcool... Elle voulait mettre la main sur quelque chose qui lui indiquerait quoi faire. Parce que, tout comme Joel mais pour des raisons différentes, elle était à court d'idées.

Rien. Il n'y avait rien. Dans le sac à dos, sous ou dans le lit, dans les livres, derrière les affiches accrochées au mur, dans la commode. Elle se mit à secouer Joel. Et il retira ses vêtements d'un air absent qui la rendit furieuse.

Il n'y avait plus qu'une solution : Toby. Elle se demanda pourquoi elle n'y avait pas pensé plus tôt. Elle l'obligea également à se déshabiller. Ce qui mit Joel en rage.

— Il a rien à voir avec...

— Avec quoi ? s'enquit Kendra. Avec quoi ?

Joel aurait voulu quitter la pièce mais Dix montait la garde devant la porte. Pas question de filer. Toby pleurait à chaudes larmes. Il se laissa tomber sur son lit en sous-vêtements.

Fou de rage, Joel ne fit rien. Il n'y avait rien à faire et il le savait. Il dit la vérité à sa tante :

— Je l'ai gagné, ce putain de fric. Au Club des Mots. Cinquante livres. Ça te va ?

— Nous verrons, dit-elle.

Elle sortit pour s'engager dans le couloir menant à sa propre chambre, d'où elle passa un coup de fil après s'être assurée que ses neveux ne pouvaient l'entendre.

Elle fit part à Ivan Weatherall de ce que *prétendait* Joel. Utilisant ce terme pour bien lui montrer qu'elle ne croyait pas un mot de ce qu'il lui avait dit. Sous le coup de la colère, elle lui en dit plus qu'il n'était nécessaire. Il fallait tenir Joel à l'œil. Il avait sapé la confiance qu'elle avait en lui. Il s'était sauvé sans permission, il répondait à ses questions avec insolence, et maintenant il prétendait avoir gagné de l'argent à une soirée poétique. Qu'est-ce qu'Ivan avait à dire à cela ?

Beaucoup de choses, évidemment. Ivan confirma la version de Joel. Mais une graine avait été semée au cours de cette conversation. Et il ne faudrait pas longtemps à cette graine pour germer.

Comprenant ce qui se passerait si elle refusait de coopérer, Ness se rendit aux séances de thérapie à Oxford Gardens. Elle s'y rendit à trois reprises. Mais, comme elle était là sous la contrainte, elle se contenta de rester assise en face de la psychologue ; là se borna la part active qu'elle prit à des séances censées l'aider à surmonter le traumatisme de l'agression qu'elle avait subie.

Agée de vingt-cinq ans, titulaire d'un diplôme avec mention très bien mais délivré par une université bas de gamme, la psychologue était, s'il fallait en croire son look et son souci permanent de n'utiliser que des mots convenables, un pur produit de la classe moyenne britannique. Bagage qui la mettait, hélas, en situation de croire qu'elle détenait la plupart des réponses nécessaires à la conduite d'entretiens face à des adolescentes rebelles. Elle était blanche, blonde, bien propre sur elle : ce n'étaient pas des défauts mais des handicaps. Elle se considérait comme un modèle au lieu de se voir comme ce qu'elle semblait être aux yeux de ses patients : une ennemie incapable de rien comprendre à leurs vies.

Après trois entretiens en tête à tête avec Ness, elle décida qu'une psychothérapie de groupe pourrait être un moyen efficace de débloquer la situation. Elle avait fait des recherches en profondeur sur sa cliente, à propos de laquelle, dossier en main, elle était allée trouver Fabia Bender.

— Aucun résultat ? voulut savoir Fabia.

Elles étaient dans la salle de photocopie près d'une vieille cafetière d'où s'échappait – dans un récipient de verre – un liquide d'aspect visqueux.

Le prénom de la psychologue, pour des raisons connues de ses seuls parents, était Ruma – Fabia, grande voyageuse, savait que cela signifiait « reine des singes ». Elle relata à sa collègue ses séances avec Ness. Pas commode, dit-elle. Vanessa Campbell n'était pas du genre à craquer facilement.

Fabia attendit la suite. Jusqu'à présent, Ruma ne lui apprenait rien.

Ruma prit une inspiration. Poursuivit. La vérité, c'est qu'elles n'avançaient absolument pas.

— J'ai pensé à adopter une approche différente, dit-elle. Une thérapie de groupe. Ça a marché avec des filles qui ont vécu la même épreuve. Et Dieu sait qu'elles sont nombreuses.

— Mais... ? souffla Fabia, se doutant que ce n'était pas tout.

Ruma n'avait pas encore appris à dissimuler ses affects sous une intonation prudente.

— Mais j'ai fait ma petite enquête, dit-elle en tambourinant de ses ongles impeccablement manucurés sur le dossier. Et la conclusion, c'est que le cas de cette petite n'est pas simple. Auriez-vous le temps… ?

Du temps, Fabia n'en avait jamais assez. Mais elle était intriguée. Elle avait de la sympathie pour Ruma, elle se rendait compte que la jeune femme était pleine de bonnes intentions, et elle admirait sa ténacité à ne négliger aucune piste, aussi vains que puissent être ses efforts.

Là où il y avait de la vie, il y avait de l'espoir. C'était une philosophie tout à fait estimable. Surtout pour quelqu'un dont le métier consistait à s'occuper de jeunes en détresse.

Elles gagnèrent le bureau de Fabia une fois que le café fut prêt. Fabia s'en servit une tasse. C'est alors que Ruma lui fit part des renseignements qu'elle avait recueillis.

— Vous savez sans doute que sa mère est en hôpital psychiatrique, attaqua Ruma.

Fabia ayant hoché la tête, elle ajouta :

— Savez-vous pourquoi ?

— D'après mon dossier, une dépression postnatale qui dure. Voilà des années maintenant qu'elle entre et sort de l'hôpital.

— Dites plutôt une psychose, corrigea Ruma. Dépression postnatale psychotique. Et tentative de meurtre.

Fabia but une gorgée de café, examinant Ruma par-dessus le bord de sa tasse. Elle ne perçut aucune excitation malsaine dans sa voix, prit la mesure de son professionnalisme dans cette affaire.

— Quand ? Sur qui ?

— A deux reprises. Une première fois, on a réussi à l'empêcher de justesse de jeter son petit dernier par la fenêtre de l'appartement du troisième étage où elle vivait dans Du Cane Road, à East Acton. Une voisine était là, elle a téléphoné aux flics après lui avoir arraché le bébé des mains. Une seconde fois, elle a laissé la poussette du même bambin sur la chaussée alors qu'un bus arrivait et elle a filé. Elle n'est pas nette, c'est sûr.

— Comment en est-on arrivé à cette conclusion ?

— Ses antécédents. Des examens.

— Quelle sorte d'antécédents ?

— Vous m'avez dit qu'elle n'avait cessé d'entrer et de sortir de l'hôpital. Saviez-vous que cela dure depuis ses treize ans ?

Fabia, qui l'ignorait, prit le temps de digérer la nouvelle.

— Un facteur déclenchant ?

— Et comment ! Sa mère s'est suicidée trois semaines après sa sortie d'un hôpital psychiatrique. Schizophrénie paranoïaque. Carole l'accompagnait quand elle s'est jetée sous le métro à la station Baker Street. Elle avait douze ans.

Fabia reposa sa tasse.

— J'aurais dû le savoir. J'aurais dû faire des recherches.

— Non, ce n'est pas pour ça que je vous raconte l'histoire, s'empressa de dire Ruma. Et, de toute façon, êtes-vous censée remonter aussi loin en arrière ? Ce n'est pas votre travail.

— Parce que c'est le vôtre ?

— Je suis là pour débloquer une situation. Votre rôle est différent. Vous leur maintenez la tête hors de l'eau.

— Je mets des pansements sur les plaies au lieu de trancher dans le vif.

— Vous faites ce que vous pouvez, dit Ruma. Les choses étant ce qu'elles sont, je pense...

Fabia n'avait pas besoin qu'on lui fasse un dessin.

— Ness sombrerait dans la psychose ? Comme sa mère ?

— C'est une possibilité. Détail intéressant : Carole Campbell a essayé de tuer le petit dernier parce qu'elle le croyait affligé du même mal qu'elle. Je ne sais pas pourquoi, ce n'était qu'un bébé, toujours est-il que c'est à lui qu'elle a choisi de s'en prendre. Un peu comme une chienne qui refuse de nourrir un chiot dont elle pense qu'il a un truc qui ne tourne pas rond. C'est son instinct qui la pousse.

— Vous voulez dire que cette maladie est héréditaire ?

— C'est toujours la vieille histoire de la nature et de la culture. On hérite de la prédisposition. C'est un dysfonctionnement du cerveau : les protéines qui ne font pas leur boulot. Une mutation génétique. Et voilà la psychose qui se manifeste. L'environnement du sujet fait le reste.

Fabia songea à Toby. A ce qu'elle avait vu et entendu. A la famille qui tentait de le protéger. A tout ce qu'ils avaient fait depuis le départ pour empêcher qu'on le soumette à des examens approfondis conduits par un spécialiste qui aurait détecté une maladie susceptible de causer son malheur.

— Il y a quelque chose qui cloche chez le plus jeune, c'est clair, résuma Fabia.

— Il faudrait leur faire passer des tests à tous les trois. Les confier à un psychiatre pour évaluation. Ça n'a pas de sens de vouloir, comme je l'avais cru souhaitable, faire suivre une thérapie de groupe à Ness. Si elle est sur le point de plonger dans une dépression psychotique...

— Si elle n'y a pas déjà sombré, rectifia Fabia.

— Ou si elle est en plein dedans, il faut prendre des mesures avant que quelque chose se produise.

Fabia acquiesça. Mais elle se demanda comment Ness, repliée sur elle-même et peu coopérative pendant les entretiens avec un psychologue, allait supporter qu'un psychiatre sonde son cerveau d'une façon ou d'une autre.

Une visite au magistrat s'imposait donc. Ce que ni Fabia ni Ruma ne pouvaient obtenir de l'adolescente, un mot du tribunal l'obtiendrait peut-être. Pas seulement un mot : le choix entre coopération et incarcération. La menacer d'augmenter ses heures de TIG ne suffirait pas à la convaincre de collaborer.

— Il faut que je contacte certaines personnes, conclut Fabia.

Ivan Weatherall avait eu vite fait de rassembler un certain nombre des pièces du puzzle que constituait Joel Campbell après avoir eu Kendra au bout du fil. La plupart étaient liées au talent de Joel et au Club des Mots. Mais certaines concernaient la tentative d'agression de Portobello Road. Cela ressemblait si peu au gamin que seule une erreur d'identité pouvait l'expliquer. Et le fait que Joel ait été relâché aussi rapidement semblait apporter de l'eau au moulin de cette théorie.

Cependant, l'appel de Kendra l'avait forcé à envisager la possibilité qu'il existe un Joel qu'il ne connaissait pas. S'il est vrai que toute médaille a deux faces – cliché lamentable, mais dont Ivan pensait qu'il s'appliquait particulièrement bien à ce cas précis –, force était de conclure que Joel avait tenu caché à Ivan un aspect de sa personnalité ; d'ailleurs les faits étayaient cette conclusion.

Ivan ignorait tout des relations de Joel avec la Lame. Pour ce qui était des individus les moins recommandables qui peuplaient certains quartiers de North Kensington, Ivan savait seulement que Joel s'était frotté à Neal Wyatt. Or Neal était quelqu'un qu'Ivan considérait – à tort – comme un type perturbé mais pas fondamentalement dangereux. C'est pourquoi, tout en sentant que quelque chose d'inquiétant couvait chez Joel, Ivan pensait que cela concernait sa famille et non la rue.

Ce que savait Ivan se résumait à ceci : le petit copain de la tante vivait avec elle. Le père de Joel était décédé. La mère, absente. La sœur, condamnée à des heures de travail d'intérêt général. Le petit frère était un peu... étrange. Le changement de quartier, de collège, de camarades n'était jamais facile à gérer. Comment s'étonner que Joel perde parfois les pédales ? Pour Ivan, Joel était un adolescent bien sous tous rapports. Sans doute que si les adultes de son entourage se mettaient d'accord sur le comportement à adopter à son égard, ses chances de faire de grosses bêtises seraient étouffées dans l'œuf.

Ivan, quant à lui, avait grandi sous la coupe aimante mais ferme de ses parents. De la fermeté, voilà ce qu'il fallait à Joel. De la fermeté, de la justice, de l'honnêteté.

Il décida de rendre visite à Joel chez lui. Le voir dans son environnement familier lui permettrait de glaner des renseignements supplémentaires sur la meilleure façon d'aider l'adolescent.

Joel le fit entrer, surpris mais s'efforçant de cacher ce qu'il pouvait ressentir par ailleurs. Des bruits de dessin animé parvenaient d'en haut, suggérant que le petit frère était lui aussi à la maison. Par-delà l'entrée, dans la cuisine, Ivan aperçut la sœur de Joel. Assise à la table, un pied posé dessus, elle se peignait les ongles en bleu métallique. Près du flacon de vernis, un cendrier. De la fumée de cigarette s'élevait vers le plafond en molles spirales. La radio sur le plan de travail ajoutait encore à la cacophonie ambiante. Du rap s'en échappait sous forme de grognements incompréhensibles émamant d'un chanteur que le DJ présenta comme Queue de Béton.

— Je peux te dire un mot, Joel ?

— J'ai pas écrit ces derniers temps.

Joel regarda par-dessus l'épaule d'Ivan comme s'il souhaitait lui voir faire illico demi-tour.

Ivan n'allait pas se laisser congédier aussi facilement.

— Il ne s'agit pas de cela. Mais d'un coup de fil de ta tante.

— Ouais. Je sais.

— J'aimerais qu'on en discute.

Joel l'emmena dans la cuisine, où Ness se fit un plaisir de le reluquer. Elle ne prononça pas une parole mais c'était inutile. Ces temps-ci, il suffisait que Ness braque sur eux ses grands yeux sombres pour que les gens perdent contenance. Elle arborait un air de mépris qui cachait autre chose. Cet « autre chose » était bouleversant.

Ivan la salua d'un signe de tête. Les lèvres charnues de Ness esquissèrent un sourire. Elle le passa de nouveau en revue sans se donner la peine de dissimuler ce que lui inspiraient ses cheveux gris terne, ses dents en mauvais état, sa veste en tweed râpé, ses chaussures éraflées. Elle hocha la tête au terme de son examen ; mais ce n'était pas une réponse à son salut. Ce hochement signifiait plutôt : les types comme toi, mec, je les connais. Et elle alluma une autre cigarette au mégot de celle qui se trouvait dans le cendrier. La clope entre ses doigts, elle était auréolée de fumée.

— Alors c'est ça, Ivan ? dit-elle à son frère. Je me doutais pas que je le verrais ici un jour. Il doit pas venir souvent dans le quartier. Ça vous botte, *man*, de voir comment on vit, nous autres, les ethniques ?

— Il est pas comme ça, dit Joel.

— Ben voyons, fit-elle, laconique.

Ivan ne se laissa pas démonter.

— Juste ciel, je vous ai déjà aperçue dans les parages mais je ne savais pas que vous étiez la sœur de Joel. Vous êtes à la garderie, n'est-ce pas ? Vous jouez avec les enfants ? Vous avez un don pour ça.

Ce n'était pas vraiment la réaction que Ness attendait de la part de cet homme. Son visage se figea. Elle tira sur sa cigarette et, lâchant un rire rauque, elle dit :

— Ouais. Je ferais une super petite mère, pas vrai ?

Elle sortit de la pièce, s'engagea dans l'escalier, disparut.

— J'ai dit... glissa Ivan.

— C'est Ness, dit Joel.

— Pauvre âme, murmura Ivan.

Joel lui jeta un regard incisif qu'Ivan soutint, avec un air ouvert, difficile à supporter. Joel détourna les yeux.

Ivan s'assit à la table. Reboucha avec soin le flacon de vernis. D'un mouvement de menton, il désigna une chaise près de lui. Joel s'assit, les minutes s'écoulèrent. La radio continuait de vomir du rap. Joel se leva pour l'éteindre. De l'étage, des coups de feu leur parvinrent : le méchant du dessin animé se faisait buter. Toby hurlait de rire.

Persuadé qu'il fallait à Joel de la fermeté, de la justice et de l'honnêteté, Ivan aborda le sujet qui lui tenait à cœur : le Club des Mots. Et, plus précisément, le fait que Joel s'en était servi pour couvrir ses activités.

— Je nous croyais amis, Joel, attaqua Ivan. Mais le coup de téléphone de ta tante m'a amené à reconsidérer la question.

Ayant préféré rester debout après être allé éteindre la radio, Joel s'appuya contre le plan de travail sans un mot. Il n'était pas sûr de savoir de quoi parlait Ivan, même si, à ce stade, il connaissait suffisamment les adultes pour se dire qu'Ivan n'allait pas tarder à expliciter son propos.

— Je n'aime pas être manipulé, poursuivit Ivan. Et j'aime encore moins qu'on se serve du Club des Mots pour me manipuler. Se servir du Club des Mots dans un but autre que celui pour lequel je l'ai créé – écrire de la poésie – va à l'encontre de tout ce en quoi je crois. Tu comprends ?

Joel ne comprenait pas. Il savait qu'il aurait dû comprendre, pourtant. Gêné, il garda le silence.

Ivan vit dans ce silence de l'indifférence, et il en fut offusqué. Il s'efforça de ne pas se lancer dans des tirades du genre « Après tout ce que j'ai fait », et il y réussit. Il connaissait assez les garçons comme Joel pour comprendre que cette réaction ne le visait pas personnellement. Il s'était imaginé que Joel était différent, plus sensible à la nuance. Il n'avait pas envie de constater qu'il s'était trompé.

Il entreprit de clarifier sa pensée.

— Tu es venu au Club des Mots, mais tu n'es pas resté toute la soirée. Tu es parti pendant le Chemin des Mots. Tu t'es dit que je ne t'avais pas vu, et le fait est que j'aurais pu ne pas m'apercevoir de ton départ si je n'avais pas reçu ce coup de fil de ta tante. Pas le coup de fil au sujet de l'argent. L'autre.

Joel haussa magré lui les sourcils. Il se mordit la lèvre.

— Oui, ce soir-là, elle m'a appelé. Au beau milieu du Chemin des Mots. C'est comme ça que j'ai su que tu n'étais plus là. Mais je ne pouvais en être sûr. Tu aurais pu aller aux toilettes au moment où mon portable a sonné. Je ne pouvais pas lui dire que tu n'étais pas là, n'est-ce pas ? Alors j'ai dit que tu étais là. « Même qu'il nous a lu un poème affligeant, Mrs Osborne. Ne vous inquiétez pas. Je vais faire en sorte qu'il rentre immédiatement quand nous en aurons fini ici. »

Joel baissa le nez. Constatant qu'une de ses baskets était délacée, il se baissa pour en renouer le lacet.

— Je n'aime pas qu'on me manipule, répéta Ivan.

— Vous étiez pas obligé de lui dire...

— Que tu étais là-bas ? En effet. Mais tu y étais. Tu étais à cette soirée. Tu avais prévu ton coup. Tu t'es débrouillé pour me faire savoir que tu étais là, et ensuite tu as filé. Tu peux me dire ce que tu as fait ?

— Y a que dalle à dire, *man.*

— Où es-tu allé ?

Joel ne souffla mot.

— Joel, si tu veux que je t'aide, il faut qu'on se fasse confiance. Je croyais pouvoir avoir confiance en toi. Et maintenant je vois que j'ai eu tort... De quoi refuses-tu de me parler ? Cela a-t-il un rapport avec Neal Wyatt ?

Oui et non. Mais comment Joel pouvait-il expliquer cela à Ivan ? Pour Ivan, la solution à tous les problèmes, c'était écrire un poème, le lire devant un auditoire, écouter les remarques des gens et faire comme si ce qu'ils disaient avait de l'importance, alors que tel n'était pas le cas. C'était seulement jouer un rôle pour mettre un peu de baume sur une plaie qui ne guérirait jamais.

— C'est rien. J'en avais marre d'être là. J'arrive plus à écrire. Ça marche plus, pour moi, l'écriture. C'est pas plus compliqué.

Ivan s'empara de cette phrase.

— Une traversée du désert ? Ça arrive à tout le monde, mon grand. Le mieux est de te tourner vers une autre activité créatrice. Pas nécessairement en relation avec la chose écrite.

Il garda le silence, cherchant un remède à ce qu'il croyait être le problème de l'adolescent : un blocage compréhensible compte tenu de sa situation familiale. Il aurait été ridicule de lui suggérer de se mettre à la peinture, à la sculpture, à la danse, à la musique ou à quoi que ce soit d'autre nécessitant sa présence en un lieu où sa tante refuserait de le laisser se rendre. Mais il y avait quelque chose...

— Rejoins l'équipe qui travaille sur le film. Tu as assisté à une réunion. Tu as vu de quoi il s'agissait. On a besoin d'idées pour le scénario. Tes idées seraient les bienvenues. Si ta tante est d'accord pour te laisser assister à nos réunions... une fois par semaine peut-être au début... il y a des chances pour que le fait de retravailler sur les mots te stimule et relance la machine.

Joel envisagea la façon dont cette proposition pouvait se dérouler. Conclut que cela ne servirait pas à grand-chose. Il assisterait aux réunions de travail si sa tante le lui permettait et elle téléphonerait en pleine session afin de s'assurer qu'il était bien là. Il n'aurait pas d'idées à soumettre aux membres de l'équipe car il n'était plus capable de penser à quelque chose d'aussi dérisoire qu'un film qui ne serait jamais réalisé.

Ivan prit l'hésitation de Joel pour du désespoir – ce qui était en partie bien vu. Mais il se trompa sur la source de ce désespoir.

— Tu en baves pour l'instant, Joel, mais ce ne sera pas toujours comme ça. Il faut parfois saisir la perche qu'on te tend, même si cette perche ne te semble pas être ce qui t'arrachera à tes problèmes.

Joel baissa le nez sur ses pieds. A l'étage au-dessus, les notes d'un orgue à vapeur se firent entendre. Joel reconnut l'indicatif d'une nouvelle émission de dessins animés.

— Ah, la Muse, dit Ivan avec un sourire en reconnaissant le titre de la chanson.

Et comme le son de l'orgue lui disait que les choses étaient ce qu'elles devaient être – Joel et lui dans la petite cuisine, lui, proposant à son jeune ami un remède à son mal –, il dit :

— Sache que je ne suis pas ton ennemi, Joel. Je ne l'ai jamais été et ne le serai jamais.

Mais Joel pensait, lui, en entendant cela, que tout le monde dans son univers était son ennemi. Le danger était partout. Danger pour lui et pour tous ceux qui, contre toute attente, décidaient d'être ses amis.

Joel allait chercher Toby au centre d'apprentissage lorsque Cal Hancock apparut. Il sembla jaillir de nulle part, se matérialisant à côté de Joel au moment où celui-ci passait devant une officine de paris William Hill. Joel commença par humer Cal : l'odeur du shit imprégnait ses vêtements.

— La semaine prochaine, mon pote, laissa tomber Cal.

— Quoi ? sursauta Joel.

— Qu'est-ce que tu veux dire, « quoi ? » Y a pas de *quoi*, *man*. Y a que ce que t'as goupillé.

— J'ai rien goupillé...

— Tu sais ce qui se passera si tu fais pas ce que veut la Lame ? Il t'a tiré du placard. Il peut t'y renvoyer. Pas compliqué : un mot de sa part et t'es mort, les keufs te serrent. Tu captes ?

Impossible de ne pas comprendre. Mais Joel s'immobilisa et ne répondit pas. Plus ça allait, moins les mots avaient de sens pour lui. Il les entendait, certes. Mais il ne percutait pas. Ils faisaient comme un bruit de fond tandis qu'à l'avant-plan se déroulait une symphonie exprimant sa peur.

— T'as une dette envers lui, poursuivit Cal. Crois-moi qu'il risque pas d'oublier. Pas son genre, à ce mec. Si tu merdes sur ce coup comme t'as merdé avec l'Asiate de Portobello Road, tu te retrouves dans une merde d'où personne pourra te sortir.

Joel considéra la cour de l'école devant laquelle ils passaient. Il ne savait pas bien où ils étaient. Il avait l'impression d'être pris dans un labyrinthe : il s'y était trop enfoncé, il avait fait trop de tours et de détours, il n'avait aucun moyen d'en sortir. Il y avait dans cette histoire quelque chose qu'il ne s'expliquait pas.

— Comment il se démerde pour faire tout ça, Cal ?

— Faire quoi ?

— Me faire sortir de zonzon. M'y renvoyer. Il file des bakchichs aux flics ? Il est friqué à ce point ?

Cal souffla, et son souffle, tel du brouillard, resta en suspens dans l'air glacial. Il était venu trouver Joel dans l'uniforme de la rue – sweat-shirt gris à capuche rabattue sur une casquette de base-ball, blouson noir, jean noir, baskets blanches. Ce n'était pas la tenue habituelle de Cal, et ce détail intrigua Joel, qui se demanda par ailleurs comment le tagueur faisait pour ne pas se geler alors qu'il ne portait pas d'anorak.

Cal baissa la voix comme s'il avait peur qu'on le surprenne.

— Merde, mec. Y a des choses plus importantes que la thune pour les keufs. Tu le sais pas, ça ? Tu t'es jamais demandé comment ça fonctionnait dans la cité ? Pourquoi y a jamais personne qui se pointe au squat avec des mitraillettes ?

Il plongea dans une poche de son blouson et Joel pensa qu'il allait en extraire une preuve tangible et définitive de ce qu'était la Lame. Mais c'est un joint qu'il extirpa de sa poche. Il l'alluma sans même prendre la peine de regarder autour de lui, ce qui aurait dû mettre Joel sur la voie.

— Je capte pas... dit Joel.

— T'as pas besoin de capter. Tout ce qu'on te demande, c'est d'agir. C'est pour la semaine prochaine. T'as intérêt à être prêt. T'es outillé ?

— Quoi ?

— Tu fais chier avec tes « quoi ». T'as ton flingue ?

— T'es ouf ? Si je me fais serrer avec...

— A partir de maintenant, tu le lâches plus. Vu ? Si je te passe le mot et que t'as pas ton pétard, t'es mort, mon pote. Les flics, il les met au parfum. T'es bon pour une nouvelle visite au poste.

— Qu'est-ce qu'il va me faire... ?

— Tu verras bien le moment venu, *man*.

Cal tira une taffe et examina Joel. Il hocha la tête en laissant la fumée s'échapper de ses poumons.

— Je t'aurai prévenu.

Sur ces mots, Cal le laissa. Joel était libre de poursuivre son chemin. Mais là s'arrêtait sa liberté.

Ce que Joel ignorait en allant chercher son petit frère, c'est qu'il avait été vu. Dix D'Court, qui se rendait du Rainbow Café au centre de sport de Jubilee, avait aperçu Joel en conversation avec Cal. S'il ne connaissait pas le nom du mec qui parlait avec Joel, il reconnaissait sa tenue – un accoutrement reconnaissable entre tous. Celle d'un type maqué avec un gang. Ses pensées prirent un cours des plus logiques. Il ne pouvait laisser passer une chose pareille. Il avait des devoirs envers les enfants et envers Kendra.

Il réfléchit à la question pendant qu'il s'entraînait, mettant les bouchées doubles pour finir plus vite. Il arriva à la maison en ayant mis au point un angle d'attaque. Mais un peu fébrile à l'idée de la conversation qu'il s'apprêtait à avoir. Kendra n'était pas là – elle était partie masser une cliente à Holland Park d'après le mot qu'elle avait laissé sur le frigo ; un mot ponctué de points d'exclamation pour montrer combien elle était contente de bosser dans ce quartier. Dix trouva que c'était aussi bien. S'il devait jouer au père avec les Campbell, il s'en sortirait mieux seul avec eux.

Il n'y avait personne au rez-de-chaussée. La télé – bruit de fond perpétuel – était allumée à l'étage. Toby était à la maison. Et également Joel. Le sac à bandoulière de Ness était accroché à une chaise dans la cuisine. Seule tracc de sa présence.

Dix se dirigea vers l'escalier à l'arrière de la maison et hurla le nom de Joel. Ce faisant, il lui sembla percevoir la voix de son propre père et il se souvint de la hâte avec laquelle sa sœur et lui se précipitaient quand ils l'entendaient s'époumoner ainsi.

— Descends, *man*, ajouta-t-il lorsque Joel lui eut retourné un « quoi ? » peu enthousiaste des étages supérieurs. Faut qu'on parle.

— De quoi ? bougonna encore Joel.

— Bouge-toi le cul, lui rétorqua Dix.

Joel s'exécuta, mais sans se presser. Imité par Toby, qui le suivait toujours comme son ombre. Dix vit Joel se traîner dans l'escalier et jusqu'à la cuisine. Lorsque Dix lui dit de s'asseoir à table, il obéit, mais sans y mettre la hâte qu'on aurait pu attendre d'un adolescent respectueux.

Joel était dans un autre monde, et pas un monde agréable. Il avait renversé la commode de sa chambre. Récupéré le flingue. Il l'avait fourré dans son sac à dos. Après quoi il s'était assis sur son lit, le cœur lourd, crispé d'angoisse. Il tâcha de se dire qu'il était capable de faire ce que la Lame lui demandait. Il se promit, une fois l'affaire faite et sa dette payée, de reprendre le cours normal de sa vie.

— Qu'est-ce que tu fous à glander avec ce lascar, Joel ?
— Hein ? dit Joel en plissant les yeux.
— Me prends pas pour un con, petit. Je t'ai vu avec lui dans la rue. Il tirait sur son joint et toi t'étais planté là, à attendre qu'il te file une taffe. Qu'est-ce que tu branles avec ce taré ? Tu deales, maintenant ? Ou tu te contentes de fumer ? Comment tu crois qu'elle va réagir, ta tante, quand je vais lui raconter ça ?
— Quoi ? fit Joel. Tu parles de Cal ? On discutait juste, mec.
— Tu causes avec des dealers, Joel ? T'es pote avec des dealers ?
— C'est pas mon pote. On se connaît de vue, c'est tout. Et il...
— ... deale pas ? Tu me prends pour une burne ?
— Je viens de te le dire. C'était Cal.
— De quoi vous parliez si c'était pas de dope ?
Joel ne moufta pas.
— Je t'ai posé une question.
Le ton de Dix hérissa Joel.
— Va te faire foutre. J'ai pas à te répondre.
Dix traversa d'un bond la cuisine et arracha Joel à sa chaise comme s'il se fût agi d'une marionnette sans fil.
— Tu me causes pas sur ce ton, petit.
Toby, qui rôdait devant la porte, se mit à crier :
— Dix ! C'est Joel ! Fais pas ça.
— Toi, ta gueule. T'occupe pas de ça, d'accord ?
Il resserra sa prise sur Joel.
— Lâche-moi ! hurla Joel. J'ai pas à te parler.
Dix le secoua rudement.
— Oh, que si ! J'attends tes explications, mec, grouille. Et arrange-toi pour qu'elles tiennent la route.
— Va chier !
Joel se tortillait pour se libérer. Il rua, donna un coup de pied qui n'atteignit pas sa cible.
— Lâche-moi, putain ! Lâche-moi, espèce d'enculé.
La gifle ne se fit pas attendre : la paume de Dix s'abattit comme une masse sur la joue de Joel. Avec un bruit mat. Celui d'un quartier de viande heurtant le billot du boucher. La tête de Joel partit en arrière, le déstabilisant. Une autre claque succéda à la première, plus sèche. Puis Dix le traîna vers l'évier.
— Tu kiffes les gros mots ? grogna Dix. T'aimes mieux ça que les questions ? On va voir si ça te dit toujours.
Il renversa Joel au-dessus du plan de travail et tendit le bras pour attraper le Fairy Liquid.
Toby se précipita pour le stopper. Il empoigna Dix par la jambe.

— Laisse-le tranquille ! Il a rien fait. Laisse mon frère tranquille ! Joel ! Joel !

Dix le repoussa, trop violemment. Toby alla percuter la table et se mit à gémir. Dix s'était saisi du Fairy Liquid et il en aspergea le visage de Joel. Il visait sa bouche mais rata son coup et en fourra partout.

— J'vais te la nettoyer, ta bouche, moi, dit-il en essayant de glisser le bec verseur entre les lèvres de Joel.

Des pas résonnèrent dans l'escalier et Ness se rua dans la pièce. Elle se jeta sur Dix et son frère. Sous le choc, Dix fut projeté contre Joel, qui lui-même alla heurter le plan de travail. Il s'efforça de garder l'équilibre mais ses pieds glissèrent sur le détergent qui s'était répandu sur le lino. Il dégringola. Et Dix avec lui. Ness leur atterrit dessus.

Elle cria une kyrielle de jurons tout en cherchant à atteindre la tête de Dix. Ce dernier relâcha sa prise sur Joel tout en essayant de se protéger le visage de ses ongles. Joel roula sur le côté, heurta la table, tendit le bras vers une chaise et se mit sur pied en titubant.

Ness hurlait.

— Va te faire foutre, connard. Touche pas à mes frères !

Tout en s'attaquant au culturiste avec ses mains, ses pieds, ses coudes et ses dents.

Dix réussit à lui bloquer les bras. Il la retourna comme une crêpe. Il était sur elle maintenant, il la tenait comme épinglée sur le lino. Ils commencèrent à se tortiller dans le Fairy Liquid en un furieux accouplement qu'il tenta de calmer en se plaquant de tout son long sur elle.

Elle hurla de plus belle. Ce fut un hurlement atroce. Celui d'une créature précipitée en enfer.

C'est sur ces entrefaites que survint Kendra : Toby roulé en boule sous la table, Joel essayant de dégager sa sœur, sur laquelle Dix était couché ; Dix faisant de son mieux pour la calmer ; Ness, éperdue, en plein délire.

— Fous le camp. Fous le camp !

Rejetant la tête en arrière, elle s'arc-bouta avec une force telle qu'elle réussit à se soulever du sol et Dix avec elle.

— Laissez-la tranquille ! Non ! Maman... Maman...

Et sur ce dernier et infructueux appel à l'aide lancé à une femme qui n'était pas là, qui n'était jamais là et n'y serait jamais, elle se mit à hurler comme un animal blessé à mort et condamné à mourir à petit feu.

Kendra s'élança.

— Dix ! Arrête !

Dix se dégagea. Il avait le visage en sang et haletait comme un coureur de fond. Il hocha la tête, incapable d'articuler un mot.

Ness, elle, n'arrêtait pas de parler : allongée par terre, les bras en croix mais décochant des coups de pied et des coups de poing dans le vide avant de s'en prendre à elle-même.

— Tire-toi. Tire-toi de là, bon Dieu !

Kendra s'agenouilla à côté d'elle.

— Il me l'a fait. Il me l'a fait, je te dis.

— Ness ! s'écria Kendra.

— Et y avait personne.

— Ness ! Ness ! Qu'est-ce que... ?

— Tu te barres, tu vas aux machines à sous. Tu lui dis de nous surveiller et il dit d'accord. Tu sors et tu nous laisses avec lui. Mais c'est pas lui. C'est tous les autres. Ils se plaquent contre moi ; et moi, je les sens : ils sont durs. Il me prend le téton et il serre... Il dit qu'il les aime jeunes. C'est comme ça que j'les aime, jeunes, elles sont encore fermes, et moi j'sais pas quoi faire, putain, parce que je comprends pas...

Kendra la serra furieusement contre elle, s'écriant :

— Seigneur Dieu !

Les autres regardaient, changés en statues de sel non par ce qu'ils voyaient mais par ce qu'ils entendaient.

— Et toi t'étais passée nous faire un coucou, hurla Ness, s'accrochant à Kendra et lui martelant le dos de ses poings serrés. T'étais passée avant d'aller draguer. Ça se voyait gros comme une maison, que t'allais draguer. Ton œil, ta tenue. Mais tu flashais que sur les minets. Les mecs, tu les aimais jeunes. Les types de soixante balais, c'était pas pour ta gueule. Seulement ils étaient chauds, les viocques, tu vois. Ils étaient chauds, ils avaient la trique et ils en voulaient. Sur ce, tu te casses ; elle aussi. Pour filer aux machines à sous comme d'hab. Alors c'est là qu'ils se décident, bordel de merde. George et ses potes sur le lit dans la chambre de mamie. Ils sont débraguettés, ils ont tous la queue à l'air... Ils grimpent sur... Et je peux pas... je peux pas...

— Ness ! Ness ! hurla Kendra, cramponnée à elle, la berçant.

Et, à Joel :

— T'étais au courant ?

De la tête, il fit signe que non. Il s'était mordu la main tandis que sa sœur parlait et il avait le goût du sang dans la bouche. Ce qui était arrivé à Ness lui était arrivé en silence et toutes portes fermées. Ce dont il se souvenait, c'est qu'ils se pointaient souvent chez sa grand-mère, les copains de George, pour taper le carton ; il leur arrivait même d'être huit. Il se souvenait de Glory disant tout en enfilant son manteau : « Dis donc, George, tu crois que tu vas pouvoir surveiller les petits avec tous tes potes autour de toi ? »

Et George, gaillardement : « T'inquiète, Glor. Te bile pas, ma grande. Avec tout ce monde, j'aurai toute l'aide qui me faut. C'est pas trois gamins qui vont me donner du fil à retordre. Et puis Ness est assez grande pour me filer un coup de main des fois que les garçons feraient des bêtises. Pas vrai, Nessa ? » ajoutait-il avec un clin d'œil.

Et Ness :

— T'en va pas, mamie.

Et mamie d'enchaîner :

— Je compte sur toi pour leur faire un bon chocolat, ma puce. Le temps que vous le buviez, mamie sera de retour à la maison.

Mais elle ne rentrait jamais assez tôt.

Aussi, lorsque Ness entreprit d'aiguiser un couteau à légumes, Joel – qui l'avait surprise – vit dans ce geste la conclusion logique de ses révélations et de la scène qui s'était déroulée dans la cuisine. Il l'avait vue faire mais il n'avait rien dit. Ness réagissait exactement comme lui. Si le couteau lui procurait un sentiment de sécurité, qu'est-ce que cela pouvait bien faire ?

A la suite de ces événements, Dix se livra à une remise en question massive. Son rêve s'était toujours articulé autour de l'idée romantique qu'il se faisait de la famille. Car ses rêves d'avenir étaient fondés sur le passé. Un passé dont la principale caractéristique était la chaleur des liens qu'il avait tissés avec ses parents. La famille, pour lui, c'était le pater familias trônant à la place d'honneur et découpant le rôti du déjeuner dominical. Des guirlandes qu'on accrochait au plafond à Noël. Des virées au bord de la mer à Brighton les jours fériés quand on avait assez de thune pour acheter de la barbe à papa, un sac de sucre d'orge et des *fish and chips*. C'étaient des parents supervisant les devoirs de leurs enfants, leurs activités extrascolaires, exerçant un droit de regard sur leurs copains, leur tenue vestimentaire, leurs manières. Un dentiste pour leurs dents. Un médecin pour leurs vaccins. Un thermomètre sous la langue, une bonne soupe quand ils étaient malades. Dans cette famille, les enfants parlaient avec respect à leurs parents, et les parents les guidaient d'une main ferme mais aimante, les punissant quand c'était nécessaire et s'assurant que la communication fonctionnait de façon fluide dans les deux sens. Bref, si une famille méritait le qualificatif de « normale », c'était celle dans laquelle Dix D'Court avait grandi. Elle lui avait fourni le modèle de ce que sa propre famille devrait être quand il serait nanti d'une femme et d'une progéniture. Mais en aucun cas elle ne l'avait préparé à affronter des enfants victimes d'horreurs et de traumatismes.

Les Campbell, il en était maintenant persuadé, avaient besoin d'aide. Et d'une aide mille fois supérieure à celle que Kendra et lui pourraient leur apporter. Dix aborda le sujet avec elle, mais elle le prit mal.

— Tu veux que je m'en débarrasse ?

— J'ai pas dit ça, répondit-il calmement. C'est juste qu'ils en ont trop bavé et qu'on est pas équipés pour les aider.

— Ness est en thérapie. Toby, au centre d'apprentissage. Joel fait ce qu'il a à faire. Que veux-tu de plus ?

— Ken, ça nous dépasse. Essaie de voir les choses comme elles sont.

Mais c'était impossible. Kendra se disait que si elle ne s'était pas obstinée à ne rien changer à sa façon de vivre lorsque Glory lui avait collé les enfants sur le dos, elle aurait peut-être réussi à leur construire une vie acceptable. Voilà pourquoi tout ce qui, à ce stade, évoquait de près ou de loin l'abandon lui paraissait inenvisageable. Elle ferait ce qu'il faudrait pour les sauver. Dût-elle agir seule.

— Même si tu dois renoncer à tes projets ? lui demanda Cordie lorsqu'elles se retrouvèrent. Ta carrière de masseuse ? Le spa ? Tu fais une croix sur tout ça ?

— C'est pas ce que t'as fait ? répliqua Kendra. T'as pas renoncé à tes rêves pour faire plaisir à Gerald ?

— Quoi ? Parce que je vais lui donner l'enfant qu'il me demande ? Et puis ces rêves, c'est quoi ? Je suis qu'une petite manucure, Ken.

— On devait s'associer, monter un spa.

— Ouais. Mais au fond du fond, si je dois faire un choix, c'est Gerald que je choisis. C'est toujours lui que je choisis. Le spa, si jamais ça se concrétisait, je dis pas non. Mais faudrait pas que ça m'empêche de vivre ma vie avec Gerald. Parce que ma priorité, c'est lui.

— Et les autres ?

— Quels autres ?

— Fais pas ton innocente. Les mecs que tu dragues.

Cordie lui jeta un regard atone.

— Tu te goures. Je drague pas les mecs.

— Voyons, Cordie, ces pelles que tu roules à des minets de dix-neuf ans...

— J'ai mon biscuit à la maison, énonça fermement Cordie, capable de fermer les yeux sur ses faiblesses. C'est Gerald. Je tiens à lui. Faut savoir ce qui compte dans la vie. Faire un choix et s'y tenir.

Faire un choix et, une fois le choix fait, s'y tenir, tel était le problème. Car Kendra était incapable de l'un comme de l'autre.

La seule solution ? Faire un geste pour montrer qu'elle était disposée à s'occuper sérieusement des difficultés des enfants.

— Il faut porter plainte, conclut Fabia Bender lorsque Kendra l'eut mise au courant pour Ness.

Elles s'étaient arrangées pour se retrouver à la pâtisserie Lisboa dans Golborne Road. Castor et Pollux attendaient patiemment dehors tandis que leur maîtresse s'offrait un café au lait accompagné d'un sandwich mayonnaise aux crevettes qu'elle avait extrait de son attaché-case. Fabia posa son sandwich sur une serviette et sortit un agenda gonflé de papiers divers qu'elle se mit à feuilleter.

— Plainte contre qui ? demanda Kendra. George est loin. Quant à ses copains... Ness ignore leurs noms et je doute que ma mère les connaisse. Et que gagnerons-nous à la mettre entre les mains de la police pour interrogatoire ? Je la vois mal évoquant tout cela devant des policiers. C'est à peine si elle m'en parle, à moi.

— Cela explique beaucoup de choses, remarqua Fabia pensivement. Notamment la raison pour laquelle elle refuse de parler à Ruma. Ou de passer des tests. La plupart des adolescentes qui ont été sexuellement abusées éprouvent un intense sentiment de culpabilité. Elles s'imaginent avoir dit ou fait quelque chose qui a encouragé leurs violeurs. Ces derniers les conditionnent à réagir dans ce sens. De plus, dans le cas de Ness, personne dans son enfance ne lui a appris à penser autrement. Sa mère était un cas psychiatrique, son père était décédé ; quant à sa grand-mère, elle avait d'autres chats à fouetter. Alors qu'elle devenait femme, il n'y a eu personne pour lui dire qu'elle avait le droit de protéger son corps.

Fabia réfléchissait à haute voix, le regard braqué vers la rue où tombait une pluie fine. Lorsqu'elle se tourna vers Kendra, elle dit, voyant l'expression de cette dernière :

— Ce n'est pas votre faute, Mrs Osborne. Vous n'étiez pas sur place. Mais votre mère, si. S'il faut adresser des reproches à quelqu'un...

— Quelle importance ? murmura Kendra. Ce que je ressens, je le ressens.

Fabia hocha la tête.

— Il va falloir mettre Ruma au courant, ajouta-t-elle. Et...

Elle hésita, perdue dans ses pensées. Elle observa Kendra. Manifestement, celle-ci était désireuse de bien faire. Toutefois ses tentatives pour servir de mère de substitution avaient été incroyablement inadéquates. Il semblait peu probable que Kendra pût réconforter sa nièce. Cependant il y avait d'autres possibilités.

— Je vais m'entretenir avec Majidah Ghafoor. Elle est en bons termes avec Ness. Il faut tenter le coup. Je vais voir ce que je peux faire.

Une fois en possession des éléments qu'on lui avait transmis, Ruma suggéra une approche à laquelle Fabia n'aurait jamais pensé. Les groupes de soutien, c'était une belle chose, dit-elle ; une évaluation psychiatrique en profondeur leur fournirait des données intéressantes sur la chimie du cerveau de Ness. Mais là, il s'agissait de psychologie. Comme la jeune fille se refusait à aborder la question des abus sexuels et qu'elle avait largement passé l'âge de jouer avec des poupées symboliques...

— Il m'est venu une idée : l'hippothérapie, conclut Ruma. Cela donne souvent d'excellents résultats.

— L'*hippo*... ? s'étonna Fabia, faisant aussitôt le lien avec le gros mammifère africain à gueule béante et minuscules oreilles.

— Les chevaux, dit Ruma, la remettant sur les rails. On traite l'esprit avec l'aide d'un cheval.

Voyant l'air sceptique de Fabia, Ruma lui expliqua comment fonctionnait cette thérapie par le toucher où les interactions homme-cheval servaient de métaphore aux questions sensibles que le patient ne voulait pas aborder de front et permettaient d'aboutir rapidement à des résultats.

— Cela touche aux problèmes de maîtrise, de pouvoir et de peur, dit Ruma. Ça a l'air dingue, Fabia, mais il faut qu'on essaie. Si on n'arrive pas à faire craquer les défenses de Ness...

Elle ne termina pas sa phrase, mais Fabia s'en chargea intérieurement pour elle. Faute de percer ces défenses, les choses ne feraient qu'empirer.

— Et pour financer ce traitement, on fait comment ?

— Je n'en sais fichtre rien, soupira Fabia.

Il était peu probable qu'elles réussissent à obtenir les crédits nécessaires. Le système croulait sous les cas de jeunes filles comme Ness. Il y avait peut-être une possibilité de financement quelque part dans le maquis administratif, mais il faudrait sans doute des semaines avant de mettre la main dessus. Fabia pouvait essayer, en tout cas, et elle était décidée à le faire. Mais, en attendant, les blessures de Ness ne s'arrangeraient pas.

Fabia alla trouver Majidah. Elle était décidée à frapper à toutes les portes. Majidah, Ruma, Fabia, Kendra... Les femmes de l'entourage de Ness devaient présenter un front uni. Et lui faire passer un message d'amour et de soutien.

— C'est désolant que des choses aussi abominables arrivent, dit Majidah en réaction au récit de Fabia.

Elle-même rapporta à Fabia le peu qu'elle savait du passé de Ness en fonction de ce que la jeune fille lui avait laissé entendre.

— Dix ans ? reprit Fabia, horrifiée.

— Il y a de quoi se poser des questions sur les voies du Seigneur.

Fabia ne croyait pas en Dieu. L'humanité, selon elle, était le résultat de la collision d'atomes dans l'atmosphère : sans dessein, sans plan, sans un seul espoir d'obtenir un résultat positif à moins d'un effort gigantesque.

— Nous allons tenter de lui faire suivre une thérapie un peu spéciale. Si jamais elle décidait de vous parler de ce qui lui est arrivé... Je me suis dit qu'il valait mieux que je vous mette au courant.

— Je suis heureuse que vous l'ayez fait. Je vais essayer moi aussi de lui parler.

— Je doute qu'elle vous parle de...

— Ma foi, ce n'est pas de ça que je compte l'entretenir, protesta Majidah. Il y a tant d'autres choses dont on peut parler indépendamment du passé.

Tel fut l'objectif que Majidah se fixa. Les terribles événements de la vie éprouvaient votre âme, mais le refus de les accepter et de pardonner pouvait vous détruire l'esprit. Elle avait sa petite idée. A la garderie, elle disposa magazines, pots de colle, feuilles de carton et ciseaux à bouts ronds. Et elle invita les enfants à réaliser des collages, insistant pour que Ness se joigne à eux. Ils allaient réaliser un tableau représentant leurs familles et leur monde.

— Pourquoi je dois m'y mettre aussi ? bougonna Ness. Si je suis occupée, comment je vais pouvoir les aider ?

— Ton collage leur servira de modèle, lui dit Majidah.

— Mais j'ai pas...

— Vanessa, je ne vois pas où est le problème. Si tu n'es pas d'accord, on s'installe dans un coin et on en discute.

Une discussion dans un coin tranquille, Ness était d'accord. C'était mieux que de s'asseoir à une table qui ne lui arrivait même pas au genou à côté d'un bambin de quatre ans armé de ciseaux. Elle suivit Majidah vers les fenêtres donnant sur l'aire de jeux et sur Meanwhile Gardens. Majidah avait à peine réussi à dire « Vanessa, Sayf et moi nous demandons pourquoi tu ne retournerais pas travailler chez lui » que Ness détournait son attention de la Pakistanaise. Un mouvement dans sa vision périphérique lui avait permis de voir ce qu'elle cherchait depuis des jours.

Les événements se succédèrent à un rythme d'enfer. Ness empoigna son sac et se précipita vers la porte, et de là dans l'aire de jeux. Elle fonça vers le portail, tira de son sac le couteau qui y était caché. Elle avait l'air déterminé.

De l'autre côté de la clôture, Neal Wyatt parlait avec Hibah. Il ne s'était pas fait accompagner des membres de sa bande et Ness bénéficia de l'effet de surprise.

Elle franchit le portail et se jeta sur Neal. Sans que Hibah ni lui puissent faire un mouvement pour la stopper, et sans que Majidah ait le temps d'intervenir, Ness profita de son élan et de la violence de son attaque pour renverser Neal Wyatt. Elle tomba par terre avec lui. La lame de son couteau, grise sur fond de ciel gris d'hiver, disparut. Reparut rouge de sang. Disparut et disparut encore.

Hibah hurla. Impossible d'approcher. Ness brandit le couteau dans sa direction lorsqu'elle effectua une tentative dans ce sens. Neal se débattait, mais le désir de vengeance et la haine de Ness étaient plus forts. Elle avait du sang sur les joues et la poitrine.

Elle se mit à hurler.

— T'en veux, baby ? Comme ça, ça te va ?

Et elle leva son couteau comme pour le plonger dans le cœur de Wyatt.

Majidah se rua dehors, suivie des enfants. Elle s'écria :

— Non !

Alors ils se massèrent près de la clôture. Il y avait du sang partout. Ness, Neal et sa petite amie en étaient couverts. Majidah dit à Hibah :

— Aide-moi.

Elle attrapa Ness par un bras tandis que la jeune fille, poussant des cris incohérents, l'empoignait par l'autre.

Elles tombèrent toutes les trois. Neal s'écarta en roulant sur lui-même. Il se retrouva debout, en sang mais pas au point de ne pouvoir décocher des coups de pied accompagnés de grognements et de jurons. Ses pieds rencontraient des têtes, des bras, des jambes.

Des pas résonnèrent venant d'Elkstone Road. Un jeune homme armé de la canne de sa mère repoussa Neal. Sur le trottoir, sa mère, qui était en compagnie d'une amie, vit cette dernière dégainer son portable, parler.

— Du sang partout... trois femmes... un adolescent... une dizaine d'enfants...

Ce n'était pas tout à fait exact mais ce fut efficace. La police et l'ambulance ne tardèrent pas à arriver.

Ils ne furent toutefois pas assez rapides. Ness s'était enfuie et personne n'était en état de la poursuivre.

26

Joel fut le premier à apercevoir les chiens : l'énorme schnauzer et le doberman un poil plus petit mais encore plus menaçant. Comme d'habitude, ils étaient couchés, la tête sur les pattes, attendant les instructions de leur maîtresse. Toutefois l'endroit où ils étaient installés – de part et d'autre du perron de sa tante – lui fit comprendre qu'il y avait quelque chose qui n'allait pas. Si Fabia Bender était là, cela signifiait que Kendra s'y trouvait aussi. Or, à cette heure de la journée, elle était censée être à Sidashop.

— Regarde, dit Toby, les chiens.

— Les touche surtout pas, dit Joel à son frère.

— OK.

A l'intérieur, ils seraient en sécurité. Du moins à l'abri des molosses. Car, dans la cuisine, la tante des garçons et l'assistante sociale étaient assises à la table, trois dossiers étalés devant elles et un cendrier rempli de mégots à portée de Kendra. Un agenda plein de papiers était posé par terre aux pieds de Fabia Bender.

Les yeux de Joel se rivèrent aussitôt sur les dossiers. Trois dossiers. Trois Campbell. Il regarda sa tante. Son regard navigua de cette dernière à Fabia Bender.

— Où est Ness ?

— Dix est parti la chercher, dit Kendra.

Un coup de fil affolé de Majidah avait alerté Kendra, qui s'était précipitée dans la rue à la recherche de sa nièce tandis qu'un second coup de fil – de Fabia Bender – lui avait enjoint de regagner son domicile tandis que Dix poursuivait les recherches.

— Monte dans ta chambre avec Toby, Joel. Et emporte à manger. Il y a des biscuits au gingembre si ça te tente.

Si son langage – hypercorrect – ne lui avait déjà mis la puce à l'oreille, les biscuits à emporter à l'étage finirent de convaincre Joel qu'il était arrivé quelque chose d'inquiétant. En temps ordinaire, il était formellement interdit de grignoter dans la chambre. Il n'avait pas envie de quitter la pièce, mais il savait qu'il était inutile de s'incruster.

Il prit des biscuits, grimpa dans la chambre, installa Toby sur le lit avec sa planche et les gâteaux, et rebroussa chemin jusqu'à l'escalier où il s'assit, tendant l'oreille, craignant le pire.

— ... apprécier la situation de façon réaliste, disait Fabia Bender.

— Il s'agit de ma nièce et de mes neveux, répondit Kendra. Pas de chiens ni de chats, Miss Bender.

— Mrs Osborne, je sais que vous avez fait de votre mieux.

— Vous ne savez rien du tout. Ce que vous voyez...

— Je vous en prie, n'essayez pas de me faire prendre des vessies pour des lanternes. Voyez plutôt les choses en face. Il ne s'agit pas d'une tentative d'agression qui a avorté. Mais de violences sur une personne et de voies de fait caractérisées. Ils ne l'ont pas encore rattrapée mais cela ne tardera pas. Et quand ils l'auront mise en garde à vue, elle sera expédiée dans un centre de détention provisoire. Une tentative de meurtre n'est pas punie par de simples heures de TIG. Et on ne laisse pas les ados qui s'en sont rendus coupables rentrer gentiment chez eux en attendant que le juge statue sur leur sort. Je ne dis pas ça par cruauté. Il faut que vous soyez consciente de la réalité de la situation.

— Où vont-ils l'emmener ? dit Kendra à voix basse.

— Dans un centre de détention provisoire pour les mineurs... Elle ne sera pas avec des adultes.

— Mais vous ne comprenez donc pas que si elle a fait ça, c'est qu'il y avait une raison ? Ce garçon l'avait agressée. C'est lui qui l'a agressée cette nuit-là. Lui et ses copains. Elle a refusé de me dire son nom, mais c'est lui. Je le sais. Il harcèle ces trois enfants depuis le début. Et pensez à ce qu'elle a subi étant petite. Chez sa grand-mère. Ça aussi, ça explique certaines choses.

Joel n'avait jamais entendu sa tante parler d'une voix aussi brisée. Les larmes lui vinrent aux yeux. Il appuya son menton sur ses genoux pour l'empêcher de trembler.

La sonnette de l'entrée retentit. Kendra et Fabia se retournèrent d'un même mouvement. Kendra repoussa sa chaise et marqua une hésitation avant d'aller ouvrir.

Trois personnes se tenaient sur la dernière marche du perron tandis qu'allongés, immobiles, Castor et Pollux jouaient toujours les sentinelles. Deux des visiteurs étaient des constables en uniforme : une Noire et un Blanc. Entre eux se trouvait Ness : sans manteau, frissonnante, son pull taché de sang.

Lorsque Kendra s'exclama : « Ness ! », Joel dévala l'escalier et se rua dans la cuisine. Il s'immobilisa net à la vue de la police.

— Mrs Osborne ? dirent les policiers.

— Oui, dit Kendra.

La scène était digne d'un tableau : Fabia Bender toujours à la table de la cuisine mais à moitié debout ; Kendra, mains tendues vers Ness ; les constables évaluant la situation ; Joel craignant de faire un mouvement, de peur qu'on ne le renvoie dans sa chambre ; Ness, le visage figé : ne m'approchez pas, ne me touchez pas.

Ce fut la femme flic qui intervint. Elle mit la main sur le dos de Ness, qui tressaillit. Sans tenir compte de cette réaction de recul, elle accentua la pression sur le dos de Ness, la faisant entrer. Les policiers suivirent.

— Cette jeune personne a eu des problèmes avec un type dans Queensway, dit la policière.

Elle déclina son identité : Cassandra Anyworth. Et celle de son coéquipier : Michael King.

— Un grand Noir costaud. Il essayait de la faire monter dans son véhicule. Elle s'est débattue. Elle l'a esquinté. C'est pourquoi elle est dans cet état. Le sang qui est sur elle, ce n'est pas le sien. Ne vous inquiétez pas.

Tous ceux qui étaient là pensèrent que ces constables n'avaient pas la moindre idée de ce qui s'était passé entre Ness et Neal Wyatt à Meanwhile Gardens, ce qui voulait dire qu'ils n'étaient pas de la police locale. Ce qui était évident, vu qu'ils avaient dit avoir trouvé Ness aux prises avec un Noir dans Queensway. Car Queensway n'était pas du ressort de la police de Harrow Road. Mais du commissariat de Ladbroke Grove. Ce qui n'était pas une bonne nouvelle.

Le commissariat de Ladbroke Grove avait mauvaise réputation. Les gens qu'on y emmenait n'étaient pas spécialement bien reçus, encore moins quand ils appartenaient à une minorité raciale. Un *grand Noir*. Les mots semblaient encore résonner dans la pièce.

— Dix t'a retrouvée ? demanda Kendra à Ness. Dix t'a retrouvée ?

Comme elle ne répondait pas, elle s'adressa aux policiers :

— Ce Noir, il ne s'appelait pas Dix D'Court ?

— J'ai pas pris son nom, dit le constable King. C'est au poste qu'ils se sont occupés de ça. Il est en garde à vue. Pas de danger qu'il remette ça, ajouta-t-il avec un sourire dénué de chaleur. On ne tardera pas à savoir qui c'est. Et ce qu'il a fait ces vingt dernières années. Pas de problème.

— Il habite ici, dit Kendra. Avec moi. Avec nous. Il était parti à sa recherche à ma demande. Je la cherchais moi aussi, mais Fabia voulait me voir, alors je suis rentrée. Ness, tu ne leur as pas dit que c'était Dix ?

— Elle n'était pas en état de dire quoi que ce soit, intervint la constable Anyworth.

— Vous ne pouvez pas retenir Dix. Il n'a fait que m'obéir.

— Si tel est le cas, madame, la situation sera éclaircie en temps voulu.

En temps voulu ? Et il est en prison ? Il est enfermé ? Interrogé ? On lui tape dessus s'il ne répond pas aux questions de façon satisfaisante ?

Elle ne le dit pas, mais elle le pensa et tout le monde avec elle. Car telle était la réputation de ce commissariat. On allait le brutaliser et puis on dirait en guise d'excuse qu'il s'était cogné dans une porte. Qu'il avait glissé sur le carrelage.

— Mon Dieu, dit Kendra. Oh, Ness.

Fabia intervint. Elle se présenta, remit sa carte aux policiers. Elle connaissait la famille. Elle allait s'occuper de Ness, en décharger les constables. Et, au fait, Mrs Osborne leur avait dit la vérité. L'homme qui avait paru agresser Vanessa essayait tout bonnement de la ramener chez sa tante. La situation était assez complexe. Si les policiers désiraient en discuter... Fabia leur désigna la table pour leur faire comprendre qu'ils n'avaient qu'à s'asseoir. Là étaient étalés les dossiers contenant le passé, le présent et l'avenir des enfants, et l'un d'eux était resté ouvert. L'agenda de Fabia était toujours sur le sol. Tout cela avait l'air on ne peut plus officiel.

Le constable King retourna la carte entre ses doigts. Débordé de travail, éreinté, il n'était pas mécontent de refiler l'adolescente silencieuse à d'autres adultes responsables. Il échangea un coup d'œil avec sa collègue. Elle hocha la tête. Il lui rendit son hochement. Inutile de discuter davantage, dit-il. Ils allaient laisser la jeune fille avec sa tante et l'assistante sociale, et si quelqu'un voulait bien se rendre au commissariat de Ladbroke Grove pour identifier l'homme qui avait essayé de forcer Ness à monter dans sa voiture, cela devrait suffire à résoudre le problème.

Ce « devrait suffire » fit comprendre à Kendra la nécessité impérieuse d'arracher Dix aux griffes de la police. Elle remercia abondamment les policiers. Ils s'en allèrent, l'affaire semblait close.

Mais elle ne l'était pas. Le commissariat de Ladbroke Grove n'avait peut-être pas entendu parler de l'agression subie par un jeune dans Meanwhile Gardens ni des recherches dont l'auteur de ladite agression faisait l'objet, mais il finirait par être mis au courant. Même si tel n'avait pas été le cas, et même si personne à Ladbroke Grove ne faisait le rapprochement, Fabia Bender devait maintenant intervenir.

— Je vais téléphoner au poste de Harrow Road, dit-elle en prenant son portable.

— Non, dit Kendra. Pourquoi ? Ne faites pas ça.

— Mrs Osborne, il n'y a pas d'autre solution. A Harrow Road, ils savent qui ils recherchent. Ils ont son nom, son adresse, son casier. Si je la laisse ici avec vous – ce que je ne peux pas faire, et vous le savez –, cela ne fera que retarder l'échéance. Mon boulot est de veiller à ce que Ness franchisse les obstacles sans encombre. Le vôtre est de faire sortir Dix D'Court du poste de Ladbroke Grove.

Joel poussa un cri à ces mots et c'est alors que les deux femmes finirent par remarquer sa présence. Effondrée, Kendra lui dit sèchement de retourner dans sa chambre et d'y rester. Joel décocha un regard désespéré à sa sœur et fila vers l'escalier.

— Laissez-moi au moins le temps de lui faire un brin de toilette.

— Impossible, Mrs Osborne... Kendra.

Fabia s'éclaircit la voix. Les échanges avec la famille de ses clients étaient inévitables mais ils lui coûtaient toujours émotionnellement. Elle détestait ce qu'elle devait dire. Elle poursuivit néanmoins.

— Les indices, dit-elle, espérant que le terme suffirait à faire comprendre à Kendra ce qu'elle entendait lui signifier.

Ness, pour sa part, resta plantée là. Vidée, épuisée, se posant des questions... Les deux femmes ne savaient à quoi elle pensait. Ce qu'elles savaient – ce que tout le monde savait –, c'est que les possibilités d'avenir de Ness étaient sérieusement compromises, pour ne pas dire anéanties.

Sortir Dix du commissariat ne fut pas une mince affaire. Cela demanda plusieurs heures d'attente, de conciliabules avec un avocat commis d'office qui ne mit guère d'entrain à la chose, des conversations téléphoniques avec Fabia Bender, des communications avec la police de Harrow Road. Il allait falloir encore plusieurs jours pour que sa voiture mise à la fourrière échappe aux griffes de la bureaucratie. Mais Dix lui-même sortit du poste, libre de ses mouvements.

C'était la première fois qu'il avait maille à partir avec la police. Jamais il n'avait commis la moindre infraction. Il était secoué et essayait de ne pas se laisser submerger par la haine et le désir de vengeance. Il s'appliqua à respirer calmement et à essayer de se rappeler quel homme il était avant de voir une gamine bourrée au Falcon et de décider de la raccompagner chez elle pour plus de sûreté. C'était ainsi que tout avait commencé : le souci de mettre Ness à l'abri.

Ce qu'il dit à Kendra, il attendit d'être à Edenham Way pour le lui dire. Une fois à la maison, il gagna la chambre de cette dernière. Elle l'y suivit, referma la porte.

— Dix, baby, commença-t-elle d'une voix caressante.

Mais c'était également une voix qui préludait toujours à l'acte sexuel. Or, le sexe, Dix n'en voulait pas, et il était certain que ce n'était pas non plus ce que Kendra cherchait. Il alla entrouvrir la porte.

— Les garçons ? s'enquit-il.

— Dans leur chambre.

Ils entendraient donc s'ils écoutaient, mais cela n'avait plus d'importance.

Deux des tiroirs de la commode contenaient les affaires de Dix. Il les sortit et en vida le contenu sur le lit. Il alla retirer ses vêtements accrochés dans la penderie. Puis :

— J'y arrive pas, Ken.

Elle le regarda extraire un sac de voyage de sous le lit, celui-là même qu'il avait apporté, accroché à son épaule, le sourire aux lèvres, plein d'espoir à l'idée d'emménager chez celle qu'il aimait. Il était monté avec et l'avait jeté dans un coin parce qu'il avait plus important à faire que de déballer ses affaires ce jour-là. L'important, c'était sa femme, l'aimer, la prendre, persuadé – lui qui était un homme-enfant de vingt-trois ans – que c'était la chose à faire, que c'était le destin. Qu'ils devaient être ensemble ici et maintenant.

Mais il s'était passé trop de choses : Queensway, Ness, la police de Ladbroke Grove. Les flics dont les pensées le polluaient au point que toutes les douches du monde ne pourraient le délivrer de ces sensations nauséabondes.

Tandis qu'il fourrait ses vêtements dans le sac, Kendra dit :

— Dix, ce n'est pas toi. Ce n'est pas ta faute. Rien n'est ta faute. C'est elle. Il lui est arrivé des choses. Elle était en colère. Elle s'est sentie abandonnée. Trahie. N'oublie pas ça, Dix, je t'en prie.

Sous le coup des événements de ces dernières heures, elle parlait encore en anglais châtié. Elle ne s'entendait pas mais cela n'avait pas d'importance. Dix ne l'entendait pas non plus.

— Son père s'est fait descendre en pleine rue, Dix. Sa mère est dans un hôpital psychiatrique. Ma propre mère l'a laissée tomber. Ensuite, c'est moi qui n'ai pas été à la hauteur. Elle était toute petite, Dix. Le salopard qui était le jules de ma mère et ses copains lui sont tombés dessus. Ils lui ont fait des choses. Tu imagines lesquelles. Ç'a duré, ç'a duré, et elle n'a jamais rien dit parce qu'elle avait peur. Il faut lui pardonner d'avoir craqué comme elle l'a fait. Dans Queensway. Avec toi. Quoi qu'elle ait raconté aux flics à ton sujet. Ce n'étaient pas les raisons qui manquaient. C'est horrible, je sais que tu le sais. Je sais que tu comprends. Je t'en prie.

Elle le suppliait mais ne s'en sentait pas pour autant humiliée. Elle avait passé ce stade. Elle était comme une de ces gitanes qu'on voit sur le trottoir, un bébé au sein, un gobelet en carton devant elles, attendant les pièces des passants. Un pan de sa personnalité – c'était une femme fière qui avait eu une vie difficile – lui soufflait qu'elle en avait assez dit, qu'ils n'avaient pas besoin de Dix, que s'il voulait partir, il était libre. Il n'y faudrait qu'une brève incision chirurgicale dans le cœur. Mais l'autre Kendra – effrayée, dépassée au point que la noyade lui semblait être son seul avenir – savait qu'elle avait besoin de lui, ne serait-ce que pour jouer l'homme de la maison dans une famille que la mort, la folie et la malchance avaient recomposée tant bien que mal.

— C'est pas ça que je voulais, Ken, tu comprends ? finit par dire Dix. C'était pas ça que je cherchais. J'ai essayé. Mais j'y arrive pas.

— Tu le peux. Si ceci est arrivé, c'est parce que...

— T'écoutes pas ce que je te dis, Kendra. J'en veux plus.

— Tu veux plus de moi ?

— De cette situation. J'y arrive pas. J'ai cru que oui. Mais j'avais tort.

Poussée par le désespoir, elle reprit :

— Si les enfants n'étaient plus là...

— Dis pas ça. T'es pas comme ça. De toute façon, c'est pas les gosses. C'est tout le reste. Je veux des mômes. Une famille. Des enfants. J'en ai toujours voulu. C'est pas nouveau.

— Alors...

— Mais pas comme ça, Ken. Pas des mômes qu'on m'a collés. Pas des mômes que je dois recadrer parce qu'ils ont été bousillés au départ. C'est pas ce que je veux. Pas comme ça en tout cas.

Ce qui signifiait apparemment qu'avec une autre femme, avec des enfants différents, dans des circonstances où il y avait de la place pour un rayon d'espoir, la situation et les sentiments de Dix auraient été différents. Il serait alors ce que cette femme voudrait, ce que les enfants attendaient, et ce que Kendra s'était juré de ne jamais désirer avoir dans sa vie.

Si elle souhaitait tout cela maintenant – la présence d'un homme à demeure chez elle, avec tout ce que cela comportait –, n'était-ce pas davantage par peur et par panique que par véritable amour ? Cette question, elle ne pouvait pas plus se la poser qu'elle ne pouvait y répondre. Elle en était réduite à le regarder jeter ses affaires dans son sac. Elle était devenue l'une de ces femmes qu'elle méprisait tant – qui se tordent les mains de désespoir –, une femme qui suivait son homme de la chambre à la salle de bains où elle le regarda – comme on regarde des secouristes désincarcérer un corps d'un véhicule accidenté – rassembler son nécessaire de rasage, les huiles et les lotions qu'il utilisait pour se faire un corps lisse et luisant en vue des concours.

Lorsqu'il pivota vers elle, il regarda par-dessus son épaule. Joel était sorti de sa chambre, Toby sur ses talons. Dix croisa le regard des gamins puis baissa les yeux sur son sac. Il en zippa la fermeture. L'accrocha à son épaule.

— Je te les confie, *man*. Veille sur eux.

— Ouais, marmonna Joel d'une voix atone.

— Tu y es pour rien, bonhomme. C'est les circonstances, mec. Des merdes que tu peux pas piger. Souviens-toi de ça. Tu y es pour rien. C'est toute une flopée de trucs.

Cette masse de trucs, elle retomba sur les épaules de Joel une fois Dix parti. Dans la maison, il fallait un homme pour que ça marche. Et il était le seul homme disponible pour veiller sur Toby et sortir Ness des emmerdes dans lesquels elle s'était fourrée.

Que ce dernier défi fût insurmontable, Joel ne voulait pas l'accepter.

— Elle a essayé de le tuer, lui dit Hibah, farouche, lorsqu'ils se croisèrent près de la tour Trellick. J'étais là, merde. La dame de la garderie aussi. Sans compter une vingtaine de mouflets. Avec un couteau un peu plus gros, elle le tuait. Elle est folle, cette nana. Elle va voir ce qu'elle va voir. Ils l'ont enfermée. J'espère qu'ils ont jeté la clé.

L'espoir résidait dans le fait que Ness était enfermée. Enfermée par la police dans le commissariat de Harrow Road. Et dans ce commissariat il y avait une chance pour que le sort qui semblait se profiler pour Ness ne se produise pas. Il y avait encore un moyen de sortir Ness de ce cloaque, et Joel le connaissait.

Il comprit quelle voie il devait emprunter : celle qui allait faire totalement de lui l'homme de la Lame. Il n'était plus question d'un arrangement provisoire pour obtenir un service. Cette fois, il allait devoir s'engager à fond. Prouver à la Lame qu'il lui appartenait corps et âme. Qu'il lui était tout entier dévoué. Qu'il était son vassal. Pour cela, il lui fallait attendre que le caïd lui demande de passer à l'action.

Ce jour finit par arriver. Il sortait de Holland Park School lorsqu'il tomba sur Cal Hancock qui l'attendait près d'Airlie Gardens, sur le trajet qu'il empruntait pour prendre son bus. Cal était appuyé contre la selle d'une moto Triumph d'un noir d'encre dont Joel crut un instant qu'elle lui appartenait. Harnaché contre le froid humide de février, il était entièrement vêtu de noir : bonnet de laine, veste longue en tissu épais boutonnée jusqu'au cou, gants, jeans, boots à grosses semelles. Il avait un air sombre que ni le shit ni l'alcool n'adoucissaient. Ce détail et sa tenue indiquèrent à Joel que le moment était arrivé.

— Go, mec, laissa tomber Cal.

Il ne dit pas : « C'est le moment. » Ni : « Va chercher ton flingue. » Joel avait reçu l'ordre de se déplacer avec en permanence. Et il avait obéi en dépit des risques.

Machinalement, Joel dit :

— Faut d'abord que j'aille chercher Toby à l'école, Cal.

— Pas question. Tu viens avec moi.

— Il peut pas rentrer seul, *man*.

— Pas mon problème. Il a qu'à attendre ici, merde. De toute façon, on en a pas pour des plombes.

— Bon, dit Joel, s'efforçant de rester impassible.

Il avait l'impression que sous l'effet de la peur on lui avait mis des glaçons dans les mains.

— Passe-moi le calibre, dit Cal.

Joel posa son sac à dos par terre. Il jeta un coup d'œil alentour pour s'assurer qu'on ne risquait pas de le surprendre ; ne voyant personne, il ouvrit son sac, plongea la main dedans pour atteindre le pétard enveloppé dans une serviette. Il tendit le paquet à Cal. Qui l'ouvrit, en vérifia le contenu, fourra le flingue dans la poche de sa veste. Il laissa tomber la serviette par terre et dit :

— On y va.

Se décollant de la moto, il s'éloigna vers Holland Park Avenue.

— Où ? fit Joel.

— T'inquiète, dit Cal par-dessus son épaule.

Il continua de remonter la rue, et, une fois dans Holland Park Avenue, il mit le cap à l'est. C'était la direction de Portobello Road, mais, au lieu de tourner au coin, il continua tout droit. Joel le suivit jusqu'à la station de métro de Notting Hill. Cal descendit l'escalier, prit le couloir pour aller acheter des tickets à un distributeur. Deux allers-retours. Sans un regard pour Joel, il se dirigea vers les tourniquets permettant d'accéder aux métros.

— Hé, mec, dit Joel. Arrête-toi.

Comme Cal poursuivait son chemin à vive allure, Joel le rattrapa :

— Pas question que je fasse quoi que ce soit dans le métro. Pas question, putain de merde.

— Tu feras ce qu'on te dit, où on te le dira, vieux.

Cal introduisit un billet dans la fente, poussa Joel et le suivit.

S'il ne s'en était pas déjà douté, Joel aurait compris qu'il se trouvait avec un Calvin Hancock qu'il ne connaissait pas. Ce n'était plus le mec cool et envapé qui montait négligemment la garde pendant que la Lame serrait Arissa. C'était le mec que les gars de la bande avaient en face d'eux quand ils avaient fait une connerie. Visiblement, Cal s'était fait remonter les bretelles par la Lame après le fiasco avec l'Asiate de Portobello Road. « Démerde-toi pour qu'il foire pas ce coup-ci, sinon je m'occupe de ton cas », telles avaient dû être les paroles de la Lame.

— Pourquoi tu le colles comme ça, mec ? dit Joel.

Cal ne souffla mot. Il prit le couloir qui menait au quai. Le quai était noir de banlieusards et de gens partis faire du shopping ainsi que d'écoliers qui rentraient chez eux.

Joel n'avait pas la moindre idée de la direction qu'ils allaient emprunter lorsqu'ils montèrent dans un wagon. Il n'avait pas prêté attention aux panneaux.

Ils s'assirent en face d'une adolescente enceinte, déjà mère d'un bébé en poussette et d'un bambin qui essayait d'escalader l'une des barres du wagon. La fille n'avait pas l'air tellement plus âgée que Ness et son visage était totalement dénué d'expression.

— T'es pas comme lui, *man*, dit Joel à Cal. T'es pas obligé de le suivre partout.

— La ferme.

Joel regarda le gamin qui essayait de s'accrocher à la barre. La rame décolla de la station dans une brusque secousse, l'enfant tomba en hurlant. Sa mère l'ignora. Joel insista :

— Putain, mec. Je te comprends pas, Cal. Imagine que ça foire, notre truc, là. Qu'on se retrouve au trou, nous deux. Sérieux, *man*, c'est pas impossible. Pourquoi que t'as jamais dit à Mr Stanley Hynds de se taper son sale boulot lui-même ?

— Tu sais ce que ça veut dire, « La ferme » ? T'es pas con quand même, merde.

— T'es un artiste. T'as ça dans le sang. Tu pourrais t'y mettre sérieusement, essayer de...

— Ferme ta putain de gueule !

Le bambin ouvrit des yeux ronds. La jeune mère leur adressa un regard oscillant entre ennui et désespoir. Elle avait trop souvent pris de mauvaises décisions.

Cal se tourna vers Joel et, d'une voix basse et furieuse, dit :

— Je t'avais prévenu, tu te souviens pas ? Mais ce que t'avais, tu y as renoncé.

Quelque chose se brisa alors chez Cal en dépit de la férocité de ses paroles. Joel s'en rendit compte en voyant tressaillir un muscle de sa joue. Comme si l'autre s'efforçait de retenir furieusement des mots qui ne demandaient qu'à sortir. En cet instant, Joel aurait été prêt à jurer que Cal le tagueur n'aurait pas demandé mieux que de devenir l'artiste qu'il était au fond de lui-même, mais qu'il avait peur de s'engager dans cette voie.

Joel en conclut que Cal et lui n'étaient pas sans posséder des points communs. Cette pensée le réconforta quelque peu tandis qu'ils fonçaient vers une destination inconnue, que les voyageurs montaient et descendaient aux différentes stations, que Joel attendait que Cal se lève et se dirige vers la porte. Ou qu'il lui fasse signe que telle ou telle personne montée dans le wagon était la cible à agresser. Pas dans le wagon – Joel le comprit –, mais à l'extérieur, où il était censé la suivre prudemment pendant qu'elle effectuerait le trajet la ramenant chez elle.

Il s'efforça de deviner qui cela pourrait être : le mec enturbanné à chaussures de cuir avec une barbe orange à racines grises qu'on pouvait difficilement ne pas remarquer ; les deux jeunes genre gothique au visage multi-piercé qui étaient montés à High Street Kensington, s'étaient assis et avaient aussitôt commencé à se sucer goulûment la poire ; la vieille dame au manteau rose râpé qui, s'étant déchaussée, exhibait des pieds enflés. Et les autres, tous les autres dont Joel se demandait si ce n'était pas elle ou lui.

Cal finit par se lever alors que la rame ralentissait encore une fois. S'excusant poliment au passage, il se dirigea vers la porte. Joel le suivit.

Sur le quai, ils auraient pu être n'importe où à Londres. Car sur les murs étaient apposés les mêmes affiches de films et d'expositions de peinture, les mêmes posters proposant des vacances au soleil sur une plage de rêve. Un escalier indiquait que là se trouvait la sortie, au bout du quai. Le quai et l'escalier étaient surmontés à intervalles réguliers des inévitables caméras de surveillance permettant de suivre les allées et venues dans la station.

Cal s'écarta des autres passagers. Il sortit quelque chose de sa poche. L'espace d'un angoissant moment, Joel, en transpiration, crut que Cal comptait lui demander de passer à l'action sur le quai, sous l'œil des caméras. Au lieu de quoi, il lui fourra quelque chose de doux dans la main en disant :

— Enfile ça. Baisse la tête.

Un bonnet de laine noir semblable au sien.

Le couvre-chef était astucieux. Joel l'enfonça sur sa masse de cheveux roux. Il était soulagé que Cal le lui ait remis et content de porter à cette époque de l'année un anorak foncé qui dissimulait son uniforme d'école. Une fois le coup fait, lorsqu'ils s'enfuiraient, il était peu probable que leur victime réussisse à donner leur signalement à la police.

Quand ils atteignirent l'escalier au bout du quai, Joel ne put résister à l'envie de relever la tête en dépit des injonctions de Cal. Il constata qu'il y avait des caméras supplémentaires au plafond, à cet endroit, filmant tous les gens qui montaient rejoindre la rue. Une autre caméra avait été installée au-dessus des tourniquets d'entrée et de sortie. Il y avait tellement de caméras de surveillance que Joel pensa que Cal et lui avaient dû atteindre un endroit vraiment important. Il songea au palais de Buckingham – mais il ignorait s'il y avait une station de métro à proximité de la résidence royale. Il songea aux Houses of Parliament. Il songea à l'endroit où étaient conservés les joyaux de la Couronne. C'était la seule explication pour toutes ces caméras.

Cal et lui émergèrent du métro au milieu d'un vaste brouhaha. Devant eux, une place bordée d'arbres. Au bout, le dos d'une statue – une femme nue versant l'eau d'une urne dans une fontaine à ses pieds. Les arbres dénudés par l'hiver ressemblaient à une procession conduisant à cette fontaine, entre les arbres se dressaient des lampadaires de fer noir jouxtant des bancs de bois décorés de fer forgé vert. Autour de la place, des taxis d'un noir luisant attendaient, reflétant les derniers rayons de soleil, tandis que bus et automobiles sillonnaient les rues adjacentes.

Hormis à la télévision, Joel n'avait jamais rien vu de semblable. C'était un Londres qu'il ne connaissait pas. Si Cal Hancock décidait de l'abandonner dans ces parages, Joel comprit qu'il serait fichu. Aussi ne perdit-il pas de temps à examiner le paysage ni à se demander ce que deux mecs comme eux fabriquaient dans ce quartier où ils étaient aussi voyants que des raisins noirs dans une tranche de cake. Il se dépêcha, tenant à rester à la hauteur de Cal.

Le tagueur avançait d'un bon pas le long d'un trottoir encore plus encombré que ceux de North Kensington. Partout des gens se hâtaient avec des sacs de boutiques chics. Certains s'engouffraient dans la bouche de métro, d'autres pénétraient dans un café à vastes vitres sur l'auvent duquel s'étalait en lettres dorées la mention ORIEL. GRANDE BRASSERIE DE LA PLACE. Au passage, Joel aperçut un chariot chargé de pâtisseries. Des serveurs à gilet blanc portaient des plateaux en argent. Ils circulaient entre les tables où des hommes et des femmes élégamment vêtus fumaient, bavardaient, et buvaient dans des tasses minuscules. Certains des consommateurs étaient seuls mais ils parlaient dans leurs portables, tête penchée pour plus de discrétion.

Joel allait dire « Putain, qu'est-ce qu'on fout ici ? » lorsque, parvenu à un coin, Cal tourna.

Changement soudain d'atmosphère. Il y avait encore quelques magasins près de la place – Joel entrevit de l'argenterie qui luisait dans une vitrine, des meubles contemporains dans une autre, des compositions florales sophistiquées dans une troisième. Mais vingt mètres plus loin s'étirait une rangée de superbes maisons en terrasse. Rien à voir avec les terrasses sordides auxquelles Joel était habitué. Ces maisons-ci étaient étincelantes de propreté depuis les toits jusqu'aux fenêtres en sous-sol. Plus loin se dressait un immeuble aux jardinières éclatantes de pensées d'où pendaient des branches d'un lierre généreux.

Bien que cet endroit fût lui aussi complètement différent de ce que Joel connaissait, il respira plus librement, hors de la vue de tous ces gens. Personne ne semblait les avoir remarqués, et pourtant Cal et lui faisaient tache dans le paysage.

Quelques mètres plus bas, Cal traversa la rue. De nouvelles maisons faisaient suite à un pâté d'immeubles bas peints en blanc – d'un blanc éclaboussant – avec des portes d'entrée noires. Ces bâtiments avaient tous des sous-sols à fenêtres visibles du trottoir, et Joel y jetait un œil en passant. Il distingua des cuisines immaculées avec des plans de travail couverts de pierre. Il aperçut des chromes luisants, des rangées de faïences bariolées. A l'extérieur, il vit également les grilles destinées à dissuader les cambrioleurs éventuels.

A un autre coin de rue, Cal tourna de nouveau. Ils s'engagèrent dans une rue calme comme la mort. Joel trouva que cet endroit ressemblait à un décor de film attendant l'apparition des acteurs. Contrairement à ce qui se passait à North Kensington, il n'y avait pas de radiocassettes portatives dégorgeant de la musique à fond, ni d'éclats de voix de résidents se querellant. A peine, deux rues plus loin, le chuintement d'une voiture. C'était tout ce qu'on entendait.

Ils passèrent devant un pub, seul commerce de la rue, un pub de carte postale avec ses vitres gravées où se déployaient des forêts. Des lumières tamisées. Une lourde porte fermée contre le froid.

Au-delà du pub, le reste de la rue était bordé de maisons somptueuses : non pas blanches, celles-ci, mais couleur crème. D'autres portes d'entrée parfaites et d'un noir luisant y donnaient accès, des grilles de fer forgé couraient le long de la façade. Les balcons s'ornaient d'urnes garnies de plantes et de branches de lierre dégoulinant vers la rue, des systèmes d'alarme fixés sur les façades décourageaient les intrus.

A un autre coin de rue, Cal tourna de nouveau. Joel se demanda comment ils retrouveraient leur chemin pour sortir de ce labyrinthe une fois leur coup fait. Mais ce coin de rue conduisait à un passage où il n'y avait place que pour une seule voiture, sorte de tunnel entre deux constructions, aussi blanches et chirurgicalement propres que tout le reste du quartier. Joel aperçut un panneau indiquant GROSVENOR COTTAGES. Il remarqua qu'après le tunnel une rangée de petites maisons bordait une étroite rue pavée. La rue, toutefois, se transformait bientôt en un chemin sinueux, qui n'aboutissait nulle part si ce n'est à un jardin microscopique dans lequel seul un imbécile aurait essayé de se dissimuler. Au bout de ce jardin s'élevait un mur de brique de quelque deux mètres cinquante de haut. Rien d'autre. Nulle part ailleurs où aller. Il n'y avait qu'une voie d'accès. Et une voie de sortie.

Joel paniqua à l'idée que Cal entende lui faire agresser quelqu'un ici. Comme il n'y avait qu'une façon de s'échapper en cas de pépin, il jugea qu'il ferait aussi bien de retourner son arme contre lui et de se tirer une balle dans le pied car il n'y avait guère de chances qu'il pût s'enfuir après avoir fait ce qu'on attendait de lui.

Cal ne s'enfonça que d'un mètre cinquante dans ce tunnel. Et se contenta de dire à Joel :

— Voilà.

— Voilà quoi ? renvoya Joel, perplexe.

— Maintenant, on attend.

— Pas question que je fasse quoi que ce soit dans cette ruelle, Cal.

Cal lui décocha un regard peu amène.

— T'as toujours pas pigé ? Tu fais ce que je te dis quand je te le dis, point barre.

Là-dessus, il s'adossa au mur du tunnel, non loin des grilles de fer restées ouvertes pour permettre aux voitures et aux piétons d'accéder aux cottages. Puis, son visage s'adoucissant quelque peu, il ajouta :

— On risque que dalle ici, mon pote. C'est pas surveillé. La première personne qui se pointe...

Il tapota la poche où il avait rangé le flingue. Ce geste et l'arme étaient suffisamment explicites pour qu'il ne termine pas sa phrase.

En dépit des paroles rassurantes de Cal, Joel commença à avoir la tête qui tournait. Il songea à Toby qui attendait patiemment qu'on vienne le chercher, certain que Joel se pointerait à temps comme à son habitude. Il songea à Kendra, époussetant les étagères dans la boutique ou arrangeant les vêtements et objets divers, persuadée que quoi qu'il arrive désormais elle allait pouvoir compter sur Joel pour jouer le rôle d'homme de la maison. Il songea à Ness enfermée, à sa mère enfermée, à son père décédé, disparu à jamais. Mais toutes ces pensées lui brouillèrent la vue, aussi s'efforça-t-il de cesser de penser, ce qui l'amena à penser à Ivan. A Neal Wyatt. Et à la Lame.

Joel se demanda ce que la Lame lui ferait s'il se barrait, disant à Cal : « Je marche pas, mec », et retournait à la station de métro pour rentrer chez lui. Que ferait le caïd ? Est-ce qu'il le descendrait ? Cela semblait peu probable. La Lame ne s'amuserait pas à buter un gamin de douze ans. Le problème, c'est qu'en défiant la Lame il lui manquait également de respect. Et ça, cela mettait Joel en position de se faire dresser le poil par la Lame, par Cal ou par quiconque cherchant à se mettre dans les petits papiers de Mr Stanley Hynds. Et cela, conclut Joel, c'était exactement ce dont il n'avait pas besoin pour le moment : une bande de gangsters en puissance cherchant une occasion de les mettre au pas, sa famille et lui, avec des flingues, des couteaux, des matraques ou leurs poings.

Joel avait beau retourner le problème dans tous les sens, il était coincé. Son seul espoir était de prendre la fuite, de ne jamais plus remettre les pieds à North Kensington, de laisser son frère et sa tante se débrouiller seuls. Ou alors il pouvait rester là et attendre que Cal lui fasse signe de passer à l'action.

Soudain, Cal dit :

— C'est bon, mec.

Joel s'ébroua. Il ne voyait rien près du tunnel et personne devant les cottages. Cal avait pourtant sorti le pétard de la poche de sa veste. Il le fourra d'autorité dans la main de Joel, referma ses doigts dessus. Joel eut l'impression de tenir un des poids de vingt kilos de Dix. Il mourait d'envie de le laisser tomber par terre.

— Quoi ? dit Joel.

Et là, il entendit claquer une portière de voiture dans la rue. Il entendit une femme dire :

— Quelle idée j'ai eue de sortir avec ces chaussures pour aller faire du shopping. Pourquoi ne m'en as-tu pas empêchée, Deborah ? Une amie digne de ce nom aurait tout de suite vu que je faisais une bêtise. Tu peux garer la voiture pour moi ?

Une autre femme éclata de rire.

— Je la rentre au garage ? Tu as l'air vannée.

— Tu lis dans mes pensées, merci. Mais il faut d'abord décharger... Seigneur, reprit-elle après un instant. Tu sais comment on ouvre le coffre ? J'ai appuyé sur ce truc mais... Est-ce qu'il est ouvert, Deborah ? Je veux dire non fermé à clé ? Je me débrouille comme un pied avec la voiture de Tommy. Ah, oui. On a de la chance.

Joel risqua un œil. Il vit deux Blanches trois maisons plus loin dans la rue, sortant des dizaines de sacs et de paquets du coffre d'une superbe voiture gris métallisé. Elles montèrent les marches du perron d'une maison avec quelques-uns des paquets et redescendirent en chercher d'autres. Une fois le coffre vide, l'une des femmes – une rousse à manteau vert olive et béret assorti – ouvrit la portière côté conducteur. Avant de monter, elle dit :

— Je la rentre au garage. Va retirer tes chaussures.

— Une tasse de thé ?

— Volontiers. J'en ai pour une minute.

— Attention avec la voiture de Tommy. Tu le connais.

— Si je le connais !

Elle mit le contact – le moteur était pratiquement silencieux – et passa lentement devant le tunnel où Joel et Cal étaient postés. Connaissant mal le véhicule, elle était focalisée sur la rue devant elle, les mains crispées haut sur le volant. Elle ne regarda pas une fois en direction de Joel et Cal. Un peu plus loin dans la rue, elle tourna à gauche et disparut.

— Maintenant, mec, dit Cal en secouant le bras de Joel.

Il se dirigea vers le trottoir et vers la femme debout sur le perron de la maison. Elle était entourée de paquets et fouillait dans son sac à bandoulière en cuir, à la recherche de ses clés. Un rideau de cheveux foncés lui arrivant à la mâchoire lui cachait une moitié du visage, et tandis que Joel et Cal approchaient, elle rejeta ses cheveux derrière son oreille, dévoilant des créoles finement ciselées. Elle portait un gros solitaire à l'annulaire.

Elle releva la tête en entendant du bruit, sans savoir qu'il s'agissait d'inconnus et qu'il y avait danger car elle dit :

— Impossible de trouver ces maudites clés. Mon cas est désespéré, ça se confirme. Nous allons devoir utiliser celles de Tommy si tu...

Là, apercevant Joel et Cal, elle tressaillit de saisissement. Avec un petit rire gêné, elle ajouta :

— Désolée. Vous m'avez fait peur.

Puis, avec le sourire :

— Bonjour. Je peux vous aider ? Vous êtes perdus ?

— Go, dit Cal à Joel.

Joel se figea. Impossible. D'agir. De parler. De bouger. De chuchoter. De crier. Elle était si jolie. Des yeux sombres, chaleureux. Un visage plein de douceur. Un sourire tendre. Une peau lisse, des lèvres pleines. Son regard navigua de Cal à Joel, revint vers Cal puis vers Joel, elle ne vit même pas ce qu'il tenait à la main. Elle ne pouvait pas savoir ce qui allait arriver. Lui, il était comme paralysé. Pas ici, pas maintenant, jamais, et tant pis pour les conséquences pour lui et sa famille.

— Putain de merde, marmonna Cal. Vas-y, bordel.

C'est alors que la femme vit l'arme. Elle regarda ensuite Joel. Puis de Joel son regard vira vers Cal. Elle devint blême en voyant le flingue changer de main : Cal s'en était emparé.

— Oh, Seigneur, fit-elle en pivotant lentement vers la porte.

C'est alors que Cal fit feu.

Feu, songea Joel. Cal tira. Sans sommation. Sans lui avoir demandé son sac. Son argent, ses boucles d'oreilles, son diamant. Rien que l'écho de ce seul coup de feu qui se répercuta entre les maisons bordant la rue de part et d'autre tandis que la jeune femme s'affaissait au milieu de ses paquets avec un faible « Oh », avant de se taire.

Joel poussa un cri étranglé parce que Cal l'empoignait, et ils prirent la fuite en courant. Ils ne reprirent pas le chemin qu'ils avaient emprunté à l'aller car, sans même se concerter, ils avaient compris que la jeune femme rousse avait emmené la voiture de ce côté et qu'elle ne tarderait pas à en revenir à pied. A ce moment-là, elle les verrait. Ils cavalèrent jusqu'au tournant suivant, s'y engagèrent. Mais Cal lâcha :

« Merde ! Putain de merde ! », car il venait d'apercevoir non loin de là une vieille dame promenant un corgi asthmatique.

Cal se rua dans une ouverture sur leur gauche. Il la suivit jusqu'à un coude à droite, où s'étirait une rangée de maisons. Mais le coude se terminait en cul-de-sac. Ils étaient pris au piège. Coincés dans le labyrinthe.

— Qu'est-ce qu'on va... ? dit Joel, en proie à la panique.

Il ne put terminer sa phrase : Cal le poussait, l'obligeant à rebrousser chemin.

Juste avant le coude, un haut mur de brique clôturait le jardin d'une maison dans une autre rue. Même s'ils avaient couru comme des dératés et qu'ils aient été poussés par la terreur d'être vus ou pris, ils n'auraient jamais pu franchir un tel obstacle. Heureusement une Range Rover – véhicule courant dans ce quartier – était providentiellement garée le long du mur en question. Cal sauta sur le capot et, de là, sur le faîte du mur. Joel suivit son exemple tandis que Cal se laissait tomber de l'autre côté.

Ils atterrirent dans un jardin où régnait un agréable désordre, et ils se dirigèrent vers le fond. Ils franchirent une haie basse et renversèrent une vasque pour les oiseaux qui était vide. Là, ils tombèrent nez à nez avec un nouveau mur de brique.

Celui-ci n'était pas aussi haut que le premier et Cal se retrouva dessus sans problème. Joel eut davantage de difficulté. Il dut s'y reprendre à deux fois, appelant :

— Cal ! Cal !

Le tagueur tendit le bras, l'attrapa par son anorak et le hissa sur le mur.

Second jardin semblable au premier. Une maison sur la gauche avec des fenêtres aux rideaux tirés. Un sentier de brique conduisait à un mur de l'autre côté d'une étendue gazonnée. Une table et des chaises sous une gloriette. Un tricycle couché sur le flanc.

Cal sauta pour atteindre le mur du fond. Il s'y agrippa mais lâcha prise. Il sauta une deuxième fois. Joel lui empoigna les jambes et les hissa. Cal tendit le bras et tira Joel vers lui. Les pieds de Joel raclaient le mur sans pouvoir trouver un point d'appui. Un bruit de déchirure lui annonça que son anorak avait morflé. Il se mit à crier de panique. Il commença à glisser. Cal le rattrapa tant bien que mal. Bras, épaule, tête. Il fit tomber le bonnet de laine de Joel, qui dégringola dans le jardin d'où ils étaient sortis.

— Cal ! s'écria Joel.

Cal réussit à le hisser sur le mur.

— Tant pis, grogna-t-il.

Ils abandonnèrent le bonnet.

Ils ne dirent plus un mot ; c'était inutile. L'important, c'était de s'enfuir. Joel n'eut pas le temps de demander à Cal ce qui s'était passé. Il se disait seulement : « Le coup est parti, le coup est parti », et il essayait de ne penser à rien d'autre. Pas plus au visage de la femme qu'à son unique : « Oh ». Il ne voulait songer ni à la détonation ni à ce qu'il avait vu. En moins de quinze secondes, le visage avait exprimé l'étonnement, la gentillesse, la terreur. Le temps qu'il lui avait fallu pour voir, comprendre et tenter de fuir.

Et puis il y avait le flingue. La balle jaillie du flingue. L'odeur et le bruit. L'éclair du pistolet, le corps qui s'effondrait. Elle s'était cogné la tête contre la grille de fer forgé courant le long de la plus haute marche tandis qu'elle s'affalait au milieu des paquets et des sacs. Elle était riche. Très riche. Elle était forcément riche. Elle avait une voiture haut de gamme dans un quartier chic plein de maisons superbes, et ils l'avaient abattue, ils avaient abattu une Blanche riche et élégante devant sa porte.

Un autre jardin se présentait devant eux. Un verger miniature. Ils le traversèrent au pas de charge, fonçant vers un autre jardin encombré de buissons, de haies, d'arbrisseaux et d'arbres à l'abandon. Devant lui, Joel vit Cal escalader le mur suivant. Une fois en haut, il fit signe à Joel de s'activer. Joel soufflait comme un fou et il avait la poitrine en feu. Il était en nage. Il s'essuya le front avec son bras.

— Je peux pas...

— Putain de merde, bonhomme, grouille. Faut qu'on se tire d'ici.

Ils se laissèrent tomber sur le sol et traversèrent le cinquième jardin, où ils firent halte un moment, haletants. Joel tendait l'oreille, guettant d'éventuels cris ou sirènes dans leur dos. Mais tout était silencieux. C'était bon signe.

— Les keufs ?

— Oh, ils rappliqueront.

Cal s'écarta du mur. Recula d'un pas. Sauta. Se retrouva à cheval dessus. Il jeta un œil dans le jardin et lâcha dans un souffle :

— Merde.

— Quoi ? fit Joel.

Cal le hissa. Joel se retrouva à califourchon sur le mur. Ils étaient arrivés au bout de la rangée de jardins. Celui-ci était le dernier. Mais il ne se terminait pas par un mur donnant sur une rue. Au lieu de cela, c'était le vaste mur d'une construction de brique ancienne qui marquait l'extrémité de cet ultime enclos. Le seul moyen d'en sortir ou d'y entrer était de passer par la maison.

Joel et Cal se laissèrent tomber sur le sol. Ils évaluèrent les alentours. Les fenêtres de la maison étaient équipées de barreaux de sécurité, mais les barreaux de l'une d'entre elles n'étaient pas en place. Signe de négligence. Ou que quelqu'un était à l'intérieur. Aucune importance. Ils n'avaient pas le choix. Cal s'élança, suivi de Joel.

Sur une terrasse devant la porte de derrière, des plantes étaient regroupées dans des pots d'argile moussus. Cal s'empara d'un pot et se dirigea vers la fenêtre aux barreaux non poussés. Il lança le pot, qui brisa la vitre, passa la main à l'intérieur et débloqua la fenêtre. Il sauta dans la pièce, suivi de Joel. Ils se retrouvèrent dans une sorte de bureau, atterrirent sur une table de travail, renversèrent un ordinateur déjà couvert de terre, de verre brisé et de végétation tombée du pot.

Cal marcha vers la porte, ils débouchèrent dans un couloir. Il se dirigea vers la partie avant de la maison. Le bâtiment n'était pas si grand que ça et, de là où ils se tenaient, ils apercevaient la porte menant à la rue. Porte percée d'une fenêtre ovale par laquelle ils pourraient fort opportunément s'échapper. Avant qu'ils l'aient atteinte, quelqu'un descendit à grand bruit l'escalier situé sur leur gauche.

Une jeune femme. La jeune fille au pair. Elle devait être espagnole, italienne ou grecque. Elle brandissait un déboucheur de toilettes en caoutchouc en guise d'arme et elle se rua sur eux en poussant des hurlements.

— Putain de merde ! s'exclama Cal.

Il esquiva le coup de ventouse et repoussa la fille de côté en se précipitant vers la porte. Elle lâcha sa ventouse mais réussit à ne pas se laisser déséquilibrer. Elle attrapa Joel, qui essayait de passer. Elle avait beau pousser des cris inintelligibles, elle se faisait parfaitement comprendre. Elle se colla à Joel telle une sangsue, essaya de l'atteindre au visage avec ses doigts griffus.

Joel se débattit. Il lui décochait des coups de pied dans les jambes, les chevilles, les mollets. Il se tortillait comme une anguille pour l'empêcher de griffer. Elle l'attrapa par les cheveux, lui en arracha une poignée : cheveux impossibles à oublier, cheveux semblables à un phare.

Les yeux de Joel croisèrent les siens. Il songea – pensée qui le terrorisa : « Tu vas y passer, connasse. » Il attendit que Cal lui tire dessus et l'abatte comme il avait abattu la femme brune. Mais, au lieu d'une détonation, il entendit claquer la porte d'entrée, qui heurtait le mur en s'ouvrant. A cet instant, la fille le lâcha. Joel se rua dehors à la suite de Cal.

Il ne parvenait pas à reprendre son souffle.

— Cal, faut que tu la butes. Elle a vu... Elle peut...

— Je peux pas, dit Cal. J'ai plus le flingue. On se tire.

Il se mit à remonter rapidement la rue. Il avait cessé de courir, ne voulant pas attirer l'attention sur eux.

— Quoi ? dit Joel, le rattrapant. Où... ?

Cal continuait de marcher à vive allure.

— Je l'ai laissé tomber, mec. Dans un des jardins.

— Mais ils vont savoir... Tu l'as touché...

— Cool. T'inquiète.

Cal leva les mains. Il avait gardé les gants qu'il portait quand il était allé attendre Joel devant Holland Park School dans ce que Joel estima être une autre vie.

— Mais la Lame, il va... De toute façon, je...

Joel fixa Cal. Son esprit fonctionnait à toute allure.

— Oh merde, chuchota-t-il. Merde, merde.

De sa main gantée, Cal le poussa. Pas de trottoir. Rien que des pavés et la chaussée.

— Quoi ? dit Cal. Pas moyen de retourner en arrière. Marche, reste cool. On va s'en sortir. Dans dix minutes, ça grouillera de keufs dans le secteur. Faut qu'on se magne, putain.

— Mais...

Cal continuait d'avancer, tête basse, menton rentré dans la poitrine. Joel le suivait tant bien que mal, la tête pleine d'images. Semblables à des photos au milieu d'un film. Elles passaient et repassaient dans son esprit. La dame brune souriant : « Vous êtes perdus ? » Son petit rire avant de comprendre. Le bras levé de Cal. La démarche poussive du corgi. La vasque pour les oiseaux. Une branche de houx restant prise dans son anorak.

Il n'avait pas la moindre idée de l'endroit où ils étaient. Dans une rue plus étroite que les autres. S'il avait eu des notions d'architecture, Joel aurait compris qu'ils se trouvaient dans d'anciennes écuries depuis longtemps transformées en habitations, coincées derrière les grandes bâtisses dont elles avaient jadis abrité chevaux et attelages. A sa gauche, des constructions de brique à façade morne, habitées par les propriétaires des jardins qu'ils venaient de traverser. Hautes de trois étages, elles étaient toutes identiques : une marche menait à une porte d'entrée en bois. Les portes des garages étaient également en bois et laquées en blanc. A sa droite, c'était à peu près la même chose, à ceci près qu'il y avait des commerces et des bureaux ici et là : un cabinet de médecin, une étude de notaire, un atelier de mécanique. Et de nouveau des maisons.

— Baisse la tête, mec, dit laconiquement Cal.

Mais, troublé, Joel fit exactement le contraire. Il vit qu'ils dépassaient la maison la plus vaste, devant laquelle de grosses bornes noires reliées par des chaînes de fer empêchaient les voitures de se garer. Mais il y avait autre chose, qui le fit lever la tête. Une caméra de surveillance fixée au-dessus d'une fenêtre du premier étage.

Avec un hoquet de saisissement, il baissa le nez. Cal l'attrapa par son anorak et le poussa devant lui. Ils hâtèrent le pas pour atteindre le bout de la rue.

C'est alors que retentit la première sirène, hululant au loin, au moment où Joel vit devant eux s'ouvrir deux rues. Les constructions, ici, dominaient le paysage telles des vedettes, contrairement à celles qu'ils avaient longées jusque-là. En dehors des tours de North Kensington, c'étaient les bâtiments les plus hauts que Joel eût jamais vus. Mais ils n'avaient rien de commun avec les sinistres immeubles qu'il connaissait. Construits non dans la brique jaune sale typique de Londres mais en brique terre de Sienne, nantis de fenêtres aux huisseries d'une blancheur de perle. Des centaines de cheminées aux formes fantasques hérissaient les toits. Joel et Cal étaient pris comme dans un canyon entre ces rangées de constructions.

— Par ici, mec, dit Cal.

Et, à la stupeur de Joel, il se mit à marcher droit vers les sirènes.

— Cal ! s'écria Joel. Non ! Tu peux pas… ! Ils vont… S'ils nous voient…

Il était comme pétrifié.

— Avance, *man*, jeta Cal par-dessus son épaule. Reste pas planté. Ou tu seras obligé d'expliquer aux keufs ce que tu fous dans ce quartier.

Nouveau hurlement de sirène. Quelques rues plus loin. Joel se dit que s'ils marchaient… s'ils avaient l'air de deux gars qui avaient des trucs à faire dans le coin… s'ils ressemblaient à des touristes, idée grotesque, mais bon… ou à des mecs vendant *Big Issue*… à des étudiants étrangers…

Il n'en restait pas moins que la fille au pair, la fille à la ventouse, avait dû se précipiter sur le téléphone, conclut Joel. Les mains tremblantes, elle avait dû composer le 999, et cela avait suffi à rameuter la police. Elle avait dû crier son adresse. Expliquer les faits, et les flics avaient rappliqué. Car dans ce quartier huppé les keufs accouraient quand il se passait quelque chose.

Alors où étaient-ils ? se demanda Joel.

Les balcons de fer forgé, il y en avait partout, où qu'il posât les yeux. Pas de bicyclettes rouillées, pas de meubles abandonnés aux intempéries. Pas de linge douteux mis à sécher sur des cordes flasques. Seulement des fleurs d'hiver. Des topiaires en pot. D'élégants rideaux cossus aux fenêtres. Et ces cheminées alignées tels des soldats à la parade, des rangées et des rangées de cheminées, dont la silhouette se détachait sur fond de ciel gris : ballons, boucliers, dragons.

Cal avait fait halte à un autre coin de rue. Il balaya les environs des yeux afin de se repérer et de savoir quelle direction prendre. En face de lui, un immeuble très différent de ceux qu'ils avaient croisés jusqu'ici. Tout acier, verre et béton. Proche de ce qu'ils avaient l'habitude de voir dans leur quartier mais en plus récent, en plus propre.

Lorsque Joel le rejoignit, il comprit qu'ils n'étaient pas là en sécurité. Des gens chargés de paquets et de sacs émergeaient des boutiques ; les boutiques proposaient des manteaux à col de fourrure, des draps immaculés, du parfum, des savonnettes de luxe. Une épicerie offrait des oranges nichées dans du papier de soie vert ; un marchand de fleurs, des bouquets de toutes les couleurs.

C'était chic. Ça sentait le fric. Joel aurait voulu courir dans la direction opposée. Mais Cal s'arrêta pour examiner la devanture d'un boulanger. Il ajusta son bonnet de laine, se l'enfonçant sur la tête, releva le col de sa veste.

Deux autres sirènes retentirent plus loin. Un Blanc massif sortit de la boulangerie-pâtisserie, un carton de gâteaux à la main.

— Que se passe-t-il ? dit-il.

— Allons voir, mec, dit Cal à Joel.

Il dépassa le Blanc avec un « 'Scusez-moi » poli, et ils poursuivirent leur chemin.

Joel se dit que c'était de la folie : Cal se dirigeait droit vers les sirènes. D'une voix affolée, il dit tout en se hâtant :

— T'es ouf, Cal ! Faut qu'on...

— Pas d'autre choix, mec, rétorqua Cal avec un mouvement de menton en direction du bruit. On doit passer par là pour rejoindre le métro. Et faut qu'on se tire d'ici, tu captes ? Reste cool. Prends l'air curieux. Fais comme tout le monde.

Joel suivit des yeux la direction que Cal venait d'indiquer. Il vit alors que Cal avait vu juste. Au loin, il distingua la silhouette de la femme nue versant de l'eau dans la fontaine, encore que sous un angle différent. Il comprit qu'ils allaient atteindre la place sur laquelle ils s'étaient retrouvés à la sortie du métro. Encore cinq minutes, et ils réussiraient à s'échapper.

Il inspira bien à fond. Il devait avoir l'air intrigué mais sans plus.

— D'ac', dit-il à Cal. On y va.

— Cool, *man*, se contenta de répondre Cal.

Ils avançaient à une allure normale. Une fois au coin, une autre sirène se fit entendre, une voiture pie passa. Ils débouchèrent sur la place. Il leur sembla que des centaines de gens grouillaient sur les trottoirs. Sortis des cafés. Restés sur le seuil des banques, des librairies, des grands magasins. Ils étaient plantés comme des statues. Aussi rigides que la femme de bronze de la fontaine : Vénus contemplant tendrement la substance indispensable à la vie qui coulait de son urne.

Une voiture de pompiers déboucha sur la place en rugissant. Suivie d'une autre voiture pie. Des voix bruissaient. Bombe ? Terroristes ? Emeute ? Vol à main armée ? Manifestation qui dégénérait ?

Joel perçut toutes ces suppositions tandis qu'avec Cal il se frayait un chemin au milieu de la foule. Nul ne parlait de meurtre ou d'agression ayant mal tourné.

Tandis qu'ils se dirigeaient vers la station de métro de l'autre côté de la place, une ambulance déboucha venant du sud, sirène hurlante, gyrophares tournoyant. L'ambulance donna quelque espoir à Joel, car cela signifiait que Cal n'avait pas tué la jeune femme quand il avait tiré.

Joel espéra qu'elle ne s'était pas trop violemment cogné la tête en heurtant la rambarde de fer forgé dans sa chute.

27

Le pire, c'était Toby. Ce à quoi Joel ne s'était pas attendu. Toutefois, lorsqu'il atteignit finalement Middle Row School pour ramener son frère à la maison, il le trouva recroquevillé dans l'obscurité de février de l'autre côté de la grille. Il avait échappé à la surveillance des profs et de l'administration pour se cacher dans l'ombre épaisse d'une boîte à lettres. Sa planche serrée contre la poitrine, il contemplait une fissure du trottoir.

Joel s'accroupit près de son frère.

— Hé, *man*. Désolé, Tobe. Je t'avais pas oublié, tu sais. T'as cru que je t'avais oublié ? Tobe ?

Toby s'ébroua.

— Je devais aller au centre aujourd'hui.

— Tobe, mes excuses. J'avais un truc à faire… Ecoute, faudra pas que tu caftes. Ça se reproduira plus. Juré. Tu promets de te taire, Tobe ?

Toby le fixa d'un air vide.

— Je t'ai attendu, Joel. Je savais pas quoi faire.

— T'as bien fait, mec. D'attendre ici. Allez, viens maintenant. On y va. La prochaine fois que je t'emmène au centre, je leur expliquerai. Ils t'en voudront pas.

Joel fit se lever son frère et ils prirent le chemin de la maison.

— Pas un mot à tante Ken, Tobe. Tu piges ? Si jamais elle apprenait que je t'ai pas emmené au centre… Elle a assez de soucis comme ça. Avec Ness. Et Dix qu'est parti. Et cette Fabia Bender qu'attend qu'une occasion de nous embarquer…

— Je veux pas qu'elle…

— Hé, pas question qu'elle nous embarque, bonhomme. C'est pour ça : faut pas que tu dises que je suis arrivé en retard. Tu veux bien faire semblant ?

— Semblant de quoi ?

— D'être allé au centre. Tu peux faire semblant d'y être allé aujourd'hui comme d'hab ?

— D'ac', dit Toby.

Joel contempla son frère. Il y avait peu de chances, compte tenu de sa brève existence, que Toby parvienne à faire semblant de quoi que ce soit, mais Joel avait besoin de croire qu'il en serait capable. Il était vital pour lui que la vie paraisse à sa tante aussi normale que possible. Le moindre écart dans le déroulement de la journée et Kendra se montrerait soupçonneuse. Or les soupçons étaient bien la dernière chose que Joel pouvait supporter.

Seulement, dans tout cela, Joel avait oublié de tenir compte de Luce Chinaka. Il ne songea pas que Fabia Bender lui avait peut-être conseillé de veiller tout particulièrement sur Toby, et qu'elle avait peut-être – en ne voyant pas arriver Toby au centre – pris l'initiative de décrocher son téléphone et d'appeler Kendra à Sidashop pour lui demander si Toby était malade. C'est pourquoi, lorsque Kendra rentra à la maison, elle déposa un sac de nourriture chinoise dans la cuisine et voulut savoir ensuite pourquoi Joel ne s'était pas occupé de son frère comme convenu.

L'estomac barbouillé, les jambes flageolantes, Joel était monté dans sa chambre s'allonger sur le lit. Roulé en boule dans l'obscurité, il fixait le mur sur lequel, quoi qu'il fît pour l'en chasser, lui apparaissait le visage de la dame brune, lui souriant, lui disant bonjour, leur demandant s'ils étaient perdus, Cal et lui. Aussi, lorsque Kendra alluma et s'exclama : « Joel ! Comment se fait-il que tu n'aies pas emmené ton frère au centre ? », Joel se contenta-t-il de dire la vérité :

— Je suis malade.

La situation changea du tout au tout. Kendra s'assit au bord du lit et lui posa une main maternelle sur le front. D'une voix altérée, elle dit :

— Tu nous couves quelque chose, mon chéri ? Tu es un peu chaud. Tu aurais dû me téléphoner au magasin.

— J'ai cru que Toby pourrait manquer...

— Je ne te parle pas de Toby. Mais de toi. Si tu es patraque et que tu as besoin de moi...

Elle lui caressa les cheveux.

— On passe par de sales moments dans cette maison, hein, mon grand ? Mais sache que tu n'es pas seul, je peux m'occuper de toi.

C'était bien la pire chose qu'elle pouvait dire, car sa gentillesse fit monter les larmes aux yeux de Joel. Il eut beau les fermer, elles débordèrent.

— Je vais te préparer quelque chose pour te remettre l'estomac en place. Descends dans le séjour attendre sur le canapé. Repose-toi. Je vais te faire un plateau. Tu pourras regarder la télé en mangeant. Qu'est-ce que t'en dis ?

Joel garda les yeux fermés : il était touché au-delà de toute expression. Jamais il ne l'avait entendue parler sur ce ton. Les larmes coulèrent le long de son nez, atterrirent sur son oreiller. Il s'efforça de contenir ses sanglots.

— Descends quand tu veux, poursuivit Kendra. Toby regarde une vidéo mais je lui dirai de te laisser regarder ce que tu veux.

Ce fut la pensée de Toby – de ce que Toby risquait de dire si Kendra le questionnait – qui fit se lever Joel une fois sa tante sortie de la pièce. Heureusement, car, lorsqu'il arriva dans le séjour, ce fut pour trouver Toby mentant tel un arracheur de dents à leur tante à propos de l'après-midi qu'il était censé avoir passé au centre, comme Joel le lui avait demandé avant de savoir que Luce Chinaka avait téléphoné.

— ... on a lu, disait Toby. Mais je me souviens plus du livre.

— C'était pas aujourd'hui, *man*, intervint Joel. Tu déraillles, Tobe.

Il rejoignit Toby sur le canapé, oreiller à la main, une couverture traînant par terre.

— Aujourd'hui, on est rentrés direct ici parce que j'étais mal fichu. Tu te souviens pas ?

Toby le regarda, déconcerté.

— Je croyais...

— Ouais. Tu m'as déjà raconté tout ça hier.

— Toby, pousse-toi, dit Kendra. Laisse Joel s'allonger. Regarder la télé. Tu peux me donner un coup de main à la cuisine si tu veux.

Toby se poussa, mais il avait toujours l'air désorienté.

— Mais, Joel, tu m'as dit...

— Tu mélanges les jours, coupa Joel. Je t'ai dit qu'on irait pas au centre aujourd'hui quand je suis venu te chercher. Comment ça se fait que t'as oublié, Tobe ? On vous fait pas travailler la mémoire à l'école ?

— Ne sois pas si dur avec lui, dit Kendra.

Elle alla retirer la vidéo du lecteur. Elle mit une chaîne au hasard et descendit à la cuisine. Un instant plus tard, elle s'affairait en bas, préparant le repas promis à Joel.

Toby fixait toujours Joel, et son visage exprimait le désarroi le plus total.

— T'as dit que je devais dire...

— Désolé, Tobe, murmura Joel.

Il inclina la tête vers la porte.

— Elle sait la vérité. On lui a téléphoné pour lui demander où t'étais, j'ai dû lui dire... Alors, écoute, t'as qu'à dire qu'on est rentrés direct et qu'on a pas bougé d'ici si jamais elle te demande quelque chose, d'accord ?

— Mais tu m'as dit...

— Tobe ! chuchota Joel, énervé. Les choses changent dans la vie. Elles changent tout le temps. Ness n'est plus là. Dix non plus. Tu piges ?

Mais les choses ne changeaient pas si facilement pour Toby ; il fallait d'abord chasser le brouillard qui lui embrumait le cerveau.

— Mais...

Joel l'attrapa par le poignet et le fit pivoter vers lui.

— Sois pas débile, merde, siffla-t-il. Fais comme si t'avais un cerveau, pour une fois.

Toby eut un mouvement de recul. Joel lui lâcha le poignet. Une fossette se creusa dans le menton tremblant de Toby, qui baissa les paupières. Révélant le fin réseau de veines bleutées sur la peau couleur d'amande. Joel eut le cœur serré à cette vue, mais il se raidit parce qu'il fallait absolument que Toby apprenne, et qu'il apprenne tout de suite. Il était vital qu'il sache mémoriser une histoire pour pouvoir la ressortir correctement.

— Joel, appela Kendra de la cuisine. J'ai acheté de quoi manger chinois. Mais je te prépare des œufs à la coque et des toasts. Tu veux de la confiture ?

Joel voyait mal comment il allait pouvoir avaler quoi que ce soit, mais il dit que la confiture c'était très bien, peu importait laquelle. Puis il se tourna vers la télévision que Kendra avait allumée. Les infos du soir sur une chaîne quelconque. Une journaliste qui se tenait devant l'entrée d'un hôpital parlait dans un micro. Joel tendit l'oreille.

« ... des séquences filmées non loin de Sloane Square sont visionnées par les inspecteurs de Belgravia qui ont tout mis en œuvre pour appréhender le tireur. Il y a apparemment eu un témoin – et peut-être deux – de l'incident. Lequel s'est déroulé en plein jour dans Eaton Terrace. La victime, nous a-t-on dit, revenait de faire des courses, mais c'est à peu près tout ce que nous savons pour l'instant. Helen Lynley, trente-quatre ans, comtesse d'Asherton, a été placée sous surveillance médicale à l'hôpital St Thomas. Nous ignorons au juste dans quel état elle se trouve. »

Une voix d'homme dit : « Andrea, quelqu'un a-t-il fait le rapprochement entre cette fusillade et les meurtres en série sur lesquels la police enquête en ce moment ? »

La journaliste régla son oreillette.

« Difficile de ne pas faire le lien. Ou du moins de ne pas supposer qu'il en existe un. Lorsque la femme du policier qui dirige une enquête de cette envergure est abattue par balle... Il est normal qu'on se pose des questions. »

Derrière elle, les portes de l'hôpital s'ouvrirent. Les flashes commencèrent à crépiter. Un homme en blouse blanche s'approcha d'une batterie de micros tandis qu'une petite troupe de gens qui l'accompagnaient – dont le visage sinistre indiquait que c'étaient des policiers en civil – écartaient les journalistes pour atteindre le parking.

« ... assistance respiratoire », tels étaient les deux mots que venait de prononcer la blouse blanche. « La situation est très sérieuse. »

Des questions fusèrent de partout. Les réponses étaient hésitantes, dictées par le souci de protéger la vie privée de la victime et de sa famille, mais Joel n'en perçut pas une seule. Tout ce qu'il entendait, c'était la tempête dans ses oreilles tandis que sur l'écran la scène changea et que lui succéda un montage d'images qu'il ne connaissait que trop bien : la rue dans laquelle Cal et lui avaient trouvé leur cible ; le ruban de scène de crime devant le perron de la maison ; une photo de la jeune femme et son nom en dessous, Helen Lynley. Ensuite ce furent d'autres photos de l'hôpital St Thomas, sur la rive sud de la Tamise, avec une dizaine de voitures pie dehors, gyrophare tournoyant. Celle d'un homme blond et d'une femme boulotte parlant dans un portable alors qu'ils se tenaient devant un tunnel de chemin de fer crasseux. Celle encore d'un haut gradé de la police parlant devant un parterre de micros. Puis une série de caméras de surveillance braquées vers tel ou tel bâtiment et – Joel le savait, il l'aurait juré – filmant deux mecs qui allaient flinguer la femme d'un policier de New Scotland Yard.

La tante de Joel montait l'escalier. Elle apportait un plateau avec des œufs à la coque et des toasts à l'odeur appétissante qui auraient dû réconforter Joel. Mais tel ne fut pas le cas. Il se leva d'un bond et se précipita vers l'escalier et la salle de bains. Qu'il ne réussit pas à atteindre à temps.

Cal avait disparu. Joel partit le chercher le lendemain et le jour suivant dans les endroits où il aurait dû se trouver : le terrain de football en contrebas, où un tag inachevé du style de ceux de Cal suggérait que le graffeur avait levé l'ancre en toute hâte ; Meanwhile Gardens près de l'escalier métallique ; sous le pont ; sur les petites collines, où il fumait et refilait occasionnellement de la drogue aux gamines du coin ; l'appartement abandonné de Lancefield Court, où les livreurs allaient s'approvisionner ; l'immeuble d'Arissa dans Portnall Road. Joel alla même arpenter le cimetière de Kensal Green, mais Cal n'était nulle part. C'était comme s'il s'était évaporé.

Joel n'arrivait pas à comprendre. Qui allait servir de garde du corps à la Lame si Cal Hancock n'était plus là ?

Quand Joel se mit en quête de la Lame, il ne le trouva pas non plus. Du moins, pas au début.

C'est dans l'après-midi du troisième jour qu'il finit par le voir. Joel descendait les marches du centre de Westminster après y avoir déposé Toby, qui avait rendez-vous avec Luce Chinaka. De l'autre côté de la rue, à une trentaine de mètres, il repéra la voiture de la Lame, reconnaissable à une raie noire peinte sur la carrosserie bleu clair et à un bout de carton qui tenait lieu de vitre à l'arrière. La voiture était garée le long du trottoir – en infraction – sur une double ligne jaune ; elle était occupée. Une silhouette sur le trottoir se penchait pour parler aux deux occupants du véhicule.

La silhouette se redressa sous les yeux de Joel. C'était Ivan Weatherall, une main sur le toit de la voiture ; il aperçut Joel. Sourit. Lui fit signe d'approcher puis se repencha vers la voiture pour écouter ce qu'on lui disait.

Si Ivan avait été seul, Joel se serait éclipsé car c'était bien la dernière personne qu'il avait envie de voir. Et il avait encore moins envie d'affronter ses bonnes intentions. Mais, compte tenu du fait que la Lame était là et qu'il avait besoin de lui parler de ce qui s'était passé, d'Eaton Terrace à Ness…, et du fait que Calvin était avec lui, ce qui allait rendre moins périlleux l'entretien… Bref, Joel traversa la rue.

Il arriva par-derrière. Par la lunette arrière, il vit qu'il y avait une troisième personne dans l'habitacle, et reconnut la forme de sa tête. Il se prit cependant à espérer qu'Arissa ne soit pas avec la Lame et Cal – pas moyen de parler franchement devant une junkie qui passait son temps à essayer de vous mettre la main dans le pantalon – mais Joel savait qu'il pouvait rester avec les trois mecs en attendant que la Lame se fatigue d'Arissa et la crache quelque part, la laissant se débrouiller pour rentrer seule. Alors seulement ils pourraient parler : de ce qui était arrivé à Eaton Terrace, de ce qu'ils allaient faire. Et de Ness parce qu'il y avait Ness et ses emmerdes, et le fait que ce que Joel avait fait, il l'avait fait pour essayer de l'en sortir.

Il n'en restait pas moins qu'Ivan était toujours là. Ivan se demanderait certainement pourquoi Joel montait dans une voiture qui appartenait à la Lame, et il ne risquait pas de l'oublier.

— Ravi de te voir, Joel, dit Ivan. Je mettais justement Stanley au courant de notre projet.

Joel avait tellement de choses en tête qu'il ne comprit pas dans un premier temps à quoi Ivan faisait allusion jusqu'au moment où ce dernier précisa :

— Le film. J'ai eu un entretien extrêmement positif avec un dénommé Rubbish – ce n'est pas son vrai nom, tu t'en doutes, mais je t'expliquerai plus tard – et la préproduction va pouvoir démarrer. Nous avons les fonds. Nous avons ces putains de fonds.

Ivan sourit et leva haut un bras en un geste de jubilation inhabituel chez lui. Ce geste permit à Joel de constater qu'il tenait un tabloïd à la main, ce qui signifiait une chose : la couverture du coup de feu de Belgravia, laquelle signifiait qu'on allait en parler dans North Kensington – dernier endroit où Joel et Cal avaient intérêt à ce que semblable discussion ait lieu.

Joel jeta un œil vers Cal. Il entendit Ivan dire :

— Je savais qu'on y arriverait si on rencontrait la bonne personne…

Le reste se perdit. Car dans la voiture, s'il y avait bien la Lame et Arissa, il ne se trouvait pas de Cal Hancock. Sur le siège du passager, là où d'habitude s'asseyait Cal, se trouvait Neal Wyatt, et ce dernier avait l'air tout à fait à l'aise.

Le regard de Joel fit la navette entre Neal et la Lame. Il entendit vaguement derrière lui Ivan qui disait :

— Tu connais Neal. J'étais justement en train de lui dire ce qu'on projetait. J'aimerais que vous participiez tous les deux à ce projet. Il est temps que vous oubliiez vos divergences. Vous avez plus de choses en commun que vous ne le croyez. Et en travaillant à ce film, vous vous en rendrez compte.

C'est à peine si Joel entendit ces paroles. Il essayait de comprendre ce que signifiait la situation.

Il conclut que la Lame – mis au courant par Cal du fait que Joel était vraiment son homme, maintenant – s'acquittait finalement de sa part du contrat concernant Neal Wyatt. Il était allé chercher le mec dans son repaire et il avait dit à Neal de le suivre. Neal n'avait pas refusé – personne ne se serait amusé à refuser – et il était monté dans la voiture. La Lame avait dû partager un joint avec lui, voilà pourquoi Neal semblait tellement cool, de bonne humeur, sa garde baissée. Maintenant que la Lame tenait Neal, il allait dresser le poil du voyou une bonne fois pour toutes. Joel se dit que s'il cadrait Neal comme promis, cela signifiait également qu'il protégerait Joel des retombées de la fusillade dont avait été victime la femme du policier.

Ce que Joel ne comprenait pas, c'était la raison de cette fusillade. Il ne voyait pas pourquoi une agression avait dégénéré pour se transformer en un coup de feu au terme duquel une balle avait traversé le corps d'une femme. Chaque fois qu'il y songeait, il chassait cette pensée, se disant qu'il s'agissait d'un accident. Pour lui, tout cela avait été une abominable erreur, le coup était parti tout seul lorsque Cal avait arraché le flingue à Joel au moment où ce dernier – devant le visage souriant de la Blanche – n'avait pu se résoudre à lui demander son argent.

— On reverra tout ça ensemble, disait Ivan, parvenu au terme de ses remarques.

Il se pencha de nouveau vers la voiture.

— Et, Stanley, pense également à ce que je t'ai proposé, tu veux bien, mon grand ?

La Lame adressa un sourire à Ivan, paupières baissées.

— Ivan, murmura-t-il. T'as vraiment le cul bordé de nouilles, mec, tu le sais, ça ? Tu me fais tellement marrer que j'arriverai jamais à te buter.

— Eh bien, Stanley, dit Ivan, reculant tandis que la Lame mettait le contact et faisait ronfler le moteur. Je suis touché, crois-moi. Au fait, le Descartes, tu l'as lu ?

La Lame s'esclaffa.

— Ivan, Ivan. T'as de la merde dans les yeux ? T'as toujours pas compris ? La philo, mec, c'est pas ça qui permet de s'en sortir dans la vie.

— Ah, c'est là que tu te trompes.

— Tu crois ? répondit la Lame en posant la main sur la nuque de Neal Wyatt. A plus, Ivan. Ce mec et moi, on a des trucs à se dire.

Neal ricana. Il s'essuya la lèvre supérieure d'un revers de main comme pour en effacer le rictus. Il regarda Joel. Articula en silence : « Connard ».

— Sympa de te voir, Joel, dit la Lame. Donne le bonjour à ta connasse de sœur.

Il écrasa l'accélérateur, et la voiture s'enfila dans la circulation en direction de Maida Vale. Joel la suivit des yeux. Un bras jaillit de la fenêtre côté passager et le poing de Neal apparut. Bientôt transformé en un doigt d'honneur. Personne dans la voiture n'essaya de l'empêcher de faire ça.

Ivan insista pour qu'ils aillent prendre un café. Ils avaient à parler, maintenant que Mr Rubbish s'était manifesté pour financer le film sur lequel travaillaient Ivan et ses apprentis scénaristes.

— Viens, dit Ivan, j'ai une proposition à te faire.

Comme Joel refusait, prétextant qu'il devait rejoindre sa tante, son frère, qu'il avait des devoirs à faire, Ivan lui promit qu'ils n'en auraient pas pour longtemps.

Joel se rendit compte qu'Ivan n'accepterait pas un nouveau refus. Il était prêt à tous les compromis pour obtenir ce qu'il voulait : se rendre utile. Chose impossible, en tout cas maintenant ; mais, comme il ne le savait pas, il voudrait à toute force que Joel accepte un café, une promenade, un petit arrêt sur un banc, car il était dans sa nature de ne jamais renoncer. C'est pourquoi Joel accepta de l'accompagner. Ce qu'Ivan avait à lui dire ne prendrait sans doute pas des heures, et Joel n'avait pas l'intention de lui donner la réplique, ce qui n'aurait fait que prolonger cette conversation inopportune.

Ivan l'entraîna vers un café de Harrow Road. Un établissement sale aux tables graisseuses chargées de menus antédiluviens proposant des mets qui avaient disparu de l'Angleterre depuis au moins trente ans : haricots ou champignons sur toast, œufs sur le plat avec des tranches de bacon, pain frit, haricots et œufs, saucisses. L'endroit empestait le graillon, mais Ivan – sans se préoccuper le moins du monde de l'odeur – désigna à Joel une table de coin et lui demanda ce qu'il voulait avant d'aller passer commande au comptoir. Joel opta pour un jus d'orange. Il était sûr qu'il sortirait d'une boîte et qu'il aurait un goût de boîte, mais de toute façon il n'avait pas l'intention de le boire.

Heureusement, il n'y avait personne dans le troquet en dehors de Bob le Poivrot, qui dodelinait de la tête dans son fauteuil qu'il avait roulé dans un coin. Ivan passa commande, déplia le journal qu'il trimballait pour regarder la une. Joel distingua un fragment du gros titre de l'*Evening Standard.* Les mots « caméras de surveillance » et *« Crimewatch »*. Il en conclut que la police avait mis la main sur les séquences des caméras de surveillance installées autour de la place ainsi que sur celles qu'avaient filmées les caméras du quartier proche de la fusillade. Les policiers allaient passer ces séquences dans l'émission *Crimewatch.*

Cela n'avait rien d'étonnant. Un film traitant du tir dont avait été victime une Blanche sur son perron dans un quartier chic de Londres avait toutes les chances de passer à la télé. Surtout quand la victime était mariée à un inspecteur de New Scotland Yard en charge d'une enquête d'envergure.

Joel n'avait qu'un seul espoir. Que la qualité des séquences soit mauvaise, que les images aient été prises de trop loin pour qu'il soit possible d'identifier qui que ce soit. Que l'émission elle-même ne présente aucun intérêt ou un intérêt limité pour les membres de la communauté de North Kensington.

Ivan apporta les boissons, le journal coincé sous le bras. En s'asseyant, il le jeta sur une chaise voisine. Il sucra son café et se mit à parler.

— Qui eût cru possible de faire fortune grâce aux ordures ménagères ? Et de vouloir en faire profiter autrui... ?

Ivan referma les mains autour de son mug et se mit en devoir de montrer à Joel qu'il ne parlait pas de journalisme.

— Quand un homme se souvient de ses racines, mon ami, il peut faire un bien fou autour de lui. A condition de ne pas tourner le dos à ceux qu'il a laissés derrière lui... C'est exactement ce qu'a fait Mr Rubbish, Joel.

Joel s'efforçait de ne pas glisser un œil vers le journal. Le *Standard*, plié en deux, avait atterri à l'envers, le gros titre était caché ; le reste de la une, bien visible. C'était pour Joel l'appel d'une sirène, difficile d'y résister, et il était là sans le moindre mât auquel s'attacher. Il voyait une photo, et dessous le début d'un article. Il était trop loin pour lire, mais le cliché était visible. On y voyait un homme et une femme accoudés à une balustrade, souriant à l'appareil, coupe de champagne à la main. L'homme, séduisant et blond ; la femme, belle et brune. Le couple parfait. Et, derrière eux, l'eau placide d'une baie étincelait sous un ciel bleu sans nuages. Joel détourna la tête, essayant de suivre les propos d'Ivan.

— Il s'appelle Mr Rubbish, disait Ivan. Il semble que son système ait été adopté par les zones urbaines du monde entier. Il s'agit apparemment de tapis roulants informatisés qui se chargent d'effectuer le tri des ordures ménagères, évitant ainsi aux gens de recycler les détritus. Il a fait fortune avec ça et il a envie d'injecter une partie de cette fortune dans sa communauté d'origine. Nous faisons partie des bénéficiaires de ces largesses. Qu'en penses-tu ?

— C'est trop fort, réussit à déclarer Joel, faisant appel à un reste de présence d'esprit.

Ivan inclina la tête.

— C'est tout ce que ça t'inspire, deux cent cinquante mille livres sterling ? « Trop fort » ?

— C'est cool, Ivan. Adam et les autres vont sauter de joie, c'est sûr.

— Mais pas toi ? Tu es dans le coup. On va avoir besoin de tout le monde si on veut que le projet aboutisse.

— Les films, j'y connais rien.

— Ne dis pas de bêtises. Tu sais écrire. Utiliser le langage comme peu de gens... Ecoute-moi.

Ivan approcha sa chaise et se mit à parler d'un air sérieux comme lorsqu'il pensait qu'il avait quelque chose de vraiment important à communiquer.

— Je ne te demande pas de jouer, d'être derrière la caméra ou de faire des choses dont tu n'as pas l'habitude. Mais on va avoir besoin de tes lumières pour le scénario... Ne discute pas, écoute. Pour le moment, les dialogues font beaucoup trop « argot de la rue ». Il me faut quelqu'un pour élargir la palette. L'argot de la rue, c'est bien si on veut se contenter de toucher le public local. Mais franchement, avec le genre de financement que nous avons décroché, je crois qu'on devrait se montrer plus ambitieux. Penser au public des festivals. La modestie n'est plus de mise. Il faut viser plus haut. Je suis sûr que tu sauras faire passer le message aux autres, Joel.

Joel savait que tout ça n'était que conneries. Il aurait voulu rire de l'ironie de la situation. Il ne serait pas assis dans ce café en ce moment avec Ivan si des conneries d'une autre envergure n'avaient rendu cet instant possible. Mais il n'avait pas envie de discuter. Il voulait mettre la main sur le journal pour voir ce que la police mijotait. Et il voulait s'entretenir avec la Lame.

Il se leva brusquement.

— Faut que j'y aille, Ivan.

Ivan se mit debout lui aussi, l'air inquiet.

— Joel, que s'est-il passé ? Je vois que quelque chose... Je suis au courant pour ta sœur. Je ne voulais pas t'en parler. J'espérais que les nouvelles du film te permettraient de penser à autre chose. Pardonne-moi. Tu sais que je suis ton ami. Je suis prêt à...

— Plus tard, coupa Joel.

Il s'en tint là alors qu'il aurait voulu repousser carrément les ouvertures d'Ivan, les repousser physiquement, pas seulement avec des mots.

— C'est super, ces nouvelles, Ivan. Mais faut que j'y aille.

Il s'éclipsa en hâte. Toby en aurait encore pour un moment au centre, Joel se dit qu'il avait le temps de se rendre à Lancefield Court. Et c'est là en effet qu'il se rendit au sortir du café. Il se glissa dans l'ouverture de la clôture, grimpa au premier. Personne ne montait la garde au pied de l'escalier. Il aurait dû en conclure que l'appartement où venaient s'approvisionner les livreurs de la Lame était vide. Mais il était mû par le désespoir, et le désespoir le poussa à aller voir.

Joel se dit que la Lame avait emmené Neal Wyatt dans un endroit sûr afin de le mettre sévèrement au pas. Il songea à la station de métro abandonnée, à un coin reculé du cimetière de Kensal Green. Il songea à des parkings, à des garages privés, à des entrepôts, à des immeubles promis à la démolition. Il lui semblait que Londres grouillait d'endroits où la Lame avait pu conduire Neal Wyatt, et il tenta de se réconforter en se disant que, dans l'un de ces endroits, Neal Wyatt s'entendait déclarer que les filatures, le harcèlement et les tourments qu'avec sa bande il infligeait aux Campbell étaient terminés.

Parce que, se dit Joel, c'était ce qui devait se passer. Aujourd'hui. En ce moment même. Une fois que Neal Wyatt aurait été traité comme il le méritait, ils pourraient s'occuper de sortir Ness de là où elle se trouvait et la ramener à la maison.

Penser à tout ça était un réconfort pour Joel. Cela lui donnait également un autre sujet de réflexion, de sorte qu'il n'était pas tenu de réfléchir à ce à quoi il ne pouvait supporter de penser : la disparition de Cal Hancock et ce qu'elle pouvait signifier, le fait qu'une Blanche ait été abattue, et que Belgravia, New Scotland Yard et les autres soient décidés à mettre la main sur le responsable.

Cependant, bien que désireux de détourner ses pensées de ce qu'il jugeait insupportable, Joel ne pouvait s'aveugler. Sur le trajet de retour de Lancefield Court à Harrow Road, il passa devant un marchand de journaux et, sur le trottoir, il vit les unes des quotidiens. Les mots lui sautèrent à la figure, l'encre noire tachant le papier poreux sur lequel ils étaient tracés : « Le tueur de Belgravia dans *Crimewatch* ! », « La photo du tueur de la comtesse à la télé ».

La vision de Joel se rétrécit : il ne distingua plus que le mot « tueur ». Puis même ce terme disparut, laissant derrière lui une plage de noir. Tueur, Belgravia, photo, *Crimewatch*. Joel tendit le bras, s'appuya contre le mur de l'immeuble devant lequel il passait quand il avait vu les unes. Il resta là jusqu'à ce que sa vue s'éclaircisse. Se mordit l'ongle du pouce. S'efforça de réfléchir.

Mais ses pensées n'aboutissaient qu'à une chose : la Lame.

Il poursuivit sa route. Il n'était que vaguement conscient de l'endroit où il allait, et il se retrouva devant Sidashop sans savoir comment. Il entra. Ça sentait la vapeur imprégnant les vêtements défraîchis.

Sa tante repassait au fond de la boutique. Elle se bagarrait avec des plis sur un chemisier lavande, une pile d'habits attendait sur une chaise à sa gauche.

— Je ne vois pas pourquoi on ne donnerait pas aux gens une idée de l'allure que sont censés avoir les vêtements quand on les entretient, dit Kendra en le voyant. Personne n'a envie d'acheter un truc froissé.

Elle retira le chemisier de la planche et l'accrocha sur un cintre en plastique.

— C'est mieux, décréta-t-elle. Je ne suis pas folle de la couleur, mais ça plaira forcément à quelqu'un. Tu as décidé de ne pas attendre Toby au centre ?

— Je suis allé faire un tour à pied, expliqua Joel.

— Un peu frisquet pour ça.

— Ouais.

Il ne savait pas pourquoi il était entré. Un vague désir de réconfort, peut-être. Il voulait que quelque chose change ce qu'il ressentait. Il comptait sur sa tante pour effectuer ce changement.

Elle continuait de repasser. Elle posa un pantalon noir sur la planche et le passa en revue de haut en bas. Secouant la tête, elle tendit le vêtement vers Joel, le prenant à témoin. Une tache de gras qui s'étirait en longueur évoquant la forme de la botte de l'Italie maculait le devant dudit pantalon. Elle le jeta par terre.

— C'est pas parce qu'on est pauvre qu'on est prêt à accepter n'importe quoi. Ce qu'on veut, c'est oublier sa pauvreté. Pas mettre un truc qui vous rappelle sans cesse que vous êtes fauché.

Elle se tourna vers la pile, rafla une jupe.

Joel la regardait, pris de l'envie irrépressible de tout lui raconter : la Lame, Cal Hancock, le flingue, la jeune femme brune. Il éprouvait un besoin irrépressible de parler. Mais, lorsqu'elle releva le nez, il ne trouva pas les mots et il s'éloigna, arpentant le magasin. Il s'arrêta pour examiner un grille-pain en forme de hot-dog et, à côté, une botte de cow-boy montée en lampe. Bizarre, les objets que les gens achetaient. Ils désiraient quelque chose, et s'en désintéressaient une fois qu'ils en avaient vu les effets sur eux-mêmes et le reste de leurs possessions, une fois qu'ils savaient l'allure que cela donnait réellement à tout ce qu'ils avaient, une fois qu'ils se rendaient compte de ce qu'ils ressentaient par rapport à cette chose. S'ils avaient su ou s'étaient rendu compte à l'avance, il n'y aurait pas eu de gâchis. Il n'y aurait pas eu de rejet.

— Tu étais au courant, Joel ? Je voulais te poser la question mais je ne savais pas comment.

Joel se demanda si elle parlait du grille-pain et de la lampe en forme de botte. Il ne savait que répondre.

Elle poursuivit.

— Après… Tu ne l'as pas trouvée différente ? Et si oui, tu n'as pas pensé à aller en parler à quelqu'un ?

Le regard de Joel fit la navette de la lampe au grille-pain.

— Quoi ? fit-il, gêné.

Kendra appuya sur le fer, qui grésilla tandis qu'un filet d'eau chaude se répandait sur le vêtement qu'elle repassait.

— Ta sœur. Ces hommes. Ce qu'ils lui faisaient. Tu étais au courant ?

Joel fit non de la tête mais il perçut plus de choses que sa tante ne venait de lui en dire. Il perçut derrière ses phrases l'écho d'un « tu aurais dû ». Sa sœur avait subi des sévices de la part du jules de leur grand-mère et de tous ses potes, et Joel aurait dû le savoir. Il aurait dû deviner, il aurait dû se rendre compte de ce qui se passait, il aurait dû faire quelque chose. Bien qu'âgé de sept ans seulement quand ces choses horribles étaient arrivées à Ness, il aurait dû faire quelque chose et peu importait que ces hommes lui aient semblé être des géants à l'époque. Plus que des géants : des grands-pères potentiels, des pères en puissance, même. Ils avaient l'air de tout sauf de ce qu'ils étaient.

Joel sentit les yeux de sa tante rivés sur lui. Elle attendait qu'il dise avoir senti, subodoré, deviné quelque chose. Il aurait voulu pouvoir lui donner satisfaction, mais c'était impossible. Il baissa la tête.

— Elle te manque ? voulut savoir Kendra.

Il fit oui de la tête.

— Qu'est-ce qu'ils en ont fait ?

— Elle est dans un centre de détention préventive. Elle… En attendant d'être emmenée ailleurs. Fabia Bender pense…

— Pas question qu'on l'emmène, dit Joel avec violence.

Kendra posa son fer.

— Je n'ai pas envie qu'on l'emmène, moi non plus. Mais Miss Bender s'efforce de la faire placer dans un endroit où on pourra l'aider au lieu de la punir. Un endroit comme…

Elle marqua une pause.

Joel releva le nez. Leurs regards se croisèrent. Ils savaient tous deux où cette explication menait et c'était loin d'être réconfortant. *Un endroit comme celui où se trouve ta maman, Joel. La malédiction de la famille est sur elle. Dis-lui adieu.* Les bords de la vie de Joel se recroquevillèrent telle une feuille desséchée tombée d'un arbre.

— Pas de danger que ça arrive, dit-il.

Elle reprit son fer, repassa la jupe étalée sur la planche.

— Je n'ai pas été à la hauteur avec vous. Je n'ai pas compris que ce que j'avais était plus important que ce que je voulais.

Elle mesurait ses paroles. Elle repassait avec un soin et une concentration hors de proportion.

— Dix te manque, hein ?

— Bien sûr, mon grand. Mais Dix n'entre pas en ligne de compte dans mes propos. Voilà comment étaient les choses pour moi, Joel : Glory vous a largués chez moi et je me suis dit : très bien, je vais m'en sortir, c'est ma famille. Mais je ne vais rien changer à mon mode de vie. Si j'en change, je finirai par détester ces gosses qui auront causé ce changement, et je n'ai pas envie de détester les enfants de mon frère : rien de tout ça n'est leur faute. Ils n'ont pas demandé que leur père soit abattu, ils n'ont pas demandé que leur mère passe son temps à entrer et sortir de chez les dingues. Il faut que chacun d'entre nous suive sa route. Je vais m'occuper de leur trouver une école, les nourrir et les loger, et, en faisant ça, je ferai mon devoir. Mais il n'y avait pas que le devoir. Et j'ai refusé de le comprendre.

Joel réalisa que sa tante s'excusait auprès de lui, auprès d'eux trois, en fait, à travers lui. Il aurait voulu lui assurer que ce n'était pas la peine. S'il avait eu les mots pour le dire, il lui aurait dit qu'aucun d'eux n'avait demandé ce qui leur était tombé dessus. S'ils avaient merdé en essayant de s'en sortir, à qui la faute ? Sa tante avait fait ce qu'elle avait estimé juste, à l'époque.

— Te ruine pas la vie, tante Ken, dit-il.

Il fit courir son doigt le long de la botte et l'examina. Comme tout ce qui se trouvait dans la boutique, la lampe était luisante de propreté, prête à être emportée par quelqu'un souhaitant avoir chez lui un objet bizarre pour se distraire les yeux. Toby, songea Joel, aurait adoré cette lampe. Les trucs simples, un peu loufoques, il n'en demandait pas plus.

Kendra le rejoignit. Elle lui passa un bras autour des épaules et lui déposa un baiser sur la tempe. Prenant son accent guindé, elle dit :

— Tout ça va passer. On va s'en sortir. Toby, toi et moi. Même Ness. On va s'en sortir, je te dis. Et on formera une vraie famille, tous les quatre. Une vraie famille, Joel.

— D'accord, dit Joel si bas que sa tante ne l'entendit pas. Ça sera génial, tante Ken.

Joel se sentait irrésistiblement attiré par *Crimewatch*, tel un badaud par un accident de la route. Il voulait absolument regarder l'émission mais il ne savait comment le faire sans attirer l'attention sur lui.

Tandis qu'approchait l'heure de l'émission, Joel se creusa la tête pour savoir comment déposséder son petit frère du contrôle de la télévision. Toby regardait une vidéo – Tom Hanks jeune aux prises avec une sirène – et Joel savait qu'il ne pouvait arrêter le film sans que Toby pousse les hauts cris. Les minutes s'égrenaient. Dix, quinze. Joel se triturait les méninges pour trouver un moyen d'arracher Toby à sa vidéo. Ce fut Kendra qui, grâce à son désir de se montrer plus maternelle, lui fournit l'occasion qu'il cherchait. Ayant décidé de superviser la toilette de Toby, elle dit au gamin qu'il pourrait regarder la fin du film une fois sorti du bain et en pyjama. Lorsqu'elle emmena son frère dans la salle de bains, Joel se précipita sur le téléviseur pour mettre la chaîne voulue.

Crimewatch approchait de la fin. Le présentateur disait : « ... un dernier coup d'œil à cette séquence. Pour mémoire, elle a été filmée dans Cadogan Lane, et les individus qui figurent dessus sont soupçonnés d'être impliqués dans la fusillade d'Eaton Terrace ».

Suivirent alors – comme Joel l'avait espéré – cinq secondes d'images granuleuses, typiques de celles qu'on obtient avec une caméra de surveillance. On y voyait la rue étroite dans laquelle avaient débouché Joel et Cal au sortir de la dernière maison de la rangée. Deux silhouettes approchaient, l'une impossible à reconnaître à cause de sa tenue : bonnet de laine, gants, veste longue anonyme au col relevé. L'autre, également masculine, plus facilement reconnaissable à la chevelure qui lui auréolait le visage tandis qu'il marchait.

En regardant cette image, Joel éprouva un moment d'intense soulagement. Les cheveux – bien que non protégés par un bonnet – ne suffiraient pas à le faire reconnaître, compte tenu de la qualité du film. Son anorak était semblable à des centaines d'autres dans les rues de Londres ; et son uniforme de classe – qui aurait permis de rétrécir considérablement le champ des recherches – était caché dessous, ne laissant apparaître que le pantalon et les chaussures. Lesquels n'avaient absolument rien de particulier. Etant donné que le visage de Cal n'avait pu être filmé par la caméra, il était raisonnable de conclure que...

Mais, alors que Joel se tenait ce raisonnement, son univers bascula d'un coup sec sur son axe. Au moment où ils passaient sous la caméra, la tête à cheveux roux se leva et le visage de Joel apparut. Il était encore granuleux et il était encore à plusieurs mètres de la caméra. Toutefois, tandis que, pétrifié, Joel fixait la télé, il apprit qu'on recourait en cet instant même aux miracles de l'informatique pour améliorer l'image, et que dans quelques jours les techniciens de la police métropolitaine auraient grandement amélioré la qualité du film. A ce moment-là, *Crimewatch* le rediffuserait. En attendant, si des téléspectateurs reconnaissaient l'un ou l'autre des individus sur le film qui devait repasser ce soir-là, ils étaient priés d'appeler le numéro d'urgence incrusté en bas de leur écran de télé. Leur appel et leur identité resteraient strictement confidentiels, ils pouvaient compter là-dessus.

Pendant ce temps-là, poursuivit le présentateur d'une voix solennelle, la victime était sous assistance respiratoire en attendant que son mari et sa famille prennent une décision – ô combien difficile – quant au sort de l'enfant à naître.

Joel perçut ces derniers mots comme s'ils avaient été prononcés sous l'eau. L'enfant à naître. La jeune femme portait un manteau. Il n'avait pas vu – ils n'avaient pas vu ni su – qu'elle était enceinte. S'ils s'en étaient rendu compte, s'ils avaient deviné... Rien de tout cela ne serait arrivé. Joel se le jura à lui-même. Il s'accrocha à cette idée car il n'avait rien d'autre à quoi se cramponner.

Il se leva du canapé et alla éteindre la télé. Il aurait voulu pouvoir demander à quelqu'un ce qui lui arrivait, ainsi qu'au monde tel qu'il le connaissait. Mais il n'y avait personne à qui poser la question et à cet instant sa conscience des choses se résumait à ce qu'il entendait, c'est-à-dire, venus de l'étage au-dessus, les bruits que faisait Toby dans la baignoire.

Joel sécha les cours pour tâcher de trouver Cal Hancock. Il commença par se rendre près du pâté d'immeubles où résidait Arissa, certain que

Cal finirait par revenir y faire le guet et assurer la protection de la Lame. Ainsi occupé, Joel s'efforçait de ne pas penser aux images des caméras de surveillance. Il tenta également de chasser de son esprit les autres faits qui étaient de mauvais augure pour lui : le déferlement d'articles à la une accompagnés de sa photo ; la fille au pair qui était tombée nez à nez avec lui ; l'arme restée dans un jardin entre Eaton Terrace et Cadogan Lane ; son bonnet perdu au pied d'un mur ; une lady sous assistance respiratoire ; un bébé sur le sort duquel il fallait statuer. D'un autre côté, il pensa à Neal Wyatt qui ne harcelait plus Toby, Joel ou toute autre personne portant le nom de Campbell.

Joel en conclut que la Lame avait dû sévèrement remonter les bretelles de Neal. Ce n'était plus une supposition, plus une pensée à laquelle il se cramponnait. Désormais, se dit-il, Neal ne lui gâcherait plus la vie. La Lame avait tenu sa promesse parce que Cal lui avait fait savoir que Joel avait tenu la sienne comme convenu, et la Lame n'avait pas besoin de savoir que c'était Cal Hancock – et non Joel – qui avait pressé la détente et abattu la dame d'Eaton Terrace. Les empreintes de Cal ne se trouvaient même pas sur l'arme – à supposer qu'on la retrouve –, aussi, à moins que Cal ne dise la vérité à la Lame, personne ne se douterait que c'était Cal qui avait mené la mission à son terme. S'il n'y avait ni argent liquide, ni sac à main, ni bijoux pour le prouver, le retentissement médiatique était suffisamment important pour que la Lame sache que ses instructions avaient été exécutées à la lettre.

« Arrange-toi pour que ça soit une vraie agression, ce coup-ci, Joel, lui avait dit la Lame en lui remettant l'arme. T'as les couilles ? Tu y arriveras ? Vaut mieux pas te planter, bonhomme. Après ça, toi et moi, on sera quittes. Donnant donnant. Encore un truc, écoute-moi bien. Faut que t'utilises le flingue. Je veux que tu tires. C'est plus excitant, tu piges ? Comme ça, la pétasse, quand tu lui diras de te filer la thune, elle verra que c'est pas de la frime. »

Au début, Joel s'était dit que la cible serait une femme du quartier, comme l'Asiate qu'il avait essayé de dépouiller dans Portobello Road. Puis il se dit – compte tenu du fait qu'il devait faire usage de son calibre au cours de l'agression – que la cible était une nana à qui il fallait donner une leçon. Peut-être une pouffe accro au crack qui faisait des passes pour se procurer un doigt de poudre. Ou alors une radasse appartenant à un dealer qui essayait de piétiner les plates-bandes de la Lame. Bref, une nénette qui au vu du pétard coopérerait immédiatement. Et que cela se passerait dans un quartier et à une heure où un coup de feu signifierait simplement que les affaires suivaient leur cours normal entre dealers, gangsters et laissés-pour-compte de la société. En conséquence, ledit coup de feu passerait inaperçu et ne ferait l'objet d'aucune enquête. De toute façon, ce ne serait qu'un coup de feu, tiré en l'air, dans le châssis d'une fenêtre, dans une porte, n'importe où sauf sur quelqu'un. Un coup de feu tiré en l'air. Un point c'est tout.

Cette idée fausse, Joel s'y était agrippé, même lorsqu'ils avaient pris le métro, qu'ils avaient traversé un quartier de Londres qui, à chaque pas, s'avérait en tous points différent du monde auquel il était habitué. Il ne s'était absolument pas attendu à se trouver en présence d'une Blanche rentrant de faire des courses, une jeune femme qui leur avait souri, leur avait demandé s'ils s'étaient perdus, et avait la tête de quelqu'un qui était persuadé qu'il n'y avait rien à craindre du moment qu'elle était devant chez elle et se montrait sympa avec des inconnus.

Malgré tous ses efforts pour se rassurer, Joel ne pouvait s'empêcher de ruminer tout en attendant Cal. Il pensait, primo, à la femme abattue qui s'était avérée être non seulement une comtesse mais également la femme d'une pointure de Scotland Yard. Il se disait, secundo, qu'il avait fait ce qu'on lui avait dit de faire – même si c'était Cal, en fin de compte, qui avait pressé la détente. Peu importaient les circonstances exactes, le but avait été atteint ; et cela signifiait que Joel avait prouvé à la Lame qu'il en avait. Il songeait, tertio, qu'il avait été filmé dans Cadogan Lane, qu'une fille au pair l'avait vu de près, et qu'il y avait quelque part un flingue portant ses empreintes. Et tout cela n'était pas fameux.

Joel finit par comprendre que son seul espoir résidait dans la Lame. Si Cal n'était pas là la prochaine fois qu'il prendrait au caïd envie de se taper Arissa dans son appartement, cela voudrait dire que le rasta avait bel et bien disparu. Et si Cal avait disparu, cela signifierait qu'il avait été emmené ailleurs. Car penser que la Lame avait supprimé Cal au lieu de l'éloigner de Londres le temps que retombe la mayonnaise médiatique déclenchée par la fusillade n'avait aucun sens. En étudiant la situation, Joel se disait que, si la Lame pouvait faire tout ça pour Cal, il pouvait en faire autant pour Joel. Et, étant donné que la photo de Joel était en ce moment soumise aux experts qui allaient l'améliorer, il fallait que le caïd fasse le nécessaire, et vite. Joel avait besoin qu'on le mette en lieu sûr. Les choses tournèrent de telle façon que sa demande d'asile se trouva exaucée… avant qu'il la formule.

Dans Portnall Road, il s'était soigneusement caché sous un porche près de chez Arissa. Il y avait une heure qu'il était là, dans l'espoir de voir apparaître la Lame. Il tremblait de froid et il avait des crampes dans les jambes lorsque finalement la voiture de la Lame s'arrêta. Le caïd en sortit ; Joel se mit debout, prêt à le rejoindre. Mais alors Neal Wyatt s'extirpa lui aussi du véhicule. Sous le regard de Joel, la Lame s'engouffra dans l'immeuble tandis que Neal adoptait la posture de Cal.

Lançant une petite balle en caoutchouc contre un des murs de l'entrée, il s'était adossé au mur d'en face.

Joel ébaucha un mouvement de repli. Comment ? Pourquoi ? Les questions se bousculaient. Il fixait le vide tout en essayant de comprendre, et lorsqu'il risqua un nouveau coup d'œil à l'entrée de l'immeuble, il constata qu'en dépit de ses efforts on l'avait remarqué. Neal le fixait droit dans les yeux. Il empocha sa balle, s'engagea dans l'allée sans se presser, traversa la rue, suivit le trottoir. Il se planta là, observant Joel dans sa cachette inefficace. Il ne souffla mot mais il avait l'air changé, et Joel se dit que la tête qu'il faisait n'avait rien à voir avec celle de quelqu'un qui vient de se faire remettre à sa place.

Joel se souvint alors de ce que Hibah lui avait dit : Neal veut du respect. Tu ne peux pas lui montrer du respect ?

Manifestement, Neal avait fait quelque chose qui lui avait valu ce respect. Joel se dit que ce tête-à-tête allait sûrement se solder par une baston – coups de poing, coups de pied, coups de couteau. Que Neal allait s'en prendre physiquement à lui. Mais non.

Au lieu de quoi Neal ouvrit la bouche pour prononcer une phrase lourde de sarcasme :

— T'es vraiment qu'un pauvre connard de rouquin.

Sur ces mots, il pivota et retourna se poster devant l'entrée de chez Arissa.

Joel eut l'impression de se retrouver dans la peau de la femme de Loth : furieusement désireux de s'enfuir mais dans l'incapacité d'y parvenir. Dix minutes s'écoulèrent. La Lame émergea de l'immeuble ; Arissa le suivait, tel un toutou collant son maître. La Lame dit quelques mots à Neal et tous trois se dirigèrent vers la voiture du caïd. Il ouvrit la portière côté conducteur tandis que Neal montait côté passager. Arissa resta sur le trottoir, attendant la suite, qui ne tarda pas à arriver. La Lame se tourna vers elle, lui plaqua une main sur la fesse et l'embrassa, avant de la relâcher brusquement. Il lui pinça le sein et lui dit quelques mots. La fille resta plantée devant lui, béate d'admiration, avec l'air de quelqu'un qui jamais ne le contrarierait, qui attendrait qu'il daigne revenir, qui serait exactement comme il voulait qu'elle soit. Bref, réalisa Joel subitement, l'air de quelqu'un qui était tout le contraire de sa sœur ; l'air d'une fille qui n'agissait ni ne pensait comme Ness. Quelqu'un en somme qui considérait la Lame comme jamais Ness ne considérerait aucun homme.

Joel songea alors au nombre de fois où il avait entendu la Lame proférer des mots déplaisants à l'encontre de sa sœur, et ce fut comme une lueur dans les ténèbres qui l'entouraient. Mais cette lueur lui glaça le cœur, son incandescence illuminant la confluence des événements tels qu'ils s'étaient déroulés. Joel comprit que tout avait été censé conduire à ce moment précis et à lui seul : Neal Wyatt attendant dans la voiture comme quelqu'un qui savait que là était sa place ; la Lame montrant à Arissa qui était le patron ; Joel suivant l'action, recevant un message qu'on lui destinait depuis le début.

Cal ne comptait pas. Joel ne comptait pas. Et, au bout du compte, Neal et Arissa pas davantage. Ils ne le savaient pas encore, mais ils l'apprendraient une fois leur rôle terminé.

Joel se souvint des avertissements de Cal Hancock, tentant de le dissuader de se rapprocher de la Lame. Il émergea de sa ridicule cachette et s'approcha de la voiture, de la Lame et d'Arissa.

— Où est passé Cal ?

— Joel, fit la Lame, le regardant. On dirait que c'est chaud pour toi, la situation, mec.

— Où est Cal ? reprit Joel. Qu'est-ce que t'en as fait, Stanley ?

Neal sortit de la voiture d'un mouvement coulé mais la Lame l'écarta d'un geste.

— Ça fait un bout de temps que Cal voulait voir ses vieux. Là-bas en Jamaïque. Les steel bands. Le shit, le reggae toute la nuit. Oncle Bob Marley surveillant le tout du haut du ciel. Donnant donnant avec Cal.

D'un mouvement de menton, il fit signe à Neal de remonter en voiture. Puis il embrassa de nouveau Arissa et la poussa vers l'immeuble.

— T'as autre chose à me dire, Joel ?

C'était sans espoir mais Joel fit quand même une tentative.

— La meuf... J'ai pas...

Seulement, comme il ne savait comment finir sa phrase, il s'en tint là et attendit.

— T'as pas quoi ? lui demanda tranquillement la Lame.

Il fallait prendre une décision. Joel prit la seule possible.

— Rien, dit-il.

La Lame eut un sourire.

— Continue comme ça.

Le portrait-robot vint ensuite, fourni par la fille au pair. Phénomène typique des tabloïds de Londres, elle devint l'héroïne du moment, son passé et son présent furent passés au crible tandis qu'à côté de sa photo paraissait le portrait-robot du jeune voyou à cheveux roux avec lequel elle s'était colletée.

« Est-ce le visage d'un tueur ? » Telle était la manchette qui accompagnait le portrait dans le *Daily Mail*, dont Joel vit traîner la première page sur le trottoir devant la station de métro Westbourne Park. Comme la plupart des portraits-robots électroniques, il n'était pas très ressemblant mais l'article qui l'accompagnait révélait que l'amélioration de l'image vidéo était terminée. Des séquences supplémentaires prises dans le métro à la station Sloane Square avaient été analysées, ajoutait le journal. La police avait isolé d'autres images. Scotland Yard indiquait qu'une arrestation était imminente, tandis que les appels affluaient sur les lignes consacrées à la localisation du tueur de la femme d'un des siens.

Joel avait emmené Toby à Meanwhile Gardens lorsque cela arriva finalement. Ils étaient à la piste de skate et Toby était tout content parce qu'il avait réussi à tenir en équilibre assez longtemps sur sa planche pour glisser d'un bord à l'autre de la partie la plus facile de ladite piste. Il jubilait en criant : « Regarde-moi ! Regarde, Joel ! », lorsque la première des voitures pie ralentit et s'immobilisa sur le pont au-dessus de Grand Union Canal. Une seconde voiture de police se positionna dans Elkstone Road, non loin de la garderie, si bien que Majidah la vit en levant le nez de ses occupations. Fronçant les sourcils, elle décida d'aller jusqu'à l'aire de jeux pour s'assurer qu'il ne pouvait rien arriver de fâcheux aux enfants. Une troisième voiture pie se gara au coin d'Elkstone Road et de Great Western Road. De chacune de ces trois voitures émergea un constable en uniforme. Les conducteurs, eux, restèrent au volant.

Ils se dirigèrent vers la piste. En les regardant approcher, Joel comprit que quelqu'un quelque part avait dû le surveiller, voire le filer, ces derniers jours depuis sa rencontre avec la Lame. Cette personne, quand le moment lui avait semblé propice, avait téléphoné au commissariat de Harrow Road. Et les flics étaient venus le cueillir.

Le constable sorti de la voiture garée non loin de la garderie fut le premier à arriver près de Joel.

— Joel Campbell ?

Joel dit à son frère :

— Tobe, faut que tu rentres à la maison, OK ?

Comme il fallait s'y attendre, Toby protesta :

— Mais t'avais dit que je pouvais faire de la planche, que tu me regarderais. Tu te souviens pas ?

— On fera ça plus tard.

— Suivez-moi, mon garçon, dit le constable.

— Tobe ? poursuivit Joel. Tu peux rentrer seul ? Sinon, je suis sûr qu'un agent te raccompagnera.

— Je veux faire de la planche. T'avais promis, Joel.

— Ils vont pas me laisser rester ici. Rentre, dit Joel.

Le constable du pont arriva en second. Il dit que Toby devait venir avec lui. Entendant ça, Joel crut que le policier voulait dire qu'il allait le ramener chez lui pour éviter au petit garçon de rentrer seul, même si le trajet n'était pas long jusqu'à Edenham Way. Alors il dit :

— Merci.

Il commença à suivre le premier constable jusqu'à son véhicule garé près de la garderie – détournant la tête pour ne pas avoir à regarder la Pakistanaise plantée derrière la clôture –, mais c'est alors qu'il constata qu'au lieu de ramener Toby à Edenham, le keuf l'entraînait vers le pont.

Joel s'arrêta net. Le froid lui mordait la peau et se resserrait tel un poing autour de son cou.

— Où est-ce qu'ils emmènent mon frère ?

— On va s'occuper de lui.

— Mais...

— Il faut nous suivre. Monter dans la voiture.

Joel fit inutilement un pas vers le gamin.

— Mais Tobe est censé rentrer...

— Ne vous débattez pas, mon garçon.

Le constable empoigna Joel par un bras.

— Mais ma tante, elle va se demander...

— Venez.

Le conducteur du véhicule garé devant la garderie s'approcha au petit trot. Il empoigna Joel par l'autre bras et fourra ce bras dans le dos de Joel. Il sortit une paire de menottes et, sans un mot, les referma sur ses poignets. Il siffla à l'oreille de Joel :

— Putain de salopard de sale petit métis de merde.

Et il le poussa vers le véhicule.

— Du calme, Jer, lui conseilla son collègue.

— Je t'emmerde, rétorqua le premier. Ouvre la portière.

— Jer...

— Ouvre, merde.

Le premier flic s'exécuta. Devant Joel, la portière s'ouvrit ; c'était une invitation qu'il ne pouvait refuser. On lui asséna une forte tape dans le dos, une main l'obligea à baisser la tête, on le poussa à l'intérieur. Quand il fut dedans, la portière fut claquée. Tandis que les deux policiers montaient à l'avant, Joel, le nez à la vitre, essayait de voir ce qui était arrivé à Toby.

La voiture pie garée sur le pont était partie. Dans le jardin, les amateurs de skate s'étaient arrêtés pour regarder la police serrer Joel. Alignés devant la piste – la planche calée contre la hanche –, ils discutaient fiévreusement tandis que la voiture pie s'éloignait du trottoir pour tourner dans Great Western Road et faire le court trajet jusqu'au poste de Harrow Road. Joel se tordait le cou, tentant de repérer un visage dans le parc qui lui ferait comprendre ce qui allait se passer.

Mais de visage, point. Il n'y avait que son avenir inévitable qui avait commencé à se jouer à l'instant où le premier constable l'avait pris par le bras.

Au-delà de Meanwhile Gardens – c'est ce que Joel vit tandis que la voiture franchissait le pont –, on apercevait l'arrière de la maison de Kendra. Joel la fixa aussi longtemps que possible, mais bientôt les immeubles de Great Western Road lui cachèrent la vue.

C'est par Majidah que Kendra apprit la nouvelle. La Pakistanaise se montra brève dans son appel à la boutique, où Kendra était occupée à vendre différents articles à une réfugiée africaine qu'accompagnait un vieux monsieur. Trois voitures de police étaient venues. Deux d'entre elles avaient emmené les frères de Ness. Séparément. Et il y avait plus inquiétant : l'un des constables avait mis les menottes à l'aîné.

Kendra écouta l'information en silence parce qu'il fallait absolument qu'elle conclue la vente en cours de lampes, chaussures et de vaisselle jaune.

— Merci. Je vois. C'est vraiment aimable à vous d'avoir appelé, dit-elle de sa voix la plus officielle.

Ce qui donna à penser à Majidah, à l'autre bout du fil, qu'il n'était pas étonnant que les enfants tournent aussi mal si les adultes de leur entourage étaient capables d'accueillir des nouvelles aussi épouvantables sans même un cri d'horreur. Majidah avait beau être occidentalisée depuis de nombreuses années, elle savait qu'elle n'aurait jamais accueilli une information aussi terrible sans prendre le temps de s'arracher les cheveux et de déchirer ses vêtements avant de rassembler toutes ses forces pour agir comme il convenait. Dans la foulée, Majidah téléphona à Fabia Bender. Son message à l'assistante sociale s'avéra inutile, car les rouages de la justice britannique tournaient déjà : Fabia se trouvait au commissariat de Harrow Road alors même que Joel n'y était pas encore arrivé.

Une fois les réfugiés sortis, une fois libre d'assimiler pleinement le message de Majidah, Kendra sentit le sol se dérober sous ses pieds. Elle ne fit pas le lien entre l'arrestation de Joel et le meurtre. Certes, elle avait vu l'article dans le journal. Car, dans leur quête éternelle du toujours plus sensationnel, les rédacteurs en chef de tous les tabloïds de Londres et d'une bonne partie des quotidiens de la presse de qualité avaient décidé que le meurtre d'une femme de flic également comtesse devait passer avant tous les autres sujets. Elle avait lu les journaux, vu le portrait-robot. Mais, à l'instar de tous les autres, celui de Joel ne ressemblait que vaguement à sa véritable apparence, aussi sa tante n'avait-elle pas eu de raison de faire le rapprochement entre le portrait et son neveu. En outre, elle avait d'autres sujets de préoccupation en tête, dont la plupart concernaient Ness : ce qui était arrivé à sa nièce au cours des années passées et ce qu'il allait advenir d'elle désormais.

Et maintenant... Joel. Kendra ferma la boutique et fit route à pied vers le commissariat de Harrow Road. Dans sa hâte, elle oublia de prendre son manteau et son sac. Elle n'emportait que des questions, qu'elle formula au constable de la réception, petite pièce où un tableau d'affichage proposait des réponses toutes faites aux problèmes de la vie citadine sous la forme d'annonces pour stopper le crime et surveiller les quartiers, de dépliants préconisant le port d'un sifflet électronique et de conseils de prudence à ceux qui se déplaçaient la nuit.

— La police a embarqué mes neveux, dit-elle. Où sont-ils ? Que se passe-t-il ?

L'auxiliaire de police à la réception – un jeunot qui aspirait à devenir policier mais n'avait pas l'étoffe pour y arriver – reluqua Kendra. Ce qu'il vit ? Une métisse tirant davantage sur le noir que sur le blanc, sanglée dans une jupe droite marine, l'air hautain. Il eut l'impression qu'elle lui assénait des exigences au lieu de lui parler respectueusement. Il lui dit de s'asseoir. Qu'il allait s'occuper d'elle.

— Il s'agit d'un garçon de douze ans, poursuivit Kendra. Et d'un autre de huit ans. L'un d'eux a été amené ici. Je veux savoir pourquoi.

L'auxiliaire garda le silence.

— Je veux voir mon neveu. Et où a-t-on emmené son frère s'il n'est pas ici ? Vous ne pouvez pas enlever des enfants en pleine rue et...

— Asseyez-vous, madame, dit l'auxiliaire. Je m'occupe de vous dans un moment. Au fait, qu'est-ce que vous ne comprenez pas ? Vous voulez que je fasse venir un de mes collègues pour qu'il vous donne des explications ? C'est possible. Je peux même vous inviter à entrer, vous aussi, dans une salle d'interrogatoire.

Ce fut le « vous aussi » qui lui indiqua ce qu'elle avait besoin de savoir.

— Qu'est-ce qu'il a fait ? dit-elle d'une voix rauque. Dites-moi ce qu'il a fait.

L'auxiliaire était au courant, bien sûr. Tout le commissariat de Harrow Road était au courant. Pour les policiers, il s'agissait d'un crime d'une énormité telle qu'aucun châtiment ne serait assez sévère pour son auteur. L'un des leurs avait été atteint en la personne de sa femme, et ce crime, l'auteur allait devoir le payer. Evoquer ce qui s'était passé dans le quartier de Belgravia faisait bouillir le sang dans les veines des policiers. Ce bouillonnement engendrait le besoin de frapper en retour.

L'auxiliaire avait en sa possession la photo améliorée, extraite des images prises par la caméra de surveillance de Cadogan Lane. Des copies de cette photo étaient maintenant affichées dans tous les commissariats de tous les quartiers de la capitale. Il prit ce document et le fourra sous le nez de Kendra.

— Les collègues sont en train de parler de l'affaire en ce moment même avec ce petit salopard, dit-il à Kendra. Asseyez-vous, fermez-la ou tirez-vous.

Kendra constata que la photo était sans erreur possible celle de Joel. Il n'y avait qu'à voir la masse de cheveux qui lui auréolait la tête et les taches grosses comme des dragées sur son visage pour s'en convaincre. Ainsi que son expression. Celle d'un animal pris dans le faisceau des phares d'une voiture avançant sur lui. Kendra n'eut pas besoin de demander où la photo avait été prise. Soudain, elle comprit. Elle se plaqua le cliché contre la poitrine et baissa la tête.

28

Dans la salle d'interrogatoire, les choses étaient différentes cette fois-ci. Joel comprit qu'il était à un carrefour. Dans un premier temps, nul ne l'interrogea. Il resta assis des heures durant, parfois avec le sergent Starr, parfois avec Fabia Bender, parfois encore avec une policière que les deux autres appelaient Sherry. L'avocate à cheveux raides n'était pas dans la pièce – « Je te défendrai lorsque le moment sera venu », avait dit Fabia à Joel – mais le gros magnétophone officiel était là. Cependant personne n'enfonçait le bouton de mise en marche, et personne ne soufflait mot. Les gens allaient et venaient ou bien s'asseyaient sans moufter. Joel se dit qu'ils attendaient quelque chose ou quelqu'un. Mais leur silence lui tapait sur les nerfs, il avait l'impression que ses os étaient devenus caoutchouteux.

Il avait déjà compris que sa situation dans cette salle d'interrogatoire n'avait rien à voir avec celle de son précédent passage au commissariat de Harrow Road. Cette conclusion, il l'avait tirée après son dernier échange avec la Lame. Il avait fini par rassembler les pièces du puzzle, et il s'était enfin vu comme ce qu'il avait été sans le savoir : un acteur dans un drame de la vengeance. Un drame dont l'intrigue lui avait jusque-là échappé et qu'il n'avait comprise que lorsqu'il s'était entretenu avec Stanley Hynds pendant que Neal Wyatt rôdait aux environs, attendant d'autres récompenses, une rémunération pour ce qu'il avait réussi à accomplir sur ordre de la Lame.

A cet instant précis, Joel ne voyait qu'imparfaitement les détails. Il y avait des choses dont il était sûr ; d'autres qu'il devinait.

Un vaste miroir était accroché au mur face à la table où il était assis. Joel en déduisit fort justement que c'était un miroir sans tain ; il avait vu ce genre de chose dans les séries policières à la télévision. Des gens devaient aller et venir de l'autre côté de la paroi, l'étudier, attendre que lui échappe une mimique ou un geste qui trahirait sa culpabilité, aussi s'efforçait-il de ne pas faire ce geste, alors même qu'il ignorait quel il pouvait être.

Il conclut que les flics essayaient de le déstabiliser en le faisant ainsi attendre dans le silence. Ce n'était pas exactement ce qu'il avait imaginé ; aussi, pour passer le temps, examina-t-il ses mains. On lui avait retiré les menottes et il se frotta les poignets parce que, si les marques avaient disparu, il en sentait toujours le contact et la pression jusque dans ses os. On lui avait promis un sandwich et on lui avait donné un Coca. Refermant les doigts autour de la canette, il essaya de penser à quelque chose d'agréable, à n'importe quoi sauf à l'endroit où il était et à ce qui menaçait de lui arriver. Mais il n'y parvint pas. Alors il se focalisa sur les questions et les réponses.

Qu'avaient-ils contre lui ? se demanda-t-il. Une image vidéo, rien d'autre. Un portrait-robot guère ressemblant.

Et que signifiaient cette image et ce portrait ? Que quelqu'un ressemblant vaguement à Joel Campbell avait marché dans une rue non loin de l'endroit où, à Belgravia, une jeune femme blanche avait été abattue.

C'était tout. L'alpha et l'oméga. Le noir et le blanc.

Mais, au fond, Joel savait que ce n'était pas tout. Il y avait la fille au pair qui était tombée nez à nez avec lui dans la maison de Cadogan Lane. La vieille dame qui promenait son corgi non loin de l'endroit où la comtesse avait été abattue. Son bonnet de laine resté dans l'un des jardins. L'arme, perdue également dans l'un des jardins. Une fois que la police l'aurait récupérée – c'était une question de temps, si les policiers ne l'avaient déjà en leur possession –, il y aurait également le problème des empreintes. Les empreintes de Joel étaient les seules à figurer sur cette arme, et il en était ainsi depuis l'instant où la Lame avait essuyé avec soin le pistolet et le lui avait remis tel un nouveau-né au sortir de son premier bain.

L'image évoqua dans l'esprit de Joel celle du bébé de la jeune femme. Ils ne savaient pas. Parce que, s'ils avaient su, jamais ils n'auraient... Non, ils n'auraient pas fait une chose pareille. Ils auraient attendu que quelqu'un d'autre se pointe dans cette rue chic pleine de maisons. Joel n'avait pas envisagé qu'elle pût mourir. Il n'avait pas un instant songé qu'elle pût être abattue.

C'était là le point crucial. Le meurtre de cette lady – épouse d'un policier de Scotland Yard, enceinte, rentrant de faire des courses, à présent sous assistance respiratoire à l'hôpital – était le pivot de la vie de Joel. Il était dans une situation aussi précaire que dangereuse, prêt à basculer d'un côté ou de l'autre. Car c'était Cal Hancock qui avait pressé la détente, et tout ce que Joel avait à faire, c'était donner son nom. Pas seulement le sien mais un autre. Et c'était à cela qu'il réfléchissait dans la salle d'interrogatoire.

Il songea à ce qu'on faisait aux gamins de douze ans qui se trouvaient au mauvais endroit avec la mauvaise personne et au pire moment. On ne les mettait quand même pas en prison. On les expédiait quelque part, dans un quelconque centre de détention pour mineurs où on les gardait un certain temps avant de les renvoyer chez eux dans leurs communautés. Si leurs crimes étaient suffisamment abominables, les autorités les renvoyaient ailleurs avec une nouvelle identité et la possibilité d'un avenir. Joel se dit qu'il pourrait choisir cette solution s'il le souhaitait. Car il ne s'était pas un instant douté de ce qui allait se passer ce jour-là à Belgravia ; et cela, il pouvait également le leur dire. Il pourrait leur dire qu'il traînait avec un certain Cal Hancock cet après-midi-là, qu'ils avaient pris le métro, emprunté la Circle Line et qu'ils étaient descendus là où il leur avait semblé qu'ils pourraient… quoi ? Agresser quelqu'un, telle était la réponse évidente, et Joel savait qu'il lui faudrait dire au moins ça dans sa déposition.

Il leur dirait donc, décida-t-il, qu'ils avaient eu l'intention de dépouiller une riche Blanche s'ils pouvaient en trouver une ; et qu'au beau milieu de l'agression, les choses avaient dégénéré. Cal Hancock avait sorti le flingue pour lui faire peur, et le coup était parti. Mais rien de ce qui s'était passé n'avait été planifié, rien n'avait été décidé à l'avance.

Assis dans la salle d'interrogatoire où le silence et l'attente se faisaient de plus en plus lourds, Joel se dit que s'il donnait Cal Hancock il serait lui-même remis en liberté plus vite que prévu. *J'étais avec un mec du nom de Cal Hancock.* Ces quelques mots suffiraient. Le véritable coupable serait désigné, un type assez âgé pour qu'on le fourre en prison et qui y moisirait pendant près de vingt ans. Oui, ces quelques mots seraient suffisants.

Mais, malgré ces pensées qui rebondissaient telles des balles de caoutchouc dans sa tête, Joel savait qu'il ne pouvait balancer Cal. Il était conscient également que tous les flics du commissariat de Harrow Road le savaient, et la Lame aussi. C'était impossible. Balancer, c'était signer son arrêt de mort. Balancer, c'était exposer ses proches à des représailles.

Ses proches, en l'occurrence, cela voulait dire Toby. Car pour ce qui était de Ness – et c'était une chose que Joel avait mis un sacré bout de temps à comprendre –, on lui avait déjà réglé son compte.

Joel eut l'impression qu'une bulle grossissait en lui, montée de ses tripes, se frayant un chemin jusqu'à sa gorge pour y éclater sous forme de sanglot, mais il était hors de question qu'il la laisse crever. Il posa les bras sur la table et sa tête sur ses bras.

— Où est Toby ? dit-il.

— En sûreté, dit la constable Sherry.

— Qu'est-ce que ça veut dire ? Où est tante Ken ?

Cette fois, il n'y eut pas de réponse. Le silence permit à Joel d'imaginer les réponses, ce qu'il ne tarda pas à faire. Toby avait dû être confié aux services sociaux – institution cauchemardesque et véritable gouffre qui semblait avoir été conçu par le système pour abriter les enfants quitte à s'en laver ensuite les mains. L'aînée des Campbell étant enfermée pour tentative de meurtre, un autre étant impliqué dans un meurtre, la police, les services sociaux et tous les individus pourvus d'un cerveau en état de marche avaient la preuve irréfutable que la maison de Kendra Osborne n'était pas un endroit où pouvait décemment résider un petit garçon.

Joel aurait voulu exiger de voir Fabia Bender afin de lui dire que les choses n'étaient pas comme ça. Il voulait qu'elle sache que sa tante n'était pour rien dans ce qui s'était passé. Il voulait lui dire que c'était la faute de quelqu'un d'autre et d'autre chose. Mais il ne pouvait le dire.

Une série d'images se succédèrent dans son esprit. Elles se déroulaient contre ses paupières quand il fermait les yeux ; elles semblaient présentes même quand il gardait les yeux ouverts. Son père se faisant descendre dans la rue... Sa mère à la fenêtre prête à lâcher Toby nouveau-né du haut du troisième étage... Neal Wyatt se jetant sur lui dans Meanwhile Gardens... Glory prenant l'avion pour la Jamaïque... le froid de la nuit dans le cimetière de Kensal Green... Cal essayant de lui dire de ne pas s'approcher de la Lame... George Gilbert et ses potes se tapant Ness toutes portes fermées... Toby sur la péniche en flammes...

Trop de choses auxquelles penser. Pas assez de mots pour les expliquer de façon qu'il ne se mette pas à moucharder. Ne dis rien et tu as une chance de vivre. Balance un mec et tu meurs à petit feu.

Alors Joel se dit que la Lame viendrait à son secours. Il l'avait déjà fait. Il avait passé le coup de fil salvateur quand Joel avait été emmené au poste après la tentative d'agression de l'Asiate dans Portobello Road. Sans doute pouvait-on espérer qu'il allait passer un coup de fil semblable maintenant. Mais penser à un coup de fil conduisit directement Joel à l'appel qui avait incité la police à aller le cueillir à Meanwhile Gardens. Donnant donnant.

Joel ferma les yeux si fort qu'il aurait dû voir des étoiles, mais il ne vit que de nouvelles images. Il déglutit, le bruit lui parut résonner dans toute la pièce. La constable lui posa la main sur le dos. Il essaya d'en tirer un peu de réconfort.

Mais elle n'était pas là pour le réconforter. Elle prononça son nom. Il comprit qu'il était censé redresser la tête.

Il releva le nez et vit que, tandis que ses pensées carambolaient dans sa tête, trois autres personnes étaient entrées dans la salle. Fabia Bender était l'une d'entre elles. Les autres étaient un grand Noir en costume avec une cicatrice sur la joue et une femme courte sur pattes dans un caban rescapé d'un Sidashop quelconque. Ils dévisagèrent Joel. Leur mine était impassible. Joel se dit que ce devaient être des inspecteurs en civil comme le sergent Starr, ce qui était bien vu puisqu'il s'agissait de Winston Nkata et de Barbara Havers, de New Scotland Yard.

— Merci, Sherry, dit Fabia Bender à la constable.

Fabia prit place à la table près de Joel, tandis que le grand Noir et la petite boulotte s'asseyaient aux deux autres places. Le sergent Starr, dit Fabia Bender à Joel, était allé lui chercher un sandwich. Ils savaient qu'il avait faim. Qu'il était fatigué. S'il le voulait, on pouvait en finir très vite.

Le Noir prit alors la parole tandis que sa compagne dardait sur Joel un regard dur et plein d'antipathie. Elle avait beau ne pas être imposante, elle le terrifiait néanmoins.

L'homme avait une voix où se mêlaient l'Afrique, le sud de Londres et les Caraïbes. Une voix ferme. Pleine d'assurance.

— Joel, tu as tué la femme d'un flic. Tu le sais ? On a retrouvé une arme non loin de là. Des empreintes qui s'avéreront être les tiennes. La balistique démontrera que c'est ce flingue qui a tiré le coup fatal. Les caméras de surveillance t'ont filmé sur les lieux. Toi et un autre mec. Qu'as-tu à nous dire à ce sujet ?

Quelle réponse donner à cette question ? Joel songea au sandwich, au sergent Starr. Il avait un creux terrible.

— Il nous faut un nom, dit Winston Nkata.

— On sait que tu n'étais pas seul, dit Havers.

Joel hocha la tête en signe d'acquiescement. Un hochement de tête. Rien d'autre. S'il hocha la tête, ce n'était pas parce qu'il était d'accord avec ce que disaient les deux inspecteurs mais parce qu'il savait que ce qui arriverait ensuite avait été déterminé depuis longtemps par le monde immuable dans lequel il vivait.

Remerciements

Je ne saurais trop remercier mon confrère Courttia Newland, auteur résidant à Londres, qui m'a pilotée dans les cités de Ladbroke Grove, West Kilburn et North Kensington, ce qui m'a considérablement aidée dans l'écriture de ce roman et du précédent, *Sans l'ombre d'un témoin*. Je remercie Betty Armstrong-Rossner du temps qu'elle a bien voulu me consacrer à Holland Park School et de ses réponses aux courriels que je lui ai adressés à la suite de ma visite dans son établissement. Comme d'habitude, je dois énormément à Swati Gamble de chez Hodder & Stoughton : sa gentillesse et sa générosité sont telles que je doute de pouvoir m'acquitter un jour de pareille dette.

Aux Etats-Unis, j'exprime ma reconnaissance – pour la dernière fois, hélas – à ma merveilleuse assistante Dannielle Azoulay, qu'il m'a été impossible de convaincre de me suivre dans l'Etat de Washington. A mon mari Thomas McCabe, qui soutient sans trêve les efforts qu'il me faut déployer pour arriver au bout d'une entreprise de cette envergure. A ma fidèle relectrice Susan Berner pour ses commentaires sur la deuxième version de ce roman. A mon éditrice chez HarperCollins, Carolyn Marino, ainsi qu'à mon éditrice chez Hodder & Stoughton, Sue Fletcher, pour l'enthousiasme qu'elles ont manifesté lorsque je leur ai fait part de mon désir de considérer le meurtre d'Helen Lynley sous un autre angle. Et à mon agent littéraire Robert Gottlieb, qui fait tellement bien son travail que je peux me consacrer entièrement au mien.

Américaine écrivant un roman se déroulant à Londres, il se peut que j'aie commis dans ces pages des erreurs indépendantes de ma volonté. Ces erreurs sont miennes et miennes seulement ; elles ne sauraient en aucun cas être imputées à ceux et celles qui m'ont prêté leur concours.

Seattle, 12 décembre 2005

Achevé d'imprimer sur les presses de

BUSSIÈRE

GROUPE CPI

à Saint-Amand-Montrond (Cher)
en septembre 2007

Composé par Nord Compo
à Villeneuve-d'Ascq

N° d'édition : C 06331. — N° d'impression : 072954/4.
Dépôt légal : octobre 2007.

Imprimé en France